MERIT NIEMEITZ

NO LONGER YOURS

MULBERRY MANSION

Roman

LYX

LYX in der Bastei Lübbe AG
Dieser Titel ist auch als E-Book und als Hörbuch erschienen.

Die Bastei Lübbe AG verfolgt eine nachhaltige Buchproduktion.
Wir verwenden Papiere aus nachhaltiger Forstwirtschaft und verzichten darauf,
Bücher einzeln in Folie zu verpacken. Wir stellen unsere Bücher
in Deutschland und Europa (EU) her und arbeiten mit den Druckereien
kontinuierlich an einer positiven Ökobilanz.

FSC www.fsc.org
MIX
Papier | Fördert gute Waldnutzung
FSC® C014496

Dieses Buch wurde vermittelt von der
Literaturagentur erzähl:perspektive, München
(www.erzaehlperspektive.de).

Textredaktion: Stephanie Röder
Umschlaggestaltung: © Zero Werbeagentur GmbH, München, unter
Verwendung eines Motivs von © Igor Ivander/Shutterstock.com
Satz: Greiner & Reichel, Köln
Gesetzt aus der Adobe Caslon
Druck und Verarbeitung: GGP Media GmbH, Pößneck

Printed in Germany
ISBN 978-3-7363-1787-1

5 7 6 4

Sie finden uns im Internet unter lyx-verlag.de
Bitte beachten Sie auch: luebbe.de und lesejury.de

Liebe Leser:innen,

dieses Buch enthält potenziell triggernde Inhalte.
Deshalb findet ihr auf der letzten Seite eine Triggerwarnung.

Achtung: Diese enthält Spoiler für das gesamte Buch!

Wir wünschen uns für euch alle
das bestmögliche Leseerlebnis.

Eure Merit und euer LYX-Verlag

Für Silja.
Für immer.

Playlist

September Skies – Benjamin Amaru
when was it over? – Sasha Alex Sloan feat. Sam Hunt
In My Head – Maisie Peters
From Eden – Hozier
supposed to – BLÜ EYES
I miss you, I'm sorry – Gracie Abrams
I'm Not Yours – Angus & Julia Stone
Green Light – Lorde
Middle of My Mind – Tom Rosenthal
In And Out of Love – Oh Wonder
Nicest Thing – Kate Nash
Back to You – Selena Gomez
Light Years – The National
Still – AVEC
Love You Twice – Lilla Vargen
I Lied – Lord Huron feat. Allison Ponthier
Anyway – Noah Kahan
Now & Then – Lily Kershaw feat. Goody Grace
A Little Closer – FINNEAS
Changes – Langorne Slim & The Law

Die Mulberry Mansion sucht dich!

Gemeinsam mit der **Visionary Housing Foundation** rufen wir unsere Studierenden dazu auf, Teil eines einzigartigen Wohnprojekts zu werden! Die Familie Conteville – eines der ältesten Adelsgeschlechter Englands – hat ihre ehemaligen Nebenwohnsitze der **VHF** gestiftet, um aus einem Stück ihrer Vergangenheit eine Zukunft für alle zu schaffen.

Die Villen werden jeweils einer nahe gelegenen Universität zur Verfügung gestellt, um langfristig zu günstigem Wohnraum für Studierende aufgebaut zu werden.
Eine dieser Villen ist die **Mulberry Mansion**, die sich im Einzugsbereich unserer Universität befindet. Mit großer Freude können wir daher verkünden, dass unsere Studierenden die Möglichkeit haben, sich für einen Wohnplatz in diesem altehrwürdigen Anwesen zu bewerben! Erbaut im frühen 19. Jahrhundert, begeistert die Villa seit jeher Architektur- und Geschichtsvernarrte im ganzen Land. Nun soll dem seit Langem leer stehenden Haus wieder Leben und Liebe eingehaucht werden. Hierfür wird die erste Generation studierender Bewohner:innen eingeladen, zu einem geringen Mietpreis einzuziehen und dem geschichtsträchtigen Haus mit vereinten Kräften zu neuem Glanz zu verhelfen.

Am Ende des kommenden Wintersemesters wird eine von der Stiftung gestellte Jury alle Häuser und ihre Bewohner:innen besuchen und die Villa mit den beachtlichsten Fortschritten zusätzlich mit einem Preisgeld küren, das zum weiteren Auf- und Ausbau genutzt werden soll.*
Du wolltest schon immer an etwas Bleibendem mitarbeiten? Du möchtest dich in einem Team nicht nur handwerklich, sondern auch sozial einbringen und bist davon überzeugt, dafür genau die richtigen Fähigkeiten mitzubringen? Dann bewirb dich jetzt, und vielleicht kannst du schon bald dazu beitragen, aus diesem besonderen Haus ein Zuhause zu machen.
Wir freuen uns auf deine Bewerbung!

Windsbury University
Windsbury, England

* Weitere Details der Wettbewerbs- sowie der Bewerbungsbedingungen können den Anlagen entnommen werden.

1. Kapitel

AVERY

Neuanfänge hatten verschiedene Gesichter.

Das konnte zum Beispiel ein Zugticket in eine fremde Stadt sein, die fern von allem lag, was man kannte. Vielleicht ein Arbeitsvertrag für eine Stelle, die einen Sprung ins kalte Wasser bedeutete. Oder auch ein Karton mit Sachen von einem Menschen, der so sehr Teil von einem geworden war, dass man ohne ihn fürs Erste auf dem schmalen Grat zwischen Alleinsein und Einsamkeit balancieren würde.

Das Gesicht meines Neuanfangs war eine doppelflügelige Holztür, deren blassblaue Farbe schuppig abblätterte. Der Griff war golden und wirkte rostig, ebenso wie die Beschläge, die das aufgesprungene Holz im Rahmen hielten. Der steinerne Vorsprung, der über die oberste der drei Eingangsstufen ragte, war überwuchert von abblühendem Blauregen. An der Hausfassade wechselte er sich mit Efeu ab, der einen großen Teil der rotbraunen Steine bedeckte, aus denen das riesige Haus gebaut war.

Nicht Haus, korrigierte ich mich innerlich sofort. Nicht umsonst hieß dieses Gebäude *Mansion* – es war wahrhaftig eine Villa. Und zwar die schönste, die ich je gesehen hatte.

Sie war dreistöckig, wobei ich vermutete, dass das oberste Stockwerk einen Dachboden beherbergte. In jeder Etage gab es mehrere hohe Fenster, die meisten von Vorhängen verhüllt.

Im ersten Stock waren zwei Erkerausbuchtungen zu sehen, genau so platziert, als hätte der Architekt dem Haus eigene Augen geben wollen. Vielleicht fühlte ich mich deswegen so beobachtet, seit ich das Anwesen betreten hatte.

Abermals warf ich einen Blick über meine Schulter. Auf dem Kiesweg, der zurück zum bronzefarbenen Tor führte, das das Gelände von der Straße abschnitt, war niemand zu sehen. In der Einfahrt neben dem Eingang standen allerdings mehrere Autos, und unter einem der Bäume lehnten ein paar Fahrräder.

Ich hatte die buschigen Kronen schon von Weitem gesehen. Sie ragten als stumme Wächter hoch über das Gatter hinaus, zehn Stück insgesamt. Ich hatte sie gezählt, während ich über den Weg gelaufen war, der auf die Villa zuführte. Ein unebener Pfad, über den sich von beiden Seiten knöchelhohes Gras hermachte. Um die Baumstämme herum lagen ein paar schwarzrote Früchte, an den Ästen selbst hingen keine mehr.

Es war bereits Mitte September, und somit war die Erntezeit für Maulbeeren vorbei. Ich wusste das, weil ich mir während des Packens Dokumentationen über die süßsäuerlichen Beeren angesehen hatte, denen das Herrenhaus seinen Namen verdankte. Vielleicht, weil ich die Ablenkung benötigt hatte, vielleicht, weil ich noch viel dringender das Gefühl gebraucht hatte, irgendetwas über mein neues Zuhause zu wissen, ehe ich herkam.

Denn das war diese Villa von heute an.

Die *Mulberry Mansion* war mein neues Zuhause.

Es war einige Monate her, dass ich in meiner Uni über einen Flyer-Aushang der Windsbury University gestolpert war. *Werde Teil eines einzigartigen Projekts* hatte in der Überschrift gestanden. Darunter war das Foto einer Villa abgebildet, die aussah, als wäre sie das Set eines altmodischen Gruselfilms. Das windschiefe Dach, die schmalen Kaminfinger, die aus ihm emporschossen, die geschwungenen Fenster, die efeuumrankte Fassade … Bei dem Anblick hatte sich etwas tief in mir geregt, doch ich hatte es ignoriert und die Ausschreibung fast wieder vergessen. Erst ein paar Wochen später, als das Fundament meines Lebens zerbröckelte, suchte ich online nach dem Wohnprojekt.

Ich überflog den Artikel nur kurz, ehe ich auf den Button klickte, der zur Bewerbung führte. Mein Kopf schwirrte von einer halben Flasche Wein, dazwischen hingen die Fetzen des letzten Gesprächs mit meiner Schwester und darüber – leuchtend rot und grell – nur ein Gedanke: *Weg. Weg, weg, weg.*

Vielleicht dachte ich nicht einmal darüber nach, was es für Konsequenzen haben würde, wenn ich tatsächlich angenommen wurde. Doch vor rund zwei Monaten war die Zusage in mein E-Mail-Postfach geflattert, und dann war alles ganz schnell gegangen. Mit der Annahme beim Wohnprojekt wurde gleichzeitig der Antrag auf Universitätswechsel genehmigt, danach musste ich nur noch mein Wohnheimzimmer kündigen, mich ummelden und die paar Menschen verabschieden, die ich ins Herz geschlossen hatte. Ich hatte mein gesamtes Leben in Redcar verbracht, dann ein Jahr an der nahe gelegenen Teesside University studiert. Es hätte mir schwerer fallen müssen, fortzugehen. Aber das, was mich hielt, war weniger als das, was mich wegdrückte.

Und jetzt war ich hier. An einem Ort, den ich seit Jahren immer wieder in meinen Gedanken besucht hatte – aber nie so. Nie allein. Immer … mit ihm.

Ich verdrängte den Gedanken zum wiederholten Mal. Ein Teil von mir hatte gehofft, er würde sich auflösen, sobald ich es geschafft hatte, Windsbury und die Mulberry Mansion zu erreichen. Als würde ab da alles irgendwie von selbst laufen.

Dennoch stand ich seit zehn Minuten vor der Eingangstür und schaffte es nicht, mich zu rühren. Ich hätte nur die Hand heben müssen, um den goldenen Klingelknopf zu betätigen, der in die Mauer eingelassen war. Stattdessen umklammerte ich die Riemen meines Rucksacks fester, legte den Kopf in den Nacken und atmete durch.

Es war später Nachmittag, und die Sonne kroch bereits auf den Wald zu, der hinter dem Anwesen lag. Orangerote Schlieren zogen sich über das Herbstblau. An meinen Kleidern haftete der Geruch der mehrstündigen Busfahrt, die ich hinter mir hatte. Kalter Rauch von den Pausen-Zigaretten meines Sitznachbars, das Plastik der Sitzbezüge, abgestandene Luft, die nach Schweiß, Schlaf und Benzin gleichermaßen schmeckte. *So muss Einsamkeit riechen*, hatte ich vorhin gedacht, als ich mit dem Kopf gegen die Scheibe gelehnt eingedöst war.

Jetzt wurde sie überdeckt vom letzten Duft des Blauregens, der sich mit der Herbstluft und all dem Grün um mich herum vermengte. Ganz leicht darunter konnte ich den Geruch der Villa erahnen – ausgekühlter Stein, altes Holz. Ich versuchte, diese Kombination als *Zuhause* in mir abzuspeichern. Wünschte, ich könnte den anderen, der dieses Etikett trug, verdrängen. Vanilleseife, Meersalz, Kamillentee.

Meine Augen begannen sofort zu pochen, und ich riss sie auf. Erneut fokussierte ich die morsch wirkende Eingangstür mit der blätternden Farbe. *Flieder-trifft-Veilchen*, hätte Lexi dazu gesagt. Es kribbelte in meinen Fingern, ihr ein Foto zu schicken, aber als ich an unseren Chat dachte, flimmerte ihre letzte Nachricht wieder vor meinen Augen.

Du verlässt nicht wirklich die Stadt, ohne ein Wort zu sagen, oder? Du weißt genau, wie weh du ihr damit tust.

Erhalten hatte ich die Nachricht vor ein paar Tagen und danach jede Minute damit gerechnet, Lexi vor meiner Zimmertür zu finden. Aber sie kam nicht. Was kam und nicht wieder ging, war das Echo dieser Nachricht. Dreimal hatte ich eine Antwort getippt, immer etwas in Richtung wie: *Sei nicht so dramatisch, Alexandra.*

Lexi hasste ihren vollen Namen, ebenso sehr wie sie es hasste, wenn ich zumachte und gefühlskalt wurde. Ich war gut darin. Es war keine Absicht, es passierte einfach: Wenn mein Inneres vor Gefühlen überquoll, dann machte etwas in mir die Grenzen dicht, sodass nichts davon mehr nach außen drang.

Ich war nicht immer so gewesen. Meine Mutter sagte oft, als Kind hätte ich mein Herz auf der Zunge getragen. Wenn Lexi und ich früher gestritten hatten, dann hatten wir einander derart angeschrien, dass wir tagelang heiser gewesen waren. Später hatte ich gelernt, dass es manchmal klüger war, seine Gefühle herunterschlucken. Und vor rund drei Jahren hatte ich mein ganzes Herz verschluckt, weil es so sehr auf meiner Zunge angeschwollen war, dass ich keine Luft mehr bekommen hatte. Seitdem schrie ich nur noch innerlich.

Diese Nachricht hätte Lexi wütender werden lassen als jede konfrontative Aussage. Ich hatte sie nicht abgeschickt, ebenso wenig wie die Antwort, die ich zwar gedacht, aber niemals niedergeschrieben hätte: *Ihr habt mir zuerst wehgetan.*

Beides hätte sie dazu gebracht, das Gespräch weiterzuführen – und das war keine Option für mich. Es gab nichts mehr zu sagen. Ein Neuanfang brauchte nicht nur ein passendes Gesicht, sondern vor allem einen klaren Cut.

Neue Stadt, neue Universität, neue Haustür.

Ich straffte die Schultern und hob die Hand, doch bevor ich klingeln konnte, flog die Tür auf.

Die junge Frau prallte fast gegen mich. Im letzten Moment bemerkte sie mich und stoppte in der Bewegung, sodass die Pflanze in ihren Armen kurz in ihr Gesicht gedrückt wurde.

»Oh«, sagte sie atemlos und musterte mich irritiert, sobald sie es wieder aus dem Geäst befreit hatte.

Sie trug ein gestreiftes Shirt und darüber eine weitgeschnittene, dunkle Latzhose. Ihr schwarzes Haar war mit einem pastellfarbenen Band hochgebunden. *Zuckerwatte-trifft-Pfingstrose*, wisperte Lexis Stimme in meinem Kopf, ehe ich sie hastig verscheuchte und mich auf die Fremde vor mir konzentrierte.

Ihre grünen Augen weiteten sich unter meinem Anblick, dabei bestand ihr ovales Gesicht sowieso fast nur aus ihnen. »Bist du Avery?«

»Schätze schon.« Ich rang mir ein Lächeln ab und versuchte, die Anspannung aus meinen Zügen zu vertreiben. Erste Eindrücke waren nicht meine Stärke, aber vielleicht konnte ich ja auch damit hier neu anfangen.

Keine Ahnung, warum es mich so überforderte, sie zu sehen. Mir war gesagt worden, dass die anderen Bewohner und Bewohnerinnen schon seit ein paar Wochen hier waren. Soweit ich wusste, hatten sie, anders als ich, bereits in Windsbury gewohnt, sodass niemand von ihnen erst einen größeren Umzug organisieren musste.

»Wir hatten dich erst morgen erwartet.«

»Ich weiß. Ich habe mich mit der Auszugsfrist beim Wohnheim verschätzt und dachte, ich komme eher. Ich wollte anrufen, aber ich war mir nicht sicher, wen, und … tut mir leid, wenn das irgendwelche Umstände bereitet.« Ich verzog den Mund, weil ich selbst bemerkte, wie formell ich schon wieder wurde.

Doch sie lächelte nur. »Quatsch. Ich hätte dich einfach gern vorbereiteter willkommen geheißen. Aber je früher du hier bist, desto besser.« Vorsichtig stellte sie den Tontopf ab, in dem die vertrockneten Reste einer Rosenstaude standen. Sie folgte meinem Blick und seufzte. »Meine Schuld. Ich hab das arme

Ding vor einer Woche im Vorratsraum vergessen, als ich nach einem Untertopf gesucht habe. Ich wollte sie gerade heimlich beerdigen, bevor Maxton etwas davon mitbekommt.«

»Maxton?«

Sie nickte und zupfte ein Blütenblatt aus dem Topf, das sofort zerbröselte. Bedauernd ließ sie es auf die Stufe zwischen uns rieseln. »Unser Gartenjunge. Er ist immer so unfassbar gelassen, aber wenn es um Pflanzen geht, wird er richtig streng.« Sie klopfte die Hände an der Latzhose ab und sah mich an. »Wie stehst du zu Umarmungen, Avery?«

Unsicher erwiderte ich ihren forschen Blick. »In Maßen finde ich sie ganz nett?«

»Klasse.« Sie lächelte breit, ehe sie sich über die Pflanze beugte und mich in die Arme schloss. So innig, dass ich mich irgendwie nicht einmal versteifen konnte. Ihr Haar roch nach Honig, ihre Stimme in meinem Ohr klang ähnlich golden und samten. »Ich bin May. Es freut mich so, dass du endlich da bist. Ohne dich hat es sich die letzten Wochen noch nicht richtig angefühlt.«

Steif tätschelte ich ihren Rücken. Das hier war eine wenig maßvolle Umarmung, aber etwas ließ mich ahnen, dass May keine Freundin von halben Sachen war. Ihre Herzlichkeit war so greifbar, dass ich eher das Gefühl hatte, eine alte Freundin wiederzusehen, als eine völlig Fremde kennenzulernen. Und immerhin würde ich mit dieser Frau – und sechs anderen Menschen – von heute an ziemlich viel Zeit verbringen.

Also erwiderte ich die Umarmung, bis ich den beißenden Geruch wahrnahm, der hinter ihr aus der geöffneten Tür kroch. »Es riecht angebrannt.«

May löste sich von mir und schnupperte. »Verdammt, du hast recht. Die Scones.« Sie drehte sich um und legte die Hände als Trichter um den Mund. »Willow?«, rief sie laut ins Haus.

Als keine Antwort kam, seufzte sie unterdrückt. »Wieder mein Fehler. Ich hatte sie gebeten, ein Auge auf den Ofen zu haben.«

Mit langen Schritten hechtete sie über die Türschwelle und verschwand in der Villa. Ich blieb einen Moment unsicher stehen, dann schob ich die verstorbene Pflanze etwas beiseite, griff nach meiner zweiten Tasche und folgte ihr.

Zwei Schritte hinein, dann blieb ich wie angewurzelt stehen. Für ein paar Sekunden stand ich hinter der Schwelle und starrte in das weite Foyer. Am Ende der Eingangshalle bauten sich zwei dunkle Holztreppen auf, zwischen ihren Füßen lag eine Tür, die vermutlich in den Keller hinabführte. Allein dieser Anblick war so imposant, dass ich mich davon zugleich angezogen und eingeschüchtert fühlte.

Im Vorbeigehen ließ ich den Blick über die mit Schnitzereien verzierten Geländer wandern, ehe ich nach links bog. Immer dem Geruch angekokelten Gebäcks nach. Darunter konnte ich trotzdem wahrnehmen, wie das Haus roch: so groß und alt und … verlassen. Ein drückendes Gefühl machte sich in mir breit, eine Art Heimweh, die ich nicht verstand.

Noch während ich das erste Mal durch die Villa lief, wusste ich, dass ich mich später an nichts davon genau würde erinnern können. Es war zu viel, um es als Ganzes aufnehmen zu können. Die Mulberry Mansion zu betreten fühlte sich an, als würde ich einen Granatapfel aufspalten und auseinanderklappen. Da waren so viele winzige, glänzende Kerne, die sich innerhalb von Sekunden vor mir auffächerten.

Das Innenleben des Hauses zersetzte sich vor meinen Augen in seine Details. Etliche Mosaikbildfetzen, die an mir vorbeirauschten: Tapeten mit auffälligen Musterungen in gedeckten Farben, dunkel gestrichene Wände, dazwischen aufwendig geschnitzte Holzvertäfelungen und Wandlampen mit fast blinden Glasschirmen und orangestichigem Licht. Eine Steinbüste mit halbem Kopf, taillengroße Vasen mit getrocknetem Weizen darin, eine geöffnete Sitzbank, aus der mottenzerfressene Stoffe hervorquollen. Ein Chaos aus Besonderheiten.

Es war alles ein bisschen verstaubt, das Licht dämmrig, aber trotzdem sah ich es schon in diesem Moment: wie schön und besonders dieses Haus einmal gewesen war. Und wie es wieder werden könnte, wenn wir uns Mühe gaben. Ein dumpfes Kribbeln der Vorfreude breitete sich unter meiner Müdigkeit und Anspannung aus. Das hier war einer dieser Orte, die aus so viel mehr als aus Steinen, Lehm und Holz bestanden. Da lag etwas Helles, Glänzendes, Sternenstaubähnliches unter der Oberfläche, etwas, das eher einer Energie entsprang als einem Material. Man musste nur den Schmutz abkratzen, den die jahrelange Einsamkeit hinterlassen hatte.

Ich fand May in der großen Wohnküche, wo sie hustend über einem Blech schwarzer Teigklumpen stand. Feiner Rauch stieg wolkenweise aus dem geöffneten Ofen und blieb über dem Herd hängen.

Mays Gesichtsausdruck schwankte zwischen Unzufriedenheit und Resignation. Mit spitzen Fingern nahm sie eins der Gebäckstücke und betrachtete es kurz, ehe sie es zurück aufs Blech fallen ließ. Der harte Ton des Aufpralls löschte jeden Funken Hoffnung, dass das Zeug essbar war.

»Das sind jetzt eher Stones als Scones. Du isst nicht zufällig gern Steine?«, fragte sie mich höflich.

Bedauernd schüttelte ich den Kopf. »Nur an Feiertagen.«

»Ich vermute, man könnte sie getrost bis Weihnachten hier rumliegen lassen, ohne dass sie ihre Form verändern.«

Ich musste grinsen und zerrte mir den schweren Rucksack von den Schultern. Sofort setzte ein sachtes Pochen zwischen meinen Nackenwirbeln ein. Morgen früh würden mir vermutlich sämtliche Muskeln meines Körpers wehtun. Ich lehnte den

Rucksack neben die Reisetasche an die Wand, dann sah ich mich interessiert um. Der Küchenboden war mit blassblau geblümten Fliesen ausgelegt, von denen einige gesprungen waren. Eine Wand war mit einer Küchenzeile ausgestattet: ein großer Herd mit acht Platten, eine Spüle mit rostendem Becken, eine Arbeitsplatte, deren Holzmaserung durch Brandflecke ergänzt wurde. Die Wand darüber war apricotfarben gestrichen und an etlichen Stellen durch Fettspritzer beschmutzt.

Es hatte etwas von einer dieser Landhausküchen aus einem der Kataloge, die meine Mutter so gern las. Vielleicht dachte ich das aber auch nur, weil ich bereits auf den ersten Blick drei Vasen mit herbstlichen Wildblumen entdeckte und weil aus dem Kastenradio neben dem Fenster ein blechern klingendes Lied aus den Sechzigern ertönte.

Mays Haar stieß mehrmals an herabhängende Stangen von Knoblauch und Peperoni, während sie mit einem Topflappen über dem Blech herumwedelte. Ich ging zum Fenster, das hinter dem Küchentisch lag und von den Zweigen eines Zwetschgenbaums verdeckt wurde. Kaum dass ich es einen Spalt geöffnet hatte, drängten sich die Äste herein, als hätten sie ewig auf Einlass gewartet. May warf mir einen dankbaren Blick zu, als die frische Luft den Brandgeruch durchbrach.

»Was stinkt hier so?«, fragte jemand vom Türrahmen. Eine Frau mit kinnlangem Haar war darin aufgetaucht. Sie trug eine runde Drahtbrille und über ihren Kleidern eine Schürze, die mit Farbspritzern besprenkelt war. Ein paar davon waren auch auf ihren bronzeschimmernden Wangen zu sehen.

May deutete wortlos auf das dampfende Blech, die Frau zog ihre markanten Augenbrauen hoch. »Ich dachte, Willow behält den Ofen im Blick.«

May seufzte noch einmal. »Schon klar, das war mein Fehler.« Sie sahen einander kurz an und grinsten schief.

Dann schnupperte das Mädchen in Richtung des Blechs, ehe es die Nase rümpfte. »Tja. Schätze, für die erbarmt sich nicht einmal mehr Helen. Und das heißt schon was.« Ihr Grinsen wurde breiter, bis sie den Kopf drehte und mich bemerkte. »Huch, stehst du da schon lang?«

»Nicht lang. Ich bin gerade angekommen. Avery, hi.« Unsicher, wie ich sie begrüßen sollte, winkte ich in ihre Richtung.

Sie beobachtete es belustigt, dann nickte sie mir zu. »Sienna. Freut mich, dass du endlich da bist. Wir können jede Hand gebrauchen. Eigentlich nehme ich sogar deine Füße. Und all deine anderen Gliedmaßen.« Sie machte einen Schritt auf mich zu und hob abschätzend die Hände, als wollte sie mich vermessen. »Oh, klasse. Du hast eine schlanke Taille. Du könntest in diesen verdammten Kamin passen.«

»Wie …?«, setzte ich perplex an, aber May unterbrach mich mit einem Stöhnen.

»Lassen wir sie erst einmal ankommen, bevor wir sie als lebendige Putzbürste benutzen. Sonst haut sie uns direkt wieder ab.« Sie kam zu mir und legte mir eine Hand auf die Schulter. »Komm, ich stelle dir die anderen vor.«

Wir verließen das Haus über die Veranda, die an den riesigen Wohnraum angrenzte. Schon als wir diesen durchquerten, wusste ich, dass ich mich hier wohlfühlen würde. Er war zwar viel zu groß für ein einziges Zimmer, aber das Zusammenspiel aus altmodischen Samtmöbeln, einem Klavier samt Hocker, tannengrünen Wänden und einem Backsteinkamin erzeugte sofort das Gefühl von Gemütlichkeit in mir.

Und während ich noch dabei war, diesen Eindruck abzuspeichern, eröffnete sich die Rückseite des Anwesens vor uns – und ich blieb erneut ruckartig stehen. Der Garten war … es passte in kein Wort, was er war.

Mir war nicht bewusst gewesen, wie groß das Gelände war, das zur Villa gehörte, und ich hätte mir den Garten niemals so vorgestellt: verwildert und verwunschen, ein weitläufiges Dickicht aus Geäst und allerlei Farbtönen.

May hielt ebenfalls kurz inne, direkt zwischen den Verandapfosten, die von Kletterrosen bewachsen waren. »Unglaublich, oder? Als hätte man ein Bilderbuch aufgeschlagen.«

»Absolut«, erwiderte ich und hörte selbst, wie überfordert es klang. Das hier war schön. So schön, dass ich am liebsten meine Kamera aus dem Rucksack geholt und versucht hätte, den Anblick festzuhalten. Ich war mir sicher, morgen früh würde der Garten nicht mehr genau so aussehen – weil er viel zu lebendig war, um im Stillstand zu verharren.

May lächelte und wies mir, ihr zu folgen. Direkt hinein in ein Nest aus Blütenduft und Blätterrauschen. Ich verstand nicht viel von Pflanzen, aber hier musste es mehrere Hundert verschiedene Arten geben. Es roch so grün und satt, nach Blättern, Blüten und dem Harz des angrenzenden Waldes. Die letzten Reste der Sonne legten das knöchelhohe Gras zu unseren Füßen in Flammen. Trotz der herbstlichen Temperaturen entdeckte ich etliche Spätblüher und bemühte mich darum, sie nicht niederzutrampeln. Ab und zu blitzte etwas hinter dem Grün auf: ein paar Statuen aus hellem Stein, ein verwitterter Pavillon, eine zerbröckelt wirkende Mauer, ein Schuppen mit grasüberwachsenem Dach.

Im ganzen Garten erkannte ich kein System, keine bewusst angelegten Beete oder Pfade. Alles wirkte so, als hätte die Natur die Gestaltung vor Jahrzehnten wieder übernommen. Und vermutlich war ja genau das auch der Fall.

May redete den ganzen Weg über, aber ich war schon damit überfordert, ihren Schritten zu folgen, bei ihren Worten versuchte ich es gar nicht erst. Sie bewegte sich so zielstrebig durch den Garten, als wüsste sie genau, hinter welchem Baum wir die anderen finden würden.

Was anscheinend sogar stimmte, denn als wir einen knorrigen Weidentunnel verließen, ragten zwei Apfelbäume vor uns in die Höhe. Jemand – ich vermutete, ein Mann – stand weit oben auf einer Holzleiter. Sein Kopf war in der Baumkrone verschwunden, sodass wir nur seine Beine in einer dunklen Jeans sehen konnten. Obwohl es kaum mehr als fünfzehn Grad waren, trug er keine Schuhe. Seine Zehen schimmerten bläulich, so wie die Glockenblumen, die um die Füße der Leiter herum wuchsen.

Ab und zu ächzte der Baum auf, und ein Ast segelte zu Boden. Ich wich einem von ihnen gerade so aus, ehe er mit einem satten Geräusch im Gras versank und einige Blumen abknicken ließ. Ein paar rote Äpfel lagen ringsherum, als hätte der Baum sie in einem Schutzreflex abgeworfen. Dabei war auch die Erntezeit für dieses Obst eigentlich schon vorüber. Dieser Herbst war zwar mild, aber dennoch spürte man mit jedem Atemzug, dass der Sommer verblasst war.

»Maxton!«, rief May durch ihre Trichterhände.

Er schien uns nicht zu hören. Statt einer Antwort ließ er uns einen weiteren morschen Baumarm zukommen. Er verfehlte Mays Fuß knapp, sie sprang hastig einen Schritt zurück.

Ehe sie erneut rufen konnte, schoben sich die tief hängenden Äste des zweiten Baums auseinander. Eine junge Frau tauchte dahinter auf und kam auf uns zu. Sie hielt das Kerngehäuse eines überreifen Apfels in der Hand und kaute, während ihr Blick von May zu mir wanderte.

»Besuch?«, fragte sie mit vollem Mund und strich sich mit einer Hand die wilden Locken aus dem Gesicht. Das strahlende Goldblond stand im extremen Kontrast zu ihren tiefbraunen Augen. Sie trug Sneaker, Leggins und einen übergroßen

Sweater, der ihre langen Beine betonte. *Heiß*, dachte ich im ersten Moment. *Sie ist heiß, ohne es darauf anzulegen.*

»Mitbewohnerin«, korrigierte May mit erhobener Stimme, um den Krach über uns zu übertönen. »Avery – Willow. Willow – Avery.« Sie lächelte mir zu. »Wenn du Willow mal suchst und sie *tatsächlich* hier ist, dann findest du sie mit neunzig Prozent Wahrscheinlichkeit in der Nähe dieser Beine.« May deutete auf den unteren Teil des Menschen, der auf der Leiter stand, eine Stufe höher jetzt. Er hatte die Knie angewinkelt, um das Gleichgewicht zu halten. Dennoch wankte sein Körper leicht, während das Geäst über uns knarrend keuchte.

Willow grinste, nicht im Geringsten verlegen wirkend. »In den wenigen anderen Fällen findest du mich in meinem Zimmer, wo ich mich im Kleiderschrank vor May verstecke.« Sie zwinkerte mir zu, dann ging sie auf die Leiter zu. Ohne Vorwarnung streckte sie sich und zwickte dem Typen in die Ferse. Er zuckte zusammen und trat nach hinten aus, was sie mit einem Lachen quittierte.

»Verdammt, Willow«, ertönte eine dumpfe Stimme von oben, dann begann er, hinabzusteigen.

Willow begegnete meinem besorgten Blick mit einem Schulterzucken. »Wenn Maxton in seiner Pflanzenwelt abtaucht, schaltet er auf Durchzug. Ich hätte auch einen Apfel nach ihm werfen können, aber das fand er beim letzten Mal gar nicht witzig.«

Im nächsten Moment hatte Maxton festen Boden erreicht und drehte sich zu ihr um. Er wirkte nicht einmal genervt, eher tief resigniert. »Eines Tages verbuddle ich dich im Gemüsebeet.«

Es brauchte nur ein paar Sekunden, dann erkannte ich, was May vorhin gemeint hatte: Maxton wirkte tatsächlich durch und durch gelassen. Alles an ihm strahlte eine fast greifbare Ruhe aus. Er war groß, sicher eins fünfundneunzig, sein Körperbau eher schmal als muskulös. Seine Haut war leicht gebräunt und das wirre, etwas zu lange Haar kastanienbraun, was seine hellblauen Augen betonte. An seiner Schläfe saßen einige Leberflecken und zwei weitere im rechten Mundwinkel, den er gerade ganz sacht anhob.

Willow grinste zu ihm auf und tätschelte seinen nackten Unterarm. Ebenso wenig wie Schuhe schien er eine Jacke zu benötigen. »Dann weiß ich wenigstens, dass du mich täglich besuchst. Fairer Deal.«

Mehr als diesen Moment brauchte es nicht, und ich war mir sicher, dass sie sich schon länger als ein paar Monate kannten. Die Verbundenheit und Zuneigung zwischen ihnen war so spürbar, dass meine Nervosität von ganz allein abflachte.

Zumindest, bis May sich räusperte und damit die Aufmerksamkeit auf uns zog. »Maxton, das ist Avery. Unsere letzte Mitbewohnerin.«

Da Maxton in einer Hand noch die Säge hielt, verzichtete ich erneut auf ein formelles Händeschütteln. Stattdessen winkte ich wieder – und kam mir dabei allmählich wirklich komisch vor.

»Hey«, sagte Maxton freundlich in meine Richtung. Dann runzelte er die Stirn und fuhr sich mit dem Handrücken über die Schläfe. Eine feine Spur Schmutz blieb an seiner Haut haften, aber niemand wies ihn darauf hin. Vielleicht, weil dieses Bild schon zu gewohnt war. »Dachten wir nicht, sie kommt morgen?«

»Dachten wir«, bestätigte May.

Willow warf den Apfelrest über ihre Schulter. »Gut, dass du früher gekommen bist. May hätte uns andernfalls gezwungen, Spalier zu stehen und dich mit Rosenblättern zu bewerfen.«

Maxton bedachte Willow mit einem warnenden Blick. »Finger weg von meinen Rosen, Catkin.«

Ich musste lächeln. Catkin, das Weidenkätzchen, war nichts, was ich auf Anhieb mit dieser durch und durch selbstbewusst und tough wirkenden Frau in Verbindung gebracht hätte. Ihrem Gesichtsausdruck zufolge war sie von dem Kosenamen auch nicht sonderlich begeistert.

Aus dem Augenwinkel nahm ich den leichten Röteschleier auf Mays Wangen wahr. Vermutlich musste sie gerade ebenfalls an die tote Rosenstaude denken, die sie vor der Haustür abgestellt hatte. »Als ob du irgendetwas tust, was ich dir sage. Meine Scones hast du da drinnen ja wohl schnöde im Stich gelassen«, fügte sie an Willow gerichtet hinzu.

Diese verzog den Mund und vergrub eine Hand in ihren Locken, während sie an uns vorbei zum Haus sah. »Shit, tut mir leid. Komplett vergessen.« Sie deutete mit dem Daumen auf Maxton. »Er hat mich abgelenkt, er kommt nämlich nicht ohne mich klar.«

Maxton sah sie ungläubig an. »Ich versuche seit fünfzehn Minuten, dich wieder loszuwerden.«

Willow seufzte und zwinkerte in meine Richtung. »Hör nicht hin, das ist seine ganz spezielle Art, nett zu sein. Man gewöhnt sich daran. Jedes Mal, wenn er die Augen verdreht, fühle ich mich überaus geliebt.«

Ich schaffte nur ein halbes Lächeln. Die Anspannung des Tages wandelte sich allmählich in Erschöpfung um, die sich wie ein Rucksack auf meinen Schultern niederließ.

May schien zu bemerken, dass mein Repertoire an Small Talk bereits erschöpft war. Sie hakte sich bei mir unter und lächelte warm zu mir auf. »Weiter geht's.«

Ich verabschiedete mich von den anderen und folgte ihr bereitwillig zurück durch den Garten. Ein Teil von mir wollte gern den Rest des Anwesens erkunden, doch der größte sehnte sich danach, das Gesicht in einem Kissen zu vergraben und für ein paar Sekunden lang innezuhalten.

Als wir die Verandatür erreicht hatten, ließ May mich vorangehen, ehe sie sie mit Schwung zurück ins Schloss zerrte. Die warme Luft des Heizstrahlers, der neben dem Sofa stand, lockerte meine verkrampften Muskeln. Und meine Zunge.

»Also«, sagte ich bemüht fröhlich, »fehlen nur noch drei, oder?«

Sieben Mitbewohner erschien mir plötzlich wie eine riesige Zahl. Im Wohnheim hatte ich mir Küche und Bad mit einem Dutzend anderer geteilt, aber das war etwas anderes gewesen. Hier waren wir nicht einfach Mitbewohner, die sich beim Kommen und Gehen zuwinken und ansonsten aus dem Weg gehen konnten. Wir waren alle hier, weil wir dafür ausgewählt worden waren, aus diesem Haus etwas Neues zu erschaffen. Wir hatten ein gemeinsames Ziel, und dafür mussten wir wohl oder übel zusammenarbeiten. Ich würde mehr Zeit mit diesen Menschen verbringen als mit meinen Kommilitonen, mehr als mit den Freunden, die ich womöglich am Campus kennenlernte. Dieses Haus – mitsamt seinen Bewohnern – würde zum Zentrum meines Privatlebens werden.

Ich hatte das so gewollt, sonst hätte ich mich nicht beworben, doch jetzt bereitete es mir auf einmal Angst. Normalerweise machte ich mir keine Gedanken darüber, von anderen gemocht zu werden. Entweder, es passte, oder eben nicht. Aber das hier ... das *musste* passen. Ich wollte das so sehr. Einen Neuanfang. Ein neues Zuhause. Ein neues Ich. Ich wollte meinen Kopf mit so vielen neuen Erinnerungen füllen, dass die alten unter ihrem Gewicht zerbröselten. Wahrscheinlich war das der ausschlaggebende Grund dafür gewesen, mich für dieses Projekt zu bewerben. Wenn ich mich mit all meinem Herzen dieser

Villa widmete, dann vergaß ich womöglich, dass es eigentlich nur noch wehtat. Meine Welt war auseinandergefallen, aber hier konnte ich dabei mithelfen, etwas anderes zusammenzuhalten.

Wenn ich allerdings wollte, dass May und die anderen mich mochten, sollte ich vermutlich aufhören zu winken und anfangen zu reden.

May rückte im Vorbeigehen einen Lampenschirm auf einem Beistelltisch zurecht. »Richtig. Helen ist irgendwo hier im Haus. Wir hatten heute Morgen schon wieder einen Kurzschluss, und sie kennt sich als Einzige mit so was aus. Ihre Familie führt seit Urzeiten einen Elektrikerbetrieb. Sie hat auch ein Händchen für Autos, falls du da mal ein Problem haben solltest.«

»Kein Auto, kein Problem.«

May warf mir einen Blick über ihre Schulter zu. Der Flur war durch etliche Kisten an den Wänden so verengt, dass wir nicht mehr nebeneinander laufen konnten. »Kein Auto? Wie bist du hergekommen?«

»Mit dem Bus. Und die letzten Kilometer bin ich gelaufen.« Was meine Füße mir mit jedem Schritt in Erinnerung riefen. Ich trug meine bequemsten Sneakers, trotzdem spürte ich jeden Zeh pochen.

Wir hatten die Küchentür erreicht, und ich hievte mir den Rucksack umständlich über die Schultern, ehe ich meine Reisetasche anhob. Als May danach greifen wollte, lehnte ich dankend ab. Sie zupfte nachdenklich an ihrem Haarband.

»Hast du deswegen so wenig Gepäck? Weil du es nicht transportieren konntest?«

»Nein, ich ... brauche einfach nicht so viel«, erwiderte ich vage. Das war leichter, als zu erklären, dass ich an den Rest meiner Sachen nicht herankam. Zwar hatte ich während des Studiums im Wohnheim gelebt, aber ich war an den Wochenenden und auch oft unter der Woche nach Hause gefahren.

Das meiste von meinem Zeug befand sich noch immer in meinem alten Kinderzimmer. Bei dem Gedanken an das Foto von meinem Vater und mir, das dort auf meinem Nachttisch stand, überkam mich ein solches Wehmutsgefühl, dass ich kurz die Augen zukneifen musste.

»Alles klar.« May sah mich an, als wollte sie etwas dazu sagen, doch dann wandte sie sich ab und stieg die Treppe hinauf. »Die anderen beiden Jungs sind unterwegs. Beckett besteht darauf, dass wir einmal die Woche einen Großeinkauf machen. Wenn der Kühlschrank nicht zum Bersten gefüllt ist, wird er richtig dramatisch. Du weißt schon, er rauft sich die Haare und verkündet, dass er nicht für einen Haufen Banausen kochen will und dass sein italienischer Ururgroßvater sich im Grabe umdrehen würde und so weiter und so fort.« Sie schnaubte belustigt, während ich versuchte, mit ihr Schritt zu halten.

Die Treppe mündete im ersten Stock in einem Flur, der zu beiden Seiten um Ecken lief. Daneben führte sie eine weitere Etage hinauf, doch wir bogen direkt nach rechts. Die Dielen knarrten unter unseren Schritten. Ein paar löchrige Lampenschirme hingen über Glühbirnen an den Wänden und warfen dämmriges Licht auf uns. Am Ende des Flurs lag ein Fenster, das von einer Plastikplane verdeckt wurde. Sie hob sich sacht unter dem Druck des Herbstatems, der sich von draußen gegen die undichte Scheibe drängte.

»Kocht Beckett denn immer?«, hakte ich konzentriert nach. Am liebsten hätte ich mein Notizbuch aus dem Rucksack geholt, um mir ein paar Dinge aufzuschreiben. *May umarmt gern. Sienna will mich in einen Kamin stecken. Maxton liebt Pflanzen. Willow darf man keine Ofenaufsicht anvertrauen. Helen repariert Elektrik. Beckett ist kochwütig.* Nicht zu vergessen: *Avery benimmt sich seltsam und winkt gern.*

»Offiziell haben wir einen Plan dafür«, erklärte May. »Inoffiziell hat derjenige, der dran ist, so gut wie immer einen nervösen Beckett hinter sich stehen, der die ganze Zeit bemüht arglose Nachfragen stellt. So was wie: *Meinst du, das ist genügend Salz? Findest du, dass Rosmarin wirklich zu einer Tomatensoße passt? Wann genau magst du die Kartoffeln aus dem Ofen holen?*« Sie warf mir einen Blick über ihre Schulter zu, ihr ganzes Gesicht lächelte. »Sein Vater ist Chefkoch in einem Londoner Edelrestaurant. Die Liebe zum Kochen ist also vermutlich vererbt. Ich rate dir: Fang niemals eine Diskussion über die Pro- und Contra-Seiten von Thymian und Oregano an.«

Ein zarter Staubflaum löste sich unter ihren Schritten und wirbelte mir ins Gesicht, ich hustete in meine Armbeuge. »Ist notiert«, erwiderte ich mit kratziger Stimme.

Vor einer Tür in der Mitte des Flurs hielt May inne und drückte die Klinke herunter. Ein leicht abgestandener Geruch schlug mir in die Nase, als ich ihr hineinfolgte.

Cremefarbene Wände, eine roségoldene Borte, die einmal ringsherum verlief, ein paar Farbwirbel auch an der hohen Decke. An einigen Stellen löste sich die Tapete und hing wie welke Blütenblätter hinab. Das Herzstück des Zimmers war der Erker. Die gewölbte Ausbuchtung war großflächig verglast, sodass man einen weiten Blick auf die Einfahrt des Hauses und die dahinterliegenden Felder hatte.

Ansonsten war das Zimmer so gut wie leer. An der rechten Wand stand ein Holzbett, das frisch bezogen wirkte, auf der anderen Seite ein Schrank aus Nussbaumholz mit filigranen goldenen Türgriffen. Die feine Spur eines Holzwurms verlief längs über den Korpus, ansonsten sah er unversehrt aus. Der restliche Raum war frei, und während ich hindurchlief, fühlte ich mich in seiner Leere ein wenig verloren.

»Wir haben uns die Zimmer per Zufall zugeteilt, als wir eingezogen sind. Da du nicht da warst, haben wir deinen Namen mit ausgelost, ich hoffe, das ist okay für dich.« May sah mir dabei zu, wie ich auf die Fenster zuging. »Wir dachten, das wäre am fairsten. Das Haus hat natürlich einige Zimmer mehr, aber wir haben die acht ausgesucht, die am ehesten als bewohnbar durchgehen. Kein Schimmel, halbwegs dichte Fenster, kein Mottenbefall, schließbare Türen – so was eben. Bei einigen der anderen ist es momentan noch schwer vorstellbar, dass jemand dort freiwillig einziehen würde, selbst wenn wir sie in Schuss gebracht haben.«

Ich nickte und blieb vor dem Erkerfenster stehen. Die weiße Farbe des Rahmens blätterte ab, ich spürte einen Luftzug, der durch die Scheibe drang und meine herauswachsenden Ponysträhnen in meine Stirn zupfte. Hinter der Scheibe verschwamm das Grün der Maulbeerbäume mit dem Gold eines Senfmeers am Feldweg. Über all die Herbstfarben legte sich die Reflexion meines Gesichts. Mein dunkelbraunes Haar war von der Fahrt strähnig geworden, ich spürte die verfilzten Stellen, ohne sie zu berühren. Meine Augen waren mit blassblauen Ringen unterlegt, die Bernsteinsprenkel in den Iriden fast nicht mehr zu sehen, und meine Lippen waren an mehreren Stellen aufgesprungen wie überreife Früchte.

Ich tastete nach dem eingerissenen Mundwinkel und bemerkte Mays fragenden Blick im Glas. Schnell rang ich mir ein Lächeln ab und drehte mich zu ihr um. Ich konnte nicht mal sagen, ob sie in den letzten Minuten noch etwas gesagt hatte. »Entschuldige bitte.« Müde rieb ich mir über das Gesicht. »Ich bin so fertig. Die letzten Wochen waren … anstrengend. Aber das klingt alles perfekt. Und ich liebe das Zimmer. Danke.«

May nickte verständnisvoll. »Du musst dich nicht entschuldigen. Das ist bestimmt viel auf einmal für dich. Komm erst mal in Ruhe an. Glaub mir, du wirst früh genug mitbekommen, wie dieses Haus tickt. Und wir natürlich. Ich weiß einfach, dass du prima zu uns passen wirst. Dein Bewerbungsessay war großartig. *Die Bedeutung von Gerechtigkeit für modernes Zusammenleben* – ziemlich beeindruckend.«

»Du hast es gelesen?«

Es überraschte mich eher, als dass es mir unangenehm war. Mein Essay war sowieso nicht besonders persönlich geworden. Ich hatte lediglich versucht, die bisherigen Erkenntnisse meines Jurastudiums als Prämissen für ein gelungenes Zusammenleben anzuwenden. Da ich weder über nennenswerte handwerkliche noch über herausragend soziale Fähigkeiten verfügte, war das das einzig Nennenswerte, was ich zu diesem Projekt beisteuern konnte. Vermutlich war es gar nicht so schlecht, wenn die anderen gleich wussten, dass sie mir am besten keinen Hammer in die Hand drückten, ohne mir eine dazugehörige Handlungsanweisung zu geben.

Mays Wangen erröteten, ihr Lächeln wurde zerknirschter. »Entschuldige. Noch so eine Sache, die wir ohne dich entschieden haben. Das Gremium hat uns die Gewinner-Essays zukommen lassen, für den Fall, dass wir sie miteinander teilen wollen. Du weißt schon, damit wir uns besser kennenlernen und einschätzen können, was wir für dieses Projekt mitbringen. Keiner hatte etwas dagegen, aber ich glaube, bis auf Sienna und mich hat sich niemand dafür interessiert. Du kannst unsere natürlich auch lesen. Sie liegen unten im Wohnzimmer.«

»Okay, danke.« Ich streifte meine Jacke ab, auch wenn ich direkt zu frösteln begann. Die Heizung neben dem Fenster gluckerte zwar leise, aber die Wärme, die von ihr ausging, verlor sich sofort in dem weiten Zimmer.

May hielt auf der Türschwelle inne. »Ich bin heute mit Kochen dran und wollte ein Curry machen. Du hast eine Erdnuss-Allergie, richtig?«

Ich grinste schief. »Du bist echt gut informiert.«

Mehr Farbe schoss in ihre Wangen. Es biss sich mit ihrem Haarband, machte sie aber nur noch sympathischer. Mays Körper war ein schlechter Lügner, und ich ahnte, dass das auch für ihr Inneres galt. Und wenn es etwas gab, wonach ich mich im Moment sehnte, dann war es Aufrichtigkeit.

»Ich bin nur gern vorbereitet.« Sie deutete auf mein Gepäck, das ich neben dem Bett abgestellt hatte. »Ich würde dir meine Hilfe beim Auspacken anbieten, aber …«

»Ich komme klar«, bestätigte ich.

»Dachte ich mir. Dann gehe ich jetzt und verstecke die Pflanzenleiche vor Maxton. Wir essen so gegen acht, wenn ich es schaffe, fertig zu werden, bevor Beckett wieder hier ist. Wenn was ist, ruf mich.«

»Mach ich. Und, May?«

Sie drehte sich erneut im Rahmen um. »Ja?«

Dieses Mal war mein Lächeln aufrichtig. Und ich hoffte, es war ansatzweise so warm wie ihres. »Danke.«

Sie winkte ab. Schon jetzt war ich sicher, dass May jemand war, der dazu neigte, alles für andere zu machen, ohne etwas im Gegenzug dafür zu erwarten. »Wir freuen uns wirklich, dass du da bist, Avery«, sagte sie sanft. »Du wirst sehen, dieses Haus macht es einem unmöglich, sich nicht zu verlieben.«

Sie ging und schloss die Tür hinter sich. Die plötzliche Stille legte sich watteweich über meine Ohren. Da waren nur das Gluckern der Heizung, das leise Ächzen der Fenster und die Dielen, die unter meinen Schritten knarrten, als ich zum Bett lief. Ich ließ mich rücklings auf die Matratze fallen und versank in der weichen Bettwäsche. Sie roch nach Rosen-Waschmittel, nach warmem Holz und irgendwie auch ein bisschen nach angebrannten Scones. Ich schloss die Augen und atmete ein. *Zuhause*, dachte ich. *Zuhause, Zuhause, Zuhause.* Bevor ich es schaffte, daran zu glauben, schlief ich ein.

2. Kapitel

AVERY

Ich wachte auf, als es draußen bereits dunkelte. Die Dämmerung hatte sich als Tuch hinter dem großen Fenster ausgebreitet und verwischte die Umgebung zu einer Collage aus tiefem Blau und Schatten.

Im flackernden Licht der Nachttischlampe öffnete ich meinen Rucksack. Während sich in meiner Reisetasche meine Klamotten befanden, war mein Rucksack mit meinen Uni-Unterlagen und den wenigen Sachen gefüllt, die ich im Wohnheim bei mir gehabt hatte.

Vorsichtig griff ich nach dem Marmeladenglas, das ich in einen Schal gewickelt hatte. Das Etikettier-Schild, auf dem die Jahreszahl stand, hatte sich durch den Transport ein wenig abgerollt. Ich glättete die Seiten und schüttelte das Glas einmal, sodass die gefalteten Zettel sich neu vermischten.

Es war bereits September, das Jahr fast vorbei, trotzdem war das Glas nicht einmal zur Hälfte voll. Fünfzehn oder zwanzig Zettel – fünfzehn oder zwanzig Glücksmomente in neun Monaten. Ich versuchte, nicht an das Notizbuch in meinem Rucksack zu denken, das die gleiche Jahreszahl trug und so viel mehr gefüllt war. *Schattenablage*, hatte meine Therapeutin damals dazu gesagt. Und so eine hatte ich in den vergangenen Monaten mehr gebraucht als ein Glas für die schönen Momente.

Glücksbewahrer. Das Wort war in meinem Kopf, bevor ich

mich dagegen wehren konnte. Ein Hauch der Stimme klebte noch daran, die es damals zum ersten Mal gesagt hatte. Diese verdammte Stimme, die ich auch nach zwei Jahren nicht vergessen konnte. Ich versuchte, nicht daran zu denken, welches Gesicht dazu gehörte. Oder welches Gefühl. Allein der Anblick des Glases drückte sich so unangenehm in meine Brust, dass ich es schnell neben dem Bett abstellte.

Einen besseren Platz hatte ich momentan sowieso nicht dafür. Ich hätte meine eigenen Möbel mitbringen dürfen, aber im Wohnheim hatte ich keine gehabt, und für die in meinem Elternhaus galt dasselbe wie für meine restlichen Sachen: Ich konnte sie nicht holen.

Immerhin hatte ich Glück gehabt, und viele der ursprünglichen Möbel der Mulberry Mansion waren uns mit dem Haus überlassen worden. Solang mein Zimmer ein Bett hatte, konnte ich mit allem leben. Auch wenn mir der leichte Schmerz in meinem Rücken jetzt schon deutlich machte, dass es ratsam wäre, die Matratze auszutauschen. Vielleicht konnte ich bald auf einem Flohmarkt außerdem ein günstiges Regal und einen Schreibtisch kaufen. Das wären zumindest ein paar neue Möbel für diesen Neuanfang in einem alten Haus.

Ich klaubte einige frische Sachen aus meiner Tasche, griff nach dem Handtuch, das auf meinem Bett lag, und machte mich auf die Suche nach einem Bad.

Ich fand es direkt gegenüber von meinem Zimmer: groß und weiß gefliest, mit einer Wanne direkt unter dem Fenster, die mich an alte Schwarz-Weiß-Filme erinnerte. Der goldene Hahn war verschnörkelt, die Keramik an etlichen Stellen in einem Spinnenbeinmuster gesprungen. Das Fenster ging zum Garten hinaus, und am liebsten hätte ich mich in die Wanne gelegt und eine Weile auf die blauschwarzen Blätterdächer gestarrt.

Stattdessen ging ich zu der Dusche auf der anderen Seite neben dem Waschbecken. Einzig die Aussicht auf heißes Wasser konnte mich dazu bringen, mich in diesem unbeheizten Raum auszuziehen. Keine dreißig Sekunden später wurde ich bitterlich enttäuscht. Ich drehte den Hahn probehalber in beide Richtungen voll auf, doch das Einzige, was herauslief, war eiskaltes Wasser. Ich biss die Zähne aufeinander und wusch mich hastig mit dem nächstbesten Duschgel, das ich auf der Ablage ergreifen konnte. Als ich aus der Kabine stieg und mich in das Handtuch wickelte, glaubte ich, den Duft an mir auszumachen, der vorhin in Mays Haar gehangen hatte.

Nachdem ich in meine frischen Kleider geschlüpft war, meine Haare notdürftig trockengerubbelt und ein freundliches Lächeln im beschlagenen Spiegel geprobt hatte, verließ ich das Bad wieder.

Auf dem Weg nach unten streckte die Geräuschkulisse des Hauses bereits ihre Hände nach mir aus. Leises Stimmengewirr, das Zuknallen einer Tür, Geschirrgeklapper. Der Geruch nach Curry überlagerte sogar den der Rosmarinzweige, die auf dem Beistelltisch am Ende der Treppe in einer Vase standen.

Kurz vor der Küche blieb ich stehen und atmete tief durch. *Das sind deine neuen Mitbewohner*, murmelte ich mir innerlich zu, *also gib dir Mühe. Sei einfach nett.*

Ich wünschte, ich hätte kein Mantra dafür gebraucht, aber ich kannte mich zu gut. Es war mir schon immer schwergefallen, auf fremde Menschen zuzugehen. Mein Vater hatte früher immer gesagt, ich hätte eine angeborene Skepsis gegenüber der Welt. Bei ihm hatte das wie eine liebenswerte Macke geklungen, aber mittlerweile wusste ich, dass sie mich oft von anderen abschottete. Ich war nicht wie May. Ich umarmte niemanden, den ich nicht kannte. Ich stellte mich lieber zehn Meter entfernt in eine Ecke und beobachtete ihn, bis ich wusste, was ich von ihm hielt.

»*Es ist okay, vorsichtig zu sein*«, hatte mein Vater mir einmal gesagt. »*Aber lass nicht zu, dass die Vorsicht dir die Chance auf die schönsten Erlebnisse stiehlt. Manches lässt sich eben nicht vorhersehen, sondern erst dann, wenn man mittendrin steckt.*«

Die Erinnerung wummerte in meinem Kopf und löste einen Schmerz aus, der in meine Brust sickerte. Ich vergrub die Finger in den übergroßen Ärmeln meines Pullovers. Er war alt und der Saum mit Löchern verziert, aber ich würde ihn niemals hergeben. Erinnerungen waren das Einzige, was ich von meinem Vater noch hatte. Und seine Pullover waren welche, in die ich schlüpfen konnte.

Ich drückte die Nase kurz an meine Schulter, obwohl der Stoff seit fast drei Jahren nur nach mir roch. Ich war zwanzig Jahre alt, aber in diesem Moment schwappte das Heimweh so heftig über mich hinweg, dass ich mich am liebsten wieder im Bett verkrochen hätte. Dabei hatte ich alles getan, um das Zuhause, das ich in diesem Moment vermisste, hinter mir zu lassen. Alles, was ich jetzt machen musste, war, einen Schritt über die Schwelle dieses neuen zu wagen.

Ich holte erneut tief Luft, dann gab ich mir einen Ruck und ging in die Küche.

May stand am Herd und rührte in einem riesigen Kochtopf, Sienna sammelte sauberes Besteck aus dem Abtropfgitter an der Spüle, und Willow und eine weitere junge Frau saßen am Küchentisch. Sie stellte sich mir mit einer sanften, fast kindlichen Stimme als Helen vor. Ihre roten Haare waren zu zwei Zöpfen geflochten, und ihr rundliches Gesicht war von Sommersprossen übersät. Auf ihrem karierten Hemdkleid waren ein paar Ölflecken, aber es schien sie nicht zu kümmern.

Mir fiel auf, dass ich niemanden hier gesehen hatte, dessen

Kleidung ganz sauber gewesen war. Ich mochte das. Für meine Kommilitonen an der alten Uni waren Klamotten immer eine Art Statussymbol gewesen. In einer Blase aus gebügelten Hemden und Blusen, die nach Perlenohrringen verlangten, hatte ich mir zu oft irgendeinen Spruch über meine weiten, sichtlich in die Jahre gekommenen Pullover anhören müssen. In dieser Villa hingegen schienen sich alle darüber einig zu sein, dass Kleider vor allem Gebrauchsgegenstände waren.

Ich stellte mich neben May, um Wärme vom Herd abzufangen. Meine feuchten Haare reichten mir genau bis zu den Schultern und tropften gleichmäßig auf den Kragen meines Pullovers. »Haben wir eigentlich kein heißes Wasser?«

»Doch, klar, aber in unserem Bad musst du am Hahn ruckeln, damit es sich richtig einstellt.« May verzog entschuldigend den Mund. Etliche schwarze Strähnen hatten sich aus dem Haarband gelöst, und ihr Gesicht war von der Kochhitze rot geworden. »Ist ein bisschen kompliziert, ich hätte dir das vorher zeigen sollen.«

»Kein Ding. So bin ich wenigstens halbwegs wach. Ich fühl mich eh schon schlecht, weil ich eingeschlafen bin. Die Fahrt hat mich ziemlich ausgelaugt, aber ich verspreche feierlich, dass ich ab morgen früh ein vollwertiges Mitglied in diesem Haus sein werde.«

»Mach dir keinen Kopf.« Sienna griff nach einer Schüssel aus dem Wandschrank über uns, um den Reis umzukippen. »Was das angeht, hat Willow die Latte der Erwartungen echt niedrig gehängt.«

»Hey«, protestierte diese entrüstet. »Wer von uns telefoniert denn hier seit Wochen dem Strom-, Gas-, Internet- und gefühlt jedem anderen Anbieter des Landes hinterher?«

»Das muss man ihr lassen«, raunte Sienna in meine Richtung. »Leuten auf die Nerven gehen kann sie.«

Willow hörte sie dennoch. »Ich bevorzuge den Ausdruck *sie mit meinem Charme bezirzen*, okay? Deswegen frieren wir uns seit einer Woche immerhin nur noch eine Hälfte unserer Hintern ab.«

Ungläubig sah ich sie an. »Es war hier noch kälter?«

Ich hätte nicht gedacht, dass die gluckernden Heizungen bereits eine Verbesserung des Problems waren. Klar, die Villa hatte lang leer gestanden, aber ich hatte vermutet, die Uni und die Stiftung hätten dafür gesorgt, dass die essenziellen Dinge funktionierten, ehe sie uns einziehen ließen. Wir waren nach wie vor Studierende und keine ausgebildeten Handwerker.

»Und ich fürchte, es wird noch deutlich kälter werden.« May warf einen sorgenvollen Blick zum Fenster. Im Dunkeln wirkten die Zweige des Zwetschgenbaums wie ineinander verschlungene Finger. »Der Spätsommer war mild, aber dieses Haus absorbiert irgendwie jegliche Wärme. Wir müssen uns überlegen, wie wir dämmen, ehe der Winter kommt.«

»Na, zum Glück haben wir nicht schon genug offene Baustellen.« Willow prostete mir mit ihrem Weinglas zu. »Du wirst dich morgen früh beim Schreckensbericht vermutlich fragen, wo du hier gelandet bist. Am besten, du wartest mit dem Auspacken. Ich könnte absolut verstehen, wenn du es dir anders überlegst.«

Ehe ich antworten konnte, knallte im Flur eine Tür zu. Kurz darauf setzte ein Scheppern ein, das schließlich um die Ecke bog und in die Küche kam. Begleitet wurde es von einem Typen mit dunkelblondem Haar, der gleichzeitig mehrere Einkaufstüten und einen Kasten Bier vor der Brust trug. Die Flaschen schlugen bei jedem Schritt aneinander und übertönten fast sein Fluchen.

»Heiliger Sankt irgendwas – könntet ihr bitte mal darauf achten, wenn jemand klingelt?«

Willow verdrehte unbeeindruckt die Augen. »Die Klingel ist kaputt, Einstein. Das haben wir heute Morgen festgestellt.«

»Haben wir?« Er runzelte die Stirn und hievte den Kasten auf den Tisch, sodass Helens Wasserglas fast umfiel.

Sie zog es weg und bedachte ihn mit einem weichen Lächeln. »Haben wir. Allerdings vor deinem ersten Kaffee, vor dem du ja bekanntlich nicht dazu in der Lage bist, Informationen abzuspeichern.«

»Verstehe – ihr ignoriert also meine klar kommunizierten Bedürfnisse.« Unsanft ließ er die Tüten zu Boden gleiten, sodass ein Netz Kartoffeln und mehrere Stangen Porree auf den Boden rutschten. Dann hob er den Kopf an und entdeckte mich. Innerhalb weniger Sekunden flatterte sein Blick eingehend über mich. Schließlich pfiff er durch die Zähne. »Bitte sagt mir, dass sie nur zu Besuch ist.«

Verwirrt drehte May sich zu ihm um. »Wieso?«

Er lächelte mir charmant zu. Die Art, wie sich die Fältchen um seine grünbraunen Augen dabei vertieften, machte deutlich, dass das etwas war, was er öfter tat. »Weil ich's nicht ertrage, mit noch einem hübschen Mädchen unter einem Dach zu wohnen, von dem ich mich fernhalten muss.«

Willow schnaubte. »Übertreib es nicht, Beck. Ich habe nicht genug Wein getrunken, um so was zu ertragen.«

Er beugte sich vor und blinzelte unter dichten Wimperfächern auf sie hinab. »Bloß kein Neid, meine Süße. Du weißt genau, ich hätte dich längst dazu gebracht, mit mir auszugehen, wenn ich weniger Angst vor dir hätte. Oder vor deinem Schatten, der nahezu immer eine Gartenschere in der Hand hält. Und wenn der erste Grundsatz unserer hauseigenen Gesetzessammlung nicht wäre: *Don't fuck the company.*«

Sie drückte ihn mit der Hand an seiner Stirn von sich weg, aber ich sah trotzdem, dass sie lächeln musste. »Du spinnst. Unsere hauseigene Gesetzessammlung ist eine Papierserviette, die bereits jetzt anfängt auseinanderzufallen. Trotzdem: Du kannst sie dir gleich ebenso aus dem Kopf schlagen wie mich. Das ist Avery Sterling. Unsere neue Mitbewohnerin. Avery, das ist Beckett – wie er leibt, lebt und uns täglich auf die Nerven geht.«

»Verdammt.« Bedauernd musterte er mich. »Du bist doch viel zu hinreißend für jemanden, der Jura studiert.«

Ich schob die Hände hinter meinen Rücken, um nicht wieder zu winken. »Ihr wisst alle wirklich gut Bescheid über mich.«

Willow nippte grinsend an ihrem Wein. »Na aber sicher, May hat uns ja auch allabendlich aus deiner Polizeiakte vorgelesen.«

May warf mir einen schuldbewussten Blick zu. »Sie übertreibt. Ich wollte nur, dass du dich gleich so richtig dazugehörig fühlst. Damit du nicht das Gefühl hast, etwas verpasst zu haben, nur weil du später angekommen bist.«

»Das ist nett von dir, ehrlich.« Ich meinte es so, auch wenn alles, was ich denken konnte, war: *Zum Glück steht nicht alles über mich in meinen Bewerbungsunterlagen.* Es gab Dinge, die wollte ich mit niemandem teilen. Ein klarer Cut musste immer für beide Seiten gelten, ich wollte eine verdammte Schlucht zwischen Damals und Jetzt.

Willow blies sich eine Locke aus der Stirn. »Gibt ja auch nichts Schöneres, als irgendwo anzukommen, wo ein Haufen Fremder direkt deinen Lebenslauf auswendig kennt.«

»Wir sind keine Fremden. Wir gehören jetzt zusammen.« May stellte sich auf die Zehenspitzen, um an eine Glasschüssel aus dem Schrank zu kommen. Ich kam ihr zuvor. Für irgendetwas mussten meine eins achtundsiebzig ja gut sein.

»Die acht Musketiere, ein Klassiker.« Willow fasste sich theatralisch ans Herz, ehe sie stirnrunzelnd zur Tür blickte. »Apropos, wo steckt denn unser hauseigener Sonnenschein?«

Beckett verdrehte die Augen und verstaute den Sack Kartoffeln in einem Tonkrug auf der Anrichte. »Am Auto. Er hat heute ganz besonders prächtige Laune. Jemand muss uns auf dem Parkplatz gestreift haben, die Längsseite seines Wagens ist jetzt mit hübschen Kratzern verziert.«

May drehte sich mit der vollen Curry-Schüssel zum Küchentisch um. »Soll ich mal nach ihm sehen? Das Essen ist fertig.«

Beckett winkte ab und nahm ihr die Schüssel aus den Händen, nur um sie an Sienna weiterzugeben, die gerade aus dem Wohnzimmer zurückkam. »Der kommt schon rein, wenn er bemerkt hat, dass der Wagen sich nicht neu lackiert, nur weil er ihn finster anstarrt«, meinte er gelassen. »Außerdem ist Maxton zu ihm gegangen. Wenn es jemanden gibt, der ihn dazu bringt, es gut sein zu lassen, dann er.«

Ich biss mir auf die Unterlippe, um nicht zu lachen. Das da draußen musste dann wohl Mitbewohner Nummer sieben sein. Immerhin versprachen diese Gesprächsfetzen niemanden, der sonderlich viel Small Talk von mir einfordern würde.

Beckett und Helen räumten zügig die schnell verderblichen Lebensmittel in den Kühlschrank, ehe wir in den Essbereich zwischen Küche und Wohnzimmer gingen. Vor einem der Fenster stand ein langer Tisch, den Sienna mit Geschirr, Besteck und einigen Kerzenleuchtern aus Messing gedeckt hatte. Das goldene Licht flackerte gemeinsam mit dem schwachen Schein der Deckenlampe in der Glasscheibe und verlieh dem Raum etwas Gemütliches. Der Garten draußen war gänzlich von der Nacht verschluckt worden, fast so, als hätte sich die Welt auf unser Haus reduziert.

Unser Haus. Ich kostete erst die Worte, dann den Wein, den Willow mir eingeschenkt hatte. Er war schwer und löste ein behagliches Gefühl von Wärme in meiner Magengrube aus. Meine Muskeln entspannten sich, und als Beckett sich auf den

Stuhl neben mir setzte, musste ich mich nicht einmal dazu zwingen, zu lächeln.

»Irgendwie schräg. Ich hätte eher vermutet, du wärst ein Kerl«, teilte er mir mit.

»Wieso das?« Mein Name war zwar geschlechtsneutral, aber in meinen Unterlagen war auch ein Foto angefügt. Etwas ließ mich allerdings ahnen, dass Beckett sich nie für die Essays interessiert hatte. Er wirkte nicht unbedingt wie jemand, der sonderlich viel Wert auf Vorbereitung legte. Eher wie jemand, den man mitten in der Nacht anrufen könnte, damit er mit einem zum Flughafen fuhr, sich vor die Anzeige der Abflüge stellte und spontan das Ziel für einen Kurztrip auswählte.

Er hob die Schultern und reichte May seinen Teller, damit sie ihm Reis auftat. »Na, allein wegen der Verteilung. Das ist doch irgendwie unfair so. Fünf gegen drei.«

Sienna setzte sich auf seine andere Seite und schnippte ihm gegen den Arm. »Das ist sexistisch, Beck. Wir wurden unabhängig von unserem Geschlecht ausgewählt, schon vergessen? Eine Festmachung am biologischen Status würde nämlich bedeuten, dass man bestimmte Klischeekonstrukte der Begriffe ›männlich‹ und ›weiblich‹ aufrechterhält.« Sie stützte ihr Kinn auf eine Hand und lächelte ihn süffisant über den Rand ihrer Brille hinweg an. »Und versteh das nicht falsch, *Darling*, aber während du ständig hinter dem Herd stehst, hat Helen heute wieder einmal den Sicherungskasten repariert.«

»Man kann keinen Sicherungs*kasten* reparieren, Sienna«, sagte Helen mit erröteten Wangen. Offenbar war ihr die komplimentbehaftete Aufmerksamkeit unangenehm.

»*Mann* nicht, *du* schon.« Sienna grinste. »Genau das sage ich ja.«

»Du übertreibst«, murmelte Helen und fügte dann an Beckett gewandt hinzu: »Aber wobei brauchst du denn bitte männliche Unterstützung, Beck? Als ich letztens Fußball mit dir ansehen wollte, bist du während der ersten Halbzeit eingeschlafen.« Sie reichte Sienna einen Teller mit Curry. Der würzige Duft entlockte meinem Magen ein leises Knurren.

Entrüstet stieß Willow Helen in die Seite. »Ich bitte dich! Bei der Wahl des sonntagabendlichen Nachtischs zum Beispiel: Crème brulée oder Mousse au Chocolat – ganz klassische Geschlechterkampf-Frage!«

Sienna lachte laut, Helen und ich versuchten zumindest, es zu kaschieren.

»May?«, fragte Beckett trocken. »Steht in unserer Hausordnung etwas, das mir verbietet, Willow für ein paar Stunden in den Schuppen zu sperren?«

May hatte bereits sieben Teller mit Essen gefüllt, jetzt tat sie sich selbst auf und ließ sich dann auf einen Stuhl schräg gegenüber von mir sinken. »Ich befürchte, bei Freiheitsberaubung wiegt die Verfassung unseres Landes mehr als die, die ich vor zwei Wochen nach einer halben Flasche Wein auf eine Papierserviette gekritzelt habe.«

»Na, zum Glück haben wir jetzt unsere persönliche Rechtsberaterin im Haus.« Er nickte mir feierlich zu. »Miss Sterling, was sagen Recht und Justiz?«

»Dass man nie auf leeren Magen über das Begehen einer Straftat diskutieren sollte«, sagte ich todernst.

Momentan wollte ich nicht an mein Studium denken. Mir blieben noch etwa sechsunddreißig Stunden, bis mein neues Semester anfing.

May grinste mir zu und hob ihr Glas. »Vernünftig.« Sie nahm einen Schluck, dann stand sie schon wieder auf. »Ich hole die beiden jetzt. Das Essen wird sonst kalt.«

»May ist unsere ganz eigene Hausmutter«, teilte Sienna mir mit, als sie das Zimmer verlassen hatte. »Sie besteht darauf, dass wir alle zusammen essen und uns gute Nacht sagen und so was. Angeblich fördern kleine Rituale die emotionale Bindung. Manchmal bin ich nicht sicher, ob sie aus diesem Projekt nicht auch eine Hausarbeit für ihr Psychologiestudium machen will.«

Willow nickte. »Sie erzieht uns richtig, und dabei bin ich diejenige, die Pädagogik studiert.«

»Sonderpädagogik«, korrigierte Beckett beiläufig. Er hatte seinen Teller angehoben und schnupperte mit geschlossenen Augen an seinem Curry, als versuchte er, es in seine Gewürzbestandteile zu zerlegen.

Helen und Sienna tauschten einen belustigten Blick, und Willow zog die hellen Augenbrauen so weit hoch, dass sie unter ihren Locken verschwanden. »Oh, Beck«, sagte sie spöttisch. »Sag mir nicht, dass du nicht etwas ganz *Besonderes* bist.«

Ertappt ließ er den Teller sinken. An seiner Nasenspitze war ein Hauch Currysoße zu sehen, den er sich grob mit dem Ärmel seines Sweatshirts wegwischte. »Zu viel Muskatnuss. Ich sag ja nur.«

Ich musste lachen. Deswegen hörte ich nicht, wie die Haustür erneut ins Schloss fiel. Ich bemerkte die Leute erst, als sie ins Wohnzimmer bogen.

»Das war bestimmt keine Absicht«, sagte May gerade beschwichtigend.

Mein Blick glitt über sie hinweg zu den beiden Männern, die hinter ihr liefen. Maxton trug mittlerweile einen Pullover und Socken. Sein Gesichtsausdruck wirkte gelassen, während er mit einer Hand auf die Schulter des Typen neben sich klopfte.

»Ich helfe dir morgen beim Polieren. Also alles halb so wild, Mann.«

Ich hörte die Antwort des anderen nicht.

Weil mein Blick in diesem Moment bei seinem Gesicht angelangt war.

Und alles,
alles,
alles
hörte auf zu existieren.

Es war, als würde ich einen Film sehen, und plötzlich stockte das Bild. Da war nur noch er. Das Mitternachtsschwarz seines wirbeligen Haars, das Silbergrau seiner Augen, der Leberfleck unter dem rechten Lid, die leichte Krümmung seiner Nase und die zarte Narbe in ihrem Rücken, die Form der Mulde über seinem Mund, die Wölbung seiner Lippen. Ich sah auch das, was man im dämmrigen Wohnzimmerlicht nicht sehen konnte. Das Muttermal unter dem linken Ohrläppchen, das Grübchen in der Wange derselben Seite, das sich nur bildete, wenn er aufrichtig lächelte, die Kuhle unterhalb seines Halses, in die man sich so perfekt lehnen konnte.

Es war alles noch da.

Er war noch da.

Oder nein … *wieder* da.

Hier.

In der Mulberry Mansion.

Mein Magen krampfte sich zusammen, in meinem Nacken bildete sich kalter Schweiß, meine Beine prickelten. Ich wollte aufstehen und wegrennen, doch ich schaffte es nicht einmal zu blinzeln. Ich saß nur da und atmete flach und starrte. Ich starrte ihn an.

Eden. Eden Kane.

Nein, nein, nein. So etwas passierte nicht. Ich fuhr nicht ans andere Ende des Landes und zog in dieses abgelegene Haus, nur um *ihm* zu begegnen. Das war unmöglich.

Mein Puls rauschte in meinen Ohren, meine Sicht flimmerte. Ich bekam nicht mit, was die anderen sagten, alles, was ich wahrnahm, war, dass er nichts sagte.

Eden war zwei Schritte vor dem Tisch stehen geblieben und sah mich völlig ausdruckslos an. Er war immer gut darin gewesen, mit dem ganzen Gesicht zu schweigen. Ich konnte nicht sagen, was in ihm vorging. Ob er genauso geschockt war wie ich oder ob er es längst gewusst hatte. Vielleicht hatte er ebenfalls in meine Unterlagen gesehen, vielleicht … Doch irgendetwas in seinem Blick ließ mich denken, dass er nicht geahnt hatte, dass ich herkommen würde. Da flackerte etwas im Grau seiner Iriden auf. Schock, Angst, Wut?

Mein Magen krampfte sich heftiger zusammen, meine Hände schlossen sich um die Tischkante vor mir.

Nur gedämpft setzte Mays Stimme wieder in meinen Ohren ein. »Also, hier hätten wir Nummer sieben. Das ist …«

»Eden.« Ich würgte den Namen hervor und bereute es, als sich sofort alle Blicke auf mich richteten.

Eden presste die Lippen aufeinander, sein Gesicht wirkte blasser als noch vor wenigen Sekunden.

Kurz war es ganz still, dann räusperte Willow sich. »Uh, uh, uh.« Sie leckte an ihrem currygetunkten Löffel, während sie zwischen uns hin- und hersah. »Ich spüre den Geist der Vergangenheit.«

»Willow«, murmelte Maxton. Er stand am Stuhl neben ihrem, aber sein Blick ruhte auf Eden.

Dieser schüttelte den Kopf und ging auf den freien Platz ganz links zu. »Nur ein seltsamer Zufall. Wir waren zusammen in der Schule. Das ist alles.«

Seine Stimme ließ mich zusammenzucken. Sie war noch immer warm, tief und ein wenig rau. *Eine Hörbuchstimme*, hatte ich gedacht, als ich ihn das erste Mal im Englischunterricht reden gehört hatte.

Später, als ich so viel verloren hatte und Eden trotzdem dagewesen war, hatte seine Stimme mich zusammengehalten. Ich hätte nicht sagen können, wie oft ich in seinen Armen gelegen hatte, während er mir vorgelesen hatte, damit ich einschlafen konnte. Am liebsten aus dem Märchenbuch, mit dem mir mein Vater das Lesen beigebracht hatte. Ich erinnerte mich an das Rascheln des Papiers, mit dem Eden die Seiten umgeschlagen hatte, an seine träge Stimme, an seine Finger, die müde Kreise auf meine nackte Schulter malten. Rapunzel, Aschenputtel, Rotkäppchen, Schneewittchen. Hunderte glückliche Enden. Hunderte verdammte Lügen.

Ein hysterisches Lachen stieg in mir auf, ich hustete es fort und nippte an meinem Wein, um irgendetwas zu tun.

»Ist ewig her«, fügte Eden hinzu und umklammerte die Stuhllehne vor sich. Seine Stimme klang gepresst, womöglich wäre das mein Text gewesen.

Bedauerlicherweise hatte er das Skript unserer Geschichte nie mit mir geteilt. Andernfalls hätte ich damals diesen grausamen, alles zerfetzenden Plot-Twist kommen sehen. Und andernfalls hätte ich gewusst, dass unsere Geschichte ein weiteres Kapitel bekommen würde – selbst nach dem »Ende«, das Eden vor zwei Jahren unter das letzte gesetzt hatte.

»Wir sind nicht alt genug für eine Ewigkeit«, spottete Willow, aber ihre Stimme wurde erneut zu einem Rauschen in meinem Ohr.

Ever, Ever, Ever. Edens Stimme in meinem Kopf, leise, heiser und unendlich, so wie das Versprechen, das an dem winzigen Wort hing. Eine Ewigkeit, ein Für Immer, eine weitere Lüge.

Zwei Jahre, aber ich hatte nichts vergessen. Erinnerungen verblassten, aber nicht solche. Solche tätowierten sich ins Gedankengewebe. Sie konnten überlagert werden, an guten Tagen waren sie nur ein schwacher Schemen aus Dunkelheit unter neuem Bunt. Doch sie verschwanden niemals.

Ich starrte ihn nur an, wartete darauf, dass er irgendetwas sagte, was das hier erträglicher machte.

Er sah mich einen weiteren Moment ausdruckslos an, dann ließ er den Stuhl abrupt los und wandte sich ab. »Ich gehe duschen. Esst ohne mich, ich hole mir später was.«

May öffnete den Mund, als wollte sie ihm widersprechen, doch da hatte Eden schon das Wohnzimmer verlassen. Kurz darauf waren seine Schritte auf der Treppe zu hören, und wir anderen versanken in der Art von Stille, die vor Unausgesprochenem brodelte.

In meinem Kopf überschlugen sich die Gedanken, doch mein Mund blieb geschlossen. Ich wollte etwas sagen, aber ich konnte nicht. Irgendwie ergab nichts mehr Sinn.

Während die anderen zögerlich zu essen begannen, starrte ich auf meinen Teller. Das Curry roch köstlich, doch allein bei dem Gedanken, es zu probieren, wurde mir übel.

Offensichtlich konnte Eden nicht mit mir an einem Tisch sitzen und essen. Ich fragte mich, wie wir es dann verdammt noch mal schaffen sollten, unter einem Dach zu leben. Die Situation war so absurd, dass ich nicht wusste, was die normale Reaktion gewesen wäre. Mich bei den anderen entschuldigen und sofort wieder ausziehen? Eden hinterhergehen und fragen, wie es ihm die letzten Jahre so ergangen war? So tun, als wäre nichts passiert?

Erst als ich Mays sorgenvollen Blick auf meinem Gesicht spürte, schaffte ich es, nach meinem Besteck zu greifen.

»Wenn du mit Eden zur Schule gegangen bist, kommst du auch aus Redcar, richtig?«, fragte Sienna mich, als ich ein paar Bissen hinuntergewürgt hatte.

»Ja«, sagte ich und ließ das Besteck sinken. Versuchte irgendwie, normal zu wirken, auch wenn ich innerlich fast durchdrehte. »Geboren, aufgewachsen und geblieben … bis jetzt.«

»Wieso wolltest du ausgerechnet jetzt nach Windsbury?«

Die Gespräche der anderen waren versiegt, ich spürte ihre Aufmerksamkeit auf mir. Konzentriert starrte ich auf das Wachs, das an der Kerze vor mir hinablief. »Wegen dieses Projekts hier. Ich bin zufällig darauf gestoßen und dachte … warum nicht.«

Warum nicht. Wenn Eden hier gewesen wäre, hätte er sofort gewusst, dass das gelogen war. Ich war ein Mensch, der jede Entscheidung gründlich auf mögliche Konsequenzen abklopfte, der rational und bedacht entschied. Ich war nicht sprunghaft, ich war nicht spontan. Ich war kein »Warum nicht?«-Mensch, eher ein »Lieber nicht«-Mensch. Eigentlich.

»Und wieso nicht eines der anderen Häuser?«, fragte Willow, während sie sich Wein nachschenkte. »Du hättest dich zum Beispiel auch in Falmouth bewerben können. Gott, ich wünschte, ich hätte das getan. Die haben einen eigenen Strandabschnitt. Wir haben ein paar Bäume mit matschigen Früchten dran.«

»Ich war als Kind mal hier. Windsbury kam mir schon damals wie der perfekte Ort zum Studieren vor.«

Das war zumindest nicht gelogen. Als ich zehn gewesen war, hatte meine Familie den ersten Wochenendausflug nach Windsbury gemacht. Ich hatte mich sofort in den Ort verliebt. In die gemütlichen Häuser, die sich eng aneinanderschmiegten. In die Cafés und kleinen Läden, in die Touristen und Einheimische gleichermaßen bummeln gingen. Und in die Universität, die den Kern von Windsbury ausmachte.

Ich hatte bei Weitem nicht gewusst, ob ich überhaupt studieren wollte, damals schwankte mein Berufswunsch wöchentlich zwischen Astronautin, Tierärztin und Feuerwehrfrau. Aber – und ich war mir nie zuvor so sicher mit etwas gewesen wie damit – wenn, dann wollte ich *hier* studieren. Hier, zwischen den efeuumrankten Gebäuden, von denen jedes eine ganz eigene Geschichte zu erzählen schien. Hier, wo die Stadt, in der aus jedem Fenster Gemütlichkeit schien, von ungebändigter Natur umarmt wurde. Dieser Ort war weit weg von daheim, aber an diesem kurzen Wochenende hatte es sich wie ein potenzielles Zuhause angefühlt.

Sieben Jahre später fand ich durch die schmerzhafteste aller Weisen heraus, was ich studieren wollte. Und auch, wen ich dabei an meiner Seite haben wollte.

»*Du und ich in einer winzigen Wohnung in Windsbury. Ein Zimmer voller Bücher für dich und eine kleine Dunkelkammer für mich*«, hatte ich in irgendeiner Nacht ins Telefon geflüstert, als meine Stimme vom Weinen ganz aufgeraut gewesen war, »*wenn es eine Zukunft gibt, die ich mir noch vorstellen kann, dann ist es diese.*«

»*Dann machen wir das*«, hatte Eden leise lächelnd geantwortet.

Rund acht Monate später hatte er aufgehört, mit mir zu reden. Und in diesem Moment hatte ich auch begriffen, dass ich mir selbst etwas vorgemacht hatte. Nicht nur mit Eden und mir, sondern auch mit dem lächerlichen Plan, nach Windsbury zu ziehen. Vier Stunden Entfernung nach Hause waren vier Stunden zu viel zwischen meiner Familie und mir. Denn wir hatten nur noch einander, und ich hatte gewusst, dass das mehr zählte als alle Träume, die ich davor gehabt hatte. Tja und jetzt … jetzt waren vier Stunden hundert zu wenige, die mich von ihnen trennten. Weil wir sowieso nicht mehr zusammengehörten.

Ich hatte mir die anderen Häuser, die die Familie Conteville der Stiftung unterstellt hatte, nicht angesehen. Ich hatte ja nicht einmal nach der Mulberry Mansion gesucht. Sie hatte mich gefunden, als ich nicht gewusst hatte, wohin ich konnte.

Nur dass sie sich jetzt nicht mehr wie eine Zuflucht anfühlte, sondern wie eine Jägerfalle, in die ich blind hineingetappt war.

Irgendwie brachte ich das Essen hinter mich. Die anderen plauderten so zwanglos miteinander, dass ich nicht viel sagen musste. Mechanisch half ich danach dabei abzuräumen und bot an, das Geschirr abzuspülen, aber May befahl mir mit sanfter Strenge, hochzugehen und mich hinzulegen.

Ich wusste nicht, was ich denken sollte, während ich die Treppen hinauflief. Alle Eindrücke des Tages wurden von Eden überlagert. Es war nicht nur die Tatsache, dass er hier war, es war vor allem die, dass er es geschafft hatte, so zu wirken, als wäre nichts weiter dabei, mich wiederzusehen. Dabei war *alles* dabei.

Meine Hand lag schon an meiner Klinke, als sich zwei Zimmer weiter plötzlich die Tür öffnete und jemand auf den Flur hinaustrat. Eden hob den Blick und hielt inne, während seine Tür knarrend zum Stehen kam.

Gott, war das surreal. Wenn ich daran gedacht hatte, ihn wiederzusehen, dann hatten sich diese Szenen auf den Straßen unserer Heimatstadt abgespielt. Am Strand, in der Innenstadt in einem der Cafés mit den blauen Markisen, an der Kasse von Tesco oder im Park, der zwischen unseren Elternhäusern lag. Sicher nicht in einer heruntergekommenen Villa, die wir beide seit Neustem unser Zuhause nannten.

Wenn das dort sein Zimmer war, dann hatte er das mit dem anderen Erker, und zwischen unseren befand sich nur ein weiteres. Er war mir *so* nah. Und trotzdem spürte ich in diesem Moment so viel Distanz zwischen uns wie nie zuvor.

Ich räusperte mich und zerrte die Ärmel meines Pullovers über meine zittrigen Finger. Zwei Jahre lang hatte ich mir diesen Moment vorgestellt. Trotzdem wusste ich nicht, was man zu jemandem sagte, der einem das Herz erst zusammengesetzt und dann erneut gebrochen hatte.

Wie geht es dir? Wieso bist du ohne mich hergezogen? Hast du manchmal an mich gedacht? Wieso, Eden? Sagst du mir jetzt endlich, endlich, wieso?

»Ich … hi.« In meiner Vorstellung war ich besser gewesen. Eloquenter. Gelassener. Stärker.

Eden schwieg. Seine Kiefermuskulatur war angespannt, seine linke Hand ballte sich mehrmals zu einer Faust und wieder auseinander. Ich erkannte, dass einige der Fingerknöchel aufgeraut waren. Der Anblick ließ mich einen halben Schritt von ihm zurückweichen.

»Du bist nach Windsbury gezogen?« Meine Stimme klang gepresst, etliche Erinnerungen versuchten, sich zwischen die Worte zu drängen.

Er hob die Schultern. »Offensichtlich.«

»Direkt nach dem Abschluss?«

»Ja.«

Ich atmete laut aus. Neben uns flackerte die Wandlampe auf. Schatten auf seinem Gesicht und in meiner Brust. »Das … überrascht mich.«

Eine Untertreibung. Das hier war *unser* Traum gewesen – vor allem aber meiner. Ich hatte immer gedacht, Windsbury wäre ein Teil des Grundes gewesen, warum Eden mich verlassen hatte. Dass er keine Lust darauf gehabt hatte, sich meinen Träumen unterzuordnen. Dass ich ihn zu etwas gedrängt hatte, das er gar nicht gewollt hatte. Er hatte gewusst, dass ich ohne ihn nicht herkommen würde. Und anscheinend war er trotzdem – oder genau deshalb? – ohne mich hergezogen.

»Ich wusste nicht, dass ich dich darüber hätte informieren müssen.«

Alles an ihm war so abweisend. Sein Blick, seine Körperhaltung, seine Stimme. Es passte nicht zu ihm. So wie er mir gerade gegenüberstand, erinnerte er mich kaum an den Jungen, den ich damals gekannt hatte. Eden war mein Frühling gewesen, jetzt war alles an ihm winterkalt.

»Darum geht es nicht, und das weißt du«, setzte ich störrisch nach. Ich wollte ihm das hier nicht so leicht machen. »Ich dachte nur …«

»Willst du irgendwas Bestimmtes?«, unterbrach er mich. Seine rechte Hand tippte ungeduldig auf seinen Oberschenkel, als würde sie die Schritte gehen, die er seinen Füßen untersagte.

»Was?«, fragte ich fassungslos.

»Ich bin müde und hungrig, ich hab ehrlich gesagt keine Lust auf Small Talk.«

»Ich bin der letzte Mensch, der *Small Talk* mit dir führen will, und auch das weißt du ganz genau. Ich will nur … Willst du nicht reden?« Verwirrt und hilflos suchte ich seinen Blick, aber er sah schon wieder knapp an mir vorbei. Als würde er meine Anwesenheit am liebsten ausblenden.

Wie konnte das sein? Wie konnte das hier ihm so … egal sein? *Nicht es*, dachte ich bitter. *Ich. Ich bin ihm egal. Das sollte mich eigentlich überhaupt nicht überraschen.*

Er schob eine Hand in seinen Nacken, und ich war mir sicher, dass er zwei Finger zwischen die Wirbel drückte. Weil er das schon früher gemacht hatte, wenn er angespannt gewesen war. Es dauerte etliche Sekunden, bis er etwas erwiderte. »Wenn du Fragen zum Haus oder so was hast, dann rede am besten mit May.«

»Fragen zum Haus«, wiederholte ich ungläubig. Dass er vor den anderen so tat, als wären wir nur zusammen zur Schule gegangen, war eine Sache. Aber bei mir konnte er das nicht abziehen. Wir waren so viel mehr gewesen als Klassenkameraden. Wir waren … *alles* gewesen. Oder nicht?

Eden wandte mir langsam den Blick zu und hob die Augenbrauen. Die Wandlampe neben uns flackerte erneut, das Silber seiner Augen leuchtete auf.

Und es war unpassend und unfair, aber in diesem Moment konnte ich nur daran denken, wie schön er war. Er war noch immer so, so schön. Schön auf diese detailbesetzte Art, die ich seit zwei Jahren in so vielen anderen zu finden versucht hatte. Doch mit jedem Detail, das ich an einem anderen entdeckt hatte, hatte ich mich nur an eines von ihm erinnert. Und das war immer mehr gewesen, *er* war immer mehr gewesen. Zu viel, um ihn zu vergessen und mich an jemand anderen erinnern zu wollen.

Und jetzt, wo ich ihn endlich wiedersah, verhedderte sich meine Sicht an all den losen Erinnerungsfäden. Es war unmöglich, mich daraus zu befreien. Ein Teil von mir hatte gedacht, ihm würde es ähnlich gehen, sollten wir uns jemals wieder gegenüberstehen. Dass er mich ansehen und nicht mehr würde wegsehen können. Doch Edens Blick hing nicht an mir fest, er ging geradewegs durch mich hindurch. Vermutlich, weil er all die losen Fäden schon vor langer Zeit durchtrennt hatte.

»Was willst du sonst besprechen?«, fragte er ausdruckslos.

Alles, dachte ich, und sagte: »Nichts.«

»Okay.« Ohne zu zögern schob er sich an mir vorbei und ging zum Bad auf der anderen Flurseite. »Dann gute Nacht.«

Die Tür fiel ins Schloss und mein Herz in eine Höhle in meiner Brust, die es sich vor zwei Jahren gegraben hatte.

In diesem Moment war ich mir nur mit einem ganz sicher: Es stimmte, Neuanfänge hatten verschiedene Gesichter.

Aber Edens war mit Sicherheit keines davon.

3. Kapitel

AVERY

Damals

Von hier oben war die Stadt nur ein weit entferntes Meer aus Lichtern. Goldene Fenster, rote Reklametafeln, ab und zu ein blaues Licht, das sich durch die Straßen wand. Ich umklammerte die Stäbe fester und verlagerte das Gewicht nach vorn, sodass ich besser zwischen ihnen hindurchsehen konnte. Ich hätte mir gern eingeredet, unser Haus sehen zu können, aber erstens war meine Orientierung furchtbar, und zweitens war es zu weit weg.

Seufzend lehnte ich die Stirn gegen die kühlen Stäbe. Sie standen so dicht aneinander, dass ich meine Füße gerade so hindurchzwängen konnte. Der Wasserturm, der schon lang nicht mehr in Betrieb war, war nicht sehr hoch, doch wenn ich in die Tiefe blickte, zog sich mein Magen trotzdem zusammen.

Keine Ahnung, warum ich überhaupt hier hinaufgeklettert war. Die illegale Party, die in einem der leer stehenden Industriegebäude stattfand, war so überfüllt gewesen, dass ich nach wenigen Minuten keine Lust mehr gehabt hatte, zu bleiben. Also hatte ich meinen Freundinnen gesagt, ich würde kurz durchatmen gehen, und war hergekommen.

Es war März, die Nacht war lau und sternbesprenkelt. In der ganzen Stadt roch es nach warmem Stein und blühenden

Mahonien. Der Frühling fing gerade an, und wir waren uns alle so sicher, mit sechzehn schmeckte er auf einmal anders. Verheißungsvoller, irgendwie. Im Frühling machte mir das Erwachsenwerden keine Angst, im Frühling fühlte es sich so an, als wäre das Leben groß und weit und hell.

Auf meiner Zunge lag ein Rest des zuckrigen Erdbeersekts, und mein Kopf fühlte sich wattig an. Für einen Cheeseburger hätte ich so gut wie alles getan. Am liebsten hätte ich meinen Vater angerufen und ihn darum gebeten, mich abzuholen und mit mir zum nächsten Drive-in zu fahren. Doch dann hätte ich erklären müssen, warum ich nicht wie besprochen bei Delilah war, warum mein Kleid und mein Atem nach Alkohol rochen und warum ich mich in dem Teil der Stadt befand, von dem meine Eltern mich immer fernhalten wollten.

Ich baumelte mit den Füßen und bemerkte zu spät, wie sich eine meiner Sandalen löste. »Shit«, fluchte ich und beugte mich vor, gerade rechtzeitig, um zu sehen, wie der Schuh auf dem Asphalt unter mir landete. Nur knapp zwei Meter entfernt von einem Menschen, der gerade darüber lief.

In der Dunkelheit konnte ich sein Gesicht nicht ausmachen, aber ich sah, dass er den Kopf in den Nacken legte und zu mir hochblickte. Ich war nicht sicher, ob er mich auf dem Turm überhaupt sehen konnte, sicherheitshalber winkte ich ihm zu.

Er stand ein paar Sekunden lang so da, dann griff er nach meinem Schuh und verschwand aus meinem Sichtfeld. Kurz darauf hörte ich, wie jemand die rostige Leiter am Turm hinaufstieg.

Ich zog die Beine zurück und drehte mich zum Aufgang. Für einen flüchtigen Moment flackerte Sorge in mir auf, aber da erkannte ich, wer gerade auf die Plattform kletterte und mir entgegenkam.

»Hier«, sagte der Junge mit der Hörbuchstimme und hielt mir die Sandale hin. »Dein Schuh, nehme ich an.«

»Danke. Sehr aufmerksam von dir.« Ich griff danach und schob ihn über meinen Fuß.

Ich brauchte mehrere Anläufe, bis ich die Schnalle zubekommen hatte, was den Jungen die Stirn runzeln ließ. Sein Blick wanderte zwischen der Tiefe hinter dem Geländer und meinem Gesicht hin und her. »Du hast getrunken. Du solltest vielleicht nicht allein auf hohe Türme klettern.«

»Ich bin doch gar nicht allein«, sagte ich und musterte ihn beiläufig. Etwas, das ich immer machte, wenn wir uns zufällig begegneten.

Ich mochte sein Gesicht. Ein Gesicht, das Ecken und Kanten hatte, die man mit den Fingern nachfahren wollte. Es gab darin so viel zu entdecken. Er war schön, auf eine puzzleteilige Art. Da waren so viele Details, die schon allein hübsch waren, aber wenn man sie zusammenfügte, war alles so vollkommen. *Er* war vollkommen. Eden.

»Wenn solche Typen im Paradies auf mich warten, gehe ich wieder brav in die Kirche«, hatte Delilah gesagt, als wir ihn das erste Mal beim Fußballspielen auf dem Sportplatz gesehen hatten.

»Das ist Blasphemie«, hatte ich grinsend geantwortet.

»Nein, das ist heiß.« Delilah hatte anzüglich mit den Augenbrauen gewackelt, und ich hatte sie in die Seite gezwickt, obwohl sie recht gehabt hatte.

Zwanzig Kerle auf dem Platz, die meisten davon oben ohne, aber die Aufmerksamkeit aller Umstehenden fokussierte sich auf den Jungen mit dem schwarzen Shirt und dem schwarzen Haar. Nicht nur, weil er neu auf der Schule war, sondern auch, weil er … einfach anders war. Er war nicht schön, wie ein Gemälde oder ein Model es gewesen wäre. Er hatte nichts Statisches, eher etwas Fließendes wie eine Momentaufnahme des Meers. Tausend Nuancen Blau, sanfte Wellen, der Gedanke, dass da so viel unter der Oberfläche lag, was man unbedingt ergründen wollte.

Das war fast ein Jahr her. Es hatte noch viele solcher Momente gegeben, in denen ich ihn aus der Ferne angesehen hatte. Geredet hatte ich nie mit ihm. Er war zwar in meiner Stufe, aber selbst in unseren gemeinsamen Kursen hatte ich mich nie getraut, ihn anzusprechen. Vielleicht war ich deswegen jetzt überfordert und starrte ihn nur an.

Er zögerte kurz, dann setzte er sich neben mich. Grau meliertes Shirt, schwarze Hose, abgetretene Turnschuhe. *Schöner Meermensch*, dachte ich.

»Vielleicht hätte ich früher einen Schuh nach dir werfen sollen«, sagte mein Sektmund, ohne mich um Erlaubnis zu bitten.

Eden lächelte. Es ließ sein Gesicht weicher wirken, die Kanten wurden abgerundet, ich wollte sie trotzdem noch berühren. »Du hast eine interessante Vorstellung von einem Kennenlernen. Oder Small Talk.«

Das war nicht das erste Mal, dass mir so etwas gesagt wurde. Wenn ich Menschen erstmals traf, sagte ich meistens entweder gar nichts oder irgendwie das Falsche. Lexi meinte oft, mir würde ein Filter im Kopf fehlen, der dafür sorgte, dass die Ehrlichkeit sich der Höflichkeit unterordnete, wie es sich gehört hätte.

»Hm«, machte ich und wich seinem Blick aus. »Tut mir leid.«

Eden schüttelte den Kopf. »Bloß nicht. Das ist gut. Druckreif, irgendwie.«

»Wie meinst du das?«, hakte ich verwirrt nach.

Er lehnte sich mit dem Rücken gegen die Stäbe. Unter uns lief eine Gruppe lachender Jugendlicher entlang, aber ich blendete sie vollkommen aus. Seine Stimme war sowieso die schönste von allen.

»In Büchern bleibt in der Regel auch keine Zeit für Small Talk. Man hat nur etwa vierhundert Seiten, um eine Geschichte zu erzählen. Eine mit Anfang, Mitte, Ende. Jedes Wort ohne Gewicht muss da zwangsläufig gekürzt werden.« Er zuckte mit den Schultern. Da kamen Leberflecken unter dem Kragen seines Shirts zum Vorschein. Ich fragte mich, wie weit die Spur hinabführte. Wärme in meinen Wangen, ich senkte den Blick.

»Aber wir leben in keinem Buch«, sagte ich.

»Das denken die Protagonisten von Büchern ja auch nicht. Geschichte bleibt Geschichte.«

Einen Moment lang versuchte ich, in seinem Gesicht zu erkennen, ob er sich über mich lustig machte. Aber alles in seinen Augen wirkte ernst. Ich war nie nah genug bei ihm gewesen, um die Farbe darin zu erkennen. Das Licht der Sterne über uns war dämmrig und drang nur halbherzig durch den Nachtstoff um uns herum, aber es wurde so weit in dem metallenen Bauch des Turms reflektiert, dass ich es jetzt trotzdem sah. Sie waren grau. Silbergrau. *Sternennacht-trifft-Meer-am-Morgen*, hätte Lexi dazu gesagt.

In ihnen lag derselbe konzentrierte Ausdruck, den er im Englischunterricht hatte, wenn wir Shakespeares Sonette oder Szenen aus *Herr der Fliegen* analysierten. Also ließ ich mich darauf ein und schlug meine Beine übereinander. »Okay. Auf welcher Seite sind wir dann gerade in dieser Geschichte?«

Eden neigte den Kopf, eine dunkle Haarsträhne fiel ihm in die Stirn. Ich schob eine Hand unter meinen Oberschenkel, um sie nicht danach auszustrecken. Der Erdbeersekt pochte auf meiner Zunge, und als ich schluckte, kroch das Gefühl durch meinen ganzen Körper.

»Das kommt darauf an«, sagte er nachdenklich und betrachtete mein Gesicht, als stünde darin die Antwort auf eine Frage, die ich nicht kannte.

»Worauf?«

»Na, welche Rolle wir in unseren Leben spielen werden. Vielleicht sind wir eine einmalig auftauchende Nebenfigur, vielleicht aber auch ein ziemlich einschneidender Plot-Twist. Das weiß man vorher nie.«

»Bist du betrunken?«, fragte ich skeptisch.

»Nein. Ich interessiere mich nur für Literatur. Und für Mädchen, die hundert Meter entfernt von einer Party in einem Glitzerkleid auf einem Wasserturm sitzen.« Er zögerte erneut kurz, dann hielt er mir die Hand hin. »Ich bin Eden.«

»Ich weiß. Du bist der Neue.«

Seine Finger waren schlank, die Haut kühl und rau. Ich hielt sie etwas zu lang fest.

»Ich gehe seit einem Jahr auf deine Schule.«

»Ich wundere mich trotzdem immer noch, wenn ich dich auf dem Schulflur sehe.«

Interessiert hob er die Brauen. »Wie meinst du das?«

»Ich weiß nicht genau.« Ich zuckte mit den Schultern, weil ich es nicht erklären konnte. Dieses Gefühl, das ich immer hatte, wenn ich Eden irgendwo entdeckte. Dieses leichte Kribbeln unterhalb meines Rippenbogens, diesen seltsamen Reflex, innezuhalten und ihn zu beobachten.

Er wirkte immer so weit weg. Selbst wenn er in einer Traube von Schülern stand, eine Hand auf seiner Schulter, ein Spruch in seine Richtung – so sehr Teil von allem –, selbst wenn er auf dem Sportplatz Fußball spielte, selbst wenn er redete und lächelte und so präsent war.

Eden war nie ganz da. Als würde er in seinem Kopf andere Welten mit sich herumtragen. Welten, in denen sich Dinge abspielten, die nur er sehen konnte. Ich hätte alles dafür getan, um mich dort einmal umschauen zu können.

Eden sah mich lang an, dann hob er sacht die Mundwinkel. »Ich sehe dich auch oft. Aber ich wundere mich nie. Eigentlich sehe ich einfach gern hin.«

Mein Hals wurde ganz trocken, und unterhalb meines Schlüsselbeins setzte ein unangenehmes Pochen ein. Als wäre da plötzlich ein zweites Herz aufgewacht.

Ich räusperte mich und blinzelte. »Okay«, sagte ich nur.

»Ever, richtig?«

»Avery«, korrigierte ich.

Er wiegte erneut den Kopf. Mehr Haar in seiner Stirn. Meine Hand bebte unter meinem Oberschenkel. »Da kann man aber nicht so viel poetischen Kram hineininterpretieren.«

»Und das ist wichtig?«

»Seinen Alltag zu romantisieren ist sehr wichtig. Das zeigen dir all die großen Schriftsteller und Schriftstellerinnen. Das Leben besteht mehr aus kleinen Momenten als aus großen. Also musst du die kleinen groß machen.« Er stupste mit dem Finger gegen meinen. Sanft nur, ich zuckte trotzdem leicht zusammen.

Mein Blick verharrte auf seinen Fingern. Leberflecke auf den Knöcheln, ein paar Sommersprossen dazwischen. Ich hätte sie gern noch einmal berührt. Ich hätte sie gern festgehalten, *ihn* festgehalten, bis ich sicher war, dass er ganz und gar hier war. Bei mir.

Langsam hob ich den Blick. »Eden?«

»Hm?«

»Du bist sehr seltsam.«

»Hm«, machte er wieder. »Ich sitze aber nicht auf einem einsamen Turm, während alle anderen da unten Spaß haben.«

»Doch«, sagte ich lachend. »Tust du irgendwie schon.«

Eden lächelte. Da war ein winziges Grübchen auf einer Seite, das sich dabei in die Wange grub. Er war so schön, dass ich nicht wegsehen konnte, geschweige denn weggehen.

Und irgendwie begriff ich in diesem Moment, dass ein Teil von mir das nie tun würde. Ein Teil von mir würde für immer auf diesem Wasserturm sitzen. Mittendrin in diesem großen kleinen Moment, der nur uns beiden gehörte, und der sich verdächtig nach einem Anfang anfühlte.

4. Kapitel

AVERY

Am nächsten Morgen wurden auf meinem Handy zwei verpasste Anrufe angezeigt. Ich starrte mit schlafverschleierten Augen minutenlang auf den Namen meiner Mutter, ehe ich die Anzeige wechselte und die Nachricht von Lexi öffnete.

Du könntest wenigstens schreiben, dass du gut angekommen bist. Sie macht sich Sorgen.

Ich war nicht sicher, wie Lexi oder unsere Mutter überhaupt erfahren hatten, dass ich Middlesbrough verlassen hatte. Vielleicht war Lexi beim Wohnheim vorbeigefahren, vielleicht hatte Mum einen gemeinsamen Bekannten in Redcar getroffen, der es ihr erzählt hatte. Es spielte keine Rolle, wichtig war nur, dass sie nicht wussten, wo sie jetzt nach mir suchen sollten. Ich antwortete nicht, aber ich stellte meine Einstellungen kurz so ein, dass zwei blaue Häkchen neben ihrer Nachricht erschienen, damit sie wusste, dass ich sie gelesen hatte. Ich wollte nicht, dass Lexi oder unsere Mutter sich Sorgen machten. Ich wollte nur nicht mit ihnen reden. Ich konnte nicht. Sie waren die einzigen Menschen gewesen, denen ich vorbehaltlos vertraut hatte. Und sie hatten nicht nur mich wochenlang belogen, sie hatten vor allem *ihn* verraten. Ich konnte ihnen das nicht verzeihen.

Ich rollte mich auf die Seite und zerrte die Bettdecke bis unter meine Nasenspitze. Trotz der dicken Daunendecke fühlte sich alles an mir klamm an. In mir irgendwie auch. Da ich keine Vorhänge hatte, konnte ich sehen, wie die Sonne jenseits der Felder aufging. Ihre Strahlen verhingen sich silbrig zwischen den Kronen der Maulbeerbäume. Und natürlich erinnerte mich das an *seine* Augen. Ich rollte mich kleiner zusammen und zog mir die Decke bis zur Stirn hinauf. Eden war trotzdem noch da. In der Villa und in meinem Kopf.

Wie hätte ich ihn auch vergessen können? Er war der erste Junge gewesen, in den ich je verliebt gewesen war. Und, ich hasste es, mir das eingestehen zu müssen, er war auch der einzige geblieben. Obwohl es auf diese schmerzhafte und demütigende Weise geendet hatte.

Wir waren recht jung gewesen, als wir zusammengekommen waren. Eden siebzehn, ich sechzehn. *»Halbe Kinder«*, hatte meine Mutter immer gesagt, aber so hatte es sich mit ihm nie angefühlt. Vielleicht, weil wir etwas zusammen durchgestanden hatten, was Kinder nicht erleben sollten. Und ich hatte keine Ahnung, wie ich so tun sollte, als wäre nichts davon passiert.

Seufzend rollte ich mich aus dem Bett. Es war zwar früh, aber ich wusste, dass ich nicht mehr einschlafen würde. Also zog ich mich um und suchte meine klobige Analogkamera aus dem Rucksack, ehe ich mein Zimmer verließ.

Das Haus schlief noch. Die Türen auf meiner Etage waren alle geschlossen. Mein Blick verweilte kurz auf Edens, dann riss ich mich los und ging hinunter. Die Tischlampe neben dem Treppenabsatz leuchtete dumpf, ansonsten war es auch hier dunkel. Ich verließ das Haus über die Veranda und bereute es sofort, meine Jacke drinnen gelassen zu haben.

Es musste über Nacht geregnet haben, die Feuchtigkeit auf den umliegenden Gräsern und Blättern verstärkte die Frische. Als ich an dem Schuppen vorbeikam, den ich gestern nur kurz hinter dem Grün erahnt hatte, waren meine Schuhe und Hosenbeine komplett durchnässt. Auf dem flachen Dach wuchs tatsächlich Gras, und die eine Hälfte der Holzfassade war mit einem Rankgitter versehen, an dem eine Kletterpflanze wucherte. Ich hielt die Hände gegen die Fensterscheibe und sah hindurch. Vage erkannte ich rechts einen langen Tisch, auf dem etliche Werkzeuge lagen. Die andere Seite des Raums war mit deckenhohen Bücherregalen vollgestellt. Ein schiefergrauer Sessel stand daneben, ebenso wie eine Lampe mit altmodischem Schirm.

»Du kannst einfach reingehen.«

Ich zuckte zusammen und fuhr herum.

Maxton stand unter den Zweigen eines Magnolienbaums. Er trug wieder keine Jacke oder Schuhe, dafür dicke Gartenhandschuhe. Während er sie abstreifte, nickte er zur Tür des Schuppens. »Wir schließen nie ab. Weder die Villa noch die Gartengebäude.«

Skeptisch musterte ich das verrostete Türschloss. Ich bezweifelte, dass ein Einbrecher zuerst Bücher oder Werkzeuge stehlen würde, aber die Vorstellung, dass auch die Villa permanent offen stand, war mir nicht ganz geheuer. »Ist das optimistisch oder leichtsinnig?«

»Es ist vor allem praktisch«, erwiderte Maxton. Dann nickte er zu der Kamera um meinen Hals. »Du fotografierst?«

»Ja, ab und zu.« Ich zupfte am Bändel herum, das längst ausfranste. Ich hatte die Kamera von meinem Großvater geerbt, und mit dem Geld, mit dem ich die immer wieder anfallenden Reparaturen gezahlt hatte, hätte ich mir längst eine neue kaufen können. Aber ich hing an dem alten Erbstück, ebenso wie an den Pullovern meines Vaters. »Am liebsten analog. Ich entwickle die Bilder auch selbst. Ich muss hier nur einen geeigneten Ort für eine Dunkelkammer finden.«

»Das dürfte kein Problem werden. Wenn wir eins haben, dann ist es Platz.«

Maxton setzte sich auf die Stufe vor dem Schuppen. Er lehnte sich gegen die Tür und streckte die Beine aus, sodass seine nackten Füße im hohen Gras verschwanden. Es war mir ein Rätsel, dass er nicht fror. Auf seinen Armen hatte sich zwar keine Gänsehaut ausgebreitet, dafür sah ich einige frische Kratzer von Zweigen auf seiner gebräunten Haut.

Mit etwas Abstand ließ ich mich neben ihn sinken. »Das Gefühl hatte ich auch schon. Was ist das hier eigentlich? Eine Gartenbibliothek?«

»Eigentlich wollten wir den Schuppen nur als Werkstatt nutzen. Die meisten kleineren Sachen, die anfallen, erledigen wir hier. Vor allem Helen und Eden, um ehrlich zu sein. Von ihm sind auch die Bücher da drin.« Er klopfte gegen die Tür in unseren Rücken. »Als wir eingezogen sind, haben wir festgestellt, dass in einem der Bäder im ersten Stock ein Rohrbruch gewesen sein musste. Das Wasser ist durch die Decke gelaufen und direkt in die Bibliothek im Erdgeschoss. Etliche der Bücher waren nass, aber als wir sie wegschmeißen wollten, hat Eden uns angeguckt, als hätten wir vor, Hundewelpen im See zu ertränken. Er saß ewig da und hat jedes einzelne trocken geföhnt und sie dann allesamt hergebracht.«

Ich musste lächeln, weil das so sehr nach dem Eden klang, den ich gekannt hatte. Sein Zimmer war immer vor Büchern übergequollen. Ich kannte niemanden, der so viel gelesen hatte wie er. Klassiker ebenso sehr wie Aktuelles, berühmte Romane ebenso wie eher unbekannte Nischenbücher. Irgendwann hatte ich ihn einmal gefragt, was sein Lieblingsbuch war. Er hatte geantwortet: *»Ich lese einfach gern.«* Eden kategorisierte Bücher nicht in Gut oder Schlecht – er liebte sie schlichtweg alle. Einfach, weil sie existierten und weil es für ihn ein

Wunder war, dass aus Worten auf Papier Geschichten wurden.

Als ich Maxtons aufmerksamen Blick bemerkte, verscheuchte ich hastig mein Lächeln. »Bist du immer so früh hier?«, fragte ich ablenkend und deutete um mich.

Ich hatte nicht nachgeguckt, aber es konnte kaum später als sieben sein. Und so, wie Maxton aussah, hatte er bereits einige Zeit im Garten verbracht. Auf seiner Schläfe klebte schon wieder etwas Erde, und in seinem wirren Haar entdeckte ich einige dünne Äste. Fast hätte ich vergessen, dass wir uns nicht gut genug kannten, um sie herauszuzupfen. Maxton hatte etwas an sich, das es selbstverständlich machte, sich in seiner Nähe wohlzufühlen.

»Meistens.« Er ließ den Blick über das umliegende Grün wandern. »Ich schlafe eh nicht gut, und hier draußen kann ich die Zeit sinnvoll nutzen.«

»Du bist gut in so was, oder? In diesem ganzen Gartenzeug, meine ich. Hast du Übung darin?«

»Ich studiere Umwelt- und Landschaftsgestaltung.«

Da hing etwas Trübes in seinen hellen Augen, das mich denken ließ, dass die Erklärung eigentlich länger war. Aber ich hakte nicht nach. Wenn es etwas gab, das ich gut verstand, dann war es, dass man manche Dinge seiner Vergangenheit lieber für sich behielt.

Also lächelte ich nur. »Ich finde, es wirkt so, als wäre dieser Garten für dich gemacht.«

Maxton hob die Mundwinkel. »Was ist mit dir? Wieso studierst du Jura?«

Die Frage traf mich so unvorbereitet, dass ich mich anspannte. Nicht, weil ich keine Antwort darauf hatte, sondern weil sie genau zu dem Teil meiner Geschichte gehörte, über den *ich* nicht sprechen wollte.

Die meisten meiner ehemaligen Kommilitonen hatten angefangen, Jura zu studieren, weil sie sich davon versprachen, angesehene Jobs zu finden, viel Geld zu verdienen, in berühmte Kanzleien einzusteigen oder die ihrer Mütter und Väter zu übernehmen. Mein Antrieb waren weder Geld noch Ruhm oder die Erwartungen anderer. Mein Antrieb war eine unerträgliche Frustration, gemischt mit brennender Wut, die sich in mir ausgebreitet hatte, weil ich am eigenen Leib erfahren hatte, wie unfair das Rechtssystem war.

Ich brauchte ein paar Anläufe, ehe ich es schaffte, die richtigen Worte zu finden. »Das klingt bestimmt furchtbar idealistisch, aber ich dachte, wenn ich Jura studiere, dann kann ich später irgendetwas bewirken. Ich bin nicht so naiv, zu glauben, dass ich unser ganzes Rechtssystem umkrempeln kann. Aber wenn ich später auch nur das Leben eines einzelnen Menschen verändern kann, indem ich ihm das Gefühl gebe, dass das Unrecht, das er erfahren hat, gesehen und verstanden wird, dann war es das wert.« Ich blickte auf die Ärmel des halb zerschlissenen Pullovers.

Die Wehmut streckte sich nach meinem Herzen aus, ich drängte sie hastig zurück. *»Ich mag den Gedanken, der hinter dem Wort Wehmut steckt«*, hatte Eden kurz vor dem Abschluss gesagt. Kurz vor dem Schluss. *»Etwas kann wehtun, und du kannst trotzdem mutig sein. Oder gerade deshalb, verstehst du?«*

Gerade deshalb. Aus diesem Grund hatte ich mich entschieden, Jura zu studieren. Weil es wehtat – weil es immer wehtun würde – und weil ich trotzdem mutig sein wollte. Um es vielleicht für jemand anderen besser zu machen.

Gott, ich hasste es, dass Eden plötzlich wieder so viel Raum in meinen Gedanken einnahm. Ein einziger Moment hatte ausgereicht, das riesige Fass auszukippen, in das ich vor zwei Jahren angefangen hatte, alle Erinnerungen an ihn zu schütten. Ich hatte mir fest vorgenommen, es nie wieder zu öffnen, ebenso wenig wie den Schuhkarton, in dem ich die materiellen Erinnerungen an unsere Zeit verstaut hatte. Er stand noch immer in meinem Kinderzimmer im Kleiderschrank, ein klischeehaftes Sammelsurium aus abgerissenen Kinokarten und handbeschriebenen Karozetteln. In diesem Moment wusste ich, warum ich ihn nie weggeschmissen hatte. Es hätte nichts gebracht. Das Fass in meinem Kopf war sowieso größer, sein Inhalt zeitloser und verschlingender.

»Du willst etwas verändern, das ist nicht idealistisch, eigentlich ist das nur stark«, sagte Maxton in meine Gedanken hinein. »Ich wollte immer nur irgendetwas erschaffen, das bleibt. Deswegen wusste ich, dass ich Teil von dieser Sache hier sein möchte. Wir werden nicht ewig in dieser Villa leben, aber wenn wir gehen, haben wir einen Teil von uns hiergelassen.«

Maxton sprach vom Haus, aber sein Blick redete mit dem Garten. Ich musste lächeln. »Du wärst am liebsten die ganze Zeit hier draußen, oder?«

Er grinste. »Deswegen komme ich so gern früh hierher. Eigentlich müssen wir uns momentan hauptsächlich um das Haus kümmern, aber wenn die anderen schlafen, kann ich mich dem Garten widmen, ohne Ärger von May zu bekommen.«

Ich hob belustigt die Augenbrauen. »Sie hat euch alle gut im Griff, oder?« May hatte gestern zwar sehr warmherzig und freundlich gewirkt, aber ich zweifelte nicht daran, dass sie durchaus den Ton angeben konnte.

Er lachte leise. Es klang heiser, als wäre seine Stimme das Einzige an ihm, das eine Gänsehaut hatte. »Absolut. Aber sie ist Gold wert, in jeder Hinsicht. Am Ende der ersten Woche waren wir uns alle einig, dass wir nie einen herzensbesseren Menschen als sie getroffen haben.«

Ich war keinen Tag hier, und ich hatte das Gefühl, schon zu verstehen, wovon er sprach. Menschen wie May waren kleine Sonnen. Es war unmöglich, in ihrer Nähe keine Wärme zu empfinden. »Wie lang kennt ihr euch eigentlich alle schon?«

»Wir wohnen jetzt seit knapp sieben Wochen hier. Aber die meisten von uns kannten sich schon vorher, zumindest vom Sehen. Bis auf Helen haben wir alle schon hier studiert. Und so groß ist die WU nicht.« Maxton warf mir einen Seitenblick zu. »Eden hab ich zum Beispiel beim Uni-Sport kennengelernt. Ist jetzt etwa anderthalb Jahre her. Seitdem sind wir befreundet. Obwohl er es vielleicht nicht so nennen würde.«

Mein Herz machte einen winzigen Sprung. »Okay«, erwiderte ich, obwohl ich so viel mehr sagen, fragen, wissen wollte. Allen voran, ob Eden Maxton von mir erzählt hatte. Keine Ahnung, was erträglicher gewesen wäre: zu hören, dass Eden nie ein Wort über mich verloren hätte oder dass Maxton darüber Bescheid wusste, wie sang- und klanglos Eden mich damals abserviert hatte. Doch Maxton lächelte nur. Auf dieselbe Art, auf die er zuhörte. Ganz still und ehrlich.

Die Zweige des Baums über uns warfen ein paar Tropfen hinab, ich zerrieb sie zwischen meinen Fingern und blickte in den Garten, der so grün und weit vor uns lag. Hier war es schwierig, sich daran zu erinnern, dass Windsbury nur ein paar Kilometer entfernt lag. Man konnte nicht einmal die Landstraße hören. Nur das Rascheln der Büsche und Baumkronen, das Summen der Insekten, gelegentliches Vogelgezwitscher, das Knacken des Geästs. Eine Weile saßen wir schweigend nebeneinander. Ich war nicht überrascht, dass das etwas war, das man mit Maxton gut konnte. Die Ruhe, die er ausstrahlte, legte sich sanft über mein aufgerautes Inneres.

Als die Sonne immer stärker durch die Zweige über uns brach, stand ich auf. Meine Hosenbeine waren feucht, aber ich fühlte mich seltsam aufgewärmt. Bereit für den Tag und das, was zu ihm gehörte. Selbst wenn das mein wortkarger Ex-Freund war.

»Danke, dass ich dir Gesellschaft leisten durfte, Maxton«, sagte ich aufrichtig.

Er lächelte. »Gern.« Es klang wie ein *Immer wieder*.

Zurück im Haus kochte ich eine Kanne mit Kaffee, eine mit Schwarztee und deckte den Tisch im Wohnzimmer. Als die anderen in die Küche runterkamen, war ich gerade dabei, das Kürbisbrot aufzuschneiden, das ich in einem Korb neben dem Herd gefunden und aufgebacken hatte. May versicherte mir zehnmal, dass ich das nicht hätte tun müssen, da es auch einen Frühstücksplan gab, dann halfen sie und die anderen mir, den Rest der Sachen vorzubereiten.

Als wir uns hinsetzten, fühlte ich mich fast entspannt. Dieses Haus war riesig, und es gab noch sechs weitere Mitbewohner, mit denen ich meine Zeit verbringen konnte. Es würde ja wohl möglich sein, Eden irgendwie aus dem Weg zu gehen. Und die gemeinsamen Essenszeiten würde ich überleben. Ich würde ihm mit meinem freundlichsten Lächeln der Welt die Butter reichen, wenn es sein musste.

Es war über zwei Jahre her. Es war schon so lang vorbei, und ich war darüber hinweg. Schade nur, dass mein Inneres sich erneut schmerzhaft zusammenzog, als Eden ins Wohnzimmer kam und sich an seinen Platz am anderen Ende des Tisches setzte. Sein Haar war feucht, und er trug einen grauen Pullover, der seine Augen betonte. Erst als er meinen Blick erwiderte, schaffte ich es, wegzusehen. Mein Herz pochte schwer, meine Wangen auch.

»Heiliger Hund im Himmel, was ist das denn für ein Zeug?«

Ich zuckte zusammen und sah zu Beckett hinüber, der das

Gesicht zu einer Grimasse verzogen hatte. Offensichtlich, nachdem er von meinem Kaffee probiert hatte.

»Zu stark?«, fragte ich, als Sienna sagte: »Gott, Beckett, ist bei dir denn wirklich *alles* heilig?«

»Na, dieser Kaffee ist es bestimmt nicht. Der schmeckt wie flüssiger Teer.« Er schwenkte die Tasse, sodass die schwarze Flüssigkeit gefährlich gegen den Rand schwappte.

Zugegeben, ich mochte Kaffee etwas stärker als andere, aber für mich war er perfekt. Bitter und unheimlich belebend. Genau das Richtige, wenn ich über Prüfungsvorbereitungen hockte oder versuchen musste, meinen Ex-Freund zu ignorieren. Wenn mich nicht alles täuschte, konnte ich aus dem Augenwinkel sehen, dass da ein winziges Lächeln über Edens Gesicht huschte. Als ich einen Blick riskierte, hatte er sich über den Tisch gebeugt, um nach dem Brotkorb zu langen. Seine Miene schweigend wie immer.

»Entschuldige«, sagte ich in Becketts Richtung. »Ich werde morgen daran denken, dir eine Kanne Wasser mit Lebensmittelfarbe zuzubereiten.«

Sienna und May lachten, und selbst Beckett konnte sich ein reichlich breites Grinsen nicht verkneifen. Helen kam aus der Küche, stellte einen geblümten Milchkrug auf den Tisch und überblickte die Stühle. »Willow fehlt noch.«

May sah stirnrunzelnd zur Tür. »Wann ist sie gestern heimgekommen?«

»Um vier. Leise wie ein Elefant mit Steppschuhen«, spottete Sienna. »Und ihrem schiefen Gesang zufolge, der mich geweckt hat, würde ich vermuten, dass unser Weidenkätzchen heute einen gewaltigen Kater hat. Ich wecke sie bestimmt nicht.«

Fast gleichzeitig wanderten alle Blicke an die Stelle des Tisches, wo Maxton sich gerade Kaffee einschenkte. Er verdrehte die Augen, stellte aber seinen Becher ab und verließ das Zimmer.

»Er ist der Einzige, dem sie nicht den Kopf abreißt, wenn er sie in dem Zustand weckt«, erklärte Helen mir mit zerknirschtem Lächeln.

Kurz darauf tauchte Maxton wieder im Wohnzimmer auf, eine ziemlich verschlafen und missmutig aussehende Willow im Schlepptau. Sie trug nur Boxerhorts und ein Bandshirt, das ihr über die Schulter gerutscht war, aber sie ließ sich widerstandslos von Maxton zu ihrem Stuhl dirigieren. Er reichte ihr seinen Kaffee, ehe er sich einen weiteren Becher eingoss.

Das Frühstück verlief ungeahnt friedlich. Die Sonne kratzte in meinem Nacken, die Wärme des Kaffees sickerte durch meinen ganzen Körper. Im Hintergrund lief Radio, irgendein Country-Sender, Gitarrenklänge vermengten sich mit den Gesprächen der anderen. Alles an dieser Situation fühlte sich nach Gemütlichkeit an. Ich schaffte es, Eden beinahe komplett auszublenden, während ich mich mit Beckett und Helen unterhielt. Während Helen in einem Dorf nur rund fünfzig Kilometer von Windsbury entfernt geboren wurde und hergezogen war, um Engineering zu studieren, hatte Beckett seiner Heimatstadt London fürs Marketing-Studium den Rücken zugekehrt.

»Ich brauchte eine Auszeit von der Großstadt. Mir ging die Anonymität auf die Nerven«, erklärte er, während er den dritten Zuckerwürfel in seinen Kaffee warf.

»Eher die Tatsache, dass er in London bereits alle Frauen vergrault hatte«, erwiderte Sienna von der Seite und wurde dafür mit einer Serviette abgeworfen.

»Hätte ich gewusst, dass ich hier mit dir um die Aufmerksamkeit aller Frauen buhlen muss, hätte ich es mir vielleicht noch mal anders überlegt.«

»Nicht die aller«, korrigierte Sienna und nahm sich ein paar Weintrauben vom Obstteller. »Im Gegensatz zu dir habe ich gewisse Ansprüche an die Frauen, die ich date.«

»Was für Ansprüche sollen das sein?« Beckett lehnte sich im Stuhl zurück und verschränkte die Arme. »Du hattest letzte Woche Besuch von einem Mädchen, das mich ernsthaft gefragt hat, ob es hier drinnen spukt. Sie habe da ein Knarren gehört. Ein Knarren. In einem alten Haus. Ich war so kurz davor, die *Ghostbusters* zu rufen.«

»Nimm es doch als Anreiz, an deiner unnatürlichen Blässe zu arbeiten, Beck. Du kommst mir manchmal auch wie unser kleiner Hausgeist vor.« Sie warf ihm eine Kusshand zu, ehe sie sich wieder ihrem Brot zuwandte.

Nachdem wir gegessen hatten, blieben wir gleich am Esstisch. May saß mit angezogenen Knien auf ihrem Stuhl und blätterte in einem Notizbuch, dessen dicht beschriebene Seiten auseinanderklafften. »Wir sprechen einmal die Woche morgens über alles, was so ansteht. So eine Art Lagebericht«, erklärte sie in meine Richtung.

»Seltsamerweise wird es nie weniger. Es ist so, als vermehrte dieses Haus seine Baustellen über Nacht«, murmelte Willow in ihre dritte Tasse Kaffee.

»Sie hat recht. Und das ist ein Problem. Uns bleibt nur dieses eine Semester, bis der Wettbewerb endet und wir diese Villa zumindest halbwegs auf Vordermann gebracht haben müssen. Haben *wollen* – immerhin geht es hier um ziemlich viel Geld, das uns mehr als nützlich sein könnte, um hier dauerhaft etwas zu verändern. Und momentan ist das Haus ein Fass ohne Boden. Wir sind quasi rund um die Uhr damit beschäftigt, an irgendwelchen Ecken herumzubasteln, nur um uns umzudrehen, und zu sehen, wie die nächste auseinanderfällt.«

»Es ist wenig motivierend«, sagte Helen und schob ein paar Brötchenkrümel auf der Tischplatte zusammen.

May nickte. »Während der Semesterferien ging das alles irgendwie, aber morgen fängt die Uni wieder an. Wir werden nicht die Zeit dafür haben, ständig hier herumzuwerkeln. Es gibt die Kurse, die Vor- und Nachbereitungen, die meisten von uns haben auch noch Nebenjobs.«

»Und manche von uns haben sogar ein Sozialleben«, brummte Willow, ehe sie im Stuhl herunterrutschte, den Kopf gegen die Rückenlehne sacken ließ und die Augen schloss.

May ließ den Stift gegen die Tischkante klackern. Ihr Gesichtsausdruck wirkte durch und durch unzufrieden. Als wäre sie es nicht gewohnt, für ein Problem auf Anhieb keine Lösung zu finden. »Wir müssen es irgendwie schaffen, effizienter zu arbeiten.«

Ich rutschte auf meinem Stuhl nach vorn. »Wie organisiert ihr die Aufgaben bisher?«

May runzelte die Stirn. »Wie meinst du das?«

»Na ja, in diesem Haus ist ja sicher einiges zu tun.«

»Untertreibung des Jahrhunderts«, murmelte Beckett.

Ich verkniff mir ein Lächeln. »Ich denke, es könnte hilfreich sein, die größten Baustellen herauszufiltern, die dazugehörigen Aufgaben aufzuschlüsseln und unter uns aufzuteilen. Es ist sicher sinnvoll, wenn jeder einen festen Arbeitsbereich hat. Damit man sich einer Aufgabe voll und ganz widmet und nicht jeden Tag zwischen fünf verschiedenen hin- und herpendelt. So kann man seine Zeit besser strukturieren und schneller Aufgaben abschließen. Das wiederum fördert auch die Motivation.«

Sienna musterte mich anerkennend. »Was studierst du noch mal?«

»Projektmanagement hat auch etwas mit Gerechtigkeit zu tun. Und irgendwie ist sie da deutlich lenkbarer als in unserem Rechtssystem, wenn ihr mich fragt.« Ein bitteres Lächeln zupfte an meinen Lippen. Ich schüttelte es ab und sah fragend in die Runde – fast die ganze, zumindest. Ich spürte Edens Blick auf meiner Schläfe, und das war bereits mehr, als ich ertrug. Es war nicht fair, dass er auch das hören konnte, was in den Pausen zwischen meinen Worten lag. Ich räusperte mich. »Aber wenn ihr das blöd findet, müssen wir auch nicht …«

»Nein, es ist großartig.« May löste die Kappe von ihrem Stift und klappte das Notizbuch auf.

Aus der darauffolgenden Diskussion hielt ich mich weitestgehend heraus, aber schließlich hatten wir vier große Aufgabenbereiche zusammen: das Ausmisten und Renovieren der unbenutzten Erdgeschossräume und des Kellers, dasselbe für die restlichen Zimmer im ersten und zweiten Stock, die Gestaltung des Gartens und Reparatur der dazugehörigen Bauwerke, das Entrümpeln und Ausbessern des Dachbodens.

Sienna schielte über Mays Schulter. »Und wie teilen wir das jetzt auf?«

»Auf unsere altbewährte Art: Wir losen. Oder hat jemand etwas dagegen?« Als niemand widersprach, riss May ein neues Blatt Papier aus dem Buch. »Ich würde vorschlagen, wir losen Zweier-Teams aus.«

Beckett grinste. »Besser so. Andernfalls kann niemand überwachen, dass Willow nicht irgendwo ein Nickerchen macht.«

»Hey«, sagte diese lahm und hielt sich im nächsten Moment eine Hand vor den Mund, um ein Gähnen zu unterdrücken.

Mein Herz begann zu rasen, bevor ich mit meinen Gedanken hinterherkam. *Beruhige dich*, dachte ich mit ganzer Kraft. *Die Wahrscheinlichkeit, dass du ausgerechnet mit ihm in einem Team landest, liegt bei eins zu sechs.*

Ich umklammerte meinen Becher und nippte am Kaffee, während ich dabei zuhörte, wie die Wahrscheinlichkeit immer größer wurde. Als bereits Willow und Sienna den Zimmern im Obergeschoss, Helen und Maxton dem Garten (»Welch Überraschung!«, riefen Beckett und Willow gleichzeitig) und Beckett dem Erdgeschoss zugelost worden waren, war mein Kaffee leer und mir selbst furchtbar schlecht.

Ich wusste es. Ich wusste es, bevor May den drittletzten Zettel aus dem Becher fischte und glättete.

»May«, las sie ihren eigenen Namen vor, und ich konnte mich nicht entscheiden, ob ich lachen oder weinen sollte. »Bleiben Eden und Avery für den Dachboden.« May nahm die letzten beiden Papierstücke heraus und faltete sie auseinander.

Als sie sie neben die anderen gelegt hatte, zog Eden sie an sich heran. Sekundenlang starrte er auf die Zettel, als hoffte er, einen Makel zu finden. Einen Rechtschreibfehler vielleicht, der die ganze Auslosung für nichtig erklärte. Irgendetwas, das ihn davor bewahrte, Zeit mit mir verbringen zu müssen.

Mir war plötzlich so schwindlig, dass ich mich am Stuhl festhalten musste. Das konnte doch nur ein Witz sein. Auf einen Schlag war es ganz still im Zimmer. Ich hörte das Rauschen des Kühlschranks aus der Küche und meinen Puls, der in meinen Ohren pochte, sonst nichts.

Mays Blick wanderte besorgt zwischen Eden und mir hin und her. »Ist das … ein Problem?«

»Nein«, sagte Eden, bevor ich den Mund öffnen und das »Ja« herausschreien konnte, das sich dort wellenhaft aufbaute. Er zerknüllte die Zettel und warf sie achtlos zurück auf den Tisch.

Ich blickte auf das Knäuel aus Papier, das sowohl seinen als auch meinen Namen barg. Der Rest von einem Uns, das mir einmal alles bedeutet hatte. Wie symbolträchtig.

»Avery?« Ich hob den Blick und begegnete dem aus Mays

grünen warmen Augen. »Wenn das irgendwie unangenehm ist, könnten wir …«

»Nein«, unterbrach ich sie hastig und rang mir ein Lächeln ab. Wenn Eden es schaffte, so gleichgültig mit mir umzugehen, dann musste ich das auch hinbekommen. Irgendwie. »Mir ist nur ein bisschen übel. Liegt wahrscheinlich doch am Koffein. Aber weder am Dachboden noch an … Eden.« Meine Stimme brach an seinem Namen, ich räusperte mich. »Alles gut.«

»Okay, dann würde ich vorschlagen, dass jedes Team unter sich abspricht, wie es vorgeht, oder? Und wir treffen uns wöchentlich hier und berichten uns gegenseitig von den Fortschritten?«

»Ich finde es äußerst liebenswert, dass du das als Fragen formulierst, obwohl wir alle wissen, dass wir Ja zu deinen *Vorschlägen* sagen, May.« Sienna grinste zu ihr hinüber, woraufhin sich auf Mays Wangen eine leichte Röte breitmachte. »Für mich klingt das alles prima. Sofern mich niemand dazu zwingt, mit einer verkaterten Willow zu arbeiten«, fuhr Sienna fort.

»Ich bin nicht verkatert. Ich bin nur sonntäglich gestimmt. Und wir haben einstimmig beschlossen, dass wir Sonntage gemütlich angehen lassen.« Willows halbes Gesicht wurde von ihren Locken verborgen, mit dem freien Auge blinzelte sie argwöhnisch in Richtung Sienna. Als befürchtete sie, jeden Moment ins Obergeschoss gezerrt zu werden und einen Farbeimer vorgesetzt zu bekommen.

»Sie hat recht. Wir brauchen auch mal eine Pause. Zumindest, was die richtige Arbeit angeht, denn …«

»… auch der gewöhnliche Haushalt erledigt sich nicht von allein«, beendeten Beckett, Sienna und Willow erstaunlich synchron Mays Satz, während Helen kicherte und Maxton und Eden einen belustigten Blick austauschten. Selbst ich musste mir auf die Unterlippe beißen, um nicht zu lachen.

Betroffen sah May in die Gesichter der anderen. »Bin ich wirklich so schlimm?«

»Ein bisschen«, sagte Willow heiter.

Beckett nickte und stand auf. »Aber wir wissen das sehr zu schätzen.« Er nahm den Brotkorb und die Butterschale und ging in Richtung Küche. Neben May hielt er inne und beugte sich zu ihr hinunter, um ihr einen flüchtigen Kuss auf den Scheitel zu geben.

Die ganze Szene löste eine angenehme Wärme in mir aus, sodass ich fast vergaß, was gerade passiert war. Zumindest so lang, bis wir den Tisch abgeräumt hatten und ich unsicher im Rahmen der Küche stand. Selbst wenn wir heute noch nicht anfingen, würde ich trotzdem früher oder später mit Eden zusammenarbeiten müssen. Wie sollte ich Wochen allein mit ihm auf dem Dachboden verbringen, wenn ich es nicht einmal ertrug, mit ihm in einem Raum zu sein, während ein halbes Dutzend anderer Menschen um uns herum saß? Und so, wie er gerade reagiert hatte, war auch er nicht unbedingt wild darauf. Das war doch alles verrückt.

Als Eden die Küche verließ und ich kurz darauf die Eingangstür zufallen hörte, gab ich mir einen Ruck und folgte ihm nach draußen.

Über dem Boden hingen die Reste vom diesigen Morgennebel, doch der klarblaue Himmel versprach einen sonnigen Herbsttag. Ich fröstelte dennoch in meinem Pullover und verschränkte die Arme vor der Brust, während ich mich beeilte, zu Eden aufzuschließen. Er trug eine dunkelgrüne Jacke über seinem Pullover und hatte sich einen Rucksack über eine Schulter geworfen. Zwischen den Fingern drehte er einen Autoschlüssel, der vermutlich zu einem der Wagen gehörte, die hier parkten.

»Warte«, rief ich, als ich ein paar Meter hinter ihm war.

Sichtlich widerwillig hielt er inne und drehte sich zu mir um. Seine Augenbrauen waren leicht zusammengezogen, sein Mund angespannt. Er wirkte fast … wütend.

»Ich könnte jemanden fragen, ob er mit mir tauscht«, schlug ich leise vor. »Ich bin sicher, May zum Beispiel wäre damit einverstanden. Das hier ist sowieso schon schräg, ich will es für uns beide nicht komplizierter machen als nötig.«

»Das Prinzip von Losen ist, dass eine willkürliche Entscheidung gefällt wird.«

»Aber diese hier fühlt sich nicht willkürlich an, oder?« Es fühlte sich eher so an, als würde das Universum sich einen kranken Scherz mit uns erlauben.

Er atmete schwer aus, sein Atem tanzte neblig in der klaren Luft. Sekundenlang sah er knapp an mir vorbei, dann zuckte er mit den Schultern. »Spielt keine Rolle. Ich hab kein Problem damit, mit dir zu arbeiten.«

»Ach, nein? Ich hatte irgendwie das Gefühl, du hast schon damit ein Problem, mit mir zu reden. Oder mich anzusehen.« Demonstrativ machte ich einen Schritt auf ihn zu. Jetzt standen wir einander so dicht gegenüber, dass ich die Wärme seines Körpers auf meiner Haut spüren konnte. Ebenso wie die Kälte seines Blicks.

»Ich muss weder das eine noch das andere tun, um mit dir an diesem Dachboden zu arbeiten. Also lassen wir den Kinderkram und konzentrieren uns einfach auf das Projekt, okay?«

Ich blinzelte, aber dieses sperrige Wort hatte sich in meinen Wimpern verhangen. Es pikste unangenehm in meine Augen, sie brannten. »Kinderkram«, wiederholte ich tonlos.

»Ja«, erwiderte er gleichgültig. »Oder bist du noch sauer wegen dieser Sache? Es ist Jahre her, ich hätte gedacht, dass du mittlerweile darüber hinweg bist.«

»Sauer wegen dieser Sache.« Ich wollte wirklich nicht alles

wiederholen, was er sagte. Aber seine Worte waren so absurd, dass meine Zunge sie nachkosten musste, damit ich sie auch nur ansatzweise verstand.

Welcher Sache?, wollte ich fragen. *Dass du mich am Abend unseres Abschlussballs aus dem Nichts verlassen hast?*

Es tat weh. Es tat weh, weh, weh. Ich fühlte zu viel – also zog mein Inneres seine Mauern hoch. Ein kühles Lächeln breitete sich auf meinem Mund aus, ich machte einen letzten Schritt auf ihn zu. Mein Herz pochte mir bis zum Hals hinauf, meine Stimmbänder zuckten unter dem aggressiven Schlagen. Ich konnte es nicht verhindern, auch wenn ich wusste, dass ich es bereuen würde.

»Glaub mir«, sagte ich freundlich. »Ich hatte zwei Jahre Zeit, Erinnerungen zu sammeln, die die an dich – an uns – in ein deutlich schwächeres Licht gestellt haben. In vielerlei Hinsicht war unsere Beziehung dann ja echt eher ... *Kinderkram.*«

Ich zupfte am Ärmel seiner Jacke. Kurz nur, aber ich wusste, dass er es verstand. Und ich hasste mich dafür. Ich hasste mich, schon bevor ich das seltsame Flackern in seinem Blick bemerkte. Aber ich konnte nicht mehr aufhören.

Weil ich eben nicht darüber hinweg war, es aber so gern sein wollte. So, wie er es war, was er mir seit unserem Wiedersehen mit jedem Funken Desinteresse deutlich machte.

»Ich wollte nur, dass du dir sicher bist, dass du damit klarkommst. Du weißt schon – *vollkommen* sicher.« Noch eine Anspielung, noch ein Flackern im Silbergrau.

»Ganz ehrlich?« Seine Stimme klang hart und tonlos. »Ich war mir nie so sicher mit etwas wie damit.«

Mein Gesicht prickelte, als hätte jedes einzelne seiner Worte hineingebissen. Ich verdiente das, ich wusste es – wenn ich austeilte, musste ich auch einstecken können. Aber ich musste trotzdem dagegen ankämpfen, zu weinen.

Mein Lächeln kippelte, also drehte ich mich um und stapfte zurück zum Haus. »Dann sind wir uns ja einig«, sagte ich, gerade so laut, dass er es hören konnte.

Als ich die Haustür erreichte, ertönte das Starten eines Motors. Ein letzter Blick über meine Schulter, und ich sah, wie Edens Wagen in einer Wolke aus Staub und Morgendunst verschwand.

5. Kapitel

AVERY

Den Rest des Vormittags verbrachte ich damit, das Haus zu erkunden. Ich fing in der zweiten Etage an – einen weiten Bogen um die Dachbodentreppe schlagend – und lief von dort aus nach unten. In den oberen Stockwerken lagen mehrere Zimmer, die früher vermutlich hauptsächlich als Schlaf- und kleinere Aufenthaltsräume genutzt worden waren, was wir erst einmal beibehalten würden. Im Erdgeschoss befanden sich auf der anderen Seite zu Küche, Ess- und Wohnbereich weitere leer stehende Zimmer, darunter die Bibliothek, der man den Wasserschaden deutlich ansehen konnte, und ein Salon mit Kamin. Alle Räume wirkten leicht verstaubt, filterüberlegt wie vergilbte Polaroidfotos, und waren mit so viel Gerümpel vollgestellt, dass ich dem Drang widerstehen musste, sofort mit dem Aufräumen anzufangen.

Generell hatte May recht gehabt: Es gab einige Zimmer in der Mulberry Mansion, die in ihrem derzeitigen Zustand nicht wirklich bewohnbar waren. Wir würden einiges mit diesem Haus zu tun haben, trotzdem fand ich es wunderschön. Gerade, weil es so unperfekt war, weil sich an so vielen Stellen die Tapete von der Wand löste, die Dielen oftmals splitterig und morsch wirkten, die Fenster rissig und undicht waren. Diese Villa hatte so viel Geschichte und Charakter, so viel mehr, als jedes moderne Haus es haben könnte.

Es war früher Nachmittag, als ich wieder im ersten Stock landete. Bei Tageslicht war die dünne Staubschicht auf dem Boden des Flurs unübersehbar. Außerdem fielen mir jetzt erst die Bilderrahmen auf, die in unregelmäßigen Abständen zwischen den Wandlampen hingen. Die goldenen Fassungen waren oftmals gesprungen, teilweise fehlte das Glas oder es war nicht einmal mehr ein Bild darin zu sehen. Ich betrachtete die verbliebenen Ölgemälde, die Landschaften oder mürrisch aussehende Porträts zeigten, und registrierte Edens Zimmertür erst, als ich direkt davorstand.

Ohne darüber nachzudenken, hob ich eine Hand. Ich wusste selbst nicht genau, ob ich klopfen oder die Tür sofort öffnen wollte. Auch wenn Eden nicht da war, reizte es mich, einen Blick hineinzuwerfen. Ich hätte noch immer jedes Detail seines Zimmers in seinem Elternhaus aufzeichnen können. Eden hatte schon damals seine ganz eigene Art gehabt, sich einen Raum anzueignen, und ich wollte sehen, ob er das nach wie vor machte. Doch damals hatte Eden mich hineingebeten, jetzt war diese Tür auf so viele Arten geschlossen. Und ich hielt zu viel von Privatsphäre, um seine Abwesenheit auszunutzen.

Außerdem war es Stunden her, dass Eden gefahren war, gut möglich, dass er wieder zurück war. Wenn ja, hätte ich versuchen können, mit ihm zu sprechen. Ein Teil von mir wollte sich für das entschuldigen, was ich vorhin gesagt hatte. Wie Eden sich verhalten hatte, war kränkend gewesen, aber das rechtfertigte nicht, weit unter die Gürtellinie zu zielen. Im wahrsten Sinne des Wortes. Andererseits war es wahrscheinlich nicht nötig, mich zu entschuldigen. Um Eden verletzen zu können, hätte ich ihm noch irgendetwas bedeuten müssen. Und er hatte mir mehr als deutlich gemacht, dass dem nicht so war.

Vielleicht hatte er recht, und ich sollte versuchen, unsere Vergangenheit zu ignorieren. Ich könnte klopfen und ihn ganz höflich danach fragen, wie wir uns die Arbeit am Dachboden aufteilen wollten. Keine Nostalgie, kein Gefühlswirrwarr, kein *Kinderkram* – nur ganz erwachsener, reifer Umgang mit dem Typen, der rein zufällig die erste große Liebe meines Lebens gewesen war.

Ich stöhnte und ließ den Kopf gegen das Holz sinken. Wie hatte mein Leben hier innerhalb von einem Tag so verdammt kompliziert werden können?

»Er arbeitet sonntags meistens.«

Die Stimme ließ mich nach hinten zurückweichen. Ich hatte nicht bemerkt, dass sich das Zimmer daneben, das zwischen Edens und meinem, geöffnet hatte. May stand im Rahmen. Sie trug ein wadenlanges Kleid, eine grobe Strickjacke, Espadrilles und eine Korbtasche über der Schulter. Ihr schwarzes Haar wurde erneut mit einem Band aus ihrer Stirn gehalten. Ich starrte sie einen Moment lang an, ehe ich verstand, wovon sie sprach. »Oh. Okay.«

Sie lächelte und zog die Tür hinter sich zu. »Er jobbt in so einem Secondhand-Buchladen in der Innenstadt. Eines der wenigen Geschäfte, die sonntags aufhaben.«

»Klar.« *Wo sonst?* Langsam wich ich von der Tür zurück und umklammerte meine Unterarme.

May beobachtete mich aufmerksam, ihr Lächeln wurde sanfter. »Ich wollte ein bisschen rausgehen. In der Stadt ist heute Markt. Hast du Lust, mich zu begleiten? Wenn du nichts vorhast, meine ich.«

Wäre sie mir nicht sowieso schon so sympathisch gewesen, hätte ich in diesem Moment angefangen, sie gernzuhaben.

May lieh mir eines der Fahrräder, die neben dem Haus unter einem Maulbeerbaum lehnten. Während der vierzigminütigen Fahrt nahm ich mir fest vor, mir auch eins zu besorgen.

Da ich kein Auto hatte, blieb mir andernfalls nur der Weg zur nächsten Haltestelle, um anschließend dreißig Minuten mit dem Bus bis nach Windsbury zu fahren. Aber die Landschaft, die die Villa umgab, war zu schön, um sie durch beschlagene Fenster vorbeiziehen zu sehen.

Goldene Felder lagen neben den Wegen, manche mit blühendem Senf bewachsen, andere bereits mit Resten von geerntetem Weizen und Gerstengräsern bedeckt. Der Wald, der hinter der Villa anschloss, dehnte sich auch zu ihren Seiten aus. Die hohen Baumwipfel wiegten sich sacht im Herbstwind, als wir an ihnen vorbeifuhren. Die Sonne war tatsächlich herausgekommen, aber es war dennoch so frisch, dass sich meine Wangen und Nasenspitze nach den ersten Minuten eiskalt anfühlten. May fuhr neben mir und erzählte mir gelegentlich etwas über die Umgebung. Sie hatte das Kleid über die Knie gezogen, damit es sich nicht in der Kette verfing, ihr Haar flatterte. Sie sah aus, als hätte man sie aus einem alten Landschaftsfilm entführt, in dem sie die Muse eines hochbegabten, tieftraurigen Malers gespielt hatte.

Wir erreichten die Stadt über eine niedrige Steinbrücke, die einen graublauen Fluss überspannte. An einem Fahrradständer neben einer Friedhofsmauer schlossen wir die Räder ab, dann hakte sich May bei mir unter und zog mich tiefer in die Häuserlandschaft hinein.

Windsbury sah so aus, wie ich es in Erinnerung gehabt hatte. Die gepflasterten Straßen, die gemütlichen Geschäfte und winzigen Cafés, die sich in den engen Gassen dicht aneinanderdrängten. Metallschilder an den Hauswänden, die auf versteckt liegende Läden verwiesen, Girlanden aus bunten Wimpeln, die als Überbleibsel des letzten Stadtfestes die Häuser miteinander verbanden, Efeu und Wilder Wein, die sanft an den Gemäuern nagten.

An jeder Buchhandlung, an der wir vorbeikamen, spannte ich mich an, doch sie hatten alle geschlossen. Selbiges galt leider für ein Antiquitätengeschäft, in dessen Schaufenstern ich einige hübsche und den Schildern zufolge sogar preisgünstige Möbel entdecken konnte. Ich nahm mir fest vor, bald wieder herzukommen.

May führte mich zum Marktplatz, der sich gegenüber von einer Kirche befand. Etliche Holztische und Buden reihten sich aneinander, in der Luft roch es nach Schafswolle, Pfannkuchen und frisch gebackenem Brot. Sie kaufte Kaffeebohnen an einem Stand und ein Dutzend Scones an einem anderen – als Ausgleich für den *Ofen-Fauxpas* von gestern, wie sie es ausdrückte. Während wir über den Markt schlenderten, erzählte sie mir mehr über die Villa und das Zusammenleben darin. Sie hatten für sämtliche übergreifende Aufgaben Arbeitspläne: einen Putzplan für die Gemeinschaftsräume im Erdgeschoss, einen für die Flure und Badezimmer in den oberen Stockwerken und einen Kochplan. May gab zu, dass die Erstellung der Pläne ihr jede Woche den letzten Nerv raubte, weil sie gleichzeitig sowohl auf die gerechte Verteilung als auch auf die zeitlichen Kapazitäten der anderen Rücksicht nehmen musste. Als ich ihr anbot, die Einteilung zu übernehmen, strahlte sie mich so dankbar an, dass es mir fast unangenehm war. Dabei war das für mich gar keine Pflichtaufgabe, ich liebte solche Dinge. Wahrscheinlich war an dem, was ich heute Morgen über das Projektmanagement gesagt hatte, mehr dran, als ich bisher selbst erkannt hatte: Ich suchte in meinem Leben nach lenkbarer Gerechtigkeit. Und Arbeitspläne zu erstellen, die fair und ausgeglichen waren, war etwas, das ich beeinflussen konnte.

Wir kauften uns zwei Becher heißen Apfelsaft mit Zimt und machten einen Abstecher zur Universität, die abseits der Einkaufsstraßen am Rande des Stadtkerns lag. Beim Anblick der hochgeschossenen Gebäude zog sich mein Herz voller Vorfreude zusammen. Wenn ich einmal all das wegdachte, was mir momentan auf der Seele lag – die Menschen, von denen ich weggewollt hatte, und der Mensch, dem ich plötzlich wieder begegnet war –, dann war dieser Ort genau das, was ich mir erhofft hatte. Windsbury, die Stadt, in die ich mich mit zehn schlagartig verliebt hatte. Und ich würde hier tatsächlich ab morgen studieren. An der Windsbury University, dieser verwunschenen Universität, die aus schmalen Pfaden zwischen goldroten Gebäuden bestand, aus begrasten Innenhöfen und gemütlichen Cafés, die zum Verweilen zwischen den Seminaren einluden.

Auf dem Rückweg fuhren wir ein Stück durch den Wald. Der Radweg war schmal und eher nachlässig gepflastert, aber dafür war das Herbstlicht ungemein schön. Die Sonnenstrahlen nahmen auf ihrem Weg zu uns die Farbe der Baumkronen an, sodass sich ein Mosaik aus Orange-, Gelb- und Rottönen vor uns abzeichnete. An einer Abzweigung stiegen wir ab und schoben die Räder ein Stück tiefer in den Wald hinein. Es dauerte nicht lang, bis sich die Bäume auseinanderbogen und einen Lichtungsring freigaben. Das Gras war hier weich und hoch, vereinzelt durchsetzt von spätblühenden Herbstzeitlosen. In der Mitte lag ein See, in den das Sonnenlicht so ungehindert hineinfiel, dass es fast schmerzhaft war, ihn anzusehen.

May ließ ihr Rad ins Gras sinken und lief auf das Ufer zu. Die Feuchtigkeit der Wiese sickerte in den Saum ihres Kleides, aber ich bezweifelte, dass es sie kümmerte. Seit wir den Wald betreten hatten, hatte sich auf ihrem Gesicht ein friedlicher Ausdruck breitgemacht. Während sie in der Villa permanent konzentriert und leicht besorgt aussah, schien sie sich hier völlig zu entspannen.

»Richtig idyllisch, oder? Als es wärmer war, waren wir ein paarmal hier schwimmen.« May ging in die Hocke und fischte einen blau glänzenden Käfer aus dem Wasser, der auf dem Rücken schwamm und mit den Beinen zappelte. Behutsam setzte sie ihn in einigem Abstand zum Ufer ins Gras und richtete sich wieder auf.

»Ihr alle?«, fragte ich perplex nach, ohne darüber nachzudenken. Weil ich in diesem Moment nur daran denken konnte, dass das nicht sein konnte. Eden würde nie …

»Na ja, fast. Sienna würde es nicht zugeben, aber ich glaube, sie hat Angst vorm Wasser. Beckett würde nicht einmal für Geld in einen Waldsee gehen, und Eden … ist eigentlich immer raus, wenn es um so was geht.«

Ich war nicht sicher, ob mich das erleichterte oder enttäuschte. Ein Teil von mir hätte sich für ihn gewünscht, dass ich ihn in dieser Hinsicht nicht mehr einschätzen konnte. »*So was?*«, hakte ich vorsichtig nach.

May hob mit einem bedauernd wirkenden Lächeln die Schultern. »Freizeitaktivitäten, die die Gesellschaft anderer einschließen.«

»Oh.« Ich runzelte die Stirn und biss mir auf die Unterlippe, um nicht mehr zu sagen. Das hier war erneut etwas, das nicht zu meinem Bild von Eden passte. Während der Schulzeit war er beliebt gewesen. Keine Woche nachdem er auf unsere Schule gekommen war, war er Teil einer großen Freundesgruppe geworden. Er hatte sich nicht einmal sonderlich darum bemüht, es war einfach passiert. Die Menschen waren gern in seiner Nähe, weil er allen das Gefühl geben konnte, dass sie wirklich gesehen wurden. Er war humorvoll, auf eine unaufdringliche Art, er konnte zuhören und wusste, wann er etwas sagen musste, und was er sagte, war immer so … richtig. Er hatte die Gesellschaft anderer nicht gebraucht und es auch geliebt, sich zurückzuziehen, aber er war trotzdem nie außen vor gewesen.

Gerade deswegen hatte ich gedacht, dass es zu ihm passte, an einem Projekt wie der Mulberry Mansion teilzunehmen. Nicht nur wegen der Villa an sich, sondern auch wegen der Art des Zusammenlebens, die sie zwangsläufig hervorbrachte. Es passte besser zu ihm als zu mir. Aber das, was May mir gerade erzählte, passte nicht. Es fühlte sich an, als würde mein Bild von Eden sich vor meinen Augen in ein Puzzle zerlegen. Ich bemerkte all die dünnen Kanten, und ich sah, wie sich einzelne Teile herauslösten, als wären da plötzlich neue Ecken, die nicht mehr aneinanderpassten. Das große Ganze war weg, da war nur noch eine Ansammlung von Bruchstücken, die sich nicht mehr richtig anfühlte.

»Ich liebe es hier«, murmelte May und riss mich damit aus meinen Gedanken. »Ich könnte meine Tage damit verbringen, hier zu stehen und mich umzusehen. Hier fühlt sich alles so echt an. So richtig und … irgendwie magisch. Wundersamer Wald, herbstheller Himmel, sonniger Silbersee.« Sie drehte sich lächelnd zu mir um. »Ich würde gern nur in Alliterationen denken, weißt du? Das würde die Welt schöner machen, als sie ist.«

Ich lächelte zurück, auch wenn ich nicht verhindern konnte, dass sie mir in diesem Moment irgendwie verloren vorkam. Da war ein trübes Flackern in dem Grün ihrer Augen, ganz schwach nur, vermutlich nichts weiter als Einbildung und trotzdem alles, was ich sehen konnte.

Ich verschränkte die Arme und sah mich um, um nicht weiter darüber nachzudenken. Das Seewasser war so klar, dass ich am Ufer Wurzeln und Kiesel erkennen konnte. Ein umgefallener Baumstamm ragte mit moosbedeckter Rinde ins Wasser hinein, ein paar Wasserläufer huschten über die Oberfläche und lösten winzige Kreise darauf aus. Es war schön hier, und so friedlich, obwohl Windsbury nur einige Kilometer entfernt lag.

May hatte mir erzählt, dass dieser Teil des Waldes früher zum Grundstück der Mulberry Mansion gehört hatte, und obwohl er mittlerweile öffentlich zugänglich war, kamen nicht allzu viele Spaziergänger her.

»Darf ich dich was fragen?«, wollte May wissen, während sie an der Knopfleiste ihrer Strickjacke herumnestelte, um sie zu schließen.

Ich nickte. »Klar.«

»Eden und du, ihr seid nicht nur zusammen zur Schule gegangen, oder?«

Überrascht wandte ich mich ihr zu. »Wie kommst du darauf?« Ich konnte mir beim besten Willen nicht vorstellen, dass Eden etwas in dieser Richtung angedeutet hatte, wenn er doch selbst so tun wollte, als wäre es nicht passiert.

»So wie er heute Morgen auf die Sache mit dem Losen reagiert hat, das war seltsam. Er kann zwar wortkarg sein, aber ich habe ihn noch nie so … gereizt erlebt. Das war untypisch unfreundlich für ihn.«

Ich gab ein zustimmendes Brummen von mir, weil ich nicht wusste, was ich sonst sagen sollte.

May musterte mich erneut, jetzt mit einer Sorgenfalte auf der Stirn. »War er gemein zu dir damals?«

Ich brauchte einen Moment, um ihre weiche Wortwahl zu übersetzen. »Du meinst, ob er mich gemobbt hat?« Ich hätte beinahe gelacht, weil der Gedanke so furchtbar absurd war.

May zuckte mit den Schultern. »Keine Ahnung. Kinder können grausam sein.«

Das halbe Grinsen, das sich auf meine Lippen geschlichen hatte, fiel hinab und zerrte meine Mundwinkel mit sich. »Nicht nur Kinder«, sagte ich leise und fixierte den See, bis meine Augen nur noch vom Sonnenlicht brannten.

»Richtig. Also …« Sie brach ab.

Für einen kurzen Moment war ich verlockt, Ja zu sagen. Es wäre leichter, Eden als jemanden dastehen zu lassen, der mir die Schulzeit schwer gemacht hatte, als zugeben zu müssen, dass er am Ende der Einzige gewesen war, der sie erträglich gemacht hatte. Aber auch wenn ich wütend auf ihn war, brachte ich es nicht über mich.

»Nein.« Ich zerrte meinen Pullover über das Kinn, als könnte der Stoff die Wahrheit der folgenden Worte verschlucken. »Nein, Eden war nie ... gemein zu mir.«

Mit einer Ausnahme. Ich schüttelte den Gedanken ab und konzentrierte mich auf all die Momente davor, die, die ich sonst nur mit mir selbst ausmachen konnte. Wenn man eine solche Trennung hinter sich hatte, wollten die Menschen um einen herum nichts mehr davon hören, wie gut die Zeit davor gewesen war. Sie erwarteten, dass man durch das Ende den Rest der Geschichte völlig vergaß oder zumindest mit einem drückenden Filter überzog.

»Idealisier ihn nicht so«, hatte Delilah eines Abends zu mir gesagt, als ich mit verquollenen Augen auf ihrem Bett gesessen hatte. *»Es ist Wochen her, dass er dich abserviert hat. Du solltest mit dem Gedanken klarkommen, dass er ein Mistkerl ist und du dich in ihm getäuscht hast.«*

Nur wie hätte ich das tun sollen? Ich hatte ihn nicht idealisiert. Ich hatte mich nur *erinnert.* An alles. Und dieses Alles sagte mir, dass unser Ende keinen Sinn ergab. Es passte so wenig zu unserer Geschichte, dass es niemals die Kraft haben würde, sie rückblickend zu verändern. Es war schlichtweg ein dunkler, völlig deplatzierter Fleck auf einer Leinwand voll heller Farben.

»Er war überhaupt nie gemein«, erzählte ich leise weiter. »Eden war jemand, der dazwischengegangen ist, wenn Jüngere auf dem Schulhof geärgert wurden. Er hat mal einem hungrigen Jungen sein Pausenbrot gegeben, als der seines vergessen hatte. Und als unser Lehrer ein Mädchen aus dem Unterricht werfen wollte, weil sie angeblich nicht der Kleiderordnung entsprechend angezogen war, ist er aufgestanden und hat verkündet, dass er dann ebenfalls gehen würde, weil seine Shorts genauso weit über dem Knie enden würden wie ihr Rock. Diese Art Kind war Eden, diese Art Mensch. Die beste.«

Ich blinzelte und zog den Pullover wieder runter, atmete tief durch. Selbst aus dem Augenwinkel nahm ich wahr, dass Mays Blick unangenehm verständnisvoll geworden war. Weil sie es natürlich längst begriffen hatte.

»Wir waren mal zusammen. Etwa fünfzehn Monate lang«, sagte ich widerwillig und räusperte mich dann, um ihr nicht die genaue Tagesanzahl zu nennen. Was ich gekonnt hätte. »Wir hatten sogar vor, nach der Schule zusammen herzukommen, nach Windsbury. Aber dann … hat er Schluss gemacht. Ohne Vorwarnung, ohne große Erklärung, einfach so. Und das auch noch am Abend unseres Abschlussballs, also sehr viel Drama für jemanden, der eigentlich nichts von Drama hält, wie er immer behauptet hat.« Ich lachte heiser, ein unangenehmer Ton, der es aber wenigstens schaffte, meinen Wortschwall zu unterbrechen. Hastig rang ich mir ein schiefes Lächeln ab. »Ist aber ewig her«, fügte ich hinzu, nur, weil er das gestern gesagt hatte und weil ich mir wünschte, es genauso entschieden aussprechen zu können wie er.

»Das tut mir leid.« Ich konnte May ansehen, dass sie mich am liebsten umarmt hätte, und fragte mich, wie erbärmlich ich wirkte. Vermutlich ziemlich, angesichts der Tatsache, dass ich gerade eine Lobrede über einen Typen gehalten hatte, der mich nicht nur verlassen hatte, sondern auch heute Morgen fast zusammengebrochen wäre, bei der Aussicht, Zeit mit mir verbringen zu müssen.

»Muss es nicht«, erwiderte ich trotzdem gleichgültig.

»Doch, ich finde schon. Ich kann mir vorstellen, dass man nicht das Gefühl hat, etwas Neues beginnen zu können, wenn man daheim permanent über etwas Altes stolpert.«

Ich zuckte mit den Schultern. »Na ja, bei all dem Kram, der in der Villa rumliegt, ist das Stolpern wahrscheinlich unausweichlich.«

May seufzte und ging bereitwillig auf meinen leichteren Tonfall ein. »Auch wieder wahr. Aber ich stolpere lieber über den zehnten Karton als über meinen Ex-Freund.« Sie zögerte und drehte eine Haarsträhne zwischen ihren Fingerspitzen. »Auch wenn es da nicht viel zu stolpern gäbe. Meine bisherige Bilanz wirft höchstens ein paar Kiesel ab, keine Felsbrocken.«

»Daran stößt man sich wenigstens nicht den Zeh.«

Sie hob die Augenbrauen. »Du meinst, den Herzzeh?«

»Irgendwie schon.« Ich musste lachen, und das war so tröstlich, dass ich augenblicklich spürte, wie die Schwere aus meinen Gedanken sickerte – und die Verlegenheit auch. »Darf ich dich jetzt auch was fragen?«

May lächelte. »Klar.«

»Wie ist Eden so? Ich meine, ich weiß, wie er damals war, aber ich habe das Gefühl, dass …« *Dass davon nicht mehr viel übrig ist*, wollte ich sagen, doch meine Stimme versagte.

May wartete ein paar Sekunden, dann antwortete sie, ohne nachzuhaken. »Schwierig zu sagen. Ich hab nicht das Gefühl, ihn zu kennen, weißt du? Eden und ich waren die Ersten, die in die Villa eingezogen sind. Ein paar Tage vor den anderen. Ich hab es wirklich versucht, aber man kommt nicht richtig an ihn heran. Als hätte er eine dünne Blase aus Panzerglas um sich herum errichtet. Er ist nie unhöflich und immer hilfsbereit, aber er macht auch keinen Hehl daraus, dass er nicht daran interessiert ist, sich mit uns anzufreunden. Aber er ist total begabt, was das ganze Handwerkszeug angeht, und in Bezug auf das Haus kann man sich immer auf ihn verlassen, also … akzeptieren wir, dass er uns die meiste Zeit über ignoriert. Nur mit Maxton ist er entspannter. Aber es ist auch sehr schwer, sich in Maxtons Nähe nicht zu entspannen. Er ist ein wandelnder Ruhepol.«

Ich lächelte schwach. »Ist mir auch schon aufgefallen.« *Alles davon. Vor allem das mit dem Panzerglas.*

Ein paar Minuten lang standen wir da und hingen unseren Gedanken nach, bis May vorschlug, zurückzufahren. Ich konnte ihr ansehen, dass sie bereits darüber nachdachte, welchen Teil der Hausarbeit sie zuerst angehen wollte.

Als wir unsere Räder aus dem Gras hoben, sammelte ich noch einmal meinen Mut. »Sag Eden nichts von unserem Gespräch, okay? Ich schätze, er hat zwei Jahre damit verbracht, das mit uns zu verdrängen, da kommt es ihm wahrscheinlich nicht gelegen, wenn man ihn wieder daran erinnert. Mehr als meine Existenz das eh tut, meine ich.«

»Mach dir keine Gedanken, im Schweigen bin ich ziemlich gut.« May zupfte an den Goldruten, die wir vorhin in einem der Felder gepflückt hatten, bis ihre Köpfe aus dem Korb guckten. Dann schenkte sie mir ein kleines Lächeln. »Aber wenn du mich fragst … so wie er dich ansieht, hat er dich alles andere als vergessen.«

Ich antwortete nicht. Bei jeder Wurzel, über die wir auf dem Weg zurück zum Haus fuhren, dachte ich an Eden. Erinnerungen an ihn waren schon lange Schlaglöcher in meinen Gedanken, aber die, die ich seit gestern neu gesammelt hatte, fühlten sich nach unendlich tiefen Schluchten an.

Ich wollte nicht hineinfallen, nie wieder, doch ich würde ihm auch nicht den Gefallen tun und einfach so aus seinem Leben verschwinden. Denn es war auch *mein* Leben. Und die Mulberry Mansion war der einzige Ort, wo ich momentan hinkonnte. Ich *konnte* nicht zurück, und ich *wollte* vorankommen, ganz gleich, wie anstrengend der Weg auch sein würde. Und vielleicht führte er eben durch knöcheltiefen, zähen Schlamm aus Vergangenem. Ich würde das hinbekommen. Ich hatte weitaus Schlimmeres durchgestanden als *das*.

Ich war hergekommen, um all das Gewicht loszulassen, das sich seit Wochen in meinen Händen angesammelt hatte und mich so schmerzhaft hinabzerrte. Und vielleicht war Eden nach all den Jahren immer noch ein Teil davon. Ich musste es gehen lassen. Alles davon. Bis da nichts mehr war, was mich an früher erinnerte.

Nichts von meiner Familie, die keine mehr war.

Nichts von dem Jungen, den ich mal geliebt hatte und der jetzt ein Mann war, den ich nicht mehr kannte.

6. Kapitel

AVERY

»Hundert Pfund, dass mindestens einer der Brown-Zwillinge bis Ende des Semesters geschmissen hat.« Julia zog erneut am Strohhalm ihres grünen Smoothies. Das unangenehme Schlürfen vermengte sich mit dem Klopfen ihres Stiefelabsatzes gegen den Mauervorsprung.

Als ich das Mädchen mit dem kupferroten Wellenhaar Anfang der Woche das erste Mal gesehen hatte, waren mir auf Anhieb fünf verschiedene Marken innerhalb ihres Outfits aufgefallen: Tasche von Moschino, Trenchcoat von Burberry, Stiefel von Valentino, Kette von Tiffany, Kugelschreiber von Montblanc. Normalerweise wären das fünf gute Gründe, sie zu meiden, aber als wir uns immer wieder über den Weg liefen, hatte Julia angefangen, mit mir zu reden. Ich war nicht sicher, ob es an meinem Auftreten lag oder allein daran, dass ich neu hier war. An der WU gab es weniger Studierende der Rechtswissenschaft als an meiner alten Universität. Insbesondere die Tutorien, in denen die Inhalte aus den Vorlesungen vertieft wurden, waren ziemlich klein. Wir waren maximal zehn Studierende, im Strafrechts-Tutorium sogar nur sechs: Julia, ihre Freunde Isaac und Nate sowie die Brown-Zwillinge – ein schmächtiger Kerl mit blondem Haar und ein Mädchen mit braunen Locken, die oberflächlich betrachtet nichts gemein hatten. Bis auf den leicht panischen Ausdruck in ihren Augen.

Ich warf einen Blick auf die andere Seite der Terrasse, wo die Zwillinge in der trüben Mittagssonne über ihre Unterlagen gebeugt dasaßen. Ihre Gesichtsausdrücke wirkten tatsächlich erschöpft und überfordert, doch da ich mich seit Unibeginn ebenso fühlte, würde ich mich davor hüten, Julias Prognose zuzustimmen.

Ich nahm einen Schluck aus meinem Pappbecher mit dem Wappen der Universität. Ein W und ein U, beide von Efeuranken umschlungen, so wie viele der Gebäude auf dem Campus. Der Kaffee darin war längst kalt geworden, meine Nase und meine Fingerspitzen auch. Mittlerweile wünschte ich mir, ich hätte abgelehnt, als Julia mich nach dem Tutorium gefragt hatte, ob ich die Mittagspause mit ihnen verbringen wollte. Allerdings kannte ich mich gut genug, um zu wissen, dass das hier die beste Chance auf ein paar Kontakte war. Es war bereits Donnerstag, meine erste Uni-Woche fast herum, und meine sozialen Begegnungen hatten bisher pünktlich mit den Veranstaltungen geendet. Außerdem hatte Julia etwas sehr Ehrliches an sich, was ich sofort gemocht hatte. Ich war mir fast sicher, dass sie den Brown-Zwillingen auch ins Gesicht gesagt hätte, dass sie ihre Chancen auf Durchhaltevermögen bis zum Abschluss als niedrig einschätzte. Was es nicht unbedingt netter machte.

Isaac sah Julia ebenfalls tadelnd an. Er nahm eine Erdnuss aus seinem Studentenfuttertütchen und lehnte sich vor, um sie an mir vorbei in ihre Richtung zu werfen. »Dein Karma ist so was von am Arsch, Jules.«

Julia wich der Nuss aus, sodass sie hinter uns auf den Rasen fiel. Wir saßen auf der Mauer, die die Mensaterrasse umgab. Der rote Stein war in den Fugen von Moos gefüllt und hinterließ sicherlich feuchte Flecken auf unseren Hosen.

»Ach was. Ich hab immerhin unseren Neuling hier willkommen geheißen. Und ich ertrage es, dass Nates Dickkopf meine

Tasche zerknautscht.« Sie deutete auf besagten Kopf, der neben ihr eine Kuhle in ihre Ledertasche grub.

Obwohl die Sonne sich bereits die ganze Woche hinter Schleierwolken versteckte, hatte sich Nate seine Baker-Boy-Mütze tief ins Gesicht gezogen, sodass die Hälfte davon verdeckt wurde. Im Rest konnte ich die Müdigkeit erahnen, die dafür gesorgt hatte, dass er während des Tutoriums permanent gegähnt hatte. Kaum dass wir die Terrasse mit unseren Getränken betreten hatten, hatte er sich auf die Mauer gelegt und aus dem Gespräch ausgeklinkt.

Jetzt stöhnte er genervt, während Julia an seiner Mütze herumzupfte. »Herrgott, mach weiter damit, und ich kotze gleich in deine Tasche, statt nur darauf zu liegen.«

»Untersteh dich, die war ein Geschenk von meinem Vater«, mahnte sie trocken, ließ aber von ihm ab und schlürfte erneut an ihrem Smoothie.

Nate und ich verzogen synchron unsere Gesichter. »Du bist grausam«, grummelte er.

»Und du bist selbst schuld.« Unbarmherzig nahm sie ihm die Mütze ab und setzte sie sich selbst auf. »Wenn du es als nötig empfindest, dich unter der Woche zu betrinken, musst du auch den Kater am nächsten Tag aushalten.«

»Den Kater ja, dich nicht«, murmelte er und blinzelte angestrengt in den Himmel. Mit seinen tiefbraunen Augen, den dichten Wimpern und den markanten Wangenknochen sah er auffallend gut aus. Heute allerdings auch ziemlich fertig. »Außerdem trinken wir doch regelmäßig unter der Woche«, fuhr er fort und richtete sich mühsam auf. »Du wolltest heute Abend damit weitermachen, schon vergessen?«

»Aber heute ist Donnerstag, und freitags haben wir nur eine Vorlesung. Und O'Kelly würde es nicht mal merken, wenn sie vor einem leeren Saal sprechen würde. Mit einer Ausnahme, immerhin hat sie nur Augen für unser hübsches Genie hier.«

Julia kniff Isaac in die Wange, der nur die Augen verdrehte und ihre Hand wegschlug. Soweit ich das beurteilen konnte, war Isaac jemand, der darin geübt war, das Thema zu wechseln, sobald es sich ihm zuwandte. Auch jetzt drehte er sich sofort zu mir. »Apropos heute Abend: Wir wollten ins *Epilogue* gehen. Bist du dabei?«

»Eine Bar in der Altstadt«, kam mir Julia zu Hilfe, als sie meinen verständnislosen Blick bemerkte. »Gutes Bier, mittelklassige Cocktails, extrem heiße Barkeeper.«

»Schlimm, wie du Männer auf ihr Äußeres reduzierst.« Isaac sah aus, als würde er abwägen, eine weitere Nuss nach ihr zu werfen, steckte sie sich dann aber doch in den Mund.

»Und das sagt mir derjenige, der besagten Barkeeper seit Wochen heimlich anstarrt und in der Hoffnung, beachtet zu werden, absurd hohes Trinkgeld hinterlässt. Was langsam echt traurig mit anzusehen ist.«

»Die Lichtverhältnisse in dem Laden sind mies, okay? Vermutlich hätte er mich daher nicht mal bemerken können.«

Julia seufzte. »Wahrscheinlich ist das eh besser so. Wir haben sowieso alle keine Zeit für so was wie eine Beziehung.«

»Schließ nicht von dir auf andere«, erwiderte Isaac mit vollem Mund. »Nicht unser aller Leben besteht nur aus Lernen, damit wir eines Tages Partner in irgendeiner protzigen Kanzlei werden können.«

»Gott, jetzt geht das wieder los. Meine Damen und Herren: Der Weltverbesserer ergreift das Mikrofon.« Mit einem tiefen Stöhnen ließ Julia den Kopf in den Nacken sacken, sodass die Mütze hinabfiel. Nate fing sie und setzte sie sich wieder auf.

Interessiert wandte ich mich an Isaac. »Was willst du denn nach dem Studium machen?«

»Ich möchte in einer Menschenrechtsorganisation arbeiten.« Er wirkte fast verlegen, als er die letzten Worte aussprach. Sofort spürte ich Sympathie in mir aufflackern. Die angenehmsten Menschen waren immer die, die Gutes taten, ohne es groß zu betonen. Sobald man Anerkennung für seine Taten wollte, büßten sie irgendwie an Selbstwert ein.

»Ziemlich cool«, sagte ich deswegen und lächelte ihn an.

Seine Wangen färbten sich rot. »Und du?«

»Ich will Richterin werden. Strafrichterin, am Crown Court.«

Isaac hob beeindruckt die Augenbrauen. »Ambitioniert.«

Er hatte recht. Um Berufsrichterin werden zu können, lag ein weiter Weg vor mir. Nach dem Uni-Abschluss musste ich eine Bar School besuchen, um in der Berufsorganisation der Rechtsanwälte zugelassen zu werden, die vor Gericht auftreten durften. Darauf würde ein einjähriges Referendariat folgen, und anschließend musste ich mindestens zehn Jahre als Anwältin arbeiten, erst dann konnte ich mich für den Staatsdienst bewerben. Wenn ich angenommen wurde, würde ich weitere Jahre damit verbringen, sowohl als Anwältin als auch als Richterin zu arbeiten. Rein faktisch betrachtet war der Beruf des Richters nicht überragend attraktiv: Man jonglierte jahrelang mit zwei Jobs, um dann auch noch Gehalt einzubüßen, sobald man voll und ganz in den Richterstand wechselte. Die wenigstens Richter in England waren unter fünfzig, nur ein Bruchteil davon war weiblich.

Trotzdem wollte ich das. Unbedingt. Aber ich würde nicht versuchen, den anderen zu erklären, wieso. Isaac würde es womöglich verstehen, aber Julia und Nate waren genau die Menschen, von denen ich nach einem Jahr Jura-Studium wusste, dass ich ihnen nichts verständlich machen könnte, das jenseits ihrer eigenen Vorstellungen lag.

»Hm«, machte ich deshalb nur. »Was ist mit dir, Nate? Willst du auch Menschen oder Tiere retten?«

»Nicht doch. Ich will vor allem den Lebensstil retten, den meine Eltern mir beigebracht haben. Also werde ich die Person werden, die die einflussreichsten Menschen mit dem meisten Dreck am Stecken am dringendsten brauchen – und damit am besten bezahlen.« Er öffnete die Augen und zwinkerte mir zu. »Strafverteidiger, Liebes.«

Seine Worte waren kleine Bleiklumpen, die in meinen Magen sackten. »Wirklich?«, brachte ich hervor und bereute es im nächsten Moment, als ich wahrnahm, wie es sich anhörte.

Nate bemerkte es auch. »Du klingst überrascht.«

»Nicht überrascht«, korrigierte Isaac. »Eher … angewidert.«

»Ich bin nicht angewidert, es ist nur …« Ich biss mir in die Innenwange. Diplomatie und Ehrlichkeit waren zwei Eigenschaften, die sich nicht immer vertrugen. Und wenn sie in Streit gerieten, dann gab es in meinem Fall jedes Mal denselben Gewinner. Dabei wollte ich nicht so sein. Nicht jetzt, nicht in meiner ersten Uni-Woche, nicht vor den ersten drei Menschen, die potenziell die Grenze zwischen Kommilitonen und Freunden übertreten könnten.

»Nur *was*?«, hakte Nate nach, bevor ich zurückrudern konnte. Er wirkte etwas wacher als zuvor, als würde ihn die Aussicht auf eine Diskussion vergessen lassen, dass er letzte Nacht nur drei Stunden geschlafen hatte.

Kurz zögerte ich, dann gab ich mir einen Ruck. Ich schämte mich nicht dafür, eine Meinung zu haben, selbst wenn sie nicht jedem gefiel. »Ich halte Strafverteidiger einfach nicht für sonderlich gute Menschen.«

Julia pfiff durch die Zähne, und aus dem Augenwinkel sah ich, wie Isaac irritiert die Stirn runzelte. Nate hingegen lachte kehlig. »Autsch. Solltest du dir nicht solche Pauschalurteile als Richterin untersagen?«

Ich blickte auf meinen Pappbecher und zog an einem sich lösenden Streifen. »Noch bin ich keine Richterin. Und ich bin lieber ehrlich als höflich.«

Nate lehnte sich weiter vor, als würde er mich bei diesem Gespräch unbedingt richtig ansehen wollen. Vermutlich ein Zeichen dafür, dass er ein guter Anwalt werden würde. Er hatte diesen bestimmten Blick, mit dem man einen Zeugen bedachte. Oder, in diesem Fall: eine unfreundliche Kommilitonin. »Okay. Und was, wenn jemand unschuldig angeklagt wird? Würdest du demjenigen dann nicht die beste Verteidigung der Welt wünschen?«

»Doch.« Ich atmete tief durch, um meine Stimme weniger angriffslustig klingen zu lassen. »Aber wenn ich dich richtig verstanden habe, sind das ja nicht die Mandanten, auf die du abzielst. Du willst denen helfen, die keine Hilfe verdient haben.«

»Wow, ernsthaft?« Nate stieß ein weiteres atemloses Lachen aus. »Jeder Mensch hat das Recht auf die bestmögliche Verteidigung, egal, was er getan hat. Welcher Paragraf ist das, Leute?«

»Ich kenne das Gesetz. Aber das bedeutet nicht, dass ich es immer gut finde. Recht ist nicht Gerechtigkeit.«

Unsere Gesetze waren dazu da, uns zu schützen und unser Zusammenleben zu regulieren. Aber das hieß nicht, dass alles an unserem Recht richtig war. Es gab so vieles, das rechtlich gesehen vertretbar, menschlich betrachtet aber unfair und *falsch* war. Und mir war klar, dass das in der Natur der Rechtsprechung lag, weil es noch so viele Paragrafen geben konnte und sie doch nie jede einzelne Besonderheit eines Falles berücksichtigen könnten. Ich *wusste* das, aber ich schaffte es nicht, das zu akzeptieren. In meinen Augen baute sich ein unangenehmer

Druck auf, eine Mischung aus Trotz, Wut und dem schlimmsten aller Gefühle: Hilflosigkeit.

Nate setzte zu einer Erwiderung an, doch Julia stieß ihn beiläufig in die Seite. Mir war nicht klar, ob ihr aufgefallen war, wie sich meine Laune zunehmend verschlechterte, oder ob sie schlichtweg keine Lust mehr darauf hatte, uns zuzuhören.

Nate warf ihr einen flüchtigen Blick zu, verdrehte dann die Augen und schenkte mir ein Grinsen. »Und du bist sicher, dass du Jura studieren solltest? Wenn du die Gesetze verändern möchtest, solltest du in die Politik gehen.«

Ich rang mir ein Lächeln ab und bemühte mich um einen ähnlich versöhnlichen Ton. »Wie du vielleicht bemerkt hast, sind Diplomatie und Um-den-heißen-Brei-Herumgerede nicht meine ausgeprägtesten Stärken. Außerdem kann ich als Richterin zumindest außerhalb des Gerichtssaals anziehen, was ich möchte. Hosenanzüge sind nämlich so gar nicht mein Ding.«

»Wer wäre darauf gekommen?« Nates Blick zuckte zu meinem blaugrünen Pullover, den ich unter der geöffneten Jacke trug, und blieb an den Fransen hängen, die sich aus den Ärmeln lösten. Ich kniff die Lippen zusammen und wappnete mich für das nächste Wortgefecht.

Julia schaltete sich dazwischen, indem sie sich räusperte. »Wie sieht's jetzt aus, kommst du heute Abend mit? Ich verspreche dir, nach dem ersten Bier erträgt man Nate sehr viel besser.«

Ich schüttelte den Kopf und rieb mir über die Wange, die sich nach wie vor erhitzt anfühlte. Ganz abgesehen davon, dass ich nicht wild darauf war, meinen Abend mit einem betrunkenen Nate zu verbringen, hatte ich tatsächlich keine Zeit. Und zwar aus einem Grund, der mir schon den ganzen Tag glühend im Magen lag und jedes Hungergefühl erstickte.

Seit sechs Tagen wohnte ich in der Mulberry Mansion, begegnete Eden ständig und zuckte dennoch jedes Mal zusammen. Und seit fünf Tagen drückte ich mich erfolgreich davor, mit ihm unsere Aufgabe für die Villa anzutreten.

Während die anderen schon Montag nach der Uni begonnen hatten, an ihren Baustellen zu arbeiten, hatten Eden und ich uns sowohl vom Dachboden als auch voneinander ferngehalten. Bis er gestern nach dem Abendessen an mir vorbeigelaufen war und gefragt hatte: »Morgen 17 Uhr?« Ich war so perplex gewesen, dass ich nur genickt hatte, da war er auch schon wieder aus dem Raum verschwunden.

Vermutlich war es besser, wenn wir das erste Treffen endlich hinter uns brachten. Ich wünschte mir so, dass sich unser Zusammenleben normalisierte. Denn so, wie es sich momentan anfühlte, war es unmöglich, mich zu Hause zu entspannen. Die ständige Angst, Eden über den Weg zu laufen, wurde nur gelegentlich von dem seltsamen Gefühlscocktail aus Wut und Schmerz überlagert, wenn es tatsächlich passierte, und der brennenden Leere, wenn es *nicht* passierte. Es war derart anstrengend, ich zu sein, dass ich sogar gern mit Nate getauscht hätte. Ich hätte lieber einen physischen Kater ertragen als einen seelischen. Gegen zu viel Alkohol konnte man vorgehen, gegen zu viel Vergangenheit nicht – zumindest nicht, wenn man sich ein Bad mit ihr teilte. Außerdem: Je eher wir mit der Arbeit anfingen, desto schneller waren wir fertig. Und ich konnte sowieso nicht aufhören, daran zu denken. Jeden Abend lag ich in meinem Bett, starrte an die Decke und fühlte das Gewicht des Dachbodens, das sich auch über ein Stockwerk hinweg auf mich legte und das Atmen und Denken schwer machte.

Selbst jetzt spürte ich es und brauchte kurz, um mich auf die anderen zu konzentrieren, die mich abwartend ansahen. »Ich kann nicht. Ich bin später verabredet, und dann wird es mir zu viel, wieder herzufahren.«

»Herfahren? Wo bist du denn untergekommen? Doch nicht etwa im *Westside*?« Isaacs Gesicht verzog sich mitleidig, als er den Namen des Wohnheims aussprach, das am Rande der Innenstadt lag. Als wären zwanzig Minuten zur Uni unzumutbar. Ich dachte an die knappe Stunde, die ich in den letzten Tagen gebraucht hatte, um herzukommen, und schüttelte den Kopf.

»Nein, ich wohne in keinem der Wohnheime. Ich habe ein Zimmer in der Mulberry Mansion.«

Isaac und Julia tauschten einen verblüfften Blick. Nate hingegen verzog den Mund. Jetzt wirkte *er* reichlich angewidert. »In dieser heruntergekommenen Hütte am Waldrand?«

»Hütte? Das ist eine verdammte Villa, Nathaniel!« Isaac sah seinen Freund vernichtend an, ehe er mich anstrahlte. »Sie wurde im 19. Jahrhundert gebaut, richtig? Ich hab Fotos gesehen, sie sieht umwerfend aus.«

Nate schüttelte sich, als würden seine Gedanken durch die Spinnennetze laufen, denen ich heute Morgen auf dem Weg ins Erdgeschoss mühsam ausgewichen war. »Eher rauswerfend, wenn du mich fragst«, konterte er ungerührt. »Keine zehn Minuten würde ich in dem Staubschloss aushalten.«

Zum Glück hatte ich nicht vor, dich einzuladen. Die Worte ließen sich nur mühsam herunterschlucken. Nate war wirklich eine Geduldsprobe für meine sozialunverträgliche Ehrlichkeit.

»Dann wohnt ihr also echt alle da zusammen in diesem halb kaputten Haus?« Julia zwirbelte eine Haarsträhne zwischen ihren Fingern.

»Es ist nicht kaputt. Es ist nur beschädigt. Und es ist trotzdem wunderschön.« Ich bemerkte selbst, wie defensiv ich klang. Als hätten sie mit der Mulberry Mansion eine Freundin von mir angegriffen. Dabei war ich selbst überfordert davon, *wie* beschädigt das Herrenhaus war. Immerhin hatte ich es die letzten Male geschafft, warm zu duschen. Und den Rest würden wir schon hinbekommen. Bestenfalls, bevor der Winter kam und wir vor den undichten Fenstern erfroren.

Vielleicht war die Mulberry Mansion also tatsächlich ein bisschen kaputt, aber heute erleichterte mich das sogar. Ich konnte nur hoffen, dass mich auf dem Dachboden jede Menge Schutt und Staub erwartete. Alles, was dabei half, Edens Anblick zu verschleiern, wäre mir recht.

Als ich nachmittags in der Villa ankam und in Richtung Küche lief, erwartete mich der wohlige Duft von frischem Kaffee.

Willow saß am Küchentisch, dick eingemummelt in eine übergroße tannengrüne Strickjacke, die ich vor ein paar Abenden an Maxton gesehen hatte. »Du siehst aus, als bräuchtest du genauso dringend Koffein wie ich«, stellte sie fest und angelte nach einer frischen Tasse, die auf der Spüle stand. »Ich hab gerade endlich mal Pause von diesen morschen Wänden da oben. In meinen Haaren befindet sich mittlerweile vermutlich ein Kilo Putz. Ich hoffe, Siennas Skype-Frühstück mit ihrer Familie wird ein ausgedehnter Brunch.« Sie deutete in Richtung Esszimmer, aus dem ein blechern klingendes Stimmengewirr und Besteckgeklapper zu hören waren.

»Frühstück?«, hakte ich irritiert nach, nachdem ich ihr dankend den Kaffee abgenommen hatte. Es war bereits Viertel vor fünf, und Sienna war zwar ein Morgenmuffel, aber sie stand trotzdem genauso früh auf wie wir, um pünktlich in der Uni zu sein. Sie studierte Theater- und Filmwissenschaft, und es war offensichtlich, wie sehr sie dafür brannte. Sie schleppte fast permanent ihr Tablet mit sich herum und sah sich Filme darauf an. Dabei stoppte sie ständig, um in einer Szene zurückzuspulen und auf andere Details zu achten. Vor zwei Tagen hatten wir dadurch für einen Film rund zweieinhalb Stunden statt neunzig Minuten gebraucht. Und es wäre sicher noch mehr gewesen, wenn Beckett ihr nach der Hälfte nicht entnervt die Fernbedienung weggenommen hätte.

»Ja, das macht sie ab und zu. Die Familie ihres Vaters lebt in Mexiko – ein Hoch auf die Zeitverschiebung!« Willow grinste mir zu und deutete auf den Stuhl vor sich. »Setzt du dich zu mir? Dann kann ich meiner Faulheit nachher ein soziales Etikett verpassen.«

»Ich kann nicht. Ich bin gleich verabredet mit … dem Dachboden.«

Willows helle Augenbrauen verschwanden unter ihren Locken. Ihr Gesicht sagte wieder »Uh, uh, uh«, aber sie verkniff sich, es laut auszusprechen. »Verstehe. Unter uns: Keiner von uns würde es dir übel nehmen, wenn du Eden da oben in einen der Überseekoffer sperrst.« Sie zögerte und leckte sich Milchschaum aus dem Mundwinkel. »Außer Maxton, weil er aus irgendeinem Grund einen Narren an diesem wortkargen Kerl gefressen hat. Aber Maxton ist bestechlich. Schenk ihm einen Setzling, und er verzeiht dir alles.«

Ich musste lachen. »Danke für den Tipp. Aber … ich habe kein … Problem mit … Eden.« Der zweite Satz war so von Zögern durchlöchert, dass die Lüge deutlich durchschimmerte.

Willow grinste – eher wissend als mitleidig – und wünschte mir viel Spaß, als ich die Küche verließ.

Das Haus wurde mit jedem Stockwerk kühler und dunkler. Als ich um die Ecke bog, hinter der die Treppe zum Dachboden lag, zuckte ich leicht zusammen. Eden lehnte an der Wand, direkt neben einem der Fenster, aus denen man runter in den Garten blicken konnte. Die letzten Sonnenreste erhellten die blauschwarz geblümte Tapete und seine Augen. In der Hand hielt er eine Flasche Limonade, grellgrün und mit

Sicherheit völlig überzuckert. Edens Lieblingslaster, schon damals.

Unsicher verschränkte ich die Arme vor der Brust. Meinen Kaffeebecher hatte ich auf einem der Tische im Flur stehen gelassen. »Wartest du schon lang?«

Der erste komplette Satz, den ich seit Sonntag zu ihm sagte. Er fühlte sich trotzdem nicht vollständig an. Vielleicht, weil ich nach unserem Streit vor der Villa eigentlich das Gefühl hatte, ganz andere Worte sagen zu müssen. *Entschuldigung* war eines davon – aber auch das, was ich nie aussprechen würde. In manchen Konstruktionen fehlte kein Satzglied, sondern ein Funke wahren Gefühls. Solange Eden und ich nicht über das sprachen, was so offensichtlich zwischen uns stand, würden vermutlich all unsere Gespräche aus Ellipsen bestehen.

Er zuckte nur mit den Schultern. Mittlerweile eine seiner bevorzugten Antwortarten, soweit ich das beurteilen konnte. »Wollen wir?«, fragte er dann und stieß sich von der Wand ab.

Nein, dachte ich. *Das hier hat nichts mit Wollen zu tun, absolut nichts.* Ich wollte mich lieber von Sienna in den Kamin stecken lassen, Mays verbrannte Scones essen und mich anschließend ohne Helm unter einen Baum stellen, an dem Maxton gerade herumsägte – kurzum: Ich würde alles lieber tun als *das* hier.

Trotzdem folgte ich Eden die schmale Treppe hinauf, die zu der Holztür führte. »Was ist eigentlich unser Plan?«

»Fürs Erste müssen wir uns einen Überblick verschaffen. Da oben steht so viel Zeug, wahrscheinlich müssen wir erst mal ausmisten, bevor wir uns um den Raum an sich kümmern können. Das Dach wurde immerhin vom Komitee geprüft, damit ist alles in Ordnung. Ich vermute, es läuft darauf hinaus, es von innen zu dämmen, damit wir die Wärme irgendwie im Haus halten können.«

Immerhin konnte er ganze Sätze bilden, solange es nicht um

uns ging. Ich presste die Lippen aufeinander, um ihn nicht sofort wieder zu provozieren, da standen wir auch schon vor der Tür. Eden drückte die Klinke herunter und lehnte sich etwas gegen das Holz, bis sie aufsprang.

Im ersten Moment war da nur der Geruch, der sich nach uns ausstreckte, bevor wir den Dachboden richtig betreten hatten. Es roch nach Holz, nach alten Stoffen, nach Staub. Etwas Süßliches hing irgendwo darüber, Patschuli vielleicht, und als ich kurz die Augen schloss, glaubte ich, den Duft von Orangenblüten auszumachen. Mich überkam dieselbe seltsame Flauheit wie in dem Moment, in dem ich das Haus das erste Mal betreten hatte. Die Mulberry Mansion roch nach einem Gefühl, nach Nostalgie oder – mein Blick wanderte kurz zu Eden – vielleicht auch eher nach Melancholie.

Es sah nicht aus wie die Dachböden, die ich kannte, eher wie ein Loft. Die Balken liefen schräg hinauf, gingen dann jedoch in eine Ebene über, durch die sie zusammentrafen. Der Boden war so hoch, dass man problemlos aufrecht stehen konnte. Probehalber wippte ich auf die Zehenspitzen, aber nicht einmal so erreichte ich die Decke.

Um uns herum wölbten sich helle Laken in verbergenden Stoffwellen über vermeintliche Möbel und Gerümpel. Dünne Lichtstreifen brachen durch die aschgrauen Vorhänge, die die Fenster verhüllten.

Meine Augen brauchten einen Moment, ehe sie sich an das dämmrige Licht gewöhnt hatten. Eden befand sich ein paar Meter neben mir und tastete nach dem Ziehfaden einer Stehlampe, die flackernd anging und einen goldgelben Kegel um ihren Fuß warf.

»Habt ihr euch hier oben schon richtig umgesehen?«

»Nur kurz.« Er ging weiter in Richtung Fenster. »Als wir das erste Mal hier waren, hat Sienna ein Dutzend Horrorfilmplots wiedergegeben, die mit einem Dachboden zusammenhängen. Danach waren die anderen nicht mehr so versessen darauf, herzukommen.«

»Was ist mit dir? Gruselst du dich hier?«, fragte ich spöttisch. Eden hatte Horrorfilme nie gemocht, generell hatte er lieber die Filme angesehen, die durch das Ungezeigte auffielen. Durch den Subtext, die Atmosphäre, die Stille zwischen den Worten. Ich konnte nicht sagen, wie oft ich neben ihm eingenickt war, während wir uns einen Filmklassiker in Schwarz-Weiß oder der Originalsprache angesehen hatten.

»Heute mehr als sonst«, erwiderte er verzögert und etwas zu leise auf meine Frage.

Ich verzichtete darauf nachzuhaken und zog stattdessen eines der Laken neben mir von einer kugelförmigen Fläche. Ein Globus kam darunter zum Vorschein, die Oberfläche vergilbt, die Beschriftungen ausgeblichen, die Holzhalterung an einigen Stellen gerissen. Ich tastete über Skandinavien und fühlte die dünne Staubschicht, die trotz des schützenden Stoffes auf meine Haut kletterte.

»Was ist das alles für Zeug?«

»Alles, was mit der Familie in diesem Haus gelebt hat und was sie nicht mehr wollte. Sie haben den Häusern einen Besuch abgestattet, bevor sie sie der Stiftung unterstellt haben, aber bis auf ein paar Kleinigkeiten haben sie offensichtlich alles hiergelassen.«

»Aber wieso?« Stirnrunzelnd sah ich mich auf dem vollgestellten Dachboden um.

»Wahrscheinlich aus demselben Grund, aus dem sie die Häuser loswerden wollten. Sie haben sie nicht gebraucht.«

Vermutlich hatte er recht. Die Contevilles waren eine der wohlhabendsten Familien des Landes. Sie hatten es nicht nötig, einen Flohmarkt mit den alten Gebrauchsgegenständen ihrer Familie zu veranstalten. Trotzdem: Meiner Erfahrung nach waren es insbesondere reiche Menschen, die alles dafür taten, ihren Reichtum zu vergrößern.

»Sie hätten es verkaufen können. Das muss doch ein Vermögen wert sein.« Ich nahm eine kopflose Puppe aus einer geöffneten Kiste und drehte sie zwischen den Fingern. »Na gut. Manches zumindest.«

»Vielleicht haben sie es eher als Ballast empfunden, als darin eine Bereicherung zu sehen. Nicht nur auf einer rein physischen Ebene. Ich meine …« Eden stockte. Mittlerweile stand er neben dem verdunkelten Fenster, weit weg vom schwachen Licht der Lampe. Trotzdem spürte ich seinen Blick nadelstichig auf meinem Gesicht, als er sich zu mir umdrehte. »Erinnerungen sind manchmal ziemlich belastend. Oder nicht?« Seine Stimme klang kratzig, er räusperte sich und drehte sich wieder weg.

Ich wusste selbst nicht, wieso ich auf ihn zuging. Vielleicht, weil ich es ihm nicht zugestehen wollte, dass er entschied, wann wir uns voneinander abwandten. Schon wieder. »Erinnerungen haften aber nicht an materiellen Dingen«, erwiderte ich tonlos, als ich neben ihm stehen blieb. »Sie haften an uns selbst, sie sind in uns.«

Eden sah mich noch einmal an, aber ich konnte seinen Blick nicht deuten. Vermutlich war das besser so, immerhin hatte er mich gerade mehr oder minder als Belastung bezeichnet. Er stellte sich auf die Zehenspitzen und zerrte am Vorhang. Der Stoff raschelte, bewegte sich aber kaum. Je heftiger Eden zog, desto mehr verrutschte sein Shirt. Da war ein schmaler Streifen Haut, der unter dem Stoff aufblitzte, und ich hasste Eden dafür. Ich hasste ihn dafür, dass ich den Impuls unterdrücken musste, das Shirt höher zu schieben. Ihn wenigstens *einmal* so zu sehen: ohne Stoff, ohne Schutz, ohne das letzte bisschen Panzer.

Ich verschränkte die Arme vor der Brust und fixierte die Staubkörnchen, die zwischen uns tanzten. »Warum bist du heute eigentlich so gesprächig?«

»Und warum bist du heute so wütend?«

»Ich bin nicht wütend.«

»Doch.« Er deutete auf seine Stirn, ohne mir ins Gesicht zu sehen. »Du hast wieder diese Zornfältchen. Und das schon, bevor du mich entdeckt hattest. Also kann es nicht an mir liegen. Nicht nur, zumindest.«

Und in diesem Moment war ich doch wütend. Wütend darauf, dass Eden das Wort »wieder« benutzen konnte, dass er meinen Körper noch immer so gut kannte. Und mein Körper ihn. Als sein Arm meinen streifte, weil er abermals nach dem Vorhang griff, breitete sich ein leichtes Kribbeln auf meiner Haut aus. Zehntausend unausgesprochene Gedanken und eine Schicht Wolle zwischen uns, aber ein unbeabsichtigtes Streifen fühlte sich nach der intimsten Berührung an, die ich seit Jahren gefühlt hatte. Gott, ich war wirklich so verdammt wütend. Auf ihn, auf mich, auf dieses Universum, irgendwie auch auf dieses verdammte Haus, das mich hergelockt und in diese Situation gebracht hatte. Als wäre es eine fleischfressende Pflanze und ich eine naive Fliege, die bereitwillig in ihr Maul geflattert war. *Nicht fleischfressend*, dachte ich und sah Eden dabei zu, wie er vorsichtig ein paar Spinnenweben durchwischte. *Herzfressend.*

»Also, was hat dich heute wütend gemacht?«, hakte er nach.

»Die Welt«, gab ich widerwillig zu, weil ich insgeheim wusste, warum meine Laune heute so schlecht war. Seit der Mittagspause konnte ich an nichts anderes denken.

»Verstehe.« Edens Stimme lächelte sacht. Ich war froh, sein Gesicht nicht sehen zu müssen, weil er es endlich geschafft hatte, den dicken Stoffvorhang aufzuziehen.

Mattes Nachmittagslicht drang durch die Scheibe auf den

Dachboden. In der Ferne sah ich die Zweige der Maulbeerbäume, ein paar Vögel saßen auf ihnen. Der Himmel war grau und wolkig und hier oben irgendwie sehr nah.

»Ja, die Welt ist manchmal schwierig.« Seine Worte gingen in einem Husten unter, als eine Staubwolke sich aus dem Stoff löste und sein Gesicht benetzte.

»Es ist so … frustrierend. Ich meine, ich weiß, warum ich studiere, und ich glaube wirklich, dass man als Juristin etwas bewirken kann. Für unsere Gemeinschaft, für dieses ganze System, das unsere Gesellschaft stützt«, antwortete ich wie von selbst. Nach dem heutigen Tag hatte ich das Bedürfnis mit jemandem zu sprechen, den ich kannte. Und Eden war das, was dem am nächsten kam in dieser Stadt. So absurd es auch war. Am liebsten hätte ich meine Mutter angerufen, ein kindlicher, extrem ironischer Impuls, wenn man bedachte, dass sie der letzte Mensch war, mit dem ich über dieses Thema sprechen konnte. »Aber wenn ich meine Kommilitonen manchmal reden höre, dann bin ich einfach nur enttäuscht, weil ich verstehe, dass ich damit allein bin. Dass die meisten von ihnen nicht studieren, um das System oder von mir aus auch nur das Leben von ein paar Menschen zu verbessern, sondern nur ihren Kontostand. Und das macht mich …« Ich stockte und holte tief Luft, als könnte ich damit auch die Buchstaben einatmen, die erklärten, wie ich mich fühlte.

»… wütend«, beendete Eden meinen Satz.

Ich stieß die Luft resigniert wieder aus. »Ja.«

Eden schwieg einen Moment. Er stützte sich mit den Händen auf dem breiten Fensterbrett in seinem Rücken ab. Da waren winzige Staub- und Lichtflusen, die sich in seinem schwarzen Haar verfingen. »Du kannst nicht ändern, was andere Menschen tun oder wollen oder sind. Aber am Ende des Tages, wenn du mit dir allein bist und reflektieren musst, was du heute getan hast und wer du warst, kommt es sowieso nicht auf die anderen an. Nur auf dich selbst. Also versuch vielleicht, nicht so wütend auf die Welt zu sein. Sei lieber stolz, dass du mehr bist als das, was du in ihr hasst.«

Ich sah ihn nur an. Seine Silhouette zerfranste vor dem Himmel, sein Blick auch, weil ich es nicht schaffte, ihn zu fokussieren. Es war nicht fair. Es war nicht fair, dass Eden solche Sachen sagen konnte. Dass er immer die richtigen Worte hatte, weil er *alle* Worte hatte. Jedes Buch, das er gelesen hatte, hatte seine Buchstabenabdrücke in ihm hinterlassen, und deswegen waren Gespräche mit Eden immer so, als würde man gleichzeitig mit hundert Menschen reden.

»Aus welchem deiner Bücher ist das, Hemingway?«, brachte ich hervor.

»Aus keinem. Oder vielleicht aus vielen. Ich habe in den letzten Jahren zu viel gelesen, um die Wörter auseinanderhalten zu können.« Mit einem Ruck stieß er sich ab und ging an mir vorbei.

»Dann ist das immer noch dein Ding?«

»Was, Wörter?« Eden griff nach einer Kiste und begann, das Chaos vor sich zu sortieren. Ich war nicht sicher, ob er einen Plan hatte oder nur irgendetwas tun wollte, was der Nähe zwischen uns an Konzentration nahm.

»Unausgesprochene Wörter«, korrigierte ich, weil es da einen erheblichen Unterschied gab. »Lesen. Nachdenken. Träumen.«

»Als einen Träumer habe ich mich nie gesehen.«

»Nicht?« Ich lächelte bitter und umfasste meine Unterarme fester. »Ich fand, dass du genau das warst. Ich wollte unsere Welt beeinflussen, du hast dich in andere hineingelesen.«

Eden war in die Hocke gegangen, um einen halb zerfledderten Karton anzuheben, jetzt sah er stirnrunzelnd zu mir auf. »Ein Vorwurf, Avery?«

Ich wünschte, es wäre einer. Dass ich ihn heute dafür hassen könnte, dass er schon immer diese geheimen Universen in seinem Kopf beherbergt hatte. Doch das ging nicht. Eden war zwar oft in seinen Gedankenwelten versunken, aber er war nie passiv durch das Leben gegangen. Er war aufmerksam gewesen, hatte sich für andere eingesetzt und geholfen, wenn er konnte. Er war vielleicht nicht immer ganz dagewesen, aber für andere dann eben schon. Und für mich auch. Zumindest eine Zeit lang.

Doch weil ich ihm all das nicht sagen wollte, zuckte ich nur mit den Schultern und wandte mich zur Seite. »Ein Fakt, Eden. Also, ist das noch dein Ding?« Mit ganzer Kraft schob ich eine Kommode an die Wand. Eine Schublade fehlte, dafür entdeckte ich ein handtellergroßes Spinnennetz im dadurch entstandenen Leerraum.

»Ich studiere Literatur, wenn du darauf anspielst.«

Ich nickte, ein wenig erleichtert. Etwas anderes hätte keinen Sinn ergeben. »Und bist du bald fertig mit dem Studium?«

Er schüttelte den Kopf, während er mit beiden Händen eine Porzellanpuppe aus einem eingestaubten Spielzeugkinderwagen nahm. »Ich belege zu viele Kurse, die ich mir nicht anrechnen lassen kann, um in Regelstudienzeit abzuschließen. Aber ich habe beschlossen, für den Inhalt zu studieren, nicht für den schnellen Abschluss.«

Behutsam zupfte er die Spitzenhaube der Puppe zurecht, ehe er sie auf einen Karton legte und den Kinderwagen zusammenklappte. Es war seltsam, aber die Art, wie er derart vorsichtig und respektvoll mit all den in Vergessenheit geratenen Dingen hier oben umging, erinnerte mich so sehr an den alten Eden, dass ich nicht aufhören konnte, ihn anzustarren. Als er sich wieder auf mich konzentrierte, zuckte ich ertappt zusammen.

»Was ist mit dir?«, fragte er. »Du bist doch bestimmt in einem Jahr fertig, oder?«

»Nein.« Das Wort kam nur zögerlich. Der Themenwechsel behagte mir nicht.

Eden hob die Augenbrauen, während er eine weitere Kiste beiseite räumte. »Ich hätte gedacht, dass du dein Studium in Regelstudienzeit durchziehst.«

Natürlich hätte er das. Immerhin hatte er sich meinen *ambitionierten* Karriereplan mehr als einmal anhören müssen. Ich wollte so schnell wie möglich Richterin werden, und das bedeutete auch, dass ich mich nicht länger als nötig mit dem Studium aufhalten durfte.

»Das habe ich vor«, bestätigte ich gedehnt. »Aber ich habe in Middlesbrough erst ein Jahr studiert. Demnach habe ich noch zwei vor mir.«

Überrascht hielt Eden inne. Ich war kurz davor, den Vorhang wieder vors Fenster zu hängen, um seinen Blick nicht aushalten zu müssen. Stattdessen schob ich einen Hocker ohne Sitzfläche neben mir zur Seite.

»Was war mit dem ersten Jahr nach … dem Schulabschluss?«

Ich versuchte, nicht in die Leerstelle zwischen seinen Worten hineinzutreten. Ich wusste, wie weh sie tun würde. »Ich wurde nicht sofort angenommen an der Teesside University. Anscheinend ist ein guter Schnitt manchmal nicht gut genug. Also habe ich das erste Jahr in einem der Cafés an der Promenade gejobbt und … gewartet.«

»Was war mit den anderen Unis?«

Ich versteifte mich und griff nach dem Henkel eines Koffers, um ihn an die Wand zu stellen. Willow hatte recht: Man hätte problemlos einen Menschen darin verstecken können. Im Moment hätte ich mich gern selbst hineingelegt. »Ich habe mich an keiner anderen Uni beworben.«

»Wieso nicht? Du hattest die Unterlagen doch schon zu Hause. York, Leeds, Manchester … Warum hast du sie nicht abgeschickt?« Er fragte nicht nach den Unterlagen für die Windsbury University. Die, die wir wenige Wochen vor dem Ball gemeinsam ausgefüllt hatten. Er kannte die Antwort darauf, warum ich sie in den Mülleimer geworfen hatte und nicht in den Briefkasten. Er musste dafür nur in den Spiegel sehen.

»Ich konnte nicht weg von zu Hause. Es ging nicht.« Meine Stimme wurde leiser und ging in dem Knacken unter, das das Holz von sich gab, als ich einen schweren Karton abstellte.

»Aber jetzt schon?«

»Jetzt schon«, bestätigte ich brüsk.

Eden hob die Augenbrauen. Da hingen noch immer Staubwölkchen zwischen uns, das Licht war dämmrig, doch in diesem Moment spürte ich seinen Blick stechend klar. Ich fühlte ihn, wie er ganz sacht an dem Gemäuer klopfte, das ich in den letzten Wochen um dieses eine Thema aufgebaut hatte. Vielleicht konnte Eden es wahrnehmen, so wie er immer alle Mauern in mir wahrgenommen hatte. Es hatte viele davon gegeben. Unzählige kleine Festungen, die ich mir gebaut hatte, um den Schmerz darin einzuschließen. Doch Eden hatte alle abgebaut. Er hatte sie nicht grob eingerissen, sondern behutsam Stein für Stein abgetragen, bis sie fort waren. Und mit ihnen seltsamerweise auch das, was so wehtat.

Aber das war lang vorbei. Er hatte kein Recht mehr, meine Festungen anzurühren. Er durfte sie im Grunde nicht mal mehr wahrnehmen. Also zog ich meine Wände höher und funkelte ihn an. »Was soll das alles hier eigentlich? Erst sagst du, dass du keinen Small Talk mit mir führen, mich genau genommen nicht mal *ansehen* möchtest, und jetzt startest du ein Kreuzverhör?«

Eden lehnte sich gegen einen der Holzbalken. Sein Blick wirkte weder gekränkt noch überrascht – nur so unangenehm verstehend. »Ich dachte, wir versuchen es mit Normalität. Immerhin werden wir zwangsläufig Zeit miteinander verbringen müssen.«

»Es gibt keine Normalität zwischen uns, Eden. Dass ich darüber hinweg bin, was war, bedeutet nicht, dass ich es vergessen habe. Also keine Sorge, ich werde bei deinem Anblick nicht zusammenbrechen und mir die Augen aus dem Kopf heulen, aber ich möchte auch nicht mit dir über mein Leben reden. Ich habe dich jetzt länger gehasst, als ich dich geliebt habe. Alles klar?«

Eden schwieg, und der Moment dehnte sich aus, wurde zäh und unangenehm. Mein Herz raste, in meinem Nacken breitete sich kalter Schweiß aus. Irgendwo im Haus knallte eine Tür, ein paar Tonfäden von Becketts unerträglich fröhlicher Popmusik schlängelten sich zwischen unseren Beinen über den Boden, ehe sie im Holz der Dachbalken versickerten.

»Und was fühlst du jetzt?«, fragte Eden schließlich. Noch immer klang seine Stimme ganz gelassen. Früher hatte ich es gemocht, dass ich ihn nicht aus der Fassung bringen konnte, wenn ich mich selbst nicht mehr unter Kontrolle hatte. Wenn ich verbal um mich schlug, war Eden nie in Deckung gegangen, weil es sowieso an ihm abgeprallt war. Er hatte nie auch nur mit der Wimper gezuckt, er war nie vor mir zurückgewichen. Ich hatte mich weniger schrecklich gefühlt, wenn er geblieben war, obwohl ich doch so sehr versuchte, alles und jeden um mich herum in die Flucht zu schlagen.

Doch jetzt ... jetzt wünschte ich mir, er hätte diese Fähigkeit verloren. Ich wünschte mir, ich hätte einen stärkeren Einfluss auf ihn. Vielleicht hätte mich das schon früher stutzig machen sollen. Ich hätte ahnen müssen, dass niemand, der viel fühlte, so ruhig bleiben konnte. Denn das war das Problem, richtig? Damals wie heute: Ich fühlte alles, und er fühlte nichts.

Etwas brannte in meinen Augen, wir wussten vermutlich beide, dass es kein Staub war. Langsam wandte ich mich ab und griff nach der nächsten Kiste. »Gar nichts«, sagte ich so tonlos, wie ich konnte. »Ich fühle gar nichts.«

Eden verharrte am Balken und beobachtete mich. Ich spürte seinen Blick in meinem Nacken, so wie früher seine Finger beim Einschlafen, wenn er die Leberfleckenspur auf meinen Halswirbeln nachgezeichnet hatte.

»Dann ist doch alles gut«, erwiderte er sachlich. Da war ein feiner Ton in seiner Stimme, der nicht dazu passte. Etwas Kaltes, Gepresstes, das ich nicht ganz deuten konnte.

Ich schnaubte und hievte eine Kiste auf mein Knie, um sie besser hochzubekommen. »Ja, es ist nahezu perfekt. Könnte mir nichts Schöneres vorstellen, als mit dir hier zu sein.«

Ich drehte mich schwungvoll um und rutschte prompt auf einem herumliegenden Perserteppich aus. Das Gewicht der Kiste drückte mich nach hinten, und gerade, als ich mit den Füßen den Halt verlor, umfingen mich zwei Arme und hinderten mich am Fallen.

Schwer atmend sah ich zu Eden auf, der mich an sich gezogen hatte. Da waren jetzt auch auf seiner Stirn winzige Fältchen. Nicht vor Wut. Eher vor Anstrengung.

»Dann versuch wenigstens, dir nicht das Genick zu brechen, okay?«, brachte er ungewohnt barsch hervor, ehe er mich losließ und mir die Kiste abnahm.

Ich sah ihm dabei zu, wie er immer mehr Platz freiräumte, bis ich es schaffte, mich wieder zu bewegen. An meiner Kleidung haftete eine Spur seines Duftes, den nicht einmal der Geruch des Hauses überdecken konnte.

Wir räumten schweigend nebeneinander her. Ab und zu

notierte sich Eden etwas zum Zustand des Dachbodens. Ich fragte ihn nicht nach seiner Einschätzung, aber ich warf gelegentlich verstohlene Blicke auf den Block, den er auf einem zersprungenen Waschschrank liegen ließ.

Sparren aufdoppeln, Dämmstoffe aussuchen (Mineralwolle?), Zwischensparrendämmung, Holzbalken schleifen und ölen, Fenster abdichten … Es folgte eine Reihe von Fachbegriffen und Werkzeugen, die ich nicht kannte. Ich verstand trotzdem, dass es übersetzt so viel bedeutete wie: viel Arbeit.

Als ich eine Sitztruhe öffnete, fand ich neben vergilbten Unterlagen und einem Stapel Briefe ein in Luftpolsterfolie gepacktes Bündel. Ich löste die Tesafilm-Streifen bemüht vorsichtig, doch als ich es vor mir ausgebreitet hatte, war es trotzdem kaputt. Etliche Holzteile lagen auf dem transparenten Material, einige von Schnitzereien gewölbt, manche mit Farblinien darauf, andere aus schlichtem, dunklem Holz. Ich strich behutsam über eine splitterige Kante in Taubenblau. Dafür, dass die Teile so kaputt waren, hatte sich jemand viel Mühe gegeben, sie aufzubewahren.

Mein Blick huschte zu Eden, der dabei war, die Balken abzuklopfen. Ich verzichtete darauf, ihn danach zu fragen, was es mit dem Ding auf sich haben könnte. Irgendwie glaubte ich, mit ihm nicht über die Vergangenheit des Hauses sprechen zu können, ohne dass unsere eigene sich wie eine gigantische Aschewolke zwischen uns auftürmte. Und davon hatte ich fürs Erste genug. Also machte ich nur ein paar Fotos mit meinem Handy und verstaute die Einzelteile dann wieder in der Folie, ehe ich die Truhe beiseiteschob.

Den Rest der Zeit redeten wir nur das Nötigste miteinander. Je mehr wir uns einen Überblick über den Zustand des Dachbodens verschafften, desto mehr hatte ich das Gefühl, den groben Eindruck, der sich bisher von Eden skizziert hatte, wieder zu verlieren. Er verwischte vor meinen Augen, als würde jede Sekunde Schweigen die zarten Linien verreiben.

Als wir schließlich hinuntergingen, waren meine Kleider eingestaubt, meine Hände mit Schmieröl und Ruß beschmutzt und meine Gedanken mit Kohleschleiern überzogen. Und obwohl ich so lang unter dem Wasser der Dusche stand, bis es wieder kalt wurde, wurde ich Letzteres nicht los.

7. Kapitel

AVERY

Damals

Ich fluchte, als ich am Fuß der Treppe über Lexis Sporttasche stolperte. Meine Kamera drückte sich in meinen Bauch, und sofort legte ich schützend eine Hand über das Objektiv. Genervt schob ich Lexis Fußballsachen beiseite, ehe ich weiterlief. Die Tasche hatte laut meiner Schwester zwar die Farbe *Kürbis-trifft-Verkehrshut*, ich übersah sie dennoch ständig.

Noch bevor ich das Gästebad im Flur erreichte, in dem das Reinigungsmittel meiner Kamera lagerte, hörte ich Stimmen und hielt abermals inne. Da war der warme Basston meines Vaters und dann diese tiefe, leicht raue Stimme, die ich unter allen wiedererkannt hätte. Ich hatte zwar gewusst, dass Eden nach seiner letzten Schulstunde vorbeikommen wollte, aber ich hatte gedacht, er würde sofort zu mir hochgehen. Und nicht … Zeit mit meinem Vater verbringen?

Stirnrunzelnd legte ich meine Kamera auf dem Beistelltisch neben der Tür zum Bad ab und ging in Richtung Wohnzimmer.

Sie standen vorm Esstisch und begutachteten die Holzoberfläche, die seit ein paar Wochen mit Brandflecken verziert war. Meine Mutter hatte beim Essen einen Kerzenleuchter umgeworfen, und obwohl sie das Feuer sofort mit einem alten

Handtuch gelöscht hatte, hatten die Flammen schwarze Abdrücke im Holz hinterlassen.

Ich blieb im Türrahmen stehen und räusperte mich. »Ähm, hi?«

Die beiden hoben gleichzeitig den Blick und bemerkten mich. »Hey, Ever«, sagte Eden mit einem so weichen Lächeln, dass Wärme durch meinen ganzen Körper sickerte.

Am liebsten wäre ich auf ihn zugegangen und hätte ihn zur Begrüßung geküsst – einfach, weil ich es auch nach ein paar Monaten noch jedes Mal auf die schönste Weise absurd fand, dass ich das tun durfte. Einzig die Tatsache, dass mein Vater uns schmunzelnd beobachtete, verwandelte diesen Impuls in einen unterdrückbaren Wunsch.

Ich verschränkte die Arme vor der Brust und ging zu ihnen an den Tisch. »Wie lang bist du schon hier?«

»Erst seit zehn Minuten.«

»Ich habe ihn aufgehalten, entschuldige«, schaltete sich mein Vater dazwischen, während er über die angekokelte Oberfläche strich. »Eden hat mir gerade erzählt, dass er an seiner alten Schule in einer Werk-AG war und sich mit Handwerkszeug ein bisschen auskennt. Er hat angeboten, mir demnächst beim Abschleifen des Tisches zu helfen.«

»Nett von ihm.« Ich musste mir auf die Unterlippe beißen, um nicht allzu breit zu lächeln.

Diese Situation erfüllte mich mit einem seltsamen Stolz. Viele meiner Freundinnen vermieden es, ihren Freund oder ihre Freundin mit nach Hause zu bringen, weil sie sich entweder für ihre Eltern schämten oder Angst vor deren Meinung über die Beziehung hatten. Ich hatte mir nie auch nur einen Gedanken darüber gemacht, Eden hierher einzuladen. Ich liebte meine Familie, und Eden war … Eden. Er war freundlich, aufmerksam und klug. Und er machte mich glücklich. Was hätten sie an ihm auszusetzen haben können? Wir verbrachten viel Zeit bei mir, auch wenn ich ihm häufig anbot, öfter zu ihm zu kommen. Eden sagte zwar immer, dass er mich gern besuchte, aber mir fiel durchaus auf, dass er hier ein wenig ruhiger wurde. Vorsichtig, vielleicht. Als hätte er Angst, etwas falsch zu machen. Dabei hatte meine Familie ihn auf Anhieb ins Herz geschlossen.

»Er ist ein angenehmer Mensch«, hatte meine Mutter gesagt, als ich ihn das erste Mal mitgebracht hatte. *»Und sehr attraktiv«*, hatte mein Vater hinzugefügt, und beide hatten gelacht, als ich mit hochrotem Kopf die Treppe zu meinem Zimmer hinaufgeflüchtet war.

»Sehr nett sogar«, stimmte mein Vater mir nun zu. »Ich wusste, es hätte so viele Vorteile gehabt, einen Sohn zu bekommen.«

Ich stieß ihn in die Seite. »Das ist sexistisch. Außerdem behauptest du doch immer, du hättest dir zwei Töchter gewünscht.«

»Natürlich. Ich bin ein glücklicher Mann.« Er drückte mir einen Kuss auf den Scheitel und hielt mir dann die Ohren zu. »Ich bin trotzdem sehr froh, dass du jetzt Teil dieses Haushalts bist, Eden. Seit dem letzten Mal, dass Avery einen Hammer in der Hand gehalten hat, haben wir ein Loch in der Wand zwischen ihrem Zimmer und dem ihrer Schwester«, hörte ich ihn dennoch gedämpft.

Ich verdrehte grinsend die Augen und wand mich aus seinem Griff. »Du hast uns doch beigebracht, dass es besser ist, Fehler zu machen, als es gar nicht erst zu versuchen.«

Mein Vater lachte. »Das hat man nun davon, wenn man seine Kinder zu einem eigenen Willen ermutigt. Aber gut. Dann will ich euch nicht länger stören.« Er wandte sich an Eden. »Bleibst du nachher zum Essen?«

»Oh.« Eden sah unsicher zwischen uns hin und her. »Ich möchte wirklich keine Umstände bereiten.«

»Tust du nicht. Er kocht eh immer für sechs. Und sein Gemüseauflauf ist ziemlich gut.« Ich lächelte, doch Eden wirkte noch nicht überzeugt.

»Sie hat recht. Mit allem«, fügte mein Vater hinzu. »Du bereitest uns keine Umstände. Wir freuen uns, wenn du hier bist. So oft und so lang, wie du willst.«

Über Edens Wangen legte sich Röte, und der Ausdruck in seinen Augen veränderte sich. Da war ein dumpfes Glänzen, das ich nicht ganz deuten konnte.

Hastig räusperte ich mich. »Okay, das reicht. Bring ihn nicht in Verlegenheit.«

»Ich dachte, das wäre meine väterliche Aufgabe.« Er grinste verschmitzt. In diesem Moment sah er noch genauso aus wie der Uni-Absolvent, der neben meiner Mutter von den Fotos im Flur hinablachte.

Eden rieb sich über die Wange und senkte den Blick. Immerhin rang er sich ein halbes Lächeln ab. »Ich bleibe gern zum Essen. Danke.«

Dad nickte und ging in Richtung Küche. »Sehr gut. Und jetzt geht und lasst mich abwaschen, bevor mir noch mehr Dinge einfallen, bei denen ich handwerkliche Unterstützung gebrauchen könnte.«

Eden sah ihm unschlüssig nach. »Es macht mir wirklich nichts aus …«

»Mir aber«, unterbrach ich ihn und griff nach seiner Hand. So gern ich meine Familie auch hatte, am liebsten war ich allein mit Eden.

Wir verließen das Haus über die Veranda, an die unser Garten anschloss. Es war Anfang Juni, aber bereits sommerlich warm. Der Himmel war fast permanent klarblau, nur ein paar

Schleierwolken hingen heute über der Sonne. Das Gras war in den letzten Wochen knöchelhoch gewachsen, ringsherum blühten Kletterrosen und Himbeerranken, die man bei jedem Atemzug beinahe schmecken konnte.

»Tut mir leid, wenn du dich unwohl gefühlt hast«, sagte ich, als wir im hinteren Bereich des Gartens angekommen waren. Dicht vor dem Zaun ragte ein knorriger Kirschbaum in den Himmel, an dem meine Schaukel hing. Ich lehnte mich gegen den Stamm. »Dad meint es nicht böse, er überspringt nur manchmal die Phase des höflich-distanzierten Kennenlernens. Das ist einfach seine Art. Meine Unfähigkeit zu Small Talk habe ich von ihm.«

Eden schüttelte den Kopf und umfasste einen der Sisalstricke, die von dem breiten Baumarm hinabhingen. »Ich hab mich nicht unwohl gefühlt«, widersprach er leise. »Dein Vater ist wirklich toll.« Er hob die Mundwinkel, aber weder sein Gesicht noch seine Stimme klangen nach einem Lächeln. Als würde ihn irgendetwas daran traurig stimmen.

Ich stupste ihn in die Seite. »Stimmt, ist er. Und er mag dich.«

»Ja?« Eden hob die Augenbrauen, als wäre das schwer vorstellbar. Dabei kannte ich niemanden, der ihn kennenlernte und nicht sofort mochte.

Ich nickte ernst. »Absolut. Ich befürchte allerdings, wenn du ihm weiter deine Hilfe anbietest, wirst du hier nie wieder wegkommen.«

Jetzt grinste Eden doch. »Nicht schlimm. Ich bin gern hier.« Die Art, wie er mich ansah, fühlte sich nach zwei weiteren Worten an. *Bei dir.*

»Okay. Gut.« Ich spürte, wie meine Wangen sich erwärmten, und wandte den Blick ab. »Außerdem kommt mein Vater mit dem ganzen Handwerkskram eigentlich ganz gut allein zurecht. Er hat zum Beispiel die hier für mich gebaut.« Ich deutete auf die Sitzfläche der Schaukel, auf der mein Name eingraviert war. »Ich war als Kind ziemlich versessen aufs Schaukeln. Es hat sich für mich wie Fliegen ohne Flügel angefühlt. Als wäre alles möglich, weißt du? Auch die Dinge, von denen einem gesagt wird, man könnte sie nicht. Wenn ich ohne Flügel fliegen kann, kann ich ja vielleicht alles tun, wenn ich es nur stark genug will.«

Eden sagte nichts dazu, er lächelte nur. Es war seltsam: Sein Gesicht konnte schweigen, aber sein Lächeln wirkte immer wortschwer. Ich dachte oft darüber nach, was dieses Mal darin stecken könnte, und wusste doch, dass ich es nie ganz begreifen würde. Es störte mich längst nicht mehr, weil ich wusste, dass er das nicht mit Absicht machte. Er schloss mich nicht bewusst aus, es gab nur Zimmer in seinen Gedanken, die keine Tür hatten. So war das mit Eden.

Ich ließ den Blick von seinem Gesicht über den dunklen Stoff seines kurzärmeligen Shirts und seine Arme streifen. Als mir die Tinte an seinem Handgelenk auffiel, stutzte ich. »Was ist das?«

Eden hob bereitwillig den Arm und hielt ihn mir hin. »Ein Zitat von Fitzgerald aus *Diesseits vom Paradies*. Ich habe es auf dem Weg hierher weitergelesen.«

Ich nickte langsam und nahm seine Hand in meine. Wir besprachen das Buch gerade im Englischunterricht, aber Eden war vermutlich einer der wenigen im Kurs, der es wirklich las. Einige suchten nur im Internet eine Inhaltszusammenfassung heraus, und ich ließ mir häufig eine von Eden geben. Weil er für mich schöner erzählte als jeder Autor und weil ich seiner Stimme am liebsten zuhörte. Eden hatte eine Art, Geschriebenes zu verstehen, wie ich sie noch nie bei jemandem entdeckt hatte. Wenn Eden las, dann fühlte er alles, was die Figuren fühlten. Er war ein Gedankenschauspieler. Und das bedeutete: Er liebte Bücher nicht nur, er lebte sie.

»They slipped briskly into an intimacy from which they never recovered«, las ich vor und fuhr die dunklen Buchstaben auf seiner Haut nach. »Wieso hast du dir das aufgeschrieben?«

Er schwieg einen Moment und sah mich nur an. Im Licht um uns herum waren seine Augen Silbermünzen, und die zarte Narbe auf seinem Nasenrücken schimmerte weißlich. Schließlich lächelte er wieder, ein bisschen offener. »Weil ich es so gut verstanden habe.«

Und diesmal verstand ich auch. Ich verstand, was er meinte. Mit den Worten und dem Lächeln. »Ja, ich glaube, das tue ich auch«, erwiderte ich mit warmen Wangen und noch wärmerem Gefühl im Bauch.

Das, was Fitzgerald geschrieben hatte, galt auch für uns. Eden und ich waren tatsächlich schnell in einen Zustand hineingerutscht, der sich nach einer uralten Vertrautheit anfühlte. Und ich wusste, dass es absurd war, weil wir noch nicht einmal drei Monate zusammen waren, aber ich spürte, dass mich das nicht mehr loslassen würde. Nicht in Monaten, nicht in Jahren, nicht in Jahrzehnten. Niemals.

Fitzgerald hatte recht: Ich würde mich nie davon erholen. Und ich wollte es auch gar nicht. Es gab so vieles in meinem Leben, über das ich mir Sorgen machte – meine Noten, die Zukunft, Streitigkeiten mit meinen Freundinnen oder meiner Familie –, aber nie über Eden und mich.

Ich war mir einfach *so* sicher. Mit ihm, mit uns, mit allem irgendwie, wenn er da war. Ich hatte dieses Gefühl noch nie gehabt und manchmal war ich davon überzeugt, dass niemand anderes es je gehabt hatte. Als wäre dieses Empfinden und Erleben etwas, das nur uns gehörte, etwas, das es kein zweites Mal auf der Welt geben konnte.

»Du bist einfach verknallt, Avery. Das sind Hormone, das ist alles«, hatte Delilah vor ein paar Tagen lachend gesagt, als ich versucht hatte, das alles in Worte zu fassen.

Aber sie irrte sich. Nichts von dem, was zwischen Eden und mir passierte, hatte etwas von einem Knall. Es war nicht laut oder grell oder verebbend. Es war leise und weich, als würde man sich in ein Meer aus Samt fallen lassen. Und endlos. Ich spürte einfach, dass es endlos war.

Als meine Finger seinen Arm hinaufwanderten und am Ärmelsaum seines Shirts ankamen, griff Eden mit der Hand nach ihnen. Er verflocht sie mit seinen und zog mich ein Stück zu sich heran. »Gehen wir in dein Zimmer?«, fragte er leise. Da war wieder dieser raue Unterton in seiner Stimme, der ein glühendes Kribbeln in meinem Körper auslöste.

»Wieso?«, hakte ich nach und starrte auf seinen Mund. Es war schwer, sich zu konzentrieren, wenn er mir so nah war.

Eden lächelte schief. »Weil ich dich nicht küssen kann, wenn dein Vater am Küchenfenster steht und uns zusieht.«

Ich runzelte die Stirn, ohne mich zum Haus umzudrehen. »Er sieht uns bestimmt nicht zu, wahrscheinlich wäscht er nur ab.«

Sein Blick huschte an meinem Kopf vorbei, dann vertiefte sich sein Lächeln. »Er hat mir gerade zugewinkt.«

Stöhnend schloss ich die Augen. »Okay, das war's. Ich muss ausziehen.«

Eden lachte und umfasste im nächsten Moment mein Gesicht mit beiden Händen. Ein paar Sekunden lang sahen wir einander nur an, schließlich seufzte er resigniert. »Ach, was soll's«, murmelte er. Und dann küsste er mich doch, ganz sanft und zugleich bestimmt. Sicher. So, so sicher.

Ich lächelte unter der Berührung und legte die Arme um seinen Nacken, damit er sich nicht wieder zurückzog. Weil es im Grunde egal war, was um uns herum geschah, wenn wir zusammen waren. Da waren ja doch nur wir, irgendwie.

Die Zeit verrann, und wir standen im Garten und küssten uns. Die Luft roch nach Himbeeren, Edens Lippen schmeckten nach dazu passender Limonade, um uns herum war später Frühling und in meinem Kopf längst Sommer. So viel Wärme und Licht und … ja, Endlosigkeit. Pure Endlosigkeit.

8. Kapitel

EDEN

Seit ich denken konnte, ging ich an jedem Ort, den ich das erste Mal besuchte, zuerst in eine Bibliothek. In meinem Geldbeutel steckten ein halbes Dutzend Benutzerausweise aus fremden Städten, weil ich einen benötigt hatte, um hineinzukommen. Ich würde die meisten davon vermutlich nie wieder brauchen, aber ich warf sie nicht weg. Sie erinnerten mich daran, dass jede Fremde das Potenzial dazu hatte, sich nach Geborgenheit anzufühlen. Denn Bibliotheken waren kleine Galaxien, jedes Buch barg eine Welt, und ich fand mich in diesen besser zurecht als in meiner eigenen.

An meinem ersten Tag an der Windsbury University hatte ich nach dem letzten Seminar Stunden in der Bibliothek im Fachbereich der Geisteswissenschaften verbracht. Ein gedrungenes Backsteinhaus, dessen Fassade so stark von Efeu überwuchert war, dass die bronzefarbenen Buchstaben über dem Eingang kaum noch zu lesen waren: *Woolf & Joyce.*

Es gab diese Orte, an denen man auf Anhieb das Gefühl hatte, von der Atmosphäre verschluckt zu werden. Das hier war ein solcher. Die Bücherregale standen so eng beieinander, dass sie einem Labyrinth glichen, das sich nur ab und zu lichtete, um den Blick auf willkürlich verteilte Tische freizugeben. Darauf befanden sich kleine Lampen, die altmodisch mit Ziehfäden angeschaltet werden mussten, und Goldpunkte zwischen all dem Holz verteilten. Über den Dielen schwebte eine träge Gemütlichkeit. *Wortschwere*, hatte ich im ersten Moment gedacht und mich bereitwillig von ihr hinabziehen lassen.

Seitdem kam ich hierher, wenn ich das Gefühl hatte, wegzumüssen. Nicht von einem speziellen Ort, einfach von dieser einen Welt, in der ich lebte.

Dabei hatte Windsbury von Anfang an für mich keine Bibliothek gebraucht, um Geborgenheit auszustrahlen. Diese Stadt hatte sich nie fremd oder einsam angefühlt, eher seltsam vertraut. Seit ich vor zwei Jahren hier angekommen war, war es, als würde ich mich an Dinge erinnern, die nie passiert waren. Da war dieser dicht gewebte Stoff aus Was-hätte-sein-können-Szenarien, der sich schattengleich an meine Fersen heftete, sobald ich Windsbury betreten hatte.

Ich lebte mit einem permanenten Déjà-vu-Gefühl, nur dass ich die Dinge nicht bereits erlebt hatte, sondern mir ausgemalt hatte, sie zu erleben. Es war kein Fehler meines Gedächtnisses, das die Erlebnisse falsch einordnete, sondern ein Fehler meines Herzens, das nicht loslassen konnte.

Ich wusste, woran das lag: Ich hatte diese Stadt jemandem gestohlen. Einem Mädchen und einem Jungen, die seit fast vier Jahren auf einem Wasserturm saßen und in der Erkenntnis feststeckten, dass es Momente gab, die zwar verstrichen, aber nie endeten. Ich hatte den beiden erst eine Zukunft gestohlen und dann die Stadt, in der sie sie hatten verbringen wollen.

Wahrscheinlich hatte es mich deswegen gar nicht so sehr überrascht, als Avery plötzlich am Esstisch in der Mulberry Mansion gesessen hatte. Weil es auf eine furchtbar grausame und absurde Weise Sinn ergab, dass sie gekommen war, um sich Windsbury zurückzuholen. Ich hätte ihr die Stadt sofort überlassen, wenn ich ein bisschen besser und stärker gewesen wäre. Und wenn ich gewusst hätte, wohin ich sonst gehen sollte.

Ich rieb mir über die pochende Stirn und schlug das Buch zu, dessen Wortreihen seit Minuten nur noch aussagelos vor meinen Augen tanzten. Es war kurz nach sechs, und ich hatte seit dem Mittag in der Bibliothek gesessen, um die Lektüre für eines meiner Seminare zu beenden. Normalweise war das der Teil meines Studiums, den ich am meisten mochte. Doch in den letzten Wochen schwamm meine Konzentration selbst beim Lesen ständig zu einem Namen, der leuchtbojengrell in meinem Gedankenmeer herumtrieb.

Ich schloss kurz die Augen und versuchte, ihn unter Wasser zu drücken, ehe ich meine Unterlagen im Rucksack verstaute. Nachdem ich das Tischlicht gelöscht hatte, lief ich in Richtung Ausgang. Nur wenige Tische waren noch besetzt, die Studierenden, die daran saßen, waren mehr mit ihren Handys beschäftigt als mit ihren Notizen.

Aus dem Augenwinkel bemerkte ich, dass in einem Gang mehrere Bücher aus dem Regal gefallen waren und aufgeschlagen auf dem Boden lagen. Ohne zu zögern ging ich hin und hob sie auf. Behutsam glättete ich die zerknickten Seiten und strich über die überdehnten Rücken, ehe ich sie zurück an ihren Platz schob. Als ich mich zum Gehen wenden wollte, spürte ich sie.

Es war absurd, aber es stimmte: Ich *fühlte*, dass sie da war, noch bevor ich sie sah.

Avery saß am Ende des Gangs an einem Tisch direkt am Fenster. Draußen begann es schon zu dunkeln, der Campus lag blau umflossen hinter der Scheibe. Sie war riesig und setzte sich aus quadratischen Glaskacheln zusammen. Die Sicht wurde dadurch verzerrt, trotzdem war dahinter auszumachen, wie sich der Himmel zusammenzog. Es hatte schon morgens geregnet, doch seit ein paar Stunden peitschte der Wind heftig gegen die Fenster und kletterte durch das undichte Glas. Die

Seiten von Averys Büchern blähten sich darin, und einige ihrer wirren Haarsträhnen wehten ihr in die Stirn. Sie schien nicht einmal zu bemerken, dass ihre Sicht gestört wurde, weil sie so versunken in ihre Lektüre war.

Und ich ... ich stand nur da und sah sie an.

Es war nicht fair. Ich hätte blind sein können, und ihre Anwesenheit hätte mich trotzdem fertiggemacht. Es war nicht allein ihr Aussehen, auch wenn mir das schon damals auf dem überfüllten Schulflur aufgefallen war. Ihr feingezeichnetes Gesicht, die goldgesprenkelten Augen, die sanften Kurven ihrer Figur. Jeder konnte sehen, dass sie attraktiv war, aber darum ging es nicht. Es war *alles* an ihr. Ihre Art, zuzuhören, mit gerunzelter Stirn und einem gelegentlichen Nicken, ein lautloses: *Ich bin ganz hier.* Ihre Finger, die immer verrieten, wenn sie nervös war, obwohl ihr Blick eine Wand aus Eis war. Ihre aufrechte Haltung, die ihre Entschlossenheit widerspiegelte, und die Weise, wie sie zu zittern begann, wenn sie etwas mitbekam, das gegen ihre Werte verstieß. Ihre Stimme, ihr Lachen und allein ihr Geruch: schwarzer Kaffee, Textmarkerfarbe, Chanels *Coco Mademoiselle* und Avery, Avery, Avery.

Ich spielte mit dem Gedanken, mich wieder zwischen die Bücher zu retten und zu verschwinden, da hob sie bereits den Blick. Er traf mich so zielsicher, als hätte sie mich ebenfalls bemerkt, bevor sie mich gesehen hatte.

Vielleicht stimmte das ja sogar. Vielleicht würden unsere Körper immer aufeinander reagieren. Eine Art Phantomschmerz, der bis heute geblieben war, obwohl ich unser Uns bereits vor zwei Jahren amputiert hatte.

Kurz zögerte ich, dann gab ich mir einen Ruck und lief auf sie zu. Es hätte nichts gebracht, ihr aus dem Weg zu gehen. Wir würden einander spätestens am Esstisch in der Villa wiederbegegnen. Manchmal fragte ich mich, was ich getan hätte,

hätte ich gewusst, dass Avery bei uns einziehen würde. Die anderen hatten ihren Namen aus den Bewerbungsunterlagen gekannt, und wenn ich mich nicht immer so zurückziehen würde, hätte ich ihn vielleicht einmal gehört. Ich hätte die Mulberry Mansion verlassen können, bevor sie ankam, ich hätte … Ich unterbrach mich selbst mitten im Gedanken. Insgeheim wusste ich, dass ich nicht gegangen wäre. Aus vielen Gründen, von denen manche nichts mit Avery zu tun hatten und andere alles. Und jetzt waren wir beide hier, und mir blieb nichts anderes übrig, als so zu tun, als wäre nichts dabei.

Avery schob sich ein Lächeln aufs Gesicht, als ich neben ihr innehielt. Es wirkte so befangen, dass ich wegsehen musste.

Seit etwa vier Wochen trafen wir uns alle paar Tage auf dem Dachboden, und das hätte dafür sorgen sollen, dass sich solche Begegnungen allmählich normal anfühlten, doch das war nicht der Fall. Wir redeten wenig dort oben, es drehte sich immer um die Villa, nie um uns, und weil wir so wenig sprachen, war zu viel Zeit übrig, um zu denken, zu starren, zu fühlen. Mit Avery in einem Raum zu sein, war eine permanente Überreizung.

»Hätte nicht erwartet, dich hier zu sehen«, sagte ich mit gesenkter Stimme, obwohl alle Tische in der Nähe leer waren.

Avery wischte sich die windwirren Strähnen hinter die Ohren und verteilte damit pastellviolette Textmarkerfarbe von ihren Fingern im Gesicht. In einer der Buchwelten um uns herum hätte ich mich zu ihr vorgebeugt und über die Stelle gerieben, bis die Farbe und Averys Wärme in mich hineingesickert wären. In dieser Welt umfasste ich die Jacke unter meinem Arm fester.

»Ja, die Jura-Bibliothek ist zu sehr … *Jura*-Bibliothek. Du weißt schon: Alles ist so weiß und steril. Und sobald ich geniest habe, hatte ich das Gefühl, von zehn Leuten gemeinschaftlich verflucht zu werden.« Sie kräuselte die Nase, als wäre ihr alles daran zuwider. »Also habe ich mir die anderen Fachbereichsbibliotheken angesehen, und hier ist es am schönsten. Auch wenn ich den Namen nicht verstehe. Wofür steht *Woolf & Joyce*?«

»Virginia Woolf und James Joyce. Gleiches Geburtsjahr, zwei völlig verschiedene, aber gleichermaßen bedeutende Schreibende. Eine Erinnerung daran, dass wir uns in der Literatur nicht auf die Stimmen weniger, sondern auf die Besonderheiten aller beziehen müssen«, erwiderte ich reflexartig.

Avery blinzelte mehrmals, und ich hätte fast den Mund verzogen. Ich wusste es selbst: Die Antwort war zu ausführlich für meine Verhältnisse. Sonst verwendete ich ihr gegenüber mit Vorliebe einsilbige Wörter oder murmelnde Töne, die mit viel Fantasie als Erwiderung durchgehen konnten. Aber das hier war anders als in der Villa. Das hier war meine Zuflucht, einer der Orte, an denen ich nicht aufpassen musste, was ich sagte oder dachte oder … war. In der Nähe von Büchern ließen die fremden Worte um mich herum meine eigenen freier werden.

Ich wich ihrem Blick aus und lehnte mich neben sie an den Tisch. Meine Augen wanderten über die Holzfläche und blieben an dem Schlüsselbund hängen, der vor ihr lag. Mein Hals zog sich zusammen, als mir der Anhänger auffiel. Ein silbernes E. Genau das E, das ich ihr zu unserem Einjährigen geschenkt hatte. Sie hatte es nicht abgenommen. Ich wusste nicht, was ich in diesem Moment fühlte. Traurigkeit, Schuld, Reue, Erleichterung? Ich wusste nur, dass es kaum auszuhalten war.

Betont beiläufig schob Avery ihren Block über den Anhänger. Ich riss den Blick los und sah stattdessen auf das Buch vor ihr. »Das sieht nicht sehr paragrafisch aus. Was ist das?«

Sie brauchte einen Moment, um zu antworten. »Ich bin vorhin an der Abteilung für städtische Geschichte vorbeigekommen und hab ein paar Bücher gefunden über die Familiengeschichte der Contevilles, den Ausbau des Firmenimperiums, den Bau der Villen, so was eben. Über die Mulberry Mansion ist auch einiges dabei.« Mit einer Hand schob sie mir das aufgeschlagene Buch zu. »Es ist so faszinierend, weißt du? Ich hab zwar gewusst, dass es unsere Villa bereits seit Jahrhunderten gibt, aber mir bisher keine Gedanken darüber gemacht, was sie in diesen schon alles erlebt hat. So viele Geburten, Todesfälle, Hochzeiten, Jubiläen. Brühende Sommer und lange Winter und ... so viele schwere Zeiten.«

Während sie sprach, blätterte ich in dem Buch. Neben Textspalten waren die Seiten mit etlichen Schwarz-Weiß-Fotos gefüllt, die in der Mulberry Mansion entstanden sein mussten. Pausbackige Babys, die auf einem Teppich im Wohnzimmer spielten, Kinder mit ordentlich gekämmten Haaren, die aufgereiht wie Orgelpfeifen vor dem Eingang standen, junge Frauen mit Sonnenschirmen, die im Garten posierten, Männer im Salon mit Nickelbrillen auf den Nasen und Zigarren zwischen den Fingern.

Ich erkannte einiges wieder: die gemusterten Tapeten, die Treppenschnitzereien, die Bilderrahmen, die wir auf dem Dachboden gefunden hatten. Und doch war es so, als würden diese Fotos einen Blick auf ein anderes Leben der Mulberry Mansion ermöglichen. Die Steinmauer im Garten, die nicht nur hüft-, sondern kopfhoch und völlig intakt war. Der Kamin im Salon im Erdgeschoss, über dem statt eines Lochs ein Hirschgeweih hing. Die Wand über dem Küchenherd, deren jetzige Nacktheit mit verzierten Kacheln bedeckt war. Und dieser Garten, gepflegt, mit sorgfältig angelegten Beeten und Gehpfaden. Es war dasselbe Anwesen, aber es sah so anders aus. Und es fühlte sich auch anders an, obwohl das Einzige, was zwischen den Aufnahmen und dem Heute lag, Zeit war.

»Wieso siehst du dir das an?«, fragte ich heiser.

Sie hob die Schultern und strich über ein Foto in einem Buch neben sich, auf dem ein Paar vor dem Kamin im Wohnzimmer posierte. Er mit Schnauzbart, sie mit Verlobungsring am Finger. »Ich war neugierig. Es ist interessant, wie dieses Haus gebaut wurde und was für eine Vergangenheit es hinter sich hat.« Sie schüttelte bewundernd den Kopf.

Ich verstand, was sie meinte. Immerhin war genau das der Grund, wieso ich mich überhaupt für das Wohnprojekt beworben hatte. Die Mulberry Mansion war lebendige Geschichte, ich wollte dazu beitragen, dass sie eine Zukunft hatte.

Avery suchte meinen Blick. »Es hat etliche Jahrzehnte, Schicksalsschläge und Veränderungen durchgemacht, und dafür hat es sich doch erstaunlich gut gehalten, oder?«

»Eine starke Persönlichkeit.« Ich lächelte schwach. Uns war beiden klar, dass ich nicht nur die Villa meinte.

Ihre Wangen röteten sich, sie senkte die Lider. »Jedenfalls kam mir ein Gedanke. May hat mir letztens beim Kartoffelschälen die Richtlinien der Ausschreibung der Foundation vorgelesen, ich hatte mir das vorher gar nicht so genau angesehen. Wir müssen für den Wettbewerb doch irgendetwas Altes am oder vom Haus aufgreifen und neu interpretieren, richtig?«

Ich nickte. »Richtig.«

»Als wir das erste Mal auf dem Dachboden waren, habe ich etwas gefunden. Einen Haufen Holz, offensichtlich die Überbleibsel von etwas, das den Besitzern wichtig genug war, um es selbst in kaputtem Zustand aufzubewahren.« Sie öffnete die Galerie ihres Handys, ehe sie es mir hinhielt.

Ich scrollte durch Fotos von verschieden großen Holzteilen. Dann hob ich fragend den Blick. »Okay?«

»Ich glaube, ich hab herausgefunden, was das mal war.« Sie

schob das Buch vor sich beiseite und griff dafür nach einem anderen. *Architektur im 19. Jahrhundert.* Es dauerte kurz, ehe sie die Seite fand und mir zeigte. »Es war ein Hauszeichen. Früher haben die Besitzer sie herstellen lassen, um ihren Häusern eine Art Wappen zu verleihen. Mit der Zeit haben die neuen Generationen der Bewohner ihre Zeichen darin hinterlassen. Verzierungen, Signaturen, Kürzel. Eine Art *Wir waren hier*, verstehst du?«

»Ja, davon hab ich mal gelesen.«

Sie strahlte. Ohne Vorsicht, ohne kaschierenden Filter. So ehrlich und schön, dass ich kaum hinsehen konnte. Zwei, drei Sekunden nur, dann schien sie es selbst zu bemerken und zog ihre Mundwinkel ein Stück runter. »Alles andere hätte mich auch enttäuscht«, sagte sie bemüht gelassen. »Ich dachte jedenfalls, wir könnten die Teile wieder zusammensetzen und daraus irgendwie etwas Eigenes machen. Ein neues Wappen für die Mulberry Mansion. Unser Wappen.«

Ich betrachtete einen Moment lang das Foto der Eingangstür der Villa. Das Hauszeichen, das darüber hing, hatte kaum etwas gemein mit dem Haufen Einzelteile, den Avery auf dem Dachboden gefunden hatte. Mir gefiel der Gedanke, dass man es trotzdem wieder hinbekommen könnte. Dass es Dinge gab, die nicht irreparabel waren.

»Gefällt mir«, meinte ich aufrichtig und schob das Buch zurück zu ihr.

»Ja?« Es klang ein bisschen atemlos und ungläubig.

Ich wich einen Schritt vom Tisch und lächelte. »Du solltest den anderen davon erzählen. May hat ja eh geschrieben, dass sie heute Abend mit uns sprechen will.«

Irritiert runzelte sie die Stirn. »Hat sie?«

»Machst du dein Handy immer noch in den Flugmodus, wenn du in der Bibliothek bist?«

»Du meinst, so wie du, wenn du in deinen Büchern versinkst?«

Ich zuckte mit den Schultern. »Manche Dinge ändern sich wohl nie.«

»Und andere dafür umso mehr.« Der Satz klang so viel bedeutungsschwerer, als sie vermutlich gewollt hatte.

Ich spürte, wie sich alles in mir zusammenzog. Das letzte bisschen Lächeln verließ meine Mundwinkel und kroch zwischen meine Lippen, legte sich flaumig auf meine Zunge. »Richtig«, erwiderte ich sachlich. »Sie wollte vor dem Essen mit uns sprechen. Fährst du jetzt in die Villa?«

Avery sah auf ihre Uhr. »Ja, gleich. Der Bus kommt in zwanzig Minuten. Ich bin dann gegen halb acht da.«

»Okay.« Ich zögerte.

Mein Blick huschte zum Fenster, hinter dem noch immer Regen und Wind wüteten, dann zurück zu ihr. Zu ihren schmutzigen Stiefeletten über die schwarze mit winzigen Punkten versehene und viel zu dünne Strumpfhose hin zu dem weiten Norwegerpullover. An ihrem Gesicht zerfranste er sich, zuckte von ihren Augen zu den wirren Haarsträhnen in der Stirn, über den Nasenrücken und schließlich ganz kurz zu ihrem Mund.

Ich konnte sehen, dass sie es wahrnahm, weil sie instinktiv die Lippen zusammenpresste. Meine öffneten sich, ohne dass ich weiter darüber nachdachte. Ich war mit dem Auto hier, und sie – obwohl wir das gleiche Ziel hatten – doppelt so lang mit dem Bus fahren und laufen zu lassen, während es draußen regnete, wäre einfach falsch. Mir war bewusst, dass ich ihr anbieten sollte, sie mitzunehmen, und ich wollte es – wirklich. Doch noch während sich die Worte auf meiner Zunge aufbauten, bemerkte ich den Ausdruck in ihren Augen. Heller als die feinen Sprenkel Bernstein, heller als alles andere an diesem Moment.

Hoffnung.

Sie war sich sicher, ich würde es tun – das Richtige. Sie glaubte noch immer, mich gut genug zu kennen, um das einschätzen zu können.

Für den Bruchteil von Sekunden ließ ich den Gedanken zu, derjenige zu sein, den sie in diesem Augenblick in mir sah. Ich wollte ihr anbieten, mit mir zu fahren, ich wollte für eine Weile so tun, als wäre ein wenig Nähe zwischen uns nichts, was sie oder ich zu befürchten hätten. Keine Konsequenzen, keine Risiken, keine Schuld. Aber noch während ich versuchte, diese Illusion in eine Möglichkeit zu pressen, wusste ich, dass das nicht funktionieren würde.

Denn das war Avery. Ich konnte nicht mit ihr in einem Auto sitzen. Ich konnte nicht. Weil ich vielleicht nicht mehr anhalten würde, selbst wenn wir den Wagen längst verlassen hätten. Weil das vielleicht ein weiterer Moment werden würde, der nie endete, und weil ich keinen weiteren ertragen könnte. In der Villa mit ihr zu leben und auf dem Dachboden mit ihr zu arbeiten war bereits zu viel. Mehr ging nicht. Mehr durfte nicht gehen.

Ohne ein weiteres Wort nickte ich ihr zu und drehte mich um. Ihre Erschütterung und Wut klammerten sich an mich, als ich die Bibliothek verließ. Erst draußen wagte ich es, durchzuatmen. Die Laternen waren angegangen, der Campus glänzte orangegelb, jede Pfütze ein Lichtspiegel. Es regnete so stark, dass meine Jacke bereits nach dem kurzen Weg zum Parkplatz durchnässt war. Vor meinem Auto hielt ich inne und legte den Kopf in den Nacken.

Ich wusste, dass Avery zehn Minuten zur Bushaltestelle laufen musste und dann noch einmal zwanzig, bis sie nach dem Aussteigen in der Villa war. Ich wusste, dass sie nass werden und frieren würde. Ich wusste, dass ich mich ewig dafür hassen würde.

Ich blieb neben meinem Auto stehen, bis ich spürte, dass meine ganze Kleidung durchnässt war. Bis mein Körper taub pochte und meine Gedanken auch, bis ich sicher war, dass Avery im Bus saß. Erst dann stieg ich ein und fuhr los, damit ich vor ihr an der Mulberry Mansion ankam. Damit sie mein Auto in der Einfahrt sehen und mich dafür verachten konnte, während ich oben trockene Sachen anzog und danach so tat, als wäre nichts dabei, sie auf diese Art stehen gelassen zu haben. Als wäre nichts dabei, seit Wochen in ihrer Nähe gegen jeden meiner Impulse zu handeln.

Es wäre einfach gewesen zu sagen, dass mir keine Wahl blieb, doch das stimmte nicht. Ich hatte eine Wahl gehabt, und ich hatte sie getroffen – jetzt musste ich mich daran halten und mit den Konsequenzen leben.

Denn selbst während wir mitten in einer Galaxie fremder Welten standen, gab es für uns beide nur diese eine. Und in dieser konnte es kein Uns geben. Kein Für Immer, nicht einmal ein Jetzt, ein Manchmal oder ein Vielleicht Später. Nur ein Niemals.

9. Kapitel

AVERY

In der Mulberry Mansion brannte in jedem Stockwerk Licht, als ich endlich auf dem Anwesen ankam. Trotz des Regens blieb ich kurz in der Einfahrt stehen. Ich war sowieso schon völlig durchnässt, meine Kleidung klebte wie eine zweite Haut an meinem Körper, und meine Zehen pochten taub. Bei gutem Wetter löste der landschaftliche Weg von der Bushaltestelle zur Villa ein Gefühl der Beruhigung in mir aus. Bei Regen vor allem eines der Beklemmung – insbesondere dann, wenn ich ihn in dem Wissen lief, dass jemand mich absichtlich dazu verdammt hatte.

Reflexartig sah ich zu Edens Wagen, der neben den anderen Autos stand. Sofort flackerte wieder Wut in mir auf. Gott, besser ich blieb noch eine Weile hier stehen. Wenn ich Eden jetzt begegnete, würde ich es niemals schaffen, so zu tun, als hätte mir sein Verhalten nichts ausgemacht.

Ich atmete tief durch und fokussierte mich auf die Villa. Manchmal stellte ich mir vor, sie wäre ein offenes Puppenhaus, in das ich hineinsehen konnte.

Mein Blick wanderte über die Fenster in den Obergeschossen, denen ich mittlerweile die Namen meiner Mitbewohner und Mitbewohnerinnen zuordnen konnte. Edens Erkerauge, in dem immer ein dämmriges Nachttischlampenlicht schimmerte, weil er – zumindest vermutete ich das – wie früher eine

Abneigung gegenüber Deckenlampen hatte. An manchen Tagen waren seine Vorhänge aufgezogen, sodass ich einen Blick auf die Bücherregale erhaschen konnte, die eine der Wände einnahmen. Das hier waren die einzigen Eindrücke, die ich von seinem Zimmer hatte. Während ich alle anderen schon betreten hatte, war Edens Tür immer geschlossen. Ein unmissverständliches Zeichen, das wir alle akzeptierten.

Zwischen seinem Zimmer und meinem dunklen Erker lagen zwei Fenster, über die momentan ein Band gespannt war, an dem mehrere Sträuße Eukalyptus und Schleierkraut trockneten. Der Anblick brachte mich zum Lächeln, weil das so sehr May war. In ihrem Zimmer hatte ich bereits einige Abende verbracht. May sah sich meistens vor dem Schlafengehen eine Folge *Downton Abbey* an, und an den Abenden, an denen die Paragrafen wie riesige Fragezeichen in meinem Kopf pochten, leistete ich ihr Gesellschaft. Ich mochte ihr Zimmer, weil es so war wie sie: warm, gemütlich, willkommen heißend. Während meiner trotz einiger Möbel mehr noch immer recht leer und unpersönlich wirkte, hatte May es innerhalb von wenigen Wochen geschafft, sich ihren Raum zu eigen zu machen. Messingleuchter, Holzkisten voll von Bastelmaterialien, Bilder von ihrer Familie und ihren Freunden, die sie mit goldenem Klebeband über ihrem Schreibtisch angebracht hatte, Duftkerzen, die auf ihrer Kommode standen und einen Geruch nach Mandel und Jasmin in unserem ganzen Flur verbreiteten. Alles in ihrem Zimmer war pastellfarben und ganz sanft. So wie May eben. Ich fühlte mich dort und bei ihr so wohl, dass ich oft einnickte. Meistens wachte ich davon wieder auf, dass May eine Decke über meine Schultern zog oder bei einer emotionalen Szene in ein Taschentuch schniefte.

Becketts Zimmer lag ein paar Türen weiter neben meinem, aber auf der anderen Flurseite, sodass man es nur vom Garten aus sehen konnte. Um ehrlich zu sein, sah ich es am liebsten von außen, weil ich bereits nach wenigen Sekunden drinnen nervös wurde. Auf dem Schreibtisch stapelten sich Kaffeetassen, auf dem Boden benutzte Klamotten neben Uni-Büchern. Es war mir ein Rätsel, wie er dort irgendetwas fand, aber Beckett war einer dieser Menschen, die nicht müde wurden zu behaupten: »Das Genie beherrscht das Chaos.«

Mein Blick fuhr ein Stockwerk höher. Direkt über Edens Zimmer lag, mit Vorhängen in warmem Senfton, Siennas Reich. Ein eigener Kosmos, die Wände eine Collage aus Filmplakaten, Ausschnitten aus Kritiken, Seiten aus ihren liebsten Theaterstücken, privaten Bildern und denen von Schauspielern, die sie bewunderte. Es roch immer nach den Räucherstäbchen, die sie permanent angezündet hatte, und ich hatte es nie betreten, wenn kein Film auf ihrem Tablet lief, oft stumm geschaltet, weil sie nebenher Musik hörte. Alles ein bisschen viel, bunt, laut.

Ganz anders als Helens Zimmer, das direkt gegenüber lag. Es war rundum cremefarben und *so* aufgeräumt. Helen war mit neunzehn die Jüngste von uns, aber manchmal dachte ich, dass sie ihr Leben irgendwie am besten im Griff hatte: Sie hatte für jeden Uni-Kurs einen ordentlich geführten Hefter, die sie in Stapeln auf ihrem Schreibtisch lagerte, und sie legte jeden Abend vor dem Schlafengehen ihre Klamotten für den nächsten Tag zurecht. Aus Helens Zimmer hörte man so gut wie nie einen Ton, weil sie selbst beim Musikhören Kopfhörer verwendete, um niemanden zu stören.

Etwas, um das sich Willow keine Gedanken machte. Immer wieder lag ich abends da und horchte auf ihre Musik, die den Boden über mir zum Vibrieren brachte. Ansonsten wirkte ihr Zimmer genau wie Willow selbst: verplant und spontan. Es gab kein Konzept, trotzdem passte alles seltsamerweise zueinander. Sie hatte ihre Matratze auf Holzpaletten liegen, die Wand darüber war in warmem Dunkelgrün gestrichen, der Boden von Stapeln von Büchern und Reisekatalogen bedeckt. Willows Zimmer war durch eine Flügeltür direkt mit Maxtons verbunden. Die beiden hatten sich dagegen entschieden, sie abzusperren, auch wenn Maxton manchmal androhte, eine Kommode vor die Tür zu stellen, wenn Willow ihm auf die Nerven ging.

Maxtons Zimmer strahlte eine gemütliche Ruhe aus: ein alter Plattenspieler mitsamt Musiksammlung, ein aufgebautes Schachspiel auf dem Schreibtisch, eine Wand ganz in Schwarz, bedeckt von Bleistiftzeichnungen von Flora und Fauna, Pflanzen in Terrakottatöpfen im Zimmer verteilt, dieser unverkennbare Geruch von Erde und Grün, der zwischen den Holzmöbeln schwebte.

Acht unterschiedliche Zimmer und Menschen und trotzdem hatte ich nach knapp vier Wochen das Gefühl, sie skizzieren zu können. Mit einer Ausnahme, natürlich. Abermals fixierte ich Edens Fenster. Ganz schwach glaubte ich, einen Schatten im Raum zu sehen. Offensichtlich war er da. Im Warmen und Trockenen. Schön für ihn.

Ich wusste nicht, wieso es mich überhaupt überrascht hatte, dass er mir nicht angeboten hatte, mich mitzunehmen. Vielleicht, weil ein Hauch eines Zögerns in seinem Blick sichtbar gewesen war, bevor er sich von mir abgewandt hatte. Ein Impuls von Höflichkeit womöglich, der es letztlich nicht geschafft hatte, sich durchzusetzen. Offensichtlich war die Vorstellung, mit mir in einem Auto zu sitzen, für ihn unerträglich. So viel zum Thema Normalität zwischen uns.

Mit zusammengepressten Lippen ging ich zum Eingang. Ich stieß die Tür auf und ließ meinen Rucksack neben dem Garderobenständer fallen, ehe ich mir die Schuhe von den

Füßen trat und sie neben die anderen stellte, die schlammig im Eingangsbereich standen. Mein Pullover war zwar genauso feucht wie meine Strumpfhose, aber ich verzichtete darauf, nach oben zu gehen, und lief stattdessen auf die Geräusche zu, die aus dem Wohnzimmer kamen.

May lehnte im Rahmen und schenkte mir ein flüchtiges Lächeln, ehe sie sich wieder nach vorn wandte. Helen saß auf dem Klavierhocker und beobachtete ebenfalls sorgenvoll Sienna und Beckett, die sich mitten im Raum gegenüberstanden.

»Du machst mich wahnsinnig, Sienna! Du …«

»Ähm, hi?«, sagte ich, gerade so laut, dass ich Becketts tiefen Basston übertönen konnte.

Er brach mitten im Satz ab und drehte sich zu mir um. Auf seinen Wangen hatten sich rote Flecken gebildet, etwas, das ich erst einmal gesehen hatte: als Willow vorgeschlagen hatte, Ananas auf den Flammkuchen zu legen.

»Gut, dass du da bist. Du kannst dieser Verrückten erklären, wie das mit der Rechtslage bei privatem Eigentum aussieht.«

»Herrje, Beckett, du tust ja so, als hätte ich deine Pornosammlung durchstöbert.«

»Was habe ich verpasst?«, fragte ich irritiert.

»Nichts, du kommst gerade rechtzeitig, um mit anzusehen, wie ich Sienna umbringe.«

Ich zuckte zusammen, brachte aber ein schwaches Lachen hervor. »Was hat sie getan? Kumarin an die Weißweinsoße?«

»Fast«, zischte Beckett.

Sienna stöhnte. »Himmel, du reagierst komplett über! Wie konnten die dich nur hier aufnehmen? Du bist überhaupt nicht WG-fähig, du bist so ein verdammtes Einzelkind!«

»Komm schon, Beck«, schaltete sich Helen sanft dazwischen.

Ihr Gesicht war ganz blass geworden. Wenn man Beckett anmerken konnte, dass er ein Einzelkind war, dann konnte man Helen genauso gut anmerken, dass sie ein Scheidungskind war. Sie hasste jede Form von Konfrontation. Und davon gab es zwischen Beckett und Sienna einige.

Seit ich hier war, waren sie schon drei- oder viermal aneinandergeraten. Jedes Mal aus einem so nichtigen Grund, dass sie ihn ein paar Stunden später meistens selbst wieder vergessen hatten. Ich wusste, woran das lag: Sie waren sich zu ähnlich. Penibel in den Bereichen, die ihnen wichtig waren, chaotisch in denen, auf die das nicht zutraf. Und leider überschnitten sie sich nicht. Ich machte mir nicht noch einmal die Mühe nachzufragen, worum es diesmal ging.

May schaltete sich mit einem Räuspern dazwischen und machte einen Schritt in den Raum hinein. »Wir beruhigen uns jetzt erst mal. Willow sagt, das Essen ist gleich fertig, und sie hat mir versprochen, diesmal kein Obst in die Soße zu machen, nur um Beckett zu ärgern.«

»Du denkst doch nicht, dass Beckett etwas isst, was er nicht überwacht hat? Er ist ein Kontrollfreak!«

»Heilige Maria, ich schwöre …« Weiter kam Beckett nicht.

In diesem Moment ertönte ein leises Surren, und auf einen Schlag wurde es stockfinster. Sämtliche Lampen fielen aus.

»Fuck«, knurrte er.

May stöhnte, Sienna lachte, Helen seufzte. Ich hingegen blieb reglos stehen und versuchte, meine Augen an die Dunkelheit zu gewöhnen. May neben mir tastete an der Wand nach dem Lichtschalter. Es klackerte, blieb aber dunkel.

»Hat Beckett magische Fähigkeiten und kann mit seiner Wut Stromausfälle bewirken?«, hakte ich nervös nach, während mein Blick durch den trüben Raum huschte. Nur ganz schwach konnte ich die Umrisse der anderen und die der Möbel erahnen. Selbst draußen war es bereits so dunkel, dass der Garten sich unter Nachtschwärze versteckt hatte.

»Das hätte er gern.« Sienna ließ sich mit einem Ächzen auf das Sofa fallen.

»Es wäre magisch, wenn an diesem Haus an einem einzigen Abend mal nichts kaputtgeht«, murmelte Beckett genervt und fluchte kurz darauf erneut, als es leise rumste.

Neben mir quietschte die Kommode, ich sah schwach, wie May die Schubladen aufzog und darin umhertastete. »Irgendwo hier müssten die Taschenlampen sein. Oder haben wir die beim letzten Mal woanders hingelegt?«

»*Beim letzten Mal?* Wie oft passiert das?«, wollte ich beunruhigt wissen.

»Zu oft.« Edens Stimme tauchte so plötzlich hinter mir auf, dass ich leicht zusammenzuckte. »Übrigens hört man euch bis nach oben, wenn ihr so rumschreit.«

Ich sah ihn nicht, aber ich hörte, roch, spürte ihn. Er streifte meinen Arm, als er ins Wohnzimmer ging, und ich war kindisch genug zu hoffen, dass er die Nässe meines Pullovers wahrnahm und sich wenigstens ein bisschen mies fühlte.

»Na und? Das einzig Gute an diesem scheiß Haus ist doch, dass es keine Nachbarn gibt, die man stören könnte«, grummelte Beckett und fluchte abermals, weil er sich anscheinend das Bein am Tisch anstieß. Sienna kicherte schadenfroh, und irgendetwas Dunkles flog durch den Raum in ihre Richtung – vermutlich eines der Kissen.

May stieß ein erleichtertes Seufzen aus, und kurz darauf flackerte das Licht einer Taschenlampe auf. Sie reichte eine zweite an Helen weiter, die auf uns zugekommen war. Im weißen Licht waren ihre Sommersprossen winzige Schattenmale. »Ich gehe gucken, ob es an den Sicherungen liegt.«

»Ich komme mit«, meinte Beckett und lief um den Wohnzimmertisch herum, nicht ohne ein zweites Kissen nach Sienna zu werfen.

Sie fing es auf und klemmte es sich hinter den Rücken. »Ich dachte, du hast Angst vor dem Keller, seit ihr die Ratten entdeckt habt, Kleiner.«

»Ich verbringe meinen Abend lieber mit denen als mit dir«, erwiderte er süffisant, doch seine Stimme war bereits weicher geworden. Beckett konnte zwar ein Hitzkopf sein, aber genauso schnell kam er auch wieder runter. Und er war kein nachtragender Mensch, eine Eigenschaft, die ich schnell an anderen bemerkte, weil sie mir so fremd war.

»Bringt ein paar Dosenpfirsiche mit. Ich finde, die passen prima ins Ratatouille«, rief Sienna ihnen hinterher, als sie das Wohnzimmer verließen.

Just in dem Moment kamen Schritte hinter mir auf, und kurz darauf kitzelten Willows Locken meine Wange, weil sie fast in mich hineinlief. Sie schwenkte ihr Handy herum, sodass das blaue Licht in meine Augen fiel. Auf Willows Gesicht waren feine Spritzer zu sehen, und für einen flauen Moment hielt ich es für Blut. Dann fiel mir der tomatensüße Duft auf, der an ihr hing.

Sie wischte sich grob mit der Hand über die Wange. »Eine gute und eine schlechte Nachricht. Die gute: Das Essen ist fertig geworden, bevor der Strom ausgefallen ist. Die schlechte: Mir ist vor Schreck das Glas mit dem Salz aus der Hand und direkt in den Topf gefallen. Ich fürchte, nicht mal Beck kann das retten.«

»Klingt nach einem Pizza-Notfall«, ertönte eine Stimme von der Veranda. Erst jetzt bemerkte ich den Schemen, der sich gerade ins Haus schob.

Willow stieß einen unterdrückten Fluch aus und zielte mit ihrem Handylicht zur Tür. »Max, du bist so verdammt gruselig!

Neue Regel: Ab Sonnenuntergang kommst du nur durch den Haupteingang rein und du tauchst nie, echt nie, mit Gartenschere auf der Terrasse auf.«

»Seit wann bist du denn so ängstlich, Catkin?« Maxtons Haare schimmerten bläulich, so wie das Metall der Schere, die er neben der Tür abstellte, ehe er sie zuzog.

Willow schnaubte. »Nenn mich weiter so, und ich gebe *dir* Grund, Angst zu bekommen.«

Maxton schwieg dazu, aber ich konnte sehen, dass sich sein Lächeln verbreiterte. »Ich ruf bei der Pizzeria an und frag sie, ob sie liefern können.«

»Musst du nicht. Ich kann schnell hinfahren«, meinte Eden, der mittlerweile neben dem Kamin stand. Ich kam nicht um den Gedanken herum, dass das der Platz im Raum war, der ihn am weitesten von mir entfernte.

»Reizend von dir. Hast du Angst, dass die Leute in der Stadt wieder über uns reden?«, fragte Sienna spöttisch.

Ich drehte mich interessiert zu ihr. »Die Leute reden über uns?«

Sienna gluckste. »Wir sind ein Haufen Studierende in den Zwanzigern, die in einer gruseligen Villa wohnen. *Natürlich* reden sie über uns. Als wir uns das letzte Mal etwas zu essen bestellt haben, hat der Lieferant die ganze Essensübergabe live in seiner Instagram-Story übertragen. Und *uns* nennen sie schräg.«

In diesem Moment kamen Helen und Beckett zurück. »Es liegt am Kasten«, verkündete sie zerknirscht. »Das Ersatzteil, das ich letztens eingebaut habe …«

»Helen, keiner von uns spricht Technisch«, unterbrach Willow sie ungeduldig.

Helen seufzte. »Ich kann mich erst morgen darum kümmern.«

»Und das heißt?«, fragte Sienna gedehnt vom Sofa.

May schwenkte die Taschenlampe erneut in Richtung Kommode. »Das heißt, dass wir jetzt Kerzen zusammensuchen, uns Pizza bestellen und Sienna ein Horrorfilmredeverbot auferlegen, bis wir wieder Strom haben.«

Während Eden losfuhr, um das Essen abzuholen, sammelten wir anderen sämtliche batteriebetriebenen Lampen und Kerzen im Haus zusammen. Ich zog mir trockene Klamotten und ein Paar von Mays Kuschelsocken an und half ihr dann dabei, Lichterketten aus ihrem Zimmer auf den Teppich im Wohnzimmer zu legen. Da wir diese Woche den Kamin gesäubert, geprüft und die Dichtungen ersetzt hatten, machte Maxton ihn an, und kurz darauf saßen wir alle auf den Sofakissen auf dem Boden, aßen lauwarme Pizza aus Pappkartons, hörten eine von Siennas Filmmusik-Playlists und unterhielten uns. Nur Eden blieb auf einem der Sessel und trank als Einziger Limonade statt Wein, immerhin hielt er es in einem Raum mit uns aus. Manchmal glaubte ich, seinen Blick auf mir zu spüren, aber immer, wenn ich mich unauffällig umdrehte, schaute er zur Fensterscheibe, in der sich das Lichtermeer des Wohnzimmers spiegelte.

Als die Kartons beinahe leer waren, klopfte May mit dem Messer gegen ihr Glas und räusperte sich. »Jetzt, wo unsere Nerven alle kaloriengestärkt sind, kann ich endlich sagen, worüber ich mit euch reden wollte. Wir haben nämlich Post bekommen.«

Willow warf einen abgeknabberten Pizzarand in einen Karton. »Lass mich raten: Sie haben angekündigt, dass sie uns den Strom abdrehen, aber das Universum ist ihnen zuvorgekommen.«

»Nicht ganz.« May griff nach einem Briefumschlag vom Tisch und wedelte damit herum. »Es ist ein Brief vom *Castle of Marble*.«

»Dem was?«, fragten Beckett und ich gleichzeitig.

»Den Leuten aus Leicester. Wahrscheinlich haben sie unsere Adresse von der Foundation«, erklärte May und entfaltete den Brief.

Sienna runzelte die Stirn und griff danach. »Ist das ernsthaft Briefpapier mit Ornamenten?«

»Himmel, was für Schnösel«, murmelte Willow und pflückte eine Tomate von Maxtons Pizzastück, um sie sich in den Mund zu werfen.

»Was wollen die von uns?«, fragte der, während er sein Stück höher hielt, als Willow erneut danach greifen wollte.

»Sie haben vorgeschlagen, dass wir sie mal besuchen kommen. Ihre Villa ist nur anderthalb Stunden Fahrtzeit entfernt und damit die nächste in der Umgebung. Sie dachten, es wäre nett, wenn wir uns mal kennenlernen.«

»Wieso sollten wir das wollen? Wir sind ihre Konkurrenz.« Sienna warf den Brief achtlos in einen der Pizzakartons. Helen fischte ihn hastig heraus und tupfte das Papier mit ihrer Serviette ab.

»Konkurrenz?« Beckett verzog spöttisch den Mund. »Hast du Angst, dass sie uns ausspionieren wollen, weil wir ja so wahnsinnige Genies in diesem ganzen Renovierungskram sind? Als May und ich vorhin die Tapete im Salon abgerissen haben, ist uns die halbe Wand entgegengekommen.«

»Vielleicht wollen sie ja auch jemanden abwerben«, erwiderte Sienna säuerlich. »Wir könnten ihnen dich im Tausch für ihre Schleifmaschine anbieten.«

May räusperte sich, bevor die beiden sich wieder in einer Diskussion verlieren konnten. »Und? Wollen wir dahin?«

»Hat was von einem Schulausflug, oder?« Maxton reichte den Brief, den er von Helen bekommen hatte, an Eden. Der schüttelte nur den Kopf. Maxton zuckte mit den Schultern und hielt mir das Papier hin.

Ich überflog die Worte, konnte aber nur vereinzelte Sätze entziffern. So edel das Papier auch war, die Schrift zeugte nicht unbedingt von Kalligrafie-Begeisterung.

»Es könnte nett werden.« May sah auffordernd zwischen uns hin und her. »Kommt schon. Es würde uns guttun, mal etwas zu unternehmen. Alles, was wir zusammen machen, findet in diesem Haus statt. Das kann gar nicht gut für unsere Gemeinschaftsbildung sein. Wir müssen auch andere verbindende Erinnerungen sammeln.« Sie brach ab, als wüsste sie, dass sie mit ihren psychologischen Argumenten nicht sonderlich weit kommen würde. »Außerdem hat Sienna nicht unrecht: Es kann nicht schaden zu wissen, wie sie so arbeiten«, fügte sie dann unschuldig hinzu.

Willow lachte. »Oho, also doch Konkurrenzdenken? May Little, ich bin entsetzt!«

Auch ohne Licht war ich sicher, dass Mays Wangen sich gerade rot färbten. »Ich will ihnen ja nicht die Gasleitung durchtrennen, ich finde es nur vernünftig, abzuklopfen, wie es bei ihnen so vorangeht.«

»Ich bin dafür. Ich würde mir gern mal eins der anderen Häuser anschauen. Das ist so viel Geschichte, es ist ein ziemliches Privileg, dass wir das zu sehen bekommen«, sagte ich und nahm mir ein weiteres Stück Pizza.

»Ich bin auch dabei. Neue Leute sind immer gut. Das könnte lustig werden«, verkündete Willow und stieß Maxton in die Seite, bis er mit einem Seufzen nachgab und sich uns anschloss. Nacheinander stimmten alle zu, bis nur Eden übrig war.

»Wie sieht's aus, Kane? Beglückst du uns mit deiner Anwesenheit oder hast du eine Ausrede parat, die wir noch nicht kennen?«, hakte Willow zynisch nach.

Eden zögerte, dann fuhr er sich durch die Haare und verharrte mit den Fingern im Nacken. Kurz nur, wahrscheinlich fiel es niemandem außer mir auf. »Von mir aus«, sagte er desinteressierter, als ich es ihm abkaufte. »Wenn ich nicht arbeiten muss, komme ich mit. Aber für heute bin ich raus.«

Ohne eine Antwort abzuwarten, stand er auf und verließ das Zimmer. Und ich musste wieder dem Drang widerstehen, ihm hinterherzugehen, ihn an den Schultern zu packen und zu schütteln. Nur ganz sacht, nur so sehr, dass da endlich eine Erklärung für sein Verhalten aus ihm herausfiel.

Willow wartete, bis seine Schritte auf der Treppe verebbt waren, dann stieß sie die Luft aus. »Umso besser. Im Dunkeln ist seine Aura noch gruseliger als sonst.«

»Willow, komm schon«, sagte Maxton, aber sie ignorierte ihn und klatschte in die Hände.

»Und der Rest von euch spielt jetzt mit mir Karten. Mein Laptop-Akku ist nämlich leer, und ich schwöre bei jedem Gott, an den ihr potenziell glaubt: Ihr wollt nicht, dass ich mich langweile.«

Keiner von uns widersprach ihr. Wir räumten die Essensreste beiseite, stellten noch mehr Kerzen auf dem Tisch auf und holten das UNO-Set aus dem Spieleregal im Jagdzimmer. Kartenspielen im Kerzenlicht war nicht unbedingt praktikabel. Das Wachs hinterließ Pfützen auf dem Tischholz, mehr als ein Glas kippte um und durchnässte den Teppich und ein paar der Spielkarten, Sienna klagte bereits nach zehn Minuten darüber, dass ihr das Entziffern der Zahlen Kopfschmerzen bereitete, Beckett stieß sich ein Dutzend Mal an irgendwelchen Möbelstücken, Helen nickte irgendwann zusammengerollt auf dem Teppich ein.

Es war alles chaotisch, improvisiert und unperfekt, doch ich saß so dicht am Kamin und bei meinen Mitbewohnern, dass mir irgendwie ganz wohlig wurde. Und in diesen paar Stunden, in denen dieses Haus lichtlos und trotzdem so hell und warm war, konnte ich sogar vergessen, dass Eden nur ein Stockwerk über uns in seinem Zimmer saß. Abgeschnitten von unserer kleinen Wohngemeinschaft, weil er sich selbst dazu entschieden hatte, die Fäden durchzutrennen. So, wie er es damals auch bei mir gemacht hatte.

10. Kapitel

AVERY

»Schon wieder ein Kronleuchter. Das war jetzt der dritte, oder?« Willow rümpfte die Nase und fixierte den Rücken des Typen, der neben Maxton und einem Mädchen mit Pixie-Cut vor uns durch den Eingangsbereich lief. »Wenn ich einen weiteren sehe oder wenn dieser Kerl dieses Haus noch einmal *Chateau* nennt, werfe ich etwas nach ihm.«

Ich biss mir auf die Unterlippe, um nicht zu lachen. Es stimmte schon: Bescheidenheit war nicht unbedingt die Eigenschaft, die mir bei den Bewohnern und Bewohnerinnen des Castle of Marble als Erstes eingefallen wäre. Insgesamt hatte Maxton recht behalten, dieser Tag hatte durchaus etwas von einem Schulausflug. Nachdem wir den Brief der Bewohner dieser Villa vor etwa anderthalb Wochen erhalten hatten, hatte May bei ihnen angerufen und ein Treffen für dieses Wochenende vereinbart.

Wir waren nach dem Frühstück mit zwei Autos aufgebrochen. Die Fahrt hatte zwar nur anderthalb Stunden gedauert, sich aber trotzdem nach einer Ewigkeit angefühlt. Was vor allem daran lag, dass ich, aus irgendeinem ironischen Impuls des Universums heraus, auf der Rückbank von Maxtons Auto landete – neben Eden. Obwohl Willow vorn die meiste Zeit redete, war ich neunzig Minuten lang damit beschäftigt, seine Anwesenheit zu verdauen. Nicht, dass er sich hätte anmerken lassen, dass ich überhaupt da war. Er hatte den Ellbogen an der Tür abgestützt, ein zerfleddertes Buch auf dem Schoß und sah kein einziges Mal davon auf. Ihm wurde nicht einmal beim Fahren schlecht vom Lesen, mir hingegen war durchgehend übel, weil ich versuchte, so flach wie möglich zu atmen, um seinen Geruch nicht wahrnehmen zu müssen. Trotzdem konnte ich nicht verhindern, dass mein Blick immer wieder zu ihm huschte. Zu den Wirbeln in seinem Haar, die er mit gelegentlichen Handbewegungen neu formte, dem Grübchen, das sich ab und zu in seiner Wange bildete, wenn ihn eine Stelle zum Lächeln brachte, der Konzentrationsfalte zwischen den Augenbrauen, wenn er innehielt, als müsste er über einen Satz nachdenken. Ich fühlte mich ein bisschen schäbig dabei, ihn zu beobachten, weil es, so unschuldig die Situation auch war, etwas Anzügliches hatte. Was für manche halb nackte Basketballer auf Sportplätzen waren, war für mich … er. Eden beim Lesen zu beobachten hatte etwas unfassbar Anziehendes, weil alles an ihm dabei pure Fokussierung und Hingabe ausstrahlte. Und das führte leider immer noch dazu, dass sich in meinem Magen ein unangenehmes Ziehen breitmachte.

Ich atmete erleichtert durch, als wir ankamen und ich beim Aussteigen von frischer Oktoberluft empfangen wurde. Und von einem großen, für das Jahrhundert, dem es entsprang, modern wirkenden Herrenhaus. Es hatte ein Stockwerk weniger als unseres, trotzdem wirkte es größer. Die zehn Bewohner und Bewohnerinnen des Hauses erwarteten uns, und abgesehen davon, dass wir mit den Worten »Willkommen im Chateau, werte Herrschaften« begrüßt wurden, wirkten sie ganz nett. Wir setzten uns in ihr Esszimmer, das als Anbau unter einer verglasten Kuppel eingerichtet war, aßen Brot und Tapas und unterhielten uns über die Arbeiten an den Häusern. Danach teilten wir uns auf, um uns das Anwesen zeigen zu lassen.

Seit einer halben Stunde liefen Maxton, Willow und ich hinter Jacob und Amber her. Die beiden warfen mit architektonischen Fachbegriffen und historischen Anekdoten um sich, als hätten sie sich seit unserer Zusage für den Besuch auf diesen Moment vorbereitet. Es hatte etwas von einer Museumsführung, und ich ertappte mich mehrmals dabei, ein Gähnen zu unterdrücken. Dabei war das Haus wirklich beeindruckend, auch wenn es ganz anders war als die Mulberry Mansion. Weniger Holz, dafür mehr Stein, ein großer verglaster Wintergarten im Erdgeschoss, der an das Esszimmer anschloss und mit Pflanzen bestückt war, eine sonnengeflutete Küche mit Marmorboden dahinter.

Es wirkte insgesamt ein bisschen … fertiger. Entweder diese Villa war von Anfang an in einem besseren Zustand gewesen oder die Bewohnenden dieses Hauses hatten bereits mehr geschafft. Wahrscheinlich waren sie auch handwerklich begabter als wir. Immerhin roch es im ganzen Haus schon nach frischer Farbe, und nicht einmal die wenigen Bereiche mit Dielen knarrten. Doch obwohl die Heizung deutlich besser funktionierte als bei uns, kam mir diese Villa kühler vor. Vielleicht, weil unsere Samtmöbel fehlten, unsere flackernden Wandlampen, die löchrigen Teppiche oder Mays duftende Kräutersträuße. Das hier war ein Kataloghaus – sauber, ordentlich, vorzeigbar und … zu glatt. Und das galt irgendwie auch für seine Bewohner. Sie waren nicht unhöflich, aber auf diese bestimmte Weise freundlich, die sich nach gutmütiger Überheblichkeit anfühlte.

Etwas, das vor allem Willow zu stören schien. Während Maxton unseren Begleitern aufmerksam zuhörte und Nachfragen stellte, war sie sichtlich damit beschäftigt, sich über jede Antwort der beiden zu ärgern. Ihre Meinung über die Bewohnenden dieses Hauses schien seit der Begrüßung festzustehen, und sie gab sich nicht sonderlich viel Mühe, sie zu verbergen.

Irgendwann verließen wir die Villa und gingen nach hinten in den Garten, der diesen Namen nicht verdient hatte. Ein paar hundert Meter entfernt vom Haupthaus standen mehrere Ställe, laut Jacob und Amber hatten sie sich gerade einige Tiere angeschafft. Für diese waren auch die abgezäunten Grasausläufe daneben. Ansonsten war das Grundstück des Castles kaum bewachsen, nur ein paar Bäume grenzten es von den umliegenden Feldern ab. Wie die Mulberry Mansion stand auch dieses Haus abseits von anderen, war allerdings bei Weitem nicht so eigenbrötlerisch angelegt.

»Die Fassade wurde vor einigen Jahrzehnten grundlegend saniert«, erklärte Jacob, als wir draußen innehielten. Tatsächlich wies das Äußere der Villa im Gegensatz zu unserer keinerlei Pflanzenbewuchs oder Risse auf. Jacob bemerkte meinen aufmerksamen Blick und schmunzelte. »Keine Sorge, das Komitee meinte schon, dass wir dementsprechend strenger in anderen Bereichen bewertet werden.«

»Ich habe mir keine Sorgen gemacht«, erwiderte ich, obwohl das nicht ganz stimmte. Nicht, dass ich diesen Wettbewerb so unbedingt gewinnen wollte, aber das Preisgeld könnten wir durchaus gut gebrauchen. Und wenn ich ein Jurymitglied wäre, müsste ich momentan nicht lang überlegen, welches Haus vorzeigbarer aussah.

Amber grinste breit. »Nicht? Wäre aber wahrscheinlich angebracht. Ethan ist letztens bei euch vorbeigekommen.«

Willow hob die Augenbrauen. »Ach, echt? Kann mich gar nicht an seinen Präsentkorb erinnern.«

Amber lachte, dabei war eindeutig zu hören, wie wenig belustigt Willow klang. »Seine Familie wohnt in Windsbury, und da hat er einen Abstecher gemacht. Er wollte euch Hallo sagen, aber ihr wart wohl alle gerade ausgeflogen. Also hat er sich im Garten umgeguckt. Er hat uns Fotos gezeigt.«

Ich verschränkte die Arme vor der Brust, weil ich daran denken musste, dass wir die Türen nie abschlossen. Der Gedanke, dass irgendjemand sich dort umgesehen hatte – selbst wenn es nur unser Garten gewesen war –, behagte mir nicht. Abgesehen davon, dass es unhöflich war, war es auch schlichtweg falsch. »Es gibt ein Tor vor dem Anwesen. Also hat er damit faktisch betrachtet Hausfriedensbruch begangen«, schaltete ich mich ein.

Jacob sah mich amüsiert an. »Studierst du Jura?«

»Das sollte man eigentlich auch ohne Studium wissen. Genauso wie die Tatsache, dass es nicht sonderlich nett ist, Fotos vom Haus anderer Leute zu machen.«

Er hob beschwichtigend die Hände. »Schon gut. War nicht die feine Art. Aber ihr wart nicht da, und wir waren neugierig. Außerdem haben wir euch hierher eingeladen, nicht? Wenn du Fotos machen willst, nur zu.«

Ich musste mir ein Schnauben verkneifen. »Nein danke.« *Wenn ich so was länger ansehen möchte, schlage ich den nächsten Immobilien-Katalog auf.*

Jacob räusperte sich. »Jedenfalls ist euer Haus sehr … besonders. Wie hat Ethan es noch mal genannt, Am?«

Sie grinste breiter. »Ein Haus mit rustikalem Charme und ein Garten, der nur ganz knapp an Versailler Standard vorbeischrammt.«

Willow neben mir holte tief Luft, aber Maxton kam ihr mit einer Antwort zuvor. »Nett von euch«, sagte er so freundlich, dass ich ihm fast glaubte, dass ihm die Spitze entgangen wäre. »Zeigt ihr uns die Ställe?«

Willow funkelte ihn wütend an, doch Jacob nickte und warf einen Blick auf seine Armbanduhr. Eine Rolex, natürlich. Ich musste mir schon wieder ein Schnauben verkneifen. Im Grunde sprach es für ihn, dass er sich offensichtlich aus einem sozialen und nicht aus einem finanziellen Interesse heraus für dieses Projekt beworben hatte. In diesem Moment war es dennoch schwer, irgendetwas Positives an seinem Verhalten oder dem seiner Mitbewohnerin zu finden.

»Klar. Wir müssen nur ganz kurz die zweite Lackschicht auf dem Kaminofen auftragen, bevor das Zeug zu trocken ist. Wartet mal eben hier.«

Wir schwiegen, bis sie im Haus verschwunden waren, dann stieß Willow ein Knurren aus. »Diese arroganten, protzigen Angeber. Ich muss gerade dem Drang widerstehen, dafür zu sorgen, dass diese Fassade absolut gar nicht mehr saniert aussieht.«

»Lass sie einfach reden«, meinte Maxton gelassen. »Das Haus kann nichts für seine Bewohnenden. Und man kann über sie denken, was man will, aber ihr Pflanzengeschmack ist ziemlich gut.« Er trat näher an die Scheibe des Wintergartens heran und deutete auf ein paar grün-gelbe Blätter, die sich dem Fenster entgegenstreckten. »Das ist eine Monstera Thai Constellation. Die sind verdammt teuer.«

Willows Ärger schien etwas nachzulassen. Interessiert trat sie einen Schritt auf Maxton zu und folgte seinem Blick. »Das Ding mit den cremefarbenen Sprenkeln?«

»Ja. Wunderschön, oder?« Er lächelte, so ehrlich und liebevoll, dass ich auch lächeln musste. So wie Eden las, so sah Maxton Pflanzen an.

Willow betrachtete ebenfalls ein paar Sekunden lang sein Gesicht, dann fokussierte sie erneut die Pflanze, die hinter dem Fenster wucherte. »Willst du sie haben?«

Er runzelte die Stirn und wandte sich zu ihr. »Was?«

»Nicht die ganze Pflanze. Nur einen Ableger.« Sie stellte sich auf die Zehenspitzen, um besser hineinsehen zu können. »Man schneidet sie hinter den Wurzelansätzen ab, richtig?«

Ich schüttelte entschieden den Kopf. »Das kannst du nicht machen. Das ist Diebstahl.«

Nicht, dass es mir um die Leute hier leidtun würde, meine Sympathie für sie war nach den letzten Minuten auch ziemlich abgeflacht. Das änderte trotzdem nichts daran, dass das nicht richtig war. Wenn wir nicht wollten, dass sie sich ohne unser Wissen auf unserem Anwesen umsahen, durften wir sie jetzt nicht bestehlen.

Willow verdrehte die Augen und legte beide Hände an die Scheibe, als suchte sie schon nach der richtigen Stelle zum Abschneiden. »Das ist eine Pflanze. Die Natur gehört, wenn überhaupt, uns allen.«

»Es ist eine Topfpflanze, die in einem Haus steht, das ganz und gar nicht uns gehört«, beharrte ich. »Jedes Gericht der Welt …«

»Himmel, Sterling«, unterbrach sie mich belustigt und drehte sich wieder zu uns um. »Ich finde es ja süß, dass du so moralisch bist, aber jetzt entspann dich mal. Ich schneid ihr nur einen klitzekleinen Zweig ab.«

Maxton verstellte ihr den Weg, als sie auf die Tür zugehen wollte. »Avery hat recht. Wir sind zu Besuch hier. Das kannst du nicht bringen.«

Sie hob die Augenbrauen so hoch, dass sie unter ihren Locken verschwanden. Ein grimmiges, fast düsteres Lächeln zupfte an ihrem Mund. »Sag mir nicht, was ich kann oder nicht kann, Max. Schau lieber zu und lerne.«

»Frag sie doch, ob sie dir einen Ableger geben«, schlug ich ohne große Hoffnung vor. Willow war in ihren Macher-Modus übergegangen, und es gab nur wenig, was sie daraus zurückholen konnte. Ich gehörte sicher nicht dazu.

Sie lachte. »Bloß nicht. Am Ende sagen sie Ja, und wo bliebe denn da der Spaß?« Ihre Miene verfinsterte sich, und sie reckte das Kinn. »Außerdem habt ihr doch gehört, wie sie sich über uns lustig gemacht haben. Der Versailles-Witz? Das war genau die Art von Humor, die Verachtung ausdrücken soll. Sie verdienen weit mehr als das, aber ich bin bereit, mich mit dem Abschneiden eines Pflanzenarms zufriedenzugeben.«

»Willow«, setzten Maxton und ich gleichzeitig an, aber da war sie schon bei der Tür angekommen und schlüpfte hindurch.

Maxton seufzte resigniert. »Ich geh hinterher und versuch, das Schlimmste zu verhindern. Lenk du die beiden ab, okay?«

Hilflos sah ich ihm nach. »Und wie, bitte?« Wenn es etwas gab, das ich nicht konnte, dann war das schauspielern.

Maxton drehte sich im Gehen um und hob die Schultern. »Rede einfach mit Jacob. Du gefällst ihm.«

Bevor ich etwas dazu sagen konnte, ließ er mich stehen und folgte Willow ins Haus. Ich fluchte unterdrückt und entfernte mich vom Fenster, weil ich gar nicht sehen wollte, wie sie auf der anderen Seite der Scheibe auftauchten.

Es dauerte nur ein paar Minuten, bis sich die Tür erneut öffnete. Zu meiner Enttäuschung waren es nicht Willow und Maxton, die zurückkamen, sondern Jacob. Er rieb sich die verschmierten Hände an einem Lappen sauber, während er auf mich zukam.

»Tut mir leid, hat etwas gedauert. Das Zeug ist widerspenstiger, als man ahnt. Amber kümmert sich um den Rest.« Er verstaute den Lappen in der Tasche seiner Jacke, dann sah er sich um. »Wo sind deine Freunde?«

»Im Haus. Auf Toilette.« Je weniger Worte ich sagte, desto weniger fiel hoffentlich auf, wie unsicher sie klangen. Ich fühlte mich definitiv nicht wohl dabei, Komplizin bei einer Straftat zu sein, ganz gleich, wie klein sie war. Und ich war sowieso die schlechtmöglichste Wahl dafür. Gott, was hatte Maxton sich dabei gedacht? Jacob und ich hatten zwar beim Essen nebeneinandergesessen und uns unterhalten, aber ich spürte nicht einmal den Hauch von Verbundenheit zwischen uns. Das hier würde so schiefgehen.

»Gleich beide?«, fragte er irritiert nach.

Ich rang mir ein spöttisches Lächeln ab. »Was, denkst du, nur Frauen können zusammen aufs Klo gehen? Ziemlich sexistisch.«

Er grinste. »Keine weiteren Fragen, Euer Ehren. Wollen wir auf sie warten oder …«

»Die kommen schon klar«, unterbrach ich ihn und deutete zu den Ställen. Je weiter wir uns vom Wintergarten entfernten, desto besser. »Zeig mir gern den Rest.«

Auf dem Weg zu dem Stallgebäude erzählte mir Jacob, dass sie mit der Anschaffung der Tiere nicht nur dem Wettbewerb gemäß den ursprünglichen Charakter des Hauses wiederherstellen, sondern auch ein paar Einnahmen erzielen wollten. Im Gegensatz zu uns benötigten sie nicht alle Fördergelder für die Renovierung und hatten davon einige Kühe und Hühner gekauft, deren Milch und Eier sie nun an den Wochenenden auf dem Bauernmarkt im nächsten Dorf verkauften.

Die Ställe waren etwas eng und ich stieß mir mehrmals den Kopf an herabhängenden Heuballen, doch der Geruch nach Stroh und Tier löste trotzdem jenes Gefühl der Behaglichkeit in mir aus, das ich im Haus vermisst hatte.

»Amber und Amar haben den Dingern Namen gegeben, aber frag mich nicht, welche«, meinte Jacob, als wir bei dem Hühnerstall angekommen waren. Etwa ein Dutzend gefiederte Tiere saßen auf Stangen an der Seite und gackerten leise vor sich hin, als sie uns entdeckten.

»Was ist mit ihr?« Ich lehnte mich gegen das Gatter und deutete auf eine grauweiß getupfte Henne mit orangebraunen Augen, die sich in die Stallecke gesetzt hatte. Sie beobachtete ihre Artgenossen auf der anderen Seite so argwöhnisch, dass es fast menschlich wirkte.

»Frag nicht.« Jacob warf dem Huhn einen angewiderten Blick zu. »Es benimmt sich schon so schräg, seit es hier angekommen ist. Wir haben es durchchecken lassen, angeblich ist es gesund. Allerdings legt es keine Eier und will mit den anderen nichts zu tun haben. Geldverschwendung, dass wir es behalten, wenn du mich fragst.«

Während er sprach, drehte sich die Henne um, als würde sie den Anblick der anderen nicht mehr ertragen. Ich musste lächeln. »Vielleicht ist sie nur introvertiert.«

Er warf mir einen belustigten Blick zu. »Es ist nur ein Huhn.«

»Na und? Tiere können auch Charakter haben. Ist doch irgendwie schön, wenn sie so sehr sie selbst ist.«

»Hm«, machte Jacob und drehte sich ganz zu mir um. Er ließ den Blick über mein Gesicht wandern und blieb an meinem Mund hängen. Ich blinzelte und sah wieder in den Stall. Womöglich hatte Maxton doch ein klein wenig recht gehabt. Ich war eindeutig aus der Übung, was das Deuten von Flirtverhalten anderer Menschen anging. Als ich plötzlich Jacobs Hand in meinem Haar spürte, zuckte ich leicht zurück.

Er hielt mir einen Strohhalm vor die Nase und lächelte. »Das lässt du lieber hier.«

Ich wich beiläufig einen halben Schritt zur Seite. »Richtig. Nicht, dass du mir das als Diebstahl auslegst.«

»Wenn du hier was mitgehen lässt, hätte ich immerhin einen Grund, dich wiederzusehen.«

Ich lachte gekünstelt. »Du meinst, vor Gericht?«

»Genau. Aber wenn du nicht darauf bestehst, könnten wir es auch mit einem entspannteren Etablissement probieren. Ein Pub zum Beispiel?« Er hob fragend die Augenbrauen, und ich musste mich davon abhalten, den Mund zu verziehen.

Jetzt konnte nicht einmal ich leugnen, in welche Richtung das hier führte. Nicht, dass ich prinzipiell ausschloss, mich mit jemandem zu verabreden. Aber wollte ich mit einem Typen ausgehen, der sich vor wenigen Minuten über die Mulberry Mansion, meine Mitbewohner und mich lustig gemacht hatte und der noch dazu eine Rolex trug und das Wort *Etablissement* ohne einen Hauch Belustigung verwendete?

»Du weißt, dass ich nicht in deiner Stadt wohne, ja?«, fragte ich gedehnt.

Er ließ mich keine Sekunde aus den Augen. Ich war sicher, dass ihm nicht entging, dass ich rot wurde – was er vermutlich als Verlegenheit auffasste, aber tatsächlich eher ein Zeichen meiner Überforderung war. »Für den richtigen Anreiz bin ich bereit, sehr weite Fahrtwege auf mich zu nehmen.«

»Ich fürchte, das ist zu viel Druck für mich. Wer gibt dir das Benzingeld zurück, wenn es eine Enttäuschung wird?«

Er schüttelte den Kopf, sein Blick lag schon wieder auf meinem Mund. »Kann ich mir nicht vorstellen.«

Ich drehte den Kopf zur Seite und fixierte das introvertierte Huhn. Ich hätte gerade gern mit ihm getauscht. »Jetzt verstehe ich, warum ihr uns eingeladen habt. Das ist so eine Art Speed-dating, richtig? Macht ihr das mit allen Häusern?«

Jacob lachte. »Du bist knallhart, was?« Er hob ergeben die Hände. »Na gut, ich mache dir einen Vorschlag: Ich gebe dir meine Nummer, und entweder du rufst an oder du tust es nicht. Ich werde dich nicht unter Druck setzen. Aber du solltest schon wissen, dass du mir das Herz brichst, wenn du es nicht tust. Und es ist ein gutes Herz. Meine Großmutter sagt, ich bin ein richtig netter Kerl.«

Jetzt musste ich doch lächeln. »Du spielst echt die Großmutter-Karte?«

»Was soll ich sagen? Ich bin verzweifelt.« Er neigte den

Kopf, sodass ihm das Haar etwas in die Stirn fiel. Es wirkte ähnlich einstudiert wie Becketts typisches Flirt-Lächeln. Ich war definitiv nicht die Erste, mit der er das hier abzog. »Was sagst du, Avery? Klingt doch nach einem fairen Vorschlag, oder? Oder willst du ein Plädoyer von mir hören? Oder eins von meiner Großmutter?«

»Danke, ich passe.« Ich zögerte. Vielleicht irrte ich mich und Jacob war einfach nett. Und – rein objektiv – war mir bewusst, dass er attraktiv war. Er hatte freundliche Augen und diese Art Wangenknochenstruktur, für die Schauspieler sich in der Maske stundenlang Concealer auftragen ließen. Außerdem bedeutete ein Date nichts. Es könnte eine gute Übung sein, anscheinend hatte ich die dringend nötig. Die Frage war vermutlich nicht, ob ich mit ihm ausgehen wollte, sondern ob ich *überhaupt* mit jemandem ausgehen wollte. Meine Gedanken huschten reflexartig zu Eden, und ich hasste mich so sehr dafür, dass ich meine Zweifel kurz entschlossen wegwischte. »Okay, warum nicht. Gib mir deine Nummer. Aber ich verspreche nicht, dass ich sie nicht heute noch lösche.«

Er lachte, und es klang so zufrieden, dass ich meine Entscheidung schon bereute. »Knallhart, ehrlich und bildschön. Ich werde mich in dich verlieben, es ist unausweichlich. Gib mir mal deine Hand.«

Ich streckte sie ihm langsam entgegen, bevor ich den Stift in seiner bemerkte. Den er natürlich rein zufällig dabeigehabt hatte. Gott, es war so albern, dass ich auf diese Masche einging. »Ich habe übrigens ein Handy«, ließ ich ihn trocken wissen.

Er grinste mir verschmitzt zu. »Aber eine Nummer zu löschen ist nur ein Klick. Sie dir von der Hand zu schrubben benötigt mindestens drei Lagen Seife und ziemlich viel Geduld. Genug Zeit, es dir anders zu überlegen.«

Ich schüttelte den Kopf und bemerkte da erst, dass sich das

Licht im Stalleingang verändert hatte. Als ich mich dorthin wandte, erstarrte ich. Eden stand in der geöffneten Tür und sah zu uns hinüber. Er hatte die Hände in den Hosentaschen, mir fiel trotzdem auf, dass sie zu Fäusten geballt waren. Sein Gesicht wirkte dennoch wie gewohnt ausdruckslos.

»Wir wollen langsam los. Kommst du?«

Ich spürte, wie sämtliche Farbe aus meinen Wangen wich, als ich seinem Blick zu meiner Hand folgte. Meiner Hand, die in Jacobs lag, während der konzentriert die letzten Ziffern schrieb. »Ja. Klar. Moment nur.«

Jacob ließ mich los und lächelte mich an, als hätte er Eden nicht bemerkt. »Ruf mich an, okay?«

Ich räusperte mich. »Danke für die Einladung und die Führung.«

Er grinste breiter. »Sag, dass du es dir überlegst.«

Ich glaubte zu sehen, dass Eden die Augen verdrehte, aber als ich ihm einen Blick zuwarf, hatte er sich schon umgedreht und verließ den Stall. »Ich sage Auf Wiedersehen«, meinte ich und winkte Jacob zu, ehe ich Eden folgte.

Jacobs Lachen folgte mir. »Mehr wollte ich nicht hören!«

Eden war schon auf halber Strecke Richtung Villa, als ich es schaffte, ihn einzuholen. Er starrte so stur geradeaus, dass ich nicht sicher war, ob er meine Anwesenheit überhaupt wahrgenommen hatte. Wir schwiegen, während wir das Haus umrundeten und auf den Kiesplatz zusteuerten, auf dem unsere Autos parkten. Ich erkannte May auf dem Fahrersitz ihres Wagens und Sienna daneben, Helen und Beckett lehnten von außen dagegen und unterhielten sich. Maxton stand ein paar Schritte von seinem Auto entfernt und musterte die umliegenden Bäume, als würde er ihren Zustand analysieren. Ich konnte nur hoffen, dass er Willow ebenfalls aus dem Haus geholt hatte.

Bei dem Gedanken, gleich anderthalb Stunden mit Eden in einem Auto zu sitzen, wurde mir fast so übel wie auf der Hinfahrt. Es war eine Sache, wenn er mich ignorierte, eine andere, wenn er offensichtlich sauer war. Es gab keinen Grund dafür, aber ich hatte das Gefühl, mich rechtfertigen zu müssen. »Ich wusste nicht, dass wir schon zurückfahren wollen. Sonst hätte ich mich beeilt«, sagte ich leise, als wir gut zehn Meter vom Auto entfernt waren.

»Wenn du bleiben willst, nur zu. Es findet sich bestimmt ein Bett für dich.« Edens Stimme klang so feindselig, dass ich die Stirn runzelte. Er war zwar oftmals nicht sonderlich nett zu mir, aber das hier war zu extrem. Er gab sich nicht mal Mühe zu verbergen, dass er wütend war.

Ich machte einen Schritt vor ihn und zwang ihn damit, anzuhalten. »Okay, lassen wir das. Was ist los mit dir?«

Er lächelte unecht. »Nichts. Ich finde es nur ein bisschen beschissen, dass wir seit zehn Minuten auf dich warten, während du dich mit irgendeinem Kerl im Heu herumtreibst.«

Fassungslos starrte ich ihn an. »Bitte *was*?«

Eden deutete auf meine Haare, und als ich danach tastete, spürte ich einen weiteren Halm. Mit erhitzten Wangen zog ich ihn hinaus und warf ihn auf den Boden. »Ich habe nicht … und selbst wenn, wieso bist du wütend?«

Er öffnete mehrmals den Mund, ohne etwas zu sagen. Dann runzelte er die Stirn und sah an mir vorbei. »Bin ich nicht. Nur überrascht. Ich hätte nicht gedacht, dass er dein Typ ist.« Da schwang noch immer unterdrückte Verachtung mit, und das machte mich selbst so wütend, dass ich reflexartig einen Schritt auf ihn zumachte.

»Weil er im Gegensatz zu dir kein gefühlskalter Idiot ist? Stell dir vor: Manchmal lernt man aus seinen Fehlern.«

»Der Typ ist auch ein Idiot, glaub mir.«

Ich zuckte mit den Schultern. »Vielleicht, keine Ahnung. Ich kenne ihn nicht, und du tust das auch nicht. Aber darum geht es doch auch gar nicht. Du hast kein Recht darauf, überhaupt eine Meinung dazu zu haben. Zu ihm. Zu mir. Zu dem, was ich potenziell mit irgendwem tue. Weder im Heu noch sonst wo.« Ich sollte aufhören – ich wusste das. Aber ich *konnte* nicht. Weil wir zum ersten Mal seit Tagen wieder richtig miteinander sprachen und weil ich so wütend auf ihn war. Nicht nur wegen der Aktion, als er mich quasi im Regen stehen gelassen hatte, sondern wegen allem. Er konnte nicht so tun, als wäre zwischen uns nie etwas gewesen, und dann so was abziehen. »Ich meine, ernsthaft: Mit wie vielen Frauen hast du geschlafen, seit wir getrennt sind?«, schob ich deshalb betont gleichgültig hinterher.

»Und du?«, entgegnete er im selben Tonfall.

Ich lächelte schmal. »Mit Frauen? Keiner. Obwohl es da diesen sehr intimen Moment auf der Erstsemesterparty mit einer Kommilitonin gab, als ich ihre Haare gehalten habe.«

Ich kniff die Augen zusammen, um ihn besser fixieren zu können. Über dem Kies schwebte Nachmittagsnebel, aber das blanke helle Haus in seinem Rücken hob Edens dunkle Silhouette deutlich ab. Seinen dunklen Blick leider auch.

»Wieso fragst du so was, Avery?«, erwiderte er nach einer kurzen Pause tonlos.

»Vielleicht interessiert es mich.« *Vielleicht will ich, dass es wehtut. Weil ich mich an den Schmerz erinnern muss, um das Gute auszublenden.* »Jetzt antworte mir«, forderte ich und dachte: *Bitte antworte nicht.*

»Ich werde darauf nicht antworten.«

»Wieso nicht? Ich kann dir gern sagen, mit wie vielen Männern ich …«

»Ich will das nicht hören – okay?«, fiel er mir barsch ins Wort und wich einen Schritt von mir zurück.

Herausfordernd ging ich ihm nach. »Wieso nicht?«

»Weil es egal ist. Es spielt keine Rolle. Du konntest schlafen, mit wem du willst, und das kannst du immer noch.« Er deutete hinter sich und lächelte grimmig. »Am besten bleibst du wirklich gleich hier. Er hat bestimmt ein schickes Motorrad, mit dem er dich danach nach Hause fahren kann.«

»Vielleicht mache ich das ja.«

Edens Kiefermuskulatur spannte sich an, er zuckte mit den Schultern. »Gut.«

»Gut«, zischte ich zurück.

»Ich werde jetzt nicht noch einmal ›gut‹ sagen«, stieß er zwischen zusammengepressten Zähnen hervor.

»Tja, ich schon: *Gut!*«

Ich wusste selbst, wie kindisch ich mich gerade benahm, aber ich war so wütend, dass mir auch das egal war.

Ein Räuspern hinter mir ließ uns auseinander- und herumfahren. Maxton stand jetzt direkt neben seinem Wagen und bedachte uns mit einem undeutbaren Blick. »Kommt ihr?«

Ich presste die Lippen aufeinander und ging auf das Auto zu, auf dessen Rücksitz ich Willow erkennen konnte. Sie hob die Hand und winkte mir mit einem Pflanzenarm zu, ein unverschämt breites Grinsen im Gesicht.

Bevor ich das Auto erreichen konnte, überholte Eden mich und öffnete die Beifahrerseite. »Avery fährt mit den anderen«, sagte er entschieden, ehe er einstieg und die Tür zuknallte.

Fassungslos verharrte ich auf dem Kiesplatz und starrte ihn durch die Scheibe an. Wut und Trotz schwappten in mir hoch, aber ich stemmte mich dagegen und ging an Maxtons Wagen vorbei. Ich würde Eden keine Szene machen, auch wenn sein Verhalten das verdient hätte. Nicht nur eine Szene, sondern gleich ein ganzes Drehbuch.

Als ich Mays Auto fast erreicht hatte, hörte ich, wie sich eine Tür von Maxtons öffnete. Und dann war da Maxtons Stimme, leise und unzufrieden. »Musste das echt sein?«

Das war eine verdammt gute Frage.

11. Kapitel

AVERY

Fluchend versuchte ich, am Treppenabsatz mit der Ferse in den Schuh zu rutschen, bevor ich in den Flur in Richtung Küche bog. Ein Blick auf meine Handyuhr bestätigte, dass ich verdammt spät dran war.

Das war das dritte Mal diese Woche, dass ich über meiner Unilektüre eingenickt war. Was auch daran lag, dass ich in den Nächten meistens schlecht schlief. Jedes Mal, wenn ich abends meinen Wecker am Handy einschaltete, dachte ich an Lexis Chat, der unbeantwortet auf einen Moment der Schwäche wartete. Ich dachte auch an den Namen meiner Mutter, der in der Anrufliste immer ganz oben blieb. An die kleine rote Zahl dahinter, die mit jedem Tag höher wurde. So wie das Engegefühl in meiner Brust, das anschwoll, bis ich das Gefühl hatte, an mir selbst zu ersticken. Also verließ ich an den meisten Abenden das Bett wieder, riss das Fenster auf und nahm meine Uni-Unterlagen vom Beistelltisch, den ich als Schreibtischersatz nutzte. Mittlerweile hatte ich außerdem einen großen, halb zerfledderten Teppich vom Dachboden auf den Dielen liegen und in dem Antiquitätengeschäft in der Innenstadt eine Kommode und ein Stehregal gekauft. Beckett hatte mir die Möbel in die Villa gefahren und beim Aufstellen geholfen. Gemeinsam mit den Lichterketten, die May mir gegeben und die ich über dem Bett angebracht hatte, konnte man mein halb leeres Zimmer schon fast als »minimalistisch« und nicht mehr als »traurig« verkaufen.

Nur auf einen richtigen Schreibtisch hoffte ich noch, allerdings konnte ich mir den momentan nicht leisten. Zwar zahlten wir kaum Miete und konnten einen Teil des Renovierungsbudgets auch für unsere Lebensunterhaltskosten nutzen, doch da ich die Überweisungen meiner Mutter seit Monaten kommentarlos zurückschickte, lebte ich mehr oder minder von meinem Erbe und Erspartem. Und das würde nicht mehr lang gut gehen. Ich hätte mir einen Job suchen müssen, doch momentan wusste ich nicht, wann ich dazu Zeit aufbringen sollte. Neben dem Vor- und Nachbereiten meiner Kurse und den Arbeiten an der Villa blieb kaum Zeit für irgendetwas. Im Grunde war es ganz praktisch, dass ich so schlecht schlief und meine Nächte damit verbringen konnte, in meine Bettdecke gehüllt in der Erkerausbuchtung zu lernen. Ich mochte das Gefühl, fast unter den Sternen zu sitzen, und der permanente, zarte Luftzug klärte meine Gedanken. Halbwegs zumindest.

Zwischen allen Absätzen dachte ich an Eden. Seit unserem Streit beim Castle of Marble redeten wir so gut wie gar nicht mehr miteinander. Das war zwar erst knapp eine Woche her, aber es fühlte sich länger an. Ich hatte das Gefühl, dass sich etwas in mir anstaute, je öfter ich mit ihm und seinem schweigenden Gesicht in einem Raum war. Leider war da nicht nur Wut, sondern auch tief gehende Frustration. Und ich hasste es, weil ich genau wusste, woher sie kam: Ich suchte nach einem Weshalb. So, wie ich es damals getan hatte, vergebens.

Ich musste Eden nicht verstehen, ich musste es nur schaffen, sein damaliges Ich von seinem jetzigen abzuspalten. Ich war sicher, dass ich ihn dann loslassen könnte, weil da nichts mehr wäre, rein gar nichts, an dem ich mich festhalten wollen würde.

Vielleicht würde ich dann besser schlafen, während er zwei Zimmer weiter in seinem Bett lag. Und dann würde ich nicht mehr ständig tagsüber einnicken, wenn ich eigentlich Wichtigeres zu tun hatte.

Die letzten zwei Stunden hatte ich verschlafen, statt mich um die Nachbereitung der Strafrechts-Vorlesung zu kümmern. Jetzt war es fast sechs, und ich würde definitiv zu spät kommen, wenn ich auf den nächsten Bus wartete.

»May?«, rief ich auf gut Glück, als ich den Teil des Flurs erreicht hatte, von dem Küche, Esszimmer und Wohnbereich abgingen. Es war zwar Freitagabend, und ich wusste, dass einige der anderen noch nicht da oder schon wieder weg waren, aber ich hatte vorhin eindeutig Mays Stimme durch das Haus wehen hören – so freundlich und warm, als würde eine Heizung anspringen. In neunzig Prozent der Fälle fand man May in den Aufenthaltsräumen, wenn sie in der Villa war. So, als würde sie permanent damit rechnen, dass einer von uns mit einem Problem zu ihr kommen würde. Was ich, zugegeben, gerade vorhatte.

»Ja?«, kam ihre Antwort prompt aus der Küche.

»Kann ich mir heute Abend dein Rad leihen? Ich hab mir zwar eins auf diesem Flohmarkt besorgt, aber der Reifen ist schon wieder platt, und ich fürchte …« Weiter kam ich nicht, weil ich nicht nur über die Türschwelle stolperte, sondern mit dem Blick auch über Eden.

Er stand Gemüse schneidend an dem Küchentresen, den er vor ein paar Tagen parallel zur Kochzeile aufgestellt hatte. Eden und Helen hatten ihn aus alten Holzbrettern zusammengebaut und mit Hockern versehen, die wir auf dem Dachboden gefunden hatten.

Mittlerweile hatten wir das Gerümpel durchgesehen und sortiert: was davon wir im Haus nutzen konnten, wofür wir vorerst keine Verwendung hatten und was entweder irreparabel oder so zwecklos war, dass wir es direkt entsorgten. Außerdem gab es einige Truhen und Koffer voll von alten Fotos, Briefen und Unterlagen, für die wir zwar keinen Nutzen hatten, bei denen es uns aber unmöglich erschien, sie wegzuwerfen. Ohne all die Sachen wirkte der Dachboden sogar größer als zuvor, gleichzeitig reduzierte sich jeder Moment in der Leere noch unangenehmer auf Eden und mich. Vor zwei Wochen hatten wir mit den Arbeiten zur Zwischensparrendämmung begonnen. Obwohl Eden die körperlich anstrengenderen Arbeiten übernahm, schmerzten meine Muskeln nach jedem Treffen dort oben. Sogar die meines Gesichts, weil ich permanent den Mund zusammenpresste, um Eden genauso gekonnt zu ignorieren wie er mich.

Auch jetzt streifte mich sein Blick nur kurz, ehe er sich wieder auf die Karotten vor sich konzentrierte.

»Klar«, erwiderte May und lächelte zu mir auf. Sie saß am Küchentisch, die in dicke Wollsocken gepackten Füße auf den Stuhl gezogen. Auf dem Holz vor ihr lagen etliche getrocknete Blumen, die sie zu kleinen Sträußen zusammenband. »Es steht vorm Haus. Gehst du aus?«

»Ähm, ja.« Ich fasste meine Haare im Nacken zusammen und band sie zu einem Knoten. »Ich treffe mich mit ein paar Kommilitonen. Wir gehen erst was trinken und dann zu einer Sportveranstaltung an der Uni. Meisterschaftsauftaktspiel oder so was?«

Julia hatte so viel und schnell geredet, dass ich sie nicht richtig verstanden hatte. In den letzten Wochen hatten sie und die anderen mich oft eingeladen, und bis auf einen Abend im *Epilogue* hatte ich bisher immer abgesagt. Eine Tatsache, die ihr durchaus auffiel, wie sie ständig betonte. Also hatte ich diesmal nachgegeben, auch wenn ich eigentlich keine Lust hatte.

May klemmte sich das Geschenkband zwischen die Zähne, um ein Stück abzuschneiden. »Klar. Das Rugbyspiel.«

Ich hielt inne und umklammerte den Stuhl vor mir so fest, dass eine Holzkerbe in meinen Finger drückte. Der Schmerz pochte sanft und half mir, nicht den Faden zu verlieren. »Kann sein«, brachte ich hervor, obwohl ich das Gegenteil dachte. Das konnte nicht sein. Nicht Rugby. Ich hatte mit Fußball, Handball oder Basketball gerechnet, nicht mit Rugby. Wenn ich das gewusst hätte, hätte ich nie zugestimmt, mitzugehen.

Ich schluckte schwer und bemerkte Edens Blick, der aufmerksam auf mir lag. Zu aufmerksam. Ich wusste genau, was er gerade dachte, was er mir sagen wollte: *Du solltest da nicht hingehen. Tu dir das nicht an.*

Und er hatte recht, aber er hatte gleichzeitig kein Recht mehr dazu, rechtzuhaben. Mich so gut zu kennen. Dinge über mich zu wissen, die niemand wissen durfte. Weder meine neuen Mitbewohner noch meine neuen Kommilitonen.

Also starrte ich fest zurück. »Was?«, fauchte ich.

Er zog die Augenbrauen hoch, zuckte dann aber mit den Schultern. »Nichts. Viel Spaß.«

»Vielen herzlichen Dank, Eden.«

Mein Herz pochte so heftig, dass ich meine eigenen Worte kaum verstand. An Mays Blick konnte ich dennoch ablesen, dass mein Tonfall ziemlich bissig gewesen war.

Ohne ein weiteres Wort verließ ich die Küche und die Villa. Auf dem Weg nach Windsbury kämpften die verschiedensten Emotionen in mir. Allen voran Angst – und Wut darüber, dass sie da war. Na und? Dann war ich eben auf dem Weg zu einem Rugbyspiel. Es war lang her, dass mir das das letzte Mal passiert war. Es war *ewig* her. Entschieden biss ich die Zähne aufeinander und trat schneller in die Pedale. *Es ist ewig her, Eden. Hörst du?*

Ich war nicht mehr seine Freundin, und ich war nicht mehr das Mädchen, das er gekannt hatte. Ich war jetzt besser und stärker und … normaler. Ich brauchte niemanden, der mir sagte, was ich konnte oder wollte. Ich entschied es selbst, und ich *wollte* zu diesem Spiel gehen.

Wie schlimm konnte es schon werden?

Es war schlimm. Es war laut, voll, bunt, eine vollständige Reizüberflutung: Bier- und Popcorngeruch, Rufe und blecherne Musik, die über die Lautsprecher an den Ecken des Feldes ausgestrahlt wurde, ein Tanz-Team, das auf dem Rasen eine Choreografie aufführte, unzählige Menschen auf der Tribüne in burgunderroten Klamotten, weil das anscheinend die Farbe *unseres* Teams war. Ich trug Schwarz und war nicht nur deswegen völlig fehlplatziert. Es kam mir so vor, als wären sämtliche Studierende der WU heute hergekommen, aber ich fühlte mich so schrecklich allein und auf mich selbst zurückgeworfen – nein, *in* mich.

Du bist normal, du bist gesund, dir geht es gut. Das ist alles nur in deinem Kopf. Es ist nicht real. Es kann dir nichts tun. Dir wird nichts passieren.

Ich sagte mir die Worte wieder und wieder, doch mit jedem Mal nutzten sie sich ab, als wären meine Gedanken Schleifpapier, die den Buchstaben die Bedeutung abrieben. Denn wenn man sich einreden musste, dass man normal war, dann war man es nicht.

Ich hatte in der Bar nur Ginger Ale getrunken, trotzdem fühlte ich mich seltsam benebelt. Mein Kopf dröhnte bereits nach wenigen Minuten, nachdem wir das Feld hinter dem Sportlerinstitut der Uni erreicht und uns auf die Tribüne gesetzt hatten. Neben Julia, Isaac und Nate waren auch ein paar Freunde der drei mitgekommen, deren Namen ich mir nicht gemerkt hatte. Ich kannte einige von ihnen aus unseren Vorlesungen, aber bisher hatte ich mich kaum mit ihnen unterhalten. Und heute würde sich das nicht ändern.

Schon in der Bar hatte ich ihn gespürt. Diesen Knoten in meinem Bauch, der sich mit jeder Minute weiter ausdehnte. Seit wir das Feld erreicht hatten, drückte er in meinen Magen und auf meine Lunge. Das hier war die Angst vor der Angst, und vielleicht war sie noch viel schlimmer und mächtiger als alles andere.

Mir war so übel, und ich hätte alles dafür gegeben, zu gehen. Aber wie seltsam hätte es gewirkt, das Spiel zu verlassen, ehe es angefangen hatte? Wie seltsam hätte *ich* gewirkt? Ich wollte das nicht. Ich wollte so sein wie all die anderen um mich herum. Die, die sich seit Tagen auf dieses Spiel gefreut hatten, die sich nichts Schöneres vorstellen konnten, als auf kühlen Plastiksitzen zu verharren und wildfremden Menschen dabei zuzusehen, wie sie einem Rugbyball hinterherjagten.

Ich wollte mir selbst beweisen, dass ich das hier konnte. Und deswegen verwendete ich meine ganze Konzentration darauf, sitzen zu bleiben und zu funktionieren. Atmen, lächeln, nicken, überallhin sehen, nur nicht auf das Feld. Meine Überlebensstrategie hielt genau so lang, bis der Anpfiff ertönte.

»Warst du schon mal bei einem Spiel?«, fragte Isaac mich und hielt mir seine Popcorntüte hin.

Ich lehnte dankend ab und schob die Hände unter meine Oberschenkel. »Nein. Das ist nicht so … mein Ding.«

»Meins eigentlich auch nicht, ich komm nur her wegen der Snacks.« Er grinste und warf sich eine Handvoll in den Mund. »Ich kann mir die Regeln nie merken«, fuhr er mit vollem Mund fort. »Und dann ist dieses Spiel auch noch so unfassbar brutal. Ich erinnere mich an keine Partie, bei der sich nicht irgendjemand irgendetwas gebrochen hat.«

Und mehr brauchte es nicht für einen Anfang vom Ende: seine Worte und schaler Popcornduft in meiner Nase. Ich hätte mich gern übergeben. Mein Puls beschleunigte sich, in meinem Nacken bildete sich kalter Schweiß.

Gott, bitte nicht. Bitte, bitte nicht.

Am Feldrand schrie der Trainer irgendetwas, und Isaac wandte sich wieder nach vorn. Und ich saß mit zusammengebissenen Zähnen auf meinem Platz und versuchte meine Atmung zu kontrollieren.

Zwei Sekunden einatmen, vier Sekunden ausatmen, zwei Sekunden … Es klappte nicht. Mein Atem wurde schneller, meine Gedanken auch. Sie rutschten mir haltlos durch die Finger, wenn ich versuchte, sie zu greifen und zu ordnen.

Alles war plötzlich auf Anschlag hochgedreht. Das Licht der Feldbeleuchtung war neongelb und beißend, das Bier in Isaacs Becher roch abgestanden, Julias Lachen klang kopfschmerzgrell. Jemand hinter mir fluchte, Popcorn flog an meinem Kopf vorbei, ein Paar zwei Reihen unter mir stritt sich heftig gestikulierend. Eine tiefe Stimme hallte aus den Lautsprechern, ich gab mir keine Mühe, sie zu verstehen. Ich versuchte einfach, alles auszublenden.

Denk an etwas Helles, an etwas Gutes, an etwas Schönes.

Erinnerungen an meine Eltern, an Lexi und – ich hasste es – sogar welche an Eden durchzuckten mich, ich schob sie alle beiseite. Ich brauchte Erinnerungen, die reiner waren, deren Licht nicht durch spätere gedimmt wurde. Aber da … war nichts. Nichts, was hell genug gewesen wäre.

»Whoa«, machte Isaac neben mir, und als ich blinzelte, sah ich, wie er sich in die geballte Faust biss. »Das muss höllisch wehgetan haben. Fuck, seine Nase. Ist es normal, dass das so schnell blutet?«

»Guck dir lieber mal seinen Fuß an. Ich bin zwar keine

Ärztin, aber darf ein Bein so verdreht sein?«, fragte Julia skeptisch.

»Siebzehn Minuten«, hörte ich Nate von rechts, »wer von uns hat auf unter zwanzig gesetzt?«

Ich sah nach wie vor nicht nach vorn, doch das musste ich auch nicht. Das Bild war in meinem Kopf. Ein Geschwür, das innerhalb von Sekunden alles, alles überdeckte.

Verzerrte Muskeln, gebrochene Knochen, schwarzrotes Blut. Schmerz, Schmerz, Schmerz.

Mein Atem wurde flacher, Magensäure stieg meine Speiseröhre hoch, ich schluckte mehrmals. Der Geschmack blieb trotzdem, so wie die Kopfbilder. Und ich wusste, der Film würde bald weiterlaufen, und ich wusste, wusste, wusste, ich würde die nächste Szene nicht ertragen.

»Ich geh mal kurz und …« Ich beendete den Satz nicht, aber die anderen schienen es nicht zu bemerken.

Isaac winkte mir nach, der Rest löste seine Blicke nicht vom Spiel. Ich grub die Finger in den Saum des Pullovers und verließ die rote Tribüne, indem ich über etliche Beine und Taschen stolperte. Jemand schüttete Bier auf meine Hose, mehr als eine Person rief mir etwas hinterher, ich realisierte nichts davon.

Alles wird gut, du schaffst das, du musst nur weg hier.

Meine Gedankenworte waren zu leise, um die anderen zu verdrängen. Bevor ich den Ausgang erreicht hatte, waren sie da. Groß und dunkel und pechverschmiert.

Ein Schlag ins Gesicht ließ ihn zu Boden gehen. Anschließend wurde mehrfach auf ihn eingetreten. Rücken, Unterleib, Magen.

Mir wurde schwindlig, mein Blick wurde zu einem winzigen Tunnel. Ich rempelte mehrere Menschen an, während ich in Richtung Ausgang lief, jemand ließ wegen mir seine Nachos fallen, Käse spritzte auf meine Schuhe, jemand anderes rief mir etwas Ungehaltenes nach. Ich ging ohne innezuhalten geradeaus. Schritt für Schritt für Schritt, während etwas in mir anwuchs, das immer mächtiger sein würde als ich.

Durch den Sturz und die Gewalteinwirkungen wurden eine Reihe von inneren Verletzungen und Blutungen ausgelöst.

Der Ausgang zum Parkplatz tauchte vor mir auf. Das rot flackernde Schild der Anzeigetafel brannte in meinen Augäpfeln, ich presste eine Hand davor.

Trotz einer Reihe von Not-Operationen verstarb das Opfer nur wenige Stunden nach dem Tatvorgang.

Ich schaffte es gerade noch, mich an der Backsteinwand des Sportinstituts abzustützen, bevor ich mich übergab. Es dauerte Minuten, bis mein Magen sich nicht mehr zusammenzog, aber der Schwindel ebbte nicht ab. Die Worte wiederholten sich in Endlosschleifen in meinem Kopf, alles drehte sich. Der Parkplatz verschwamm im Laternenlicht vor meinen Augen, Erinnerungsfetzen schoben sich davor. Weiße Krankenhausflure, das Piepsen der Maschinen, der Geruch nach Desinfektionsspray und Tod. Lexis kühle Hand in meiner, ihr Schluchzen in meinem Ohr, mein Herz, das sich so winzig anfühlte. Als wäre ein riesiger Teil von ihm abgefallen, als ich das Krankenhausbett sah. Und ihn darin.

Geschlossene Augen, bleiche Haut, bandagierter Kopf, tausend Schläuche, aber ich sah nur auf seine Hände. Die Hände, die mich auf der Schaukel im Garten immer wieder angestoßen hatten. Die Hände, die das Lenkrad meines Fahrrads gehalten hatten, als ich das erste Mal fuhr. Die Hände, die Kiesel aus meinem offenen Knie zogen, ungefähr fünf Minuten später. Die Hände, die immer ein Zuhause gewesen waren. Die Hände meines Vaters.

In diesem Moment, auf dem Parkplatz der Uni, nur ein paar Meter von diesem lauten, gut besuchten Spiel entfernt, spürte ich es immer noch. Dieses Fallen, das sich nach Aufschlagen anfühlte. Ich kniff die Augen zusammen, aber die Welt drehte sich trotzdem zu schnell weiter. Alles bestand aus flackerndem Blau, Krankenhausweiß und Blutrot.

Mein Atem wurde noch schneller und flacher, in meiner Brust zog sich alles zusammen. *Das ist nur Panik, kein Herzinfarkt. Panik. Nur Panik. Nur …*

Die Hitze flammte auf und schluckte die Worte. Ich zerrte mir die Jacke von den Schultern und ließ sie fallen, glühte trotzdem. Ich rutschte an der Backsteinwand hinab und tastete nach meiner Tasche, aber meine Finger waren taub. Der Henkel entglitt mir, meine Wahrnehmung auch.

In diesem Moment war ich so sicher, dass ich sterben würde. Hier und jetzt. Auf einem Parkplatz. Fast so wie er.

»Avery?«

Die Stimme fuhr zwischen meine Gedanken, aber ich bekam sie nicht zu fassen. Ich presste die Handballen auf meine Augäpfel und rang nach Luft. Löste eine Hand und zerrte am Kragen meines Pullovers, obwohl ich wusste, dass die Enge aus mir kam. Die Erinnerungen schnürten mir mit wortbesetzten Handschuhen die Kehle zu.

»Avery.« Lauter jetzt, dunkler. Hände an meinen Knien, an meinen Handgelenken. »Hörst du mich, Ever?«

Dieses kleine Wort war ein Strohhalm. Ich atmete ein, aber es war zu wenig Luft. Mir war so schwindlig. Mein Magen rumorte, mein Mund schmeckte nach Galle. Ich spürte den kalten Schweiß, der sich überall ausbreitete.

»Sieh mich an, Ever.« Eine Berührung an meiner Wange, ein Daumen, der über meine Haut strich. Da war Feuchtigkeit auf meinem Gesicht, und ein Atem, der nicht meiner war.

Benommen riss ich die Augen auf. Verschwommenes Parkplatzgrau, davor, schärfer und heller, Silbergrau in zwei Augen gegossen.

Edens Blick flackerte über mein Gesicht. Was immer er sah, trieb ihm Sorgenfältchen auf die Stirn. Ich wollte sie wegwischen, aber meine Hände zitterten zu sehr. Mein Körper fühlte sich fremd und irgendwie falsch zusammengesetzt an.

»Okay«, sagte er ruhig. »Ich bin jetzt da. Es ist okay.« Er löste seine Hand nicht von meinem Gesicht, während er mit der anderen in seine Jackentasche griff. Das Nächste, was ich spürte, waren die Stöpsel seiner Kopfhörer, die er mir sanft in die Ohren drückte.

Ich wollte etwas sagen wie: *Ich brauche keine Musik, ich brauche Luft.* Doch da setzte das Rauschen schon ein.

Die Welt um mich herum wurde verschluckt, die in meinem Kopf auch. Da war nur noch der Regen, der gegen meine Ohren prasselte, als wären es Fensterscheiben.

Nur vage nahm ich wahr, dass Eden nach meiner Hand griff und sie an seine Brust legte. Und dann war da sein Herz. Sein Herz, das so kräftig und stark schlug. Das Pochen kroch unter die Taubheit meiner Finger. Mit jedem Schlag spürte ich, wie die Wellen der Übelkeit und Panik in mir abflachten. Seine andere Hand lag noch an meiner Wange und sein Blick auf meinen Augen. Er bewegte die Lippen nicht, aber ich verstand, was er sagte: *Sieh mich an. Ich bin da. Ich bin genau hier, bei dir. Sieh mich einfach nur an.*

Ich wusste nicht, wie lang wir dort saßen. Die Zeit zerfloss und die Enge mit ihr. Irgendwann waren die Erinnerungen ein dunkler Schleier, der sich in eine verborgene Ecke meines Bewusstseins zurückzog. Ich spürte meinen Körper wieder und realisierte, wo ich mich befand. Und wer da keine zwanzig Zentimeter vor mir saß und mich mit seinen Händen und seinem Blick festhielt. So wie damals. Als wäre er nie weggewesen.

Mit meiner freien Hand griff ich nach den Kopfhörern und zog sie heraus. In der Ferne war das Gejubel der Zuschauer zu hören, die Spielansage waberte blechern über die Gebäude hinweg. Ich war dankbar dafür, dass ich nichts verstand.

»Hi«, sagte Eden leise. Ich fühlte seinen Herzschlag unter meinen Fingern, er hatte sich auch beruhigt.

»Hi«, erwiderte ich kratzig.

»Geht's wieder?«

Ich nickte. »Glaube schon.« Vorsichtig löste ich mich von Eden, auch wenn ich mich gern gegen ihn gelehnt hätte.

Er rutschte neben mich an die Backsteinwand. Seine Haut war tröstlich warm, obwohl wir beide Nebel ausatmeten. Ein paar Minuten waren wir still, dann warf er mir einen Seitenblick zu. »Du hast das hier immer noch?«

»Eher *schon wieder*.« Ich sah geradeaus auf die efeuumrankten Unigebäude. Ich konnte nur hoffen, dass es hier keine Überwachungskameras gab. »Es ist schon lang nicht mehr passiert. Aber … ich hätte nicht zu diesem Spiel gehen dürfen.«

Eden schwieg. Er sagte nicht: *Das hätte ich dir gleich sagen können.* Obwohl wir beide wussten, dass es so war.

Die erste dieser Attacken hatte ich etwa drei Wochen nach dem Tod meines Vaters bekommen, als Eden und ich uns einen Film angesehen hatten. Die Szene, die sie auslöste, war nicht einmal dramatisch. Es war eine alberne Liebeskomödie, in der zwei Männer um dieselbe Frau buhlten. Als der eine dem anderen einen Faustschlag verpasste, passierte es.

Es war so heftig, dass Eden den Notarzt anrief. Er diagnostizierte mir eine posttraumatische Belastungsstörung, verschrieb mir angstlösende Medikamente und riet mir, eine Psychologin aufzusuchen. Doch trotz Therapie passierte es weiterhin. Es brauchte nicht viel dafür: eine Schlägerei auf dem Schulhof, ein lautstarker Streit eines Pärchens, bei dem er sie grob am Arm festhielt, eine Gewaltszene in einem Buch oder Film – oder eben eine bescheuerte, brutale Sportveranstaltung.

Ich hatte mich lang gegen den Begriff »Panikattacke« gewehrt, weil ich mich in dem, was ich dazu gelesen hatte, nicht hundertprozentig wiederfand. Erst in der Therapie hatte ich gelernt, dass es keine Universalregel gab, wie oder in welcher Form solche Attacken auftraten. Genauso wenig gab es eine dafür, wie man mit ihnen umging. Jeder Körper reagierte anders, und jeder Mensch hatte andere Dinge, die ihn zurückholten. Bei mir waren das Geräusch von Regen und die Nähe eines vertrauten Menschen beruhigender als jede Atemübung der Welt.

Die Tatsache, dass Eden das noch immer wusste, trieb mir neue Tränen in die Augen. Aber in diesem Moment war es mir egal, ob Eden mich so sah. Es war mir auch egal, dass ich eigentlich wütend auf ihn war oder dass wir nicht miteinander redeten. Es war nur wichtig, dass er gerade hier war.

Eden musterte mich, und ein gequält wirkender Ausdruck huschte über sein Gesicht. Er hob die Hand, als wollte er meine Tränen fortwischen, ließ sie dann aber sinken und ballte sie in seinem Schoß zu einer Faust. »Warum wolltest du überhaupt zu diesem Spiel, Avery?«

Es tat auch nur ein bisschen weh, dass er mich wieder bei meinem richtigen Namen nannte.

»Ich wollte normal sein, schätze ich. Ich hab das hier so satt.« Frustriert grub ich die Nägel in meine bierfeuchten Knie. »Ich dachte, herzuziehen könnte ein Neuanfang sein, aber ich bin immer noch ich. So beschädigt, so … kaputt. Ich wollte nicht, dass meine neuen Kommilitonen sofort merken, wie gestört ich bin.«

»Sag so etwas nicht über dich, okay?« Er hob jetzt doch die Hand. Die Berührung an meiner Wange war flüchtig, aber sie reichte aus, um tröstliche Wärme hineinzutreiben. »Du bist weder kaputt noch gestört. Du bist nur du. Und an dir gibt es nichts, für das du dich schämen musst.«

»Nein?« Ich deutete vielsagend um mich, aber Eden verzog keine Miene.

»Nein. Und mir ist bekannt, dass du dein Müsli gern mit Orangensaft isst, also weiß ich, wovon ich rede.«

Ich musste kratzig lachen. Mit beiden Händen fuhr ich über meine Wangen, bis mein Gesicht wieder trocken war. »Danke, Eden. Für alles. Kaum zu glauben, dass du noch Regengeräusche auf deinem Handy hast.«

»Man weiß eben nie, wem man so begegnet.«

Ich lächelte schwach und ließ den Kopf gegen die Backsteinwand sacken. Schweigend musterte ich Eden. Es war erst ein paar Stunden her, dass wir uns in der Küche gesehen hatten, aber er sah ganz anders aus. Er trug mittlerweile eine Jogginghose und einen eng anliegenden Pullover. Sein Haar war feucht, seine Wangen leicht gerötet. Mir fiel die große Umhängetasche auf, die neben ihm stand.

»Warst du beim Sport?«

»Ja.« Er deutete auf das Backsteingebäude, das schräg gegenüberlag. »Der Kurs war gerade vorbei.«

»Was für einen machst du?«

Eden zögerte, dann schüttelte er den Kopf. »Nicht wichtig. Jedenfalls kein Rugby.« Er verzog den Mund, als wüsste er nicht, ob der Witz angebracht war, aber ich musste lächeln. »Was hast du jetzt vor?«, schob er hinterher. »Hoffentlich nicht, zurück zum Spiel zu gehen?«

»Kommt darauf an. Hast du Lust, den ganzen Abend hier darauf zu warten, dass ich die nächste Panikattacke bekomme?«

»Es wäre mir lieber, dich einfach heimzufahren.«

»Ach, echt?« Ich grinste mit allem an Spott, was ich aufbringen konnte. »Beim letzten Mal wolltest du das unbedingt vermeiden.«

»Das war … ich wollte nur …« Er brach ab und fuhr sich mehrmals durch das feuchte Haar, als hätte er selbst keine Erklärung mehr dafür, mich in der Bibliothek sitzen gelassen zu haben. »Lass mich dich fahren, okay?«, bat er schließlich leise. »Oder wir bleiben hier sitzen.«

»Überleg dir das gut. Ich hab da hinten hingekotzt.«

Er zuckte mit den Schultern. »Hab schon Schlimmeres gesehen.«

Ich auch, dachte ich. Dann seufzte ich und griff nach meinen Sachen. »Okay. Lass uns gehen. Ich schreib den anderen, dass ich weg bin.«

Eden stand auf und reichte mir eine Hand, um mir hoch zu helfen. Oben angekommen versagte mein Kreislauf, und ich stützte mich reflexhaft an ihm ab. Ich krallte die Finger in den Stoff seines Pullovers – eine Hand an seiner Taille, die andere wieder dort, wo sein Herz pochte.

Mein Atem wurde schwerer, als ich seinen Geruch wahrnahm. Der Duft seines Duschgels, ein Hauch Schweiß, herbes Deo und dann das, was nur Eden war. Dieser Geruch, der alles in mir zusammenziehen ließ.

Gerüche waren die mächtigsten Erinnerungsspeicher der Welt. Ein Atemzug und es war alles da. Jede Berührung, jeder Kuss, jede Sekunde Nähe, die wir geteilt hatten. Mein Körper reagierte so heftig auf ihn, als wäre keine Zeit vergangen.

Meine Lippen bebten, und ich sah zu ihm auf. Er war mir so nah, dass ich mich nur etwas hätte vorlehnen müssen, um ihn ganz zu umarmen. Nur auf die Zehenspitzen hätte wippen müssen, um ihn zu küssen. Ich wollte es tun. Ich hatte das Gefühl, es tun zu *müssen*. Und das, obwohl ich mich vor wenigen Minuten übergeben und fast in Panik aufgelöst hatte. Ich war erschöpft und fühlte mich ein wenig verloren, aber ich wollte es trotzdem. Weil Eden zu küssen immer auch mich selbst finden bedeutet hatte und weil ich das wirklich vermisste. Mich selbst. Und ihn. Uns.

Eden erwiderte meinen Blick, ohne sich zu bewegen. Da war ein dumpfes Glühen, das sich in seinem Augengrau ausbreitete. Seine Hände, die er schützend um meine Hüfte gelegt hatte, verkrampften sich, und ich spürte, dass sein Herzschlag sich beschleunigte.

Bevor ich etwas sagen oder tun konnte, blinzelte er und sah über mich hinweg. »Komm, lass uns gehen.«

Wir schwiegen während der Fahrt. Ich trank abgestandene, süße Limonade aus einer Flasche aus dem Trinkhalter und lehnte dann den Kopf gegen die Scheibe. Ich musste schwach lächeln, als Eden eine seiner typischen, viel zu ruhigen Mix-CDs anmachte. Zu den Klängen von Angus & Julia Stone gab ich der Müdigkeit nach und döste ein. Bei den ersten Tönen von Lord Huron weckte Edens Hand an meiner Schulter mich wieder auf.

»Wir sind zu Hause.«

Ich folgte seinem Blick und sah die Mulberry Mansion, die sich wie ein Scherenschnitt vor dem nachtblauen Himmel erhob. Im zweiten Stock war Licht in einigen der Fenster an, ebenso im Flur im Erdgeschoss.

»Ist es das für dich? Zu Hause?«, fragte ich heiser.

Er zögerte. »Ich wünsche mir, Ja dazu zu sagen.«

»Das beantwortet die Frage nicht.«

»Eine bessere Antwort habe ich nicht.« Er fuhr sich durch die Haare. Im Deckenlicht des Autos schimmerten sie, ebenso wie der Ausdruck in seinen Augen. Darin lag eine Erschöpfung, die mir vertraut vorkam.

Heimweh, dachte ich. *Er hat Heimweh.*

Ich hätte ihn gern danach gefragt. Nach seinem Zuhause, nach seinen Eltern, vor allem seiner Mutter. Ich wusste, wie nahe er ihr immer gestanden hatte, und fragte mich, wie sie es fand, dass er jetzt so weit weg war. Doch etwas an seinem Blick verriet mir, dass er gerade noch weniger darüber sprechen wollte als sonst schon. Also ließ ich den Moment verstreichen und sah zu, wie sich sein Gesichtsausdruck langsam wieder klärte.

»Du wirst den anderen nicht sagen, was passiert ist, oder?« Wir wussten beide, dass ich nicht nur das gerade meinte. Ich meinte die Ursache, den Auslöser, das große *Deswegen* meines Lebens.

Er schüttelte den Kopf. »Das ist allein deine Sache. Aber wenn du darüber reden willst …«

»Ja?« Ich hielt den Atem an, doch Eden brach meine Hoffnung mit dem Blickkontakt.

»… dann solltest du May davon erzählen. Sie hört gern zu.«

Ich wusste, dass er recht hatte. Vermutlich gab es nur wenige Menschen, die so gut zuhören konnten wie May. Trotzdem wollte ich lieber mit dem einen reden, dem ich seit Wochen ansehen konnte, dass er sich in meiner Nähe am liebsten die Ohren zugehalten hätte.

Ich folgte seinem Blick zum Haus. »Du magst sie, oder? Sie alle. Auch wenn du dir Mühe gibst, sie auf Abstand zu halten.«

»Manche Dinge passen einfach nicht zusammen. Das bedeutet nicht, dass ich nicht sehe, dass das da drinnen gute Menschen sind.«

»Das bist du auch«, flüsterte ich. »Ein guter Mensch.«

Edens Kiefermuskulatur spannte sich an, als zermalmte er dahinter etliche Widerworte.

Ich löste meinen Gurt und drehte mich auf meinem Sitz zu ihm. »Ich bin die letzten zwei Jahre ständig an deinem Elternhaus vorbeigegangen, weißt du? Ich hab mich so oft dabei erwischt, wie ich einen Umweg genommen habe und plötzlich in deiner Straße war. Vielleicht, weil ich dachte, dass du ja irgendwann mal zu Besuch kommen musst. Und weil ich dachte, dass ich dann wenigstens einen Blick auf dich erhaschen kann. Ich hätte nicht mal mit dir reden müssen. Ich wollte nur wissen, dass es dir gut geht. Du hast mir so wehgetan, aber das hat nichts daran geändert, dass ich dir immer nur das Beste gewünscht habe. Weil du … der beste Mensch warst, den ich je kannte.«

Meine Stimme klang belegt und ausgezehrt. Ich wusste, dass ich es morgen bereuen würde, so ehrlich gewesen zu sein, aber in diesem Moment konnte ich nicht anders. Eden war für mich da gewesen. Selbst wenn ich ihm mittlerweile nichts mehr bedeutete, hatte er mir gerade geholfen. Und genau weil er so war, würde ich nicht leugnen, dass ich nie aufgehört hatte, *so* über ihn zu denken. Vor allem dann nicht, wenn ich ihm ansehen konnte, dass er aus irgendeinem Grund nicht glaubte, selbst so über sich denken zu dürfen.

Er sah mich nicht an. Sein Gesicht wurde in der Scheibe reflektiert, die Dunkelheit seiner Augen zersetzt von dem Gold in den Fenstern der Villa. Ich hätte ihn ewig ansehen können. Und jetzt, wo mein Inneres so erschöpft und mein Herz so weich war, wusste ich eines ganz sicher: Wenn ich die Wahl gehabt hätte zwischen seinem verwaschenen Spiegelbild und jedem anderen Mann in voller Schärfe – ich hätte nicht gezögert, mich für Eden zu entscheiden.

»Es ist schön, dass du hier bist, Avery«, sagte er nach einer Weile. Mein Herz zog sich zusammen, als er mir den Blick zuwandte und lächelte. Ganz schwach nur und unendlich bitter. »Ich wünschte nur wirklich, du wärst nicht hergekommen.«

Er verließ den Wagen, ehe ich etwas dazu sagen konnte.

Ich blieb zurück und dachte über das drückende Gefühl in meinem Herzen nach. Vielleicht war das auch Heimweh. Es war seichter als eine Panikattacke, dafür permanenter. Panikattacken waren hohe Wellen, kleine Tsunamis, die alles überrollten und – zumindest kurzzeitig – eine Verwüstung zurückließen. Heimweh hingegen war wie Ebbe und Flut im Herzen. Wenn es nicht da war, dann sah man auf seine trockenen Füße und wiegte sich in Sicherheit. Aber insgeheim wusste man, dass es immer wiederkommen würde. In diesem Augenblick, in diesem Auto, umgeben von Edens unverkennbarem Geruch, stand mein Herz unter Wasser.

Orte konnten ein Zuhause sein, genauso wie Menschen. Und ich hatte beides verloren. Mein Elternhaus war kilometerweit entfernt, auf so viele Arten. Die Mulberry Mansion war nur ein hoher dunkler Gebäudeumriss, das Licht in ihr unerreichbar. Und dann war da Eden. Eden, dessen Silhouette ich vor der Villa erkennen konnte und von dem ich genau wusste, dass er auf mich wartete. Nur nicht, weil er bei mir sein wollte, sondern weil sein Pflichtbewusstsein ihn dazu drängte, mich nicht allein zu lassen.

Dabei war ich genau das. Allein. Allein mit diesem diffusen Gefühl, dass ich gerade irgendetwas verpasst hatte. Seit ich hier war, klaffte zwischen Eden und mir diese Leerstelle, die ich nicht begreifen konnte. Und jetzt, wo er mich mit ihr zurückgelassen hatte, wurde mein Heimweh so heftig, dass ich sicher war, darin zu ertrinken.

12. Kapitel

AVERY

Damals

Der Himmel bestand aus schwarzen Wolken. Mein Kopf irgendwie auch. Seit zwanzig Minuten saß ich da und versuchte, ein paar davon um Worte zu wickeln und sie auf Papier zu bringen. Dunkle Watteworte, schwere Schatten in Buchstaben gesperrt. Ich hielt mich an den dämlichen Metaphern fest, die meine Therapeutin mit mir besprochen hatte. *»Du pflückst die dunkle Wolke heraus und ziehst sie auseinander. Du knotest die Fäden ganz fest um diesen Gedanken, der so wehtut. Und dann lässt du ihn los, indem du ihn aufschreibst. Jeder Buchstabe auf Papier bedeutet ein Faden weniger in deinem Kopf.«* Und für so etwas bekam sie hundert Pfund die Stunde. Das war so bescheuert. Aber ich hatte meiner Mutter versprochen, es erst zu probieren und dann zu verurteilen.

Mein Inneres ist Gletscherblau, schrieb ich widerwillig in das Notizbuch, das auf meinem Schoß lag. *Nur der Himmel ist schwarz. Heute ist Freitag, der letzte der Winterferien und der Abend, an dem die Party für die Finanzierung des Abschlussballs stattfindet. Am Stadtrand, in den leer stehenden Lagerhallen. Seit Tagen reden die anderen davon. Immer mit glänzenden Augen und nervösem Kichern. Das ist alles so skurril, so unheimlich, so gruselig. Nervenkitzel, Herzrasen, Adrenalin. Bei so was merkt man erst, wie lebendig man ist. Blablabla. Am liebsten hätte ich sie angeschrien. Sie alle. Sie brauchen künstliche Dunkelheit, um sich an ihr Licht zu erinnern. Wenn man Gletschereis mit sich herumträgt, braucht man so was nicht. Ich ertrinke in Schwärze, ich erfriere in innerem Eis. Delilah sagt, auch wenn ich schweige, sieht man mir an, wie wütend ich bin. Sie sagt, meine Augen schreien und dass ihr das Angst macht. Mir macht das auch Angst, denke ich dann. Mir macht das alles eine Scheißangst. Aber ich lächle nur und sage: Tut mir leid, schwere Woche, schlechte Stimmung zu Hause, Bioklausur verhauen, tut mir leid, tut mir leid, tut mir leid. Was ich nicht sage, aber so laut denke, dass sie es mir vielleicht auch von den Augen ablesen kann: Tut mir leid, dass mein Vater seit fünf Monaten tot ist und ich nicht darüber hinweg bin. Tut mir leid, dass es schwer für euch ist, dass ich seitdem so anders bin. Tut mir leid, dass ihr nicht wisst, wie ihr damit umgehen sollt. Tut mir leid, dass ich über etwas reden will, das man ja eh nicht ändern kann. TUT MIR LEID, DASS ES MICH NICHT INTERESSIERT, WELCHES KLEID DU ZU DIESER BESCHISSENEN PARTY ANZIEHEN WILLST, DAMIT DICH DIESER BESCHISSENE TYP AUS DEINEM MATHEKURS WAHRNIMMT UND DIR WOMÖGLICH ENDLICH SEINE ZUNGE IN DEN HALS STECKT.*

Ich drückte so fest mit dem Stift auf, dass ich abrutschte und mir mit der Mine in den Unterarm stach. Fluchend rieb ich mit den Fingern über den dunklen Strich, der sich über meinen Venen abzeichnete. Der dumpfe Schmerz mischte sich mit dem heftigen Pochen, das ich überall spürte. Delilah hatte recht: Alles in mir schrie. Es kotzte mich an, alles kotzte mich an, ich kotzte mich an.

Ich wollte so nicht sein. Ich wollte wieder die Avery sein, die das Haus nur mit ihrer Kamera verließ, die sonntags Pancakes briet, die Stunden damit verbrachte, sich mit ihren Freundinnen für eine Party fertig zu machen. Ich wollte sie sein. Aber ich hatte sie vor fünf Monaten verloren, und je mehr Zeit verging, desto sicherer war ich mir, dass sie fort war. Ich war nur noch ein Gletschereismädchen mit einem Kopf aus schwarzen Wolken, das wütend auf die ganze Welt war und in den abgetragenen Pullovern ihres toten Vaters und den Erinnerungen an ihn versank. Keine Ahnung, wieso ich überhaupt darüber nachdachte, auf diese Party zu gehen. Meine Freundinnen luden mich noch ein, aber ich wusste, dass sie insgeheim darauf hofften, dass ich nicht mitkam. Ich verstand das. Mit mir Zeit zu verbringen war schwierig geworden. Hätte ich die Möglichkeit dazu gehabt, hätte ich mich auch gemieden.

»Was ist los?«

Ich zuckte zusammen, als Eden neben mich sank. Ich hatte nicht bemerkt, dass er vom Schreibtisch aufgestanden und zu mir ans Bett gekommen war. Er trug nur Shirt und Jeans, obwohl die Heizung in meinem Zimmer ziemlich niedrig eingestellt war. Doch wenn Eden bei mir war, war mir eigentlich auch immer warm. Trotz Januarkälte, die gegen die Fenster pochte, trotz Gletschereis, das in mir hauste.

»Nichts, alles okay.« Ich legte einen Arm über das Notizbuch und betrachtete alibimäßig die Schulhefter, die neben mir auf dem Bett verteilt waren.

»Aber du bist es nicht.«

Verständnislos sah ich zu ihm auf. »Was?«

»Du bist nicht okay.«

Ich schwieg und schob eine Strähne meines kinnlangen Haars hinter das Ohr. Vor ein paar Wochen war es noch brustlang gewesen. Bis ich mir eines Nachts im Spiegel so fremd vorgekommen war, dass ich mir meine alte Bastelschere genommen und es abgeschnitten hatte. Die Strähnen waren wirr und schief. Passend, hatte ich gedacht.

Eden tippte auf das schwarze Buch. »Wie läuft es mit der Schattenablage?«

Er sagte das Wort so neutral, als wäre nichts Albernes daran. Dabei hatte ich abfällig geschnaubt, als meine Therapeutin es das erste Mal benutzt hatte. *»Meine Gedanken sind Geschwüre«* – das hatte ich ihr vor ein paar Wochen erzählt. Fünf Minuten später hielt ich dieses Ledernotizbuch in den Händen. *»Damit sie nicht mehr in deinem Kopf herumwuchern«*, hatte sie gesagt.

Eden war der Einzige, mit dem ich über die Therapie sprach. Die anderen zuckten jedes Mal vor dem T-Wort zurück. Wenn ich es benutzte, spürte ich, wie sich eine Schicht um mich legte, die mich von den anderen trennte. *Therapie, Therapie, Therapie.* Schicht für Schicht für Schicht, bis ich das Gefühl hatte, von allem abgeschottet zu sein.

Eden schien das nie zu merken. Auch jetzt nicht. Stattdessen lehnte er sich etwas nach vorn, unsere Knie berührten sich. »Was ist? Funktioniert es?«

Ich betrachtete die Worte, die auf dem Papier zerflossen. Wenn meine Augen so brannten wie jetzt, dann waren da tatsächlich nur noch Schatten. »Ich weiß nicht.« Ich rieb mit dem Finger über die Tinte an meinem Arm. »Vielleicht werden negative Gedanken ja nur prägnanter, wenn man sie aufschreibt. Vielleicht manifestiere ich sie damit.«

»Vielleicht brauchst du auch nur einen Ausgleich.«

»Wie meinst du das?«

Eden rutschte vor mich und nahm mir das Buch ab, legte es beiseite. »Wenn du nur das Schlechte aufschreibst, dann erinnerst du dich irgendwann nicht mehr daran, dass da auch Gutes war. Und da ist immer etwas Gutes. Ich weiß, dass sich das gerade nicht so anfühlt.« Er nahm mein Gesicht in seine Hände und strich mir das wirre Haar aus der Stirn. Er hatte meine neue Frisur nie auch nur mit einem Wort kommentiert. Ich glaubte ihm, wenn er sagte, dass es ihm egal war, wie ich aussah. Weil ich spürte, dass er *mich* sah. »Aber wenn du ganz genau hinschaust, dann ist da immer Licht. Es muss ja nicht viel sein. Die winzigsten Sprenkel reichen schon. Du könntest diese kleinen Momente aufschreiben, um festzuhalten, dass es auch noch Schönes gibt.«

»Noch ein Buch?«, fragte ich unsicher.

Eden streichelte ein letztes Mal über meine Wangen, dann ließ er mich los. »Du kannst sie auch auf Zettel schreiben und in ein Marmeladenglas werfen. Und wenn du am Ende eines Jahres in das Glas guckst, dann hat es dein ganzes Licht gesammelt und für dich aufbewahrt. Damit du dich jederzeit wieder daran erinnern kannst. Ein Glücksbewahrer, sozusagen.«

»Ist das nicht ein bisschen klischeehaft?«

»Gute Geschichten leben immer ein wenig vom Klischee.«

Ich lächelte schwach. Was er sagte, klang schön. Ich wusste nur nicht, ob mir genügend Momente einfallen würden, die ich auf Zettel schreiben konnte. Seit Monaten fühlte sich selbst das Licht anders an: staubig, gedimmt, kühl. »Was war dein Glücksmoment der letzten Tage?«, fragte ich.

»Du meinst, außer dir?« Er lächelte, sanft und traurig. »Ein Becher Milch«, sagte er dann leise und sah auf seine Hände.

In diesem Moment merkte ich ihm an, dass er wieder einmal ganz weit weg war. Irgendwo in seinen Gedankenwelten, die er auch jetzt nicht mit mir teilte. Am Anfang hatte ich versucht, irgendwie hineinzuschlüpfen. Ich hatte nach Fenstern und Türen gesucht, aber war nur immer wieder auf feste Wände gestoßen. Und so viel ich auch klopfte, er ließ mich nicht hinein. Also hörte ich irgendwann auf, zu fragen, was los war, wenn er an manchen Tagen kaum ein Wort sagte, sich stundenlang nicht meldete, weil er in seinen Büchern versank, oder mit glasigen Augen im Unterricht saß und nicht einmal die Nachfragen des Lehrers bemerkte. Ich sagte nur manchmal »Ich bin da«, und Eden lächelte jedes Mal und antwortete »Weiß ich«.

Also erklärte er es auch diesmal nicht, und ich fragte nicht nach. Ich sah ihn nur an, diesen schönen Jungen mit den tausend verborgenen Orten im Kopf, den ich nicht mehr verdient hatte. Eden und ich waren seit fast zehn Monaten zusammen. Fünf Monate davor, fünf danach. Ich war nicht mehr dieselbe, aber Eden war immer noch da. Er war so sehr da, wie man es nur sein konnte. Viel mehr als all meine Freundinnen zusammen. Die Momente mit ihm kamen nie in die Schattenablage. Die Momente mit ihm waren die winzigen Lichtsprenkel, von denen er gesprochen hatte. Wenn ich mit einem solchen Glücksbewahrer-Glas anfangen würde, dann wären all die Zettel nur über ihn.

»Wieso bist du noch hier, Eden?«, wisperte ich so schwach, dass ich es selbst kaum hören konnte.

Eden sagte nicht: *Weil du mich eingeladen hast.* Er verstand mich immer. »Weil du hier bist.«

Ich schüttelte den Kopf und sah an ihm vorbei zum Fenster, hinter dem sich Dämmerung und Gewitterankündigung ausbreiteten. »Du solltest deine Zeit nicht mit mir verschwenden. Ich werde nie wieder das Mädchen sein, das du kennengelernt hast. Mein Vater ist tot. Mein Vater ist tot, weil irgendein beschissener Idiot mit einem schlechten Tag aufgewacht ist. Ich glaube, das bedeutet, dass ich nie wieder einen guten Tag haben werde. Und ich will nicht, dass du versuchst, mich zu retten. Das ist nicht dein Problem.«

»Du bist aber meine Freundin. Und ich will dich nicht retten, ich will nur bei dir sein.«

In meinen Augen brannten Tränen, als ich mich ihm zuwandte. »Ich bin kaputt, Eden. Irgendetwas in mir ist irreparabel zerstört, verstehst du? Ich fühle es. In mir ist Chaos. Was bringt mir ein Glücksbewahrer, wenn ich selbst kein Glück bewahren kann, weil in mir dieses schwarze Loch ist, das alles davon verschluckt? Denn es ist da. Es ist da, und ich will nicht, dass es dich auch verschluckt.«

Auf Edens Stirn bildeten sich feine Fältchen. »Und ich will nicht, dass du so was über dich sagst, okay?«

»Du weißt, dass es wahr ist.«

»Ich *weiß*, dass du etwas Schreckliches erlebt hast, dass du etwas Schreckliches durchmachst. Natürlich wird dich das verändern. Aber alles, was wir erleben, verändert uns. Wir sind nichts Statisches. Dieser Schmerz wird immer ein Teil von dir sein. Aber er macht dich nicht weniger liebenswert.«

Ich unterdrückte das Schluchzen so sehr, dass meine Schultern bebten. »Du verdienst etwas Besseres. Du bist achtzehn, und du bist so verdammt vollkommen und ich will ...«

»Ich will aber nur dich. Könntest du das in deinen Sturkopf hineinbekommen? Weil ich darüber nämlich nicht diskutieren werde.« Er strich mir eine weitere Haarsträhne aus der Stirn und ließ seine Hand an meiner Wange liegen. »Ich bin nicht vollkommen. Ich bin so weit weg davon, wie es nur geht. Aber ich bin mir zumindest *vollkommen* sicher, dass ich dich liebe, Avery.«

Mein Herz stockte, mein Atem auch. Bisher hatten wir diese drei Worte nie gesagt. Ich hatte sie gedacht, Gott, keine Ahnung, wie oft ich sie gedacht hatte. Und schon lang davor hatte ich sie gespürt. Eigentlich schon in dem Moment, in dem wir auf dem Wasserturm gesessen hatten. Genau dann, als mir dieser seltsame Junge meinen Schuh zurückgebracht und mich *druckreif* genannt hatte. In diesem Augenblick hatte ich mich in die Idee von ihm verliebt. In eine Skizze, die mit jedem weiteren Tag an Konturen dazugewann, immer genauer und schöner wurde. Doch bevor ich den Mut gehabt hatte, etwas zu sagen, war mein Vater gestorben. Nein, nicht einfach gestorben: Er war ermordet worden. Und ich wusste nicht, ob man noch lieben durfte, wenn so etwas passierte. Ich wusste irgendwie gar nichts mehr, außer, dass meine Gefühle für Eden nicht weggingen. Trotz all der Trauer, der Wut, der Verzweiflung. Trotz allem hörte ich nicht auf, mich jeden Tag mehr in ihn zu verlieben.

»Das ist ein seltsamer Zeitpunkt für … diese Worte«, brachte ich heiser hervor.

Eden grinste schief. »Timing ist mein Ding.«

»Ich liebe dich auch«, wisperte ich. Weil es das Einzige war, das noch wahr war. »Aber du sollst trotzdem wissen, dass du mir zu nichts verpflichtet bist, okay? Wenn dein Mitleid abflacht und du feststellst, dass man mich nicht lieben kann und …«

Eden küsste mich. »Ich dachte, ich hindere dich daran, den Moment völlig kaputtzumachen«, murmelte er an meinem Mund. »Dein Timing ist nämlich auch echt mies, Ever.«

»Ich bin kein Ever mehr. Ich fühle mich eher wie ein Ende an«, flüsterte ich zurück.

»Dann helfe ich dir eben ein bisschen dabei. Ich leihe dir ein E von mir. Ich hab ja zwei.«

Ich musste lächeln, spürte, wie das Eis in mir schmolz und sich die dunklen Wolken an meinem Himmel verflüchtigten. Eden war keine Schattenablage, er war ein Schattenauflöser. Und wenn ich bei ihm war, dann … ja, dann sah ich das Licht doch durchschimmern. Es war nicht nur das E, was er mir gab. Es war so viel mehr. »Ever« bedeutete nur »Immer«, wenn ein »Für« davorstand. Und mit Eden zusammen zu sein, fühlte sich sehr danach an.

Ich schloss die Augen und küsste ihn, mit allem, was ich war, mit allem, was mir kaputt vorkam und was er trotzdem akzeptierte. Was er trotzdem liebte.

Die Schulhefter landeten auf dem Boden, meine Hose, Strickjacke und das Shirt auch. Ich setzte mich auf seinen Schoß und stöhnte leise, als er meinen Hals küsste – so sanft, obwohl ich seine Erregung deutlich wahrnahm.

Als ich mit den Fingern unter den Saum seines Shirts strich, spannte er sich augenblicklich an. Ich spürte seine Muskeln, die sich unter mir verhärteten, und zog instinktiv die Hände zurück. Ich schob eine auf seine Brust, über den Stoff des Shirts, der für Eden so wichtig zu sein schien. Die andere legte ich an seine Wange.

»Du weißt, dass es nichts gibt, das du vor mir verstecken musst, oder?« Meine Stimme klang behutsam, er zuckte trotzdem leicht zusammen.

Wir waren schon öfter an diesem Punkt gewesen. Immer, wenn ich kurz vergaß, dass es Regeln gab, wenn wir miteinander schliefen. Oder, um genau zu sein, nur diese eine Regel. Ich hatte so oft mit Eden geschlafen, dass ich es nicht zählen konnte, aber ich hatte ihn noch nie ohne Shirt gesehen, ebenso wenig, wie ich seinen nackten Bauch oder die Brust je berührt hatte. Er zog sich nicht vor mir um, er ging nie mit mir ins Schwimmbad oder duschen, selbst wenn ich nackt vor ihm stand, ihn danach fragte und ihm ansehen konnte, dass er es so sehr wollte. Dass er *mich* so sehr wollte. Ich zweifelte nie daran, dass er das tat. Aber irgendetwas hinderte ihn daran, zu glauben, dass es mir genauso ging. Dass es nichts gegeben hätte, was mich ihn weniger wollen lassen hätte.

Er wich meinem Blick aus. Sein Atem wärmte meinen Hals, so wie sein Mund, als er ihn an mein Schulterblatt presste. »Ich kann nicht«, murmelte er tonlos. »Lass uns … tu das nicht, ja? Verlang nicht von mir, dass ich …«

»Schon gut«, unterbrach ich ihn und küsste ihn, ehe er weitersprechen konnte. Seine Lippen bebten, als ich mich von ihnen löste. Ich spürte seinen Herzschlag darauf, ebenso wie unter meiner Hand an seiner Brust. Schnell und holprig. »Ich würde nie etwas von dir verlangen. Niemals. Du bist genug, genau so, wie du bist. Du bist alles für mich, okay?«

Ich küsste seine Widerworte fort, ehe sie seine Lippen verlassen konnten. Ich küsste, küsste, küsste ihn, bis er vergaß, was auch immer da war und ihm wehtat. Bis da nur noch wir waren. Weil das genug war und immer sein würde. Weil ich durch ihn und nur mit ihm Ever war. Für immer.

13. Kapitel

EDEN

Die grauen Vorhänge blähten sich im Wind, als würde der Raum tief Luft holen. Es war früh am Morgen, der Himmel draußen klar und winterblau. Ich war müde, aber ich würde nicht mehr schlafen können. Nicht heute, nicht, während das Handy schwer in meiner Hand lag, nicht, während ich so ein verdammter Feigling war.

Also saß ich seit Stunden wach in meinem Bett. Kopf im Nacken an die Zitatwand gelehnt, Augen weit geöffnet, Walt Whitmans Worte direkt über mir: *I exist as I am, that is enough.*

Das war das erste Zitat gewesen, das ich in dieses Zimmer geschrieben hatte. Ich erinnerte mich daran, an den ersten Abend in der Villa, an die blanken Wände dieses Raums, zwischen denen ich mich nackt und schutzlos gefühlt hatte. Seit Jahren war ich auf der Flucht vor etwas, dem ich sowieso nicht entkommen konnte. Also baute ich mir an jedem Ort, an dem ich ankam, einen Unterschlupf aus Buchstaben. Ein Sicherheitsnetz aus den Worten Fremder, die sich vertrauter anfühlten als meine eigenen. Denn Walt Whitman sagte *I exist as I am*, und ich fragte mich nur … *und als was existiere ich*?

Der Gedichtband von ihm war das letzte Buch, das ich gelesen hatte, bevor ich Redcar verlassen hatte. Ich hatte es in meinem Kinderzimmer zurückgelassen, so wie die meisten meiner Sachen. Aber das Zitat hatte sich tief in meine Gedanken gebrannt und war von dort auf die Wand gewandert – erst die in meinem Wohnheimzimmer, dann die in der Villa. Die Schrift war schräg, der Stift fast leer gewesen, man konnte die Buchstaben nicht ganz lesen. Ich hatte sie nicht nachgezogen, weil es irgendwie so gehörte. Was auch immer ich war, ich war es auf genau diese Art. Verblassend, unvollständig, unleserlich.

Ich starrte die schwarzen Buchstaben schon so lang an, dass sie flimmerten und mit den anderen an der hellen Raufasertapete verliefen. Ein Wellenmeer aus Schwärze, aus Buchstaben, aus Worten, die andere gedacht, gesagt, geschrieben hatten und die längst Teil von mir waren. Vielleicht war man die Bücher, die man las, vielleicht war ich ein Mosaik aus Bruchteilen von Hunderten Geschichten, vielleicht war meine eigene deswegen so brüchig, so instabil, so … falsch.

Manchmal stellte ich mir vor, die Farbe würde sich auflösen, wenn ich lang genug hinsah. Als würde sie in die Wand hineinsickern und ihre Bedeutung in das Gemäuer pressen. Ein Haus für meine Lieblingsworte, ein Haus für meine Gedanken, womöglich dann ja doch irgendwann ein Haus für mich. Ein Zuhause.

Ich musste an Avery denken, an die Frage, die sie mir gestern im Auto gestellt hatte. Das Wort *Zuhause* war an einen Ort geknüpft, aber ich dachte dabei immer an ein Gefühl, eigentlich dachte ich dabei immer an sie. Wie sonst auch. Ich konnte nicht in Worte fassen, wie sehr ich mich dafür hasste. *I exist as I am* – als ein beschissener Mistkerl, das auf jeden Fall.

Der Raum drehte sich, ich schloss die Augen. Wenn die Zitate ein Meer waren, dann war das Bett ein Boot und ich kurz davor, zu kentern. Ich schluckte, und es schmeckte nach Magensäure. Ich trank zwar nicht mehr, aber seitdem hatte sich eine andere Art von Kater in mir eingenistet. Alkohol ließ einen kurz vergessen, wer man war. Man dachte nur daran, wer man sein *wollte*, und für ein paar Stunden war man *alles*, aber am nächsten Morgen doch wieder nur man selbst. Wieder nur … nichts. Seit ich nicht mehr trank, war mir das dauerhaft bewusst. Ein Dauerkater, weil ich immer ich sein würde.

»Ich hab so viel gedacht, dass ich mich jetzt ganz wund fühle«, hatte ich mal zu meinen Eltern gesagt. Ich war acht gewesen und hatte ein paar Tage vorher mit angesehen, wie der Nachbarshund von einem Auto überfahren wurde. Die Bilder, die Geräusche, der Geruch nach Eisen, Bremsrauch und Kirschblüten auf heißem Asphalt – all das klebte hinter meinen Schläfen und machte es schwer, sich auf irgendetwas anderes zu konzentrieren.

»Du redest wie ein Mädchen«, sagte mein Vater, und meine Mutter strich mir das Haar aus der Stirn, lächelte, traurig und resigniert zugleich. Ich blickte schweigend auf meinen Teller mit Buchstabensuppe, auf dessen Rand ich Nudelworte gelegt hatte. *Zuhause* war eines davon.

Stunden später, als die Scherben längst zusammengefegt und im Mülleimer verschwunden waren – sorgsam versteckt unter einer Schicht aus Kohlrabiblättern –, hatte ich das Z an der Wand kleben entdeckt. Es war das, was von dem Moment übrig war, und irgendwie erschien mir das so logisch. Worte blieben, wenn alles zerbrach. Wenn man sich an irgendetwas festhalten konnte, dann an ihnen.

In dieser Nacht schrieb ich das erste Zitat aus meinem aktuellen Lieblingsbuch an meine Kinderzimmerwand. Ganz klein, direkt hinter den Bettpfosten. *Dreams do come true, if only we wish hard enough.* Mein größter Traum war es in diesem Moment, dass es stimmte. Damals liebte ich Peter Pan, später begriff ich nicht, wieso er nicht erwachsen werden wollte, wenn das doch alles war, wonach ich mich sehnte. Und dann, irgendwann, verstand ich, dass es völlig egal war, wie alt man war: Man entwuchs seinen Kleidern, seinem Kinderbett, seinen Vorlieben und Zielen, aber man entwuchs niemals dem, was man war.

Also ja, vielleicht war das die Antwort: *I exist as I am* – als ein Gefängnis, dem ich nie entkommen würde.

Ich presste den Kopf fester an die Wand, spürte die Worte an meiner Haut klopfen. Meine Gedanken waren verwaschen, unbrauchbar, Wortreihen ohne Anfang oder Ende. Ich dachte an das unfertige Essay über Zelda Fitzgerald auf meinem Laptop, das ich bis Montag abgeben musste, ich dachte an die Dämmverkleidungen, die ich heute aus dem Baumarkt abholen musste, ich dachte daran, dass es in meinem Wagen nach Avery riechen würde, ich dachte daran, mich ihm nie wieder zu nähern, ich dachte daran, einzusteigen und für immer drinzubleiben.

Einmal im Monat war mein Kopf eine einzige Sackgasse, und es würde nicht besser werden, bis ich es endlich hinter mich gebracht hatte. Ich holte tief Luft und entsperrte mein Handy. Die Rufnummer-Anzeige hatte ich bereits abgestellt, weil mein Vorabend-Ich mein Jetzt-kommt-es-darauf-an-Ich so gut kannte. Jeden Monat dasselbe, jeden Monat ein Kampf, den ich auf die eine oder andere Weise verlor.

Ich hatte die Nummer nicht eingespeichert, aber ich kannte sie auswendig. An das, was man am meisten vergessen wollte, erinnerte man sich immer am intensivsten. Erneut malte sich Averys Gesicht in meine Gedanken, ich schüttelte den Kopf, bis ihre Züge verwischten.

Während es klingelte, schloss ich die Augen. Mein Herzschlag ging im selben ruhigen Takt wie das Tuten, dabei spürte ich genau, wie mein Körper sich anspannte. Jedes Mal konnte ich nur daran denken, wer den Anruf annehmen würde. Das war entscheidend dafür, auf welche Art ich mich hinterher schlecht fühlen würde.

Fünf Sekunden, zehn, und dann …

»Hallo?« Die Stimme war hell, leise und vertraut.

Mein Herz machte einen Satz. Ich konnte nie sagen, ob das Erleichterung oder etwas anderes war. Wut, Trauer, Schmerz? Vielleicht auch nur Ohnmacht. Ganz viel davon.

»Hallo?«, wiederholte die Frauenstimme lauter.

Ich presste die Lippen aufeinander, um den Reflex einer Antwort zu unterdrücken. Mein Finger schwebte schon über der Auflegen-Taste.

»Eden? Schatz, bist du das?« Ein Schluchzen, unkontrolliert und so aufrichtig, dass ich schlucken musste. Meine Augen brannten, ich presste zwei Finger dagegen. *Leg auf*, dachte ich, aber ich regte mich nicht. Ich saß nur da und horchte auf ihren schnellen Atem und ihre zittrige Stimme. »Du fehlst mir so, Liebling. Bitte …«

Ehe sie den Satz fortführen konnte, übernahm mein Körper die Kontrolle und beendete den Anruf mit einem Tastendruck. Ich hörte ihre Stimme trotzdem noch in meinem Kopf und presste ihn fester gegen die Wand. Bis die fremden Worte darauf die in mir übertönten. *I exist as I am* – und … *sie existiert auch noch.* Mit lautlosen Lippenbewegungen zählte ich bis zehn, dann tastete ich nach dem Kalender neben mir und malte ein Kreuz in der Jahresansicht hinter das aktuelle Datum. Das zehnte, eines in jedem Monat, fast alle auf den Tag genau. Zehnmal ein bisschen sterben, um irgendwie leben zu können.

Ich legte Kalender und Handy unter mein Kopfkissen, dann stand ich auf und zog mir etwas über. Es war zwar früh, aber Maxton war sicher schon im Garten. Anders als ich schlief er nicht nur einmal im Monat schlecht, sondern fast immer. Ich fragte nie nach seinem Warum, weil er nie nach meinem fragte. Das Fundament unserer Beziehung, die sich mehr nach Freundschaft anfühlte, als ich zugeben wollte.

Als ich an Mays Zimmer vorbeiging, hörte ich ein Geräusch, das mich innehalten ließ. Ich erkannte es sofort, nicht nur, weil ich es in den letzten Monaten öfter genau an dieser Stelle gehört hatte. Unterdrücktes Weinen, vielleicht durch ein Kissen gedämpft, durch Hände oder reine Willenskraft. Mitgefühl und Sorge verknäulten sich in mir, und ich hob die Hand, obwohl ich wusste, dass ich nicht klopfen würde. In Situationen mit anderen Menschen war May so ausgeglichen und freundlich, dass man denken konnte, es ginge ihr immer gut. Es wunderte mich nicht, dass sich unter dieser Fassade aus Fürsorge und Wärme etwas anderes verbarg. Wie immer hätte ein Teil von mir gern gefragt, was los war, wie immer ließ ich es sein und ging weiter. Ich konnte kein Freund sein, nicht einmal für jemanden wie May.

Eine schläfrige Stille lag über den Fluren der Villa und wurde erst durchbrochen, als ich den Garten betrat. Diese einzigartige Blase aus blauem Himmel, etlichen Braun- und Grüntönen, Morgentau und Frische. Ich wusste nicht genau, wo ich Maxton suchen musste, also fing ich mit der Stelle an, an der sich unsere Lieblingsorte überschnitten.

Das Dickicht lichtete sich, und der Garten machte Platz für andere Geräusche als seine eigenen. Und dann hörte ich plötzlich eine Stimme, die zu hoch und weich war, um zu Maxton zu gehören.

Mein Körper reagierte sofort. Meine Nackenhärchen stellten sich auf, und mein Herz krampfte zusammen. Ich kannte dieses Gefühl. Früher hatte ich es jedes Mal gehabt, wenn mein Elternhaus am Ende der Straße aufgetaucht war. Erst als ich Avery kennengelernt hatte, hatte ich verstanden, dass Erwartung nicht immer ein schlechtes Gefühl sein musste. Ich fühlte mich nur so, wenn ich Angst bekam oder wenn ich wusste, dass ich Avery sehen würde. Aber vielleicht war das auch nur

Angst, schon immer gewesen. Weil ich insgeheim von Anfang an gewusst hatte, dass es nicht von Dauer sein konnte, in ihrer Nähe zu sein.

Sie saßen neben dem Schuppen auf einer verwitterten Bank, die Maxton und Helen hinten im Garten unter einem Dickicht aus Brombeersträuchern gefunden hatten. Avery hatte die Beine angezogen und einen Arm um ihre Knie geschlungen, während sie mit der anderen Hand auf die lila blühenden Blumen deutete, die die Bank umzingelt hatten. »Und das?«

Maxton lehnte sich vor. »Herbst-Alpenveilchen. Aber frag mich jetzt nicht wieder nach einer netten Anekdote zur Namensherkunft. Würde peinlich für mich werden.«

Avery lachte weich, und ich starb ein bisschen. Auf ganz andere Art als vorhin, trotzdem nicht angenehmer. Anziehung war nicht logisch erklärbar. Ich hätte mir verdammt noch mal gewünscht, sie wäre wenigstens zeitlich begrenzt. Aber hier waren wir: Zwei Jahre Funkstille und ihr Lachen reichte aus, damit ich mich nicht mehr bewegen konnte. Ich wollte vergessen, und Avery war ein wandelndes Kaleidoskop aus Erinnerungen. Mir wurde schwindlig, wenn ich sie ansah. Jeder Zentimeter ihres Körpers war ein Ich-erinnere-mich-wie-du-dich-anfühlst, jede ihrer Angewohnheiten ein Ich-erinnere-mich-wie-ich-mich-in-dich-verliebt-habe, jeder ihrer Blicke auf mir ein Ich-erinnere-mich-was-du-gesehen-hast-was-vorher-niemand-gesehen-hat.

Es war zu viel. Ich ertrug es kaum, sie anzusehen, aber wegzusehen tat noch mehr weh. Also stand ich zwischen den Armen zweier Apfelbäume, die sich nacheinander ausstreckten, und sah dabei zu, wie die Morgensonne die dunklen Strähnen ihres Haares zum Schimmern brachte. Die heimlichen Blicke waren die, die mir geblieben waren. Alles andere wäre zu gefährlich gewesen. Weil Avery schon immer mehr bemerkt hatte, als ich zeigen wollte. Auch und gerade das, was ich am meisten verbergen musste. Mit einer Ausnahme, aber das auch nur, weil ich rechtzeitig die Reißleine gezogen hatte.

Averys Lachen klebte an ihrem Mund, sie sah sich weiter um. »Okay, was ist …« Ihre Stimme verebbte, als sie mich bemerkte.

Maxton folgte ihrem Blick und runzelte die Stirn. »Hey. Du bist früh dran.«

Mir war nicht klar, ob er nur überrascht oder auch genervt war. Ich wollte nicht darüber nachdenken, warum es ihn stören könnte, dass ich ihn und Avery hier überraschte. »Ich kann auch wieder gehen«, erwiderte ich.

»Nein, schon gut.« Avery stand auf. Sofort grub sie die Finger in die ausgeleierten Ärmel ihres Pullovers. Es war einer von denen, die sie aus dem Kleiderschrank ihres Vaters genommen hatte, nachdem er gestorben war. Ihr Körper versank konturlos in dem Stoff, aber sie strahlte eine greifbare Energie darin aus. Andere hätte die permanente Erinnerung an einen Verlust womöglich gelähmt, doch Avery zog genau daraus ihre Stärke. Ich hatte sie dafür immer bewundert.

»Ich wollte eh rein. Ich muss vor dem gemeinsamen Frühstück noch … Sachen machen.« Die Lüge hing so deutlich zwischen uns, dass ich den Mund verzog. Sie wandte sich zur Bank und griff nach einer Thermoskanne und zwei Keramikbechern. Maxton reichte ihr eine Papiertüte, die sie sich in die hintere Tasche ihrer engen Jeans schob. Ich versuchte wirklich, nicht hinzusehen.

»Danke für das frühe Frühstück«, sagte Maxton.

»Danke für die Lehrstunde.« Sie grinste halbherzig, ehe sie in meine Richtung kam. Als sie an mir vorbeiging, murmelte sie ein kraftloses »Bis dann«.

Ich schwieg, obwohl ich sie am liebsten festgehalten und

so viel gefragt hätte. Der Drang war da, seit ich sie am ersten Abend im Esszimmer hatte sitzen sehen. Ich wollte wissen, wie es ihr ging. Nicht nur wegen dem, was gestern beim Spiel passiert war, sondern … nur so. Ich wollte wissen, warum sie, seit sie hier eingezogen war, nie über ihre Familie gesprochen hatte. Ich wollte wissen, ob sie in den letzten zwei Jahren glücklich gewesen war, und gleichzeitig auch nicht, weil keine der potenziellen Antworten erträglich gewesen wäre. Ich wollte ihr sagen, dass es mir leidtat, dass ich ihr wehgetan hatte – damals und in den letzten Wochen, weil ich ihr jedes Mal ansehen konnte, dass ich sie verletzte, einfach indem ich war, wie ich war. Und trotzdem wusste ich, dass ich das nicht konnte. Ich konnte sie nichts davon fragen, ich konnte ihr nichts erklären, und ich konnte auch nicht damit aufhören, ihr wehzutun. Weil es besser war, wenn sie endlich begriff, dass ich genau *so* war.

Das, was sie gestern im Auto zu mir gesagt hatte, war nett gemeint gewesen, aber es hatte mich beinahe umgebracht. Weil es nur deutlicher machte, was für ein beschissener Heuchler ich war. Was auch immer ich war, mit Sicherheit war ich kein guter Mensch. Wäre ich es, hätte ich ihr die ganze Wahrheit gesagt. Ich hätte ihr schon damals einen richtigen Grund gegeben, mich zu hassen. Stattdessen ließ ich es zu, dass sie bis heute an diesem Zipfel Glauben festhielt, dass da etwas Reines und Gutes in mir steckte.

Das einzig Gute, was ich je getan hatte, war, sie gehen zu lassen. Also tat ich es jetzt wieder. Averys Arm streifte meinen, ein Hauch ihres Geruchs blieb an mir haften. Und ich starb noch ein bisschen mehr.

Ein paar Sekunden blieb ich stehen, bis ihre Schritte von dem Blätterwald geschluckt worden waren. Dann atmete ich tief durch und ging auf den Schuppen zu. »Machen wir mit dem Dach weiter?«

Maxton holte die Leiter und die zugeschnittenen Holzteile aus dem Schuppen, während ich das passende Werkzeug heraussuchte. Der Geruch meiner Bücher beruhigte mich normalerweise, jetzt spürte ich trotzdem das Nachbeben von diesem kurzen Treffen mit Avery. Ich hatte nicht damit gerechnet, sie hier zu sehen, schon gar nicht mit Maxton. Er war niemand, der die Anwesenheit anderer suchte oder brauchte, Avery hingegen war nicht gut darin, auf Menschen zuzugehen. Ich fragte mich, wie das mit ihnen angefangen hatte, und eigentlich wollte ich es doch nicht wissen.

Ich kniff mir in die Nasenwurzel und stieg auf die Leiter. Oben befreite ich das Dach von der Regenplane. Wir hatten gestern die grasüberwucherten Dachschindeln herausgerissen und die schimmelnden Holzplanken ausgemacht, die ersetzt werden mussten, ehe wir neue darüberlegen konnten. Während ich die Nägel der alten Platten löste und sie heraushebelte, schnitt Maxton die Vordeckbahn zu, die für den Feuchtigkeitsschutz unter die Schindeln kam. Ich versuchte, mich nur auf die Arbeit zu konzentrieren, doch meine Gedanken waren so fahrig, dass ich ständig abrutschte und unterdrückt fluchte.

Nach dem fünften Mal räusperte Maxton sich. »Sie kommt manchmal morgens vorbei und bringt Kaffee mit. Und kleine Gebäckteile, die sie bei irgendeinem Dorfbäcker besorgt. Sie hat es auch nicht so mit ausschlafen.«

Ich hielt kurz inne, ehe ich mit einem Ruck ein morsches Holzstück herausriss. »Aha«, sagte ich knapp.

Maxtons Blick pochte auf meinem Hinterkopf, ich rieb mit dem Handballen über die Stelle. »Das passt dir nicht.« Keine Frage, eine Feststellung. Ich hasste es, dass er mich so gut kannte.

Ich zuckte trotzdem mit den Schultern und warf das Holz in etwas Entfernung vom Dach. »Hab ich nicht gesagt.«

»Klar.« Er seufzte leise. »Also soll ich keinen Kaffee mit ihr trinken?«

»Du kannst mit ihr machen, was du willst.«

»Okay. Gut zu wissen.«

Meine Schultern versteiften sich, und die Zange rutschte mir aus der Hand. Mit einem Knall fiel sie auf die Stufe unter mir und dann ins Gras. Ich fluchte und stieg nach unten. Ehe ich mich bücken konnte, hatte Maxton sie schon aufgehoben und hielt sie mir hin.

Ich presste die Lippen aufeinander, sah ihn bemüht ausdruckslos an und stellte fest, dass er schon wieder dieses winzige, wissende Lächeln trug. Wortlos riss ich ihm die Zange aus der Hand und ging zurück zur Leiter.

Maxton seufzte erneut. »Komm schon. Wir sind echt besser als das hier.«

Womit er natürlich recht hatte. Als ich nach Windsbury gezogen war, hatte ich nicht vorgehabt, mich mit irgendjemandem anzufreunden. Aber Maxton war irgendwann einfach da gewesen. Und nichts, was ich tat – oder nicht tat –, konnte ihn daran hindern, zu bleiben. Er war geduldig, und er verstand, wenn es Dinge gab, über die ich nicht sprechen wollte. Er verdiente definitiv einen besseren Freund als mich, aber aus irgendeinem Grund war ihm das egal. Ich konnte mir wenigstens Mühe geben.

»Tut mir leid. Nicht deine Schuld. Es ist nur …« Ich brach ab und kletterte nach oben. *Es ist nur, dass ich keinen Spaß verstehe, wenn es um sie geht. Es ist nur, dass ich eifersüchtig darauf bin, dass du so ungezwungen mit ihr reden kannst, weil mir jede Minute allein mit ihr alles abverlangt.*

»Schon klar.« Maxton lehnte sich gegen den Schuppen und sah zu mir auf. »Du wirkst generell angespannt, seit sie da ist.«

Seit sie da war. Als wäre sie jemals weg gewesen. Als wäre mein Kopf kein beschissener Kinosaal, in dem sich seit zwei Jahren dieselben Filmsequenzen in Endlosschleife wiederholten. »Hm«, machte ich.

Maxtons Blick lag auf meiner Schläfe. Am liebsten hätte ich ihn weggewischt, am liebsten hätte ich Maxton weggeschickt, am liebsten hätte ich alles fallen gelassen und wäre weggerannt. Ich blieb und schwieg und riss etwas gröber als nötig an dem nächsten Holzstück.

»Willst du mir endlich verraten, was damals genau zwischen euch lief?«

»Nichts«, sagte ich, und dachte: *Alles.*

Es lief alles. Alles, woraus die großen Geschichten dieser Welt gemacht waren. Blicke auf dem Schulflur, ein erstes Gespräch, rein und hell auf einem einsamen Wasserturm, beiläufige Berührungen, die später zu absichtlichen Herzstillstandprovokationen wurden. Wie oft kann ich dich bewusst aus Versehen berühren, ohne dass ich nicht mehr loslasse? Wie oft kann ich dich fast-küssen, bevor ich den Verstand verliere? Wie oft kann ich Worte denken, bis du sie hörst? Hundert erste Male. Das erste Mal jemanden ganz ausziehen. Mit zittrigen Händen und heftig klopfendem Herzen und dem Gefühl, vor Erregung nicht mehr denken zu können. Das erste Mal mit jemandem schlafen, vorsichtig und unbeholfen, leise und langsam. Das erste Mal mit jemandem schlafen, wild und gedankenlos, laut und hart. Das erste Mal herausfinden, was man wollte, und denken, dass man es für immer nur mit diesem einen Menschen wollte. Das erste Mal denken und sagen »Ich liebe dich«. Das erste Mal hören, dass dich jemand liebte – und es glauben, auch wenn es unglaublich war, weil man selbst eigentlich immer noch daran scheiterte. Das erste Mal laut fühlen, weil Worte zu groß für Gedanken wurden und man sich plötzlich alles sagen wollte. Alles. Weil es kein Zuviel gab.

Das erste Mal denken, dass es Seelenverwandtschaft gab. Und die eine, große Liebe. Platons Kugelmenschen, die nur zusammen richtig glücklich sein konnten. Das erste Mal verstehen, dass Romeo und Julia nicht völlig verrückt gewesen waren, sondern einfach nur beschissen verliebt.

Das erste Mal begreifen, dass das alles keine Rolle spielte. Denn das Leben war kein Roman und auch keine dramatische Buchverfilmung, bei der man im Abspann heulen musste, obwohl einem zu Hause immer gesagt wurde, dass ein Mann bei so einer Weiberscheiße nicht weinen durfte.

Und dann zum ersten Mal das hier verstehen: Im echten Leben konnte Liebe nicht der Heilfaktor für alles sein. Weil es manche Plotlöcher gab, die weder von tiefen Blickkontakten noch von geflüsterten Versprechen gestopft werden konnten. Das erste Mal fallen, den härtesten Aufprall der Welt erleben und spüren, dass der Ausdruck »gebrochenes Herz« Bullshit war. Herzen brachen nicht, sie zerfetzten. Und sie heilten nie wieder ganz.

»Du bist schon wieder ganz weit weg, oder?«

Wäre ich gern, dachte ich und schüttelte den Kopf. »Wir waren für eine Weile zusammen.«

»Okay.« Pause. Die Chance, mehr zu sagen, die ich verstreichen ließ. Maxton nahm mir die nächste Holzplanke ab und legte sie ins Gras. »War es was Ernstes?«

»Keine Ahnung.« Ich hörte selbst, wie gelogen das klang. »Wir waren Teenager, aber damals waren fast anderthalb Jahre schon eine lange Zeit.«

»Wie hat es geendet?«

»Ich habe Schluss gemacht. Kurz vorm Abschluss.« *Direkt beim Abschlussball, um genau zu sein. Ihr Kleid war rauchblau, und sie war so schön. Ich kann nicht vergessen, wie schön sie war. Ich kann nicht vergessen, wie weh es tat, ihr wehzutun. Ich kann nichts vergessen, gar nichts.*

»Wieso?«

»Weil es besser so war.«

»Wieso?«

Hätte Beckett das gesagt, hätte es ungläubig und ungeduldig geklungen. Aus Maxtons Mund war es ruhig, interessiert und nur das, was es war: eine Frage.

Eine, auf die ich keine Antwort hatte, die ich ihm geben konnte. Also sagte ich das, was ich damals unseren gemeinsamen Freunden gesagt hatte: »Wir waren jung, und die Schule war endlich zu Ende. Wir hätten einander nur daran gehindert, das zu machen, was wir wollten. Wenn du so früh in einer Beziehung steckst, dann kannst du dich nie richtig entfalten und ausleben. Da wird immer etwas sein, das dich zurückhält, beeinflusst, einengt. Ein Neuanfang funktioniert nur, wenn du dich von allem frei machst.«

Maxton sah mich schweigend an. Er glaubte mir kein Wort, und ich konnte es ihm nicht verübeln. »Aber du hast sie geliebt.«

Ich ging nicht darauf ein und fragte ihn stattdessen nach einem neuen Holzstück. Die Wahrheit war: Ich wollte nicht im Perfekt über Avery nachdenken, weil ich dann nur daran denken konnte, wie verdammt perfekt sie für mich gewesen war. Und dass ich mir wünschen würde, sie hätte sich stärker verändert.

14. Kapitel

AVERY

Die ausgeblichene Mittagssonne stand hoch am Himmel, als ich die Cafeteria verließ, trotzdem begann ich sofort zu frösteln. Der November war gerade angebrochen, und bei jedem Ausatmen wurde die Luft vor meinem Mund zu Nebel. Der Winter ließ seine Hand über Windsbury schweben, und es war nur eine Frage der Zeit, bis er zupacken würde. Wenn ich Maxton morgens im Garten besuchte, fühlte sich die Luft bereits nach Eis an, und selbst er trug mittlerweile Schuhe beim Arbeiten. Auf die Jacke verzichtete er allerdings noch weitestgehend.

Ich hatte die Terrasse mit den Tischen zur Hälfte überquert, als mein Handy in meiner Hosentasche vibrierte. Ich klemmte mir den Apfel unters Kinn, holte es mit der kaffeebecherfreien Hand hervor und öffnete die neue Nachricht von Julia.

Sagst du uns noch die Uhrzeit für heute Abend und schickst mir die genaue Adresse von eurem Palast? Würde nur ungern den Ratten folgen müssen.

Mein Mund verzog sich, als ich den spöttischen Unterton ihrer Worte wahrnahm. In Momenten wie diesem war ich nicht mehr sicher, warum ich Julia, Nate und Isaac überhaupt zur Einweihungsfeier in die Villa eingeladen hatte. Vielleicht, weil Willow letztens beim Abendessen wissen wollte, wen wir fragten, und ich nicht die Einzige sein wollte, die niemanden vorweisen konnte. Selbst Eden hatte ein paar Leute vom Studium und von der Arbeit eingeladen, und ich hätte es nicht ertragen, unsozialer zu sein als der schweigsamste Mensch in der Mulberry Mansion. Trotzdem: Ich hatte keine Lust, mir den ganzen Abend irgendwelche Sprüche über die Villa oder meine Mitbewohner und Mitbewohnerinnen anzuhören. Vor mir hielten sich meine Kommilitonen zwar mit ihrer Meinung zurück, aber ich wusste mittlerweile gut genug, wie viele an der Uni hinter unseren Rücken über uns redeten. Und dass Julia und die anderen nicht wirklich etwas mit meiner Wohnsituation anfangen konnten, hatten sie von Anfang an deutlich gemacht. Genau aus diesem Grund hatte ich sie auch noch nie dorthin eingeladen. Bis jetzt.

Ihr müsst nicht kommen, wenn euch das Ambiente nicht schick genug ist.

Die Nachricht war abgeschickt, bevor ich mich dazu durchringen konnte, einen versöhnlichen Smiley dahinterzusetzen. Es dauerte keine fünf Sekunden, dann kam Julias Antwort.

War doch nur ein Witz. Jetzt sag schon. Wir bringen auch Wein mit. Und nervtötend gute Laune.

Ein widerwilliges Lächeln schob sich auf meine Lippen, und ich schickte Julia Uhrzeit und Adresse. Als ich mein Handy wieder verstaut hatte, hob ich den Blick und bemerkte Maxton, May, Willow und Beckett, die an einem der anderen Tische am Rand der Terrasse saßen. Fast alle – Maxton war aufgestanden und lehnte sich weit über die Bank, um an das zurückgelassene Tablett am Nachbartisch heranzukommen. Ich sah zwar nicht, was er vorhatte, aber dafür erkannte ich, wie Willow ihr Gesicht in den Händen vergrub, May lachte und Beckett den Kopf schüttelte.

In meinem Magen breitete sich ein warmes Gefühl der Zuneigung aus, als ich sie so sah – zusammen, außerhalb der Villa.

In der Uni traf ich die anderen nur selten. May hatte mich ein paarmal gefragt, ob ich mit ihnen Mittag essen gehen wollte, aber da ich nie gewusst hatte, wen dieses »Uns« beinhaltete, hatte ich bisher immer abgelehnt. Kurz zögerte ich, dann gab ich mir einen Ruck und lief auf ihren Tisch zu.

»Hey«, sagte ich lächelnd, als ich bei ihnen ankam.

»Avery.« May strahlte zu mir auf. »Setzt du dich zu uns?«

»Klar, gern.« Ich rutschte neben Beckett auf die Bank und stellte meinen Kaffee auf dem Tisch ab.

Maxton setzte sich gerade wieder auf der anderen Seite hin und nickte mir zu, ehe er sich der Serviette zwischen seinen Händen widmete. Ich konnte nicht erkennen, was er damit abrieb.

Beckett hingegen sah von seinem Handy auf und zu mir, begleitet von dem typischen Beckett-Lächeln: schief, keine Zähne, eine träge Verschlagenheit, vermutlich stundenlang vorm Badezimmerspiegel geübt. »Kaum zu glauben, dass du an der Uni auch mal still sitzen kannst. Immer wenn ich dich auf dem Campus sehe, rennst du zwischen den Gebäuden hin und her.«

»Dich sehe ich irgendwie nie auf dem Campus. Ich bin mir manchmal gar nicht sicher, ob du auch studierst oder dich nur wegen des Merchs eingeschrieben hast.« Ich deutete auf seinen Pullover mit Uni-Wappen, den er in mehrfacher Ausführung hatte.

»Bloß kein Neid, Darling«, murmelte Beckett belustigt, versank allerdings bereits wieder in seinem Handybildschirm.

Fragend sah ich zu den anderen. »Was genau macht er da?«

Willow verdrehte die Augen. Sie trug ihre Haare heute zu einem hohen Dutt, an dem zu allen Seiten einzelne Locken hervorsprangen. Ihre leicht abstehenden Ohren waren von der Kälte rot geworden. »Er versucht, seine Optionen für heute

Abend zu klären. Was meinst du, wie viele Frauen muss er zu seiner eigenen Einweihungsparty einladen, damit die Chance möglichst hoch ist, dass zumindest eine über Nacht bleibt? Kennen wir überhaupt so viele?«

Beckett schnaubte. »Wenn ich nicht so beschäftigt wäre, würdest du dafür eine Kopfnuss bekommen.«

»Na, was hab ich für ein Glück, dass dir dein Liebesleben wichtiger ist als die Aufrechterhaltung deiner Ehre«, erwiderte sie zwinkernd, ehe sie an ihrem Becher nippte. Ich roch den viel zu zuckrigen Matcha-Tee bis zu mir und verzog allein bei dem Gedanken an den Geschmack den Mund.

Willow hingegen lächelte selig. Sie redete seit Tagen von heute Abend. Wenn sie nicht gewesen wäre, hätten wir frühstens Anfang nächsten Semesters eine Einweihungsfeier veranstaltet. Nach dem Wettbewerbsende, wenn die Jury gesehen hatte, wie das Haus in einem hoffentlich sauberen und funktionstüchtigen Zustand aussah. Willow hatte allerdings darauf bestanden, dass wir die Villa einweihten, bevor wir sie herausgeputzt hatten. *»Wenn momentan etwas kaputtgeht, fällt es niemanden auf – nie hat sich eine Party mehr angeboten!«*, hatte sie letzten Sonntag beim Frühstück verkündet. Es folgte ein etwa zwanzigminütiger Monolog über die Wichtigkeit einer Einweihungsparty in sozialer, emotionaler und spiritueller Hinsicht. Ich hatte nach gut fünf Minuten abgeschaltet und brav die Hand gehoben, als wir darüber abgestimmt hatten, ob wir Willows Wunsch zustimmen wollten. Alle waren dafür gewesen. Ich konnte nicht sagen, ob wir uns der Logik oder ihrer Penetranz unterworfen hatten.

»Sind die Getränke eigentlich vorhin angekommen?«, fragte ich an May gewandt, während ich Willows unbenutztes Buttermesser von ihrem Tablett stibitzte, um meinen Apfel zu schneiden.

May sah von ihrem Lektüreheft auf und klemmte einen Finger als Lesezeichen dazwischen. Ihre Stirn runzelte sich, als würde sie innerlich zwischen zwei To-do-Listen springen. »Ja, ich hab sie angenommen, bevor ich zur Vorlesung musste. Jetzt müssen wir nachher nur noch putzen, das Essen vorbereiten und …«

Willow stupste sie in die Seite. »Nicht gleichzeitig lernen und den Tag planen. Sonst explodiert dein Kopf.«

May lächelte ertappt und zupfte an ihrem Stirnband herum. Sobald sich die Temperaturen gesenkt hatten, hatte sie ihre Haarbänder außerhalb der Villa gegen dickere getauscht. Die flaschengrüne Kaschmirwolle schmiegte sich eng an ihren Kopf und betonte die Farbe ihrer Augen und ihres übergroßen Mantels. Ich hatte noch nie jemanden getroffen, auf den das Wort *entzückend* so sehr zutraf wie auf May. »Schon gut«, gab sie nach und klappte ihr Heft zu. »Uns bleiben ja nachher noch ein paar Stunden, das bekommen wir schon hin.«

»Niemand erwartet von uns, dass es perfekt wird«, warf Maxton ein, ohne von seiner Serviette aufzusehen. »Die Leute wären eher enttäuscht, wenn sie keine Spinnenweben zu Gesicht bekommen.«

Willow nickte. »Und putzen müssen wir hinterher eh wieder, also sollten wir uns echt nicht zu viel Stress machen.« Sie nippte an ihrem Tee und nickte mir zu. »Jedenfalls ist es gut, dass du da bist, Avery. Kannst du Maxton ein paar Gesetze vorlesen, damit ihm klar wird, dass es nicht in Ordnung ist, in fremdem Müll zu wühlen?«

Er hob den Blick. »Und das sagst ausgerechnet du, nachdem du erst vor Kurzem unsere Gastgeber beklaut hast?«

»Jetzt tu nicht so, als würdest du dich nicht über die Pflanze freuen«, erwiderte sie und versuchte, nach dem Serviettenknäuel zu greifen.

Er hielt die Hand weg, ohne eine Miene zu verziehen. »Sollte der Typ gleich wiederkommen und nach seinem Avocadokern verlangen, gebe ich ihn widerstandslos zurück.«

»Ein Avocadokern?«, hakte ich belustigt nach und sah Maxton dabei zu, wie er die braune Kugel aus dem Papier löste. »Was hast du damit vor?«

Maxton lächelte auf den Kern hinab, auf diese Weise, die eigentlich dem Garten vorbehalten war. »Wir könnten einen Avocado-Baum anbauen. Muss nur überlegen, wie ich das mit dem Temperaturausgleich hinbekomme.«

»Du bist komisch, Max«, seufzte Willow, während er den Kern in der Vordertasche seines Rucksacks verstaute. »Aber wenn du dafür sorgst, dass ich jeden Tag Guacamole machen kann, sehe ich darüber hinweg.«

Ich musste lachen und spürte, wie sich ein warmes Gefühl in mir ausbreitete. Bisher hatte ich gedacht, dass die Villa irgendwie der Lehm unserer Gespräche und gemeinsamen Erlebnisse war. Aber in diesem Moment konnte ich die anderen ganz unabhängig von der Mulberry Mansion sehen. Als das, was sie waren: ein Haufen ziemlich wundersamer, wundervoller Menschen. Obwohl wir nicht einmal alle hier waren, Beckett uns nicht zuhörte und wir von einigen Seiten angesehen wurden, als würde an unseren Körpern der Staub der Villa haften: Ich hatte mich schon lang nicht mehr so wohlgefühlt.

»Ich finde, wir sollten so was öfter machen«, meinte May plötzlich, als hätte sie dasselbe gedacht.

Willow grinste. »Avocadokerne klauen?«

»Zusammen essen«, korrigierte May. »In der Uni oder einfach außerhalb von zu Hause. Wir könnten uns doch einmal die Woche dafür treffen. So wie jetzt.«

»Dir ist schon aufgefallen, dass wir gar nicht vollständig sind?«

»Das war ja auch nur als Beispiel gemeint.«

»Wo sind die anderen denn?« Ich zog mein Zopfgummi aus dem Dutt. Sofort warfen sich meine Haare lockig auf meine Schultern und wärmten meinen ausgekühlten Nacken.

»Helen hat ein Projekttreffen, und Sienna ist bei einer Theaterprobe. Ich hab übrigens herausgefunden, wann ihr Stück aufgeführt wird, und war so frei, uns Karten zu reservieren.« Willow grinste vielsagend.

May seufzte. »Lass mich raten: erste Reihe?«

»Natürlich. Sie wird so tun, als würde sie es hassen, sich aber insgeheim freuen.«

Ich lächelte und biss mir dann auf die Unterlippe, um nicht auszusprechen, woran ich dachte. An wen.

Maxtons Blick lag auf meinem Gesicht, und als ich meinen vorsichtig anhob, lächelte er. Still und so unangenehm wissend. »Eden hat zwei Stunden Pause um diese Zeit. Manchmal nutzt er das und geht zum freien Training.«

Mein Lächeln verkrampfte. Ich schnitt einen weiteren Schnitz aus dem Apfel, während mein Herz schneller schlug. Seinen Namen, mehr brauchte es dafür nicht. Ich wusste nicht, ob Eden mit Maxton über mich geredet hatte, nachdem er uns im Garten gesehen hatte. Über mich und die Panikattacke beim Rugbyspiel, oder über mich und ihn, über unser Damals, das irgendwie immer mehr Raum von unserem Jetzt einnahm.

Ich hatte seitdem keine Chance mehr gehabt, mit Eden zu sprechen. Die letzten zwei Male hatte er mich auf dem Dachboden versetzt, weil etwas dazwischengekommen war. Ich war nicht sicher, ob er damit einen Termin gemeint hatte oder eher ein Gefühl. Denn irgendetwas war da, *zwischen* uns. Groß und sperrig und herzschlagbeschleunigend. Es war da, wann immer wir uns begegneten. Egal, wie flüchtig das war, egal, ob Eden nur ein Schatten am Ende des Flurs, eine zufallende Tür oder eine dünne Stimme durch die Wand war. Egal, egal, egal, weil nichts egal war, wenn es um Eden ging. Immer noch nicht, nach all der Zeit.

Ich erinnerte mich nicht mehr genau an das, was ich im Auto gesagt hatte. Direkt nach der Angst war mein Herz immer sehr offen und zerpflückt, und dasselbe galt auch für meine Gedanken. Trotzdem wusste ich, dass ich ihm mehr oder minder gestanden hatte, dass ich nie aufgehört hatte, an ihn zu denken. Und vermutlich war das der Grund dafür, dass er mich seitdem mied.

Willows Lachen holte mich zurück in die Realität. »Freies Training klingt so wahnsinnig professionell, dafür, dass er sich in einer nach Schweiß riechenden Halle aufhält und auf einen Sandsack einprügelt.«

Ich zuckte zusammen. Das Buttermesser fiel aus meiner Hand und auf den Boden, aber ich bückte mich nicht. Ich starrte nur Willow an. »W…was?«

Sie hob die Augenbrauen und klaute einen der Apfelschnitze, die ich vor mir aufgereiht hatte. »Du hast ihn wohl noch nie mit diesen hübschen Boxhandschuhen gesehen, was? Kein Wunder, wenn er sie aus irgendeinem unerfindlichen Grund nach jedem Training im Bad auf *unserem* Stockwerk aufhängt. Ich habe ihn bestimmt schon zehnmal gefragt, womit ich die Ehre dieses Anblicks verdient habe, aber wie gewohnt ignoriert er auch das.«

»Willow.« Maxtons Stimme war sanft und warnend zugleich, als wüsste er selbst nicht genau, warum er sie zurückhalten wollte. Ich spürte seinen Blick auf meinem Gesicht und wusste, dass er es ahnte, ohne es verstehen zu können. Denn es gab Menschen wie ihn, die Dinge spürten, die unsichtbar waren. Und Menschen wie Willow, die das eher nicht taten.

»Was denn? Ich find's ja gut, wenn er sich hier austobt und nicht zu Hause auf die Wände eindrischt. Ich finde irgendwie nur, dass das so gar nicht zu ihm passt. Als hätte er sich nicht für ein Klischee entscheiden können. Der lesende Einzelgänger oder der draufgängerische Eisjunge ... beides ist irgendwie ein bisschen zu viel, oder nicht?«

»Eden boxt.« Die Worte klangen so ungläubig, wie ich mich fühlte. Das war ... unmöglich.

Ich wusste noch genau, wie wir ein paar Monate nach dem Tod meines Vaters mit unseren Freunden in einer Sportsbar gewesen waren. Wir bestellten Burger, tranken Cider, dann begann auf einem der Fernseher ein MMA-Kampf. Den Rest des Abends verbrachten Eden und ich im Park neben der Bar. Ich weinend, er ganz still. *»Versprich mir, dass du niemals Gefallen an so etwas finden wirst«*, bat ich ihn irgendwann erstickt. *»Dass du nicht zu einem dieser Menschen wirst, die Spaß daran haben, Schmerz anzusehen. Und versprich mir, dass du nie etwas tust, was dich verletzen könnte. Versprich es mir, Eden.«* Er hatte nicht gezögert. Und jetzt sollte er sich nicht nur selbst in Gefahr begeben, sondern auch aus Freude gegen andere ... kämpfen? Nein, niemals.

Doch Willow nickte und klemmte eine ihrer losen Locken hinter ihr Ohr. »Schon seit zwei Jahren, oder, Max? Ihr habt euch doch bei einem dieser Kurse kennengelernt.«

Maxton sah mich nur an, May auch, Beckett war mit seinem Handy beschäftigt, und Willow ... hörte nicht auf zu reden.

»Zugegeben, dich sehe ich auch nicht als Boxer, aber noch mehr als ihn. Ich hab ihn letztens dabei beobachtet, wie er mit einem Glas durch den Flur gelaufen ist und Spinnen eingesammelt hat, um sie draußen wieder auszusetzen. Er hat sie ganz sanft an den eklig haarigen Körpern genommen und ins Glas gelegt. Aber wenn ich ihn frage, was es so Neues gibt, bekomme ich nur ein tonloses ›Nichts‹. Müssen uns noch ein paar Beine wachsen, bevor er nett zu uns ist? Ich versteh den Kerl nicht, echt nicht.«

»Boxen ist auch nur ein Sport«, sagte Maxton ruhig. Es passte nicht zu Willows Rede, aber er richtete die Worte sowieso nur an mich.

Ich spürte, dass meine Wangen ganz klamm geworden waren, und vielleicht war da keine Farbe mehr in mir. Keine Farbe, kein Ausdruck, kein Verstehen, gar nichts. »Ist es nicht.« Wieder meine Stimme, die nur fremd klang. Verzerrt und schrill zugleich. »Man nennt es Sport, um zu tarnen, dass es eigentlich nur dazu dient, Aggressionen freien Lauf zu lassen. Auf jemanden einzuschlagen hat nichts Ästhetisches und sicher nichts Athletisches. Es ist nur barbarisch. Es ist ekelhaft. Unmenschlich. Einfach falsch.«

Die Wärme der letzten Minuten war schlagartig verflogen. Ich fühlte mich so kalt wie schon lang nicht mehr. Das Gletschereis war zurück, blaue Wellen aus Frost in mir, es brannte, und es tat weh, tat weh, tat weh.

Maxton hob die Augenbrauen. »Das ist ziemlich hart, meinst du nicht?«

Ich lachte trocken auf. »Nein. Es ist wahr.«

May streckte besorgt die Hand nach mir aus. »Avery …«

Ich wich ihr aus und stand so ruckartig auf, dass Kaffee aus meinem Becher auf meine Finger tropfte. »Ich muss jetzt los. Wir sehen uns.«

Ich gab ihnen keine Chance zu reagieren. Wenn ich blieb, würde ich mehr sagen, etwas, was ich nicht mehr zurücknehmen konnte. Und das alles nur, weil dieser eine Gedanke in mir Wurzeln trieb, so schmerzhaft und falsch.

Eden boxt. Eden boxt, boxt, boxt.

Die Worte malten Bilder in meinen Kopf, die ich nicht sehen wollte. Willow hatte recht. Das passte nicht. Es passte nicht zu ihm. Es *durfte* nicht zu ihm passen.

Nicht Eden. Nicht Eden. Nicht Eden.

»Was hab ich verpasst?«, hörte ich Beckett ahnungslos fragen, aber ich hielt nicht mehr inne.

Ich lief und lief und lief, doch je weiter ich kam, desto mehr zerbröselte jedes bisschen Sinn zwischen meinen Gedankenfingern.

Ich wich gerade noch rechtzeitig aus, als die Badezimmertür aufflog und zwei kichernde Mädchen auf den Flur hinaustraten. Ich rang mir eine Begrüßung ab und folgte ihnen mit etwas Abstand ins Erdgeschoss, in dem der Lärmkern der Party nistete. Aus dem Wohnzimmer drang laute Popmusik, was bedeutete, dass Beckett sich gegen Sienna durchgesetzt hatte. Der Geruch nach Gewürzpunsch, diversen Aftershaves und Parfumdüften vermengte sich mit dem gewohnten, staubigen Holzatem der Villa.

Es war nach neun, und die ersten Gäste waren vor einer Stunde angekommen. Ich hatte mich trotzdem so lang in mein Zimmer zurückgezogen, bis ich den Trubel im Haus unmöglich ignorieren konnte. Nach dem, was vorhin in der Uni passiert war, war mir heute nicht nach Gesellschaft. Aber man konnte sich schlecht von seiner eigenen Einweihungsparty ausladen, und insgeheim wusste ich, dass ich es bereuen würde, wenn ich mich ganz ausklinkte. Vielleicht waren neue Menschen und ein bisschen Alkohol genau die richtige Mischung, um diese nagenden Gedanken aus meinem Kopf zu bekommen. Wenigstens für ein paar Stunden.

Am Fuß der Treppe verharrte ich. Im Flur zum Wohnzimmer stand Beckett gestikulierend in einer Traube Frauen und erzählte vermutlich Halbwahrheiten über das Haus. Es gab niemanden, der Unwissenheit so selbstbewusst verkaufte wie er. Ich grinste und ließ den Blick weiterwandern, als mir die Frau auffiel, die sich in einem weitschwingenden Plisseerock vor dem zwei Meter hohen Spiegel drehte, den Eden und ich vom Dachboden heruntergeholt hatten. Julia bemerkte mich im Glas und wandte sich mit einem breiten Grinsen zu mir um, als ich bei ihr ankam.

Ich lächelte halbherzig. »Du hast also hergefunden?«

»Klar. Die anderen sind auch hier. Isaac ist in einem der Badezimmer verschwunden. Er hat mir gerade ein Foto von sich und der Wanne geschickt. Ich glaube, er ist verliebt.« Sie verdrehte die Augen.

»Und Nate?«

»Küche. Der kürzeste Weg zum Alkohol.« Julia sah sich um. »Ziemlich irres Haus übrigens.«

»Irre?«, fragte ich gedehnt und ein kleines bisschen herausfordernd.

»Irre *cool*, meine ich natürlich«, erwiderte sie und zwirbelte ihr fuchsrotes Haar um einen Finger. »Nein, ehrlich. Ich glaube, ich verstehe langsam, was du an dieser Villa findest. Sie hat auf jeden Fall ihren Charme.«

Ich schüttelte belustigt den Kopf, merkte aber, wie ihre Worte mich ein wenig entspannten. Vielleicht konnten Menschen einen tatsächlich überraschen, wenn man ihnen die Chance dazu gab. »Danke. Aber ihr werdet es trotzdem weiter *Staubschloss* nennen, oder?«

»Na, aber sicher. Das sind liebevolle Neckereien. So macht man das mit guten Freunden.«

Ich konnte nicht anders, als ihr Grinsen zu erwidern. »Es ist wirklich schön, dass ihr gekommen seid.«

»Finde ich auch.« Sie zückte ihr Handy, das an einer Goldkette über ihrer Schulter hing. »Dann werde ich mich jetzt umsehen und Fotos machen. Meine Freunde in Oxford glauben mir das hier nämlich sonst niemals.«

Ich musste lachen und blickte ihr nach, bis sie im Flur zur Küche verschwunden war.

Erst als ich mich umdrehte, bemerkte ich Eden, der am Ende der Treppe stand und zu mir herübersah. Langsam kam er auf mich zu und nickte in die Richtung, in die Julia gegangen war. »Eine Freundin von dir?«

»Vielleicht«, gab ich zurück, weil ich in diesem Moment glaubte, es könnte ein Ja werden. »Und wo sind deine?« Er hatte zwar behauptet, jemanden einzuladen, aber ich war nicht sicher, ob er das nur gesagt hatte, um Willow zufriedenzustellen.

Eden hob die Schultern und fuhr sich durch die Haare. Der Kragen seines grauen Shirts war verwaschen und leicht geweitet, ich konnte die Leberflecke darunter sehen. Nur drei Punkte und ganz viel Sehnsucht in meinem Bauch.

Seltsam, dass man sich gleichzeitig so sehr zu jemanden hingezogen und von ihm abgestoßen fühlen konnte. Mein Blick wanderte zu seinen Händen, und als ich seine geröteten Fingerknöchel sah, hätte ich am liebsten geweint.

»Hast du kurz einen Moment?«, riss er meine Gedanken und den Blick zu sich. Er sah so ernst und angespannt aus, dass ich mich sofort fragte, was am Haus kaputtgegangen war. Immerhin war die Villa der einzige Grund, aus dem er meine Nähe suchte. Also nickte ich schwach und folgte ihm in den Eingangsbereich.

Etliche Schuhe standen unordentlich durcheinander, die Dielen waren bereits jetzt schmutzig und feucht. Eine Gruppe Mädchen wurde gerade von May hereingelassen. Ich erkannte nur eine von ihnen, Elsie, Mays beste Freundin aus der Uni. Ich winkte ihr zu und machte ihnen dann Platz, indem ich einen Schritt in die Garderobennische ging. Die hohen Kleiderstangen waren so dicht behangen, dass sich die Jacken der Gäste von allen Seiten gegen mich drückten.

»Was willst du besprechen?«, fragte ich laut, um die fröhlichen Stimmen von Mays Freundinnen zu übertönen, die gerade ihre Schuhe abstreiften.

»Nichts besprechen.« Eden stellte sich auf die Zehenspitzen, um an die Ablage über den Garderobenstangen zu kommen. »Ich wollte dir nur was geben.« Er holte seinen Rucksack herunter und öffnete ihn. Das dämmrige Deckenlicht fiel auf seine Finger und ließ die Knöchel noch prägnanter hervorstechen. Noch rauer, noch wunder, noch verletzter. Noch falscher.

»Deine Hände«, brachte ich mühsam hervor. »Ist das von deinem … Sportkurs?« Meine Stimme klang schrill und irgendwie zu laut, obwohl der Bass aus dem Wohnzimmer sich durch das ganze Haus wand.

Die Mädchen hatten den Eingangsbereich verlassen, aber ich stand noch immer in der Nische voller Stoffe. Ich war froh darüber, weil ich mich plötzlich so fühlte, als stünde ich dicht am Rande einer Ohnmacht. Und in diesem Moment wollte ich nicht in Edens Richtung fallen. Die Vorstellung von diesen Händen berührt zu werden, löste ein Gefühl der Übelkeit in mir aus. So falsch. *So, so, so falsch.*

Eden hielt inne und ließ den Rucksack sinken. »Ja«, sagte er zögerlich. »Die Bandagen waren nicht richtig gebunden, deswegen hat es gescheuert.« Er versuchte nicht, seine Fingerknöchel zu verbergen, er wich auch meinem Blick nicht aus. Ich sah trotzdem, dass sich seiner trübte. »Maxton hat mir vorhin gesagt, dass die anderen es dir erzählt haben. Und dass du intensiv reagiert hast.«

Ich lächelte halbherzig. *»Intensiv reagiert?«*

»Seine Worte.«

»Maxton ist nett, andere würden das anders nennen.«

Nicht einmal Willow hatte mich auf den Vorfall beim Mittagessen angesprochen, aber ich wusste, dass sie alle darüber nachdachten. Mir war nicht entgangen, dass sie mich während der Partyvorbereitungen verstohlen gemustert hatten. Es war mir unangenehm, dass ich vor ihnen so laut und direkt geworden war, doch ich wusste, dass ich es wieder getan hätte. Weil ich auch hierbei zu meiner Meinung stand. Selbst wenn das bedeutete, dass ich Eden in diesem Moment kaum ansehen konnte. Ich fixierte die gesprungene Haut seiner Hände. Diese schönen Hände, die immer rau, aber nie verletzt gewesen waren.

»Also … du boxt.«

»Ja.«

»Kein Rugby, sondern … Boxen.« Natürlich war mir jetzt klar, warum er mir auf dem Parkplatz vor dem Stadion nicht gesagt hatte, woher er kam. Er hatte gewusst, wie *intensiv* ich darauf reagieren würde.

Die Hausklingel läutete wieder, jemand rannte den Flur entlang, Lachen schwebte über den Dielenboden und an unserer Nische vorbei. Eden machte einen halben Schritt auf mich zu, sein Rücken eine Wand für einen Raum ohne Türen. Als hätten wir je eine gebraucht, um uns vom Rest der Welt abzukapseln. So viele Jacken um uns herum, diverse Wollfarben, etliche Parfumreste, ich nahm trotzdem nur ihn wahr.

»Ja«, wiederholte er ruhig.

»Das ist nicht unbedingt besser«, wisperte ich. Über seiner Schulter hing ein Mantel aus pinkem Kunstpelz. Die Jacke passte so wenig in die Villa wie das Boxen zu Eden. Zumindest zu dem Eden, den ich damals gesehen hatte. Den ich noch immer sehen wollte.

»Kommt drauf an.«

»Worauf?« Ich starrte auf die grelle Farbe, weil das erträglicher war als in sein Gesicht. In meinen Augen brannten Tränen, ich wusste nicht einmal, wieso. Weil er ein Versprechen gebrochen hatte, das er mir vor Jahren gegeben und vielleicht nie so gemeint hatte? Oder auch nur, weil *ich* so verkorkst war, dass ich es nicht ertrug, dass er so etwas tun konnte?

»Ever?«

Ich schloss die Augen und atmete tief durch, zählte bis fünf, bis ich blinzelte und mich Eden stellte.

Er sah mir direkt in die Augen, sein Blick nicht silbern, sondern aschegrau. »Ich nehme nie an Kämpfen teil. Ich gehe nicht mal im Training in den Ring. Ich boxe nie gegen andere.« Er sagte jedes Wort langsam und eindringlich.

Ich schluckte und sah auf die aufgerauten Knöchel seiner Finger. »Dann ist das hier …«

»Von einem Sandsack. Nicht von einem Menschen. Okay?« Er machte eine winzige Bewegung mit der Hand nach vorn, sodass sie meine streifte.

Ich holte tief Luft, aber ich wich nicht zurück. »Okay.« Alles in mir sträubte sich dagegen, aber ich zog die Buchstaben nacheinander auf meine Lippen und stieß sie dann hervor. Weil ich sie glauben wollte. Ich wollte glauben, dass mich das nicht störte. Dass es einen Unterschied machte, ob Eden Menschen schlug oder nur einen Sandsack. Als wäre das Ziel wichtiger als der Trieb, die Bewegung auszuüben. Als würde ich nicht alles daran verurteilen. Vielleicht konnte ich es ja akzeptieren, wenn ich es verstand. »Und … warum?«, fragte ich und suchte seinen Blick, aber da hob er erneut seinen Rucksack an.

Ich war nicht sicher, ob er mich nicht gehört hatte oder ignorierte, doch statt zu antworten, wiederholte er nur: »Ich wollte dir was geben.«

Stirnrunzelnd sah ich dabei zu, wie er etwas Eckiges aus dem Rucksack holte. Erst als er ihn sinken ließ und mir den

Gegenstand hinhielt, erkannte ich ihn. Mein wundes, pochendes Herz rutschte in meinen Bauch und löste ein flaues Gefühl darin aus. »Gott, Eden«, flüsterte ich und griff danach.

Das Buch war alt, die Ecken rundherum abgestoßen, die Seiten vergilbt. Der Schutzumschlag fehlte, aber ich erkannte es trotzdem sofort. Es lag an der goldenen Stanze, die den Titel einrahmte: *Fireflies & Fairytales.* Das hier war das Märchenbuch, mit dem ich Lesen gelernt hatte, das Lieblingsbuch meines Vaters, das Buch, das in einer anderen Ausgabe in Redcar auf meinem Nachttisch lag und das ich jeden Abend vermisste, wenn ich nicht einschlafen konnte.

»Gestern kam eine neue Lieferung im Laden an. Und als ich es gesehen habe … Keine Ahnung. Es hat nur zwei Pfund gekostet, also ist das kein großes Ding oder so. Ich dachte nur, du freust dich vielleicht. Keine Ahnung.«

Er sagte zweimal »Keine Ahnung«, dabei hatte er *jede* Ahnung. Er wusste genau, was mir das hier bedeutete. Ich öffnete mehrmals den Mund, doch irgendwie war kein Wort groß genug für das, was ich gerade fühlte. Ich presste das Buch an meine Brust und schluckte. »Danke. Ehrlich. Das ist … ich weiß nicht, was ich sagen soll. Eden.« Seinen Namen sagte ich einfach so. Ohne Komma davor, ohne drei Punkte danach. Vielleicht, weil ich schon immer am meisten gefühlt hatte, wenn ich seinen Namen gesagt hatte, und weil ich jetzt hoffte, dass er das spürte.

Er wich meinem Blick aus und einen Schritt von mir fort. »Schon gut. Niemand sollte in einem Zimmer ohne Bücher leben.«

Irritiert sah ich zu ihm auf. »Du warst in meinem Zimmer?«

»Du lässt die Tür oft offen stehen.«

»Und du machst deine immer zu.«

Er lächelte schwach und ging noch einen Schritt nach hinten, sodass er wieder im Flur stand. »Viel Spaß heute.«

»Dir auch.« Ich zögerte, holte tief Luft. Wenn nicht jetzt, würde ich mich nie trauen. »Willow hat mir vor zehn Minuten geschrieben, dass sie gerade den ältesten Schnaps im Keller sucht. Trinkst du was mit uns?«

Er blinzelte mehrmals, dann schüttelte er langsam den Kopf. »Ich trinke keinen Alkohol. Also … gar nicht mehr.«

Überrascht hob ich die Brauen. Eden hatte früher nie sonderlich viel getrunken, aber auch nicht ganz darauf verzichtet. Mir war zwar aufgefallen, dass er während unserer gemeinsamen Abendessen in der Villa nie Wein oder Bier mit uns trank, doch ich hatte gedacht, dass das daran lag, dass er sich in unserer Nähe nicht wohlfühlte.

»Oh, okay«, sagte ich hastig, bevor er mein Zögern falsch interpretieren konnte. »Entschuldige, ich hätte nicht davon ausgehen sollen … das wusste ich nicht.« Ich verharrte mitten in der Bewegung, die ich gerade auf ihn zugemacht hatte. Noch immer stand ich im Schutz der Jacken, aber das war nicht der einzige Grund, weswegen ich mich plötzlich so weit weg von ihm fühlte. Es war die Art, wie sich sein Blick veränderte und zuzog.

»Schon gut.« Er tastete nach seinem Nacken und sah zur Seite. »Ich geh dann mal und sorg dafür, dass keiner auf die Idee kommt, eine Privatparty in einem unserer Zimmer anzufangen.«

»Okay«, sagte ich erneut, obwohl ich ganz andere Dinge sagen wollte. Zum Beispiel, dass er auch Wasser trinken konnte oder eine seiner ekelhaft süßen Limonaden, Hauptsache, er rannte nicht wieder sofort weg. Stattdessen hob ich das Buch an und lächelte sacht. »Und danke noch mal.«

Ich blieb in der Garderobennische stehen, als Eden fort war.

Erst als Willow meinen Namen durch den Flur rief, verstaute ich das Buch in meiner Tasche und schob sie tief unter das Schuhregal, ehe ich zurück zu den anderen ging.

Willow präsentierte mir stolz grinsend eine beschlagene, klebrige Flasche Pflaumenschnaps, und ich hielt ihr bereitwillig einen Becher hin. Dieser Abend war zu verwirrend, um ihn ohne Alkohol überstehen zu können.

Ein paar Stunden später wünschte ich, ich wäre mehr wie Eden. Ich wünschte, ich hätte einen weiten Bogen um Willow und ihren Schnaps geschlagen, und ich wünschte, ich hätte sowieso überhaupt keinen Alkohol mehr getrunken, seit ich mich mit fünfzehn das erste Mal von zu viel Pfirsichbowle übergeben hatte.

Stattdessen hatte ich immer wieder bereitwillig genickt, wenn Willow mir Nachschlag angeboten hatte. Ich wollte mir nicht eingestehen, dass das vor allem daran gelegen hatte, dass ich Eden stundenlang dabei zugesehen hatte, wie er mit anderen Frauen redete. Keine Ahnung, was mich daran mehr störte: dass er überhaupt so viele davon zu kennen schien oder dass er offensichtlich kein Problem damit hatte, mit ihnen zu sprechen, während er seine Mitbewohnenden den ganzen Abend geflissentlich ignorierte.

Also versuchte ich auch, ihn zu ignorieren. Ich sah Sienna dabei zu, wie sie mit ihren Theaterfreunden ein Impro-Stück im Salon aufführte, ich verbrachte Zeit mit May und Helen in der Küche und wendete Nelken und Zimtstangen im heißen Punsch, ich führte Nate, Isaac und Julia durch die Zimmer und stellte sie den anderen vor, und ich saß lang mit Maxton auf der Veranda, wo er sich den ganzen Abend aufhielt, als wäre das der Kompromiss zwischen Garten und Party, den er Willow zuliebe eingehen konnte. Als ebendiese uns entdeckte und androhte, uns dazu zu bringen, mit ihr im Wohnzimmer zu tanzen, verzog ich mich in den Garten.

Etwas entfernt vom Haus blieb ich stehen und betrachtete es von außen. Die Nacht war dunkel und kalt, doch das Gemäuer schien trotzdem zu leuchten. Etliche Silhouetten hinter dem Glas, eine Blase aus Stimmen, Musik und Gelächter um es herum. Der Mond am Himmel, in jedem Fenster der Villa irgendwie noch einer. So viel Licht.

Meine Sicht verschwamm, ich blinzelte und wandte mich ab. Die plötzliche Stille pochte dumpf in meinen Ohren. Der Garten war ein Dickicht aus Schatten, aber er machte mir keine Angst. Vielleicht war ich zu betrunken, um rational zu denken. Vielleicht war das auch der Grund dafür, dass ich mich mit ausschweifenden und doch zielstrebigen Bewegungen zwischen den nachtfeuchten Pflanzen hindurchbewegte.

Denn ich hatte Eden in der Villa seit einer Stunde nicht mehr gesehen, und ich bildete mir ein, ihn noch immer gut genug zu kennen, um zu wissen, wo er war.

Und mir war jetzt gerade wirklich nach einem Fehler.

15. Kapitel

EDEN

An den lautesten Orten fühlte ich mich oftmals am stillsten. Wenn zu viele Menschen um mich herum waren, hatte ich das Gefühl, umso mehr mit mir selbst konfrontiert zu werden. Das Verhalten der anderen war wie ein Spiegel, und mit jedem Blick hinein fragte ich mich, ob ich mich unauffällig genug verhielt, um keinen Ärger auf mich zu ziehen. Ein Relikt aus meiner Kindheit, in der das Mit-der-Masse-Verschwimmen mein höchstes Ziel gewesen war.

Ich fühlte mich auf der Party unwohl, kaum dass sie begonnen hatte. Es lag nicht an den Leuten oder der Stimmung an sich. Ich hatte nichts dagegen, wenn andere Menschen feierten oder tranken, jeder musste sich seine eigenen Grenzen setzen. Es lag schlichtweg daran, dass solche Partys meine Sinne auf unangenehme Weise schärften. Ich nahm nicht nur mich selbst so klar gezeichnet war, ich spürte auch jedes feine Umschwingen in der Atmosphäre. Eine Diskussion, die kurz davorstand, von hitzig in flammend zu kippen. Eifersucht, die an der Schwelle zu Aggression taumelte. Betrunkenheit, die nur zwei Shots von einem Blackout entfernt war. Partys waren Zentren von Emotionen, und starke Emotionen führten früher oder später zu irgendeiner Art von Knall. Und davon wollte ich mich fernhalten, davon *musste* ich mich fernhalten – um jeden Preis.

Es war nach eins, als ich die Mulberry Mansion verließ und mich auf den Weg zu meinem Lieblingsort machte. Im Schuppen verschwanden all die fremden Gerüche, die die Gäste in die Villa gebracht hatten. Hier gab es nur die vertraute Mischung aus Druckerschwärze und Papier, überlegt von Sägemehl und Holz. Eine Gartenbibliothek, ein Werkstattschuppen, eine Zuflucht für mich, wenn ich das Bedürfnis hatte, in ein fremdes Leben zu schlüpfen, um mich nicht meinem eigenen widmen zu müssen.

Ruhe durchströmte mich, als ich mich auf den Sessel neben den Bücherregalen setzte und nach dem Buch griff, das ich gestern dort liegen gelassen hatte. Ein Stück Farn als Lesezeichen, weil Maxton immer was von seinem Grünzeug mit hereinbrachte, wenn er mich hier besuchte.

Ich hatte gerade das Ende des dritten Kapitels erreicht, als sich die Tür des Schuppens öffnete. Mein Blick huschte genervt zu der Person, die im Rahmen auftauchte, und ich setzte schon an, einem betrunkenen Gast den Weg zurück zur Villa zu erklären. Dann erkannte ich sie.

Sofort klappte ich das Buch zu und legte es neben die Flasche mit grell pinker Limonade auf den Boden. Die Lampe neben mir flackerte und warf nur trübes Licht ab, aber ich musterte Avery so gut es ging. Sie verharrte in der Tür, die Hände an beiden Seiten abgestützt, trotzdem wankend. Ihr Blick lag flimmernd auf mir, sie öffnete den Mund, ohne etwas zu sagen.

»Was ist passiert?«, fragte ich alarmiert und stand auf.

Sie löste sich vom Rahmen und kam herein. Während die Tür zufiel, tastete sie nach ihren Handgelenken, doch da war kein Stoff, in dem sie ihre Finger vergraben konnte. Sie hatte sich nicht einmal eine Strickjacke übergezogen, geschweige denn Schuhe. Was bedeuten musste, dass sie entweder in Eile gewesen war oder … betrunken.

»Willow hat den Schnaps gefunden. Und er war nicht nur alt, sondern auch stark. Und jetzt dreht sich alles, und ich hab das Gefühl, ich sollte mich hinsetzen. Und mich vor Willow verstecken, weil sie da drinnen gerade jeden ausgewachsenen Kerl unter den Tisch trinkt und …« Sie machte zwei Schritte auf mich zu und stolperte über eine alte Schublade, in der Werkzeuge lagen. Bevor sie in die Säge fallen konnte, war ich bei ihr und zog sie zurück. Okay, eindeutig betrunken.

»Pass auf.« Ich umfasste ihre Taille und schob sie ein Stück nach hinten. »Setz dich erst mal.«

Vorsichtig hob ich sie auf die Arbeitsfläche, die von feinen Holzspänen übersät war. Meine Finger kribbelten an den Stellen, an denen ich sie berührt hatte. Der Stoff ihres Shirts war dünn, und ich sah die Abzeichnungen ihres BHs darunter sowie den breiten Spitzenträger unter dem verrutschten Oberteil. Hastig trat ich wieder einen Schritt zurück. Gerade so weit, dass ich sie aufhalten könnte, wenn sie fallen sollte.

»Der Boden hätte es auch getan«, murmelte sie.

»Der Boden ist kalt. Am Ende bekommst du eine Blasenentzündung, und ich hab hier gerade keinen Cranberrysaft im Angebot.«

Avery lachte und wischte sich die wirren Ponysträhnen hinter die Ohren. Ich hätte sie am liebsten sofort wieder in ihre Stirn gestrichen. Ich liebte es, dass sich das Chaos in diesem Bruchteil ihres Ichs eingeschlichen hatte, auch wenn sie sonst so viel Wert auf Planung und Ordnung legte. Es war das winzige Detail, das aus »schön« »besonders« machte. Es war attraktiv und anziehend und … heiß. Es war definitiv nichts, womit ich umgehen konnte, schon gar nicht, wenn wir allein in so einer Situation waren.

»Du bist der einzige Kerl, der so was sagen würde.« Ihre Augen funkelten belustigt.

Ich wusste, dass sie recht hatte. *Du redest wie ein Mädchen.* Der Satz wummerte in meinem Kopf, auch nachdem ich ihn leicht geschüttelt hatte. »Ich lese zu viel.«

»Nein, du hörst gut zu«, widersprach sie etwas fahrig. »Du hörst anderen zu. Du hörst mir zu. Und du hörst Sheila zu. Und Maria. Und Leyla.«

Ich hob belustigt die Brauen. »Zählst du gerade wahllos Frauennamen auf?«

»Möglich.« Sie kniff die Augen zusammen, als müsste sie sich auf die Worte konzentrieren. »Ich hab keine Ahnung, wie deine Freundinnen alle heißen. Aber sie sahen nett aus.«

Ich lächelte schwach. Es wunderte mich nicht, dass ihr das aufgefallen war. Ich hatte auch sie den ganzen Abend im Blick behalten, nicht absichtlich, eher aus einem Reflex heraus. »Ich kenne die meisten davon eigentlich nicht mal. Beckett hat gefühlt den ganzen Campus eingeladen. Oder zumindest die weibliche Hälfte.«

Ich hatte ihn im Laufe des Abends mit zehn verschiedenen Mädchen sprechen sehen, fast genauso viele waren planlos durch die Villa gestreift, und die eine oder andere hatte mich angesprochen. Ich hatte das Gespräch immer nach etwas höflichem Small Talk unterbrochen und mich entschuldigt. Ich wollte nicht unfreundlich sein, aber ich hatte auch kein Interesse an dem, was ich in ihren Augen aufleuchten sah. Es war nett, wenn einem bewusst wurde, dass man auf jemanden interessant oder anziehend wirkte, klar, und an einem anderen Abend, in einem anderen Setting, hätte ich mich womöglich darauf eingelassen. Aber nicht in der Villa und ganz sicher nicht, wenn Avery nur ein paar Schritte entfernt stand. Ganz am Anfang hatte ich darüber nachgedacht, ob so was es leichter machen würde. Ob ich mal jemanden herbringen sollte, damit Avery – und mir – klar wurde, dass ich auf jede erdenkliche Art über sie hinweggekommen war. Doch ich hatte es nicht über mich gebracht. Und das würde ich vermutlich auch nie.

»Darf ich ehrlich sein?«, fragte Avery schwerfällig, noch immer mit geschlossenen Augen.

Ich lächelte. »Immer.«

»Ich will nicht so eine Frau sein. Eine, die anderen nichts gönnt oder aufgrund ihres Verhaltens Annahmen über ihr sexuelles Interesse anstellt. Oder dieses Interesse dann bewertet. Jede kann …«

»Ever«, unterbrach ich sie sanft. Avery war so gut wie unaufhaltsam, wenn sie sich in Rage redete. Dieser Name war die effektivste Art, sie zu stoppen. Oder … zumindest die zweiteffektivste Art. Mein Mund wurde trocken, ich sah zur Seite.

Sie biss sich auf die Unterlippe, als hätte sie denselben Gedanken gehabt. »Ich mag es, wenn du mich so nennst.«

»Ich weiß.«

»Ich mag es allerdings nicht, wie sie dich ansehen.«

»Wie sehen sie mich denn an?« Ich machte einen unbedachten Schritt auf sie zu. Nur so nah, dass ich ihren Geruch aus dem des Schuppens herausfiltern konnte.

»Sie finden dich schön. Attraktiv. Begehrenswert. Heiß. Such dir was aus. Sie sehen dich an, als würden sie dich wirklich erkennen. Dabei tun sie das nicht. Sie nehmen das Schönste an dir gar nicht wahr. Deine Gedanken, deine Kopfwelten, dein ganzes, seltsames, ziemlich wunderbares Ich. Keiner von den Menschen in diesem Haus hat das je zu Gesicht bekommen, weil du es so sehr für dich behältst.«

Meine Hand wanderte von ganz allein auf sie zu. Ich strich ihren nackten Oberarm hinauf, schob den heruntergerutschten Träger ihres Shirts behutsam über die Schulter. »Du bist echt betrunken«, stellte ich fest. Fast wünschte ich mir, ich wäre es auch. Dann könnte ich das, was ich hier gerade tat, zumindest mit einer fadenscheinigen Ausrede begründen. Doch die Wahrheit war, ich brauchte keinen Alkohol, damit meine Sinne sich verwirrten. Averys Nähe war viel schlimmer.

»Das macht es ja nicht weniger wahr.« Sie blinzelte und suchte meinen Blick. »Wieso bist du heute hier? Wieso kapselst du dich so von allen ab?«

Ich lächelte, mein Daumen strich über den Stoff des Trägers. Ich sah die feine Gänsehaut auf ihrem Arm und spürte dieselbe auf meinem unter dem Pullover. Hastig zog ich meine Hand fort, bevor ich völlig den Verstand verlieren konnte. »Vielleicht bin ich einfach lieber allein.«

»Früher warst du gern unter Menschen. Du konntest gut allein sein, aber du wolltest es nicht immer.«

»Manche Dinge ändern sich. Das hatten wir doch schon.«

»Das glaube ich dir nicht«, flüsterte sie.

»Weil du es nicht glauben willst.« Ich schloss die Augen und atmete laut aus. Ich hätte Avery das Buch nicht schenken sollen. *Natürlich* hätte ich es ihr nicht schenken sollen. Aber es war keine richtige Wahl gewesen, als ich es bei der Arbeit gesehen hatte. Ich hatte es ihr kaufen *müssen*. Ich hatte ihr eine Freude machen wollen, weil ich es nicht ertrug, sie permanent so ernst und traurig zu sehen. Doch im Grunde war das unfair. Ich hatte mir so viel Mühe gegeben, Avery auf Abstand zu halten. Mit dem Buch hatte ich sie letztlich nur angelockt, um sie jetzt noch fester zurückstoßen zu müssen.

Avery richtete sich auf und umklammerte die Holzkanten der Platte. »Nein, weil ich dich kenne.«

»Vielleicht hast du mich nie gekannt. Vielleicht kann man niemanden richtig kennen. Vielleicht ja nicht einmal sich selbst.« Die Worte färbten meine Stimme wieder einmal tiefer und rauer. *Schleifpapierstimme*, hatte ich früher oft gedacht. »*Hörbuchstimme*«, hatte Avery stattdessen gesagt.

Sie zuckte schwach zusammen, als würde ich damit etwas aussprechen, das sie seit Jahren befürchtete. »Das ist Unsinn«, schoss sie trotzdem zurück. »Und es macht mich wütend, dass du so was sagst. Dass du so tust, als wäre das, was wir hatten, nicht ... echt gewesen.«

»Tu ich doch gar nicht.«

»Also war es echt?« Ihre Stimme bebte verräterisch. Ein ungewolltes Flehen, das meinen Blick sofort weicher werden ließ. Ich hob die Hand und ließ sie doch wieder fallen.

»Natürlich war es echt.« Fünf Sekunden Stille, dann schloss ich die Augen. »Wieso bist du hergekommen?«

Keine Ahnung, was ich darauf hören wollte. Eine Lüge, die mir einen Grund gab, einen sinnlosen Streit anzufangen? Oder die Wahrheit, die ich dazu nutzen musste, sie zu verletzen? Wahrheit und Lüge waren sich manchmal gar nicht so unähnlich. Wenn man einmal damit angefangen hatte, konnte man nicht mehr aufhören. Ich wusste es, in diesem Moment: Wir würden uns in Averys Antwort verstricken. Aber sie war betrunken, ich war erschöpft, wir befanden uns hundert Meter von einer Party entfernt in der kleinsten Bibliothek der Welt, und obwohl ich die Augen zuhatte, sah ich nur Avery.

»Weil ich zu dir wollte.«

Ich öffnete die Augen. Ihre waren zu. »Wieso?«

Sie rutschte etwas weiter an die Kante, ihr Knie stieß gegen mein Bein. »Weil ... ich dich richtig sehe. Immer noch. Ich kann nicht aufhören, mich zu erinnern. Und ich kann unser Damals so schlecht von diesem Jetzt trennen.« Sie blinzelte, ihr Blick wanderte über mein Gesicht, und ich konnte nicht anders, als ihn zu erwidern. Ich wusste, dieses Ansehen war ein Verhängnis. Genauso wie die Worte es sein würden, die sich in diesem Moment in ihr sammelten. Und trotzdem wich ich keinen Zentimeter zurück.

»Küss mich, Eden«, wisperte sie. »Nur noch ein Mal. Nur ein … ein einziges Mal.«

Ich schluckte, aber ich wich nicht zurück, ich sah nicht fort. Ich versuchte nur krampfhaft, den Gedanken weit von mir wegzuschieben. Wenn ich ihn in meine Nähe ließ, dann würde ich mich in ihm verlieren. Und das durfte ich nicht. »Das wäre eine miese Idee.«

»Ich will nur wissen, ob es noch so ist wie damals. Ob es sich noch so anfühlt. Es muss diesen Schuppen nicht verlassen. Wir können es hier einsperren. Eine flüchtige Erinnerung, ein kurzes Gedankenaussetzen. Keine Bedeutung, keine Folgen, keine Verpflichtung.«

»So wäre das aber nicht, Avery.« Meine Stimme war kaum hörbar. »So wird es nie sein zwischen uns.«

Wir starrten einander lange an, dann nickte sie und setzte sich aufrechter hin. Ich konnte sehen, wie sie mühsam den Alkoholvorhang zur Seite zog, um sich zu konzentrieren. »Wieso hast du mir das Buch geschenkt?«

»Avery …«

»Wieso hast du mir geholfen, als es mir schlecht ging?«

»Das ist nicht …«

»Wieso siehst du mich nur dann an, wenn du denkst, dass ich es nicht bemerke?«

»Ever.« Pause. Ausatmen. Innehalten. Dann, leiser: »Bitte, tu das nicht.«

Ich wusste, was sie hier machte. Und ich verstand es. Natürlich. Wenn sie sich schon in Wahrheit verstrickte, wollte sie zumindest einen einzigen Faden von mir dazunehmen. Aber ich konnte ihr den nicht geben. Das würde, langfristig gesehen, alles nur viel schlimmer machen. Für uns beide.

»Ich bin dir nicht egal, oder?«

Ich schlug die Lider zu und fuhr mir mit dem Handballen

über die Schläfe. Ich sollte das hier endlich beenden. Erneut. Wieder und wieder und wieder. Bis sie es endlich verstand, bis *ich* es endlich verstand: Das hier war keine Option. Doch ich brachte es wieder nicht über mich, weil ich egoistisch und feige und schwach war. »Natürlich nicht. Das weißt du genau«, sagte ich stattdessen leise.

»Okay. Dann … bitte. Ich will mich nur kurz wieder fühlen wie damals. Heiler, wacher, echter. Unendlicher. Bitte, Eden. Leih mir ein letztes Mal ein E von dir.« Sie schloss die Augen, ihre Hände tasteten nach vorn, fanden meine Taille und zogen mich näher an sich. Ihre Knie umschlossen meinen Körper, sie zitterte, ich auch.

»Du bist betrunken, Avery«, wiederholte ich. Ich musste uns beide so dringend daran erinnern. Das hier war auf so viele Arten falsch. Aber wieso fühlte es sich dann richtiger an als alles andere, was ich Avery in den vergangenen Wochen gegenüber gezeigt hatte? Wieso fühlte sich das nach dem ersten Funken Sinn an, seit sie hergekommen war?

»Nicht so sehr«, erwiderte sie rau. »Und du weißt, dass das eh keine Rolle spielt. Du weißt, dass ich das hier noch immer will.«

Wusste ich das? Vielleicht. Avery war schon immer jemand gewesen, der seine intensivsten Gefühle unter einer Frostschicht verdeckte. Ich hatte geahnt, dass sich unter ihrer Wut und Kühle mehr verbarg. Und wenn ich ehrlich war, dann hatte ich gehofft, dass es das hier war. Ich wusste nur nicht, wieso. Ich hätte ihr wünschen sollen, dass sie längst darüber hinweg war, ich hätte es *mir* wünschen sollen. Doch jetzt gerade konnte ich nur darüber nachdenken, wie sehr ich es tun wollte. Sie küssen, bis die Gedanken und Zweifel sich aufgelöst hatten. Sie küssen, bis es kein Früher mehr gab und kein Später, nur ein Jetzt, in dem es schlichtweg kein Richtig oder Falsch gab, weil keine Konsequenzen existierten. Wie in Trance hob ich die Hände. Eine an ihren Nacken, eine an ihr Gesicht. Mein Daumen wanderte über ihre Unterlippe, sie bebte, alles bebte.

»Eden«, wisperte sie. Meine Finger bewegten sich an ihren Lippen, einer davon rutschte leicht in ihren Mund. Ihre Zungenspitze strich über meine Haut und löste einen Schwall Hitze in mir aus. Ich atmete tief ein, spürte, wie mein Widerstand und meine Vernunft in sich zusammenfielen.

»Eden«, wiederholte sie, sehnsüchtig, flehend und trotzdem mit dieser auffordernden Entschiedenheit, die ich schon damals so anziehend gefunden hatte. Avery wusste, was sie wollte, und jetzt gerade wollte sie mich. Und verdammt, es gab absolut nichts, was ich mehr wollte, als ihr zu geben, was sie wollte.

Noch während mein Name auf ihrer Zunge lag, waren meine Lippen auf ihren. Kein Denken mehr, keine Zweifel, keine Vernunft. Nur Fühlen. Ich küsste sie, und alles *fühlte* sich richtig an. Als wäre keine Zeit vergangen, seit wir uns das letzte Mal geküsst hatten, als hätten wir beide in der Zwischenzeit niemand anderen geküsst, als wären zwei Jahre nur ein leeres Kapitel in einem Buch, das ich im Grunde nie zugeklappt hatte.

Sie saß kurz reglos da. Es fühlte sich nicht nach Zweifel an, eher nach Irritation. Ich verstand das. Ich war fast sicher, dass wir in diesem Moment dasselbe dachten: *Ist das hier real?* Ein Seufzen löste sich aus ihrem Mund und verebbte an meinen Lippen. Und dann küsste sie mich zurück, drängender und entschlossener, als ich angefangen hatte.

Ich fühlte alles, was sie fühlte, ich war mir *so* sicher damit: Sehnsucht, Verlangen und völlige Gedankenlosigkeit.

Ich umfasste ihren Nacken fester und drückte sie mit der anderen Hand am unteren Rücken näher zur Kante der Platte. Näher auf mich zu. Ihr Körper war warm und roch nach unserem Rosen-Waschmittel, nach altem Holz, Licht und Staub, nach Kaffee und ihrem Parfum. Eine Mischung aus Avery und der Mulberry Mansion, und zum ersten Mal dachte ich nicht *das Haus*, sondern *Zuhause*.

Ich stöhnte an ihrem Mund und vergrub eine Hand in ihrem Haar, zog ihren Kopf sacht nach hinten. Sie keuchte und grub die Fingernägel in meine Taille. Ihre Lippen schmeckten nach Pflaumenschnaps, meine wahrscheinlich nach Himbeerlimonade.

Meine letzten Gedanken zerbröselten, meine Gefühle auch. All das Schmerzhafte, Schuldhafte, Drückende, das Averys Rückkehr in mir ausgelöst hatte, wurde von diesem Kuss verwischt. Das hier war genau wie damals und gleichzeitig ganz anders. Avery war nie schüchtern gewesen, aber jetzt fühlte ich unter jeder ihrer Bewegungen eine Bestimmtheit, die mich unglaublich anmachte. Die Art, wie sie den Rücken durchstreckte und den Kopf zurücklegte. Die Hitze auf ihren Wangen, das Leuchten der Bernsteinsprenkel ihrer Augen, das winzige Lächeln auf ihrem Mund. Ihre Hände in meinen Haaren, ihre Brüste an meinem Oberkörper, ihre Beine, die sie hinter mir verschränkte und mich damit enger an sich zog.

Ich war längst hart geworden, und in diesem Moment war ich sicher, dass ich kommen würde, wenn wir uns nur ein bisschen länger küssten. Das hier war besser als Sex mit jeder anderen. Das hier war Sex, ohne Sex zu sein.

Ich schob ihren Shirt-Träger mitsamt dem vom BH hinunter, strich mit dem Daumen über ihre nackte Schulter, und ich wollte mehr davon. Mehr von Haut auf Haut, mehr von Mund an Mund, mehr von ihr – an mir, unter mir, auf mir, ganz egal, Hauptsache bei mir.

»Ich will dich immer noch so sehr«, flüsterte sie atemlos und legte den Kopf erneut in den Nacken, als ich meinen Mund an ihren Hals senkte. »Ich hab nie damit aufgehört, dich zu wollen.«

Diese Worte waren zu viel. Ich würde mich später hierfür hassen, aber jetzt gerade liebte ich es zu sehr, um darüber nachzudenken. Ich packte ihren Oberschenkel und zog sie näher an mich, sodass sie dicht an die Kante der Platte rutschte. Meine andere Hand umschloss ihren Nacken fester, damit sie nicht nach hinten fiel.

Ihre Hände wanderten von meinem Nacken über meine Schultern, meinen Rücken, meine Taille. Überall nur Hitze und Pochen – zu viel und gleichzeitig nicht genug. Als sie mich enger an sich zog, rutschte mein Shirt nach oben und Averys Finger berührten meinen nackten Bauch.

Und das war der Moment, in dem alles zersprang.

Diese Berührung war kaltes Wasser auf meinem erhitzten Körper. Das Verlangen ebbte ab und hinterließ eine taube Leere. Ich wusste, dass wir wieder dasselbe dachten: Das hier war eine Grenzüberschreitung gewesen, die alle anderen Grenzen umso stärker nachzeichnete.

Ich erstarrte, Avery auch. Mit einem Ruck löste ich mich von ihr und wich zurück. Ein Schritt, zwei, drei, bis ich gegen den Lesesessel stieß. Ich legte die Hand in den Nacken, aber egal, wie fest ich zudrückte, die Gedanken breiteten sich trotzdem in meinem Kopf aus. Wie hatte ich das tun können, wie hatte ich das *an*tun können – ihr und mir?

»Ich kann das nicht.« Es klang barsch und abgehackt, ich atmete zu schwer.

Averys Augen waren weit aufgerissen, darin spiegelten sich Erschütterung und Schuld. Ich wandte den Blick ab, weil ich das nicht sehen wollte. Sie fühlte sich schlecht, dabei war *ich* derjenige, der den Fehler gemacht hatte. Das alles hier war unfair und grausam gewesen – für uns beide. Ein Anfang von etwas, das ich sofort wieder beenden musste. Und zwar endgültig. Ich wusste, was ich sagen musste, um sie dazu zu bringen, zu gehen. Ich wusste genau, wie man Menschen verletzte. Ich hatte vom Besten gelernt.

»Eden«, flüsterte sie mit zittriger Stimme. »Es tut mir leid, wenn ich … ich wollte nur …«

»Es geht aber nicht immer darum, was *du* willst«, unterbrach ich sie hart. »*Ich* will nicht, ich will *dich* nicht. Ich wollte dich damals nicht, und ich will dich jetzt nicht. Verdammt, wieso kannst du das nicht akzeptieren? Wieso musst du so unbedingt geliebt werden?« Jedes Wort verätzte meine Zunge, aber ich zwang mich dazu, sie ausdruckslos anzustarren.

Fast rechnete ich damit, dass sie zurück in ihren Panzer schlüpfen und mich ebenfalls anschreien würde, doch als ich es schaffte, in ihre Augen zu sehen, wirkte sie nicht wütend. Nur unsagbar verletzt. Vielleicht lag es am Alkohol, vielleicht auch nur daran, dass wir gerade etwas so Echtes geteilt hatten, dass es unmöglich für sie war, sofort wieder zu lügen. Sie war eben ein besserer Mensch als ich.

Ihre Unterlippe bebte, und sie rutschte von der Platte, glättete Shirt und Haare und ging wortlos zur Tür.

Die Stille des Schuppens verschluckte mich, sobald sie fort war. Da war nur noch mein Herz in meinen Ohren, das so unangenehm langsam und bassschwer pochte. Der Kuss war etwas Falsches gewesen, das sich richtig angefühlt hatte. Das, was ich danach getan hatte, war etwas Richtiges, das sich falsch anfühlte. Ich war es ihr schuldig, sie von mir fernzuhalten. Denn Avery hatte sich geirrt mit dem, was sie damals gesagt hatte, als ich ihr erstmals ein E von mir geliehen hatte. Sie war niemals ein Ende gewesen. Ich aber schon. Wenn man meinen Namen umstellte, wurde aus Eden Ende. Und ich wusste viel zu lang schon, dass das kein Zufall war.

16. Kapitel

AVERY

Damals

Die laute, schnelle Musik drang aus dem Saal bis zu mir in die Vorhalle und drückte meine Gedanken zusammen. Irgendein Radiolied mit einem Text, der keinen Sinn ergab, sich aber immerhin reimte. Ich hasste es. Ich hasste alles an diesem Abend. Und ich hasste mich, weil ich überhaupt hier war. Weil ich mir dieses alberne Ballkleid mit zu viel Tüll angezogen, mir die Haare zu weichen Wellen gedreht und mir den Mund brombeerrot geschminkt hatte. Und das alles, obwohl ich seit über vierundzwanzig Stunden keinen Kontakt mehr zu meinem Freund hatte.

An einer der Säulen hielt ich inne und lehnte mich mit dem Rücken dagegen. Als wir das Theater für den Ball gebucht hatten, hatte ich mich über die besondere Location gefreut. Mittlerweile kam es mir vor, als verspottete sie mich. Dort in dem Saal zwischen Tischen mit Spitzendecken, Kleidern und Anzügen, Luftballons und Girlanden in Sternformen, zwischen all meinen Freunden, die lachten, tanzten und sich versicherten, dass wir für immer Kontakt halten würden, kam ich mir vor wie eine nutzlose Requisite. Das hier war nicht das Stück, in das ich gehörte. Nicht ohne Eden.

Ich zitterte so sehr, dass ich mehrere Anläufe brauchte, bis ich die richtige Taste erwischte. Konzentriert presste ich mein Handy gegen das Ohr und schloss die Augen, als nach wenigen Sekunden erneut die Mailbox ansprang. Ich atmete tief durch, ehe ich sprach. »Eden, ich bin es. Schon wieder. Wo bist du? Es ist fast zehn, und du wolltest mich vor zwei Stunden abholen. Ich bin jetzt beim Ball, weil ich dachte, dass du vielleicht schon hier bist. Aber das bist du nicht. Dafür sind all unsere Freunde da, die Musik ist schrecklich, und ich … ich mache mir solche Sorgen. Ich drehe langsam durch. Bitte. Ruf mich an.« Mit klammen Fingern beendete ich den Anruf, verstaute das Handy in meiner Handtasche und drehte mich um. Sofort erstarrte ich.

Nur wenige Meter von mir entfernt mitten in der Eingangshalle neben den unbesetzten Garderoben stand jemand. Jemand in schwarzen Jeans und einem blauen Pullover, jemand, der mich ansah und doch durch mich hindurchsah.

»Eden?« Fassungslos ging ich auf ihn zu. Meine Absätze klackerten auf dem steinernen Boden, ich spürte den Hall in meiner Brust. Ich wusste nicht einmal, was ich in diesem Moment fühlte. Sorge, Erleichterung, Wut?

Er hob die Mundwinkel, mehr zufällige Regung als Lächeln. »Hey.«

»Hey?« Ich lachte heiser auf und schüttelte den Kopf, sodass meine Locken wild umhersprangen. »Ist das dein Ernst? Ich versuche seit heute Morgen, dich zu erreichen! Ich war *so* kurz davor, die Krankenhäuser abzuklappern, Eden. Ich hab mir solche Sorgen gemacht. Du hast versprochen, mich morgens anzurufen, du hast gesagt, du holst mich abends ab, und jetzt stehst du hier und sagst ›Hey‹?«

»Tut mir leid.« Er zuckte mit den Schultern, ehe er die Hände in den Hosentaschen verbarg. »Ich konnte nicht.«

»Was konntest du nicht?«, hakte ich verständnislos nach.

Eden schwieg und sah mich an. Sein Blick wanderte von

meinen Sandalen mit den niedrigen Absätzen über den bauschigen graublauen Rock meines Kleides, hin zu dem eng anliegenden Mieder. Bei meinem Gesicht angekommen lächelte er nun doch. Es wirkte sanft und ein wenig traurig, passend zu der tiefen Erschöpfung, die ich in seinen Zügen erahnen konnte. Da waren violettfarbene Ringe unter seinen Augen, sie selbst wirkten rot und verquollen.

»Du bist wunderschön«, sagte er leise.

Mein Herz zog sich zusammen, ich umfasste meine Tasche fester. Seine Worte waren sanft, aber sie fühlten sich trotzdem wie Stacheldraht an. »Was ist los, Eden? Wo hast du den ganzen Tag gesteckt? Warum bist du nicht gekommen? Du hast nicht mal deinen Anzug an.«

»Ich bin nicht in der Stimmung für einen Ball.«

Langsam ging ich weiter auf ihn zu. Da war so viel Distanz zwischen uns, viel zu viel. Ich wollte wütend sein, aber ich hatte längst verloren. Ich konnte stur und kalt sein, doch in Edens Nähe wurde mein Inneres immer ganz warm und weich. Manchmal hasste ich das. Aber meistens erinnerte es mich nur daran, warum ich ihn liebte. Und genau, *weil* ich ihn liebte, ertrug ich das hier nicht. Da war dieses Gefühl in mir, dass irgendetwas nicht stimmte. Und es machte mir Angst. Fast genauso viel Angst, wie nicht zu wissen, wo er war, machte es mir, nicht zu wissen, was ihn belastete.

Natürlich waren wir alle nervös. Der Schulabschluss war zum Greifen nah, in wenigen Wochen würden wir die Zeugnisse bekommen und die rostroten Backsteingebäude nie wieder betreten. Reisen, arbeiten, studieren – wir konnten tun, was immer wir wollten, um uns zu finden. Und Eden und ich würden mit der Suche in Windsbury anfangen. Die Bewerbungsunterlagen der Universität lagen auf meinem Schreibtisch, bereit, abgeschickt zu werden, genau wie Edens. Was auch immer es also war, was ihn gerade belastete: Wir würden es zusammen hinbekommen.

»Okay«, meinte ich ruhiger. »Das hättest du doch einfach sagen können. Gib mir zwei Minuten, ich verabschiede mich von den anderen, und wir können gehen.«

Noch während ich mich umdrehte, hielt mich seine Stimme zurück. »Nein.«

Langsam wandte ich mich ihm zu. In meinem Hals bildete sich ein Kloß, ich schluckte. »Nein?«

»Du kannst nicht mitkommen.« Sein Blick lag völlig ausdruckslos auf mir. Ich hasste es, wenn er das machte. Wenn er so zuzog, dass ich nichts von dem, was in ihm vorging, wahrnehmen konnte.

»Wie meinst du das? Willst du heute lieber allein sein?« Der Kloß in meinem Hals vergrößerte sich und ließ nur die Hälfte meiner Stimme hindurch.

»Ich meine nicht nur jetzt, Avery.« Er holte tief Luft. »Ich meine … immer.«

Mein Herz pochte, pochte, pochte. Jeder Schlag war genau das – ein brutaler und blutergusssäender Hieb. »Ich verstehe nicht«, wisperte ich und betete, dass es stimmte. Dass ich mich irrte mit dem, was ich gerade vermutete. Weil das nicht sein durfte. Es durfte nicht …

»Ich will nicht mehr mit dir zusammen sein.«

Meine Knie wurden weich, ich taumelte einen halben Schritt nach hinten. »Was?«

»Du hast mich verstanden.« Er sagte es viel zu sachlich, fast schon desinteressiert. Das hier war nicht Eden. Das hier waren nicht wir.

»Du machst … Schluss mit mir?«

Ich lachte auf, weil das so unlogisch war und weil ich hoffte, er würde einstimmen.

Doch er sah mich nur starr an und sagte ganz ruhig: »Ja.«

Das halbe, verzweifelte Lächeln rutschte hinab, sodass meine Mundwinkel krumm und schief in meinem Gesicht hingen. »Jetzt? Hier? Einfach … so?«

»Ja.«

Ich schüttelte vehement den Kopf. »Nein.«

»Doch.«

»Nein! Das kannst du nicht tun. Das ergibt keinen Sinn. Das … wieso?«

Ein kurzes, kaum wahrnehmbares Zögern. Dann ein Schulterzucken, ein Blick an mir vorbei, zu den Säulen, zur ornamentverzierten Decke, auf den hellen Boden. Überallhin, nur nicht zu mir. »Weil ich es einfach nicht mehr kann.«

Meine Gedanken rasten, gingen verzweifelt all die Momente der letzten Tage, Wochen, Monate durch, suchten nach dem Anhaltspunkt einer Erklärung für … das hier. Aber da war nichts. »Sag mir, was ich falsch gemacht habe. Sag mir, was dich stört, dann können wir darüber sprechen.«

Ich machte ein paar Schritte auf ihn zu, doch er wich vor mir zurück. Die Hände waren nach wie vor in seinen Hosentaschen, ich sah dennoch, dass er sie zu Fäusten ballte. »Nein.«

Wut flammte in mir auf, ich ballte die Hände jetzt auch. »Du kannst nicht einfach Nein sagen. Nicht nach allem, was wir zusammen durchgestanden haben. Nicht nach allem, was wir zusammen geplant haben. Das kannst du nicht tun!«

»Doch, kann ich«, erwiderte er barsch und durchbohrte mich nun wieder mit seinem Blick. Aschegrau, lichtlos, viel zu dunkel in Farbe und Ausdruck. »Ich will dich nicht mehr, Avery. Genau so einfach ist das manchmal. Es ist vorbei.«

Und damit drehte er sich um und ging in Richtung des Ausgangs. Seine Schritte waren hallend, zügig und entschlossen, da lag kein Hadern in dem, was er tat.

Das ergab keinen Sinn. Nichts davon ergab Sinn. Gestern noch hatten wir miteinander geschlafen, hatten in seinem Bett gelegen, über den Ball und die Zukunft gesprochen. Und plötzlich beendete er all das, ohne zu zögern? *Nein, nein, nein.*

Meine Sicht war verschleiert, auf meinen Wangen waren Tränen – und ich wusste, sie würden auch in meine Stimme kriechen. In diesem Moment war es mir egal. Ich hasste es, schwach zu wirken, aber vor Eden war das nicht schlimm. Vor Eden hatte ich immer jede Facette meines fragilen, zersprungenen Ichs sein dürfen.

»Bitte, Eden. Tu mir das nicht an«, sagte ich hilflos, als er schon fast den Ausgang erreicht hatte.

Für den Bruchteil eines Moments hielt er inne. Zwei, drei Sekunden lang, dann stieß er die Flügeltür mit beiden Händen auf und ging.

Und ich spürte es schon in diesem Augenblick, auch wenn ich es noch lang nicht begreifen konnte: Er verschwand nicht nur aus dem Theater, er verschwand in erster und letzter Linie aus meinem Leben.

17. Kapitel

AVERY

In den nächsten Tagen fiel ich zurück in einen Zustand, den ich geglaubt hatte, hinter mir gelassen zu haben. Einen Zustand, in dem ich nur funktionierte und kaum noch fühlte.

Den Samstag verbrachten wir damit, die Reste der Party zu beseitigen. Der gesamte Flur im Erdgeschoss war mit einem Teppich aus Konfetti und Goldschnipseln bedeckt, in der Küche stapelten sich leere Flaschen und benutztes Geschirr, überall im Haus fanden wir Jacken und Gegenstände, die nicht uns gehörten. Ich wusch mit Helen ab und schrubbte dann den Dielenboden im Eingangsbereich, so lang, bis meine Fingerkuppen von der Wurzelbürste aufgerieben waren. Trotzdem nicht lang genug, als dass ich Edens und meine Silhouetten nicht mehr in der mittlerweile fast leeren Garderobennische sehen könnte.

Fireflies & Fairytales lag neben meinem Bett auf dem Boden, ich hatte es nicht aufgeschlagen. Ich wusste, es würde mich auch nur zurückwerfen. Zurück in eine Zeit, in der mein Vater noch gelebt hatte, oder in die, in der Eden mir vor dem Schlafen vorgelesen hatte. Und das würde ich nicht ertragen. Nicht, wenn alles, woran ich abends denken konnte, war, dass wir niemals ein Happy End haben würden.

In den dämmrigen Sekunden kurz vor dem Schlaf kehrte ich zurück zu diesem einen Abend, an dem das Ende alles gewesen war, alles, alles, alles – nur nicht glücklich. Ich trug dieses alberne Tüllkleid, stand in der leeren Theatervorhalle und sah Eden an, der mir ohne mit der Wimper zu zucken das Herz brach. Und dann ließ ich ihn gehen. Ich war verletzt und völlig überrumpelt, ich begriff nicht einmal wirklich, was passiert war. Zwei Stunden lang saß ich auf der Toilette und weinte, bis Delilah mich fand und heimbrachte. Ich sagte ihr nicht, was vorgefallen war. Ich war nicht bereit, die Endgültigkeit von Edens Entscheidung zu akzeptieren. *Morgen*, dachte ich. *Morgen rede ich noch mal mit ihm.* Doch die Wahrheit war: Manchmal gab es kein Morgen. Manchmal gab es nur ein Jetzt, in dem man für immer festhing und sich ewig fragen würde, welche Alternativen es gegeben hätte.

Die Tage danach verschwammen in meinen Erinnerungen zu sehr, als dass ich sie rekonstruieren könnte. Da waren einzelne Momente, die sich vor alles andere schoben. Eden auf dem Sportplatz, in der Mensa, im Kunstraum. Eden, der sagte: »Es ist alles gesagt«, »Mach das nicht schwerer, als es sein muss« und »Lass mich einfach in Ruhe, okay?«. Eden, der bei der Zeugnisvergabe zwei Reihen vor mir zwischen seinen Eltern saß. Die Schultern gestrafft, der Rücken kerzengerade, das Haar ordentlich gekämmt. Er sah aus wie eingemauert. Zwischen ihnen. Und in sich selbst. Eden, Eden, Eden. Die vertrauteste Fremde, ein Fragezeichen, das – und das wusste ich schon damals – für immer bleiben würde.

Später an diesem Tag sah ich ihn im Eingangsbereich der Schule. Er stand direkt neben den bodentiefen Fenstern, das Mittagslicht ließ sein Haar schimmern. Und ich wusste, dass das der letzte Moment sein würde, in dem ich ihn sah. Also nahm ich seinen Anblick in mich auf, zeichnete all die Details in meine Gedanken, die ich über fünfzehn Monate hinweg entdeckt und geliebt hatte. Als er sich zu mir umdrehte, ging ich auf ihn zu. *»Eden«*, sagte ich.

Eden schwieg, wie er es seit Wochen tat. Aber diesmal sah er wenigstens nicht weg. Sein ganzes Gesicht war still, doch das Silbergrau seiner Augen flackerte.

Wir sahen einander nur an.

Avery und Eden.

Ein Ever.

Ein Never Ever.

Schließlich war er es, der sich abwandte.

Eden ging, ohne noch einmal meinen Namen zu sagen.

Ich hätte nie gedacht, ihm irgendwann wieder so nahezukommen, dass er es doch wieder tun würde. Und jetzt hatte ich ihn auf unserer Einweihungsparty dazu genötigt, mich zu küssen. Klar, Eden hatte mitgemacht, und ich hatte ihn nicht dazu gezwungen, aber ich hatte es trotzdem herausgefordert. Ich konnte mich nicht daran erinnern, mich jemals so sehr verachtet zu haben. Ich schämte mich, ich fühlte mich erbärmlich und schuldig, und trotzdem war da auch diese Verletztheit über die Art, wie er den Kuss beendet hatte.

Ich wollte mich in meinem Bett verkriechen, die Decke über den Kopf ziehen und auf ein nächstes Leben warten. Eines, in dem ich nach vorn sah und nicht ständig zurück. Also tat ich genau das. Wann immer ich nicht in der Uni oder auf dem Dachboden war, was ich nur über mich brachte, wenn ich wusste, dass Eden weg war, zog ich mich zurück.

Ich sah mir Serien an, lernte oder starrte mein Handy an. Meine Mutter rief immer noch jeden Tag an. Sie wartete darauf, dass ich bereit war zu reden, und kannte mich gleichzeitig gut genug, um zu wissen, dass ich nie von mir aus angerufen hätte. Also hielt sie mir ihre Hand hin, wieder und wieder. Und ich schlug sie jeden Tag weg, indem ich ihre Anrufe ignorierte und die Mitteilungen auf der Mailbox ungehört löschte. Lexi schrieb nicht mehr, aber ihre alten Nachrichten hatten sich in meinen Gedanken festgesetzt. Die Vorwürfe, die Wut, die Erschöpfung. *Du kannst uns nicht ewig ignorieren*, hatte in der letzten gestanden. Ich hatte nur mit Mühe dem Trotz widerstehen können, zurückzuschreiben: *Doch.* Wenn ich für immer in meinem Bett blieb, dann konnte ich auch das.

Es war Freitag, die Party eine Woche her, ich fühlte mich kein bisschen besser. Nach dem Abendessen war ich in mein Zimmer gegangen, saß jetzt mit einer Packung Zimtkekse im Bett und scrollte wahllos durch meinen Netflix-Account.

An den richtig schlimmen Tagen schaltete ich den Kinderschutz in meinem Profil ein. Das führte dazu, dass mir keine Sendungen mit Gewaltszenen mehr vorgeschlagen wurden, allerdings auch dazu, dass sich in meinen Listen zu neunzig Prozent Pferdefilme wiederfanden. Ich wählte eine Naturdokumentation aus, die ich schon dreimal gesehen hatte, damit meine Gedanken in der Stille meines Zimmers nicht so laut wurden. Dann rutschte ich zum Kopfteil nach hinten und zog die Daunendecke bis zum Kinn hoch.

Die ganze Zeit flimmerte mein Blick vom Eis auf meinem Bildschirm zu meinem Schlüsselbund, der neben dem Bett lag. Das silberne E glänzte, und ich wünschte mir wieder einmal, ich hätte es damals mit dem Rest von Edens Sachen in einer Kiste verstaut. Aber jedes Mal, wenn ich daran gedacht hatte, es abzunehmen, waren da Edens Worte gewesen, mit denen er es mir geschenkt hatte. *Damit du dich immer daran erinnerst, dass du alles sein kannst, was du sein willst, Ever.* Vielleicht war das die größte Lüge von allen gewesen.

Es war nach neun, als es an meiner Tür klopfte und May den Kopf hereinstreckte. Sie trug wie so oft ihre Latzhose, darunter einen Wollpullover und an den Füßen dicke Socken. »Darf ich reinkommen?«

Ich nickte und zog den Laptop zur Seite, sodass sie sich neben mich setzen konnte. Auf dem Bildschirm flackerte die vereiste Landschaft der Arktis, auf meinem Gesicht lag Mays warmer Blick. »Du warst die ganze Woche so still. Fühlst du dich nicht gut?«

Ich lächelte schwach. May hatte eine Antenne für die Sorgen anderer. Manchmal tat mir das leid. Es musste belastend sein, so empathisch zu sein wie sie. »Nein, nicht wirklich. Aber das ist eher ein psychisches Ding als ein körperliches.«

»Das macht es nicht weniger schlimm. Eher im Gegenteil. Willst du darüber reden?« Sie zog die Füße auf das Bett und umschlang ihre Knie.

»Glaub nicht«, flüsterte ich, weil ich meiner Stimme nicht mehr traute. Ich wollte nicht über Eden reden, über die Party, über unsere Vergangenheit, über meine Familie, über mein Ich, das ich momentan nicht leiden konnte.

»Eden ist auch seltsam drauf«, sagte sie vorsichtig.

Ich versuchte, nicht ertappt auszusehen. Oder fragend. Fakt war, ich wusste nicht, ob Eden sich anders als sonst benahm. Ich mied seit einer Woche jede Art von Kontakt mit ihm. Ich hatte mein Sichtfeld so eingeschränkt, dass ich mir einreden konnte, der Tisch endete knapp vor seinem Platz.

»Eden ist doch immer seltsam drauf, dachte ich.«

»Es ist ein anderes Seltsam. Ein traurigeres.«

Ich schüttelte nur den Kopf, sodass die Ponysträhnen meine Augen halbwegs verdeckten. Und die Tränen darin.

May schob die Hand auf meine zu, bis unsere kleinen Finger sich berührten. Eine maßvolle Umarmung, weil May immer Rücksicht auf die Eigenheiten anderer nahm und mich mittlerweile ein wenig kannte. »Wenn du magst, leiste ich dir heute Abend Gesellschaft. Wir müssen nicht reden. Wir können uns einfach diese Eisbären auf Wanderschaft ansehen.«

Ich musste lachen und wischte mir mit dem Pulloverärmel über das Gesicht. »Du bist tatsächlich der herzensbeste Mensch, den es geben kann, May. Die anderen hatten recht.«

»Bin ich nicht, glaub mir«, flüsterte sie und lächelte traurig. »Ich versuche nur irgendwie, der Mensch zu sein, den ich selbst gern treffen würde.«

»Ich find's jedenfalls schön, dich getroffen zu haben.« Ganz gleich, was für ein Chaos mein Einzug in dieses Haus mit sich gebracht hatte, May kennenzulernen war etwas Gutes gewesen.

»Ja, ich auch.« Jetzt drückte sie meine Hand doch, fest und tröstend. »Also, Eisbären und heißer Apfelsaft?«

»Klingt perfekt.« Ich lächelte, da klopfte es erneut an der geöffneten Tür.

Und dann stand Willow auch schon mitten im Zimmer. Als bräuchte sie das überhaupt, um direkt im Mittelpunkt von allem zu sein. Die Locken offen, die Jeans so eng, dass ich schon vom Hinsehen Bauchweh bekam, das Top mehr Spitze als Stoff. Ein eindeutiges Willow-Party-Outfit. In ihrer Hand schwenkte sie eine ungeöffnete Flasche Sekt, während sie auf mein Bett zulief. »Hier steckt ihr.«

May warf einen Blick auf die Laptopuhr. »Du bist noch da? Es ist Freitagabend und fast zehn. Du solltest doch irgendwo sein, wo mehr Menschen sind, als du Finger hast. Oder wie war deine Regel für Wochenendabende?«

Willow grinste und ließ sich auf die Matratze fallen. »So ähnlich. Ich bin auch nicht mehr lang da. Aber vorher habe ich etwas zu erledigen.«

»In meinem Zimmer?«, hakte ich misstrauisch nach.

»Ganz genau«, bestätigte Willow feierlich. Dann glättete sich ihr Gesicht, und sie sah mir ernst in die Augen. »Also, ich mache das mal ohne Umschweife: Ich bin kein wandelnder Kummerkasten wie May, aber selbst ich bemerke, dass du seit einer Woche durch dieses Haus schwebst wie ein richtig trauriges Gespenst.«

Ertappt blinzelte ich und sah zum Bildschirm. So eine Flucht in die Arktis käme mir jetzt sehr gelegen. »Tut mir leid?«

Willow klappte den Laptop zu und ließ das Eis verschwinden. Ihr Blick hingegen war flammend, so wie immer, wenn sie ihre Meinung durchsetzen wollte. »Nein, *mir* tut es leid. Mir tut es leid, dass ich dich jetzt dazu zwinge, damit aufzuhören.«

»Was hast du vor?«

Sie lehnte sich zu mir und tippte mir gegen die Stirn. Ihre Finger rochen nach Zitrone, ich hätte einiges darauf gesetzt, dass sie unten schon einen Tequila-Shot getrunken hatte. »Du denkst zu viel, Avery. Du bist ein Kopfmensch, und das ist oft sicher hilfreich, aber manchmal muss man auf seinen Bauch hören. Und damit meine ich nicht, dass du eine Familienpackung Kekse verschlingen sollst.« Letzteres fügte sie mit missbilligendem Blick auf die halb leere Tüte und den Krümelsee auf meiner Decke hinzu.

Ich zog die Kekse schützend an mich heran. »Sondern?«

Willow öffnete die Sektflasche so gekonnt, dass sie nur leise ploppte. Schaum trat aus, den sie sofort mit dem Mund auffing. »Glaub mir«, fuhr sie dann fort, »ich weiß, wie das ist, wenn der Kopf so voll ist, dass man seine eigenen Gefühle nicht mehr wahrnehmen kann. Wenn man wie fremdgesteuert funktioniert, weil da *zu viel* ist, als dass man sich selbst noch hören könnte. Und ... sieh mich jetzt nicht so ungläubig an.«

Erst da bemerkte ich, dass sich mein Gesicht zu einer irritierten Grimasse verzogen hatte. Hastig ersetzte ich sie durch ein zerknirschtes Lächeln. »Entschuldige. Es ist nur, du wirkst immer so ... leicht.«

»Ich hab gelernt, wie man das Gewicht loslässt, bevor es einen erdrückt, Sterling. Und ich bin bereit, diese Weisheit mit dir zu teilen. Also, vertraust du mir?« Sie hielt die Flasche in meine Richtung, das Willow-Äquivalent zu einem Handschlag. Ich war mir nur nicht sicher, wozu ich mich verpflichtete, wenn ich einschlug.

Hilfe suchend sah ich zu May, doch die hob nur die Schultern, ein stilles: *Es ist Willow, sich wehren ist eh zwecklos.* Also griff ich zögerlich nach der Sektflasche. »Okay?«

Willow nickte zufrieden, hievte sich aus dem Bett und ging zu meinem Schrank. »Sehr gut. Dann steht jetzt auf. Wir haben einiges vor.«

Sofort setzte May sich aufrecht hin. »Oh, nein, geh mir weg mit dem Plural. Ich habe damit nichts zu tun!«

»Und ob!« Willow drehte sich um und sah sie entschieden an. »May, ich hab dich gern, echt, aber du trägst die gesamte Last dieses Hauses und seiner Bewohner auf deinen Schultern. Du kannst dir nicht die Probleme aller anderen aneignen, ohne ab und zu mal Dampf abzulassen. Du bist zweiundzwanzig, aber du alterst mit jedem Tag, an dem du nicht aufhörst, an alle anderen außer dich selbst zu denken.«

Ich räusperte mich. »Sie hat recht.«

May sah mich unzufrieden an, doch sie widersprach nicht. Willow war sowieso schneller. »Ich habe *immer* recht. Also, aufstehen, alle beide! Wir suchen euch jetzt was Ansehnliches zum Anziehen aus und machen euch fertig.« Sie öffnete meinen Kleiderschrank und begann mit routinierten Händen, meine Klamotten durchzusehen.

Skeptisch sah ich ihr dabei zu. Nicht, weil es mich störte, eher, weil ich wusste, dass sie nicht finden würde, wonach sie suchte. Ich hatte nach wie vor nur die Sachen, mit denen ich hier angekommen war – darunter befand sich kein einziges Kleid. Und irgendetwas sagte mir, dass sie genau darauf aus war.

»Fertig wofür?«, wollte ich wissen.

»Für die Party.«

»Welche Party?«, fragten May und ich gleichzeitig.

Willow ließ den Kopf in den Nacken sacken und stöhnte. »Gott, ihr beide lebt wirklich in euren eigenen Köpfen, oder? Heute findet eine der Uni-Partys statt. Im *Cinematic*, um genau zu sein. Das ist dieser Club in der Innenstadt, den die WU regelmäßig mietet.« Sie sah uns auffordernd an, aber weder May noch ich reagierten. Ein weiteres Stöhnen, mit dem Willow sich wieder zum Schrank wandte. »Heute richten die Filmstudierenden die Party aus, Sienna wird auch dort sein. Und ich geh da weder allein hin noch allein weg. Für das Zweite brauche ich im besten Fall nicht eure Hilfe, für das Erste allerdings schon.« Entschieden warf sie den Schrank zu und ging zur Tür. »Dein Gemüsegratin ist klasse, aber dein Kleiderschrank ist eine Katastrophe, Avery. Schauen wir mal, wie weit wir mit Mays Sachen kommen.«

Und damit war sie auch schon aus dem Zimmer verschwunden. Ein paar Sekunden lang sahen May und ich uns unschlüssig an, aber schließlich hob sie die Schultern, genau in dem Moment, in dem ich seufzte. Wir wussten es beide: Willow würde nicht lockerlassen, bevor wir taten, was sie sagte. Und, was noch wichtiger war: Sie hatte nicht ganz unrecht.

Die nächste halbe Stunde verbrachten wir damit, Willow dabei zuzusehen, wie sie Mays Kleiderschrank akribisch durchsuchte und uns Sachen anprobieren ließ, als wären wir lebendige Schaufensterpuppen. Erst als May ein petrolgrünes Kleid mit langen Ärmeln und ich ein schwarzes mit Kragen und Saum aus Spitze trug, war Willow zufrieden. Sie brachte uns dazu, uns leicht zu schminken, dann scheuchte sie uns die Treppe hinauf in die Etage, in der ihr Zimmer lag.

Ich war selten im zweiten Stock der Villa, obwohl ich die Atmosphäre hier oben mochte. Die Wände waren in einem tiefen Grün gestrichen, dunkler als in unserem Stockwerk, dafür waren die Wandlampen besser intakt und beleuchteten den Dielenboden. Am Treppenabsatz hing ein riesiges Porträtgemälde zweier Frauen, die jeden Herankommenden mit milder Herablassung anstarrten. Wir hatten darüber abgestimmt, es abzuhängen, aber Willow hatte ein eisernes Plädoyer für die beiden Conteville-Vorfahrinnen gehalten. »Das sind unsere Schutzpatroninnen«, hatte sie behauptet, und irgendwann hatten wir anderen nachgegeben. Wieder einmal.

Das Schönste an diesem Stockwerk war das Badezimmer, das am Ende des Flurs lag. Es war riesig, in einem normalen Haus hätte man den Platz eher für ein Wohnzimmer genutzt. Der Boden war weiß gefliest, einige der Kacheln waren mit goldenen Ornamenten verziert. Die frei stehende Badewanne war groß und an etlichen Stellen gerissen, der Spiegel über dem Waschbecken halb blind, aber zu schön gerahmt, um ihn abzunehmen. Das Beste war der Balkon, auf dem Maxton einige Pflanzenkästen angebracht hatte und der dem Raum etwas noch Spezielleres verlieh.

»Und jetzt?«, fragte May, als sie die Tür hinter uns schloss.

Willow hatte eine von Mays Lichterketten mitgenommen, einen tragbaren Lautsprecher aus ihrem eigenen Zimmer geholt und legte nun beides auf einer Holzkommode neben dem Waschbecken ab. »*Jetzt* beginnen wir den Abend im angesagtesten Club von Windsbury.«

Sie hängte die Lichterkette über den Spiegel und steckte sie an, dann löschte sie das Deckenlicht. Die warmweißen Leuchtköpfe verliehen dem Bad etwas Altmodisches: Die Risse der Keramikwanne wirkten tiefer, das Weiß des Bodens reiner. Unser persönlicher Schwarz-Weiß-Film.

Willow breitete einladend die Arme aus. »Herzlich willkommen im Bathroom-Club, besser bekannt als B-Club, meine Lieben. Etabliert und zelebriert von meiner Wenigkeit seit dem Tag unseres Einzugs.«

»Deswegen denke ich ständig, dass hier oben etwas einstürzt«, murmelte May und sah sich unschlüssig um.

»Und jetzt?«, wiederholte ich skeptisch.

»Jetzt tanzen wir«, verkündete Willow entschlossen.

»Hier?« Gedämmtes Licht machte aus einem Bad keinen Club.

Willow verdrehte die Augen. »Wo ist eure Fantasie?« Sie tippte etwas auf ihrem Handy, sodass die Box auf der Kommode mit einem Leuchten ansprang.

Kurz darauf setzte das erste Lied ein, so laut, dass ich mir reflexartig die Ohren zuhielt. Willow lachte darüber, legte das Handy weg und griff nach dem Sekt.

»Du bist manchmal ein bisschen schräg«, rief ich ihr zu.

»Und das ist die beste Art, durch dieses Leben zu kommen.« Sie fasste mich an der Hand und zog mich von der Wand in Richtung Raummitte. »Jetzt komm schon und lass los, Avery! Du bist hier in einem riesigen Badezimmer in einer uralten Villa, wenn du hier nicht so tanzen kannst, als würde dir niemand zusehen – *wo denn sonst*?«

Ich setzte zu einer Antwort an und fand keine. Denn in diesem Moment begriff ich, dass sie recht hatte. Wann hatte ich das letzte Mal getanzt, einfach um zu tanzen? Wann hatte ich mich das letzte Mal so sehr bei mir selbst gefühlt, dass ich nicht an die Meinung anderer gedacht hatte? Nicht daran, wie ich wirken könnte oder was andere über mich sagen würden, wenn ich genau das tat, was ich wollte? Und vor allem: Wo sonst, wann sonst, wer sonst, wenn nicht jetzt, wenn nicht ich, wenn nicht *einfach so*? Wenn *ich* nicht bereit war loszulassen, dann würde es niemand für mich tun. Und ich wollte das. Ich wollte mich frei fühlen, echt, jung, lebendig.

Also nahm ich Willow den Sekt ab und trank einen tiefen Schluck, ehe ich ihn abstellte und mir die Strickjacke auszog. Ich band mir die Haare zu einem Zopf, schloss die Augen und atmete tief durch. Und dann ließ ich los.

Ich dachte nicht mehr darüber nach, dass wir die Musik so laut aufgedreht hatten, dass der Spiegel über dem Waschbecken wackelte. Oder darüber, dass die anderen im Haus uns sicher hören und eventuell gleich hereinplatzen würden. Ich dachte nicht daran, dass ich einiges für die Uni tun musste, oder daran, dass ich eigentlich heute das Bad im ersten Stock hätte putzen müssen.

Ich dachte nicht mehr nach. Ich tanzte nur.

Neben mir wirbelte Willow so übermütig über den Boden, dass sie schon nach Minuten die fast leere Sektflasche umkippte. Nicht einmal May bückte sich danach.

Es war irgendwie alles egal. Wir tanzten, tanzten, tanzten, ohne darauf zu achten, wie wir dabei aussahen, ohne Wert auf Hüftschwung oder Taktgefühl zu legen. Wir bewegten uns ausgelassen, bis uns so warm war, dass wir den Balkon öffneten und draußen weitermachten.

Der Novemberhimmel war klar und sternenübersät, die Zweige der Bäume kratzten am steinernen Geländer, der Mond war rund und blass und viel näher als sonst. Unser Atem schwebte in Wölkchen um uns herum, irgendwo schrie eine Eule, und Willow sang laut und furchtbar schief zu Lordes *Green Light*, während sie ihren Kopf so schwungvoll umherwarf, dass ihre Locken sich aufbäumten.

May hatte die Augen geschlossen und drehte sich auf ihren Kuschelsocken in der Mitte des Bads, während sie mit ihren dunkelrot geschminkten Lippen lautlos die Worte sang, die ich nie so wahrgenommen hatte wie jetzt.

Und ich, ich breitete die Arme aus, legte den Kopf in den

Nacken und fühlte alles, alles, alles. Jeden Ton, jeden Beat, jedes Wort, jede Emotion.

Jedes bisschen Schmerz, Trauer und Wut. Vor allem die Wut. Darüber, dass Dinge endeten, die man für endlos gehalten hatte, dass Menschen gingen, die versprochen hatten, zu bleiben, dass man manchmal loslassen musste, woran man sich für immer hatte festhalten wollen.

Und in diesen Minuten, in dem kleinsten Club der Welt, in einem Badezimmer, das edel und altmodisch zugleich war, mit diesen beiden Mädchen, die ich kaum kannte und die mir trotzdem so vertraut vorkamen, war all das plötzlich in Ordnung. Es tat weh, aber es war in Ordnung. Weil ich in diesem flüchtigen Moment daran glauben konnte, dass es besser werden würde.

Wir tanzten, und die Welt war auf einmal viel weniger dunkel. Wir tanzten, und da waren keine roten Ampeln mehr. Nur ganz viel Grün.

Es war nach elf, als wir die Treppen herunterstolperten. Der Sekt war angenehme Watte in meinem Kopf, so sehr, dass ich tatsächlich glaubte, eine Uni-Party wäre genau das Richtige, um mit allem abzuschließen und neu anzufangen.

Zumindest so lang, bis wir im Eingangsbereich in unsere Schuhe schlüpften und sich die Tür öffnete. Maxton kam herein, begleitet von kaltem Novemberwind und … Eden.

Ich erstarrte mitten im Flur. Glücklicherweise hatte ich schon beide Schuhe an, weil ich nicht mehr sicher war, wie man sich bewegte. Oder normal verhielt. Ich fühlte meine nackte Haut plötzlich viel zu sehr, auch, weil ich Edens Blick darüber tasten spürte. Die Arme entlang, über den Spitzenkragen des Kleides, die frei liegenden Schlüsselbeine und den Hals hinauf, an dem die losgelösten Strähnen meines dunklen

Haars kitzelten. Als er auf meinem Gesicht liegen blieb, starrte ich umso entschlossener weg.

Es war offensichtlich, dass die beiden aus dem Garten kamen. Maxton hielt zwei dicke Handschuhe umklammert, seine Sneakers und Schläfen waren erdig, und auf Edens dunklem Pullover hafteten winzige Sägespäne sowie dünne Zweige.

»Geht ihr aus?«, fragte Maxton und trat sich die Schuhe von den Füßen, um sie neben die Tür zu stellen.

Willow verdrehte die Augen. »Tu nicht so überrascht. Heute ist die Uni-Party, du erinnerst dich? Ich wollte dich die ganze Woche dazu bringen, dein Maulwurf-Dasein aufzugeben und mitzukommen. Da du dich geweigert hast, habe ich stattdessen Avery und May überredet, mich zu begleiten.« Sie deutete mit unverhohlenem Stolz auf uns. »Was sagst du, Max? Sehen wir nicht heiß aus?«

Maxton klemmte sich die Gartenhandschuhe unter den Arm und bedachte Willow mit einem Kopfschütteln. »Du brauchst mich nicht, um dir darüber bewusst zu sein.«

Willow grinste und blies sich eine Locke aus der Stirn. »Auch wieder wahr. Wir sehen so was von heiß aus.« Sie griff nach der gefütterten Cordjacke, die May ihr hinhielt, und schlüpfte hinein.

Maxton sah ihr dabei zu, dann fuhr er sich über die Schläfe und verrieb den Schmutz daran. »Ruft an, wenn einer von uns euch abholen soll.« Da war ein Hauch Unruhe aus seiner Stimme herauszuhören.

Willow bemerkte es auch. Sie seufzte, ehe sie auf die Zehenspitzen wippte und ihren Kopf kurz und fest an seiner Halsbeuge vergrub.

Willow war niemand, der gern umarmte. Sie hatte mir das nie gesagt, doch es war offensichtlich. Wenn ich sie auf dem Campus mit ihren Uni-Freunden sah, löste sie sich immer vor der eigentlichen Verabschiedung aus dem Gespräch. Auch sonst mied sie die meisten längeren Berührungen. Es hatte nichts von Angst, eher von Unruhe. Manchmal fiel es mir schwer, diese Tatsache mit ihren Erzählungen, wie sie die letzte Nacht verbracht hatte, in Verbindung zu setzen. Vielleicht gab es aber Menschen, denen Sex leichter fiel als eine Umarmung, vielleicht war Intimität nicht gleich Intimität. Vielleicht verstand ich das in diesem Moment sogar zu gut, weil Edens Blick mich unsagbar nervös machte, viel mehr, als es die Hände jedes anderen gekonnt hätten.

Und das Intimste, was ich von Willow je gesehen hatte, war eben das hier. Ihr Kopf an Maxtons Halsbeuge, ein kurzes, intensives Dagegendrücken. Sie machte das immer nur bei Maxton, immer nur für ein paar Sekunden. Eine Umarmung ohne Hände und ohne Festhalten. *Ein Kuss ohne Lippen*, dachte ich manchmal. Ein bisschen schräg, sehr viel Willow.

»Hör auf, dir Sorgen zu machen, alter Mann«, murmelte sie, ehe sie sich von ihm löste und ihre Locken aus dem Kragen der Jacke befreite.

»Ich kenne dich zu gut, um jemals damit aufzuhören«, erwiderte er ebenso leise. Dann wandte er sich an uns und lächelte. »Ihr seht wirklich gut aus. Viel Spaß. Und wenn was ist …«

»… rufen wir an«, beendete May seinen Satz und drückte seinen Arm, ehe sie unsere Mäntel vom Haken nahm. Sie reichte mir meinen, ich vergrub dankbar beide Hände darin.

Mir war bewusst, dass ich seit Minuten keinen Ton von mir gegeben hatte. Ebenso wenig wie Eden, der dicht vor der Tür innegehalten hatte. Ich sah auf meine abgetragenen Boots, auf Willows Fünfzentimeterblockabsätze, auf Mays stumpfe Lackschuhe. Überallhin, nur nicht in Edens Gesicht, weil ich diese unangenehme Mischung aus schuldig, sehnsüchtig und verletzt fühlte, wenn er da war.

Er machte einen Schritt beiseite, als Willow zur Tür lief und hinaustrat. Als ich als Letzte an ihm vorbeiging, nahm ich wahr, dass er den Mund öffnete. Ich hob den Blick, doch da setzte er sich in Bewegung und folgte Maxton in Richtung Foyer.

Ein paar Sekunden stand ich noch da, dann verließ ich das Haus und zog die Tür hinter mir ins Schloss. Auf den Stufen vor der Villa nahm ich Willow den Sekt ab und nahm drei tiefe Schlucke, bis die Watte zurück war.

Grüne Ampeln, dachte ich. *Von jetzt an sehe ich nur die. Alles andere hört auf.*

Eden war für mich in der Nacht unseres Abschlussballs zu einem Rätsel geworden. Aber ich würde nicht noch einmal versuchen, es zu lösen.

18. Kapitel

AVERY

Die Gespräche der anderen und die dumpfe Musik, die jemand auf seinem Handy angemacht hatte, waren so penetrant, dass ich feinen Kopfschmerz aufsteigen spürte. Womöglich lag das aber auch nur daran, dass May mir in diesem Moment die dritte Sektflasche des Abends reichte.

Wir saßen nebeneinander auf einer Steinmauer neben einem geschlossenen Café, nur ein paar Meter entfernt von dem Club, in dem die Party stattfand. Das *Cinematic* lag in der Nähe der Universität und somit im Zentrum von Windsbury. Schräg gegenüber auf der anderen Straßenseite erhob sich ein dunkler Backsteinbogen zwischen zwei Häusern, durch den es in einen Hinterhof ging. Wir hatten es gar nicht erst bis dorthin geschafft, weil die Schlange weit auf die Straße führte. Willow hatte uns angewiesen, hier zu warten, ehe sie sich unter dem Protest der Wartenden in Richtung Durchgang bewegt hatte.

Wir hatten sie seit zehn Minuten nicht mehr gesehen, dafür hatte sich mittlerweile Mays Freundin Elsie zu uns gesellt. Ihr weißblondes Haar war zu zwei Zöpfen geflochten, sodass nicht nur ihr feenhaft geschnittenes Gesicht, sondern auch ihre Ohren von der Kälte rot angelaufen waren. Trotzdem freute sie sich offenbar mehr auf die Party als May und ich. Sie lief seit ihrer Ankunft vor der Mauer auf und ab, der Tüll ihres silbernen Rocks bauschte sich raschelnd auf.

»Ich bin so froh, dass ihr angerufen habt, ich brauche diesen Abend unbedingt«, verkündete sie energisch und stemmte die Hände in die Hüften. »Ich sitze seit über einer Woche an diesem Essay, ich bin total ausgehungert nach sozialen Kontakten.«

May hob die Brauen. »Reden wir von Gesprächen oder …«

»Wir reden von Sex, May«, unterbrach Elsie sie ungerührt. Ich kannte sie nicht gut, aber ich wusste, dass sie ein ähnlich gelassenes Verhältnis gegenüber diesen Dingen hatte wie Willow. Sie sagte noch etwas, doch ihre Stimme ging im Tumult auf der anderen Straßenseite unter. Eine Gruppe junger Männer schob sich gerade lauthals lachend aus dem Torbogen vor dem Club. Die Warteschlange teilte sich sofort bereitwillig, sodass sie hindurchtreten konnten. Sogar die Gespräche wurden kurzzeitig leiser.

Elsie drehte sich zu ihnen um und stieß ein »Oh« aus. Ich glaubte zwar nicht, dass sie das hören konnten, aber irgendetwas schien die Aufmerksamkeit von einem der Typen auf uns zu ziehen. Er sah zu uns hinüber und rief seinen Freunden etwas zu, ehe er auf die Straße lief.

»Oh, bitte nicht«, murmelte May und umklammerte die Sektflasche mit beiden Händen.

Und dann stand er auch schon vor uns. Ein großer, schlanker Typ mit einladendem Lächeln. Die Haare kurz rasiert, sodass seine markante Kieferstruktur und die klarblauen Augen hervorstachen, die Klamotten auf die Art lässig, die verriet, dass er dafür viel gezahlt hatte. »Guten Abend, meine Damen«, verkündete er mit einem leichten irischen Akzent. »Mein Name ist Lucas Fox, aber nennt mich Luke. Stets zu Diensten.« Er deutete eine Verbeugung an und wies dann über seine Schulter, während er uns gleichzeitig gekonnt beiläufig musterte. »Meine Freunde und ich waren besorgt, dass ihr in Nöten seid.«

»Uns geht's gut, vielen Dank«, meinte Elsie freundlich, während sie ihn unverhohlen anstarrte. Ich konnte zwar nur ihr Profil sehen, aber auch so erkannte ich die Verzückung in ihren Augen überdeutlich. Und er tat das mit Sicherheit auch. Er hob die Hand, um Elsie einen unsichtbaren Fussel von der Schulter zu zupfen. Sie holte hörbar Luft, er lächelte. »Euch würde es mit Sicherheit besser gehen, wenn ihr mit uns kommen würdet. Die Party da drinnen ist lächerlich, also haben wir beschlossen, sie an anderer Stelle fortzuführen. Wir haben exklusive Räumlichkeiten, guten Alkohol und vorzügliche Gesellschaft zu bieten. Ihr seid herzlich eingeladen, uns zu begleiten. Was sagt ihr?«

May rutschte von der Mauer, als würde sie das Bedürfnis verspüren, sich zu ganzer Größe aufzurichten. Dabei war sie mit ihren eins fünfundsechzig fast zwei Köpfe kleiner als er. »Sicher nicht«, sagte sie ungewohnt reserviert. »Mir steht heute Abend nicht der Sinn nach einer Alkoholvergiftung.«

Elsie warf ihr einen warnenden Blick zu, aber der Typ grinste nur, ehe er sich verschwörerisch an Elsie wandte. »Deine Freundin ist minimal missmutig, was?«

»Sie meint es nicht so. Eigentlich ist sie der liebste Mensch der Welt.«

»Und du bist mit Sicherheit der bezauberndste.«

May und ich tauschten einen Blick, ich belustigt, sie angewidert. Elsie kicherte nur.

Luke strich ihr flüchtig mit dem Daumen über den Wangenknochen, an dem Bronzepuder haftete. Ich fand alles an ihm aufgesetzt und protzig, aber Elsies Wangen liefen sofort noch röter an. Etwas, was er mit einem triumphierenden Schmunzeln registrierte. »Wie heißt du, Hübsche?«

»Elsie, komm schon«, murmelte May, genau in dem Moment, in dem jemand von der anderen Seite aus rief: »Luke, jetzt lass das! Du musst nicht alles anmachen, was du auf der Straße findest.«

Reizend, dachte ich und trank einen Schluck Sekt, um nichts Pampiges zu erwidern.

Luke verdrehte die Augen und wandte sich zu dem Typen, der sich aus der Gruppe gelöst hatte. Er stand zwei Schritte auf der Straße und starrte zu uns hinüber. Luke machte eine scheuchende Handbewegung, aber das brachte ihn nur dazu, auf uns zuzukommen.

Ich bemerkte, wie May sich mehr verspannte, als er in das Licht der Straßenlaterne trat. Fast hätte ich gelacht. Es war ein bisschen lächerlich, wie gut er aussah. Weizenblondes Haar, das sich auf gekonnt verwegene Weise in seiner Stirn wellte, dichtbewimperte Augen, die perfekte Symmetrie in den Gesichtszügen, die sowohl fein als auch maskulin wirkten. Männer wie er waren auf Werbeplakaten zu sehen, nicht auf überfüllten Uni-Partys. Er wäre das perfekte Aushängeschild einer Burberry-Kampagne: attraktiv, selbstbewusst, unübersehbar wohlhabend. Einer dieser Menschen, die mit Siegelring am Finger geboren wurden, den sie später um ein Kristallglas mit Whiskey ergänzten.

Einen Siegelring konnte ich nicht sehen, dafür glänzten die silbernen Knöpfe seines Mantels, als er näher kam. »Ernsthaft, Fox«, meinte er genervt. »Wir haben es eilig.«

Luke schnalzte mit der Zunge und drehte sich wieder zu uns. »Hört nicht auf ihn. Mein Freund hat heute schlechte Laune, er ist nicht immer so unhöflich.« Er warf ihm einen warnenden Seitenblick zu. »Sei kein Arschloch, Wes.«

May schnaubte und murmelte etwas, das nach »Macht der Gewohnheit« klang.

Der Burberry-Typ hörte es auch und sah sie stirnrunzelnd an. »Kennen wir uns?« Je länger er sie musterte, desto mehr veränderte sich sein Gesichtsausdruck. Die genervten Stirnfältchen verblassten, dafür verzog er den Mund zu einem wissenden Grinsen. Es war absurd, aber die Nacht wirkte tatsächlich heller dadurch. Das war es wohl, was man ein Tausend-Watt-Lächeln nannte. »Ich kenne dich wirklich«, stellte er amüsiert fest.

»Glaub mir«, sagte May nüchtern. »Das tust du nicht.«

»Doch, klar.« Er machte zwei Schritte auf sie zu, neigte den Kopf und ließ den Blick von ihren Augen über ihren Nasenrücken hin zu ihrem Mund wandern. »June, richtig? Oder July?«

May verzog ihre dunkelroten Lippen zu einem verächtlichen Lächeln. »Für dich eher February. Und wenn du mir nicht aus dem Weg gehst, zeige ich dir gern, wie ich das meine.«

Er lachte, dabei glaubte ich May jedes Wort. Ich hatte sie noch nie so eisig erlebt wie in diesem Moment. »Du benimmst dich, als hättest du ein Recht darauf, mich zu hassen, bevor wir uns jemals unterhalten haben. Bisschen unfair. Meinst du nicht, April?«

»Wes, was soll das jetzt? Bei mir drängeln und jetzt *das*?«, rief Luke, der bereits ein paar Schritte zurück auf die Straße gegangen war. Es war nicht ganz auszumachen, was an uns er mit »das« meinte, aber es sorgte dafür, dass May die Hände zu Fäusten ballte.

»Schon gut, schon gut.« Wes verdrehte die Augen, ehe er mit den Händen in den Manteltaschen zurückwich. »Dann habt noch einen schönen Abend.« Er wandte sich an May und zwinkerte ihr zu. »Wir sehen uns, Summer.«

»Genau diese Inkonsequenz wird dich um deinen Abschluss bringen«, murmelte May noch, doch da hatte er sich schon abgewandt und lief neben Luke zurück zu seinen Freunden.

»Wer war das?«, fragte ich, als die Gruppe nur noch ein

schwach leuchtender Pixelfehler am Ende der dunklen Straße war.

May verschränkte die Arme. Auf ihren Wangen lag ein roter Schleier, ein Anzeichen von Verlegenheit oder – für sie sehr untypisch – Wut. »Ein Typ aus der Uni.«

»Nicht *irgendein* Typ«, korrigierte Elsie aufgeregt. »Das war Wesley Hastings. Er ist quasi eine Legende an der WU. Seine Familie gehört zum alten britischen Adel. Würde mich nicht wundern, wenn die mindestens drei Häuser wie die Mulberry Mansion in ihrem Besitz hätten. Außerdem gibt es da diese Gerüchte, dass seine Mutter als die neue Vizekanzlerin der Uni gehandelt wird.« Sie hob vielsagend die Augenbrauen, aber anscheinend drückte ihr mein Gesichtsausdruck nicht genug Begeisterung aus. »Ernsthaft, wie kannst du seit Monaten hier studieren und nie von Wes gehört haben? Er ist einer dieser Menschen, bei dem sich Stille über den Campus legt, wenn er vorbeiläuft.«

May verdrehte die Augen. »Klar, weil er sich selbst so gern reden hört. Da kann niemand sonst zu Wort kommen.«

»Hör nicht auf sie. May hat das unfassbare Glück, mit Wes zu studieren. Und statt sich darüber zu freuen, dass sie ihn fast täglich anstarren kann, ist er der einzige Mensch auf diesem Planeten, über den sie kein gutes Wort verliert.«

Beunruhigt musterte ich sie. May war niemand, der Menschen aus Prinzip nicht mochte. Wenn sie etwas gegen ihn hatte, dann sicher mit gutem Grund. »Was hat er dir getan?«

»Nichts.« Sie schüttelte den Kopf. Langsam und widerwillig, als würde es ihr selbst nicht gefallen, dass sie so eine klare Meinung zu jemandem hatte, den sie kaum kannte. »Es ist nur … du hast ihn doch gerade erlebt. Seine ganze Art ist so herablassend und überheblich. Er verhält sich so, als wäre er etwas Besseres als alle anderen. Als würde dieser Campus ihm gehören.«

»Wenn seine Mutter den Laden übernimmt, stimmt das ja sogar irgendwie«, warf Elsie ein.

May knuffte sie in die Seite. »Außerdem studieren er und seine Freunde eher alibimäßig und machen es mit ihrem Benehmen für alle anderen nicht unbedingt angenehmer. Ich kann nicht einmal sagen, wann Wesley das letzte Mal pünktlich zu einem Seminar gekommen ist. Das nervt.«

»Du kannst ihnen das nicht übel nehmen. Sie sind ja auch damit beschäftigt, unverschämt heiß zu sein. Gott, ich kann nicht glauben, dass wir es versäumt haben, auf eine Party von Wesley Hastings und seinen Freunden zu gehen.« Elsie seufzte und sah auf die andere Straßenseite, als hätte sie Luke noch vor Augen.

May bemerkte es auch und schüttelte heftig den Kopf. »Bitte nicht, Elsie. Bitte, bitte nicht. Ich unterstütze dich bei allem, aber fang lieber etwas mit einem deiner Kommilitonen an als mit einem von denen.«

»Die haben aber leider nicht ganz so überzeugende Argumente wie dieses Prachtexemplar.« Elsie wackelte mit den Augenbrauen, was May ein Stöhnen, jedoch auch ein halbes Grinsen entlockte.

»Heute Nacht fangen wir sowieso alle gar nichts mit irgendjemanden an«, sagte sie und hakte sich bei mir unter. »Wenn Willow nicht bald wiederkommt, fahre ich nämlich zurück nach Hause zu den Eisbären.«

Willow kam wieder. Fünf Minuten später und mit vier blauen Armbändern, die sie uns triumphierend überreichte. Offenbar kannte sie den Typen am Einlass, was uns Wartezeit und den Eintritt ersparte.

Erst als wir unsere Jacken an der Garderobe abgegeben hatten, verstand ich, was es bedeutete, wenn die Filmstudierenden unserer Universität eine Party ausrichteten.

Überall standen Pappaufsteller von bekannten Filmfiguren, die vermutlich aus dem Requisitenarchiv der Uni stammten, von dem Sienna mal erzählt hatte. James Bond, Scarlett O'Hara, Shrek, Katniss Everdeen – es gab kein System, ebenso wenig wie bei den Drinks, die auf der Karte über der mit Lampions behängten Bar ausgeschrieben waren. Wir bestellten uns jede einen *Titanic*, eine Mischung aus Cola, Rum und Amaretto, die so stark war, dass selbsterklärend war, woher der Name rührte. Ein paar hiervon und ich war sicher, ich würde gnadenlos untergehen. Trotzdem trank ich den ersten innerhalb von Minuten bis zur Hälfte aus. Andernfalls wäre ich vermutlich nach dem ersten Blick auf die Dancefloors wieder geflüchtet. Es waren drei, alle von Backsteinwänden umgeben, alle basspochend und viel zu voll. Die Panik zupfte ganz leicht an meinen Gedanken, ich ertränkte sie mit noch mehr von dem Untergangsdrink.

Willow stellte uns etliche Leute vor, weil sie einer dieser Menschen war, die jeden über fünf Ecken kannte. Wir trafen Sienna in einem Raum, der im Stil von Tarantino-Filmen eingerichtet war, wo sie einen ziemlich absurden *Pulp Fiction*-Tanzwettbewerb beaufsichtigte, und verschwanden wieder, ehe sie uns davon überzeugen konnte, teilzunehmen. Irgendwann landeten wir wieder an der Bar, tranken den zweiten viel zu starken Drink, dann den dritten.

Ich versuchte, zurück in die Stimmung aus unserem Badezimmerclub zu kehren, aber das hier war so anders, so weit weg von der Mulberry Mansion, so weit weg von dem, was sich nach Zuflucht angefühlt hatte. Stunden vergingen wie Minuten, dann wieder wie Tage. Ich tanzte, redete, lachte, tat mechanisch all die Dinge, die man tun sollte, wenn man *normal* sein wollte. Aber irgendwann war auch Alkohol nicht mehr genug dafür. Die fremde Leichtigkeit entschlüpfte mir, und ich merkte, wie meine Gedanken zurückkamen. Verwaschener als sonst, trotzdem zu stark, um sie zu ignorieren.

Ich wollte nicht tanzen, ich wollte nicht reden, ich wollte nicht lachen, ich wollte nicht mal auf dieser Party sein, wenn es eigentlich nichts zu feiern gab. Ich war betrunken, und ich tanzte, und ich fühlte mich so furchtbar allein, dass ich fast weinte.

Irgendwann stupste May mich in die Seite. Sie hatte Elsie dicht an sich herangezogen, ihrem konzentrierten Gesichtsausdruck nach war sie um einiges nüchterner, als ich mich fühlte. »Elsie hatte zu viel«, rief sie mir über die Musik hinweg zu, »ich befürchte, das endet gleich unschön. Ich bring sie auf die Toilette.«

Besorgt musterte ich das Mädchen, das mit glasigem Blick auf der Stelle wippte. »Braucht ihr Hilfe?«

»Nein, wir sind da schon geübt. Aber komm zu uns oder ruf mich an, wenn was ist, okay?«

Ich nickte und sah ihnen nach, als May ihre Freundin in Richtung Waschräume zerrte. Dann blickte ich mich unschlüssig um. Willow tanzte dicht vor dem Musikpult mit einem Typen, Sienna und ein paar ihrer Uni-Freundinnen standen an der Bar und tranken Tequila-Shots.

Und ich, ich verharrte mitten auf der Tanzfläche und fühlte mich urplötzlich nur noch fehlplatziert. Es war, als würde ich mich selbst von ganz weit weg sehen. Und ich dachte nur: *Wie verdammt falsch ist alles daran.* Nicht nur in diesem Club, in dieser Blase aus Alkohol, Freude und Gedankenlosigkeit, sondern vielmehr in mir selbst. Denn ganz egal, wie viel ich trank, es gab Dinge, die konnte man weder vergessen noch loslassen: Mein Vater war tot, mein Ex-Freund hasste mich, meine Familie hatte alles verraten, woran ich glaubte. Alles war so falsch. *Ich* war so falsch. Egal, wie sehr ich mich nach grünen Ampeln sehnte, in mir war dieses rote Licht.

Ich wischte mir die feuchten Haare aus der Stirn und bahnte mir einen Weg von der Tanzfläche. Ziellos irrte ich durch den Club. Im Untergeschoss lagen mehrere verwinkelte Räume, einige mit Sofas ausgestattet, andere mit Tischkickern und Billardtischen.

Im hintersten befand sich ein improvisierter Kinosaal. Eine Wand war mit einer Leinwand überspannt, und zwei Mädchen saßen hinter einem Tisch mit einem Filmprojektor und unterhielten sich leise. Ansonsten war der Raum ganz leer, als wäre er hier unten in Vergessenheit geraten.

Ich setzte mich in die erste Reihe, sodass die Leinwand mein gesamtes Blickfeld ausfüllte. Die Buchstaben der Untertitel flackerten weiß vor meinen Augen, und ich erkannte den Film sofort. *Casablanca*, ein Klassiker und der Lieblingsfilm meiner Schwester. Ich wusste nicht, wie oft wir ihn früher bei Filmabenden mit unseren Eltern ansehen mussten. Lang bevor ich den Inhalt verstanden hatte, in einer Zeit, in der wir jeden Freitag abwechselnd Film und Snacks aussuchen durften. Für einen Moment konnte ich Lexi neben mir sehen, wie sie gebannt auf den Bildschirm starrte. Ihr Pyjama in *Rapsmeer-trifft-Kurkuma*, ihre Hand im Karamellpopcorn, ihre Lippen immer in Bewegung, weil sie alles mitsprechen konnte. Die Art, wie sie jedes Mal Tränen in den Augen hatte, wenn diese eine Szene kam, in der Ilsa Sam bat, das Lied noch einmal zu spielen – um der alten Zeiten willen. Wie von selbst griff meine Hand nach der kleinen Umhängetasche, die May mir geliehen hatte, und holte mein Handy heraus. Ohne darüber nachzudenken rief ich Lexis Nummer auf und klickte auf Wählen. Es tutete dreimal, dann sprang die Mailbox an. Natürlich. Es war mitten in der Nacht und Lexi ging selten nach Mitternacht ins Bett. Sie lernte so viel für ihr Medizinstudium, dass sie selbst an den Wochenenden oft schon um neun einschlief.

Also legte ich wieder auf und suchte nach ihrem Chat. Meine Finger zitterten, als ich tippte.

Ich vermisse dich. Ich vermisse euch.

Minutenlang starrte ich auf die Nachricht, auf die Worte, die ich seit Wochen mit mir herumtrug, kleine Kiesel, die sich bei jedem Schlag fester in mein Herz drückten. Es tat so weh, so weh, so weh. Vielleicht würde es leichter werden, wenn ich sie herausnahm und auf Senden klickte. Ich wusste, dass sie darauf warteten. Auf diesen ersten Schritt, auf dieses erste Zeichen.

Mein Finger schwebte über der Taste. Eine Bewegung, mehr hätte es nicht gebraucht. Aber die kleinsten Gesten erforderten manchmal am meisten Größe, und ich war nicht groß genug für sie. Ich war winzig, und ich schaffte es nicht. Ich schaffte es einfach nicht.

Mein Herz war ein fingernagelgroßer Klumpen, als ich aufstand und das Handy wieder in der Tasche verstaute. Die Nachricht war gelöscht, die Kiesel waren noch da, und wahrscheinlich würde es nie aufhören, wehzutun, ich zu sein.

Das Haus begrüßte mich mit einem Schwall warmer Luft, in der es nach Vanilleräucherstäbchen und den Resten von der Kürbispasta vom Abendessen roch. Es war fast vier, und von Weitem hatte die Villa mehr denn je wie das verlassene Setting eines Gruselfilms gewirkt. Drinnen verblasste das mulmige Gefühl sofort. Auch wenn sie nicht mehr wach waren, ich war sicher, dass mindestens drei meiner Mitbewohner gerade im Haus waren.

Bemüht leise drückte ich die Tür hinter mir ins Schloss, nur um zwei Schritte später gegen den Schirmständer zu laufen. Er kippte polternd um, ich fluchte unterdrückt. Als ich danach in den Flur horchte, blieb es trotzdem still. Bis auf das Ticken der

Wanduhr im Wohnzimmer, dem leisen Ächzen des Holzes um mich herum und … einer Geschirrgeräuschspur aus der Küche.

Ungeschickt stellte ich den Ständer wieder auf, zog die Schuhe aus und ging in die Küche. Das Licht war an, und vor der Spüle stand jemand und trocknete Geschirr ab.

Meine Knie wurden weich, als Eden sich zu mir umdrehte und mich bemerkte.

»Hey.« Er zog sich die Kopfhörer aus den Ohren und ließ sie sich um den Hals fallen, ehe er sein Handy aus der Vordertasche des Hoodies nahm und die Musik ausmachte.

»Hi«, flüsterte ich zurück und ging auf den Tresen zu.

Ich wusste, es wäre eine schlechte Idee, hierzubleiben. Ich war müde, angetrunken und fühlte mich zu verletzlich für ein Gespräch mit ihm. Meine Wände waren momentan nicht aus Beton, sie bestanden aus flaumigen Federn, und bereits nach wenigen Sekunden spürte ich Edens Anwesenheit dagegen pusten. Trotzdem rutschte ich auf einen der Hocker und betrachtete ihn. Er trug weite Jogginghosen und diesen grauen Hoodie, der innen gefüttert war. Ich wusste das, weil ich ihn früher oft getragen hatte. Zwei Jahre waren offensichtlich genug Zeit für neue Gefühle, aber nicht für eine neue Garderobe.

»Wäschst du jetzt nachts ab, um keine Zeit mit den anderen verbringen zu müssen?«

Er hob die Augenbrauen. »Nein. Ich wollte es schon früher machen, aber ich habe mich verlesen. Und ich wollte nicht gegen deinen ausgeklügelten Arbeitsplan verstoßen, indem ich es bis morgen aufschiebe.«

Ich lächelte. Andere verzettelten sich, Eden verlas sich. Er legte das Geschirrtuch beiseite und lehnte sich mit dem Rücken gegen die Spüle. Eine Weile sahen wir uns schweigend an, dann nickte er mir zu. »Magst du eine Milch?«

Ich musste lachen, verschluckte mich daran und hustete. Ich wollte gar nicht wissen, wie ich aussah oder auch nur roch. Auf meiner Zunge hatten sich Sekt und Reste vom *Titanic* zu einem pelzigen Belag vermengt. Meine Augen fühlten sich wund an, vielleicht wegen des Rauchs im Club, vielleicht auch nur, weil ich im Taxi doch noch geweint hatte. Und trotzdem sagte ich: »Okay. Gern. Danke.«

Eden nickte und ging zum Kühlschrank, um die Glasflasche herauszuholen. Er füllte eine Tasse Milch ab und kippte sie in einen der Töpfe, die er gerade erst abgetrocknet hatte. Ich öffnete meinen Mantel und zerrte ihn mir von den Schultern, meine Strickjacke rutschte gleich mit. Ich warf die Sachen auf den Hocker neben mich und stützte den Kopf in den Händen auf, sah Eden dabei zu, wie er die Herdplatte anmachte und den Deckel schräg auf dem Topf platzierte. Danach drehte er sich wieder zu mir um.

»Wie war es denn?«

»Ganz gut. Schätze ich.« *Abgesehen davon, dass ich irgendwann in einem verlassenen Kino saß und beinahe eine Grenze überschritten hätte, die ich selbst gezogen habe.*

»War ein Zettelmoment dabei?«

Meine Mundwinkel zuckten, ich verbarg es hinter meiner Hand. Es wunderte mich nicht, dass er sich daran erinnerte. Vielleicht hatte er das Glas sogar gesehen, als er einen Blick in mein Zimmer geworfen hatte. Ich fragte mich, ob ihm aufgefallen war, wie leer es war. Seit ich hier war, hatte ich nur etwa eine Handvoll Glück hineingeworfen. Dabei lag das nicht daran, dass nichts passierte, woran ich mich erinnern wollte. Eher daran, dass ich nicht sicher war, ob ich mich an helle Momente erinnern durfte, wenn meine Grundstimmung so düster und drückend war.

»Auf der Party selbst nicht unbedingt. Aber mit May und

Willow war es schön. Sie sind toll. May ist … sie versteht irgendwie alles, weißt du? Auch das, was ich gar nicht erkläre. Und Willow ist so … lebendig. Ich hab das Gefühl, sie weiß einfach, wie man glücklich ist.«

Eden nickte langsam. »Ja. Ich weiß, was du meinst.«

Ich tastete mit den Fingerspitzen über die Kerben, die Sienna letzte Woche beim Brotschneiden in der Holzplatte des Tresens hinterlassen hatte. *Holznarben* hatte May dazu gesagt, und während ich sie unter meinen Fingerkuppen spürte, dachte ich an meine eigenen. Vielleicht bestand eine Seele aus einem holzigen Material und deswegen wurde man die Narben darauf nie los. Sie würden immer da sein, ganz gleich wie viel Zeit verging. Sieben Jahre bis zu einer neuen Hautschicht, aber Holz erneuerte sich nicht.

»Weißt du, was ich letztens gelesen habe?«, fragte ich und sah zu Eden auf. »Forscher gehen davon aus, dass man die Fähigkeit, Glück zu empfinden, erbt. Dass sie in unseren Genen liegt. Und das bedeutet auch: Bis zu einem gewissen Grad haben wir keine Wahl. Weil unsere Gene immer stärker sein werden als wir selbst.«

Er blinzelte. »Glaubst du das wirklich?«

»Keine Ahnung. Schon möglich. Und du?«

Etwas flackerte in Edens Augen auf, doch bevor ich es fokussieren konnte, neigte er den Kopf und rieb sich mit dem Handballen über das Gesicht. Als er mich wieder ansah, wirkte sein Blick gefasst, aber auch seltsam erschöpft. »Wo sind die beiden jetzt?«, fragte er, statt darauf einzugehen.

Ich musste kurz nachdenken, bevor ich es selbst wieder wusste. »Willow hat jemanden kennengelernt und ist mit zu ihm, und May musste Elsie nach Hause bringen. Sie hat mir vor zehn Minuten geschrieben, dass sie bei ihr schläft.«

Er runzelte die Stirn. »Dann bist du allein hergekommen?«

»Ja. Mit dem Taxi, keine Sorge.« Kaum war das letzte Wort heraus, rutschte ein Lachen hinterher. »Aber das muss ich dir ja nicht sagen, du machst dir eh keine Sorgen um mich. Nicht mehr zumindest. Oder vielleicht hast du das auch nie. Keine Ahnung. Ich …«

»Ever«, unterbrach Eden mich ruhig.

»Ja?«, erwiderte ich verzögert und kaum hörbar.

Er lächelte schwach. »Ich mache mir Sorgen. Um dich. Ständig eigentlich.«

»Und … wieso?«

Eden sah mich lang an, bevor er antwortete. Ich wusste, dass er alles wahrnahm, was ich nie ausgesprochen hätte. Er wusste, dass *ganz gut* nicht die richtige Beschreibung für den heutigen Abend war, er wusste, dass ich in diesem Moment am liebsten den Kopf auf den Tisch gelegt und geweint hätte.

»Weil du nur traurig bist, seit du hier angekommen bist.«

Ich schnaubte kläglich. »Also seit fünf Minuten.«

»Ich meine hier in Windsbury.«

Stirnrunzelnd nahm ich die Hände vom Gesicht und umfasste die Tischkante. »Das ist nicht wahr.«

Er hob einen Mundwinkel. »Nein?«

»Nein«, erwiderte ich entschieden. »Manchmal bin ich auch wütend. Als ich dich das erste Mal wiedergesehen hab und du gesagt hast, dass du keinen Small Talk mit mir führen willst, zum Beispiel. Oder als du mir gesagt hast, dass unsere Beziehung für dich *Kinderkram* war. Oder bei der Party, als du klargemacht hast, dass du mich nicht … willst. Nicht mal mehr *so*. Da war ich wütend. Und verletzt. Und … sehr vieles, irgendwie.«

Ich brach ab und stieß einen Ton aus, der nach Lachen und Schluchzen gleichermaßen klang. Gott, ich war zu betrunken für dieses Gespräch, aber andererseits war ich froh, dass wir es hatten. Da war so viel, das ich mir seit Wochen in Edens Nähe zu sagen verbot. Zu sagen, zu denken, zu fühlen. Aber so funktionierte das nicht. Die Worte waren trotzdem da. Genauso wie diese verdammten Gefühle. Also hob ich nachgebend die Schultern und holte weiter aus.

»Ich hab gelogen, weißt du? Auf dem Dachboden, als du mich gefragt hast, was ich jetzt fühle. Ich fühle nicht nichts, Eden. Ich fühle *alles*. Alles, alles, alles und es bringt mich um. Es bringt mich um, dass ich so viel fühle, während du nur dastehst und mich ansiehst und gar nichts fühlst.«

Meine Stimme war lauter geworden, und als sie verebbte, war die Stille in der Küche beinahe unheimlich. Die Zweige des Zwetschgenbaums kratzten an der Scheibe, und der Kühlschrank summte, ansonsten waren da nur Edens und meine Atemzüge. Meine zu laut, Edens seltsam kurz, als würde er Anlauf für etwas nehmen.

»Das ist Unsinn«, widersprach er nach endlosen Sekunden heiser. »Und das weißt du.«

Ich lächelte grimmig. »Was davon?«

»Ich fühle nicht *nichts*. Es ist nur … ich wünschte, es wäre so. Ich will nicht so viel fühlen, okay? Und du bist … du bist …« Er brach ab und schüttelte den Kopf, sah aus dem Fenster, als würden die Zweige ihm etwas zuraunen, das er mir unmöglich verraten konnte.

»Wieso sagst du so was? Wovor hast du Angst?«

Er stieß sich von der Spüle ab, grub zwei Finger in seinen Nacken. Ich wusste, dass er kurz davor war, zu gehen. »Avery«, setzte er an, müde und bittend.

»Nein«, unterbrach ich ihn trotzdem barsch. »Was ich bei der Einweihungsparty getan habe, tut mir leid. Das war völlig daneben, und ich fühle mich furchtbar deswegen. Aber trotzdem verstehe ich nicht, was du sagst, was du willst, was du tust.

Das ist alles so widersprüchlich. Ich meine … hast du Angst vor … mir?«

Eden stieß ein abgehacktes Lachen aus. »Verdammt, du warst nie der Teil unserer Beziehung, der mir Angst gemacht hat. Du warst … immer der andere Teil. Immer der gute Teil. Okay?« Seine Stimme klang nach wie vor bittend, jetzt auch verzweifelt. Er wollte, dass ich es darauf beruhen ließ. Vielleicht wollte er sogar, dass ich ihm verzieh, was damals passiert war. Doch man konnte nichts verzeihen, was man nie verstanden hatte.

»Das ergibt keinen Sinn«, stellte ich unzufrieden fest.

Eden lächelte unecht. »Doch, tut es.«

Ich presste die Finger in die Holznarben, als ich weitersprach. »Wenn ich dich daran erinnern darf: *Du* hast *mich* verlassen.«

Er holte tief Luft. »Ich weiß.«

»Beim Abschlussball. Während ich ein verdammtes Ballkleid getragen habe. Ungefähr fünfzehn Meter entfernt von all unseren Freunden.«

»Ich weiß«, wiederholte er ruhig. Der Topf in seinem Rücken pfiff grell, er drehte sich trotzdem nicht um.

»Du hast es nicht erklärt. Du hast mir keinen richtigen Grund gegeben, keinen Sinn, kein … irgendwas.«

»Ich weiß.«

Schwer atmend starrte ich ihn an. Ich konnte ihm ansehen, dass es ihm schwerfiel, mit mir darüber zu reden, aber auch, dass er es trotzdem nicht einfacher machen würde. Er würde es mir nicht erklären, nicht einmal jetzt.

»Wieso?«, fragte ich wütend und achtete nicht darauf, meine Stimme zu kontrollieren. Von mir aus konnten die anderen alles hiervon hören. Ich hatte es so satt, ein Geheimnis aus Edens und meiner Vergangenheit zu machen. Vor allem, wenn sie eines war, das mir selbst nicht anvertraut worden war. »Wieso darfst du alles wissen und ich nichts? Das ist unfair! Es ist egoistisch und gemein und …«

»Ich weiß«, fiel mir Eden erneut ins Wort. Er sah aus, als wollte er mehr sagen, aber da klapperte der Deckel des Topfes hinter ihm. Eden drehte sich um und hob ihn mit einem Geschirrtuch an. Dampf stieg aus, der Milchduft vernebelte die Luft zwischen uns. Er nahm eine Tasse aus dem Schrank, füllte die Milch ein und reichte sie mir.

Ich kniff die Lippen aufeinander, während die Wut in mir abflaute. Mit Eden zu streiten brachte nichts. Und vor allem war es nichts, das ich gerade ertrug. Ich war müde. Auf so, so viele Arten müde.

Ich umschloss das Porzellan mit beiden Händen und hielt die Nase dicht an die helle Oberfläche. Es war ewig her, dass ich pure Milch getrunken hatte. Der Geruch erinnerte mich an Kindheit, an Wintertage, an Vanillekipferl und Lexi, die mir am Weihnachtsmorgen winzige Zöpfe ins Haar flocht. Es schmeckte gut und tat ein bisschen weh.

Eden setzte sich auf den Hocker auf der anderen Seite und verschränkte die Arme auf dem Holz. Der Lichteinfall betonte seine Wangenknochen sowie die zarte Narbe auf seinem Nasenrücken und den Leberfleck unter dem rechten Lid, beides kaum größer als ein Staubkorn.

»Du siehst übrigens wirklich gut aus. Das wollte ich dir vorhin schon sagen«, meinte er nach einer Weile leise. Sein Blick lag auf meinem Schlüsselbein, das unter dem Spitzenkragen hervorblitzte. Aber ich fühlte ihn überall.

Ich wischte mir mit dem Handballen übers Gesicht. Es war mittlerweile ganz warm geworden, an meinem Mundwinkel klebte Milch, mein Körper fühlte sich so an wie sie schmeckte – warm und weich und seltsam unschuldig. »Du meinst, weil ich heute mal etwas anderes anhabe als die alten Pullover?«

Eden schüttelte den Kopf. »Ich meine es so, wie ich es sage.«

Wir sahen einander an. Das Licht flackerte, doch mein Blick verhakte sich sicher und fest mit seinem. Seine Augen waren flüssiges Silber, mein Herz flüssige Wehmut, Sehnsucht, Wut, Traurigkeit – wirklich sehr, sehr viel auf einmal.

»Du bist nett heute. Ein richtiger Gentleman.« Meine Stimme klang heiser, ich nippte an der Milch.

»Und du bist schon wieder betrunken.«

»Und das eine bedingt das andere, richtig?«

»Wie meinst du das?«

Ich zuckte mit den Schultern. »Ich glaube, du kannst nur nett zu mir sein, wenn ich betrunken bin. Weil ich es dann morgen früh vielleicht vergessen habe oder dein Verhalten darauf schieben kann, dass du nur freundlich sein wolltest, oder dass ich es mir eingebildet habe, dass du mich ein bisschen länger ansiehst als sonst, und auch ein bisschen anders, ein bisschen mehr so … wie früher.«

Eden zögerte, dann hob er die Schultern. »Vielleicht.«

Ich schloss erschöpft die Augen und atmete die Milch ein. »Du bist so seltsam«, murmelte ich. »Manchmal sagst du so viel und manchmal so wenig. Ich werde nicht schlau aus dir.«

»Manchmal kann man auch viel sagen, indem man wenig sagt.«

»Schon. Aber ich hab das Gefühl, deine Sprache nicht mehr zu sprechen.« Frustriert öffnete ich die Augen, gerade rechtzeitig, um zu sehen, wie mein Handydisplay aufblinkte.

Lexis Name in Leuchtbuchstaben, jeder einzelne brannte ein Loch in meine wirren Gedanken. Sie war sicher kurz aufgewacht, hatte meinen verpassten Anruf entdeckt und rief jetzt zurück. Ich sah sie vor mir, ihr gepunkteter Pyjama, die ordentlich zu Zöpfen gebundenen Haare, der Blick: Anstrengung mit Sorge betupft. Meine Sicht verschleierte, ich blinzelte und drehte das Handy um.

»Was ist mit euch?«, fragte Eden.

»Was soll sein.«

Es war keine Frage, Eden antwortete trotzdem. »Seit du hier bist, hast du kein Wort über deine Familie verloren. Die anderen fragen sich schon, ob du Waise bist.«

»Und?«, schoss ich zurück. »Hast du ihnen erzählt, dass ich nur eine halbe bin?«

Es wunderte mich nicht, dass es ihnen aufgefallen war. Wann immer die Thematik auf die großen Worte Familie, Zuhause oder Kindheit zusteuerte, verließ ich den Wagen und klinkte ich mich aus dem Gespräch aus. Ich traute mich nicht, über all das zu sprechen, weil ich sicher war, die anderen würden das hören, was ich ausließ. Ich war besser im Schweigen als im Lügen.

»Nein.«

»Klar. Weil sie dann wissen, dass wir uns doch besser kannten als bloße Klassenkameraden.« Ich lächelte freudlos und stupste mit dem Finger gegen die zarte Haut, die sich auf der Milch gebildet hatte. Eine fragile Decke, die kaum Druck aushalten würde, ehe sie zerbrach.

»Weil es mich nichts angeht, was du ihnen erzählst.«

Eden blieb ruhig, wie immer. Also nahm ich noch einen Schluck Milch, bis der Geschmack meine Worte weichgespült hatte. »Okay.«

Er wandte sich von mir ab, stellte den Topf in die Spüle und eine der Sprudelflaschen aus dem Kasten vor mich. »Du solltest vorm Schlafen Wasser trinken.«

»Ich glaub nicht, dass ich jetzt schlafen kann«, flüsterte ich.

Die Milch war längst zu einem unangenehmen Geschmacksfilm auf meiner Zunge geworden. Vielleicht war es das, was man beim Erwachsenwerden lernen musste: Wenn man lang genug wartete, wurde aus allem Guten etwas Bitteres.

Sekunden verstrichen, und Edens Gehen hing in der Luft. Ich rechnete damit, dass er es tun würde. Ich rechnete damit, dass er mich wieder stehen lassen würde wie damals, wie so oft, seit wir beide hier waren. Doch gerade, als er sich zum Ausgang drehte, holte er tief Luft. »Ich könnte dir was vorlesen.«

Perplex sah ich zu ihm auf. »Was?«

Er fuhr sich durch die Haare und wich meinem Blick aus. »Ich meine … echt nur vorlesen. Früher hat dir das beim Einschlafen geholfen.«

»Ja.« Ich atmete ein, gleich mehrmals, weil ich immer noch nicht glaubte, dass er das ernst meinte. »Okay?«

Er lächelte. »Gut. Dann komm.«

Ich nahm die Milch mit nach oben, Eden das Wasser. Das Haus atmete schwer unter unseren Schritten, ich selbst auch. Mein Herz fühlte sich seltsam porös an, als hätte es sich zu weit ausgedehnt und würde beim nächsten kräftigen Schlag auseinanderfallen. Vor meiner Tür hielt er inne und wartete darauf, dass ich sie öffnete.

»Ich würde noch kurz duschen«, murmelte ich, weil ich mir hier oben, im Licht und vor den nackten Wänden meines Zimmers fertiger vorkam, als ich in dieser Situation ertragen würde.

Eden hielt neben dem Bett inne. Die Hände in den Hosentaschen, der Blick schweigend. »Ich warte hier.«

Ich glaubte ihm nicht, nicht richtig. Trotzdem nahm ich mir frische Sachen aus dem Schrank und verschwand im Bad gegenüber. Ich ließ mir Zeit, stand minutenlang unter dem Duschstrahl, der zu heiß eingestellt war, weil der Hahn mal wieder klemmte, rubbelte meine Haare danach trocken, putzte meine Zähne und starrte mein Große-Augen-Ich im Spiegel eine kleine Ewigkeit an. Ich wollte ihm die Zeit geben, es sich anders zu überlegen. Mein Zimmer klammheimlich zu verlassen, damit wir beide am nächsten Morgen so tun könnten, als wäre er nie darin gewesen.

Doch als ich zurückkam, in langen Pyjamahosen und einem weißen Tanktop, das dünner war, als ich bedacht hatte, war Eden noch immer da. Eden Kane saß auf meinem Bett, und mein Herz sackte tief hinab. Ich hatte nie an Schmetterlinge im Bauch geglaubt, aber in diesem Augenblick glaubte ich an Glühwürmchen. Denn Eden so zu sehen, auf der Matratzenkante, mit *Fireflies & Fairytales* in der Hand, das war Licht und Wärme und fast unerträglich schön.

Ich drückte die Tür zu, er hob den Blick. Er blieb ein paar Sekunden an meinen nackten Armen hängen, ein paar an den feuchten Haarspitzen, die auf die Träger des Tops fielen, ein paar an den Umrissen meiner Brüste, die sich unter dem Stoff so deutlich abhoben, dass ich mich kaum traute, zu atmen. Dann schlug er die Augen nieder und die Bettdecke beiseite. »Komm.«

Würde Eden noch trinken, würde ich denken, er hätte zu viel gehabt. Vielleicht war ich auch nur betrunkener, als ich ahnte, vielleicht brannte meine Sehnsucht mit mir durch, vielleicht war nichts hiervon real. Aber wenn ich ganz ehrlich war, dann war mir das jetzt auch egal.

Ich kroch unter die Decke und ließ es zu, dass er sie über mich legte, ehe er sich neben mir ausstreckte. Er klemmte sich das Kissen als Stütze hinter den Kopf, dann breitete er den Arm auf meiner Seite aus. »Willst du?«

Ich zögerte, obwohl ich nichts lieber tun wollte, als mich an ihn zu lehnen. Doch auch wenn ich das in den letzten Wochen ab und zu erfolgreich verdrängt hatte: Ich hatte auch meinen Stolz. »Eden … ist das hier ein Mitleidsding?«

»Nein.« Er lächelte schief. »Es ist ein Freundschaftsangebot.«

»Freundschaft.« Das Wort kam so sperrig und tonlos aus meinem Mund, als wäre es die größte Beleidigung der Welt. Und ein bisschen fühlte es sich auch so an.

»Ja.« Er senkte den Blick auf den Buchdeckel. Die glänzende Titelprägung wurde im Grau seiner Augen reflektiert. Gold und Silber in meinem Zimmer. »Ich dachte irgendwie, dass so was hier alles komplizierter machen würde. Dass es einfacher wäre, wenn wir uns ganz voneinander fernhalten würden. Aber ich hab das Gefühl, dass es zwischen uns nie einfach sein wird, und deswegen können wir vielleicht entscheiden, auf welche Art es kompliziert wird.«

Ich musste lächeln, auch wenn das Wort noch in meinem Kopf umherschoss. »Also willst du, dass wir … Freunde sind?«

Er hob die Schultern. »Ich meine, ich bin nicht mehr sonderlich geübt darin, einer zu sein, aber für dich … für dich würde ich es versuchen.«

Man konnte gleichzeitig glücklich und unglaublich verletzt sein, wie absurd das war. Ein paar Sekunden lang lag ich nur da und starrte ihn an. Ich hatte keine Ahnung, wie das funktionieren sollte, wie ich jemals eine rein platonische Beziehung zu ihm haben sollte, wenn mein Herz bei seinem Anblick in meinem Bett nicht aufhörte, nervös zu poltern. Doch ich wusste auch, dass die Alternative keine war. Eden jetzt fortzuschicken wäre schlichtweg nicht erträglich. Wenn das alles war, was ich bekommen konnte, dann wollte ich mir für diesen Moment einreden, dass es reichte. Also schloss ich die Augen und rutschte an ihn heran. Ich legte den Kopf auf seine Schulterbeuge, meinen Arm um seinen Oberkörper und holte tief Luft, als er seine Hand um meine Schulter schloss.

»Wie immer?«, fragte Eden rau, und ich brauchte kurz, ehe ich begriff, dass er vom Buch sprach.

»Ich hab ja eh nur ein Buch«, erwiderte ich leise.

»Was ehrlich gesagt eine ziemliche Katastrophe ist.«

Ich biss mir auf die Unterlippe, um nicht zu lachen. »Dafür hast du genug für uns alle.«

Er schüttelte den Kopf. »Es gibt nicht genug Bücher, Ever.«

Ich lächelte und sagte: »Wie immer also«, und wir wussten beide, dass ich weit mehr als die Märchen in seinen Händen meinte.

Und dann schwieg ich, weil Eden mich fester an sich zog, mit der anderen Hand das Buch aufklappte und geschickt mit zwei Fingern offen hielt. Als er zu lesen begann, war seine Stimme müde, aber auch tief, warm und rau – wie immer, wie immer, wie immer.

»Hab deine Hörbuchstimme so vermisst«, murmelte ich zwischen einem »Und sie lebten glücklich bis ans Ende ihrer Tage« und dem nächsten »Es war einmal«, in diesen seltsam flüchtigen Sekunden, in denen glückliche Enden existierten.

Eden drehte den Kopf und berührte meinen Scheitel mit seinem Mund, und in diesem winzigen Augenblick redete ich mir ein, dass das ein Kuss war.

Ich schlief ein, badend in seiner Stimme und seinem Geruch, und es war so vollkommen, dass es ein bisschen wehtat.

19. Kapitel

AVERY

Unruhig rutschte ich auf der Kante meines Sessels herum. Der Raum, in dem mein Strafrechts-Tutorium stattfand, war der gemütlichste meines ganzen Studiums, trotzdem hatte ich mich an der Uni nie so unwohl gefühlt wie heute.

Da das Tutorium mit sechs Teilnehmenden so klein war, hatte unser Professor beschlossen, es in sein Büro zu verlegen. Es war eher ein Salon als ein Seminarzimmer, statt Stühlen standen Ledersessel in einem Halbkreis, die Wände waren mit hohen Bücherregalen und Arkadenfenstern versehen.

Professor Williams lehnte mit dem Rücken an seinem Schreibtisch und erzählte etwas, von dem ich seit gut zehn Minuten nichts mehr mitbekam. Das war der Zeitpunkt gewesen, an dem er die Akten verteilt und ich mit zittrigen Fingern in meine hineingeblättert hatte. Nur um nach den ersten paar Sätzen Herzrasen und kalten Schweiß im Nacken zu spüren.

Ich hatte damit gerechnet, dass das früher oder später passieren würde. Immerhin ging es in den Tutorien darum, Stoffe aus der dazugehörigen Vorlesung anzuwenden. Es war üblich, dafür auch anonymisierte Akten alter realer Fälle zu bekommen und Urteile aufbereiten zu müssen, die dann im Plenum besprochen wurden.

Ich hatte nur so gehofft, dass ich mehr Glück hätte, wenn es dazu kam. Die Einsatzbereiche des Strafrechts waren vielfältig, die Wahrscheinlichkeit, dass ich gleich als ersten Fall einen mit körperlicher Gewalt zugeteilt erhielt, war nicht unbedingt hoch gewesen. Trotzdem waren mir schon auf den ersten Seiten Worte wie *schwere Körperverletzung*, *Schädel-Hirn-Trauma* und *mehrfacher Bruch* ins Auge gefallen. Als ich umgeblättert hatte und auf das erste Foto des Betroffenen gestoßen war, hatte ich die Akte sofort wieder zugeklappt. Seitdem saß ich auf meinem Platz und versuchte irgendwie, die Panik im Keim zu ersticken, während sich die Bilder in meinen Gedanken ausbreiteten, grellrot wie die Blutreste im Gesicht des Geschädigten.

Ich atmete erleichtert aus, als unser Professor auf seine Armbanduhr sah und die Sitzung beendete. Mit fahrigen Bewegungen räumte ich meine Sachen in den Rucksack und stand auf. Julia und Isaac waren schon auf dem Flur verschwunden, Nate hielt im Türrahmen inne und drehte sich nach mir um.

»Kommst du?«, fragte er gähnend und schob sich die Mütze tiefer in die Stirn.

»Gleich, geht schon vor.« Ich wartete, bis der Raum sich geleert hatte, dann ging ich nach vorn zum Schreibtisch. »Professor Williams? Hätten Sie einen Moment?«

Er drehte sich zu mir um und schob die Brille auf seinem Nasenrücken zurecht. »Sicher.«

Ich wischte die feuchten Hände an meiner Jacke ab und bemühte mich um eine selbstbewusste Haltung. Was gar nicht so leicht war, wenn mir die Panik als eiskaltes Tuch im Nacken lag und ein leichtes Stechen auf meiner ganzen Haut ausbreitete. Ich wollte eigentlich nur raus hier, aber ich musste das jetzt durchziehen. Unser Dozent war zwar streng und etwas humorlos, aber er war auch geduldig und vor allem professionell. Wenn ich das richtig herüberbrachte, *musste* er es verstehen.

Ich holte tief Luft. »Ich wollte nur fragen, ob ich eine andere Akte bekommen könnte.«

Er lehnte sich gegen den Tisch und verschränkte die Arme in dem karierten Jackett. »Was gefällt Ihnen an dieser nicht?«

»Es geht nicht darum, dass sie mir nicht gefällt, ich fühle mich nur nicht sehr wohl mit der Thematik.« Ich hielt ihm die Akte entgegen, er nahm sie mir ab und warf einen kurzen Blick hinein.

»Wie darf ich das verstehen?«, fragte er dann und sah mich über den Rand seiner Brille hinweg an.

Ich schluckte. »Die Schilderungen sind sehr … brutal.«

Er runzelte die Stirn und fuhr sich über das Kinn, während er mich aus seinen dunklen Augen musterte. Die Geste hatte etwas derart Missbilligendes, dass ich mich sofort anspannte. »Und was denken Sie, was Sie erwartet, wenn Sie im Strafrecht tätig werden? Die Fälle, die wir behandeln, bringen das Düsterste der Menschen zum Vorschein. Nirgends tun sich solche Abgründe auf wie in unserem Gebiet. Eine alberne Kneipenschlägerei ist da noch harmlos.«

»Das ist mir bewusst, ich dachte nur …«

»Sie dachten *was*?«, unterbrach er mich betont interessiert und hob die dichten Augenbrauen. »Dass Sie hier herumsitzen und Däumchen drehen und später ohne Übung mit den schwierigen Fällen umgehen können?«

Die Kälte in meinem Nacken wurde zu Hitze, die bis in meine Wangen kroch. »Nein, aber …«

»Sie wollen Richterin werden, richtig, Miss Sterling?«

»Ja.« Das Selbstbewusstsein war aus meiner Stimme gesickert, meine Schultern sanken herab. Ich fühlte mich kindlich und dumm, und ich wusste, dass er es auch bemerkte.

Er hob einen Mundwinkel. Kein freundliches Lächeln, eher genervt und herablassend. »Am Strafgerichtshof, wenn ich mich recht entsinne?«

»Ja.« Ich wusste, was jetzt kam. Natürlich wusste ich es. Es war nicht so, als hätte ich diesen Gedanken noch nicht gehabt, seit ich mich für das Studium entschieden hatte. Ich hatte ihn nur nie laut ausgesprochen, weil ein Teil von mir gehofft hatte, ich würde einen Weg finden, besser zu funktionieren, bevor ich in eine solche Situation kam. Aber hier war ich nun: zwanzig Jahre alt, schon wieder am Panikrand stehend, kurz vorm Weinen wie ein übersensibles Grundschulkind, nur weil ich nicht mit der Realität klarkam.

»Dann muss ich sagen, dass mich diese Äußerung doch sehr überrascht. Wie wollen Sie in diesem Beruf arbeiten, wenn Sie bereits an einer kleinen Übung scheitern?«

»Ich …« Diesmal unterbrach er mich nicht, ich hörte trotzdem auf zu sprechen. Weil ich keine Antwort hatte.

Er nickte langsam und stieß sich vom Tisch ab. »Ich gebe Ihnen einen gut gemeinten Rat: Werden Sie sich darüber klar, was Sie aushalten und leisten können. Wenn Sie in diesem Beruf arbeiten wollen, dürfen Sie nicht zimperlich sein. Wenn Sie zu sensibel dafür sind, lassen Sie die Akte gern hier. In diesem Fall würde ich Ihnen allerdings auch raten, mein Tutorium zu verlassen und Ihren Schwerpunkt zu verlegen. Vielleicht sind Sie im Baurecht besser aufgehoben.«

»Verstehe.« Meine Stimme brach mitten im Wort. Mechanisch streckte ich die Hand aus und nahm ihm die Akte wieder ab, presste sie an meine Brust, in der mein Herz schwer pochte. Ich wollte sie nicht berühren, ich wollte sie nicht mitnehmen, ich wollte sie nicht lesen. Aber die Alternative, die er mir gerade aufgezeigt hatte, war keine.

Als ich an der Tür angekommen war, hielt er mich zurück. »Ich tue das nicht, um Sie zu kränken, Miss Sterling«, meinte er freundlicher als zuvor. »Ich denke nur, dass es besser ist, wenn jemand ehrlich zu Ihnen ist, bevor Sie Ihre, meine und die Zeit Ihrer Kommilitonen verschwenden.«

Ich blinzelte gegen die Tränen an und rang mir ein Nicken ab. »Vielen Dank für das Gespräch.«

Ich ließ die letzte Vorlesung ausfallen und fuhr stattdessen zurück in die Villa. Da es mir morgens zum Radfahren zu kalt gewesen war, musste ich den Bus nehmen. Die ganze Fahrt über hielt ich die Akte fest gegen meinen Körper gepresst, als könnte ich dadurch all das Dunkle aus ihr hinausdrücken. Stattdessen fühlte es sich so an, als hätte es sich in mich *hinein*gedrückt, als ich in der Mulberry Mansion ankam.

Ich zog mir die Schuhe aus und folgte den leisen Stimmen Richtung Wohnzimmer. Beckett, Helen und May saßen auf den Sofas, Sienna auf dem Teppich vor dem Fernseher, wo sie durch einen Streamingdienst scrollte. Auf dem Holztisch zwischen ihnen standen eine Schüssel mit süß duftendem Popcorn und eine Karaffe mit Saftschorle, dazwischen lagen etliche Fadenknäuel und ein Etui mit Nadeln.

»Was macht ihr?«, fragte ich, nachdem wir uns begrüßt hatten. Die Anwesenheit der anderen und das gemütliche Gluckern der Heizung im Raum beruhigten meinen Puls etwas. Meine Hände zitterten trotzdem noch, als ich meinen Mantel aufknöpfte und über die Lehne eines Sessels warf.

»Helen bringt uns Sticken bei.« May hob einen dünnen Holzrahmen an, über den ein weißes Tuch gespannt war. Eine Nadel mit rotem Faden steckte mitten in einem krummen Kreis.

Interessiert sah ich zu Helen hinüber, die bereits deutlich weiter war. »Woher kannst du das?«

Sie lächelte mir zu und führte den Faden blind durch das Tuch, um die nächste Schlaufe zu ziehen. »Meine Großeltern haben so einen Souvenirshop in einem kleinen Küstenort. Sie machen dafür ganz viel Zeug selbst, und meine Brüder und ich haben früher alle Ferien dort verbracht und durften mithelfen. Oder *mussten*, wenn du sie fragst. Mich entspannt das heute noch richtig.«

May sah unzufrieden erst auf Helens, dann auf ihr eigenes Tuch. »Und sie ist so gut darin. Ich hingegen bin ziemlich unbegabt, aber Helen ist zu nett, um mir das zu sagen.«

Helens Wangenfarbe passte sich sofort dem roten Faden an. »Jemand, der ganze Kleider näht, ist sicher nicht unbegabt. Und das sieht doch gut aus. Das ist ein Luftballon, oder?«

May lächelte schief. »Eigentlich eine Blume, aber ich werde so tun, als hätte mir ein Luftballon vorgeschwebt, damit wir uns beide besser fühlen.«

»Deine Luftballonblume sieht besser aus als das Fadenmassaker von Beckett«, warf Sienna von der Seite aus ein.

Beckett sah warnend von seinem eigenen Tuch auf, auf dem nur wahllose Fadenlinien zu erkennen waren. »Hey. Urteile nie über Kunst.«

Ich lächelte und setzte mich auf die Sessellehne. »Wo sind die anderen?«

»Eden ist arbeiten, Maxton macht irgendetwas im Garten, und Willow trifft sich mit dem Typen, den sie letztens auf der Party kennengelernt hat«, erklärte May.

»Wieso bringt sie die Kerle eigentlich nie mit hierher?«, wollte Beckett wissen, ehe er fluchte, weil er sich in den Finger gestochen hatte.

May lachte. »Wahrscheinlich, weil sie mehr als einmal erlebt hat, wie du dich benimmst, wenn eine von uns jemanden einlädt, den wir nicht von vornherein als rein platonisch deklariert haben.«

Ich musste ebenfalls lächeln, als ich daran dachte, wie Helen vergangene Woche einen Kommilitonen mitgebracht hatte, dem Beckett innerhalb von zehn Minuten ein Dutzend viel zu intimer Fragen gestellt hatte. Beckett hatte zwar keine Geschwister, aber in ihm steckte eindeutig das Große-Bruder-Platzhirsch-Gen.

»Ich passe nur auf euch auf«, meinte er schulterzuckend.

»Sehr beruhigend, dass jemand auf mich aufpasst, der selbst den grauenvollsten Dating-Geschmack der Welt hat.« Sienna warf einen spöttischen Blick nach hinten. »Wie heißt deine aktuelle Flamme? Pandora?«

»Persephone.«

»Klar. Für Athene hat's eindeutig nicht gereicht, immerhin hat sie letztens mitten auf dem Campus mit diesem Typen rumgeknutscht, der eindeutig nicht du war.«

»Sie kann rumknutschen, mit wem sie will. Wir sind nicht zusammen oder so was.«

Sienna musterte ihn mitleidig. »Trotzdem bezahlst du gefühlt alles für sie. Sie nutzt dich nur aus.«

Er ließ die Nadel sinken und grinste breit. »Darf sie ja auch. Sie darf mich ausnutzen und benutzen, wie es ihr gefällt.«

»Gott, Beck«, murmelte Helen verlegen.

»So darf sie mich auch nennen, genau.« Er lehnte sich vor, um sich eine Handvoll Popcorn zu nehmen, die er sich genüsslich in den Mund warf. May und ich tauschten einen belustigten Blick, während Helen röter wurde.

»Ah, der wird es.« Zufrieden wählte Sienna einen der Filme aus und hievte sich vom Teppich hoch. »Darauf hab ich jetzt richtig Lust.«

Beckett stöhnte mit vollem Mund. »Nicht schon wieder ein Splatter-Film. Die sind so eklig.«

Das letzte bisschen Lächeln fiel von meinen Lippen, und ich verkniff es mir vehement, zum Bildschirm zu sehen, der rot aufflackerte. Noch mehr Blut, noch mehr Schmerz, noch mehr Panik. Ich stand auf und griff nach meinem Rucksack.

Sienna verdrehte die Augen. »Was? Die entspannen mich. Und wenn ich mit euch *sticken* soll, nachdem ich den ganzen Mittag gestrichen hab, dann brauch ich definitiv was Nettes nebenher.«

»Bleibst du auch bei uns?«, fragte May an mich gerichtet und hob erneut die Hände mit dem Tuch. »Wenn du hierbei nur halbwegs so versagst wie ich, fühle ich mich vielleicht weniger bemitleidenswert.«

Ich lächelte verkrampft. »Nein, eher nicht. Ich hab zu tun. Aber viel Spaß euch.«

Ich verzog mich in die Küche und lehnte die Tür an, trotzdem konnte ich die anderen über das Esszimmer hinweg hören. Mays warme Stimme, Becketts Fluchen, Helens geduldige Erklärungen, Siennas Lachen, aber vor allem das Kreischen und Knallen, das aus dem Fernseher drang.

Ich schaltete das Radio ein und setzte Teewasser auf. Während es hochkochte, legte ich die Akte vor mir auf den Tresen und atmete tief durch. Ich würde nicht darum herumkommen, mich damit zu beschäftigen. Ich hatte gehofft, mir bliebe mehr Zeit, aber vermutlich hätte das keinen Unterschied gemacht. Ängste verschwanden nicht von allein, man musste sich ihnen stellen. Ich wusste das, trotzdem verspürte ich diese beißende Gewissheit, dass ich erneut gegen sie verlieren würde, wenn ich es tat. Als wäre sie mir einfach immer überlegen, immer größer, immer stärker als ich. Aber ich wollte das nicht akzeptieren. Ich wollte nicht akzeptieren, dass ich zu schwach für ein ganz normales Studium war, das Hunderte vor und nach mir ohne Probleme bewältigen konnten. Ich wollte normal sein, ich *musste* es sein. Für meinen Vater und verdammt noch mal für mich selbst.

Mit zusammengepressten Zähnen machte ich eine der Atemübungen, die ich in der Therapie gelernt hatte, bis mein Puls sich beruhigt hatte. Dann schlug ich die Akte auf.

Ich versuchte, die Worte nicht zu Bildern werden zu lassen, doch schon nach dem Überfliegen der ersten Seite hatte ich das Gefühl, Magensäure und Eisen auf der Zunge zu schmecken. Ich schluckte mehrmals und legte den Kopf in den Nacken, versuchte, die Bildfetzen wegzuatmen. Das war nicht mein Fall, nicht meine Geschichte. Die Verletzungen waren nicht meine, also wieso, wieso, wieso tat das so weh?

Das Pfeifen des heißen Wassers holte mich aus den Gedanken. Ich kniff die Augen ein letztes Mal zusammen und schlug die Akte wieder zu. Vorsichtig griff ich nach dem Kocher und goss Wasser über den Teebeutel, doch meine Finger zitterten zu stark. Ich schrie auf, als der heiße Strahl meinen Handrücken traf, und zog ihn hastig beiseite, nur um den Becher von der Anrichte zu stoßen.

Das Porzellan klirrte, als es auf den Fliesen zerbrach. Ich fluchte und presste die pochende Hand an den Mund, während ich dem Wasser auswich, das sich auf dem Boden ausbreitete. Bevor ich mich gesammelt hatte, stand May in der Tür und sah mich besorgt an. »Was ist passiert?«

»Mir ist ein Becher kaputtgegangen. Ich bin mit dem Kocher ausgerutscht und …« Aus dem Wohnzimmer ertönte ein lautes Knallen, Beckett lachte, Sienna kommentierte irgendetwas, das ich nicht verstand, weil da Schüsse fielen. Einer und noch einer und noch einer, bis meine Gedanken völlig zerlöchert waren. »Verdammte Scheiße, können die diesen Müll nicht ausmachen?« Meine Stimme klang schrill und gleichzeitig brüchig, vielleicht war da auch zerspringendes Porzellan in mir. Eigentlich ergab das nur Sinn, weil ich für immer in einem beschissenen Glashaus stehen würde und weil die Welt nicht aufhörte, Steine nach mir zu werfen.

»Avery, was ist los?«, fragte May sanft, während ich in die Hocke ging.

Meine Finger zitterten stärker, als ich nach der ersten Scherbe griff. »Nichts ist los! Sich gewaltverherrlichenden Scheiß anzusehen, ist eine beschissene, hinterwäldlerische und verachtenswerte Art, abzuschalten. Und ich kann mich nicht konzentrieren, wenn …« Ich stieß einen Schrei aus, als eine der Scherben mir in den Finger schnitt. Das Blut löste sich innerhalb von Sekunden, dunkelrot und klebrig und warm. Mir wurde flau, ich wankte leicht nach vorn.

May hielt mich an den Schultern fest, ehe ich das Gleichgewicht verlieren konnte. Sie hockte vor mir und sah mir direkt in die Augen. Besorgt und konzentriert, May in zwei Worten. »Halt mal kurz still, okay?« Sie griff nach meiner Hand und betrachtete den Schnitt. »Der ist nicht tief, das ist gut. Wir gehen jetzt ins Bad und versorgen das, und danach räume ich die Scherben weg, einverstanden?«

Ich schüttelte den Kopf. »Du musst nicht …«

»Avery. Bitte, komm jetzt mit.«

Schweigend ließ ich mir von ihr aufhelfen und folgte ihr in unser Bad, das die letzte Woche über eine Baustelle gewesen war. Willow und Sienna hatten die beschädigten Fliesen an der Wand neben dem Waschbecken herausgeschlagen und durch geblümte ersetzt, die May und Beckett beim Ausmisten im Keller gefunden hatten. Sie waren ein bisschen schief, teilweise stand Mörtel zwischen den Fugen hervor, aber sie verliehen dem Bad trotzdem etwas Urtümliches und Gemütliches.

May suchte die Erste-Hilfe-Tasche im Schrank, und ich setzte mich auf den Rand der großen Wanne. Die kühle Stille hier oben senkte meinen Puls und ließ mich ruhiger denken.

»Tut mir leid, wie ich gerade drauf war«, flüsterte ich, als May sich neben mich gesetzt hatte und die Wunde mit einem Spray desinfizierte. Der Schnitt war tatsächlich nicht tief, und sowieso hatte ich überreagiert. Erneut. Und wieder einmal hatte es jemand abbekommen, der überhaupt nichts dafürkonnte.

»Schon okay. Du wirkst durcheinander, solche Tage haben wir alle.« May klebte ein Pflaster um meinen Finger. Sorgsam glättete sie die Seiten, dann ließ sie mich los. Ihr Blick wanderte zu der Akte, die ich in meinem Schoß umklammert hielt. Ich hatte nicht einmal bemerkt, dass ich sie mit hochgenommen hatte. »Hat das etwas damit zu tun?«

Ich war zu müde, um es abzustreiten, und nickte. »Die ist für die Uni. Strafrecht. Wir sollen die Fallakten durchgehen und Urteile prüfen und ich … ich kann das nicht.«

»Was daran kannst du nicht?«

»Alles.« Ich reichte sie ihr. »Ich bin zu schwach dafür.«

Stirnrunzelnd nahm May mir die Akte ab und schlug sie auf. Ich wandte den Blick ab und hob die Beine über die Badewannenkante, sodass ich mich hineinsinken lassen konnte. Die Keramik war kalt, trotzdem genoss ich das Gefühl der schützenden Wände um mich herum. Sekundenlang war da nur Papierrascheln und Mays Atem, der ins Stocken geriet. Dann hörte ich, wie die Akte zu Boden fiel. Als ich aufsah, lag Mays sorgenvoller Blick auf meinem Gesicht.

»Du kannst nicht so gut mit so was umgehen, oder?«, fragte sie vorsichtig. »Mit Gewalt, meine ich.«

Ich lachte gekünstelt und umschlang meine Knie mit beiden Armen. Ich kam mir winzig hier drinnen vor, und ich wurde das Gefühl nicht los, dass man auch in leeren Badewannen ertrinken konnte. »Wie ist dir das bloß aufgefallen?«, witzelte ich halbherzig.

May schüttelte den Kopf. »Du musst dich nicht schlecht deswegen fühlen. Oder schwach. Das ist Unsinn. Sensibel zu sein ist keine Schwäche. Eigentlich ist das eine ziemlich große Stärke.«

»Ich bin aber nicht sensibel. Ich bin beschädigt.« Ich hörte selbst, wie verbittert es klang.

Sie verzog das Gesicht. »Wieso sagst du so etwas Gemeines über dich?«

»Weil es wahr ist.« Und weil ich eben eher ehrlich als nett war, auch mir selbst gegenüber.

May zögerte, dann schwang sie die Beine ebenfalls über den Rand und ließ sich auf die andere Seite der Wanne sinken. Sie zog die Knie an, sodass sich unsere leicht berührten. »Du musst nicht darüber sprechen. Aber ich möchte nur noch mal sagen, dass du es könntest.«

Ich legte den Kopf in den Nacken und starrte in das warmweiße Licht der Deckenlampe. »Das ist nett, aber lass mal. Ich will dich nicht damit belasten. Es ist keine sonderlich schöne Geschichte.«

May stupste gegen die verkrampften Finger an meinem Bein. »Freunde hat man nicht nur für die schönen Geschichten, Avery. Freunde hat man auch für die, mit denen man nicht allein sein möchte. Manchmal besonders für die.«

Ich zögerte. Bis jetzt hatte ich von May und den anderen immer nur als Mitbewohnende gesprochen. Als die zufällig zusammengewürfelte Gruppe Menschen, mit denen ich aus einer Laune des Universums heraus unter diesem großen, seltsamen Dach gelandet war. Wir kannten einander erst seit ein paar Monaten, und ich war niemand, der sein Herz schnell öffnete. Hätte ich pragmatisch darüber nachgedacht, hätte mich das Wort *Freunde* skeptisch machen müssen. Aber in diesem Moment fühlte ich zu viel, um klar zu denken. Ich war aufgewühlt, traurig und verletzt, ich saß in einer alten Badewanne mit einem Mädchen, das mich aufrichtig und geduldig wartend ansah, und das Wort fühlte sich richtig an. Mit May hier zu sitzen, fühlte sich richtig an.

»Ich stand meinem Vater immer ziemlich nah, weißt du?«, begann ich stockend, weil es keine guten Anfänge für eine Geschichte mit schlimmem Ende gab. »Ich wollte immer, dass er mich in den Kindergarten bringt. Ich wollte erst schlafen gehen, nachdem er mir vorgelesen hatte. Ich wollte, dass er es war, der mich draußen auf der Schaukel anstößt. Ich meine, meine Mutter war immer absolut liebenswert und großartig. Aber mein Vater war … er war irgendwie mein Held, mein Vorbild, dieser … eine Mensch. Ich wollte so sein wie er. Weil er so groß und stark und so nett war. Weil er immer höflich blieb, selbst wenn die Menschen unfreundlich wurden. Weil er immer lächelte und sagte: ›Schlechte Tage machen keine schlechten Menschen.‹ Weil er das wirklich so meinte und weil ich das so unbedingt auch glauben wollte.« Ich stockte und schloss die Augen. »Als ich siebzehn war, ging mein Vater eines Abends einkaufen. Es war Spätsommer und im Radio hieß es, ein Unwetter würde aufziehen. Ich erinnere mich daran, weil ich zu Hause war und aus dem Fenster guckte und diese schwarzen Gewitterwolken anstarrte und dachte: *Hoffentlich wird er nicht nass.* Als wäre das das Schlimmste, was einem passieren könnte. Als müsste man die Natur fürchten, wenn es so was wie Menschen gibt.«

Ich lachte, weil die Alternative weinen gewesen wäre und ich dafür keine Kraft übrighatte. Alles von ihr floss in diese Worte. Ich hatte sie seit einer Ewigkeit nicht mehr ausgesprochen. Das letzte Mal kurz danach, vor meinen Freundinnen, vor Eden, vor der Therapeutin, dann nie wieder. Sie waren trotzdem noch da. Alles war noch da. Und es war genauso echt und schmerzhaft wie beim allerersten Mal.

»Als er auf dem Parkplatz war und die Einkäufe ins Auto lud, war da plötzlich dieser Kerl. Kaum älter als ich jetzt, gerade mal einundzwanzig. Er hat ihn mit einem Messer bedroht und wollte seine Wertsachen. Und anstatt sie ihm zu geben, fragte mein Vater ihn freundlich, wofür er denn Geld bräuchte. Ob er nicht eher andere Hilfe bräuchte. Das ist so seltsam, oder? Da steht jemand bewaffnet vor dir und will dich ausrauben, und du denkst daran, ob du helfen kannst. Ob er vielleicht Probleme zu Hause hat oder Schulden oder ein Alkoholproblem. Es ist so verdammt absurd, aber … das war mein Vater. Er wollte nur nett sein. Und das war der Grund dafür, dass der Typ letztlich ausgerastet ist.«

Wir wussten bis heute nicht, was genau mein Vater gesagt hatte, was der Grund dafür gewesen war, dass der Typ anfing, auf ihn einzuprügeln. Mein Vater hatte keine Chance mehr, es uns zu erzählen, und der Mann selbst konnte in seiner Aussage keine konkreten Angaben machen. Verwirrung, Blackout, ein Loch aus Wut und Kontrollverlust, in das er gestürzt war. Er gab zu, unter Drogen gestanden zu haben, unter psychischem Stress … ein Haufen Ausreden für etwas, aus dem man sich nicht herausreden konnte, weil man für immer darunter begraben sein würde. Eigentlich war das Warum auch nicht wichtig. Es gab nichts, was eine Rechtfertigung geben könnte, für das, was dann passierte.

Ich ließ den Kopf gegen den Keramikrand der Wanne sinken, meine Stimme klang erschöpft, als ich weitersprach. »Der Security-Dienst vom Supermarkt hat meinen Vater kurz darauf gefunden. Der Typ hatte ihn dort verletzt liegen lassen und ist abgehauen.« Ich schluckte schwer, die nächsten Worte kamen abgehackt und unangenehm nüchtern. »Mein Vater wurde ins Krankenhaus gebracht. Als wir dort ankamen, hatten sie ihn schon operiert, aber die inneren Verletzungen waren zu schwer. Er starb in derselben Nacht.«

May öffnete mehrmals den Mund, aber sie unterbrach mich nicht. Nicht einmal in den Pausen, die ich machte, hakte sie ein.

Sie saß nur da und sah mich mit feuchten Augen an. Ich war dankbar dafür, weil ich das in einem Rutsch erzählen musste.

»Der Typ hat sich selbst gestellt, in der Nacht. Es gab einen Prozess und eine lächerliche Freiheitsstrafe und …« Ich stockte, weil es dann doch Dinge gab, über die ich nicht sprechen konnte. »Tja, und seitdem … seitdem ertrage ich nicht mehr das kleinste bisschen Brutalität. Ich bekomme Panikattacken bei den falschen Filmen oder Erzählungen, beim Lesen von Fallakten oder beim Zusehen beschissener Rugbyspiele. Der winzigste Auslöser bringt alles zurück. Die Berichte und Bilder, die ich im Prozess und aus der Zeitung mitbekommen habe. Echte Erinnerungen und solche, die ich mir nur ausgedacht habe. Ich sehe meinen Vater auf diesem Parkplatz, obwohl ich nicht dabei war. Ich stehe da, und ich sehe ihn sterben und ich … kann nichts tun. Und das passiert schon, wenn ich nur mit ansehe, wie sich postpubertäre Kerle in irgendeiner albernen Teenie-Komödie prügeln. Es ist so lächerlich. *Ich* bin so lächerlich.«

May beugte sich zu mir vor und nahm meine zitternde Hand in ihre. Da waren Tränen in ihren Augen, aber ihre Stimme klang klar und eindringlich. »Du bist ganz und gar nicht lächerlich. Es ist doch absolut verständlich, dass so etwas dich prägt.« Sie drückte meine Finger. »Ich weiß, dass das nichts besser macht, aber es tut mir sehr leid. Ich kann mir nicht vorstellen, was ihr durchgemacht habt.«

»Ganz am Anfang, da war alles irgendwie wie in Watte gepackt. Ich meine, ich hab viel geweint, und ich war traurig und entsetzt und fassungslos, aber ich hab es irgendwie nicht richtig realisiert. Ich konnte nicht darüber nachdenken, was das bedeutet. Dass er weg ist. Einfach so. Und dass von mir jetzt erwartet wird, dass ich damit klarkomme. Zur Schule gehen, die Prüfungen schreiben, Freunde treffen, eine Zukunft planen …

das war alles so absurd. Ich fühlte mich irgendwie so, als würde ich im Winterschlaf stecken.«

Es stimmte: Als mein Vater starb, wurde es Winter. Mein Inneres wurde zu einer Landschaft aus Gletschern, nur noch tiefes Blau, nur noch Eiseskälte. Das und … Eden. *»Du bist mein Frühling«*, hatte ich ihm irgendwann einmal gesagt. An einem dieser trägen Abende, von denen es nach den letzten Prüfungen so viele gab. Wir lagen auf meinem Zimmerboden, er in Shirt und Shorts, ich nur in Unterwäsche, weil überall Hitze war. Sonnengewärmtes Parkett, portweinrote Lippen, dicht gewebte, schwere Gedanken. Eden hatte gelächelt, so wie nur Eden lächeln konnte, und mich geküsst. Und die Welt und mein Leben waren ein bisschen weniger kaputt gewesen.

»Eden war das Einzige, das es irgendwie erträglich gemacht hat damals«, flüsterte ich, weil es mir nicht richtig vorkam, diese Geschichte zu erzählen, ohne ihn zu erwähnen. »Er und meine Familie. Sie waren da, und ich habe es geschafft, weiterzumachen. Und jetzt …« *Jetzt habe ich sie alle verloren.* »Jetzt trage ich die Pullover meines Vaters und erinnere mich jeden Tag an ihn und habe trotzdem solch unfassbare Angst davor, ihn zu vergessen. Ich habe das Gefühl, ich muss irgendetwas erreichen, um ihm gerecht zu werden. Nicht um ihn zu rächen oder so was. Ich will nur … das Gefühl haben, etwas getan zu haben, das dafür sorgt, dass er Spuren hinterlässt.«

»Deswegen Jura?«

Ich nickte schwach. »Als Richterin dient man nicht dem Schutz einer Kanzlei oder einer Einzelperson, sondern dem der Gesellschaft. Ich möchte so gern meinen Teil dazu beitragen, sie sicherer und fairer und besser zu machen. Aber offensichtlich bekomme ich es nicht hin. Vielleicht hat mein Professor recht. Vielleicht sollte ich etwas anderes studieren, wenn ich schon an *so was* scheitere. Wie soll ich Strafrichterin werden, wenn ich die Zeugenaussagen in einer Kneipenschlägerei nicht ertrage?«

»Also erstens: Dein Professor klingt wie ein furchtbar empathieloser Fiesling.« Ich musste lachen, weil ich niemanden kannte, der so nett fluchte wie May, aber sie hielt nicht inne. »Und zweitens: Ich bin sicher, dass du alles hinbekommen kannst, was du dir vornimmst. Vielleicht mit etwas mehr Geduld und Anstrengung als andere, die nicht in deiner Situation sind, doch du würdest das auf jeden Fall schaffen.«

»Das klingt nach einem Aber.«

Sie lächelte schief. »Aber … vielleicht mutest du dir selbst zu viel zu. Du musst das nicht tun. Du musst diesen Weg nicht gehen. Ich verstehe, warum du das denkst, aber dein Vater würde sicher nicht wollen, dass du dich so quälst. Ich weiß, dass es mir nicht zusteht, irgendetwas darüber zu denken, doch … ich glaube nicht, dass du etwas erreichen musst, um ihm gerecht zu werden. Es ist doch ganz offensichtlich, dass er Spuren hinterlassen hat. Jemand, der so geliebt wurde, wird nie vergessen werden. Dafür musst du gar nichts tun. Du musst nur dein Leben leben.«

Ihre Worte sackten tief und spürbar in mich. Ich schloss die Augen und horchte ihnen nach, aber ich war zu müde, um zu begreifen, was sie in mir auslösten. Also lächelte ich nur und drückte Mays Hand, ehe ich die Arme vor der Brust verschränkte und mich zurücksinken ließ.

»Ich glaube, Badewannengespräche gefallen mir«, murmelte ich und unterdrückte ein Gähnen. All das ausgesprochen zu haben, ließ mich schläfrig werden. Ein Teil der brennenden Beklemmung, die ich seit so vielen Monaten mit mir herumtrug, war mit den Worten aus mir hinausgekrochen.

»Mir auch.« May sah sich um, als würde sie das Bad zum ersten Mal sehen. »Ich komme mir hier drinnen vor wie einer der Eisbären aus deiner Doku. Alles ist so kalt und weiß und trotzdem irgendwie hyggelig. Das hier ist unsere eigene kleine Arktis.«

Ich musste lachen und legte den Kopf wieder gegen den Rand. Unsere Knie berührten sich noch immer, und nicht nur deswegen hatte ich längst aufgehört zu zittern. Wenn diese Wanne unsere Arktis war, dann war May ein Polartag. Pures Sonnenlicht, keine Schatten und weißes Eis, das sich mehr nach Helligkeit anfühlte als nach Kälte.

20. Kapitel

AVERY

Wieso tue ich das noch mal?

Ich strich mir die Haare aus der Stirn und kontrollierte meinen Gesichtsausdruck im Spiegel auf der anderen Seite der Sitznische, während ich die Argumente in meinem Kopf wiederholte.

Erstens: May hatte mir geraten, etwas zu tun, das mich von der Uni ablenkte, bis ich wusste, wie ich mit der Akte umgehen sollte.

Zweitens: Ich hatte Eden diese Woche mehrmals im *Woolf & Joyce* mit ein paar Kommilitoninnen gesehen, und obwohl wir neuerdings *Freunde* waren, hatte ich es trotzdem nicht geschafft, danach unverfänglich mit ihm zu sprechen.

Drittens: Eigentlich schaffte ich das sowieso nicht mehr, seit er mir vor etwa einer Woche nach der Party vorgelesen hatte und danach neben mir in meinem Bett eingeschlafen war, nur um morgens mit Kissenabdruck im Gesicht und ausweichendem Blick aus meinem Zimmer zu verschwinden.

Viertens: Meine Mutter hatte mich in den letzten drei Tagen nicht mehr angerufen, und ich konnte kaum schlafen, weil mir so schlecht vor Sorge war.

Fünftens: Heute war einer der schwersten Tage im Jahr, und ich konnte nicht allein sein.

Sechstens: Ich wollte immer noch normal sein. Und wenn

an meinem Leben momentan so vieles nicht normal war, dann konnte ich wenigstens etwas tun, das als normal galt.

Ich war zwanzig, in keiner Beziehung und ein netter, attraktiver Kerl hatte mir vor ein paar Wochen seine Nummer gegeben. Ich hatte diese zwar nur eingespeichert, weil mich Edens Reaktion auf mein Gespräch mit Jacob so wütend gemacht hatte, doch wieso sollte ich ihn nicht anrufen? Immerhin war es absolut *normal*, und es sprach nichts dagegen, mit ihm auszugehen.

Egal, wie oft ich die Gründe, die mich hergebracht hatten, durchkaute: Die Situation wurde dadurch nicht weniger seltsam.

Mein Blick wanderte zu der Uhrzeit auf meinem Handy, das neben meinem Schlüsselbund auf dem Tisch lag. Obwohl wir erst seit knapp einer Stunde in einem Pub saßen, der in einer Kleinstadt auf halber Strecke zwischen Windsbury und Leicester lag, fühlte es sich unerträglich lang an. Das hier war das komplizierteste Date aller Zeiten. Und das unangenehmste, weil ich, seit ich ihm gegenübersaß, nicht wusste, was ich sagen sollte. Es war zäh, langweilig und gleichzeitig anstrengend – und das Schlimmste daran? Er bemerkte das nicht einmal. Jacob war offensichtlich geübt darin, ein Gespräch als gelungen anzusehen, wenn er es allein führte. Ich könnte mittlerweile einen Lebenslauf für ihn ausfüllen, während ich bezweifelte, dass er sich an mein Studium oder auch nur an meinen Nachnamen erinnerte. Ich fragte mich die ganze Zeit, ab wann man ein Treffen beenden konnte, für das man fast eine Stunde gefahren war – ich mit dem Bus, er mit dem Auto.

Ich schob meinem Spiegelbild ein Lächeln aufs Gesicht, als Jacob zurückkam. In einer Hand sein zweites Bier, während ich kaum die Hälfte von meinem ersten getrunken hatte. Meine

Mundwinkel sanken hinab, als ich die zwei Tequila-Shots bemerkte, die er zwischen uns abstellte.

»Musst du nicht nachher noch fahren?«

Er hob belustigt die Augenbrauen und schob mir ein Glas zu. »Bist du Polizistin?«

Ich gab mir keine Mühe, ebenso locker zu klingen. »Nein. Nur nicht lebensmüde.«

»Du musst dir keine Sorgen um mich machen. Trotzdem süß von dir.«

Süß. Das Wort schmeckte bitter. Ich war nicht süß, nicht niedlich, entzückend oder wie auch immer man Menschen nannte, die weich, lieb und herzlich waren. Ich hatte lang versucht, so zu sein, aber ich war es nicht. Ich war ein bisschen zu kantig, zu ehrlich, zu entschieden. Früher hatte ich gedacht, es würde mir gefallen, wenn jemand mich trotzdem anders sehen würde. In diesem Moment begriff ich, dass es nichts von einem Kompliment hatte, wenn man schlichtweg nicht erkannt wurde.

Ich wandte den Blick ab und wischte Schaum vom Glasrand. »Wie geht's eigentlich dem Außenseiter-Huhn?«

Jacob lachte. »Interessanter Themenwechsel.«

Eigentlich gar nicht so sehr.

»Dem Viech geht's gut. Noch für etwa«, er blickte auf seine Armbanduhr, »zwölf Stunden. Dann wird ihm der Kopf abgetrennt. Schätze, das drückt dann seine Stimmung.«

Mein Herz hämmerte, ich sah zu ihm auf. »Was?«

Jacob hob gleichgültig die Schultern. »Es legt weder Eier noch hat es irgendeinen anderen Nutzen für uns. Außerdem hält es sich komplett von den anderen fern. Wer weiß, was für Krankheiten das Ding hat.«

»Aber der Tierarzt hat sie doch durchgecheckt.«

»Selbst wenn, wir gehen lieber auf Nummer sicher, dass es nicht alle anderen ansteckt, und entsorgen es.« Er bemerkte meinen fassungslosen Blick und legte belustigt den Kopf schief. »Es ist doch nur ein Huhn, Avery.«

Ich schwieg und versuchte, den Gedanken des geköpften Huhns nicht in Bilder fließen zu lassen. Kein Blut, kein Schmerz, kein Tod, nicht heute. *Bitte, nicht heute.*

Jacob sah aus, als wollte er noch etwas dazu sagen, da blieb sein Blick hinter mir hängen. Er verdrehte die Augen. »Großartig.«

»Was?«, hakte ich nach, aber Jacob schüttelte den Kopf und lehnte sich zurück. Sein Blick kühlte sich ab, als jemand neben unserem Tisch innehielt.

Zwei Typen, beide über eins neunzig und breit gebaut, viele Muskeln am Körper und Kanten im Gesicht. Die Art Mann, bei der ich nachts die Straßenseite wechselte und mich dann schuldig fühlte. Doch irgendwo zwischen Bauchgefühl und Vorurteilen nistete mein Angstkern, und beim Anblick dieser zwei Männer zog er sich ganz deutlich zusammen.

Sie konnten kaum älter sein als wir, und offensichtlich kannten sie Jacob. Der vordere, Typ Surfer mit blonden Locken und bronzeschimmernder Haut, musterte ihn aus verengten Augen. »Jake. Hätte nicht gedacht, dass du freiwillig in unserer Stadt auftauchst.«

Jacob hob die Hand. »Ich freue mich auch, dich zu sehen, Tyler. Hab dich erst gar nicht erkannt, so ganz ohne Veilchen.«

Allein das Wort war blau blühend in meinen Gedanken. Ich biss mir in die Innenwange und umklammerte reflexartig den Schlüsselbund neben mir. Das große E drückte sich kühl in meine Haut, als wollte es mich beruhigen. Mein Puls beschleunigte dennoch. Aus den Lautsprechern drang eine Coverversion von Joni Mitchells *River*, die Lichterketten um den Balken über unseren Köpfen blinkten warmweiß, im Hinterzimmer des Pubs wurde *Happy Birthday* gesungen. Ich nahm all das vage wahr, obwohl meine Sinne sich gleichzeitig für diese Situation schärften. Sie fühlte sich bereits jetzt seltsam flackernd an, als wäre sie kurz davor, in etwas Düsteres zu kippen.

»Ist Hannah auch hier? Ich wollte ihr unbedingt sagen, wie gut ihr die neue Uniform steht.« Jacob fuhr sich mit der Hand über das Kinn und grinste. »Die haben die Rocklänge gekürzt, oder?«

Tyler machte einen impulsiven Schritt auf den Tisch zu. Ich spannte mich an, Jacob grinste, Tyler wurde von seinem Freund zurückgehalten. »Komm schon, lass den Scheiß.«

Jacob schnaubte belustigt. »Hör auf deinen Freund, wir wissen beide, wie es das letzte Mal geendet hat.«

Tyler riss sich los und neigte sich etwas über den Tisch. Instinktiv wich ich zurück, sein Geruch schwappte trotzdem bis zu mir. Aftershave, Bier, Leder. Meine Hände bebten.

»Wenn ich dich das nächste Mal allein sehe, reden wir noch mal darüber«, sagte er leise.

Auf Jacobs Mund breitete sich ein herausforderndes Lächeln aus. »Wir können auch jetzt darüber reden. Komm, lass uns rausgehen. Ich wiederhole meinen Text vom letzten Mal gern.«

Sein Freund legte eine Hand auf Tylers Schulter. »Ty, das ist er nicht wert.«

Ein paar Sekunden starrten er und Jacob sich noch an, dann wich Tyler einen Schritt zurück. »Schon gut.« Er rieb sich mit der Hand übers Gesicht und wandte sich ab, als sein Blick an mir hängen blieb. »Du solltest dich von dem Wichser fernhalten.«

Und damit verschwanden sie in Richtung Bar. Ich wartete, bis sie weit genug weg waren, dann atmete ich laut aus. Mein ganzer Körper war so angespannt, dass ich jeden Muskel pochen spürte.

»Was war das denn?«, fragte ich.

Jacob hob grimmig die Mundwinkel und pflückte den Zitronenschnitz vom Shotglas. Er wirkte nicht erleichtert, dass sie weg waren, eher unruhig. Als hätte dieses kurze Aufeinandertreffen ihn angestachelt. »*Das* war Tyler White, großer Anwärter auf die Aufnahme in die Rugby Premiership. Unsere Teams haben öfter mal miteinander zu tun.«

Fast hätte ich gelacht. Jacob war ein Rugbyspieler. Hätte ich doch nur auf mein Bauchgefühl gehört. Was ich gerade bei den beiden Typen gedacht hatte, stimmte: Die Grenze zwischen Bauchgefühl und Vorurteilen war schmal, und ich hatte oft das Gefühl, darauf zu balancieren. Ich wollte kein Mensch sein, der voreilige Schlüsse zog. Dafür war ich jetzt einer, der ein Date mit der Art Kerl hatte, mit dem er normalerweise *niemals* ausgegangen wäre.

»Und Hannah ist wer?«, hakte ich nach, bevor meine Gedanken abdriften konnten.

Jacob seufzte und leckte sich Zitronensaft vom Finger. »Hannah ist Headcheerleaderin seines Teams. Die beiden sind seit zwei Jahren das Traumpaar ihrer Universität. Wahrscheinlich findet er es deswegen nicht so toll, dass ich bei einer After-Game-Party mit ihr geschlafen habe. Als wir uns das letzte Mal gesehen haben, hat das unschön geendet. Für ihn zumindest. Ich fand's eigentlich ganz witzig, dass dieser riesige Kerl außerhalb des Feldes so miese Reflexe hat.« Jacobs Blick wanderte an mir vorbei zur Bar, und sein Grinsen vertiefte sich auf die Art, die verriet, dass er dort einen anderen auffing. Provozierend, herablassend, ekelhaft. »Ich hätte schwören können, dass ich seine Nase gebrochen habe. Ich bin fast enttäuscht, dass sie so heil aussieht. Aber wenn ich bedenke, wie er mich anstarrt, könnte ich bald die Möglichkeit bekommen, nachzubessern.«

Hitze stieg in meine Wangen, gleichzeitig breitete sich ein taubes Kribbeln in meinem Brustkorb aus. Die Wut kam nicht an der Fassungslosigkeit vorbei. »Ist das dein Ernst?«, brachte ich hervor.

Jacob ließ den Zitronenschnitz sinken und musterte mich irritiert. »Warte, bist du jetzt sauer? Weil ich mit einer anderen geschlafen habe?«

Ich lachte unecht. »Glaub mir, es war mir noch nie so egal, mit wem ein anderer Mensch schläft.«

»Ich bin nicht derjenige, der fremdgegangen ist, das war sie. Wenn sie sagt, es ist okay für sie, werde ich sie bestimmt nicht daran hindern, sich auszuziehen. Was ist also dein Problem?«

Gott, ich wusste ja nicht einmal, wo ich anfangen sollte. »Davon abgesehen, dass ich es für ziemlich charakterschwach halte, dass du mit einer Frau schläfst, die in einer Beziehung ist, denn – tut mir leid – zu einem Betrug gehören immer zwei, finde ich es absolut daneben, sich mit jemandem zu schlagen. Vor allem, wenn es aus so pseudomaskulinen Gründen ist.«

»Pseudomaskulin?« Er verzog spöttisch den Mund. »Jetzt komm aber mal runter. Was ist schon dabei? Männer prügeln sich halt manchmal.«

Männer. Wie ich das hasste. Als wäre ein Wortkonzept ein Speicher für bestimmte Eigenschaften, Verhaltensweisen oder Werte. Es ging nicht um Geschlechter, es ging einzig und allein darum, welche Art Mensch man war.

»Nicht die, mit denen ich etwas zu tun haben möchte.«

»Ach echt? Dann wärst du die Erste, die ich kennenlerne, die nicht heimlich darauf hofft, dass sich mal zwei Kerle um sie schlagen.« Eine kurze Pause, ein weicheres, zweideutiges Lächeln. »Und so hübsch, wie du bist, ist dir das doch sicher schon passiert, oder nicht?«

Unglaublich, dass er allen Ernstes noch mit mir flirtete. »Du solltest Frauen nicht dafür benutzen, deine eigenen Entscheidungen zu rechtfertigen. Sie sind nicht dafür verantwortlich, dass du ein gewalttätiges Arschloch bist.« Ich umklammerte meinen Schlüsselbund noch immer so fest in der Hand, dass meine Knöchel weiß hervortraten. In diesem Moment verspürte ich den Impuls, ihn vom Tisch zu werfen – oder in Jacobs Richtung. Hastig ließ ich ihn los und verschränkte die Hände im Schoß.

»Gewalttätig? Weil ich kein Feigling bin, der vor einer Schlägerei wegrennt?«

»Es ist nicht feige, Gewalt zu meiden. Es ist vernünftig, klug und gut. Alles Adjektive, die ich dir hiermit leider abschreiben muss.«

Jacob ließ den Kopf in den Nacken sinken und stöhnte. »Oh, bitte, sei nicht eine von denen.«

Ich wusste, ich sollte nicht nachfragen. Ich war sowieso schon so wütend, und alles an Jacob ließ mich wissen, dass seine Antwort das nur schlimmer machen würde. »Was genau meinst du damit?«, fragte ich trotzdem.

Er zuckte mit den Schultern. »Na, eine von diesen Frauen, die denken, dass alle Männer ja so verdorben und schlimm sind. Eine von diesen fanatischen Feministinnen, die sich für zu erhaben für uns Normalsterbliche halten.«

Ein paar Sekunden konnte ich ihn nur anstarren. *Bleib ruhig*, sagte eine Stimme in meinem Kopf, während die andere schrie: *Sei laut!* Aber ich wollte weder das eine noch das andere, ich wollte gar nichts vor oder für diesen Typen sein.

»Ich werde jetzt gehen.« Mit zittrigen Händen griff ich nach meinem Mantel und zerrte ihn mir über die Schultern.

Er seufzte. Ich kannte diese Art Seufzen so gut. Sie sagte: *Du machst dich lächerlich, du übertreibst, Gott, komm runter.*

»Komm schon, Avery. Du willst doch jetzt nicht wegen so was den Abend ruinieren?«

»Das muss ich gar nicht. Das hast du schon gemacht.« Ich nahm meine Tasche mit der einen Hand, Handy und Schlüssel mit der anderen und wollte von der Bank rutschen, da lehnte er sich vor und umfasste meinen Oberarm. Kein sanftes Berühren, eher entschiedenes Festhalten.

»Jetzt warte.« Er lächelte mir versöhnlich zu, während seine Hand meinen Arm hinaufwanderte. »Gib mir die Chance, dir zu beweisen, dass ich ein netter Kerl bin, okay?« Er verharrte an meiner Schulter, zupfte am Träger meines Shirts, der unter dem Pullover hervorblitzte. »Es würde dir guttun, mal lockerzulassen, meinst du nicht? Ich helfe dir gern dabei.«

Hätte ich es nicht sowieso schon getan, hätte ich jetzt angefangen, ihn zu hassen. Ich neigte mich zu ihm vor und sah ihm fest in die Augen. »Lass mich auf der Stelle los oder ich zeige dich wegen Belästigung an.«

Jacob lachte trocken, aber er zog die Hand zurück und lehnte sich wieder gegen die Holzbank. »Meine Güte, reagierst du immer so über? Dann hau doch ab. Viel Glück dabei, hier einen Bus zu finden, der noch fährt.« Als ich mich schon abgewandt hatte, rief er mir etwas hinterher. »Ein gut gemeinter Tipp: Niemand steht auf Moralapostel, die sich für was Besseres halten.«

Ich hielt nicht mehr inne, bis ich den Pub verlassen hatte und die kalte Winterluft meine Gedanken klärte. Auf dem Weg zur Bushaltestelle weinte ich, ohne benennen zu können, ob mich nur seine Worte so wütend machten oder ob ein kleiner, schwacher Teil von mir dachte, dass er ein wenig recht hatte.

Es war so kalt, dass ich nach wenigen Minuten weder meine Nasenspitze noch meine Fingerkuppen spürte. Genau so lang brauchte ich, um herauszufinden, dass Jacob mit einem auf jeden Fall recht behielt: Es fuhr tatsächlich kein Bus mehr um diese Uhrzeit. Ich versuchte es bei ein paar Taxi-Anbietern, nur um gesagt zu bekommen, dass ich mich für diese Strecke auf eine Wartezeit von Stunden einstellen sollte. Bis dahin wäre ich sicher festgefroren, also rief ich stattdessen May an. Sie war die Einzige, der ich erzählt hatte, wohin ich heute ging, und sie hatte fünfmal gesagt, ich sollte mich melden, wenn etwas wäre. Sie ging zwar nicht ran, aber kurz darauf kam ein *Bleib, wo du bist* auf meine Mailboxnachricht zurück. Also setzte ich mich in das winddurchflutete Bushäuschen, vergrub das Kinn im Schal und wartete.

Die kleine Stadt war winterlich still, nur ab und zu liefen Fußgänger über die Straße in Richtung Innenstadt. Ein feines Flimmern lag über dem Asphalt, eine Spur Regen, die in der Kälte zu Glätte wurde. Ich umarmte mich fester. Das Handy drückte in meinen Bauch, ich wagte trotzdem nicht, es zu verschieben oder auf das Display zu sehen. Ich hatte die Datumsanzeige gestern Abend ausgestellt, trotzdem sah ich sie noch in meinem Kopf. So wie all die Dinge auf meinem Handy, die ich nicht ertrug – heute noch weniger als sonst. Das Datum, die verpassten Anrufe, die Fotos in der Galerie, die Erinnerung im Kalender, die eingetragen war, obwohl sie seit drei Jahren keine Funktion mehr hatte. Gedankenverloren fuhr ich mit tauben Fingerspitzen über das E an meinem Schlüsselbund. Die Öse war seit ein paar Tagen locker, und ich konnte mich nicht entscheiden, ob ich sie enger pressen oder das als Anlass nehmen sollte, den Anhänger abzunehmen.

Gerade als es wieder anfing zu regnen, bemerkte ich das Auto, das direkt vor der Bushaltestelle anhielt. Nicht das, mit dem ich gerechnet hatte, und trotzdem eines, das ich sofort erkannte. Ich verspannte mich und stand auf, in dem Moment, in dem die Beifahrertür von innen aufgestoßen wurde.

»Was machst du denn hier?«, fragte ich verwirrt, als ich beim Wagen angekommen war und hineinsah.

Eden lehnte sich herüber, sodass sein Kopf ganz in meinem Sichtfeld auftauchte. »Dich abholen.«

Sein Atem wurde bereits neblig, ich machte trotzdem keine Anstalten, einzusteigen. »Ich hatte May angerufen.«

»May hat ziemliche Regelschmerzen. Sie sitzt seit Stunden auf dem Badezimmerboden, weil sie Angst hat, sich übergeben zu müssen.«

»Oh.« Widerwillig stieg ich ins Auto und zog die Tür hinter mir zu. »Die Arme. Geht's ihr sehr schlecht?«

»Die anderen kümmern sich schon. Außerdem ist es May. Am meisten Sorgen hat sie sich um dich gemacht. Sie hat den Nächstbesten, den sie gesehen hat, damit beauftragt, dich abzuholen. Also, hier bin ich.«

Er musterte mich beiläufig, während er sprach. Ich fragte mich, ob er wusste, woher ich kam. Es hätte ihm vermutlich nichts ausgemacht, ich konnte mir trotzdem keine schrägere Situation vorstellen, als von meinem Ex-Freund von einem misslungenen Date abgeholt zu werden.

Ich räusperte mich und öffnete die Knöpfe meines Mantels, auch wenn der Motor aus war und die Heizung damit ebenso. »Dann … danke, dass du dich nicht verweigert hast?«

»Ich wollte dir eine Autofahrt mit Beckett ersparen. Sein Musikgeschmack ist eine Katastrophe.«

Ich musste lachen. »Und das aus deinem Mund? Bisschen ironisch, meinst du nicht?«

Er hob die Augenbrauen, doch ich bemerkte das unterdrückte Lächeln, das durch das Grübchen angedeutet wurde.

»Wenn ich dich mitnehmen soll, warte mit den Beleidigungen noch.«

»Okay. Aber nur bis zur ersten Kreuzung.« Ich biss mir auf die Unterlippe und wartete darauf, dass er losfuhr.

Eine Hand lag am Lenkrad, mit der anderen strich er sich mehrmals durch die dunklen Haare. Sein Zögern war so greifbar, dass ich auf dem Sitz herumrutschte. Mit Eden in einem so abgeschlossenen Raum zu sein, machte mich unruhig. Ich atmete seinen Duft ein, und die Wärme, die sich in mir ausbreitete, war kribbelnd und herzschlagbeschleunigend. Sehr unangebracht dafür, dass ich neben einem *Freund* saß.

»Möchtest du sofort zur Villa oder würdest du noch mit mir wo hinfahren?«, fragte er schließlich.

»Ein Ausflug? Wohin? Und wieso?«

Sein Blick tastete erneut über mein Gesicht. Tränenreste in meinen Augenwinkeln, Schatten unter meinen Augen, überall diese Erschöpfung, die von zerdachten Erinnerungen stammte: Ich wusste, er sah alles.

»Ich weiß, was heute für ein Tag ist.«

Ich war nicht sicher, auf welche Frage das die Antwort war, aber sie erklärte alles. Ich blinzelte und sah aus dem Fenster. Einige Autos fuhren an uns vorbei, ihr goldenes Licht wurde auf dem nassen Asphalt reflektiert. Es war trotzdem irgendwie alles sehr dunkel in diesem Moment. »Du erinnerst dich daran?«

Die Lampe über unseren Köpfen ging aus, ich spürte seinen Blick umso stärker. Das Prasseln des Regens an der Scheibe war so laut, dass ich seine nächsten Worte fast nicht hörte. »Ich erinnere mich an alles. Du nicht?«

Ich schloss die Augen und atmete laut aus. »Lass das.«

»Wieso?«

Ich drehte mich zu ihm und fixierte sein blasses Gesicht,

das sich schwach von der Dunkelheit abhob. »Was willst du denn hören? Dass ich mich noch an jedes Detail unserer Beziehung erinnere? Dass ich meine Nummer seit zwei Jahren nicht gewechselt habe, nur weil ich diese alberne Hoffnung nicht aufgeben konnte, dass du mich doch noch anrufst? Dass ich jedes Jahr zum Schultreffen gefahren und in den nervigen Facebookgruppen geblieben bin, weil es ja hätte sein können, dass du auf einmal auf so was stehst? Du weißt ganz genau, dass ich *nichts* vergessen habe.«

»Social Media ist immer noch nicht so mein Ding.« Er hob einen Mundwinkel, doch ich starrte ihn so intensiv an, dass er ihn sofort wieder senkte. Er nickte langsam und umfasste das Lenkrad jetzt mit beiden Händen. »Es tut mir leid, alles. Es war für uns beide besser so, aber …«

»Nein«, unterbrach ich ihn entschieden.

Er runzelte die Stirn. »Was, nein?«

»Wenn wir jetzt *Freunde* sind, dann werde ich dir ganz ehrlich etwas sagen: Dieses ›Das war besser so‹ akzeptiere ich nicht. Schon klar, dass es das angenehmer für dich macht, so was zu denken, aber das lasse ich dir nicht durchgehen. Du bist kein Märtyrer, wenn du mich erklärungslos sitzen lässt, weil du davon überzeugt bist, dass es das Beste für uns ist. Das kannst du nämlich nicht allein entscheiden. Du entscheidest nicht, was *für mich* besser ist. Okay?«

Ein paar Sekunden lang dachte ich, er würde widersprechen, doch schließlich nickte er und fuhr sich mit dem Handballen über die Schläfe. »Du hast recht. Es war allein meine Entscheidung, und das war nicht fair dir gegenüber, aber ich musste sie treffen. Und ich weiß, dass es das nicht besser macht, aber ich würde sie wieder treffen. Nur … die Art, wie ich das getan habe, die tut mir leid. Mir tut alles daran leid, Avery.« Bei den letzten Worten verebbte seine Stimme.

Ich runzelte die Stirn. Ich hatte mich auf eine größere Diskussion eingestellt. Sicher nicht darauf, dass er sich entschuldigen würde. Mehrmals und so aufrichtig, dass das Brennen in meinem Herzen etwas nachließ. Selbst wenn er mir mehr als deutlich machte, dass er nicht daran interessiert war, das zwischen uns jemals wieder aufzugreifen. Ich war nie wütend gewesen, dass er nicht mehr mit mir hatte zusammen sein wollen. Ich war traurig gewesen, verletzt und verzweifelt. Doch man konnte Menschen ihre Gefühle nicht übel nehmen, nur die Art, wie sie mit ihnen umgingen. Dass Eden *seine* Art mittlerweile bereute, machte es nicht gut, aber ein wenig besser.

»So einfach?«, hakte ich unschlüssig nach.

»So einfach. Und jetzt lass mich dich wo hinfahren, okay?« Er lächelte und drehte den Schlüssel um. Der Motor sprang an, kurz darauf der Scheibenwischer und die CD, die Eden im Spieler hatte. The National.

Ich musste schon bei den ersten Tönen ein Gähnen unterdrücken. Trotzdem schnallte ich mich an. »Okay.«

»So einfach?«

»So einfach.« Ich lehnte mich im Sitz zurück und verschränkte die Arme vor der Brust. »Was du kannst, kann ich schon lang.«

Edens Schultern hoben sich, als er das Lachen unterdrückte. Und dann schwiegen wir, während draußen die Welt unterging, die ruhigste Musik des Universums spielte und ich mich – trotz allem – so friedlich fühlte wie lang nicht mehr.

Es war schon nach Mitternacht, als Eden den Motor ausmachte. Er hatte mir nicht gesagt, wohin wir fuhren, aber ich hatte es mir gedacht. Denn wenn Eden sich an diesen Tag erinnerte, dann wusste er auch, was ich in einem anderen Leben heute getan hätte. Was ich die ersten sechzehn Jahre meines Lebens an diesem Tag getan hatte.

Ich blickte aus der Windschutzscheibe, hinter der die Leuchtbuchstaben des Bistros dumpf im Regen glühten. Die grauen Fäden rissen das Licht mit sich, sodass es sich in Pfützen auf dem Asphalt sammelte. *Goldregen*, dachte ich, und dann: *Blauregen*, und urplötzlich vermisste ich die Mulberry Mansion mit einer Heftigkeit, die mich blinzeln ließ.

Eden löste seinen Gurt und stieg aus. Sofort prasselte der Regen auf ihn hinab und benetzte seinen Körper. Er blieb trotzdem neben dem Wagen stehen und sah abwartend zu mir hinein. Ich schnallte mich lächelnd ab und folgte ihm. Eden hatte nie einen Schirm besessen oder gewollt. »Es gibt so viele Dinge, vor denen ich Angst habe. Da möchte ich den Regen nicht zu einem weiteren davon machen«, hatte er gesagt, als ich ihn mal danach gefragt hatte.

Das 24-Stunden-Bistro war klein und schlicht eingerichtet. Es war natürlich nicht das, in das meine Familie jedes Jahr zum Frühstück gegangen war, jedoch ähnlich. In der Luft lag der Geruch von Kaffee, und auf der Theke standen Kuchen unter Glasglocken. Wir setzten uns an einen Ecktisch auf eine Bank, deren Rückenlehne mit roten Polstern bezogen war. Eine Stofflampe warf helle Kreise auf den Tisch, während draußen der Parkplatz in Nachtblau versank. Wir bestellten Kaffee und Pancakes, ich mit Schokoladenstückchen, Eden mit Erdnussbutter, danach saßen wir einander schweigend gegenüber.

»Also«, sagte er, nachdem der Kellner uns schüsselgroße Kaffeebecher vorgesetzt hatte und der Dampf die Luft zwischen uns verschleierte, »May meinte, du hättest heute ein Date gehabt.«

Ich umklammerte den heißen Becher reflexartig fester. Weder Edens Stimme noch sein Blick gaben irgendeine Emotion preis, ich fühlte mich trotzdem unwohl.

»Oh. Ja. Schätze, so kann man das nennen.«

»Mit … Jacob?«

»Hm.«

»Und wie war's?« Seine Stimme flackerte, aber als ich zu ihm aufsah, nippte er am Kaffee und verdeckte damit sein Gesicht. Ich konnte sehen, dass er ihm zu bitter war. Eden war nicht wie ich, die ich meinen Kaffee immer stark und schwarz trank. Eden war ein Milch-und-Zucker-Mensch. Und Eden war der Letzte, mit dem ich über Jacob sprechen wollte. Allein an den Vorfall im Pub zu denken machte mich wütend.

»Weißt du noch, wie du bei dem Besuch beim Castle of Marble meintest, er wäre auch ein Idiot?« Eden nickte, und ich lächelte grimmig. »Es wird dich bestimmt freuen zu hören, dass du recht hattest.«

Er spannte sich an und stellte den Becher langsam wieder ab. Sein Kiefer bewegte sich, seine nächsten Worte klangen dennoch ruhig. »Was hat er gemacht?«

»Nichts, worüber ich jetzt sprechen möchte.«

Ich verbarg mein Gesicht hinter dem Kaffee und sah aus dem Fenster. Unsere Silhouetten waren vor dem Regenprasseln nur blasse Farbschleier, ich konnte mich trotzdem nicht daran sattsehen. Eden und ich, in der Reflexion nur ein paar Fingerbreit auseinander.

Das Essen kam, zwei Teller, auf denen sich jeweils ein halbes Dutzend Mini-Pancakes türmte. Mein Herz wurde bei dem Anblick und dem süßen Duft leichter.

»Auf deinen Vater«, sagte Eden und lächelte mir zu.

Ich erwiderte es genauso schwach und griff nach meinem Besteck. »Auf Dad«, flüsterte ich und dachte: *Alles Liebe zum Geburtstag.*

Wir aßen schweigend, jeder Bissen ein Erinnern, das leichter wurde, je leerer der Teller wurde. Ich hatte versucht, diesen Tag irgendwie herumzubekommen, ohne ihn bewusst wahrzunehmen, aber jetzt begriff ich, dass es das nur schwerer gemacht hatte. Vermissen war eins dieser Gefühle, das umso heftiger wurde, je mehr man versuchte, es zu verdrängen. Und heute vermisste ich nicht nur meinen Vater, ich vermisste auch Mum und Lexi.

»Wie geht es eigentlich deiner Mutter?«, fragte Eden plötzlich, als hätte er meine Gedanken gehört.

Ich wich seinem Blick aus, indem ich einen weiteren Pancake zerlegte. *Keine Ahnung*, dachte ich, während ich mich erneut an die ausbleibenden Anrufe der letzten Tage erinnerte. Die letzten Jahre hätte mich niemand davon abhalten können, an diesem Tag bei ihr zu sein. Bei ihr und Lexi. Doch dann hatte ich herausgefunden, dass Dad ihnen längst nicht mehr so wichtig war wie mir.

»Wie soll es ihr schon gehen?«, erwiderte ich verzögert.

Eden hob die Schultern. »Ich weiß nicht. Es ist über drei Jahre her.«

Ich runzelte die Stirn. »Drei Jahre reichen nicht aus, um dich vergessen zu lassen, dass dein Mann tot ist. Sie reichen nicht aus, damit es okay ist, dass irgendein brutaler Widerling die Liebe deines Lebens auf einem Parkplatz überfallen, bedroht und verprügelt hat. Sie reichen nicht aus, dass du damit klarkommst, dass er so fest auf ihn eingeschlagen und eingetreten hat, dass dein Mann gestorben ist.« Meine Stimme stockte, ich ballte die Hände zu Fäusten, bis das Metall des Bestecks in meine Haut schnitt. »Mum wird niemals darüber hinwegkommen. Und ich auch nicht. Schon gar nicht, wenn dieser Mistkerl mit einer so mickrigen Gefängnisstrafe für Mord davonkommt.«

Eden senkte die Lider. »Es war kein Mord, Avery.«

Fassungslos starrte ich ihn an. »Was?«

Seine Hände waren ebenfalls zu Fäusten geballt. Ich sah es, auch wenn er sie unter dem Tisch verbarg. Die Muskeln seiner Oberarme waren angespannt, sein Mund genauso. »Er wollte ihn nicht umbringen. Er hat die Kontrolle verloren«, erwiderte er, obwohl mein Blick ihm mehr als deutlich machte, dass er lieber still sein sollte. »Ich sage nicht, dass er den Tod deines Vaters nicht zu verantworten hat, aber er wollte ihn nicht töten.«

Ich schüttelte den Kopf. Der Täter war für schwere Körperverletzung mit Todesfolge verurteilt worden, ja. Doch es war mir egal, welche mildernden Umstände dabei berücksichtigt worden waren. Es war mir egal, dass er sich in einer psychischen Ausnahmesituation befunden hatte. Es war mir egal, dass er so schockiert über seine Tat gewesen war, dass er nicht mal das Geld mitgenommen hatte, auf das er es ursprünglich abgesehen hatte. Es war mir egal, dass er ein paar Straßen weiter den Notruf verständigt hatte. Es war mir egal, dass er sich in derselben Nacht gestellt hatte. All das änderte nichts an der Tat. Es änderte nichts daran, dass ich nie wieder Pancakes mit meinem Vater essen würde, weder an seinem Geburtstag noch sonst wann. Der Platz auf der anderen Seite des Tisches würde für immer leer bleiben, ganz gleich, mit wem ich dort saß.

Edens Worte fühlten sich so sehr nach Verrat an, dass ich es kaum ertrug, ihn anzusehen. Langsam ließ ich das Besteck auf den Teller fallen. Es klirrte, auf dem Tisch und in meinen Gedanken.

»Verteidigst du gerade allen Ernstes den Mann, der meine Familie zerstört hat? Der *mein Leben* zerstört hat?«

»Nein, ich versuche nur …« Er stockte und griff in seinen Nacken, schloss die Augen und atmete durch. Als er mich wieder ansah, wirkte sein Blick nur noch müde. »Denkst du denn nie daran, dass es möglich ist, dass man einen Fehler macht, ohne die Konsequenzen abschätzen zu können? Sind Menschen wirklich immer schlecht, nur weil sie etwas Schlechtes tun? Ich meine, wenn dieser Kerl sich selbst dafür hasst, was er deinem Vater angetan hat, verdient er dann nicht irgendwie die Möglichkeit, voranzukommen und … es besser zu machen?«

Ich musste an das denken, was mein Vater immer gesagt hatte: *Schlechte Tage machen keine schlechten Menschen.* Früher hatte ich das auch glauben wollen, jetzt wusste ich, wohin es einen brachte, es zu tun.

»Wenn du mich fragst, verdient er nur eines: lebenslang weggesperrt zu werden«, schoss ich hart zurück. »Wenn du überhaupt dazu fähig bist, einem anderen Menschen derart Gewalt anzutun, dann bist du definitiv *schlecht*, Eden. Dann bist du nicht mehr als ein grausames Monster.«

Mir war bewusst, dass unser Rechtssystem hierbei etwas anderes sagte, als ich fühlte. Ich verstand den Ansatz des Resozialisierungsgedankens, das tat ich wirklich. Doch ich konnte einfach nicht begreifen, warum dem Schicksal der Täter mehr Verständnis als dem der Opfer entgegengebracht werden sollte. Wo blieb da die Gerechtigkeit? Vielleicht war ich in diesem Fall befangen, vielleicht konnte ich nicht klar denken, doch ich wusste einfach nicht, wie ich diese Entschiedenheit in mir hätte abmildern können. Und ich wollte es nicht, ich *durfte* es auch gar nicht. Weil ich die Einzige war, die Dad noch nicht verraten hatte.

Meine Sicht verschleierte, meine Stimme überschlug sich. »Mein Vater ist *tot.* Wieso sollte ich seinem Mörder die Möglichkeit wünschen, an sich zu arbeiten? Davon wird Dad auch nicht wieder lebendig.«

»Das wird er aber auch nicht, wenn du nur noch aus Hass bestehst«, erwiderte Eden leise.

Ich starrte ihn an. Eden hatte alles mitbekommen. All das, was meine Familie durchmachen musste, nur weil dieses Monster mit einem – wie er es in der Verhandlung ausgedrückt hatte – *schlechten Tag* aufgewacht war. Es war mir egal, dass er aus einer schwierigen Familie kam, dass er gerade erst seinen Job verloren hatte, dass er eine kleine Tochter hatte, der er ein besseres Leben ermöglichen wollte und einfach nicht wusste, wie. Ich war auch eine Tochter. Ich war eine Tochter ohne Vater – wegen ihm. Ich würde ihm das niemals verzeihen. Und Eden hatte in all den Monaten damals nie auch nur im Entferntesten so etwas von mir verlangt. Weil er mich gekannt und verstanden hatte. Zumindest hatte ich das geglaubt.

»Es tut mir leid«, sagte Eden schließlich. »Es geht mich nichts an. Es ist nur, ich wünschte …«

»Was?«, fragte ich bissig und flehend zugleich. Wenn Eden so etwas sagte, dann musste ich ihn hassen, und ich wollte ihn nicht hassen, nicht auch noch ihn.

»Manchmal wünschte ich mir, alles wäre anders, weißt du? Manchmal wünschte ich mir, man könnte sich aussuchen, wer man ist und welches Leben man führt. Woraus man sich zusammensetzt. Aus welchen Eigenschaften und Gedanken und Veranlagungen und …« Er brach ab. Sein Mund war nur noch ein blasser Strich, seine Augen tränenfeucht.

Ich schluckte und wusste nicht, wieso, aber ich hatte das Gefühl, schon wieder in einer unserer Leerstellen festzusitzen. Ich schob den Pancake auf dem Teller mit der Gabel hin und her. »Also, heißt das … findest du, dass ich manchmal … zu absolut in meinen Ansichten bin? Ich meine, nicht nur auf diese Sache bezogen. Ganz abgesehen von Dad und dem, was ihm passiert ist. Ganz allgemein.«

Eden schloss kurz die Augen, als müsste er sich sammeln. »Wie meinst du das?«, fragte er dann.

»Verurteile ich Menschen zu schnell? Sind meine Anforderungen an das Verhalten von anderen zu hoch? Reagiere ich über?« In diesem Moment klang meine Stimme fremd. Vielleicht, weil ich an all diejenigen dachte, die diese Worte zu mir gesagt hatten. Die mir gesagt hatten, dass ich übertrieb, dass ich mich in Sachen hineinsteigerte. All die »Komm runters« stapelten sich in meinem Kopf zu einem so hohen Turm, dass ich mich selbst nicht mehr sehen konnte.

Und Eden … Eden saß da und sah mich an, und trotz allem, was gerade passiert war, hatte ich das Gefühl, dass er mich noch immer erkannte. »Du reagierst so, wie du es fühlst. Und alles, was du fühlst, ist okay.«

Ich schluckte. »Aber?«

Eden hob einen Mundwinkel. Kein Grübchen-Lächeln, nur getarnte Traurigkeit. »Eine Momentaufnahme bestimmt nicht immer das Wesen eines Menschen. Manchmal lohnt sich ein zweiter Blick.«

»Und manchmal auch nicht«, murmelte ich bitter.

»Du musst nicht darüber sprechen, aber ich frage trotzdem noch mal: Was ist vorhin passiert?«

»Nichts weiter.«

»Das glaube ich dir nicht.« Ein Zögern, ein tiefes Luftholen. »Hat er dich angefasst oder so was?«

Verdutzt erwiderte ich Edens konzentrierten Blick. Ich hatte nicht bedacht, dass er mein Verhalten in diese Richtung deuten könnte, und schüttelte hastig den Kopf. »Nein. Er hatte nur Ansichten, die ich nicht teilen konnte. Und als ich ihm meine Meinung dazu gesagt habe, hat er mich darüber informiert, dass keiner spaßbremsende Moralprediger mag. Das ist nämlich leider nicht heiß, weißt du?«

Eden verzog den Mund, so voller Verachtung, dass sich der Knoten in meinem Magen, den Jacobs Verhalten dort hinterlassen hatte, löste. »Ich würde gern einen faulen Fisch in seinem Zimmer verstecken«, sagte er nüchtern.

Ich musste lachen, weil das etwas war, das nur Eden sagen konnte. »Ich vermisse dich wirklich, Eden«, erwiderte ich, bevor ich darüber nachdenken konnte. Mir war bewusst, dass das die falsche Zeitform war, aber irgendwie war sie das auch nicht.

Eden sah auf unsere Hände, die auf dem Tisch lagen. Mittlerweile nur noch Zentimeter voneinander entfernt. »Wie geht es dir, Avery?«

Es war offensichtlich, dass er nicht nur heute Abend meinte. Ich hob langsam die Schultern. »Keine Ahnung. Die Leute denken, dass es leichter wird. Dass du irgendwann darüber hinweg bist. Als hätte Trauer ein Haltbarkeitsdatum. Zwölf Monate, dann wirf sie lieber weg. Sonst verdirbt sie dir den Magen und dein Leben. Als wäre das so leicht. Sie sagen einem das nicht ins Gesicht, klar, aber sie erwarten es von dir. Dass du funktionierst, dass du es abhakst, dass du weitermachst. Also versuche ich es. Aber ich weiß manchmal nicht ... wie. Es hört nicht auf, nur weil er seit drei Jahren tot ist. Es geht nicht weg. Es verändert sich, aber es *geht nicht weg*. Es gibt Tage, manchmal Wochen, in denen es leichter ist. Erträglicher. Und weißt du, was das Schlimmste daran ist?« Ich lächelte freudlos. »Dass das im Nachhinein die furchtbarsten Tage sind. Für jeden Glückszettel, den ich in das Glas werfe, fühle ich mich schuldig. Weil ich das Gefühl habe, dass es so nicht sein sollte. Es sollte nicht erträglich sein, weil der Gedanke, dass er für immer fort ist, so scheißunerträglich ist. Also wie macht man weiter, wenn da dieses riesige Ende in deinem Leben steht und einfach alles, alles blockiert?«

»Keine Ahnung. Ich wünschte, ich hätte eine Antwort. Aber niemand außer dir selbst kann dir sagen, wie du mit diesem Schmerz umgehen kannst. Wie du ihn verarbeiten und loslassen kannst. Du kannst es nur versuchen. Und du versuchst es doch, oder?«

»Wenn du Lexi fragst, versuche ich alles, um mich an diesem Schmerz festzukrallen«, murmelte ich.

»Und? Hat sie recht?« Sein Blick sagte deutlich, dass er sich die Antwort schon selbst gegeben hatte.

»Keine Ahnung. Vielleicht. Vielleicht hab ich Angst, den Halt zu verlieren, wenn ich ihn loslasse.« Keine Ahnung, ob ich den Schmerz oder meinen Vater meinte. *Keine Ahnung, keine Ahnung, keine Ahnung.* Ich schüttelte den Kopf und stützte ihn dann in einer Hand auf. »Und wie geht es dir, Eden?«

Er brauchte eine Weile für die Antwort. Womöglich, weil er sich schon lang nicht mehr getraut hatte, sich diese Frage zu stellen. »An vielen Tagen ganz gut, an anderen weniger. Mir gefallen das Studium und mein Job. Windsbury ist schön, ich wohne gern in der Villa, und ich mag …« Er stockte, ich grinste leicht.

»… deine Mitbewohner?«, beendete ich seinen Satz.

Er lächelte. »Ja, an den meisten Tagen sogar die. Alles um mich herum ist mehr als okay, aber ganz oft hab ich irgendwie das Gefühl, dass das eigentliche Problem in mir selbst liegt. Dass ich mich ein bisschen verloren hab, weißt du? Es ist schwer zu erklären, aber … manchmal sitze ich da und frage mich plötzlich, wie ich hierhergekommen bin oder was ich hier will. Oder wo ich sonst hinwill. Und ob ich da überhaupt irgendwie hinkommen kann, wenn ich dafür nichts anderes habe außer … mich selbst. Klingt schräg, schon klar.«

»Klingt es nicht«, widersprach ich ernst. »Ich verstehe das. Früher dachte man, wenn man erst mal auszieht und alles selbst entscheiden kann, dann wird es leichter, oder? Und jetzt hab ich das Gefühl, dass es mit jedem Tag und jeder Entscheidung, die ich selbst treffen muss, nur schwerer wird. Ein Leben zu führen ist so verdammt viel Arbeit. Ich muss ganz oft daran denken, wie ich früher auf der Schaukel in unserem Garten saß und mein Vater mich angestoßen hat. Ich musste nicht mal die Beine bewegen, aber die Wolken waren *so nah*. Ich dachte echt, ich müsste nur danach greifen, um sie zu erwischen. Ich dachte, ich könnte alles erreichen, wenn ich es nur versuche. Und jetzt ist da niemand mehr, der mich anstößt. Und ich … keine Ahnung, vielleicht habe ich nie gelernt, wie man allein schaukelt.«

»Es ist ja nicht zu spät, es jetzt noch zu lernen.« Er stupste meine Hand mit seiner an. »Wieso bist du heute nicht nach Hause gefahren, Avery?«

»Das ist gerade der letzte Ort, wo ich hinwill.«

»Hast du dich mit deiner Mutter gestritten? Oder mit Lexi?«

Ich biss mir in die Innenwange. Ich hatte heute vieles geteilt, aber dafür war ich nicht bereit. Nicht, wenn jede Situation mit Eden so fragil war und mich dieses Thema an den Rand des Zerspringens führte. »Mit beiden irgendwie«, meinte ich deswegen vage.

»Willst du darüber reden?«

Ich lächelte und stupste seine Hand auch kurz an, ehe ich meine zurückzog. »Danke, aber nein. Willst du über deine Familie reden? Über die sagst du nämlich auch gar nichts.«

Er blickte auf seine Fingerknöchel. »Da gibt's nichts zu sagen.« Seine Stimme klang zu sehr nach einem Alles für ein Nichts, aber ich wagte es nicht, nachzufragen.

»Eigentlich ist mir heute eh nicht mehr nach Reden«, murmelte ich stattdessen.

»Wonach dann?«

Wärme schoss in meine Wangen, weil ich wusste, dass wir in diesem Moment nicht an dasselbe dachten. Es gab Dinge, die ich schlichtweg nicht haben konnte. Also musste ich mich auf die konzentrieren, die ich beeinflussen konnte.

Es war nicht richtig, vielleicht sogar verwerflich. Trotzdem erschien mir das Falsche in diesem Fall nötig, um etwas noch Falscheres zu verhindern, und deswegen war es in Ordnung.

Ich holte tief Luft. »Wärst du bereit, etwas Unvernünftiges mit mir zu tun? Es wäre ein bisschen kindisch, sehr seltsam und definitiv illegal.«

Eden zögerte nicht. »Immer, Ever«, sagte er mit einem winzigen Lächeln.

21. Kapitel

AVERY

Wir hörten die anderen im Esszimmer. Das typische Sonntagsmorgen-Brötchentüten-Kaffeebecher-Gitarrenmusik-Geräuschmeer schwappte uns entgegen, als wir den Flur entlangliefen. Es war kurz nach halb neun. Ich war seit vierundzwanzig Stunden wach und unter einer Schicht aus Koffein und Adrenalinresten übermüdet. Trotzdem beschleunigte mein Herz, je näher Eden und ich den anderen kamen. Am Flurende tauschten wir einen Blick und stellten die Sachen ab. Ich den Pappkarton, in dem es leise raschelte, Eden den riesigen Sack Körner. Wir hatten dafür eine Stunde vor unserem Stamm-Baumarkt geparkt, bis dieser aufgemacht hatte.

Der leichte Heugeruch, der von mir ausging, wurde von Kerzenrauch und dem Duft von frisch aufgebackenen Scones überdeckt, kaum dass wir das Esszimmer betraten.

May bemerkte uns zuerst. Ihr Gesicht wirkte blasser als sonst, aber sofort lichtete sich der Ausdruck darauf. »Wo kommt ihr denn her? Wir haben uns Sorgen gemacht.«

Ein warmes Gefühl durchströmte mich bei ihren Worten und dem Blick auf Edens und meinen Platz, die beide gedeckt auf uns warteten.

Willow winkte uns mit einem marmeladenbeschmierten Scone zu. »Korrigiere: May hat sich Sorgen gemacht. Und das, obwohl sie erst seit ein paar Stunden wieder stehen kann.«

Erneut tauschte ich einen Blick mit Eden; er nickte mir ermutigend zu. Ich zupfte an meinen Ponyfransen, weil ich nicht wusste, wie ich anfangen sollte. Es war meine Idee gewesen, aber zu erklären, wieso ich sie umgesetzt hatte, ohne es mit den anderen abzusprechen, war schwierig.

»Also, ähm. Wir müssen euch etwas erzählen.«

Sienna formte den Mund zu einem lautlosen O und stellte den dazu passenden Saft auf dem Tisch ab. »Oh, Shit. Bist du schwanger?«

Willow lachte und hielt sich eine Hand vor den Mund, um die Reste ihres Scones nicht wieder auszuspucken. »Wie schnell soll das gehen? Gestern konnten sie ja nicht mal allein im selben Raum sein, ohne dass sich die Erdatmosphäre um fünf Grad abgekühlt hat.«

Sienna beäugte mich so kritisch, als vermutete sie, bereits einen Babybauch entdecken zu können. »Es muss ja nicht von ihm sein. Außerdem kann man auch mit Menschen schlafen, die man nicht leiden kann. Ich dachte echt nicht, dass ich *dir* das erklären muss. Emotionsumwandlung nennt sich das.«

May runzelte die Stirn und beugte sich über den Tisch nach der Milch. »Soll das ein psychologischer Begriff sein?«

Beckett stöhnte, während er ihr das Kännchen in die ausgestreckte Hand reichte. »Wehe, ihr fangt jetzt vor dem Kaffee mit Fachgesprächen über die Uni an.«

»Du trinkst bereits deinen zweiten, Beck«, erinnerte Helen ihn mit Blick auf seine Tasse. »Außerdem wäre ein Villen-Baby doch süß. Stellt euch mal vor, wie schön es sein muss, hier aufzuwachsen. Ich musste mir mein Zimmer bis zu meinem Auszug mit meinem kleinen Bruder teilen; ich hätte alles für so viel Platz nur für mich allein gegeben.«

Ich verzog den Mund und warf einen Seitenblick zu Eden, der den anderen geduldig und erstaunlich belustigt zuhörte.

Während ich in dieser Nacht die eine oder andere Welle von Zweifeln erlebt hatte, war Eden immer konzentriert geblieben. Seine Entschlossenheit hatte jedes bisschen meines Bauchwehs im Keim erstickt. Als ich ihm von meinem Plan erzählt hatte, hatte er nicht einmal gezögert. Er hatte nur gesagt: »Fast so gut wie die Sache mit dem Fisch.«

»Wie wäre es, wenn wir die beiden erst mal aussprechen lassen würden?«, schlug Maxton vor.

Die anderen verstummten tatsächlich, ich lächelte dankbar. »Also. Wie ihr vielleicht wisst, war ich gestern Abend aus. Mit Jacob, dem Typen aus dem Herrenhaus, das wir vor ein paar Wochen besucht haben. Es hat sich herausgestellt, dass er ein nicht ganz so toller Kerl ist. Und dass er meiner Meinung nach nicht über das Schicksal von Lebewesen entscheiden sollte, die ein wenig der Norm entfallen.«

»Okay«, meinte Beckett überfordert. »Übersetzt das jemand für mich?«

Eden kam mir zu Hilfe. »Wir haben uns gefragt, was ihr von einem Maskottchen für die Mulberry Mansion halten würdet.«

»Ihr wollt Jacob als Maskottchen halten?« Willow grinste spöttisch. »Ich glaube, wir haben kein Zimmer, das groß genug für sein Ego wäre.«

»Nein. Wir dachten da an etwas deutlich Liebenswerteres, Flauschigeres, Charakterstärkeres«, erwiderte ich und ging zurück zur Tür.

Der Karton raschelte heftiger, als ich ihn anhob, bedacht darauf, ihn gerade zu halten und die Luftlöcher freizulassen. Ich stellte ihn ein paar Schritte vor dem Tisch ab und öffnete ihn. Langsam streckte ich erst eine Hand hinein, dann die andere. Ein leises Gackern ertönte, als ich sie vorsichtig umfasste und heraushob. Während ich mich aufrichtete, wurde am Tisch kollektiv Luft geholt.

»Ihr habt ein Huhn geklaut?«, brachte Sienna als Erste perplex hervor.

Ich grinste und bettete die Henne in meine Armbeuge. Sie schmiegte sich bereitwillig an mich und plusterte das grau melierte Gefieder auf.

Sie hatte sich nicht gewehrt, als Eden und ich in den Stall gekommen waren. Das Türschloss war billig und mit einer Zange aus Edens Werkzeugkoffer erstaunlich leicht zu knacken gewesen. Trotz meiner schwachen Handytaschenlampe hatte ich die Henne sofort erkannt. Sie hatte als Einzige nicht auf der Stange, sondern in einer Ecke im Heu gesessen. Als ich mich ihr mit beruhigender Stimme genähert hatte, war sie mir gackernd entgegengekommen. Ich war mir fast sicher, dass sie Menschen schlichtweg lieber mochte als ihre Artgenossen. Wenn es Leute gab, die sich Tieren verbundener fühlten als Menschen, wieso konnte das nicht auch andersherum sein?

Jetzt pochte ihr Herz an meinem Arm, eine sanfte Bestätigung dafür, dass wir das Richtige getan hatten.

»Rein faktisch, ja. Aber ich würde es eher *gerettet* nennen. Diese Leute wollten sie umbringen, nur weil sie keinen Nutzen erfüllt und ein bisschen anders ist als die anderen. Und ganz abgesehen davon waren sie keine netten Leute. Ich bin mir sicher, jedes Gericht der Welt würde hier mildernde Umstände anerkennen.«

Willow schüttelte ihren Lockenkopf. »Ich glaube es ja nicht. Unsere Jurastudentin hat ein Huhn gestohlen.«

Meine Wangen wurden warm. Mir war bewusst, wie absurd das war. Ausgerechnet ich, die sich an jedes Gesetz der Welt hielt, weil ich davon überzeugt war, dass sie der Kleber waren, der unsere Gesellschaft zusammenhielt. Heute Nacht hatte ich zum ersten Mal ausgeblendet, dass ich etwas tat, das ich bei jedem anderen prinzipiell verurteilt hätte. Die Grauzone, von der immer alle sprachen, der Leerraum zwischen Richtig und Falsch, in dem das Leben angeblich angesiedelt war. Ich hatte das Gefühl, mich diese Nacht zum ersten Mal bewusst darin bewegt zu haben.

Ich setzte die Henne auf dem Boden ab. Sie schüttelte ihr Gefieder und machte ein paar Schritte. Die Krallen klackerten so niedlich auf den Dielen, dass sich auch noch das letzte bisschen schlechtes Gewissen in mir auflöste. Eindeutig: Das hier konnte nicht falsch sein.

»Wir dachten, wir nennen sie Versailles«, meinte ich mit vielsagendem Blick in Maxtons Richtung. »Damit nicht einmal diese Schnösel behaupten können, dass hier nichts Versailler Standard hat.«

»Gefällt mir.« Er hatte sich auf seinem Stuhl herumgedreht und betrachtete belustigt das Tier, das gerade dabei war, hinter seinem Platz nach Brotkrumen zu picken, ehe es unter dem Tisch verschwand.

May runzelte die Stirn. »Können wir das denn machen? Dürfen wir ein Huhn halten?«

»Es ist unser Haus, oder? Die wollen doch, dass wir uns das Zusammenleben hier selbstständig organisieren.« Sienna zuckte mit den Schultern und quiekte kurz danach auf. Vermutlich, weil Versailles bei ihrem Platz angekommen war und ihre Beine berührte.

»Das ist fast so gut wie ein Baby!«, verkündete Helen. Im nächsten Moment war sie unter dem Tisch abgetaucht, wo sie leise auf Versailles einredete.

Beckett grinste breit. »Wenn das hier die Runde macht, werden uns die Leute noch schräger finden, Freunde. Aber ist mir recht. Alles, bei dem ich nicht die Windeln wechseln muss, kann gern hierbleiben.«

Willow stand auf und packte mit feierlichem Gesichtsausdruck meine Schultern. »Ich bin so wahnsinnig stolz auf dich, Sterling. Das war eine absolut unlogische, unbedachte und leichtsinnige Aktion. Vergiss das Frühstück. Du hast dir ein gigantisches Stück von Mays Apfelkuchen verdient!«

»Mit extra Zimtsahne«, bestätigte May und verschwand schon in Richtung Küche.

Willow setzte sich wieder neben Maxton. Versailles und Helen waren mittlerweile unter dem Tisch hervorgekommen, Erstere verharrte neben Maxtons Platz. Mit großen Augen sah sie zu ihm hinauf, bis er sich bückte und sie hochnahm. Sie gluckste zufrieden und legte sich auf seinen Schoß.

Helen kicherte verzückt. »Ich glaube, das Huhn denkt, es wäre eine Katze.«

Maxton lächelte und streichelte routiniert über die Federn, als wäre nichts an dieser Situation neu oder seltsam. »Wir könnten unsere Renovierungspause heute nutzen und uns um Versailles' neues Zuhause kümmern. Im Keller müsste noch Maschenzaundraht liegen, oder?«

Eden nickte. »Und hinter dem Schuppen sind ein paar Holzpfeiler, die vom Dach übrig geblieben sind. Wird für ein Gehege sicher reichen. Aber solang es so kalt ist, müssen wir sie eh drinnen behalten.«

»Platz haben wir ja genug.« Sienna biss in ihr Brot und deutete von mir zu Eden. »Setzt ihr euch jetzt oder habt ihr noch was anderes *unter euch* zu erledigen?«

Die Zweideutigkeit war so deutlich, dass erneut Wärme in meine Wangen schoss. »Nein. Ich hatte überlegt schlafen zu gehen, aber irgendwie bin ich zu aufgekratzt. Was ist mit dir?« Fragend sah ich Eden an, während ich aus meinem Mantel schlüpfte.

Ich rechnete fest damit, dass er die erste Chance nutzen

würde, sich dieser Gemeinschaftssituation zu entziehen, doch er schüttelte den Kopf. »Ich könnte eh nicht schlafen, wenn Willow wach ist. Gestern musste ich quer durch die Decke mit anhören, wie sie *8 Mile* geguckt und versucht hat, mit zu rappen. Das hatte genug Albtraumpotenzial für eine Woche.«

Kurz war es still am Esstisch. Bis auf mein Lachen, das ich nicht zurückhalten konnte. Ich hatte vergessen, dass die anderen nie mitbekommen hatten, wie Eden sein konnte, wenn er sich nicht anstrengte, kalt und desinteressiert zu wirken. Schließlich stellte Willow ihren Kaffeebecher mit einem Räuspern ab und legte den Kopf in den Nacken, um zu Eden aufzublinzeln. »Kane?«

»Hm?«

»Du kannst mich mal.«

Er hob einen Mundwinkel und nickte ihr zu. »Ich dich auch, Pierce.«

Ich biss mir auf die Unterlippe, um nicht erneut zu lachen. Als ich auf meinen Platz zugehen wollte, bemerkte ich, dass mein Schlüsselbund halb aus meiner Hosentasche herausblitzte. Routiniert tastete ich danach und erstarrte. Hastig zerrte ich ihn hervor, aber es war weg.

»Was ist los?«, fragte Eden mit gesenkter Stimme neben mir. Die anderen waren schon wieder in ein Gespräch vertieft, und aus der Küche drang das Rattern des Mixers, mit dem May vermutlich die Sahne aufschlug.

»Mein Schlüsselanhänger, dein E«, flüsterte ich und schluckte trocken. »Die Öse war schon länger locker, aber ich dachte nicht … Ich muss es unterwegs verloren haben.« Ich blickte auf den Bund, der ohne den silbernen Buchstaben so leer aussah. Ein Gefühl von Traurigkeit und Verlust schwoll in mir an, aber als Eden nach meiner Hand griff, verebbte es schlagartig.

Als ich zu ihm aufsah, lächelte er. »Nach heute Nacht sollte dir umso klarer sein, dass du es nicht brauchst. Du hast nie irgendetwas von mir gebraucht, um zu sein, was immer du sein willst, Ever.«

Ich musste ebenfalls lächeln, weil ich in diesem Moment, kurz und flüchtig, dachte, dass er recht hatte. Dass ich nicht ganz so verloren war, wie ich mich seit Wochen fühlte, sondern dass ich mich nur noch nicht richtig gefunden hatte. Und vielleicht war das ja auch nicht schlimm. Vielleicht war jetzt gerade gar nichts schlimm, weil wir in einem Raum mit unseren Mitbewohnern und Mitbewohnerinnen standen, die unseren verrückten Plan ohne zu zögern akzeptiert hatten, als wäre nichts daran – oder an uns – seltsam, weil May in diesem Moment mit einem köstlich duftenden Kuchen und einem Bottich Sahne ins Zimmer kam und weil Versailles lebendig und zufrieden auf Maxtons Schoß gluckste.

Und weil es Eden gab. Eden, der keine Anstalten mehr machte, aus diesem Zimmer oder meinem Leben zu flüchten. Ich konnte mir nichts vormachen: Was ich für ihn fühlte, war nicht freundschaftlich, und vermutlich würde es das nie ganz werden. Aber eine Freundschaft mit Eden war besser als ein Nichts mit ihm. Also nahm ich, was immer ich bekommen konnte. Und dieses Lächeln und die leichte Berührung unserer Hände, das fühlte sich in diesem Augenblick dann eben doch nach einem ziemlich bedeutenden Alles an.

22. Kapitel

AVERY

Ich stand schon so lang auf der Stelle, dass die Nässe des Grases in meine Hosenbeine gesickert war. Dennoch regte ich mich nicht, sondern verlagerte nur das Gewicht, um die Kamera ein Stückchen drehen zu können.

Das Rotkehlchen saß still auf dem Ast und wandte mir den Rücken zu. Seit fünfzehn Minuten. Genau so lang verharrte ich schon mitten im kaltfeuchten Garten, umgeben von kahlem Geäst und tropfenden Blättern des verbliebenen Grüns. Die Handschuhe, denen ich die Fingerkuppen abgetrennt hatte, wärmten längst nicht so gut, als dass sie das leichte Zittern verhindern könnten. Ich fluchte innerlich und versuchte, das Kältegefühl kleinzuhalten. Als hätte der Vogel es trotzdem gehört, drehte er sich auf dem Ast und blickte zu mir herunter. Perfekt. Ich zögerte nicht, sondern drückte sofort den abgenutzten Auslöser der Kamera. Es klackte laut, das Rotkehlchen breitete seine Flügel aus und flog davon.

Zufrieden senkte ich die Kamera und ließ sie um meinen Hals baumeln, um meine tauben Finger auszuschütteln. Das Gras gab satte Geräusche von sich, als ich mich tiefer in den Garten hineinbewegte.

Mittlerweile sah man deutlich, wie viel Arbeit Helen und Maxton schon hineingesteckt hatten. Das Gras war gemäht, die Büsche und Bäume gestutzt, wo sie die Wege versperrt hatten, die schmalen Trampelpfade mit Natursteinen ausgelegt. Der Pavillon hatte wieder ein Dach, und die Risse in den Statuen, die um ihn herumstanden, waren zugespachtelt. Trotzdem war alles noch etwas undurchschaubar, sodass nach wenigen Metern der Anblick des Hauses hinter einer Wand aus Braun- und Grüntönen verschwand. Sie hatten den Garten gepflegt, jedoch nicht gezähmt. Und ich liebte alles daran.

Ich wusste nicht, wie lang ich schon hier war, doch angesichts der Tatsache, dass sich der Himmel langsam verdunkelte und ein gedecktes Orange zwischen den schwarzen Winterwolken ausgeschwemmt wurde, musste es später Nachmittag sein. Ich verlor oft jegliches Zeitgefühl, wenn ich mit der Kamera unterwegs war. Was zuletzt viel zu selten vorgekommen war. Neben all der Arbeit für die Uni und am Haus blieb kaum Zeit für etwas anderes.

Erst jetzt bemerkte ich, wie sehr mir das hier gefehlt hatte. Wenn alles um mich herum raste, war fotografieren ein Innehalten. Was ich am analogen Arbeiten so liebte, war die Konzentration und Präzision, die es forderte. Beim digitalen Fotografieren hatte man kein Limit, man konnte zehnmal hintereinander auf den Auslöser drücken und anschließend alles durchgehen, löschen und weitere Bilder machen. Beim analogen hingegen waren die Fotos limitiert, und man sah erst beim Entwickeln, was daraus geworden war. Jedes Bild war eine Momentaufnahme, und man hatte nur diese eine Möglichkeit, sie richtig zu erwischen. Es gab keine zweiten Chancen. Wie im Leben.

Als ich hinter ein paar Johannisbeersträuchern hindurchtrat, die mit dünnem Netz winterfest verpackt waren, hielt ich inne. In einigen Metern Entfernung endete der Garten, und die verwitterte Backsteinmauer grenzte das Grundstück vom Wald ab. Eine halbhohe Tür war darin eingelassen, die wir, wie alles andere auch, immer offen stehen ließen. Ihr Holz war blassblau wie die Eingangstür der Villa.

Ich ging selten so weit nach hinten, trotzdem sah ich sofort, dass etwas anders war. Oder besser gesagt: neu.

An einem breiten Ast eines Apfelbaums waren zwei dicke Sisalstricke befestigt. Eine Schaukel.

Mein Herz wurde weich, weil ich sofort an die denken musste, die mein Vater mir gebaut und mit meinem Namen auf der Sitzfläche versehen hatte, als ich ein Kind gewesen war.

Bevor ich den Anblick verdauen konnte, öffnete sich das Tor. Maxton kam in den Garten, einen Stapel Holz unter einem Arm und den Stiel einer Axt über die Schulter gelegt. Als er mich bemerkte, musterte er mich. »Hey. Du siehst auf eine glückliche Weise erschöpft aus.«

Ich musste lächeln, weil Maxton wieder etwas Unsichtbares gesehen hatte. »Ja. Ich hatte ein ziemlich schwieriges Projekt für die Uni. Also, für mich persönlich schwierig.«

Eine Untertreibung. Die Arbeit an der Fallakte hatte mich mehrere extrem anstrengende Nachmittage gekostet. Ein paarmal hatte ich an meinem provisorischen Schreibtisch gesessen und war sicher gewesen, am Rande einer Panikattacke zu stehen, doch ich war nie hineingestürzt. Vielleicht, weil ich jedes Mal rechtzeitig aufgestanden und gegangen war. Ich hatte Olivenbrot mit May gebacken oder Eden gefragt, ob wir noch mal auf den Dachboden gehen wollten, obwohl wir schon genug gearbeitet hatten, um unser Soll zu erfüllen. Ich hatte Beckett und Sienna beim Streichen geholfen, bis meine Arme schmerzten, oder mit Helen im Salon gesessen, der mittlerweile Versailles' Winterzimmer war, und versucht, ihr beizubringen, aufs Katzenklo zu gehen. Ich hatte Willow bei ihrer abendlichen Auszeit im B-Club Gesellschaft geleistet oder Maxton dabei geholfen, die Fugen zwischen den Gartenwegen zu vermörteln.

Wenn mein Inneres am Panikrand taumelte, zogen mich meine Mitbewohner und Mitbewohnerinnen von ihm fort und holten mich zurück in die Villa. Zurück in dieses ziemlich besondere Leben, das ich hier mit ihnen hatte. Jedes Mal danach hatte ich einen kleinen Zettel in mein Glücksglas geworfen, und die Erinnerung daran war tröstlich gewesen, als ich mich wieder an die Akte gesetzt hatte.

Ich schüttelte den Kopf und konzentrierte mich auf Maxton. »Jedenfalls hab ich es hinbekommen und heute präsentiert, und es lief gut.« Wirklich gut. Mein Professor hatte mich gelobt und sich zudem jeden Kommentar über unser letztes Gespräch verkniffen, was ich als deutlichen Sieg für mich verbuchte. »Und jetzt bin ich erleichtert. Und stolz. Ist es komisch, auf sich selbst stolz zu sein?«

»Wenn du mich fragst, gibt es nichts Wichtigeres.« Er nickte zu meiner Kamera. »Und damit belohnst du dich?«

»Genau. Die anderen haben den Wäscheraum im Keller freigeräumt, und der eignet sich ganz gut als Dunkelkammer. Das bedeutet, ich kann wieder richtig anfangen.« Ich hielt inne und strich über den Sisalgurt der Schaukel. »Und dann hab ich das hier gesehen. Hast du die gebaut?«

Maxton zögerte. »Mir wurde das Versprechen abgenommen, so zu tun als ob.«

Ich runzelte die Stirn. »Wie meinst du das?«

Er lächelte, schon wieder so seltsam wissend. Als würden wir uns gerade über ein Geheimnis unterhalten, das ich nur vergessen hatte. »Ich glaube, du bist klug genug, um das zu verstehen.« Ich öffnete den Mund, aber er kam mir zuvor. »Vergiss es, das war's. Wenn ich noch mehr sage, fühle ich mich wie ein mieser Freund.« Maxton hob vielsagend die Augenbrauen, ehe er an mir vorbeiging.

Ich sah ihm nach, während seine Worte sich in ein Verstehen verwandelten. Reflexartig musterte ich die Sitzfläche der Schaukel, doch das Holz war unversehrt. Ich drehte sie um und hielt den Atem an. Da stand er: mein Name in winzigen Druckbuchstaben, so fein, als hätte man ihn mit der dünnsten Messerspitze der Welt eingraviert.

Es gab nur eine Person außerhalb meiner Familie, die davon gewusst hatte. Meine Knie wurden weich, und ich setzte mich auf die Schaukel. Zögerlich umfasste ich die Seile und stieß mich mit beiden Füßen ab. So wie früher, als mein Vater mich in unserem Garten immer wieder angestoßen hatte. Es war eine andere Schaukel, und ich war die Einzige, die sie in Bewegung versetzte, aber vermutlich war das genau der Grund dafür, dass Eden sie gebaut hatte. Weil er mich daran erinnern wollte, dass es nie zu spät war, schaukeln zu lernen.

Wieso machte er so was und sagte es mir nicht einmal? Das war so seltsam, und gleichzeitig war das so sehr Eden. Er kannte sich mit Worten aus, aber er hatte schon früher manchmal bewusst darauf verzichtet, sie zu nutzen.

»Weißt du, was ich denke? Die intensivsten Liebesgeschichten leben nicht von großen Worten, sondern von großen Gesten«, hatte er irgendwann einmal gemurmelt, als wir in meinem Bett gelegen hatten. Ich hatte schon halb geschlafen, Eden sich wieder einmal festgelesen. Ich erinnerte mich nicht an das Buch, aber es war ein Klassiker gewesen. Einer, der mir Müdigkeit in die Augen trieb und Eden Tränen. *»Ich dachte, in der Literatur geht es um Worte?«*, hatte ich schläfrig erwidert und mich enger an ihn geschmiegt. Er hatte gelächelt und mich auf den Kopf geküsst. *»Ich finde, es geht vielmehr um das, was nicht geschrieben steht. Die stärksten Gefühle stehen immer zwischen den Zeilen. Sie sind ganz dicht zwischen die Buchstaben gewebt. Du liest sie nicht, du fühlst sie. Das ist es, woran du ein gutes Buch erkennst. Und eine gute Liebesgeschichte.«*

Mir fiel erst auf, dass ich aufgehört hatte zu schaukeln, als ich auspendelte. Mein Atem warf Wolken um mich herum, dennoch war es in diesem Moment so, als würde alles aufklaren. Ich könnte mich irren. Rein rational sprach mehr dagegen als dafür. Aber Gefühle hatten nichts mit Rationalität zu tun. Und ich fühlte, dass ich mich nicht irrte. Ich *fühlte* es.

Kurz entschlossen sprang ich von der Schaukel und behielt meinen Schwung bei. Ich rannte, die Kamera fest gegen die Brust gedrückt, in der mein Herz heftig schlug. Ich rannte und rannte, so schnell und ungeschickt, dass etliche Äste nach meinen Armen und meinem Gesicht kratzten. Trotzdem konnte ich nicht aufhören zu lächeln.

Ich atmete tief durch und hob die Hand. Ihre Seite war rot und pochte, weil ich gegen den heißen Kochtopf gekommen war. Ich wagte es nicht, einen Umweg zum Bad einzulegen, um sie zu kühlen. Wenn ich das hier nicht sofort machte, dann verließ mich mit Sicherheit der Mut.

Also umklammerte ich den Becher mit einer Hand und klopfte mit der anderen gegen die Tür. Es dauerte nicht lang, bis das »Ja?« auf der anderen Seite ertönte.

Ich drückte die Klinke hinunter und betrat zum ersten Mal Edens Zimmer in der Villa. Ein Blick reichte, und ich dachte: *Das ergibt alles Sinn.*

Eden hatte ähnlich wenig Möbel wie ich, trotzdem schrie dieses Zimmer in jeder Ecke seinen Namen. Ein weinroter fransiger Teppich in der Mitte des Raums. Drei hohe Bücherregale, die eine ganze Wand einnahmen und bis auf wenige Lücken eng bestückt waren. Ein Zweiersofa aus grünem Samt davor, das vermutlich schon in der Villa gestanden hatte, so wie das Bettgestell auf der anderen Wandseite, das aussah wie meins.

Das Besondere an seinem Zimmer war die Wandfläche, die von seinem Bett bis zur Tür reichte. Etliche Wörter standen auf der Raufasertapete, geschrieben in schnörkellosen Druckbuchstaben mit dünnem schwarzem Stift. Ich musste sie nicht lesen, um zu wissen, was es war: Zitate aus Edens liebsten Büchern. Fremde Gedanken, die Eden so mochte, dass er sie zu seinen machen wollte.

Ich fragte mich, ob welche dabei waren, die auch in seinem damaligen Zimmer gestanden hatten, doch ich zwang mich, den Blick abzuwenden. Ich hatte mich schon immer zu gern in seinem Zimmer verloren. Es war, damals wie heute, wie er: voller Details, die sich erst nach und nach offenbarten.

Eden selbst saß am Schreibtisch, der vor dem linken Erkerauge stand. Die Tischlampe, die mit dem Laptopblau das einzige Licht im Zimmer auslöste, malte Schatten zwischen uns. Ich sah trotzdem, dass sich seine Augen weiteten, als er mich erkannte. Er war überrascht. Vermutlich, weil ich bisher nie hereingekommen war. Ich hatte ein paarmal geklopft, um mit ihm zu sprechen, aber immer gewartet, bis er herausgekommen war. Dieses Mal schloss ich die Tür hinter mir und ging rein.

Eden stand auf und verschränkte unschlüssig die Arme vor der Brust. »Hey. Ist was passiert?«

»Nein, also … vielleicht. Ich habe dir Milch mitgebracht«, erklärte ich überflüssigerweise und stellte den Becher auf seinem Nachttisch ab.

»Okay? Ich meine, danke, aber wieso …« Er stutzte und kniff die Augen zusammen. »Hast du da Zweige in den Haaren?«

Fahrig tastete ich nach meinem wirren Haar. »Kann sein. Ich war im Garten. Und ich … ich hab die Schaukel gefunden.« Eden öffnete den Mund, aber ich hob eine Hand. Ich würde das jetzt durchziehen. »Lass mich kurz etwas loswerden, okay? Es ist egal, was Maxton sagt oder nicht sagt, ich weiß, dass sie von dir ist. Und ich weiß auch, dass du sie für mich gebaut hast. Auch wenn du es leugnen wirst. Auch wenn du sagen wirst, dass du nichts für mich empfindest, was so eine Geste hervorrufen würde. Auch wenn du mich gleich wegschickst und mir wieder das Gefühl gibst, ein eingebildeter Naivling zu sein. Das ist okay.« Ich hob die Schultern und lächelte schwach. »Es ist mir egal, wie oft du mich wegschickst. Ich akzeptiere es, natürlich akzeptiere ich es. Und ich werde dir auch nicht hinterherrennen und dich weiter damit konfrontieren, was ich in dein Verhalten hineininterpretiere. Ich will nur, dass du weißt, dass nichts, was je zwischen uns vorgefallen ist, bedeutet, dass du nicht zu mir kommen kannst, wenn du es willst. Wenn du mich brauchst, werde ich immer für dich da sein. Immer, Eden. Weil das eben unser Ding ist, richtig?« Ich holte tief Luft und fühlte sofort, wie mein Brustkorb sich weitete.

Edens Blick lag schwer und verschlossen auf mir, aber auch das war okay. Denn er war er, und ich war ich, und das, was wir hatten, war die größte Liebesgeschichte meines Lebens – ganz gleich, auf welche Art wir sie weitererzählten.

Ich räusperte mich. »Ja. Das wollte ich dir nur sagen. Und jetzt geh ich, bevor du mich dazu bringst.«

»Avery«, setzte er an, doch ich winkte ab.

»Ist schon gut, ehrlich. Ich hab auch meine Würde. Und bevor du etwas sagst, das mir das Gefühl gibt, mich komplett lächerlich gemacht zu haben, sag lieber gar nichts, okay?«

Ich war schon neben der Tür, als mich seine Stimme erneut zurückhielt. »Ever, warte.«

Ich erstarrte, aber ich wandte mich nicht zu ihm um.

Eden atmete hörbar ein, dann kam er auf mich zu. Jeder Schritt beschleunigte meinen Herzschlag. »Ich will nicht, dass du gehst«, sagte er, als er dicht hinter mir war.

Ganz langsam drehte ich mich zu ihm um. Die Wand war nur ein paar Zentimeter hinter mir, Eden einen halben Schritt vor mir. »Nein?«

Er schüttelte den Kopf und machte eine weitere Bewegung auf mich zu. »Ich wollte nie, dass du gehst.«

Die Worte waren tröstlich und schmerzhaft zugleich. Weil ich ja auch nie hatte gehen wollen. Ich hatte immer nur das hier gewollt. Und natürlich ergab das alles keinen Sinn und ich hatte tausend Fragen, aber in diesem Moment waren sie unwichtig. Nur dieses Jetzt zählte.

Ich lehnte mich gegen die Wand in meinem Rücken und hob eine Hand. Langsam, um ihm die Möglichkeit zu geben, zurückzuweichen. Stattdessen griff er nach ihr und kam noch ein Stück auf mich zu, bis wir so dicht voreinander standen, dass ich nur noch ihn sehen konnte.

»Du zitterst«, murmelte er, während er seine Finger mit meinen verflocht.

»Ich hab ein bisschen Angst.«

Er nickte. »Ich auch.«

Keine Ahnung, ob wir dieselbe Angst hatten. Ich wusste nur, dass wir uns an der Schwelle zu etwas befanden. Und irgendwie fühlte sich das, was dahinter lag, nach etwas an, das man nicht wieder wie ein beliebiges Zimmer verlassen konnte. Dabei hatten wir uns bereits geküsst, seit wir hier waren, und es hatte nichts verändert. Nicht wirklich.

»Was ich bei der Party gesagt habe, gilt auch jetzt.« Ich meinte es nicht so, aber rational gesehen stimmte es. »Es muss den Raum nicht verlassen. Was auch immer geschieht … es kann dabei bleiben. Ein einziges …«

»Kann es nicht, glaube ich«, unterbrach er mich leise.

»Nein?« Ich atmete flach. Er war näher gekommen, sein Mund nur zehn Zentimeter entfernt von meinem.

Eden lächelte schwach. »Deswegen hab ich mich bei der Party so danebenbenommen. Ich wusste, dass das nicht wieder enden würde, wenn ich es richtig anfangen lasse.« Er hob die freie Hand und legte sie an meine Wange. »Es war doch immer mehr, Ever. Es war doch immer irgendwie alles, oder?«

Und so küsste mich Eden, ohne mich zu küssen. An einer Wand mit Worten fremder Menschen, in einem Zimmer, das fast dunkel war und sich trotzdem warm anfühlte. Es roch nach Milch, es roch nach Papier, es roch nach Eden.

Ich wippte auf die Zehenspitzen, in dem Moment, in dem er mein Gesicht mit beiden Händen umschloss. Und dann küssten wir uns richtig, einfach so.

Es war ganz anders als der Kuss im Schuppen während der Party. Das hier hatte nichts mit Verzweiflung zu tun, nichts mit unkontrolliertem Verlangen oder einem emotionalen Ausnahmezustand. Das hier war meine emotionale Normalität, das hier war das, was ich wirklich, wirklich wollte. Und die Art, wie Eden mich küsste und an sich zog und immer wieder ganz leicht von mir abwich, um meinen Namen zu murmeln, die sagte mir, dass es auch seine war.

Irgendwie kamen wir zu seinem Bett und ließen uns auf die Matratze sinken. Das Laken war grau, mein Inneres golden. Unsere Pullover landeten auf dem Dielenboden. Er behielt das Shirt darunter und den Rest an, ich nur meine Unterwäsche, weil ich mehr von seiner Nähe an meiner Haut wollte.

Die Milch neben dem Bett kühlte ab und bildete eine zarte Decke auf ihrer Oberfläche, während wir dalagen und einander berührten. Vorsichtig, jede Berührung eine Frage, obwohl wir die Antwort beide kannten. Seit Jahren. Alles war fragil und doch so intensiv. *Milchhaut*, dachte ich, als Eden meinen Nacken küsste. Meinen Wangenknochen, meinen Nasenrücken, meinen Mundwinkel. Ich atmete noch immer flach, hatte solche Angst, den Moment wegzupusten. Wollte ihn dabei gern richtig einatmen, so tief, dass er niemals wieder verschwinden würde.

»Ich hab nie aufgehört, an dich zu denken«, sagte er leise, als meine Lippen sich längst geschwollen anfühlten.

Ich presste sie trotzdem fest gegen seine Halsbeuge. »Ich hab nie aufgehört, dich zu googeln.«

Er lachte kehlig. »Was?«

Ich hob den Kopf an, um ihm ins Gesicht sehen zu können. »Die meisten Menschen in unserem Alter sind leicht zu finden. Instagram, Twitter, Tinder …«

»Du hast mich auf Tinder gesucht?«

Ich zuckte mit den Schultern. »Du warst einfach weg. Und trotzdem warst du nie weg.«

Er antwortete nicht, er rollte mich auf den Rücken und küsste mich erneut. Wir sprachen sowieso nicht viel an diesem Abend, aber das war okay. Wir saßen ja eh in einem Kokon aus Worten. *It's been very rare to have known you, very strange and wonderful* stand in F. Scott Fitzgeralds Worten über unseren Köpfen und vielleicht auch direkt in Edens. Das glaubte ich zumindest, in seinen Augen zu erkennen.

Wir küssten uns, und wenn wir uns nicht küssten, fühlte es sich trotzdem danach an. Wenn Eden mich auf diese Art ansah, war ich nackt. Ich war nur noch ich selbst, und ich mochte, was ich war, und ich hatte keine Angst. Kein bisschen Angst. Eden war immer mein größtes Vielleicht gewesen, jetzt ein Dutzend Fasts. Fast-Küsse, Fast-Berührungen, Fast-Sex. Das, was wir an diesem Abend teilten, war mehr als etwas Körperliches. Es war einander ansehen, lange, lange, lange, das erste Mal seit Wochen ohne schnelles Wegsehen und Blickmauern. Es war die Luft anhalten, wenn auf dem Flur Schritte aufkamen, und das Gesicht ins Kissen pressen, wenn der Lichteinfall unter der Tür sich veränderte. Es war Lachen unterdrücken, sodass man es im Bauch spürte. Es war ineinander hineinlächeln, weil man küssen und lachen gleichzeitig konnte, wenn man mit dem richtigen Menschen zusammen war. Es war nach Hause kommen auf so viele Arten.

23. Kapitel

AVERY

Die Buchstaben leuchteten in einem warmen Gelb direkt über dem Eingang des Geschäfts. *Ein Immernachtstraum* stand da in schnörkeliger Schrift. Die Fassade selbst war in dunklem Grün gestrichen, hinter den Schaufenstern stapelten sich Bücher in gemütlichem Deckenlicht.

Ich verharrte seit einer Weile auf dem Bürgersteig und sah zu, wie sich die Tür öffnete, Kundschaft hereinließ und wieder ausspuckte. Das Publikum im *Ein Immernachtstraum* war jung, kaum älter als einer der Angestellten, den ich in diesem Moment dort drinnen wusste.

In den letzten Tagen war es für mich zur Gewohnheit geworden, Eden zu sehen. *Richtig* zu sehen. Wir hatten die letzten Monate unter einem Dach gelebt, doch jetzt fühlte es sich anders an. Wir verbrachten viel Zeit auf dem Dachboden, und zwischen dem Arbeiten waren wir auch viel mit uns beschäftigt. Wir hatten ein seltsam zartes Jetzt dort oben, das mitten in der Vergangenheit des Hauses zwischen Staub, Holzspänen und frischer Farbe existierte.

Wenn wir den Dachboden verließen, ließen wir es zurück. Wir hatten nicht darüber gesprochen, es war eher eine Art stillschweigende Übereinkunft: Vor den anderen taten wir so, als wäre nichts zwischen uns. Ich war zwar sicher, ihnen fiel auf, dass Eden gelassener und freundlicher mit mir umging, aber da das auch für sie galt, wunderten sie sich vermutlich nicht darüber. Weil sie nicht sahen, wie er mich manchmal einen Tick zu lang berührte, wenn wir allein in der Küche standen und abwuschen, wie er mich auf dem Flur kurz auf die Stirn küsste, ehe er in seinem Zimmer verschwand, oder wie sich alles, alles in mir zusammenzog, wenn er mich von der anderen Seite des Tisches über dampfende Schüsseln und flackerndes Kerzenlicht hinweg ansah.

Diese Tage waren von einem leuchtenden Filter überlegt, und ich ließ mich in vollem Bewusstsein davon blenden. Natürlich hatte ich offene Fragen. *Wenn du nie wolltest, dass ich gehe, wieso hast du mich dann weggeschickt? Wenn du nie aufgehört hast, an mich zu denken, wieso hast du dich dann nie gemeldet? Wenn du mich noch immer wolltest, warum hast du mich dann in den letzten Wochen so oft weggestoßen?* Sie waren alle da, und irgendwann würden sie sich mit Sicherheit einen Weg nach draußen bahnen. Aber nicht jetzt. Ich brachte es nicht über mich, sie auch nur zu denken, wenn wir zusammen waren. Denn die Wahrheit war, dass ich mich davor fürchtete, dass die Antwort ihn daran erinnern könnte, warum er all das getan hatte – und ihn dazu bringen würde, mich erneut von sich zu stoßen. Also ignorierte ich das flaue Gefühl, das ich jeden Tag hatte: die Angst, dass Eden es sich anders überlegte. Unangekündigt und endgültig, so wie damals. Ich wusste, dass mich das schwach machte, unemanzipiert, unsicher, ein wenig erbärmlich. Und wenn ich allein war, dann hasste ich mich dafür. Die Sache war nur: Wenn wir zusammen waren, dann war da so viel Glück, dass ich es nicht einmal mehr schaffte, mich selbst zu hassen.

Also schüttelte ich auch jetzt den Kopf und die Zweifel und Unsicherheiten ab und betrat den Laden. Das *Immernachtstraum* war von innen ebenso gemütlich wie von außen. Die

Wände waren in einem hellen Grau gestrichen, aber man sah kaum etwas davon, weil sie nur gelegentlich hinter vollgestellten Bücherregalen hervorblitzten. Der Papiergeruch vermengte sich mit dem von frischem Kaffee und getrocknetem Lavendel. Über die Decke waren Schnüre gespannt, an denen Hunderte Papiersterne hingen. Ein Mädchen saß auf einer Sitzbank vor dem Fenster und las, neben sich eine dampfende Tasse. Im Hintergrund spielte leise Musik, Bon Iver. Ich verzog den Mund zu einem Lächeln, weil das ein Zeichen mehr dafür war, dass Eden hier war.

Ich entdeckte ihn hinter dem Verkaufstresen, wo er sich über einen Stapel Bücher beugte. Auf dem Tisch selbst war nicht nur eine Kasse zu sehen, sondern auch Glasglocken mit Brownies und Scones sowie eine Kaffeemaschine.

Neben Eden stand ein junger Mann mit kurz rasiertem Haar und drei silbernen Ringen im linken Ohr. Er war gerade dabei, zwei Becher mit Kaffee zu füllen, als ich bei ihnen ankam. »Hey, kann ich dir helfen?«

Eden hob ebenfalls den Blick und bemerkte mich. Sofort zogen sich seine Mundwinkel nach oben. »Lass mal, sie gehört zu mir«, erklärte er, und irgendwie war das sogar besser als ein Begrüßungskuss.

»Trotzdem hi«, erwiderte ich und winkte halbherzig in die Richtung des anderen. Ganz abgelegt hatte ich diese Gewohnheit nicht.

»Verstehe.« Er musterte mich interessiert und klopfte Eden auf die Schulter. »Das erklärt dann auch deine gute Laune der letzten Tage, was?« Er neigte sich über den Tisch und senkte verschwörerisch die Stimme. »Hab mir schon richtig Sorgen um ihn gemacht. Er war erschreckend gesprächig und hat sogar über meine Witze gelacht. Die Blöße gibt er sich sonst nie.«

Eden verdrehte die Augen. »Hör nicht hin. Das ist David, der Inhaber. David, das ist Avery. Ich bin gleich so weit.«

»Keine Eile.« Ich sah mich erneut um. Die Atmosphäre in diesem Geschäft war schwer greifbar, aber es war unmöglich, sich hier nicht wohlzufühlen. »Dein Laden ist traumhaft schön«, meinte ich aufrichtig und betrachtete wieder sein Gesicht. Er konnte nicht älter als Ende zwanzig sein. »Und du bist so … jung.«

»Hab mir den Umweg über Jahre des Studiums und der elenden Suche nach dem richtigen Job gespart. Das hier ist eine Berufung, für die ist man nie zu jung. Und außerdem ist das nicht mein Laden, es ist *unser* Laden.«

»Euer Laden?« Ich deutete unsicher auf Eden und ihn.

David schüttelte den Kopf und nahm meine Hand in seine, um eine ausufernde Geste damit auszuführen. »Unser Laden, Kleine. Mein Laden, dein Laden, sogar der Laden von diesem frechen Bengel neben mir. Unser aller Laden.«

»Ich bin verwirrt. Ich dachte, das hier ist ein ganz normales Antiquariat.«

David schnaubte. »Eden, hast du deiner Freundin nichts über unsere Unternehmensphilosophie beigebracht?«

Eden klemmte sich den Stift hinters Ohr, mit dem er eine Liste abgehakt hatte, um anschließend einen Stapel Bücher auf einen Beistelltisch zu hieven. »Wir sind kein Unternehmen, David«, sagte er dabei so routiniert, als hätten sie dieses Gespräch schon oft gehabt. »Wir sind ein einziges Geschäft in einer englischen Kleinstadt. Niemand außerhalb der Stadtgrenzen hat je von uns gehört, weil du dich weigerst, mich einen Onlineshop einrichten zu lassen.«

»Ich verweigere mich der Digitalisierung, so lang es geht. Und wenn du dich selbst so anpreist wie unseren Laden, frage ich mich echt, wie du jemanden wie sie abbekommen hast.« Er betrachtete mich und legte den Kopf zur Seite. »Du hast ein bisschen was von einer jungen Jane Birkin, hat dir das schon mal jemand gesagt?«

»Oh. Nein, aber danke, nehme ich an.« Ich räusperte mich und sah unsicher zu Eden hinüber. »Und wegen der anderen Sache … Eden und ich sind … Entschuldigung, ich wollte nicht so tun, als ob …« *Tief durchatmen.* »Wir sind nicht zusammen. Wir sind nur ehemalige Schulfreunde. Und jetzt Mitbewohner. Und wieder so was wie Freunde. Und … derzeit befinden wir uns in einer Art Definitionsvakuum. Aber dem aktuellen Stand nach gibt es keine bestimmten Prämissen, die uns in eine präzise Richtung schieben. Und …« Ich brach ab, weil ich selbst bemerkte, wie wirr und formell ich wurde. Wenn ich nervös wurde, schlug mein Jurastudium manchmal unangenehm durch. Als könnte mich die nüchterne Welt der Paragrafen durch emotionsbeladene Situationen bringen. Meine Wangen glühten, ich rieb beiläufig darüber. »Willst du auch was dazu sagen?«, fragte ich an Eden gewandt. Sowohl er als auch David hatten mir schweigend und mit eindeutig belustigten Gesichtsausdrücken zugehört.

»Eigentlich fand ich das ganz interessant«, erwiderte Eden höflich. »Fahr ruhig fort.«

David hustete ein Lachen in seine Schulter und wich dann zurück. »Ich lasse euch das mal allein ausdiskutieren.« Breit grinsend verschwand er mit den Bechern im nächsten Zimmer, das durch einen gebogenen Türrahmen erreichbar war.

Einen Moment lang stand ich befangen da, dann beschloss ich, dem Thema weiterhin aus dem Weg zu gehen. »Also, was hat es mit diesem Laden auf sich? Der Name hat was mit Shakespeare zu tun, oder?«

Eden sah mich kurz intensiv an, dann nickte er. »Eine Anlehnung an *Ein Sommernachtstraum*. David hat allerdings ein Problem mit der Bevorzugung einer Jahreszeit. Ihm sind Gleichheit und allumfassende Toleranz sehr wichtig. Seine Worte. Ich würde sie auf eine Website schreiben, wenn er mich lassen würde.«

Ich erwiderte sein Grinsen und verschränkte die Arme, während ich mich erneut umsah. »Und was unterscheidet diesen Laden von anderen Antiquariaten?«

»Komm mit, ich zeig's dir.« Eden kam hinter dem Tresen hervor und führte mich zu einem der Regale neben dem Eingang. *To read or not to read* stand darüber, mit dicken Pinselstrichen direkt an die Wand geschrieben. Kein Wunder, dass Eden sich hier so wohlfühlte.

»Lass mich raten: die Klassiker?«

Eden nickte. »Nur, dass sie bei uns trotzdem überraschen können.« Er zog ein Buch heraus und klappte es auf. *Das Parfum* von Patrick Süskind, eine halb zerfledderte Ausgabe. Er blätterte kurz darin, dann hielt er es mir hin. Ich neigte mich weiter über das Buch, um die Schrift im dämmrigen Licht besser lesen zu können. Nicht nur die gedruckte, sondern auch die, die kreuz und quer am Rand verteilt zu sehen war. Während es in dem Text des Autors um die Beschreibung eines bestimmten Geruchs ging, stand am leeren Rand in feiner Kugelschreiberschrift: *Wonach riecht Kindheit für dich?* Daneben, in verschiedenen Größen und unterschiedlichen Schriften: *frisch gewaschene Wäsche, Apfelkuchen, leere Zimmer und Staub, Meeresluft.*

Ich runzelte die Stirn und sah zu Eden auf. »Bedeutet das, man darf in eure Bücher reinschreiben?« Ich hörte selbst, wie ungläubig es klang.

»Genau. In allen Zimmern sind Sitzgelegenheiten und Gläser mit Stiften. Du kannst sie hier lesen und währenddessen alles reinschreiben, was dir durch den Kopf geht. Was du denkst, was du fühlst, welche Stelle was in dir auslöst.« Eden deutete auf ein Regalbrett, in dem ein Weinglas mit kleinen bunten Markern stand. »Genau genommen ist das hier eine Mischung aus Bibliothek, Antiquariat, Café und Veranstaltungsraum. Es gibt Kaffee und Kuchen und zu besonderen Anlässen auch Wein. Ab und zu veranstalten wir außerdem Lesungen oder Ausstellungen und so was.« Eden klappte das Buch zu und stellte es sorgsam wieder ins Regal. »Und ansonsten verkaufen wir die Bücher natürlich. Wenn dir ein Exemplar besonders gefällt, wegen des Buchs an sich oder der Anmerkungen, die sich im Laufe der Zeit darin gesammelt haben, dann kannst du es kaufen.«

»Also ist jedes Buch ein Unikat. Eine Sonderausgabe sozusagen«, schlussfolgerte ich fasziniert.

Eden lächelte. »Ja. Mir hat das von Anfang an gefallen. Davids Konzept fängt den Kern vom Lesen ein. Bücher sind mehr als die Worte, die ein Autor oder eine Autorin wählt. Sie bestehen auch aus dem, was die Lesenden an Gedanken und Gefühlen hineinfließen lassen.« Seine Miene war so voller Anerkennung und aufrichtiger Hingabe, dass ich lächeln musste.

»Du passt perfekt hier rein, Eden.« Ich hob die Hand und berührte seine. Nur, weil ich es ziemlich schön fand, dass ich das wieder tun durfte.

Sofort verschränkte er unsere Finger und zog mich enger an sich. »Hey«, sagte er leise, als wäre ihm jetzt erst aufgefallen, dass wir ganz allein waren.

»Hi«, flüsterte ich zurück und schloss die Augen, als er mich auf den Mund küsste.

Jemand räusperte sich hinter uns. So viel zum Thema Alleinsein. Eden verdrehte die Augen, während er von mir zurückwich. David stand gut gelaunt neben dem Tresen und winkte uns mit einem Klemmbrett zu. »Noch fünf Minuten, dann könnt ihr euch um das Füllen eures Definitionsvakuums kümmern. Vorher wäre ich dir aber sehr verbunden, wenn du Celine oben beim Anschmeißen hilfst.«

Ich fühlte Hitze in meinen Wangen, aber Eden seufzte nur und ging zu ihm. »Was wird heute gespielt?«

David reichte ihm wortlos das Klemmbrett. Eden sah darauf und lächelte schwach. Sein Blick wanderte zu mir. »Hast du Lust, kurz zu bleiben?«

Rund zehn Minuten später lag ich ein Stockwerk höher auf einer weichen Decke auf dem Boden und sah mich neugierig um. Der Raum war ebenfalls von Bücherregalen umschlossen, aber die Mitte war frei. Etliche Decken und Sitzkissen waren auf dem Dielenboden verteilt, die Menschen, die es sich darauf bequem gemacht hatten, tranken Kakao oder Fruchtpunsch. Flüstern und unterdrücktes Kichern lagen in der Luft und eine gemütliche Heizungswärme, die mich träge werden ließ. Eden war in einem Hinterzimmer verschwunden, um seiner Kollegin zu helfen. Als er zurück zu mir kam und sich neben mich sinken ließ, ging im selben Moment die Deckenlampe aus. Gleichzeitig sprangen die Lichterketten an, mit denen die Dachbalken umwickelt waren. Wenn ich die Augen etwas zusammenkniff, sah es fast aus wie ein Sternenhimmel.

»Was passiert hier?«, flüsterte ich Eden zu. Sein Arm streifte meinen, als er ihn ausstreckte. Sofort hob ich den Kopf an, damit er ihn unter mich schieben konnte.

»Warte ab«, murmelte Eden.

Unzufrieden öffnete ich den Mund, aber in diesem Moment passierte es. Über uns knackte es, und dann breitete sich eine Stimme im Raum aus. Ich zuckte zusammen und brauchte ein paar Sekunden, um mir sicher zu sein.

Die Stimme war warm, tief, rau – und vertraut.

Eden lächelte mir schief zu, während seine Stimme in Wellen durch den Raum floss. Ich nahm nur den Tonfall wahr, nur die Stimmlage, nur ihn, deswegen bekam ich nicht einmal mit, welches Buch er vorlas.

»Aber … wie?«, wisperte ich.

»David hat mich gefragt, ob ich es machen würde. Spart Geld, wenn man die Angestellten für so was einspannen kann. Ich war nicht sonderlich wild darauf, aber ich … ich musste an dich denken. An das Vorlesen. Und irgendwie konnte ich dann nicht mehr Nein sagen.« Er sprach so leise, dass ich seine Worte kaum hörte. Doch das musste ich auch nicht, um sie zu verstehen.

Ich rollte mich zu ihm und küsste ihn aufs Kinn, auf die Wange, auf den Mund, bevor ich mich von ihm löste, um seinem Lautsprecher-Ich besser zuhören zu können. Jede Betonung, jedes Einatmen, jeder Buchstabe war er. Eden Kane, der Junge mit der Hörbuchstimme, der zuerst nur für mich vorgelesen hatte und dem jetzt so viele Menschen zuhören konnten.

Und je länger wir dort lagen, desto glücklicher wurde ich. Das hier, das war mein persönlicher Immernachtstraum. Edens Körper an meinem – so nah, dass ich seine Wärme an meiner Haut spürte und seinen Atem, der über meine Schläfe strich, weil er den Kopf so zur Seite gelegt hatte, dass er mich ansehen konnte. In diesem Moment gab es keine Vergangenheit zwischen uns. Es gab nur dieses sonderbare, wundersame Jetzt, das sich papierdünn und doch unendlich bedeutend anfühlte. Ich wollte für immer hier liegen bleiben. Neben ihm. Ich wollte in seiner Wärme baden und seinem Herzschlag horchen, den ich in den leichten Aussetzern seiner Atmung erahnen konnte. Mehr nicht, denn das hier war alles.

Etwas vom *Immernachtstraum* blieb an uns haften, als wir in die Villa fuhren. Irgendetwas, das es unmöglich machte, uns nicht zu berühren. Eden ließ die Hand beim Fahren auf meinem Bein liegen, manchmal streichelte sein Daumen abwesend über mein Knie, manchmal wanderte seine Hand ein Stück höher und ließ mich die Luft anhalten. Auf dem Weg zum Haus küssten wir uns, obwohl es regnete, obwohl das Licht im Erdgeschoss uns beschien und man uns aus dem Fenster heraus sehen konnte. Im Haus war es warm, und es roch nach Mays neusten Kräutersträußen, die sie zum Trocknen an die Treppe gebunden hatte. Wir zogen uns die Jacken aus und küssten uns, verstohlene Blicke zum Fuß der Treppe, Nervosität und unterdrücktes Lachen, weil das so albern war.

Neben dem Schuhregal standen schon Helens gepackter Rucksack und Mays großer Stoffbeutel für morgen. Vor ein paar Tagen hatte Willow verkündet, dass sie Kontakt zu dem Herrenhaus in Falmouth aufgenommen und uns kurzerhand selbst dorthin eingeladen hatte. Nach dem – wie sie es ausdrückte – menschlichen Kollateralschaden, dem wir im *Chateau* begegnet waren, wollte sie unbedingt ein freundliches Erlebnis in einem der anderen Häuser haben. *»Und wenn die Leute doof sind, gibt es immerhin das Meer«*, hatte sie gesagt und uns alle dazu gedrängt, uns das Wochenende freizuschaufeln. Wir würden morgen früh aufbrechen und über Nacht dortbleiben, weil sich die Fahrt sonst nicht lohnte.

Aus dem Flur vor der Küche waren Stimmen zu hören, Eden zog mich in die Garderobennische. Er drückte mich gegen die Wand aus Winterjacken, ehe er mich erneut küsste. »Lass uns hochgehen«, murmelte er an meinem Mund, während seine Hand unter meinen Pullover wanderte.

»Ich bin mit Kochen dran«, erwiderte ich atemlos und stellte mich auf die Zehenspitzen, um ihm näher zu sein.

»Ich geh später Pizza holen.«

»Die anderen würden sich wundern.«

»Mir egal.«

Ich hielt inne und wich von ihm zurück, suchte seinen Blick. »Wirklich?«

Eden nickte und umfasste mein Gesicht mit beiden Händen. »Mir ist irgendwie alles egal, wenn wir zusammen sind. Dann fühlt sich alles so erträglich an.«

»Ja«, sagte ich und lächelte, küsste ihn, »okay, lass uns hochgehen.«

Diesmal hielt er inne. »Sicher?«

Sein Blick sagte das, was wir sowieso beide wussten: Wenn wir hochgingen, würden wir diese letzte Grenze überschreiten. Bisher waren es nur Küsse gewesen, Berührungen, Gedanken. Aber es spielte keine Rolle, dass wir noch nicht wieder Sex gehabt hatten. Mit Eden war nichts ein Nur. Und ich wollte ihn. Immer noch. Und sowieso …

»Immer.«

Eden lächelte und griff nach meiner Hand. Wir kamen keine drei Schritte weit, da klingelte sein Handy. Er blieb stehen und runzelte die Stirn, als er es aus der Hosentasche nahm und einen Blick darauf warf.

»Warte kurz.« Er wandte sich ab und ging zwei Schritte zur Tür, ehe er den Anruf annahm. »Hey. Kann ich dich zurückrufen?« Pause, dann hörte ich, wie er tief Luft holte. »Wie schlimm ist es?«, fragte er kaum hörbar.

Stille. Seine Schultern spannten sich an, alles in mir auch. Ich machte einen Schritt auf ihn zu.

»Nein. Nein, ich komme.« Die Finger wanderten fest in seinen Nacken, es schmerzte allein vom Hinsehen. »Ja. Ein paar Stunden. Ruf mich an, wenn … ja. Bis dann.« Eden legte auf, aber er machte keine Anstalten, sich umzudrehen.

Verunsichert ging ich auf ihn zu und stellte mich vor ihn. »Wer war das?«

Er starrte auf sein Handy. »Connor.«

»Connor Lewis?« Ich schüttelte verwirrt den Kopf. Connor war Teil unserer gemeinsamen Freundesgruppe gewesen, und ich hatte ihn auch in den letzten Jahren in Redcar getroffen. Mir gegenüber hatte er behauptet, keinen Kontakt mehr zu Eden zu haben.

»Ja.« Eden verstaute das Handy in seiner Hosentasche und griff nach seiner Jacke. »Ich … ich muss los.« Sein Blick ging an mir vorbei, der Ausdruck darin war trüb und gleichzeitig gehetzt.

»Was, wohin?«

»Nach Hause.« Er stockte. »Ich meine … nach Redcar.«

»Das sind vier Stunden Fahrt, Eden. Es ist spät und dunkel, und es hat den ganzen Tag geregnet. Warte bis morgen.« Ich trat ihm in den Weg, aber er schob mich zur Seite. Nicht grob, eher reflexartig.

»Ich kann nicht warten, okay? Ich muss jetzt da hin.« Er tastete nach seiner Jackentasche. »Scheiße. Wo sind meine Schlüssel?«

»Hier.« Ich hielt sie ihm entgegen, doch als er danach greifen wollte, umklammerte ich seine Hand. »Eden, sieh mich an«, bat ich eindringlich. »Was ist los? Rede mit mir.«

Er zog seine Hand zurück. »Ich kann nicht. Nicht jetzt. Gar nicht. Ich muss jetzt … scheiße. Der Tank ist fast leer.«

»Es gibt Tankstellen.«

»Richtig. Scheiße.« Tiefes Luftholen, auf seiner Stirn waren feine Schweißperlen zu sehen, gleichzeitig war sein Gesicht aschfahl. Panik und Sorge und Übelkeit, ich fühlte alles davon in Bruchteilen, und ich wusste, dass Eden gerade unmöglich einen klaren Gedanken fassen konnte.

»Ich fahre«, sagte ich aus einem Reflex heraus.

»Nein.« Er schüttelte den Kopf und ging auf die Tür zu, ich stellte mich ihm erneut in den Weg. Und diesmal würde ich mich nicht fortbewegen. Ich würde ihn nicht gehen lassen. *Diesmal nicht.*

»Eden, bitte«, wiederholte ich ernst. »Du bist blass, du zitterst. Du stehst unter Schock, und wenn ich dich so ans Steuer lasse, werde ich nicht aufhören können, mir Sorgen zu machen. Bitte. Lass mich dich fahren. Ich stelle keine Fragen, du musst nichts sagen. Lass mich dich einfach fahren.«

Endlich hob er den Blick und erwiderte meinen. Ich spürte, dass er mich nach wie vor nicht richtig fokussieren konnte, aber dass er mich diesmal verstand. »Okay«, gab er sich geschlagen und drückte mir den Schlüssel in die Hand. Seine Finger waren kühl und feucht. »Aber du darfst nicht die Musik aussuchen.« Dieser winzige Versuch, locker zu klingen, wirkte gebrochener als alles zuvor.

Ich schluckte schwer und öffnete die Tür. »Dein Verlust. Aber okay.«

24. Kapitel

EDEN

Ich gab die Adresse ins Navi meines Handys ein, und obwohl ich wusste, dass Avery sie zuordnen konnte, kommentierte sie es nicht. Ihre Wangen wurden nur blasser, sodass ihr Gesicht hell in der Windschutzscheibe reflektiert wurde.

Und dann schwiegen wir. Wir ließen Windsbury hinter uns, nutzten verlassene Landstraßen, auf denen Felder und Bäume an uns vorbeiflogen. Auf einige Stämme waren weiße Kreuze gemalt, stumme Mahnungen, die sich in diesem Moment wie dunkle Omen anfühlten. Mir war so übel, dass ich das Fenster einen Spalt geöffnet ließ, vier Stunden lang, obwohl es draußen eiskalt war und meine Zähne aufeinanderschlugen. Avery sagte nichts dazu, sie sagte sowieso kaum etwas. Nicht einmal dazu, dass Damien Rice aus dem CD-Spieler sang. Diese Musik half mir sonst oft, meine Gedankenwellen zu glätten, jetzt versanken sie trotzdem in einem Sturm.

Wir hielten nur einmal an, um zu tanken. Avery brachte Schokolade und meine Lieblingslimonade vom Bezahlen mit, und diese Geste war irgendwie fast zu viel. Zwischen all dem Chaos in mir war da auch wieder diese Schuld. Ich hatte sie die letzten Tage in eine Kammer meines Bewusstseins gesperrt, aber Connors Anruf hatte die Tür aufgestemmt, und alles kam zurück. Das hier war *alles* meine Schuld. Avery gehörte nicht in dieses Auto, sie gehörte nicht zu mir. Ich hätte sie nicht küssen dürfen, keinmal statt gleich hundertmal, ich hätte sie nicht an mich heranlassen dürfen, ich hätte ihr keine Hoffnung machen dürfen, dass es eine Realität gab, in der wir real sein konnten. Und vor allem hätte ich sie nie fahren lassen dürfen. Nicht dorthin. Gleichzeitig wusste ich, dass ich es allein nie bis nach Redcar geschafft hätte.

Als das Gebäude wie ein weißes Gebiss mit Zahntürmen vor uns aufragte, war es kurz nach Mitternacht. Der Besucherparkplatz war fast leer, der Asphalt schimmerte im Regen, so, wie das blaue Licht von einem Rettungsfahrzeug, das in einer der Einfahrten stand.

Langsam drehte ich mich zu Avery um. Ihre Augen waren glasig, ihr Mund so angespannt, dass ich ihre Zähne knirschen hörte. »Du musst nicht mit reinkommen. Ich weiß, dass …« Ich brach ab, weil der Rest des Satzes nichts besser gemacht hätte. *Ich weiß, dass du deinen Vater sterben sehen hast, als du das letzte Mal in diesem Krankenhaus warst.*

Avery schüttelte den Kopf und schnallte sich ohne zu zögern ab. »Lass uns gehen.«

Ich hätte die Flure mit verbundenen Augen entlanggehen können, obwohl ich nur wenige Male hier gewesen war. Alle Erlebnisse hinterließen Fußabdrücke in unserem Erinnerungsgewebe, und je öfter sie in gleichen Bahnen darüber liefen, desto tiefer wurden diese. Doch manche Situationen waren so schwer, dass einmal reichte, um für immer Spuren zu hinterlassen. Das eine Mal an diesem Ort, das so tiefe Abdrücke in mich gestampft hatte, war das gewesen, als ich nicht wegen mir selbst hier gewesen war. Und deswegen wusste ich auch genau, zu welcher Etage in welcher Abteilung in welchem Flügel ich musste.

Ich sah Connor schon von Weitem hinter dem Empfangstresen im Wartebereich. Avery verharrte neben den Plastikstühlen, als ich auf ihn zuging. Er kam sofort vor und lächelte mir zu. Der Kontrast zwischen seiner Haut und dem hellen Arbeitskittel wurde durch das Neonlicht betont, so wie der zwischen seinem warmen Blick und der Kälte, die ich seit seinem Anruf spürte. »Hey, Mann.«

Ich rang mir ein Lächeln ab. Es war ewig her, dass ich Connor gesehen hatte, aber ich konnte mich gerade nicht im Ansatz darüber freuen. »Danke, dass du angerufen hast.«

»Klar. Ich …« Er stutzte und kniff die Augen zusammen, während er an mir vorbei sah. »Warte. Ist das etwa Avery?«

»Frag nicht, okay? Nicht jetzt.« Ich konnte darüber nicht auch noch nachdenken. Mein Kopf pochte, als würde er jederzeit zerspringen. Ich kniff mir in die Nasenwurzel und schloss die Augen. »Sag's mir einfach, bitte.«

»Okay. Also … sie wurde heute Nachmittag eingeliefert, nachdem eine Nachbarin Krach gehört und geklingelt hat. James hat aufgemacht und erklärt, dass Mary beim Geschirreinräumen von der Leiter gestürzt ist. Er hat den Notarzt angerufen, und der hat sie hergebracht. Platzwunde, Gehirnerschütterung und ein angeknackstes Handgelenk, vermutlich, weil sie ihren Kopf schützen wollte beim … Fallen.« Connor räusperte sich, und ich zwang mich zu blinzeln. Sein Gesichtsausdruck war weicher geworden. Mitfühlend, traurig, besorgt. »Sie hat Schmerzmittel bekommen. Der Doc sagt, sie soll zur Beobachtung ein paar Tage hierbleiben, aber sie wird wieder.«

Ich starrte knapp an ihm vorbei. »Und …?«

Connor zögerte. »Er war bis zum Ende der Besuchszeit da. Sehr besorgt und penetrant. Hat die Ärzte richtig mobilisiert. Wenn Mr Kane den Chefarzt verlangt, bekommt Mr Kane den Chefarzt.«

Ich verzog die Mundwinkel zu einem grimmigen unechten Lächeln. »Er bekommt immer alles, was er will.«

Einen Moment lang standen wir uns schweigend gegenüber, dann legte Connor eine Hand auf meine Schulter und drückte sie leicht. »Willst du zu ihr?«

Nein, dachte ich. Ich wollte nicht zu ihr. Aber natürlich war ich nicht hergekommen, um jetzt wieder zu gehen, natürlich hätte ich es mir nie verziehen, nicht nach ihr zu sehen, natürlich würde ich nie aufhören, an sie zu denken oder sie zu vermissen. Natürlich würde ich meine Mutter immer lieben. Egal, wie sehr ich in den vergangenen zwei Jahren versucht hatte, etwas daran zu ändern. Meine Gefühle waren springende Schallplatten. Ein Album für Avery, eins für Mum, beide ertrug ich nicht anzuhören, beide würde ich nie leiser stellen können.

»Ja«, sagte ich matt. »Geht das?«

Connor grinste schief. »Muss ja irgendeinen Vorteil haben, einen der Pfleger zu kennen, nicht? Raum 202. Aber nicht so lang, okay? Sie braucht Ruhe.«

»Danke, Connor.«

»Nicht dafür.« Er beugte sich zu mir vor und umfasste meinen Kopf, küsste mich auf die Wange. »Tut gut, dich zu sehen, Mann. Tut echt gut.«

Ich lächelte schwach, als er mich wieder losließ. »Dich auch. Ich geh dann.« Ich warf einen Blick über meine Schulter, dorthin, wo Avery dicht an der Wand stand. Sie hatte den Mantel ausgezogen und umklammerte ihn vor der Brust, während ihre Augen haltlos durch den Raum huschten. Noch mehr Sorge, mein Körper wurde fast zu schwer, um weiterzugehen. »Könntest du ein bisschen auf sie achten? Dieser Ort …«

»Schon klar. Jetzt geh.« Connor nickte den Flur hinunter.

Vor Raum 202 hielt ich inne. Ein paar Minuten lang stand ich da, mit der Hand an der Klinke und einem schwer pochenden Klumpen statt eines Herzens in meiner Brust. Es gab Dinge, für die man nie bereit sein würde. Also riss ich mich zusammen und öffnete die Tür.

Das Zimmer war klein und hell eingerichtet. Ein Schrank, ein Tisch mit Stuhl, ein einziges Bett. Die Vorhänge waren nicht ganz zugezogen, der Wintermond erhellte die apricotfarbenen Wände. Ich schloss die Tür hinter mir und tastete nach dem Schalter an der Wand. Das Licht flackerte, und dann sah ich sie richtig.

Meine Mutter lag im Bett. Ihr Körper hob sich kaum von den Laken ab, ihre Umrisse verschwammen mit dem zartblauen Karomuster der Wäsche. Ihr Haar war zu einem Zopf nach hinten gebunden, ein Pflaster nahm die gesamte linke Schläfe ein. Ansonsten sah sie aus wie immer. Alles an ihr wirkte zart und zerbrechlich und so, als hätte man ihr die Farbe entzogen. Das Haar einen Tick zu hell, die Haut einen Tick zu blass. *Verschwindend*, dachte ich.

Ich sah, dass sie atmete, doch ich fühlte, dass sie starb. Nicht ganz, aber ein bisschen. Ich hatte ihr neunzehn Jahre lang dabei zugesehen, wie sie permanent *ein bisschen* gestorben war. In diesem Moment dachte ich, dass es leichter wäre, damit umzugehen, wenn sie wirklich krank gewesen wäre. Die meisten Menschen, die ins Krankenhaus kamen, führten einen Kampf gegen etwas, das sie nicht kontrollieren konnten. Ihnen blieb keine Wahl. Meine Mutter hätte eine gehabt. Sie hätte die Wahl gehabt, ein anderes Leben zu führen als das, das sie immer wieder in solche Situationen brachte. Ein Leben ohne blaue Flecken, die ihren Körper zierten, als wären es Tätowierungen. Ein Leben ohne Angst vor dem eigenen Zuhause und vor dem Menschen, der einen eigentlich beschützen sollte. Ein Leben, in dem sie Kontakt zu ihrem Sohn haben konnte, weil dieser nicht die Entscheidung getroffen haben musste, nicht mehr dabei zusehen zu wollen, wie sie immer mehr verschwand.

Ich verlor sie in Bruchteilen, wenn ich sie so sah. Und wenn ich ganz ehrlich war, verlor ich auch mich selbst in Bruchteilen. In den letzten Tagen hatte ich geglaubt, mich irgendwie wiederzufinden. Averys Nähe hatte mein zersprungenes Ich zusammengesetzt, und da war diese Ahnung gewesen von etwas, was ich sein könnte, wenn ich mir Mühe gab. Aber in diesem Moment fühlte ich, wie falsch dieses Gefühl gewesen war. Das hier war meine Wahrheit. Dieser Anblick war das, was ich war, das, was mich ausmachte, auf so viele Arten, von denen keine etwas Gutes bedeutete.

Ich ging näher auf sie zu und blieb am Ende des Bettes stehen. Mein Körper warf einen Schatten auf ihr Gesicht, sie regte sich und schlug die Augen auf.

Ihr Blick irrte kurz orientierungslos durch den Raum, ehe er an mir hängen blieb. Sofort wirkte sie hellwach. Sie richtete sich auf und lehnte sich an das Kopfteil, vergrub die Finger in der Bettdecke. Ihr Kittel war verrutscht, da war ein dunkler Fleck unterhalb ihres Schulterblatts. Es sah aus wie ein Bluterguss, ich wusste, dass es ein Fingerabdruck war. Ich wusste auch, dass auf der anderen Seite die anderen vier waren. Ich wusste, dass er sie dort festgehalten hatte, während er ihr ins Haar gegriffen hatte, um ihren Kopf auf die Küchenfliesen zu schlagen. Wissen war nicht immer Macht. Manchmal war es einfach nur Schmerz.

»Was … wie …« Sie brach ab und musterte mich erneut. Ihre Augen waren riesengroß und glasig. Schließlich schluckte sie schwer und rang sich ein Lächeln ab. »Es ist so schön, dich zu sehen, Eden.«

Ich blickte auf ihre verkrampften Hände, die das Einzige waren, was ich von ihr geerbt hatte. »Das kann ich nicht erwidern.«

»Es ist nicht so, wie du denkst«, flüsterte sie und zerrte den

Kittel zurecht, strich sich eine lose Haarsträhne über die verletzte Schläfe.

Ich lachte heiser auf. »Nein, hab schon gehört. Du bist dieses Mal von der Leiter gefallen, richtig?«

»Eden, dein Vater wollte nicht ...«

»Nein«, unterbrach ich sie leise, aber entschieden. »Ich will das nicht hören, ich *kann* das nicht hören. Ich hab keine Kraft mehr. Nicht hierfür.« Ich stockte und konzentrierte mich auf die Farbe ihres Kittels. Milchweiß. Unschuld, Trost, Hoffnung. So fehlplatziert an diesem Ort und in dieser Situation. »Ich bin mit dem Auto hier. Ich kann in Redcar bleiben, bis du entlassen wirst. Ich kann dich zur Polizei oder zu einer Freundin oder in ein Frauenhaus fahren oder du kommst erst mal mit zu mir. Ich würde dich überallhin fahren, wenn du mir versprichst, nicht mehr zu ihm zurückzugehen.« Meine Stimme klang erschöpft und emotionslos. Ich hatte das hier in anderer Form so oft gesagt, und ich kannte die Antwort. Trotzdem musste ich es noch einmal versuchen – dieses letzte Mal.

Als ich zu ihr aufsah, hatten sich Tränen aus ihren Augen gelöst. Ihr Gesicht glänzte feucht, doch ihr Blick war müde und stumpf. »Eden, bitte.«

Ich schloss die Augen. »Ist das ein Nein?«

»Du weißt, dass das nicht so einfach ist.«

Dieser Satz und ich war wieder ein Kind. Ein Kind, das nicht verstand, warum seine Mutter sich nicht wehrte, als ihr Mann ihr den Arm halb zerquetschte, nur weil die Kartoffeln nicht gar waren. Ein Kind, das dazwischenging, als er ihr eine Ohrfeige verpasste, weil sie ihm bei der Firmenfeier vor seinen Kollegen widersprochen hatte, und sich dafür selbst gleich drei einfing. Ein Kind, das eine Nacht lang nicht schlief, weil es seine Mutter im Nachbarzimmer weinen hörte. Ein Kind, das am nächsten Morgen nach der Schule seinen Rucksack packte und sie anflehte, auszuziehen, bevor der Vater von der Arbeit heimkam. Ein Kind, das dafür einen Kuss auf die Stirn, einen Becher warme Milch und ein »Du weißt, dass das nicht so einfach ist« bekam.

Aber ich war kein Kind mehr. Ich wusste jetzt, dass es nicht einfach sein musste, um möglich zu sein. Ich war gegangen. Zwei Jahre lang hatte ich keinen Kontakt mehr zu meinen Eltern gehabt. Bis auf die monatlich wiederkehrenden Momente der Schwäche, die ich mir genehmigte, um ihre Stimme zu hören. Um sicherzugehen, dass das, was von ihr übrig war, noch da war. Nichts daran war einfach gewesen, und jetzt, in diesem Moment, fühlte es sich vergebens und sinnlos an. Ich war gegangen, aber ich würde nie ganz hier wegkommen. Wir würden beide meinem Vater gehören, solang sie bei ihm blieb.

Ich lachte, obwohl ich weinen wollte. Nur ein tonloser, brüchiger Ton. Er zerbröselte, sobald er meinen Mund verließ. Alles schmeckte nach Asche. »Okay. Dann hab ich hier nichts mehr zu suchen.«

Ich wandte mich ab und ging zur Tür.

»Liebling.« Das Wort war ein Weinen, eine Entschuldigung, ein Flehen.

Trotzdem drehte ich mich nicht mehr um. Ich schloss die Augen und öffnete die Tür. »Wir sehen uns bei deiner Beerdigung, Mum«, sagte ich tonlos, ehe ich den Flur betrat, die Tür hinter mir zuzog und meine Mutter erneut zurückließ.

Weil ich nie stark genug sein würde, um sie zu retten.

Und weil wir deswegen beide verloren waren.

25. Kapitel

AVERY

Manche Orte waren Zeitkapseln, und dieses Krankenhaus ließ mich wieder siebzehn sein. Es war nicht derselbe Flur wie damals, nicht einmal derselbe Gebäudeflügel. Die Notfallaufnahme und die Intensivstation waren weit entfernt, aber die Erinnerungen klebten trotzdem an den Wänden. Gerahmte Bilder der schlimmsten Momente meines Lebens.

Die Panik zwickte sacht in meinen Nacken, ich schloss die Augen und atmete tief durch. *Es geht hierbei nicht um mich. Es geht hierbei nur um Eden.* Eden, der gerade mit Connor am Empfang geredet hatte und jetzt den Flur hinunter verschwunden war. Und ich, ich wusste nicht, wohin mit mir. Ich wagte es nicht, mich auf einen der Plastiksitze im Wartebereich zu setzen oder mich an die Wand zu lehnen. Ich wollte nichts von diesem Ort berühren. Meine Muskeln waren allesamt angespannt, ich war kurz davor, zurück zum Aufzug zu gehen.

»Na du.«

Als ich die Augen aufschlug, stand Connor vor mir. Er war einer dieser Menschen, die nahezu immer sorglos aussahen. In unserer Freundesgruppe war er der Sonnenschein gewesen, der leicht verpeilte, freundliche Typ, der für jede spontane Idee zu haben war. Seit er seine Ausbildung als Pfleger im Krankenhaus machte, wirkte er erwachsener. Sein Lächeln war trotzdem noch jungenhaft und herzlich.

Er umarmte mich und küsste mich auf die Wange, ehe er mich an den Schultern von sich wegdrückte und begutachtete. »Jap, alles noch dran. Wollte nur sichergehen, hast dich ja eine Weile nicht blicken lassen.«

Ich lächelte halbherzig. Den Kontakt zu meiner Familie abzubrechen hatte auch dazu geführt, meine alten Freunde in Redcar nicht mehr zu sehen. »Tut mir leid. Ich wollte ein bisschen Abstand zu … allem.«

»Scheint diese Stadt so an sich zu haben, hm?«

Ich wusste, dass er auf Eden anspielte, und das brachte sofort die Fragen zurück. Ich hatte Connor in den letzten zwei Jahren regelmäßig gesehen, und in den schwachen Momenten hatte ich mit ihm auch über Eden gesprochen. Meine Schulfreundinnen hatten mit der Zeit immer deutlicher gemacht, dass sie keinen Sinn mehr darin sahen, über ihn zu reden. Ich erinnerte mich zu gut an Delilahs resigniertes Seufzen, das ich seit unserem Abschluss jedes Mal zu hören bekommen hatte, wenn ich es gewagt hatte, seinen Namen zu erwähnen. Das war einer der Gründe, warum wir mittlerweile kaum noch Kontakt hatten. Ich verstand, dass es anstrengend war, sich ständig dasselbe Thema anhören zu müssen. Aber ich für meinen Teil glaubte, dass man in Freundschaften auch anstrengend sein durfte. Connor hingegen hatte mir immer zugehört. Er hatte allerdings nie geäußert, dass er – anders als ich und all unsere Freunde – nach unserem Abschluss von Eden gehört hatte.

»Hattest du die ganze Zeit über Edens Nummer? Standet ihr in Kontakt?«

Sein Lächeln verebbte. »Sorry, Avery. Echt. Bin nicht stolz drauf, ich wollte dich nicht anlügen, nur … ich wollte halt irgendwie, dass er wenigstens einen Freund behält. Und Eden wollte nicht, dass jemand weiß, dass wir noch Kontakt haben. Alle Brücken abbrechen und so.« Er strich sich über die kurz rasierten Haare. »Hat ja anscheinend nicht gut geklappt. Seid ihr wieder zusammen?«

Vorhin im *Ein Immernachtstraum* hatte sich die Antwort nach einem Vielleicht angefühlt, in diesem Krankenhaus nach einem klammen Nein. Ich presste den Mantel enger an mich. »Es ist kompliziert. Ich hab ihn hergefahren, aber ich weiß nicht mal, wieso. Warum hast du angerufen?«

Connor zögerte. »Er hat dir nichts gesagt, oder?«, fragte er dann, leiser und so viel ernster, als ich es von ihm gewohnt war.

Ich runzelte die Stirn. »Was gesagt? Wen will er hier besuchen, Connor?«

Er warf einen Blick über seine Schulter, als hoffte er, das Telefon würde klingeln und ihn erlösen. Als das nicht passierte, holte er widerwillig aus. »Seine Mutter wurde heute eingeliefert. Sie ist im Haus von einer Leiter gefallen. Platzwunde, Gehirnerschütterung, verstauchtes …« Er brach ab, als er meinen angespannten Gesichtsausdruck bemerkte. »Sorry, ich wollte nicht …«

»Schon gut.« Ich zupfte am Kragen meines Pullovers, als könnte ich das Engegefühl damit vertreiben. »Wie geht's ihr denn?«

»Wird schon wieder. Ihr hättet nicht unbedingt kommen müssen, aber Eden hat mich gebeten, anzurufen, falls so was passiert.«

»Heißt das, er hat damit gerechnet, dass so was passiert?«, fragte ich irritiert.

Connor verzog das Gesicht, ganz kurz nur. Im nächsten Moment drückte er meine Schulter. »Ich muss jetzt weitermachen. Sorry.« Er wich zurück und lächelte liebevoll. »War schön, dich zu treffen, Avery. Und euch beide zusammen erst recht. War immer wie ein falsches Bild in einem Lieblingsfilm, euch getrennt zu sehen.«

Ich starrte ihm nach, doch bevor ich ihm folgen und nachhaken konnte, tauchte Eden im Empfangsraum auf. Er war sogar blasser als vorhin im Auto, und sein Körper wirkte verkrampft, als hätte er starke Schmerzen. Unruhig sah ich dabei zu, wie er ein paar Worte mit Connor wechselte, ihn lang umarmte und schließlich auf mich zukam.

»Alles okay?«, flüsterte ich.

Eden drückte den Aufzugknopf. »Nein. Lass uns gehen.«

Kaum dass wir ins Auto einstiegen, begann es erneut zu regnen. Die Tropfen prasselten gleichmäßig gegen die Scheiben, das Geräusch vermengte sich mit unseren hektischen Atemzügen. Eden starrte geradeaus, ich sah ihn an, wir zitterten beide, obwohl ich die Heizung sofort angemacht hatte.

Ich wusste nicht, was ich sagen sollte, weil ich nicht sicher war, ob ich verstand, was gerade passiert war. Eden hatte in den letzten Monaten nicht von seiner Familie gesprochen und wenn, nur einsilbig und gleichgültig. Trotzdem war er in der Sekunde aufgebrochen, in der er vom Unfall seiner Mutter gehört hatte, um sie mitten in der Nacht zu besuchen.

Vorsichtig legte ich eine Hand auf seine, mit der er die Sitzkante umklammerte. »Ihr wird's schnell besser gehen. Connor meinte doch auch, das wird wieder. Alles wird gut.«

Er entzog mir seine Finger, sein Blick ging starr an mir vorbei. »Nichts wird gut. Nicht, solange sie bei ihm bleibt. Er wird nicht aufhören, bis …« Er schluckte und legte den Kopf am Armaturenbrett gegen die Hände.

Ich erstarrte. Mein Herz begann zu hämmern, lang bevor ich seine Worte mit einem Sinn verknüpfen konnte. »Wovon sprichst du?«, flüsterte ich.

Eden hörte mich wahrscheinlich nicht. Er sprach weiter, so leise, dass seine Stimme halb von seiner Haut geschluckt wurde. »Ich rechne jeden einzelnen Tag damit, dass es nicht das Krankenhaus ist, das anruft, sondern die Polizei. Dass er sie beim nächsten Mal einmal zu fest schlägt. Sie mit dem Kopf gegen den Tisch fällt oder die Treppe hinunterstürzt. Ich hab mir jede beschissene Möglichkeit vorgestellt, wie er sie umbringen könnte. Und ich kann nichts dagegen tun. Es ist nur eine Frage der Zeit.«

Der Regen draußen ebbte ab, mein Herzschlag drehte weiter auf. Ich atmete zu laut und wehrte mich gegen das Begreifen. Weil das nicht sein durfte.

Wenn ich früher bei Eden gewesen war, hatte ich mit einer Ausnahme nur Edens Mutter gesehen. Eine schöne Frau mit weißblondem Haar und sanften Gesichtszügen. Alles an Mary wirkte weich und liebevoll. Ihr Mann war … anders. Ich hatte James nur selten gesehen und nie länger mit ihm gesprochen, doch ich hatte mich in seiner Nähe unwohl gefühlt. Er war freundlich gewesen, aber Eden hatte sich in seiner Anwesenheit spürbar versteift. Ich hatte gewusst, dass sie kein sonderlich inniges Verhältnis hatten, ich wäre nur niemals auf den Gedanken gekommen, dass … nein, nein, nein.

»Connor meinte, sie wäre von einer Leiter gefallen«, brachte ich hervor.

Eden lachte heiser und richtete sich wieder auf. »Klar. Leitersturz, Treppenfall, offene Schranktüren, unbemerkte Glasscheibe, Stolpern über Teppichkanten … ich könnte ewig so weitermachen. Das Vokabular meiner Kindheit.«

»Eden. Ich …« Ich brach ab, weil es nichts gab, was ich dazu sagen konnte. Gar nichts. Mein Mund war leer, mein Herz sehr voll, und alles darin tat weh.

Er fixierte das weiße Gebäude, das sich vor uns in den Nachthimmel erhob. »Ich bin so wütend. Auf ihn. Auf sie. Auf mich. Auf diese ganze beschissene Welt.«

»Du darfst doch nicht wütend auf dich sein. Das ist nicht deine Schuld. Nichts daran ist deine Schuld.«

Er gab einen gequälten Ton von sich. »Sie ist meine Mutter. Ich habe neunzehn Jahre lang dabei zugesehen, wie er sie verprügelt hat. Ich konnte sie nie vor ihm beschützen. Ich meine, hab ich's überhaupt richtig versucht? Keine Ahnung. Ich bin ein paarmal dazwischengegangen, aber wenn ich ehrlich bin, hatte ich die meiste Zeit einfach eine Scheißangst vor ihm. Wahrscheinlich war ich insgeheim froh, dass er seine Wut nur manchmal an mir ausließ.«

Ich schüttelte den Kopf, als könnte ich diese zweite Bedeutung damit abwerfen. »Heißt das, er hat dich … hat er dich …« Ich konnte den Satz nicht beenden. Das war alles zu viel. Ich wollte das Richtige sagen, doch alles hieran fühlte sich falsch an.

Edens Miene verriet keine Emotion, als er nach seinem Pulloverbund griff und ihn anhob. Zum allerersten Mal sah ich Edens nackten Bauch. Der Anblick ließ mich unkontrolliert laut einatmen. Oberhalb seines Bauchnabels waren zwei Handbreit völlig vernarbt. Unregelmäßig gewölbte Linien aus … verbrannter Haut.

Eden lächelte grimmig. Ich war nicht sicher, ob ihm bewusst war, was er gerade tat, dass er mir etwas zeigte, das er jahrelang so krampfhaft vor mir verheimlicht hatte. »Er war immer sehr darauf bedacht, dass keine Narben zurückblieben, aber hier war er schlampig. Mum hatte gerade gekocht, und wir wollten essen, als er nach Hause kam. Er hatte getrunken, irgendwas hat ihm nicht gepasst, und er ist auf sie losgegangen. Ich bin dazwischen. Er hat mich mit dem Bauch auf die heiße Herdplatte gedrückt. Keine Ahnung, wie lang. Ich bin irgendwann ohnmächtig geworden. Das war mein dreizehnter Geburtstag.«

Mir war so schlecht, dass ich eine Hand vor meinen Mund presste. »Eden«, würgte ich unter meinen Fingern hervor, obwohl ich mehr sagen wollte. Aber was? Was wäre ausreichend, um dieser Wahrheit gerecht zu werden?

»Das ist trotzdem nichts im Vergleich dazu, was er mit ihr macht. Ich hätte sie besser beschützen müssen.«

»Du warst ein Kind«, wisperte ich. »Du hättest nicht ...«

»Ich war neunzehn, als ich beschlossen habe, sie mit ihm allein zu lassen, Avery«, unterbrach er mich hart. Seine Mundwinkel waren nach wie vor zu einem verächtlichen Lächeln verzogen. Sein Gesicht schwieg nicht, es schrie vor lauter Selbsthass. »Und jetzt bin ich einundzwanzig, und sieh mich an!« Er breitete die Arme aus. »Ich bin immer noch machtlos. Ich bin immer noch zu schwach, um sie dazu zu bringen, ihn zu verlassen. Ich bin immer noch ein ... Nichts. Ich kann nur hier sitzen, bis ich sie aus diesem beschissenen Krankenhaus gehen und in sein Auto steigen sehe. Und auf den nächsten Anruf warten.« Seine Schultern sackten hinab, und er gab einen weiteren erstickten Laut von sich. Es klang so hilflos, dass mein Herz tiefer einriss.

»Das ist trotzdem nicht deine Schuld, Eden«, wiederholte ich fest. »Es ist allein *seine* Schuld. Und es ist schrecklich, aber du bist auch nicht verantwortlich für Marys Entscheidungen. Du bist nicht verantwortlich für sie.«

Er atmete mehrmals aus. Der Hass zog sich aus seinem Gesicht zurück, zurück blieb etwas Drückendes, Trübes. Müde Verzweiflung. »Ich weiß. Aber irgendwie halt schon, oder? Solange ich da war und ihn ab und zu unterbrochen habe, hat sich seine Wut immerhin auf uns beide verteilt. Aber seit ich weg bin ... ich hab sie im Stich gelassen.«

»Das ist nicht wahr. Es ist keine Schuld, sich selbst zu retten. Manchmal ist es das Mutigste, das man tun kann. Du bist so verdammt mutig.« Ich versuchte, nach seiner Hand zu greifen, doch er wich vor mir zurück.

»Ich bin nicht mutig. Ich bin feige. Ich bin Abschaum.«

Es tat so weh, ihn etwas derart Falsches mit solcher Überzeugung aussprechen zu hören. »Hör auf, so was über dich zu sagen.«

Eden presste die Handballen auf seine Augäpfel, als ertrüge er weder meinen Anblick noch seinen eigenen in der Windschutzscheibe. »Es ist wahr, okay? Denkst du, man kann so aufwachsen – dabei zusehen, wie die eigene Mutter regelmäßig verprügelt wird, selbst geschlagen werden, wenn man sich traut, laut zu werden –, und nichts passiert mit einem? Denkst du ernsthaft, das würde einen Menschen nicht verändern?« Er löste die Hände und sah mich aus dunklen schimmernden Augen an. »Er hat mich gebrandmarkt, Avery. Er musste mich dazu ja nicht mal anfassen. Diese Scheißnarben bedeuten nichts im Gegensatz zu dem, was er mir angetan hat, indem er mich gezeugt hat.«

Verständnislos starrte ich ihn an. »Was … was meinst du denn damit?«

Eden weinte lautlos, doch er antwortete nicht. Er saß nur da und sah an mir vorbei, mit feuchten Wangen und bebenden Schultern. Er wirkte so verloren, in diesem Auto, in dieser Welt, in sich selbst. Und da hielt ich es nicht mehr aus. Ich rutschte zu ihm herüber und umarmte ihn. Obwohl Edens Körper steif und zittrig zugleich war, obwohl der Schaltknüppel in mein Bein drückte, obwohl ich selbst überfordert von allem war. »Ich bin da. Ich bin immer da, okay?«, flüsterte ich an seiner Schulter.

Ich wusste nicht, wie lang wir dort saßen. Eden weinte, und ich hielt ihn so fest ich konnte. Wir hatten solche Situationen oft geteilt, allerdings immer andersherum. Eden hatte mich zusammengehalten, als es mir schlecht ging, und ich hatte nicht bemerkt, dass er selbst so zu kämpfen hatte. Ich hatte es einfach nicht bemerkt.

Natürlich war mir aufgefallen, dass er ein eher kühles Verhältnis zu seinem Vater hatte, dass er manchmal zurückgezogen und schweigsam war und in sich selbst versank. Mir waren Edens Kopfwelten immer bewusst gewesen, ich hatte nur nicht geahnt, dass eine davon so ein düsterer Ort war. Ich fühlte mich elend und schuldig, und trotzdem wusste ich, dass es keine Rolle spielte, wie *ich* mich in diesem Moment fühlte.

Jetzt gerade ging es nur um Eden. Nur darum, irgendwie für ihn da zu sein. Ich wusste selbst, manches konnte man nicht gut machen, nicht einmal besser. Doch wenn die Welt um einen herum zerfiel, war es trotzdem tröstlich, wenn jemand einem dabei die Hand hielt.

Irgendwann verebbte Edens Zittern, und ich hörte ihn tief durchatmen. Vorsichtig löste ich mich von ihm und nahm sein Gesicht in beide Hände, strich die letzten Tränen fort. »Du hättest mir davon erzählen können«, sagte ich leise.

»Es gab eine Zeit, da wollte ich es tun«, murmelte er. »Ich meine, am Anfang konnte ich nicht, weil ich so darauf fixiert war, den Mund zu halten. Meine Mutter hat mir von früh auf eingetrichtert, dass wir nicht darüber reden dürfen. Dass sie mich aus der Familie nehmen und uns trennen würden, dass dann alles viel schlimmer werden würde. Dass das sowieso nur eine Phase und nicht so dramatisch wäre, dass es ihm leidtäte, dass er an sich arbeiten würde, dass wir als Familie zusammenhalten müssten. Den ganzen Müll halt, den man aus diesen Scripted-Reality-Shows kennt.« Er schüttelte den Kopf. »Damals hab ich ihr geglaubt. Und je älter ich geworden bin, desto schwieriger wurde es, zu denken, dass es auch anders ginge. Irgendwann wollte ich es dir sagen, aber ich hab mich so … geschämt. Und dann ist dein Vater gestorben. Wie hätte ich dir das danach noch antun können?«

Ich verstand, was er meinte. Er hatte gesehen, wie es mir nach dem Tod meines Vaters ging. Wie sehr mich winzigste

Andeutungen von Gewalt mitnahmen, wie ich damit kämpfte, in dieser lauten, brutalen Welt nicht ständig in eine Panikattacke zu verfallen. Eden war mein Safe Space gewesen, und das hatte ich ihm ständig gesagt. In diesem Moment hasste ich mich dafür, ihm das Gefühl gegeben zu haben, deswegen nicht mit mir darüber sprechen zu können.

»Du hättest es trotzdem tun sollen. Du bist nicht weniger wichtig als ich. Deine Gefühle zählen genauso wie meine.«

Sein Blick verlor sich in der Scheibe. Der Regen hatte aufgehört, das Wasser rann lautlos am Glas hinab. »Ich konnte nicht. Das mit uns … das ging nicht.«

Ich brauchte einen Moment, bis ich endlich verstand, worum es hier auch ging. »Dann hast du deshalb Schluss gemacht? Weil du etwas ertragen musstest, von dem du dachtest, dass ich nicht damit umgehen kann?«

Er zögerte lang. Als er antwortete, klang seine Stimme unangenehm ausgeblichen. »Du willst ein Leben ohne Gewalt. Und ich wünsche mir das für dich, wirklich. Aber die Gewalt wird immer ein Teil von meinem Leben sein. Immer ein Teil von mir. Ich bin nicht gut für dich, Avery.«

Die Zeitform schrillte warnend in meinen Ohren. Ich schüttelte den Kopf. »Du bist das Beste für mich, Eden.«

Sein Gesicht verfiel in Schweigen, und ich wusste, dass da etwas war, das er nicht mit mir teilte. Das er mit sich selbst ausmachte, schon wieder. Er war kurz davor, dichtzumachen.

Entschlossen legte ich eine Hand an seine Wange, bis er mich ansah. »Denk nicht mal dran. Stoß mich nicht weg. Lass mich diesmal für dich da sein. Okay?«

Zähe Sekunden lang sahen wir einander nur an, dann lehnte er seine Wange fester gegen meine Hand und schloss die Augen.

»Okay«, sagte er leise.

26. Kapitel

EDEN

Das Wasser glühte in der untergehenden Sonne. Das Meer und der Himmel verschwammen völlig miteinander, der Horizont war nur eine schwach glitzernde Linie. Die Welt und das Leben fühlten sich niemals so endlos an wie in solchen Momenten. Man hätte alles auf den Kopf stellen können, und es wäre nicht aufgefallen, weil sowieso alles nur aus Luft und Wasser und Licht bestand.

Und – in diesem Fall – aus dem grellen Flackern des Lagerfeuers, das die anderen in einer Steinkuhle nahe dem Ufer gemacht hatten. Sie saßen auf verwitterten Stämmen drumherum, dick eingepackt in Winterjacken, um die Kühle des Abends auszuhalten. Dabei war der Salzwind erstaunlich sanft, der Sand lag wie eine schwere graue Decke zu unseren Füßen, und die Wärme des Feuers reichte fast bis zu mir.

Ich saß auf einem Baumstamm abseits der anderen und sah hinaus aufs Wasser. Ich wusste, dass das nicht höflich war, und war sicher, dass sie über mich redeten, aber es war mir egal. Ich hatte zwei Jahre Übung darin gesammelt, mich nicht um die Meinung anderer zu kümmern. Dabei waren die Bewohner und Bewohnerinnen des Meerhauses um einiges netter als die, die wir in Leicester kennengelernt hatten. Sie kamen mir offener, aufrichtiger und irgendwie echter vor – fast so, als hätte der Ozean, der an ihr Haus grenzte, ein wenig Persönlichkeit an sie abgegeben. Ich benötigte trotzdem gerade etwas Abstand zu ihnen. Zu allen. Nach dem, was letzte Nacht passiert war, brauchte ich Zeit für mich.

Avery hatte vorgeschlagen, zurück nach Windsbury zu fahren, doch ich hatte lieber herkommen wollen. Ich wollte eine Schicht Erinnerungen zwischen Redcar und der Mulberry Mansion. Und – auch wenn ich es nie laut gesagt hätte – ich wusste, dass die Gesellschaft der anderen dabei helfen würde. Selbst wenn ich sie nur aus der Ferne beobachtete, bis ich wieder mit mir selbst klarkam.

Und mit dem, was ich letzte Nacht getan hatte. Ich hatte einen Schritt gemacht, den ich nie wieder zurückgehen konnte, und ich wusste nicht, was ich darüber denken sollte. Ich hatte nicht vorgehabt, Avery davon zu erzählen, doch nach dem Krankenhausbesuch war ich so erschöpft gewesen, dass es mir plötzlich sinnlos vorgekommen war, weiter zu schweigen. *Alles* war so sinnlos. Ich hatte Avery verloren, ich hatte Mum verloren, ich hatte mich verloren, und das alles nur, weil ich der Sohn meines Vaters war. Und Avery war … sie war so viel Gutes und Aufrichtiges. Es war egoistisch und unfair, aber ich wollte das nicht aufgeben. Ich hatte keine Kraft mehr, sie wegzustoßen. Sie sah mehr in mir, als ich war, und obwohl ich wusste, dass sie sich irrte, war ihre Zuversicht tröstlich. Vielleicht konnte ich mir Mühe geben und mich in die Umrisse einfügen, die sie in ihrem Kopf von mir gezeichnet hatte. Vielleicht konnte ich mich irgendwie dort hineindrücken, sodass all die überstehenden Kanten absplitterten und ich zu dem wurde, den sie zu sehen glaubte. Ich wollte es wirklich versuchen.

Und doch wusste ich, dass Averys Gedankenumrisse von mir sich verändert hätten, wenn ich gestern die Kraft gehabt hätte, weiterzusprechen. Sie hatte mich mutig genannt, und deswegen war ich feige geworden.

Ich sah auf, als Maxton sich neben mich setzte. Er fuhr sich mit beiden Händen durch die Haare, die, seit ich ihn kannte, etwas zu lang waren. Die Geste passte nicht zu ihm, sie war zu fahrig und unruhig. »Alles klar?«, fragte ich.

Er lehnte sich vor und legte die Ellbogen auf den Beinen ab. »Hm. Musste da nur kurz weg.«

Mein Blick wanderte zu der Sitzgruppe, von der er sich gelöst hatte. Sienna saß mit zwei Typen aus dem Meerhaus zusammen und zog gerade an einem Joint. Der beißende Geruch war bis hierhin zwar kaum wahrzunehmen, aber ich wusste, dass Maxton sensibler darauf reagierte als ich. So war das mit Gerüchen, mit denen man eine Vergangenheit hatte.

»Willst du rumlaufen?«, fragte ich.

Maxton schüttelte den Kopf und richtete sich wieder auf, ließ die Schultern kreisen. »Geht schon. Außerdem will ich dich nicht beim Starren stören.«

»Wovon sprichst du?«

Er lächelte spöttisch. »Komm schon. Sienna meinte letztens, es bräuchte eine Jugendschutz-Einstufung euch zuzugucken. Und ich sag das nicht gern, aber sie hat recht.«

Ich erstarrte. Mir war nicht aufgefallen, dass ich Avery in den vergangenen Minuten angestarrt hatte, doch es überraschte mich nicht. In den ersten Monaten nach ihrem Einzug hatte es mich permanente Konzentration gekostet, sie nicht anzusehen. Jetzt, wo ich das aufgegeben hatte, fühlte es sich völlig natürlich an, es so oft wie möglich zu tun. Und wenn meine Gedanken Wellen schlugen, dann ankerte mein Blick eben an Avery. Was mich überraschte, war, dass die anderen das bemerkt hatten. Wir waren vor den anderen immer auf Distanz gegangen. Ein Teil von mir hatte sich eingeredet, dass ich zurückkönnte, solang wir das, was zwischen uns aufglomm, für uns behielten.

»Ihr redet über … uns?«

»Was, dachtest du echt, uns entgeht, dass ihr auf einmal unzertrennlich seid?«, fragte er mit leichter Belustigung. »Oder wie zerzaust Averys Haare sind, wenn ihr vom Dachboden kommt? Oder wie nett du plötzlich bist?«

Keine Ahnung, wem wir damit etwas hatten vormachen wollen. Man konnte nicht so viel fühlen und erwarten, dass es unentdeckt blieb. »Wieso habt ihr nichts gesagt?«

»Hab die anderen überzeugt, dass wir uns da erst mal nicht einmischen sollten. Ist ja auch kein großes Ding. Dieses ganze *Don't fuck the company*-Gerede war doch nicht ernst gemeint. Wir sind alle erwachsen, ihr könnt tun und lassen, was ihr wollt. Ich versteh nur nicht, warum ihr es nicht offiziell macht.«

»Ich weiß ja gar nicht, *was* es offiziell ist. Wir haben nicht drüber geredet. Keine Ahnung, ob wir zusammen sind oder so was.« *Keine Ahnung, ob sie das will, keine Ahnung, ob ich das zulassen kann, ich hab einfach absolut keine Ahnung.*

»Aber es ist doch mehr als Sex, oder?«

Ich blickte auf meine Finger, die meine Limonadenflasche umklammert hielten, um nicht wieder zu Avery zu sehen. Schon gar nicht bei diesem Thema. »Wir haben nicht miteinander geschlafen. Also, damals schon. Aber nicht jetzt.«

Maxton nickte langsam. »Okay. Und wieso nicht?«

»Es war noch nicht richtig.«

»Willst du denn?«

Ich verzog den Mund. »Reden wir jetzt echt darüber?«

Maxton war zwar so was wie mein bester Freund, aber es gab Dinge, über die ich nicht einmal mit ihm sprach. Auch weil es in dieser Hinsicht bisher nie sonderlich viel zu besprechen gegeben hatte. Die Frauen, mit denen ich mich getroffen hatte, seit ich in Windsbury lebte, waren nie so lang geblieben, als dass sich das ergeben hätte. Und Maxton war auch jemand, der diese Dinge lieber mit sich ausmachte, als mit anderen darüber zu sprechen. Was ich über sein Liebesleben wusste, hatte ich eher zufällig erfahren.

Jetzt hob er die Schultern und sah mich nachdenklich an. »Wieso nicht? Ist doch nichts dabei. Ihr steht offensichtlich aufeinander. Ich meine, wenn du nicht mit ihr schlafen willst, wirst du deine Gründe haben. Ich versuch nur, das Problem zu sehen.«

Das *Problem* war, dass Dinge nicht automatisch richtig wurden, nur weil man sie wollte. Ich wusste, dass Sex im Prinzip nichts Weltbewegendes war, und ich war auch niemand, der dafür war, es überzudramatisieren. Wenn Menschen miteinander schlafen wollten, sollten sie es tun. Dafür brauchte es grundsätzlich keine Gefühle oder Verbindlichkeiten. Ich hatte selbst schon mit Frauen geschlafen, die ich danach nicht wiedergesehen hatte, geschweige denn, dass ich für sie etwas empfunden hätte. Aber mit Avery war das anders. Es würde nie nur Sex sein, wenn wir miteinander schliefen. Was nicht bedeutete, dass ich es nicht wollte. Es war fast erbärmlich, wie sehr ich es wollte. Nicht erst, seit wir einander erneut nähergekommen waren, sondern schon, als ich sie das erste Mal wiedergesehen hatte. Am Anfang war es wie ein Reflex gewesen, mittlerweile ein unangenehm heftiges Verlangen. Und wie hätte ich sie auch nicht wollen können? Ich fand alles an ihr schön und anziehend, das Außen und das Innen, wirklich alles.

»Natürlich will ich«, sagte ich verzögert.

»Und was ist mit ihr?«

Ich stöhnte unterdrückt. »Maxton, ernsthaft?«

Er schmunzelte. »Wirst du etwa rot?«

Ich rieb mir über die warme Wange. Maxtons Gelassenheit war manchmal eine echte Herausforderung. »Keine Ahnung, ob sie will, okay? Ich meine, ich glaube schon, aber ich hab sie nicht direkt gefragt.« Indirekt schon, gestern Abend, bevor Connor angerufen hatte und damit alles andere in den Hintergrund gerückt war. Doch ein indirektes Ja war keines, das bei dieser Frage reichte.

»Wieso nicht?« Ich schwieg, Maxton grinste. »Entschuldige, geht mich nichts an. Es ist nur … ihr seid beide solche Kopfmenschen. Wäre vielleicht nicht schlecht, wenn ihr mal für ein paar Stunden auf euren Bauch hört. Oder andere Körperteile in tiefer liegenden Regionen.«

Seine Worte hatten nichts Anzügliches, wie es bei jedem anderen vermutlich gewesen wäre. Er meinte das tatsächlich so. Maxton war in vielen Belangen ein Pragmatiker. Er aß, damit sein Körper funktionierte, er machte Sport, um fit zu bleiben, er hatte Sex, um abzuschalten. Aber ich war nicht wie Maxton. Ich war kein Pragmatiker, ich war ein Knäuel aus Gefühlen, Gedanken und Zweifeln.

Maxton musterte mich aufmerksam und schüttelte dann den Kopf. »Schon gut, vergiss, was ich gesagt habe. Ich dachte nur, wenn ihr es einfach macht, wäre es auch nicht mehr ganz so unangenehm, mit euch in einem Raum zu sein.«

Mehr Hitze, die sich in meinen Wangen breitmachte. Es wurde Zeit, das Thema zu wechseln. »Das sagst du nur, weil du es noch nie mit dir und *Catkin* aushalten musstest.«

Maxton verdrehte die Augen. »Willow und ich sind nur Freunde.«

Wir hatten dieses Gespräch schon öfter geführt, bestehend aus vielsagenden Andeutungen von mir und abwinkenden Erwiderungen von ihm. Das Ding war nicht, dass ich nicht glaubte, dass Männer und Frauen befreundet sein konnten. Sondern, dass Maxton und Willow etwas so Seltsames verband, dass ich es auch nach anderthalb Jahren Freundschaft mit Maxton nicht beschreiben konnte. Ich war kein Experte, was menschliche Beziehungen anging, dafür hatte ich in den letzten Jahren selbst gesorgt, aber ich kannte mich mit Geschichten aus. Und über Maxton und Willow hätte man ganze Seiten füllen können – mir fehlten nur seltsamerweise die Worte. Ich verstand sie nicht, und manchmal, wenn ich mit Maxton über ihre Freundschaft sprach, hatte ich das Gefühl, dass es ihm im Grunde genauso ging.

»Wenn ihr nur Freunde seid, wieso sagst du ihr dann nichts von deiner aktuellen Freundin?«, hakte ich nach und trank einen Schluck Limonade. Waldmeister-Himbeere, so süß, dass sich auf meiner Zunge zuckriger Belag abgelagert hatte.

»Lillian ist nicht meine Freundin. Und dir habe ich genau genommen auch nichts von ihr erzählt, erinnerst du dich?«

»Glaub mir, ich erinnere mich mehr als gut. Schwer, diese Szene zu vergessen.« Es war ein paar Wochen her, dass ich auf halber Strecke zur Villa bemerkt hatte, dass ich meine Handschuhe beim Boxtraining vergessen hatte. Also war ich wieder umgekehrt. Der Parkplatz war fast leer gewesen, aber mir war ein Auto direkt aufgefallen. Ich hatte es erkannt, so wie leider auch den Typen, der auf dem Fahrersitz saß – mit einer halb nackten Frau auf dem Schoß. »Du könntest sie mit in die Villa bringen, statt in deinem Auto mit ihr zu schlafen«, schlug ich vor und drehte mich zu ihm.

Maxtons Blick lag dort, wo Willow im Schneidersitz auf einer Decke im Sand saß. Einer der Typen aus dem Meerhaus hockte dicht neben ihr und raunte ihr etwas ins Ohr, was sie zum Lachen brachte. Maxton runzelte die Stirn, ehe er sich abwandte und einen großen Schluck Bier trank.

»Wir vögeln nur«, sagte er gleichgültig, sobald er geschluckt hatte. »Ist nichts Ernstes, für uns beide nicht. Und deswegen bringe ich sie auch nicht mit zu uns. Das würde alles nur krampfiger machen als nötig.«

»Also weiß Willow nichts davon. Obwohl ihr sonst doch alles teilt.«

Er seufzte. »Wir teilen nicht *alles*.«

»Hm.« Ich warf einen weiteren Blick hinüber. »Die Jacke, die sie da anhat, kommt mir bekannt vor.«

»*Freundschaft*, Eden.« Er legte mir eine Hand auf die Schulter. »Ich würde dir auch jederzeit meine Kleidung leihen. Die Art, wie du Avery ansiehst, macht dagegen deutlich, dass du *ihre* ausziehen möchtest.«

»Du gehst mir ehrlich auf die Nerven.« Ich verdrehte die Augen, trotzdem machte sich mehr Hitze in mir breit. Denn er hatte recht. Ich dachte seit vielen Nächten an nichts anderes.

Er lachte und drückte meine Schulter, ehe er die Hand zurückzog. »Das kann ich nur zurückgeben. Ich mag dich trotzdem.«

In meinem Hals war plötzlich dieser Kloß, den ich hatte, wenn sich zu viel Unausgesprochenes dort ansammelte. *Wörterstau*, hatte ich früher dazu gesagt. Es gab zwei Wege, ihn wegzubekommen: ganz viel schlucken oder ein paar Wörter durchlassen. In den vergangenen Jahren hatte ich mich meistens für Ersteres entschieden, und das war nur einer der Gründe, weswegen ich mich wunderte, dass Maxton noch da war.

»Danke«, sagte ich leise. »Für alles. Ich war die letzten Jahre nicht immer einfach, das weiß ich.«

Maxton winkte lächelnd ab. Ein paar Minuten saßen wir schweigend da, während das Himmelblau sich tiefer färbte. Das Knacken des Feuers wehte mit den Stimmen der anderen zu uns herüber, ebenso wie das Duftgemisch aus Rauch, Meersalz und nassem Sand. Sienna und Beckett standen sich zwischen den anderen gegenüber und diskutierten über irgendetwas. Ich konnte ihre Stimmen hören, in denen unterdrücktes Lachen mitklang.

»Dir geht es jetzt besser, oder? Seit die Sache mit Avery geklärt ist?«, fragte Maxton, während Beckett Sienna packte, über seine Schulter warf und in Richtung Meer trug. Ihr wütendes Fluchen ging in dem Lachen der anderen unter.

Mein Blick klebte erneut an Avery, die an May gelehnt dasaß. Die Feuerzungen malten Lichtflecken in ihr Gesicht, und ich wusste, wenn ich näher dran gewesen wäre, hätte ich gesehen, dass die Bernsteinsprenkel in ihren Iriden funkelten. Mein Herz wurde seltsam schwer.

Ging es mir besser? Nach dem, was letzte Nacht passiert war, fehlte mir mehr denn je eine Antwort. Ja, es ging mir besser, weil da nicht mehr so viel war, was ich vor Avery verbergen musste. Nein, es ging mir nicht besser, weil das letztlich nicht bedeutete, dass ich nicht mehr lügen musste. Weil Mum im Krankenhaus lag und mein Vater frei herumlief und darauf wartete, dass sie nach Hause kam. Weil ich nichts daran ändern konnte, wer wir alle waren.

»Keine Ahnung«, gestand ich. »Die ganzen ... Dinge lösen sich nicht in Luft auf. Ich bin derselbe, mein Leben ist dasselbe. Wenn Avery bei mir ist, dann mag ich mich selbst irgendwie mehr. Es ist nur ...«

»Was?«, hakte Maxton geduldig nach.

Ich schloss die Augen und schluckte. »Ich hab trotzdem Angst. Angst vor mir. Irgendwie auch Angst vor ihr. Angst vor dem, was wir zusammen sind und was passiert, wenn wir es nicht mehr sind. Ich weiß einfach, dass das alles nicht ewig so bleiben wird. Wahrscheinlich nicht einmal lang.« Man konnte sich letztlich eben nicht vor sich selbst verstecken.

Maxton hob die Schultern. »Na ja, aber das ist eigentlich nichts Neues, oder? Nichts hält ewig. Macht es ja nicht weniger schön.«

»Das, was ich für sie fühle«, sagte ich leise, ohne nachzudenken, »ich glaub, das wird ewig halten. Egal, wie das zwischen uns sich verändert hat oder noch verändern wird. Das, was sie für mich ist, bleibt gleich.«

Maxton sah mich auf diese Art an, die verriet, dass er mehr erkannte, als ich zeigen wollte. Etwas, das ich an ihm mochte und das mir gleichzeitig nicht behagte. Ich wollte nicht, dass er nachfragte, weil ich ja doch nicht darüber reden konnte. Doch weil Maxton war, wie er war, sah er auch das. Er stieß mir leicht in die Seite. »Hätte nicht gedacht, dass sich in dir so ein Romantiker verbirgt.«

»Ach, sei still.« Ich lachte rau und vergrub das Gesicht in den Händen, rieb kurz über meine Augen.

»Nein, wirklich. Damit muss ich erst mal umgehen lernen. Als ich das erste Mal mit dir geredet und dich gefragt hab, ob wir mal was nach dem Training trinken gehen, was hast du da zu mir gesagt?«

Ich richtete mich auf. »Fang nicht wieder damit an.«

»Frag lieber wen anders. Das ist für uns beide besser.« Er klopfte mir erneut auf die Schulter. »Du warst so charmant, Mann. Aber jetzt bist du froh, dass ich dich gefragt hab, nicht?«

Ich unterdrückte ein Grinsen. »Mal so, mal so.«

Wir verfielen wieder in Schweigen. Maxtons Ruhe schwappte über uns wie das Meer ans Ufer. Die ganze Szene war blau und friedlich. Die Erinnerungen an gestern Nacht wurden blass und überlagert von der Erkenntnis, was ich in diesem Moment hatte. Ich war nicht allein. Nicht heute.

Erst als Willow sich drüben aufrappelte und die Hände zu einem Trichter formte, um Maxtons Namen zu rufen, regte er sich. Er leerte das Bier, erhob sich und sah auf mich hinab. »Wie ihr miteinander seid, ich glaube, das ist echt was Gutes. Und ich hab zwar keine Ahnung, was damals zwischen euch passiert ist, oder auch nur, wo ihr letzte Nacht wart, und was da eigentlich so abgeht, aber das muss ich auch gar nicht. Ich denke nur, du solltest keine Angst vor was Gutem haben, oder?«

Ich wusste, dass er recht hatte. Mir war nur nicht klar, ob Ängste etwas waren, das man wegdenken konnte. Sie waren eben mehr als Gedanken, sie waren ein seltsames Gefühls-Gedanken-Verhaltens-Gemisch, und meine waren so stark, dass ich mich manchmal fragte, ob sie schon Charakterzüge geworden waren. »Ich versuch's«, sagte ich deshalb nur und wollte mir gern selbst glauben.

»Gut.« Maxton lächelte und wandte sich zum Gehen. »Und – wenn nichts dagegenspricht – tut uns allen einen Gefallen und vögelt endlich. Lang kann ich Willow nicht mehr davon abhalten, euch eine Packung Kondome auf den Dachboden zu legen, wenn ihr euch weiterhin so anstarrt.«

Ich verdrehte die Augen, aber da war er schon losgegangen. Mein Blick wanderte zurück zu Avery und verhakte sich sofort mit ihrem. Sie lächelte, und trotz allem, was passiert war, trotz allem, was vielleicht noch passieren würde, trotz allem, was zwischen uns ungeklärt war, konnte ich in diesem Moment nur zurücklächeln.

Weil das hier alles war, was ich gerade brauchte.

27. Kapitel

AVERY

Es war weit nach Mitternacht, als wir uns in das Gästezimmer zurückzogen, das die Bewohnenden des Meerhauses vorbereitet hatten. Sie hatten einen der leer stehenden Räume im ersten Stock mit übrig gebliebenen Matratzen ausgelegt. Die Seite, die zum Meer hinausging, war großflächig verglast, ein Teil davon in bunten Mosaikglasscheiben. Der Mondschein brach sich darin und warf Konfettilicht hinein. Die Fenster waren undicht, doch die Wärme der anderen vermengte sich mit der des Heizstrahlers hinter Mays und meiner Matratze.

Sie hatte sich in ihre Decke eingewickelt und kämmte ihr Haar. Schräg gegenüber an der anderen Wand lag Helen zusammengerollt, Beckett saß daneben und scrollte durch sein Handy, während er geistesabwesend Helens verrutschte Decke bis zu ihren Schultern hochzog. Sienna kramte auf seiner anderen Seite in ihrem Rucksack, vermutlich nach ihren Kopfhörern, ein Film flackerte bereits lautlos auf ihrem Tablet. Maxton hatte seine Matratze in die Nähe der Tür geschoben, als wüsste er, dass die Schlaflosigkeit ihn irgendwann hinaustreiben würde. Er lehnte an der Wand, ein Notizbuch auf den Knien, das Handylicht als Taschenlampe. Da Willow immer da war, wo er war, lag sie neben ihm auf dem Bauch und wippte mit den Füßen. Ich hörte sie leise auf ihn einreden und sah Maxtons zuckende Mundwinkel. Und ich, ich saß angezogen im Schneidersitz auf der Decke, weil ich darauf wartete, dass derjenige hereinkam, dem die letzte freie Matratze neben May gehörte.

Ich hatte kaum mit Eden gesprochen, seit wir hier waren. Als wir angekommen waren, waren die anderen schon da gewesen, und wir waren in unseren Distanzmodus verfallen. Und das, obwohl ich das Bedürfnis hatte, ihn nicht aus den Augen zu lassen. Ich war überfordert und aufgewühlt von dem, was ich in Redcar erfahren hatte. Was in Eden vorging, konnte ich mir nicht einmal vorstellen. Und das machte mir Angst. Vielleicht wurde ich deswegen nicht müde, obwohl mein ganzer Körper vor Anstrengung schmerzte. Wir hatten die vergangene Nacht in einem Hotel verbracht, aber beide die meiste Zeit wach gelegen. Ich hätte den Schlaf gebraucht, doch etwas anderes brauchte ich mehr: die Gewissheit, dass es Eden gut ging. Als May mir eine gute Nacht wünschte und sich zusammenrollte, bemerkte ich das Blinken meines Handys.

Kommst du kurz raus?

Erleichtert atmete ich durch und verließ möglichst leise das Zimmer. Eden lehnte draußen an der gegenüberliegenden Wand und lächelte. »Ich will dir was zeigen.«

Schweigend folgte ich ihm durch die dunklen Korridore des Hauses, das die Bewohner liebevoll *Waveheart* getauft hatten. Es war kleiner als unseres, dafür verwinkelter. Ständig machte der Flur Abzweigungen, und verschnörkelte Treppen erhoben sich aus unscheinbaren Nischen. Eine solche stiegen wir hinauf, und ein paar Flurmeter später standen wir vor einer schmalen Holztür.

Eden öffnete sie, und der Raum empfing uns mit einem Ächzen und einem Schwall kalter, leicht abgestandener Luft. Mit großen Augen sah ich mich um, kaum dass er das schummrige Deckenlicht angemacht hatte.

Wir mussten uns in einem der Türme befinden, die man von außen betrachten konnte. Von weiter weg sah das Meerhaus so aus, als hätte ein Kind eine Sandburg gebaut und zum Abschluss dünne Matschtürmchen hinauftropfen lassen. Das Zimmer hatte ein großes Fenster, hinter dem man in der Ferne das Meer sehen konnte. Die Wand neben der Tür war mit Bücherregalen bedeckt, davor standen ein Sofa und eine Truhe als Abstelltisch. Eine winzige Bibliothek wie Edens Schuppen in der Mulberry Mansion. Natürlich hatte er diesen Ort sofort gefunden.

Ich ging auf das Fenster zu und betrachtete den Sandstrand, der sich als schmaler heller Streifen von den Nachtfarben abhob. Ich war sicher, dass man uns von dort unten hätte sehen können, zwei Silhouetten in einem Goldklecks eines dunklen Hauses. Trotzdem fühlte ich mich hier oben abgeschottet von der Welt.

»Unfassbar schön«, sagte ich leise und drehte mich um.

Eden stand mit den Händen in den Hosentaschen in der Mitte des kleinen Raums und sah nur mich an. »Ja.«

Da war etwas Hitze in meinen Wangen, aber ich unterdrückte sie. »Wie geht es dir?«

Er sah erschöpft aus, die Schatten unter seinen Augen waren dunkel, sein Lächeln jedoch wirkte aufrichtig und weich. »Ich weiß nicht genau. Aber ich finde es schön, dass wir hergekommen sind.«

»Ja, ich auch. Irgendwie ist mir heute noch mal mehr klar geworden, dass dieses Geborgenheitsgefühl, das ich in der Villa so oft habe, gar nicht von der Mulberry Mansion ausgeht. Sondern von den anderen.« Vielleicht hatte Eden deswegen herkommen wollen, statt nach Windsbury zu fahren. Die Villa war ohne ihre Bewohnenden ein charakterstarkes, aber auch einsames Haus. Doch mit ihnen war sie ein … Zuhause. Und langsam glaubte ich, dieses Gefühl war tatsächlich nicht an den Ort gebunden, sondern nur an Menschen.

Eden nickte und kam auf mich zu. »Wo wir schon dabei sind … sie wissen es. Das mit uns.«

Irritiert runzelte ich die Stirn. »Was? Woher?«

»Anscheinend waren wir nicht ganz so unauffällig, wie wir dachten.«

»Eigentlich wundert mich das nicht.« Ich war sicher, dass die anderen schon lang ahnten, dass die Sache zwischen Eden und mir komplizierter war, als wir vorgaben.

»Mich auch nicht.«

Unsicher grub ich die Finger in den Saum meines Pullovers und suchte seinen Blick. »Und findest du das schlimm?«

Er strich mir eine Strähne aus dem Gesicht und ließ die Hand an meiner Wange liegen. »Ich hab's dir doch schon mal gesagt, Avery. Es ist mir egal, ob sie etwas merken. Es ist mir alles egal. Nur … das mit uns. Das ist mir wichtig.« Er holte tief Luft. »Und ich will es nicht vermasseln, indem wir irgendwas überstürzen oder uns in etwas verrennen. Ich will nicht, dass du denkst, das hier müsste auf eine bestimmte Weise ablaufen. Wir müssen nichts tun oder sein, egal, wer von uns weiß.«

Ich verstand, was er mir damit sagen wollte. Wir könnten die Dinge langsamer angehen lassen. Aber wenn ich ehrlich war, dann hatte ich genug vom Warten. »Und … was ist mit dem, was wir tun wollen?«

»Was willst du denn tun?«

Ich wollte … nicht mehr nachdenken. Ich wollte nicht an vergangene Nacht in Redcar denken, ich wollte überhaupt nicht an Redcar denken. Nicht an unsere Familien, nicht an unsere gemeinsame Vergangenheit. Ich wollte nur an das denken, was Eden in mir auslöste, wenn er mich ansah, berührte, küsste. Ich wollte ihn fühlen, diesen Bruchteil unserer ganz eigenen kleinen Ewigkeit.

Ich benetzte meine Unterlippe mit der Zungenspitze, mein Blick flackerte zu ihm auf. »Ich hab mich gefragt ... würdest du mir noch mal ein E leihen?«

Er lächelte. »Ich würde dir alles von mir geben. Alles, was du willst.«

Ich nickte und zog mir den Pullover über den Kopf. Es war zwar kalt im Turm, aber in Edens Nähe spürte ich das kaum. Eden schluckte, sein Kehlkopf hob und senkte sich stark. Ehe er etwas sagen konnte, stellte ich mich auf die Zehenspitzen, legte die Arme um seinen Hals und küsste ihn.

Eden zögerte nicht. Er erwiderte den Kuss, während seine Hände meinen Rücken umfassten. Eine lag auf dem Verschluss meines BHs, die andere umschloss behutsam und mühelos meinen ganzen Nacken. Es war seltsam, dass man sich gleichzeitig so winzig und riesengroß fühlen konnte.

Als ich mich enger an ihn drängte und meine Hand seinen Oberkörper hinabwanderte, wich er leicht zurück. »Warte. Hast du heute was getrunken?«

Ich schüttelte den Kopf. »Wieso fragst du?«

»Weil ... wenn wir das machen, dann weil wir es beide wirklich wollen, okay?«

Ich musste lächeln. »Okay. Was ist mit dir? Ich meine, ich weiß, du trinkst nicht, aber Alkohol ist nicht das Einzige, das verwirren kann. Das, was letzte Nacht passiert ist ...«

»... hat nichts hiermit zu tun«, beendete er leise meinen Satz und umschloss mein Gesicht mit beiden Händen, küsste mich auf den Mund. Dann wich er erneut einen Schritt zurück und atmete durch. Ehe ich begriff, was er vorhatte, zog er sich den Pullover über den Kopf und ließ ihn auf den Boden fallen.

Als ich sah, dass er nach dem Saum seines Shirts griff, berührte ich seine Hand. »Du musst das nicht für mich tun.«

»Ich weiß. Aber für mich irgendwie schon.«

Er löste sich von mir und zog das Shirt aus. Das Licht im Turm war nicht allzu hell, doch ich sah trotzdem alles. Jede Erhebung seiner Haut, jede zartrosafarbene Narbe. Der Anblick tat weh, gleichzeitig war ich froh, ihn zu kennen. Denn auch das hier gehörte zu Eden, und ich wollte alles von ihm. Alles sehen und alles verstehen.

Ich machte einen Schritt auf ihn zu und legte eine Hand auf seine unversehrte Brust. »Ist es okay, wenn ich die Haut berühre, oder lieber nicht?«

Eden atmete tief aus, sein Atem streifte mein Gesicht. Limonade und Unsicherheit. »Ist okay«, erwiderte er rau.

»Wenn irgendetwas nicht okay ist, dann sag es mir, ja?«

Er nickte und zog mich wieder an sich. »Du mir auch.«

Ich schloss die Augen, während sich der Moment zwischen uns ausdehnte. Einatmen. Die gewölbten Narben auf seinem Bauch unter meinen Fingern. Ausatmen. Das Grübchen in seiner Wange unter meinen Lippen. Einatmen. Eden. Ausatmen. Eden war immer noch da.

Ich küsste ihn auf den Mund, ehe ich die Lippen über sein Kinn, seinen Hals und seine Schlüsselbeine wandern ließ. Ich leckte über seine Halsschlagader, spürte, wie sich sein Puls beschleunigte, und ich liebte, liebte, liebte alles daran.

Wir küssten uns, berührten uns, flüsterten Worte, die ich noch beim Zuhören vergaß, weil ich so damit beschäftigt war, Eden und mich, unser Uns, zu *spüren*. Es war ganz leicht, sich daran zu erinnern, was ihm gefiel. Meine Erinnerungen vermengten sich mit den jetzigen Reaktionen seines Körpers, von denen ich jede einzelne bis ins Mark spürte.

Wir stolperten aus unseren Hosen und küssten uns erneut,

Mund an Mund, Haut an Haut. Mein ganzer Körper war mit Gänsehaut bedeckt, aber mir war so unsagbar heiß. Ich presste mich enger an ihn, Edens Hand wanderte meinen Rücken hinab, umfasste meinen Hintern. Zwischen uns war keine Luft, nur noch Pochen.

»Ich will dich«, murmelte Eden und zog mein Ohrläppchen zwischen seine Zähne. »Gott, ich will dich so sehr.«

Diese Worte waren genauso spürbar wie seine Hände auf mir, meine Knie wurden weich. »Hinlegen«, brachte ich hervor. »Wir sollten uns hinlegen.«

Ohne zu zögern, schob er mich Richtung Sofa. Meine Kniekehlen stießen gegen die Kante der Seitenlehne. Ich ließ mich bereitwillig fallen und zog ihn mit mir.

Das Sofa war nicht sonderlich breit, und seine Sprungfedern drückten mir in den Rücken, der Stoff kratzte an meiner nackten Haut. Es spielte keine Rolle. Alles, was ich richtig fühlte, war Eden. Er legte sich über mich und stützte sich neben meinem Kopf ab, während seine andere Hand sich unter meinen Rücken schob, um den Verschluss des BHs zu lösen. Er strich die dünne Spitze beiseite und ließ die Lippen nacheinander über meine Brüste wandern, küsste, saugte, leckte an meinen Brustwarzen, die sich längst geschwollen und hart anfühlten.

Als sich seine Lippen meinen Bauch hinabbewegten, hielt ich ihn fest. Es war nicht so, als gefiele es mir nicht, wenn er mich dort unten küsste, aber jetzt gerade wollte ich es nicht. Wir hatten nicht über die letzten Jahre gesprochen, nicht darüber, mit wem wir geschlafen und wann wir uns das letzte Mal testen lassen hatten, und jetzt gerade wollte ich auch nichts davon. Ich hatte mich so lang nach ihm gesehnt, ich wollte es voll und ganz auskosten, dass er wirklich hier war. Ich wollte ihn ansehen, ich wollte ihn küssen, ich wollte ihn vor mir haben.

»Nicht«, flüsterte ich und strich sein Haar nach hinten. »Fass mich lieber an, ja?«

Eden fragte nicht nach dem Wieso, er tat einfach, was ich sagte. Seine Lippen wanderten meine Brüste hinauf, liebkosten meinen Hals. Sein schwacher Bartschatten intensivierte jede Berührung. »Sag mir, wo.«

Ich nahm seine Hand und führte sie zwischen meine Beine. »Überall«, wisperte ich. »Berühr mich überall.«

Es war absurd: Wir hatten einander zwei Jahre nicht berührt, doch sobald Eden mich anfasste, spielte das keine Rolle mehr. Unsere Körper hatten sich verändert: Edens Rücken war breiter geworden und seine Oberarme muskulöser, als ich es in Erinnerung hatte, vermutlich wegen des Sports, den er jetzt machte. Meine Brüste hatten sich etwas verkleinert, seit ich die Pille abgesetzt hatte, meine Hüften waren breiter geworden. Wir hatten uns verändert, aber zusammen ... zusammen waren wir wie damals. Unsere Körper klickten so perfekt aneinander.

Edens Hand fand meine empfindlichsten Stellen so schnell und übte genau den richtigen Druck darauf aus, sodass ich bereits nach wenigen Sekunden flach atmete. Meine Muskeln kribbelten, meine Sicht flackerte. Sein Daumen rieb über meine Mitte, während zwei Finger in mich eindrangen, wieder und wieder.

»Ich hab dich so vermisst. Wie du dich anfühlst, wie du dich bewegst, wie du klingst. Es gibt nichts, was mich mehr anmacht.« Seine Stimme klang dunkel und belegt, sein Atem kam stoßweise.

Zu wissen, was es mit ihm machte, mich so zu sehen, erregte mich noch mehr. Ich stöhnte und wölbte den Rücken durch, um mehr von ihm zu spüren. »Bitte«, wimmerte ich und hob mein Becken an, drückte mich seiner Berührung entgegen. »Bitte, nimm mich jetzt richtig.«

Ich spürte Edens Lächeln, als er mich drängend küsste. Er zog die Hand zurück, richtete sich etwas auf – und erstarrte. »Fuck«, murmelte er und lehnte seine Stirn neben mir gegen die Sofalehne. »Ich hab kein Kondom dabei.«

»Ich schon.« Ich riss mich zusammen und angelte mit der Hand nach meiner Hose, die neben dem Sofa gelandet war.

Eden hob belustigt die Augenbrauen, während ich das Päckchen aus der Tasche zerrte, ohne einzusehen, mich dafür von ihm zu lösen. »Du hattest also vor, mich heute zu verführen?«

Unschuldig sah ich zu ihm auf. »Wer redet denn von dir?« Er biss mich in die Schulter, ich lachte und riss das Plastik auf. »Ich hab es da schon seit gestern drin. Als ich dich von der Arbeit abholen wollte, wusste ich ja nicht, in welche Richtung der Abend verlaufen würde.«

»Also wolltest du Sex mit mir im *Immernachtstraum* haben?« Seine Hand strich über die Innenseite meines Oberschenkels, und ich musste mich darauf konzentrieren, überhaupt noch Worte bilden zu können.

»Ich wollte *überall* Sex mit dir haben, Eden«, erwiderte ich und ließ die Hand seinen Bauch hinabwandern. Ich sparte die Narbe aus, nicht, weil ich vor ihr zurückschreckte, sondern weil ich wollte, dass dieser Moment nur unserem Jetzt gehörte. Eden keuchte, als ich ihn umfasste und das Kondom überzog. »Aber wenn du nichts dagegen hast, könnten wir mit diesem Sofa anfangen«, fügte ich heiser hinzu und zog ihn am Hals zu mir hinab, um ihn zu küssen.

Noch während unsere Lippen aufeinandertrafen, umfasste er meinen Oberschenkel und zog mich näher an sich heran.

Und dann kam er endlich in mich. Er stöhnte unterdrückt, ich seufzte, es war tatsächlich perfekt. Eden hielt kurz inne, als bräuchte er ein paar Sekunden, um sich zu sammeln, dann zog er sich aus mir zurück, nur um erneut zuzustoßen. Etwas härter und tiefer jetzt. Alles in mir begann zu kribbeln, und ich krallte die Finger in seinen nackten Rücken. Gott, lang würde das nicht dauern. Ich wusste, er spürte das auch. Da waren feine Konzentrationsfältchen auf seiner Stirn, und sein Atem stockte immer wieder, trotzdem steigerte er weiter das Tempo. Je schneller er wurde, desto öfter rutschten wir beinahe von der Sofakante.

»Ich hasse dieses Sofa«, murmelte er nach ein paar Minuten und setzte sich auf.

Ich musste lachen, während er mich mit sich und sofort auf sich zog, sobald er saß. Der Ton ging in einem Stöhnen unter, als ich ihn wieder in mir spürte.

Er war wirklich, wirklich überall. Sein Mund an meinem Hals, sein Haar an meiner Wange, sein Atem an meiner Haut, sein Keuchen in meinem Ohr, sein Pochen zwischen meinen Schenkeln und tief, tief in mir, sein Name auf meinen Lippen, leise, klangvoll und flehend. Seine Hände, eine an meinem Hintern, die andere zwischen meinen Beinen, genau an dieser einen Stelle, in der sich all meine Empfindungen in diesem Moment bündelten.

Alles verschwamm. Helle Pünktchen breiteten sich vor meinen Augen aus, und meine Lider schlossen sich flackernd. Die Kontrolle über meinen Körper entglitt mir, und ich wusste, Eden bemerkte es. Sein Griff an meinem Hintern festigte sich, um mir zu helfen, den Rhythmus beizubehalten, während meine Muskeln sich anspannten, meine Gedanken nacheinander zerbröselten und Platz für pures Empfinden machten.

»Ever«, stöhnte Eden an meinem Hals, und irgendwie war das der letzte Funken, der mich endgültig in Brand setzte.

Ich schrie auf, als die Welt um uns herum wegbrach. Nur noch Hitze, Leichtigkeit und freier Fall, der keinen Aufschlag kannte.

Noch während die Wellen verebbten, spannte sich Eden unter mir an. Er presste seinen Mund gegen meine Schulter, ehe er so heftig erbebte, dass ich mich an ihm festkrallen musste.

Wir atmeten beide schwer, wir zitterten, wir küssten uns und lachten und küssten uns wieder. Und in diesem Moment war alles irgendwie vollkommen. In diesem Moment war das Leben, waren wir, völlig narbenlos.

Danach lagen wir schweigend und schwer atmend auf dem Sofa. Mein nacktes Bein um seine Hüfte geschlungen, mein erhitztes Gesicht an seiner Schulter. Es roch nach verblasstem Rauch, Meereswind und ein wenig auch nach dem, was wir gerade getan hatten.

Ich wusste, wir hätten zurückgehen sollen. Wenn die anderen noch wach waren, ahnten sie vermutlich, dass wir zusammen weg waren, es hätte jederzeit einer der Bewohner dieses Hauses hereinplatzen können, und eigentlich hätte ich sowieso sofort auf Toilette gehen müssen, um einer Blasenentzündung zuvorzukommen. Aber ich wagte es trotzdem nicht, mich auch nur zu bewegen.

Eden hatte mir seinen Pullover über den Rücken gelegt, dabei fror ich überhaupt nicht. Nicht, solang sein Körper unter meinem so warm und … so sehr da war. Seine Fingerspitzen malten kleine Kreise über meinen Oberschenkel, meine fuhren über die zarten Muskeln seines Oberkörpers. Mein Herz war weich und dünnhäutig, und alles tat weh und war gleichzeitig so schön.

»Meinst du, irgendeiner der Contevilles hatte auf diesem Sofa schon mal Sex?«, fragte ich nach einer Weile träge.

Eden lachte, sein Brustkorb vibrierte unter mir. »Ich hoffe doch nicht.«

»Bestimmt einer der Söhne, der sich hier oben mit der Tochter der Haushälterin vergnügt hat.« Ich strich vielsagend über den rauen Stoff.

Eden schüttelte den Kopf. »Das will ich mir jetzt echt nicht vorstellen.«

»Wieso nicht?«, fragte ich belustigt. »Du liebst doch gute Geschichten.«

Er küsste mich auf die Stirn. »Unsere reicht mir völlig.«

Ich lächelte zufrieden und schmiegte mich enger an ihn.

Nach ein paar Sekunden bemerkte ich, wie er tief Luft holte. »Avery, wegen dem, was du beim anderen Herrenhaus gefragt hast … mit wie vielen anderen wir in der Zwischenzeit geschlafen haben …«

Irritiert hob ich den Kopf an. Eden wirkte angespannt, fast nervös. »Das ist ein echt seltsamer Zeitpunkt, um dieses Thema aufzugreifen. Verlangst du jetzt von mir, dass ich Noten vergebe?«

Er lächelte und vergrub sein Gesicht an meiner Schulter. »Ich wollte mich nur entschuldigen für das, was ich gesagt habe. Ich wollte es nicht hören, aber nicht, weil es mir egal war, sondern weil ich mir sicher war, dass ich die Antwort nicht ertragen würde.« Er löste sich von mir und strich mir das wirre Haar aus dem Gesicht. Sein Lächeln hatte etwas so Trauriges, dass ich schlucken musste. »Ich meine, ich weiß, dass du was mit anderen hattest. Es waren zwei Jahre, und so, wie ich dich verlassen habe, hast du wahrscheinlich nicht viel Zeit damit vergeudet, mir hinterherzutrauern. Und das ist okay, ich meine, klar ist das okay. Aber ich will es mir nicht vorstellen. Denn wenn ich das tue, dann …«

»Schon gut«, unterbrach ich ihn sanft. »Es ging mir genauso. Ich hab das gefragt, weil ich dachte, dass es mir dabei helfen würde, mit dir abzuschließen. Zu hören, wie du nach mir weitergemacht hast, meine ich. Aber eigentlich will ich es nicht wissen. Vielleicht irgendwann mal. Nur nicht sofort.« Letztlich spielte es auch keine Rolle. Jetzt war jetzt, und jetzt waren wir.

Er nickte. »Es gibt eh nicht viel zu wissen bei mir.«

Ich seufzte und ließ den Kopf wieder auf seine Brust sinken. »Also ich hab es so richtig krachen lassen.«

Er grinste hörbar. »Dachte ich mir.«

»Ich hab mit allem kokettiert, was nicht bei drei auf dem Baum war.«

»Ja, das klingt nach dir.«

Ich lächelte schwach. »Eden?«

»Hm?«

»Es gibt bei mir auch nicht viel zu wissen.«

Seine Antwort war ein Kuss auf meine Schläfe und eine Bewegung, mit der er mich noch enger in seine Arme zog. »Wenn wir morgen zurückfahren …«, setzte er zögerlich an.

Ich verspannte mich unwillkürlich. Sofort bildete sich ein Knoten der Vorahnung in meinem Magen. *Sag jetzt nichts von Distanz, sag nichts von Verstecken, sag nichts von Abwarten. Bitte, bitte nicht.* »Ja?«, fragte ich tonlos.

»Ist es dann okay, wenn ich dich vor den anderen küsse?«

Der Knoten löste sich auf, ich lächelte. »Mehr als okay.«

Und das war es. Da war so viel Dunkles um uns herum, aber wir beide, wir waren hell. Und deswegen war dieser Moment wirklich, wirklich mehr als okay.

28. Kapitel

AVERY

Die Berührung an meiner Wirbelsäule war so sanft, dass sie kaum spürbar war. Trotzdem breitete sich auf meinem ganzen Körper eine Gänsehaut aus. Ich presste die Lippen aufeinander, um nicht zu seufzen, und fokussierte mich auf meine Notizen. Meine Wirtschaftsrechts-Prüfung war zwar erst in einem Monat, aber ich musste mir noch einiges an Stoff einprägen, wenn ich meine Noten aus Middlesbrough halten wollte. Und dafür musste ich mich in den kleinen Zeitfenstern, die fürs Lernen eingeplant waren, unbedingt konzentrieren.

Ich stützte den Kopf auf der anderen Hand auf, als mein Ellbogen zu pochen begann. Die dünne Decke polsterte den Dachboden kaum aus, und das Holz drückte überall. Trotzdem war die Berührung an meinem Rücken intensiver.

Ich schloss die Augen, als der Stoff meines Shirts höher rutschte, und unterdrückte ein Schaudern. Seit wir die Fenster ausgetauscht, den Dachboden mit Dämmplatten versehen und vollständig mit Holz verkleidet hatten, war es hier oben deutlich wärmer. Edens Nähe war trotzdem Gänsehaut.

»Eden«, murmelte ich, halb anklagend, halb sehnsüchtig. Es war absolut unmöglich, mich zu konzentrieren, wenn er neben mir saß. Wir hatten vereinbart, dass wir eine Stunde lernten, bevor wir uns der Arbeit am Haus widmeten, doch soweit ich das beurteilen konnte, hatte Eden sein Lektüreheft nicht einmal aufgeschlagen. Stattdessen lag er seit dreißig Minuten neben mir und berührte mich.

»Avery?« Er rollte sich dichter an mich heran. Seine Fingerspitzen tasteten die Kuhlen zwischen meinen Wirbeln nach, während er mit der anderen Hand den Kragen meiner Strickjacke nach unten zog.

Ich tippte auf den Block vor mir. »Ich lerne.«

»Ich auch.« Seine Lippen bewegten sich zwischen meinen Schulterblättern. »Da sind drei neue Leberflecke zwischen deinen Rückenwirbeln.«

Ich biss mir auf die Unterlippe, das Lächeln kroch trotzdem in meine Stimme. Dass er so etwas bemerkte, war so sehr Eden. »Man kann nie genug Leberflecken haben. Die bringen Glück.«

Eden küsste meinen Nacken. »Bist du denn glücklich?«

»Jetzt gerade?« Ich drehte mich auf den Rücken und legte den Kopf auf dem Block ab. Näher würde der Inhalt meinen Gedanken momentan sowieso nicht kommen.

Edens Gesicht schwebte dicht vor meinem. »Hm«, machte er und strich mir das Haar aus der Stirn.

Ich machte dasselbe bei seiner und betrachtete die Details seines Gesichts. Während Eden sich auf das fokussierte, was neu dazugekommen war, liebte ich es, mir das anzusehen, was war wie damals. Wir hatten einiges verpasst in den letzten Jahren, doch anderes war gleich geblieben. Vorsichtig tastete ich über die winzige Narbe auf seinem Nasenrücken. Ich hasste sie, weil er mir mittlerweile erzählt hatte, woher sie kam, aber ich liebte sie trotzdem, weil sie ein Teil von ihm war.

»Jetzt gerade könnte es schlimmer sein«, sagte ich leise.

Er lächelte und schloss die Augen. »Ja.«

Seit wir von unserem Besuch beim Meerhaus zurückgekommen waren, war alles anders. Alles war echter und intensiver, als wäre jede Berührung, jedes Wort zuvor mit einem blassen Filter belegt gewesen. Seit Eden mir von seinen Eltern erzählt hatte, war dieser fort, und da waren nur noch wir. Die Tage verschwammen miteinander, weil alles vor Wärme und Nähe flimmerte, und doch wusste ich, dass ich mich später an jeden einzelnen erinnern würde.

Es fiel mir schwer, mich auf irgendetwas anderes einzulassen, als auf das, was zwischen uns passierte. Dabei mussten wir uns nicht nur auf die anstehenden Abschlussprüfungen des Semesters konzentrieren, sondern auch auf die Mulberry Mansion. In weniger als zwei Wochen war Weihnachten, und in gut einem Monat würde das Komitee vor unserer Tür stehen und die Fortschritte der Villa beurteilen. Wir hatten zwar schon viel geschafft, aber das Haus war trotzdem noch ... unfertig. Immer, wenn wir unsere Listen durchgingen, wurde mir bewusst, wie es von außen wirken musste.

Zwar hatten wir den Dachboden gedämmt, den Schimmel aus den meisten Zimmern beseitigt, den Wasserschaden im ersten Stock und Erdgeschoss behoben und die Tapete dieser Räume erneuert, die Dielen in den größten Wohnräumen abgeschliffen und in zwei Zimmern im ersten Stock ganz ersetzt, ungefähr ein Dutzend Ratten im Keller gefangen und jenseits der Felder ausgesetzt und die Vorratskammer vergrößert, indem wir eine der funktionslosen hüfthohen Backsteinwände im Keller eingerissen hatten, aber viele der Fenster waren nach wie vor rissig und undicht, in rund einem Drittel der Zimmer musste noch gestrichen werden, in anderen ließen sich die Türen nicht schließen oder sie fehlten ganz. Die Villenfassade wies Setzungsrisse auf, und beim Pavillon im Garten war vergangene Nacht eine der Säulen eingestürzt. Eden und ich hingegen mussten noch die stehenden Holzbalken behandeln und ölen, außerdem würde es nicht schaden, auch den Boden hier oben abzuschleifen. Wir arbeiteten jeden Tag Punkte ab, doch es kamen ständig neue hinzu. Das Einzige, was durchgehend weniger wurde, waren Zeit- und Geldressourcen. Trotzdem hatte ich das Gefühl, dass wir alle im Grunde nichts mehr an der Mulberry Mansion ändern *wollten.*

»Du wirst sehen, dieses Haus macht es einem unmöglich, sich nicht zu verlieben.« Das hatte May an meinem ersten Tag zu mir gesagt. Und sie hatte recht behalten. Es war schwer, die Makel der Villa länger als Fehler zu sehen und nicht als Besonderheiten. Vielleicht war das immer so, wenn man sich verliebte, und ich hatte mich längst verliebt. In die Villa und in … Eden. Wieder oder nur noch mehr? Ich wusste es nicht, ich wusste nur, dass die Tage mit ihm sich nach Ankommen, Friedlichkeit und Nervenkribbeln anfühlten. Nach Leben. Dennoch lösten sich unsere Probleme nicht in Luft auf. Zu dieser Zeit des Jahres war das umso spürbarer.

Ich suchte seinen Blick. »Was ist eigentlich mit Weihnachten? Hast du vor, dich zu Hause blicken zu lassen?«

Eden legte sich wieder neben mich. »Nein, ich hab da nichts mehr verloren. Ich hab es Mum gesagt: Der Besuch im Krankenhaus war der letzte.«

Ich rollte den Kopf zur Seite und musterte ihn. Seine Miene war kühl und ausdruckslos, doch hierbei konnte er mich nicht täuschen. Ich hatte gesehen, was der Besuch in Redcar in ihm ausgelöst hatte. »Aber du vermisst sie. Es tut dir weh, keinen Kontakt mehr zu ihr zu haben, oder?«

Er lächelte leicht. »Es tut mir aber auch weh, Kontakt zu ihr zu haben.«

Die Aussage klang so endgültig, als hätte er akzeptiert, dass er aus dieser Sache – seinem Leben – nicht herauskam, ohne auf irgendeine Art zu leiden. Ich wollte das nicht einsehen. Ich wünschte, ich könnte etwas tun.

»Meinst du, sie weiß, dass es spezielle Beratungsstellen gibt, wo sie erst mal anonym um Informationen bitten könnte?«

Eden rieb sich über die Augen, die vom umhertanzenden Staub des Dachbodens rot geworden waren. »Glaub mir, ich habe das alles mit ihr durchgekaut. Bis ich nicht mehr konnte und abgehauen bin.«

Ich rollte mich ganz auf die Seite und stützte meinen Kopf in der Hand auf. »Du musst aufhören, dir dafür die Schuld zu geben. Du kannst jemandem nur die Hand hinhalten, ob derjenige sie ergreift, kannst du nicht beeinflussen. Letztlich müssen wir uns ja doch alle selbst retten.«

Sein Kehlkopf hob und senkte sich mehrmals, er nahm die Hand nicht von den Augen. »Ich weiß nur manchmal nicht, ob ich mich selbst gerettet habe. Vielleicht kann ich mich nicht selbst retten, während sie noch bei ihm ist.«

Seine Worte ließen mich ebenfalls schlucken. Ich wollte ihn so gern berühren, ließ es aber. Denn ich wusste, dass manche Worte schwerer auszusprechen waren, wenn man zu sehr an die Nähe eines anderen Menschen erinnert wurde.

»Oder du brauchst nur ein bisschen Hilfe dabei«, flüsterte ich. »Hast du drüber nachgedacht, zur Therapie zu gehen?«

Eden zögerte, dann nahm er die Hand vom Gesicht und erwiderte meinen Blick. »Klar. Es ist nur … ich weiß nicht, wie viel das bringt. Ich hab irgendwie nie gelernt, richtig darüber zu reden. Und im Grunde weiß ich nicht einmal, ob reden hierbei wirklich hilft.«

Ich kannte diese Gedanken gut. Ich erinnerte mich lebhaft an die Diskussionen mit meiner Mutter, die ich wochenlang geführt hatte, weil ich mich weigerte, die Termine wahrzunehmen, die sie für mich vereinbart hatte. Selbst als Lexi schon längst hinging und davon sprach, wie gut ihr die Therapie tat, selbst als ich merkte, dass ich allein nicht weiterkam und ich mich nach Hilfe sehnte, glaubte ich nicht daran, sie bei einer wildfremden Person finden zu können. Bis ich irgendwann an diesen Punkt gekommen war, an dem ich nicht mehr konnte. Ich war so wütend, so traurig, so … erschöpft. Und ich dachte: *Schlimmer kann es ja eh nicht werden.* Also versuchte ich es. Der Anfang war mehr als zäh. Ich benahm mich bockig, trotzig und war vermutlich unfassbar anstrengend, aber der Kern einer Therapie war irgendwie, dass man alles sein durfte. Das Beste und gleichzeitig Schlimmste daran war: *Nichts passiert, wenn man selbst nicht bereit dazu ist.* Und letztlich hatte ich recht behalten, es war nicht schlimmer geworden, sondern besser.

»Ich glaube, reden hilft immer. Ich meine, eine Therapie macht nichts von jetzt auf gleich gut. Es ist keine Magie, eigentlich ist es nur harte Arbeit. Aber sie lohnt sich.«

»Deine Panik, deine Wut, dein Schmerz … das ist alles immer noch da, oder?«, fragte er leise.

»Ja. Aber ich bin auch noch da. Und das ist schon ein ziemlicher Sieg für mich.«

»Ich weiß. Es ist nur … es wäre schön, wenn man Ängste wegreden könnte, oder?«

Ich lächelte. »Klar, aber wann ist das Leben schon nur schön? Man kann Ängste zwar nicht wegreden, aber man kann sie angehen. Man kann sie wegdenken, wegfühlen, weghandeln. Und mit dem, was davon übrig bleibt, kann man lernen zu leben.«

Eden griff nach meiner Hand und verschränkte unsere Finger miteinander. Das Nachmittagslicht brach durch die Fenster und warf einen roségoldenen Schleier auf unsere Haut. »Ich denke darüber nach. Was ist mit dir? Fährst du an Weihnachten nach Hause?«

Meine Finger verkrampften sich. »Nein. Ich kann nicht.«

Als ich versuchte, ihm meine Hand zu entziehen, hielt er sie fest. Er richtete sich auf und sah auf mich hinab. »Was ist mit deiner Familie passiert, Avery?«

Ich kniff die Lippen aufeinander. Im Grunde wollte ich nicht darüber sprechen, aber letztlich galt das, was ich zu Eden gesagt hatte, auch für mich. *Reden hilft immer.* Und wenn Eden so ehrlich zu mir gewesen war, dann musste ich das auch sein können. Nicht für ihn, sondern für mich. Und für uns. »Keine Ahnung, ob wir noch eine Familie sind. Was sie getan haben, ist unverzeihlich«, murmelte ich und erstarrte sofort. »Tut mir leid. Ich meine, ich weiß, dass sie nicht … das kann man nicht vergleichen mit dem, was du erlebt hast.«

Eden lächelte leicht. »Muss man ja auch nicht. Das bedeutet nicht, dass deine Probleme nicht wichtig sind.«

Ich setzte mich ebenfalls auf, zog meine Knie an die Brust und legte das Kinn darauf ab. »Vor einigen Monaten war ich am Wochenende bei meiner Mutter und hab nach ein paar meiner Unterlagen gesucht. Dabei hab ich ein Schreiben von einem Anwalt gefunden und … ich hab natürlich sofort an Dad gedacht. An seinen Fall. Also hab ich es gelesen. Es war ein Brief vom Anwalt des Täters, in dem er meine Mutter um ihre schriftliche Unterstützungsaussage für den Antrag auf vorzeitige Entlassung gebeten hat. ›Wie besprochen‹, stand da. *Wie besprochen.*« Ich schluckte schwer und starrte auf meine verkrampften Finger. »Ich hab Mum damit konfrontiert, und dann hat sie mir alles erzählt. Sie hat ihn seit Monaten besucht. Fast ein Jahr. Seit fast einem Jahr geht sie regelmäßig ins Gefängnis und besucht den Mörder meines Vaters. Und jetzt will sie ihm dabei helfen, bei seiner Anhörung gut wegzukommen, damit er eine Haftmilderung erhält. Und Lexi wusste das. Sie hat sie dabei unterstützt und ihr geholfen, es vor mir zu verheimlichen.« Ich brach ab und presste die Stirn gegen die Knie.

Sofort tauchte das letzte Gespräch mit Lexi in meinen Gedanken auf. Sie war eines Abends im Wohnheim aufgetaucht, ein paar Wochen nachdem ich alles herausgefunden hatte. Ich erinnerte mich an ihren wütenden Gesichtsausdruck, mit dem sie mitten auf dem Flur vor mir stand, weil ich mich weigerte, sie in mein Zimmer zu lassen.

»Du benimmst dich kindisch, Avery«, schrie sie mich an. »Du gibst ihr ja nicht einmal die Chance, es dir zu erklären! Wie lang willst du so tun, als gäbe es uns nicht? Wir sind deine Familie!«

Ich schüttelte den Kopf. »Dad war auch Teil dieser Familie. Und ihr habt ihn verraten. Ich will nicht länger zu euch gehören. Das kann ich ihm nicht antun. Er wäre so verdammt enttäuscht von euch.«

»Klar. Und auf dich wäre er ja so was von stolz, richtig? Du bist zwanzig Jahre alt und unfassbar verbittert. Du gehst an deinen hohen Moralvorstellungen zugrunde, Avery. Weil denen nämlich niemand gerecht werden kann – nicht mal du selbst!«

»Kann ich doch. Ich entscheide, was ich tue. Und ich bin fertig mit dir, Lexi. Mit dir und mit Mum. Wenn ihr euch einsam fühlt, adoptiert einfach ihn.«

Und damit hatte ich sie stehen lassen, hatte ignoriert, dass sie mir nachgelaufen war und an meine Tür gehämmert hatte. Lexi war meine große Schwester, sie war es gewohnt, die Dinge geradezubiegen, doch dieses Mal konnte sie das nicht. Das zwischen uns war nicht verbogen, es war völlig zerrissen.

»Sie haben mich beide monatelang angelogen«, fuhr ich heiser fort. »Weil sie angeblich wussten, wie ich reagieren würde. Ich meine, sagt das nicht schon, wie verräterisch diese Aktion ist? Wie können sie Dad das antun? Wie können sie *mir* das antun?« Meine Stimme erstickte im Stoff meiner Leggins. Als ich den Kopf wieder anhob, lag Edens Blick bedrückt auf mir.

»Hast du sie denn nach ihren Gründen dafür gefragt?«

»Wieso sollte ich? Sie könnten nichts sagen, was das rechtfertigt.«

Er hob die Schultern und strich eine Ecke der Decke unter uns glatt. »Vielleicht braucht Verständnis keine Rechtfertigung.«

»Was soll das heißen?«, hakte ich stirnrunzelnd nach.

»Dass du zumindest versuchen könntest, ihre Gefühle und Beweggründe nachzuvollziehen.«

Ich spürte Wut in mir aufsteigen, doch ich schluckte die ersten Wortwellen hinunter. Wenn mich die Aussprache mit Eden etwas gelehrt hatte, dann, dass es manchmal Gründe gab, die man auf den ersten Blick nicht sehen konnte. Ich hätte nicht gedacht, dass ich Eden jemals verstehen könnte, und schon gar nicht, dass ich verzeihen könnte, was er damals getan hatte. Und trotzdem saßen wir jetzt hier.

»Hast du das versucht?«, fragte ich. »Mit deiner Mutter, meine ich. Ich weiß, du bist sauer auf sie, aber …«

»Ich bin nicht sauer«, unterbrach er mich sanft, aber entschieden. »Nicht richtig. Ich bin enttäuscht, verletzt, müde. Ich meine, ich weiß, warum sie ihn nicht verlässt. Du hast keine Ahnung, wie viel ich mich mit dem psychologischen Hintergrund von häuslicher Gewalt beschäftigt habe.« Er legte den Kopf in den Nacken und atmete tief durch. »Abhängigkeitsverhältnisse, psychische Spuren von physischem Missbrauch, und so weiter und so fort. Ich habe versucht, ihr das zu erklären und ihr verständlich zu machen, dass nichts davon ihr Fehler ist und dass sie sich trotzdem Hilfe suchen kann. Sie weiß, was ihre Möglichkeiten sind. Sie glaubt nur nicht daran, dass irgendeine davon besser wäre als das, was sie gerade hat.« Er zuckte mit den Schultern und sah mich wieder an. Sein Blick wirkte gleichzeitig traurig und so resigniert, dass ich meine Knie fester umklammerte, um die Arme nicht nach ihm auszustrecken. »Es ist krank, aber auf gewisse Weise ist das Leben mit meinem Vater sicher. Sie weiß, woran sie ist. Wenn sie ihn verlässt, dann hat sie kein Haus mehr, kaum noch Einkommen, keinen gewohnten Alltag. Sie müsste aus Redcar weggehen, sie müsste ihren Freunden erzählen, was passiert ist. Sie müsste noch mal ganz von vorn anfangen. Auf der Basis dieser ganzen Fakten verstehe ich sie. Aber wenn ich ganz ehrlich bin … gleichzeitig verstehe ich sie nicht. Weil ich nicht begreifen kann, dass all diese Faktoren wichtiger sind als ihr eigener Schutz. Oder meiner, damals. Ich schätze, ich wünschte einfach, sie würde sich und mich mehr lieben, als sie es tut.«

»Ich glaube, dass du keine Vorstellung davon hast, wie sehr sie dich liebt«, wisperte ich. Natürlich hätte Mary James verlassen müssen – wenn nicht für sich, dann für Eden. Eltern hatten die Pflicht, ihre Kinder zu schützen. Aber wie Eden schon gesagt hatte: Es war schwer, ihr einen Vorwurf daraus zu machen, wenn man bedachte, wie sehr physischer und psychischer Missbrauch einen Menschen prägten. Und obwohl sie Eden nicht genug beschützt hatte, zweifelte ich nicht daran, dass sie ihn über alles liebte.

»Dafür weißt du genau, wie sehr deine Mutter dich liebt«, antwortete er, ohne darauf einzugehen. Vielleicht, weil er wusste, dass ich recht hatte, und weil das trotzdem nichts besser machte. Eher schlimmer. »Und Lexi auch. Du solltest mit ihnen sprechen. Keine Familie zu haben ist … ich würde immer die andere Möglichkeit wählen, weißt du? Selbst wenn ich dafür meinen Stolz herunterschlucken und über meinen Schatten springen müsste. Manchmal würde ich das sogar jetzt noch gern machen. Mich bei Mum melden. Kontakt zu ihr halten, trotz allem. Aber wenn ich über meinen Schatten springe … keine Ahnung, ich hab einfach Angst, in ihm zu verschwinden.« Er lächelte mir schwach zu. »Doch was dich betrifft …

ich weiß, dass es schwer ist. Aber schwer ist nicht unmöglich, Ever.«

Ich nickte langsam. »Ich weiß, dass du recht hast. Trotzdem, ich kann nicht. Ich würde gern können. Aber ich … schaff das nicht. Vielleicht noch nicht, vielleicht nie.«

Eden sah mich kurz schweigend an, dann rückte er näher zu mir. Er legte sein Kinn auf meinen Knien ab und blinzelte zu mir auf. »Okay. Dann bleiben wir wohl beide dieses Jahr hier. Und das allein. Sienna meinte heute Morgen, dass sie jetzt doch nach Mexiko fliegt.«

Ich lächelte und fuhr ihm durch das etwas zu lang gewordene Haar, ging bereitwillig auf seinen leichteren Tonfall ein. »Könnte mir Schlimmeres vorstellen.«

Eden hob den Kopf an und umfasste meine Knie, zog sie etwas auseinander. »Hm. Das ganze Haus nur für uns.«

Ich biss mir auf die Unterlippe und streckte die Beine aus. »All die dunklen Ecken, all die leeren Zimmer«, flüsterte ich und schlüpfte mit den Fingern unter den Saum seines Pullovers.

Eden lächelte und drückte mich auf die Decke. »So viele Möglichkeiten.« Er ließ die Hand über meine Taille wandern und umfasste meinen Oberschenkel, zog meine Beine weiter auseinander. Ich seufzte leise, als er seine Finger unter den Bund meiner Leggins schob.

»Wir sollten arbeiten«, brachte ich hervor, während seine Finger über die Spitze meines Slips strichen.

Er stützte sich neben meinem Kopf ab und grinste schief. »Die anderen denken eh, dass das hier das Einzige ist, was wir hier oben tun. Ich glaube, sie wären irritiert, wenn wir gut vorankämen.«

Er hatte nicht unrecht. Seit wir kein Geheimnis mehr daraus machten, dass etwas zwischen uns war, gaben sich die anderen auch keine Mühe mehr, ihre Sprüche zurückzuhalten. Ich konnte nicht zählen, wie oft Willow uns bereits mit irgendetwas abgeworfen hatte, weil wir den Weg blockierten, um uns zu küssen.

Ich umfasste Edens Nacken und unterdrückte ein Stöhnen, als seine Finger unter den Stoff des Slips strichen. »Du willst also nur ihren Erwartungen gerecht werden?«

»Ich möchte nur alle zufriedenstellen«, bestätigte er mit einem Grinsen, das das Kribbeln in meiner Mitte verstärkte. »Besonders dich, versteht sich. Okay für dich?«

»Schon wieder mehr als okay«, murmelte ich.

Er küsste mich kurz auf den Mund, dann auf den Hals, während seine Hände an meine Taille wanderten. Er zupfte den Stoff meines Shirts hinauf und rutschte etwas herunter, ließ die Lippen über meinen nackten Bauch wandern. Winzige Stromschläge breiteten sich auf meiner Haut aus.

Über dem Bund der Leggins verharrte er und sah zu mir auf. »Das hier auch?«, fragte er ernst.

Ich schaffte es nur zu nicken und hob bereitwillig mein Becken an. Er schob den Stoff über meine Beine, und bevor ich Luft holen konnte, lag sein Mund auf meiner Mitte.

Das Licht des Dachbodens benetzte unsere Körper und Edens Nähe alles in mir. Ich hielt mich mit beiden Händen an ihm fest, und Gott, es gab keine bessere Möglichkeit, loszulassen. Ich ließ so sehr los – mich selbst, unsere Probleme, diese kaputte Welt, all die Pflichten, die wir in diesem Moment vernachlässigten. Da war nur Edens Mund auf mir, seine Zunge, seine Lippen, sein warmer Atem, sein Bartschatten an meinen Innenschenkeln, sein Lächeln, das ich in jeder Berührung spürte. Alles verschwamm und spitzte sich gleichzeitig zu. Das Licht des Dachbodens wurde immer greller, der Boden unter mir härter, Edens Berührungen auch.

Er beschleunigte das Tempo und den Druck immer weiter, bis ich stöhnte und ihn anflehte, wieder hochzukommen. Meine Finger zitterten, als ich seine Hose öffnete, während er ein Kondom aus seiner Tasche herausholte, und dann war er auf mir und in mir und bei mir, auf jede erdenkliche Weise.

Und noch während wir miteinander schliefen, begriff ich, dass das hier der Kern unserer Beziehung war. Ganz gleich, wie viel Dunkelheit und Schwere in unseren Leben existierte, völlig egal, wie viel Raum wir dem gaben, indem wir darüber sprachen, es würde nie etwas daran ändern, wie hell und echt und gut der Rest zwischen uns war.

29. Kapitel

EDEN

Das Fenster des *Epilogue* war ein goldfunkelnder Schaukasten im Schneegestöber. Lichterketten hingen mehrreihig hinter den Scheiben, und auch vor der Bar hatten die Besitzer die naheliegenden Laternen damit verbunden. Das Leuchten wurde in dem Weiß auf dem Asphalt reflektiert.

Seit etwa einer Woche schneite es, und dass die dünne Decke immer länger liegen blieb, lag an den eisigen Temperaturen. Es war bitterkalt, aber unter diesen falschen Sternen war es unmöglich zu frieren. Vor allem, während sich Averys warmer Körper dicht an mich drängte und ihr Mund auf meinem lag. Als ich begann, ihren Mantel aufzuknöpfen, wich sie etwas zurück. Die Wangen gerötet, die Bernsteinsprenkel ihrer Augen glitzernd. Ich würde mich nie daran gewöhnen, wie schön sie war.

»Dafür ist jetzt echt keine Zeit«, sagte sie streng und lehnte den Kopf an die Backsteinwand des Nachbargebäudes der Bar, in der wir vor zwanzig Minuten hätten auftauchen sollen.

Ich seufzte und küsste sie auf die Nasenspitze, während ich ihren Mantel wieder schloss. »Wir hätten in der Villa bleiben sollen.«

»Wir waren die vergangenen Tage nur da. In deinem Bett, um genau zu sein. Ein Wunder, dass wir es tatsächlich hinbekommen haben, nebenher zu lernen und den Dachboden fertig zu bekommen.« Sie grinste und strich mir Schnee von den Augenbrauen, ehe sie die Hände in meinen Nacken wandern ließ. Dann blinzelte sie und wurde ernst. »Aber du weißt, dass du nicht mitkommen musst. Ich verstehe, wenn du das nicht willst.«

»Wieso?« Ich könnte mir zwar Schöneres vorstellen, als den Abend nach dem letzten Vorlesungstag des Semesters mit Averys Kommilitonen zu verbringen, aber solang ich bei ihr war, kam ich mit allem klar. Außerdem hatte sie recht. Wir hatten uns in den vergangenen Tagen ziemlich abgeschottet. Es wurde Zeit, vor allem für mich, wieder unter Leute zu kommen. Obwohl ich nichts lieber getan hätte, als in die Villa zu fahren und mit ihr in mein Zimmer zu gehen. *In mein Bett, um genau zu sein.*

Sie hob die Schultern. »Julia und die anderen können anstrengend sein. Besonders, wenn sie getrunken haben. Und sowieso weiß ich nie, ob es nicht unangenehm für dich ist, mit Leuten zusammen zu sein, die trinken. Das muss doch nervig sein.«

»Menschen können auch nervig sein, wenn sie nüchtern sind. Schon mal mit Willow geredet?«

Sie zog an meinem Ohrläppchen. »Eden, ich meine es ernst.«

»Ich weiß, ich auch.« Ich grinste, doch als sie mich weiterhin unzufrieden ansah, seufzte ich. »Es stört mich nicht. Nur weil ich nicht trinke, heißt das nicht, dass ich es bei anderen verurteile. Das ist eine persönliche Entscheidung.«

Sie legte den Kopf schief. »Wirst du mir die irgendwann erklären? Ich meine … es spielt natürlich keine Rolle. Alkohol ist sowieso ungesund und schädlich, und es ist verständlich, darauf zu verzichten. Ich würde nur gern verstehen, wie es dazu kam.«

Ich nickte langsam. Mir war klar, dass ich auf Dauer nicht darum herumkam, mit ihr darüber zu sprechen. Ich musste nur noch die Worte finden. Und den Mut. »Nur … nicht heute, okay? Lass uns jetzt da reingehen und Zeit mit deinen Freunden verbringen.«

Sie sah mich kurz intensiv an, dann lächelte sie. »Seltsam, irgendwie. Ich hätte nicht gedacht, dass ich das so schnell hinbekomme. Neue Freunde finden, meine ich. Die Leute aus der Uni, unsere Mitbewohner in der Villa und … dich.« Sie küsste mich aufs Kinn, ehe sie sich löste und meine Wange tätschelte. »So viele rein platonische Freunde.«

»Willst du mir das Herz brechen?«, fragte ich mit halbherzigem Spott. Die Art, die die Kränkung eher betonte als verbarg.

Avery zögerte und wich meinem Blick aus. »Ich hab ja noch einmal gut, oder?«

Das letzte bisschen Lächeln fiel von meinen Lippen. Ich wusste, dass es stimmte: Mit dem, was ich vor zwei Jahren getan hatte, hatte ich ihr wehgetan. Auf eine dramatische, romantaugliche, grausame Art, die nie ganz verheilen würde. Ich wusste das, weil ich es selbst spürte: Indem ich sie auf diese Art verlassen hatte, hatte ich mir das eigene Herz zerfetzt, und selbst jetzt, wo Avery mir wieder gegenüberstand, fühlte ich es noch immer. So war das mit Geschichten, die man gemeinsam schrieb. Man konnte eine neue leere Seite aufschlagen, doch der Schmerz, den man einander zugefügt hatte, würde als farbloser Durchdruck bleiben. Ganz besonders, wenn man nicht offen darüber sprach, wie er zustande gekommen war.

»Es tut mir leid«, sagte ich leise.

»Ich weiß. Und ich kann jetzt halbwegs verstehen, warum du es getan hast. Auch wenn ich mir gewünscht hätte, du hättest damals mit mir geredet.« Der Ausdruck in ihren Augen war so emotionsdurchwirbelt, dass ich blinzelte. Bedauern, Zuneigung, Traurigkeit, Zweifel, ein Rest Wut. »Nur … das macht es irgendwie nicht ungeschehen. Ich brauche mehr Zeit, bis ich mich richtig fallen lassen kann, verstehst du? Bis ich keine Angst mehr hab, dass du einfach wieder weggehst und mich auf dem Boden aufschlagen lässt. Weil ich glaube, noch mal verkrafte ich das nicht.«

Ich musste den Blick abwenden. Die Schuld sackte klebrig und schwer auf meine Schultern. Natürlich, Avery konnte es nur *halbwegs* verstehen. Und die andere Hälfte war die, die alles so viel komplizierter machte. Die mich permanent flüsternd daran erinnerte, dass ich kein Recht hatte, das hier zu tun – obwohl es alles war, was ich wollte.

»Avery, ich …«, setzte ich an, als jemand hinter uns pfiff.

Wir wichen auseinander und sahen die Straße hinunter. Ich brauchte mehrere Sekunden, bis ich ihn erkannte: schneefeuchtes, helles Haar, glasige Augen, eine Zigarette zwischen den Fingern. Sofort verspannte ich mich und stellte mich aufrechter hin.

Jacob blieb grinsend vor uns stehen. »Was für ein Zufall, euch hier zu sehen. Oder Schicksal. Je nachdem.«

Avery stieß sich von der Fassade ab und trat zwei Schritte auf ihn zu. »Was machst du in Windsbury, Jacob?«

Er hob die Schultern und aschte an der Wand neben sich ab. »Mein Cousin wohnt im Nachbarort, wir fahren morgen zusammen nach Hause. Also dachten wir, ich komme eher, und wir sehen uns das Nachtleben hier an.« Er nickte zum *Epilogue* und nahm einen letzten Zug, ehe er die Kippe in den Schnee warf. Dann grinste er uns breit zu. »Es ist genauso langweilig, wie man es von dieser Stadt erwartet. Ihr passt ganz prima hierher.«

»Danke für die Einschätzung«, erwiderte Avery reserviert. »Wenn das alles war, kannst du gern reingehen.«

Sie wandte sich von ihm ab, doch er packte sie am Oberarm und zog sie zu sich herum. »Moment, wir haben da noch was zu klären.«

Sofort ging ich einen Schritt nach vorn, aber Avery war schneller. Entschieden machte sie sich von ihm los und funkelte ihn an. »Wenn du was zu sagen hast, nur zu, aber fass mich nicht an, klar?«

Er hob spöttisch die Hände. »Schon gut. Ich will nichts von dir. Ich will dir nur was zurückgeben.« Er griff mit einer Hand in seine Hosentasche und ließ kurz darauf etwas an seinem Zeigefinger dicht vor ihrem Gesicht baumeln.

Das Silber blitzte im Licht der Laterne neben uns auf. Mein Magen zog sich zusammen, und ich konnte sehen, wie Averys Schultern sich verkrampften. Weil wir das E natürlich beide sofort erkannten und weil wir jetzt auch wussten, wo Avery es verloren hatte.

Langsam griff sie danach. »Woher …«, setzte sie an, aber er schnalzte mit der Zunge.

»Sparen wir uns das, okay? Ich hab dich einen ganzen Abend lang an dem Ding herumspielen sehen, schon vergessen? Und deswegen weiß ich auch genau, dass du es erst nach unserem Treffen verloren haben kannst. Das bedeutet: Du hast unerlaubt unser Grundstück betreten, unseren Stall aufgebrochen und eins unserer Besitztümer gestohlen.«

»Tiere sind kein Besitz«, erwiderte sie pfeilschnell.

Er verzog das Gesicht zu einem triumphierenden Lächeln. »Vor Gericht schon. Genauso wie man das hier als ein Geständnis sehen würde, richtig?«

»Ich hab keine Ahnung, wovon du sprichst.«

»Nein? Dann würde die Polizei also kein Huhn bei euch finden? Neben Ratten und sonstigem Abfall, meine ich.«

Wut flackerte in mir auf. Ich öffnete den Mund, aber als

würde Avery es spüren, warf sie mir einen warnenden Blick über ihre Schulter zu. Widerwillig schluckte ich die Worte hinunter und verharrte hinter ihnen. Ich wusste, dass Avery das allein klären konnte, doch es missfiel mir trotzdem, nichts zu tun. Ich hatte Jacob schon nicht leiden können, als wir uns das erste Mal gesehen hatten, aber wenn ich ehrlich war, war das nur eine Mischung aus Bauchgefühl und Eifersucht gewesen, die seine wenig unauffälligen Blicke in Averys Richtung ausgelöst hatten. Spätestens seit ihrem Treffen war ich sicher, dass ich recht gehabt hatte: Dieser Kerl war ein Idiot.

Avery schnaubte genervt. »Was willst du, Jacob? Hätte ich – rein hypothetisch gesprochen – eins eurer Hühner gestohlen, welches ihr sowieso, um es in deinen Worten zu sagen, ›entsorgen‹ wolltet, was genau wäre daran so schlimm? Geht es dir um das Geld für euer Schloss? Ich gebe dir gern fünf Pfund. Die sind gerade im Angebot bei Tesco.«

Meine Mundwinkel hoben sich, obwohl diese Situation so angespannt war. Ich war nicht belustigt, ich bewunderte sie. Ich kannte niemanden, der so war wie Avery. Auch in eine Ecke gedrängt strahlte sie reine Stärke und Überzeugung aus.

»Es geht ums Prinzip«, zischte Jacob ihr ins Gesicht. Er hatte eine Bewegung auf sie zu gemacht, und es wurde immer schwerer, nicht dasselbe zu tun. »Was, wenn ich dem Komitee sage, dass ihr uns bestohlen habt? Das würde die sicher interessieren.«

Avery hob die Hände. »Klar, die haben bestimmt nichts Besseres zu tun, als sich alberne Märchen anzuhören. Aber von mir aus. Wenn du mich auf der Basis solcher Indizien und Mutmaßungen anzeigen möchtest, nur zu. Ich beschreibe dir auch gern den Weg zur nächstliegenden Polizeistelle. Aber dieses Gespräch endet hier und jetzt. Du hast getrunken und bist wütend, so rede ich nicht mit dir.« Sie klang derart sachlich, als würde sie sich bereits vor Gericht befinden, was ihn nur gereizter werden ließ.

»Und du hast *gestohlen*, Avery. Bist anscheinend doch kein besserer Mensch als ich, was?«

Der Moment kippte. Ich spürte die Warnung, die um mich herum flimmerte und mich dazu bringen wollte, diese Situation zu verlassen. In meinem Nacken sammelte sich Hitze. Ich presste zwei Finger zwischen die Wirbel, als könnte ich sie damit ersticken. »Du solltest jetzt einfach gehen«, schaltete ich mich so ruhig wie möglich dazwischen.

Jacob hob den Blick, als hätte er mich völlig vergessen. Jetzt machte er einen Schritt um Avery herum und kam auf mich zu. »Sonst was?«

Alles an ihm war eine Provokation. Ich kannte diesen Typ Mensch. Zwar mied ich seit Jahren so gut es ging Orte, an denen man ihnen vermehrt begegnete: die, an denen es schnell voll, laut und emotional aufgeladen wurde. Doch man konnte sie auch an den ruhigsten Plätzen der Welt treffen: in der Bibliothek, auf verlassenen Uni-Fluren, im *Ein Immernachtstraum*. Ich war mittlerweile gut darin, sie zu erkennen und ihr Verhalten einzuschätzen. Impulsivität, Ungeduld, Gedankenkurzatmigkeit – das war es, was sie alle gemein hatten. Die meisten Konflikte ließen sich durch die richtigen Reaktionen von vornherein vermeiden. Trotzdem konnte man sich diesen Menschen und den damit einhergehenden Situationen nicht ganz entziehen. Man konnte nur entscheiden, wie man mit ihnen umgehen wollte.

Ich zwang mich zu einem ruhigen Tonfall und hob die Hände. »Ich will keinen Stress, okay? Was auch immer du hiermit bezwecken willst, ich hab da keinen Bock drauf.«

Er lachte, der Geruch von Whisky-Cola wehte zu mir herüber. Ich spannte mich an, als er weiter näher kam. »Ah, dann bist du einer von diesen richtig guten, sanften Kerlen, ja? Bist du der Grund dafür, dass sie so einen verfickt hohen Anspruch an die gesamte Männerwelt hat?« Er deutete blind über seine Schulter, wo Avery stand und uns angespannt beobachtete.

Bei seinen Worten löste sie sich und kam zu mir. Ihr warmer Körper neben meinem machte das Durchatmen etwas leichter. Ich schüttelte den Kopf und verschränkte die Hände hinter dem Rücken, damit niemand sah, dass sie zu zittern begannen. Damit ich es selbst nicht sah. *Tief durchatmen, ruhig bleiben, keine Emotionen zeigen.*

Das Mantra war noch da, doch meine Entschlossenheit wankte, je länger ich in sein Gesicht sah. Meine Stimme wurde beißender. »Keine Ahnung, was genau zwischen euch passiert ist, aber ich kann dir versichern, dass es nichts mit mir zu tun hatte. Wenn Avery nichts von dir wollte, dann liegt das allein an dir. Vielleicht denkst du da mal lieber drüber nach, anstatt dich hier so lächerlich aufzuführen.«

Jacob erstarrte. »Wie hast du mich genannt?«, fragte er lauernd.

»Ich denke, du hast mich verstanden.« Ich wandte mich ab und nickte Avery zu. »Lass uns gehen.«

Sie öffnete den Mund, doch ihr Blick ruckte von mir weg.

Ich begriff nicht, was passierte.

Plötzlich stand sie genau vor mir und prallte im nächsten Moment mit dem Rücken gegen mich. Sie gab einen erstickten Ton von sich – eine Mischung aus Schrei, Schluchzen und Keuchen. Dieser Ton brach etwas in mir, bevor ich einordnen konnte, wodurch er ausgelöst worden war.

Ich umklammerte ihre Schultern und drehte sie zu mir herum. Sie hielt ihre Wange und hatte die Augen fest zusammengekniffen, trotzdem sah ich, wie sich Tränen daraus lösten.

»Okay. Ist schon okay, ist okay«, murmelte sie, kaum hörbar, eher für sich als für mich.

»Was …« Meine Stimme knickte weg, weil ich es natürlich schon wusste – ich wollte es nur nicht wahrhaben. Fassungslos starrte ich Jacob an, der ein paar Schritte von uns zurückgewichen war und ebenfalls zu Avery hinübersah.

»Shit. Das war keine Absicht.« Er schüttelte seine rechte Hand aus und verzog schmerzerfüllt den Mund.

Du musst deine Fausthaltung korrigieren, schoss die Stimme meines Boxtrainers durch meinen Kopf. *Wenn du die Faust nicht richtig zumachst und mit den falschen Knöcheln zuschlägst, brichst du dir im schlimmsten Fall etwas.*

Jacob hatte seine Hand beim Schlag falsch gehalten. Der Gedanke war absurderweise vor der Erkenntnis da, was das bedeutete. Mein Gehirn lief Slalom, aber das Ziel blieb das Gleiche. Und es zwang mich beinahe in die Knie.

Ich atmete unkontrolliert aus und umfasste Averys Kinn, hob es an, um ihr Gesicht ansehen zu können. Ihr Blick flackerte an mir vorbei, ich wusste, dass sie gerade in sich versank. In ihren eigenen Angstbildern.

»Ever«, sagte ich leise, ein raues, halb wegbrechendes Wort. Ich zog ihre Hand vorsichtig von ihrem Gesicht und berührte ihren Wangenknochen. Die Haut glühte und pochte, und ich wusste, dass sie sich früher oder später verfärben würde. Erst rot, dann blau-violett, dann grün und gelb. Ich hatte schon als Kind an diesen Farbverlauf denken müssen, wenn ich Regenbogen sah, und es gab nichts, was mehr bewies, wie kaputt ich war.

Avery zuckte unter meiner Berührung zusammen. Mir war so übel, ich war sicher, mich gleich zu übergeben.

»Was gehst du auch dazwischen?«, ertönte Jacobs Stimme.

Bis zu dieser Sekunde hatte ich seine Anwesenheit vollkommen ausgeblendet. Er war mir so scheißegal, Avery war das

Einzige, was zählte. Doch seine Worte drängten die Sorge und die Übelkeit beiseite. Wutkribbeln breitete sich in meinem Nacken aus. Ich ließ Avery los und ging einen Schritt auf Jacob zu. Er hatte seine Arme mittlerweile vor der Brust verschränkt, zwei seiner Knöchel waren gerötet. Da war nur noch Hass in mir. Ich hasste ihn, und ich hasste mich, ich hasste mich so sehr, weil ich ihm in diesem Moment gern beide Hände gebrochen hätte. Aber das würde ich nicht tun. Ich konnte besser sein als das. Ich musste es.

»Ist das dein Scheißernst?«, brachte ich mühsam hervor. »Du hast ihr gerade ins Gesicht geschlagen, und jetzt wagst du es, ihr daraus einen Vorwurf zu machen?«

Er verdrehte die Augen. »Ist ja gut, komm runter. Sie wird's überleben.«

Meine Selbstbeherrschung flackerte. Noch ein Schritt auf ihn zu. »Ich komme ganz sicher nicht runter! Du beschissener Mistkerl, was stimmt nicht mit dir?«

»Solltest du dich nicht lieber fragen, was mit dir nicht stimmt, dass deine Freundin deine Kämpfe für dich austrägt? Siehst du ernsthaft lieber zu, wie sie sich eine einfängt, als dich wie ein Kerl zu benehmen? Was für ein Verlierer tut so was?«

Etwas in mir knackte. Da war dieses Eis, das schon sehr lang einen dünnen Riss hatte. Eis, das jetzt unter mir wegbrach und mich in kaltes Nass sinken ließ. Die Luft wurde aus meiner Lunge gedrückt, da war kein Sauerstoff mehr, nur beißende Kälte.

Für den Bruchteil von Sekunden brach der ganze Moment weg. Jacob, Avery, das *Epilogue* in unserem Rücken, die Lichterkettenköpfe über uns, diese Szene aus Schwärze, Gold und Weiß. Für ein paar dunkle zähe Sekunden war ich wieder in der Küche meiner Eltern.

Ich sah meine Mutter, die mit tränenüberströmtem Gesicht auf einem Küchenstuhl saß und sich die Wange hielt, und meinen Vater, der zum Fenster ging und den hellen spitzenverzierten Vorhang zuzog. Ich sah mein achtjähriges Ich, das im Türrahmen stand, schwer atmend, weil ich die Treppen von meinem Zimmer heruntergerannt war. Weil ich sie streiten gehört hatte – eigentlich nur ihn. Und weil ich es nicht mehr ertrug, nichts zu tun. Ich war so entschlossen, aber meine Stimme klang trotzdem kindlich und zittrig: »Lass sie in Ruhe!«

Mein Vater drehte sich zu mir um, runzelte die Stirn und sah mich aus diesen durchdringenden grauen Augen an. Aus meinen *Augen. »Und was willst du sonst tun?«*

Dann war da die Antwort, die Antwort, die ich nicht aussprach, aber die alles in mir ausmachte. Die bis heute mein ganzes verdammtes, winziges Ich definierte.

Gar nichts.

Die Erinnerung verzerrte alles, selbst als ich mich wieder auf das Jetzt fokussierte. Ich machte reflexartig einen Satz nach vorn, auf Jacob zu. Ich wusste nicht, was ich tun wollte, nur, dass ich irgendetwas tun *musste*. Diesmal schon. Nur dieses eine beschissene Mal nicht schwach, machtlos und feige sein. Ich war bereit, alles dafür zu tun, um zu verdrängen, was er gerade getan hatte. Um nicht sehen zu müssen, was das mit Avery machte. Um nicht spüren zu müssen, was das mit mir machte.

Meine Bewegung wurde abrupt gestoppt. Avery war erneut vor mir und presste beide Hände flach gegen meine Brust. »Eden, nicht!«

Mein Herzschlag pochte so heftig unter ihrer Hand und in meinen Ohren, dass ihre Stimme nur ein dünner Wortschleier war. »Ich schwöre, ich …« Ich brach ab und versuchte, mich von ihr zu lösen, ohne grob zu sein. Ich ertrug es nicht, ihr auch noch wehzutun, ich ertrug nichts hiervon. Es sollte aufhören, es sollte einfach aufhören.

Avery umklammerte meine Taille, halb Festhalten, halb Umarmung, ich wusste nicht, für wen von uns sie das machte. »Hör auf! Sieh mich an.«

Das war kein Flehen, es war ein Befehl. Averys Entschiedenheit zog mich zurück von der Wut und drehte meinen Puls leiser. Widerwillig holte ich tief Luft und konzentrierte mich auf sie. Das Eiswasser war noch immer da, aber Avery war fester Boden unter den Füßen. Ein Blick auf sie, und etwas rastete in mir ein. Ich blendete alles um uns herum komplett aus. Alles, was ich sehen konnte, war ihr blasses Gesicht und die tiefe Röte, die sich auf ihrem Wangenknochen ausbreitete.

»Es geht mir gut.« Ihre Stimme klang gefasst und eindringlich, obwohl ihr rechtes Auge tränte. »Wir gehen jetzt, klar?«

Da war ein ganz leichtes Flackern in ihrer Stimme. Eine pure Emotion, die unter dem beherrschten Ton mitschwang. Ich erkannte sie sofort. Ich hatte sie oft genug bei meiner Mutter gehört. Angst.

Dieses Gefühl war schlimmer als ihr Schrei vorhin. Es ging mir bis tief unter die Haut, wo es sich mit krallenbesetzten Fingern durch mein Inneres wühlte. Ich fühlte es überall, brutal und brennend. Und noch während ich nickte und ihre Schultern umfasste, um sie an mich zu ziehen, wusste ich, dass das alles veränderte.

30. Kapitel

AVERY

Mein Kopf dröhnte. Auf der Fahrt nach Hause hatte sich das sachte Pulsieren meiner Wange in einen dumpfen Schmerz verwandelt, der bis in meine Schläfen sickerte.

Eden verschwand in der Küche, während ich ins Bad ging, um das Gesicht unter kaltes Wasser zu halten. Als wir uns in meinem Zimmer wiedertrafen, pochte meine Haut vor Kälte, aber ich hatte die anschwellende Panik niedergekämpft, und mein Auge tränte nicht mehr. Eden reichte mir eine Tüte Tiefkühlerbsen und einen Becher warme Milch, ehe er sich neben mich auf die Matratzenkante setzte. Ich hatte die Lichterketten statt des Deckenlichts über dem Bett angemacht, weil ich nicht wollte, dass er mich richtig sehen konnte, jetzt bereute ich es. Das, was vor dem *Epilogue* passiert war, hing durch die ähnliche Beleuchtung intensiver in meinem Zimmer und zwischen uns.

»Waren die anderen da?«, fragte ich, als ich die Stille nicht mehr aushielt.

»Nur Maxton und Willow im Esszimmer. Glaub nicht, dass sie mich bemerkt haben in ihrer Parallelweltblase.«

Ich lächelte schwach und drückte die Erbsen genau auf den sich bildenden Bluterguss. Sofort wummerte die verletzte Haut, ich atmete laut aus. »Eine Parallelwelt hätten wir heute Abend auch ganz gut gebrauchen können, oder?«

Es war ein halber Scherz, aber Eden lächelte nicht. Seit wir in sein Auto gestiegen waren, war er still und blass und mied jeden Blickkontakt.

»Eden, sieh mich an«, forderte ich ernst.

Er schloss die Augen und zögerte, vier, fünf Sekunden lang, ehe er es tat. »Du musst ihn anzeigen, Avery.«

Ich schüttelte den Kopf. Natürlich hätte Jacob es verdient, wegen Körperverletzung angezeigt zu werden, und normalerweise wäre ich die Erste gewesen, die darauf bestand. Aber jetzt gerade war es mir vollkommen egal. Jacob war mir egal. Alles, was zählte, war der stumpfe Ausdruck in Edens Gesicht, den ich unbedingt verscheuchen wollte. Ich hatte das Gefühl, dass er mir entglitt, obwohl wir dicht nebeneinandersaßen. Ich legte die Erbsen auf meinen Schoß und griff nach seiner Hand. Trotz der Tiefkühltemperatur meiner Finger waren seine kühler.

»Das ist gerade nicht wichtig.«

»Natürlich ist das wichtig.« Seine Finger lagen leblos in meinen, während er auf unsere Hände starrte, als würde nichts daran Sinn ergeben.

»Aber du bist wichtiger. *Wir* sind wichtiger. Also sieh mich an. Bitte, Eden.« Als er es tat, rückte ich ein Stück näher auf ihn zu. »Okay. Und jetzt hör mir gut zu. Das, was gerade passiert ist, hatte nichts mit uns zu tun, okay? Jacob war auf Streit aus, und er wollte das an irgendjemandem auslassen, und wir waren zur falschen Zeit am falschen Ort. Das bedeutet nicht, dass wir etwas falsch gemacht haben. Du hast keine Schuld daran, dass er dich schlagen wollte. Du hast keine Schuld daran, dass ich dazwischengegangen bin. Und ich habe keine Schuld daran, dass sein Schlag mich getroffen hat. Nichts davon war unsere Schuld. Verstehst du das?« Meine Stimme wurde mit jedem Wort eindringlicher und klarer. Ich sagte das für ihn, aber auch für mich. Wir mussten das hier und jetzt begreifen.

Eden schwieg lang. Sein Blick wanderte über mein Gesicht, nur über die unverletzte Seite, als wäre das alles, was er momentan verkraften könnte. »Du bist wie Milch«, sagte er leise. Sein Blick war verwaschen, die Haut unter seinen Augen schimmerte bläulich. Vielleicht konnten Gedanken auch Veilchen verpassen.

»Farblos?«, witzelte ich halbherzig und drückte die Erbsen wieder gegen meine Haut. Weniger um zu kühlen, als um ihm die Chance zu nehmen, sich die Verletzung anzusehen.

»Alles an dir ist so rein und ehrlich und … einfach gut.« Er entzog mir seine Hand und verknotete sie in seinem Schoß mit der anderen, sah auf seine Fingerknöchel. »Früher, wenn mein Vater mal wieder ausgetickt ist und …« Er brach ab. In meinem Hals bildete sich ein Kloß, der nicht verschwand, egal, wie oft ich schluckte. »Danach hat meine Mutter mir oft einen Becher warme Milch gebracht. Ohne Kakao oder so. Einfach nur Milch. Und keine Ahnung, wieso, aber es hat geholfen. Alles tat ein bisschen weniger weh. Alles war ein bisschen weniger schlimm. Ein Becher Milch und ich konnte für ein paar Minuten vergessen.«

Mein Auge fing wieder an zu tränen, ich war nicht sicher, aus welchem Grund. Der Milchgeruch hing nebelartig in meinem Zimmer, Trost und Traurigkeit in einem. »Eden«, flüsterte ich, weil ich nicht wusste, was ich sonst sagen sollte.

»Es ist so scheißabsurd, aber es hilft mir heute noch. Es ist das bisschen Kindheit, das sich nur nach Geborgenheit anfühlt. Und du … du bist halt irgendwie auch das. Das, was immer gut war. Das, was mir am Erwachsenwerden keine Angst gemacht hat. Also wollte ich das so unbedingt behalten, verstehst du? Ich wollte dich so unbedingt in meinem Leben, ich *will* dich so unbedingt in meinem Leben. Aber das ist nicht fair«, fuhr er fort. »Es ist nicht fair, mich an dir festzuhalten, obwohl ich weiß, dass ich nicht gut für dich bin.«

»Natürlich bist du gut für mich. Fang jetzt nicht wieder damit an.« Ich versuchte, nach seiner Hand zu greifen, doch er zog sie weg und rückte zur Seite.

»Mein Vater …«

»Was er dir und deiner Mutter angetan hat, hat nichts mit dir zu tun! Es hat nichts mit *uns* zu tun.«

Er lächelte freudlos. »Es geht nicht um das, was er getan hat. Es geht um das, was *ich* getan habe. Das, von dem ich nicht ausschließen kann, dass ich es wieder tun werde.«

Fassungslos starrte ich ihn an. Das Pochen in meinem Gesicht war nichts im Vergleich zu dem, das sich in meinem Kopf ausdehnte, während ich versuchte, ihm zu folgen. »Was soll das heißen? Du bist *nicht* dein Vater, Eden.«

Er sah auf seine Hände, die flach auf seinen Knien lagen. Sie bebten leicht, obwohl seine Stimme ruhig klang. »Doch, ich denke schon. Vielleicht kann ich ja nicht mal was dafür. Du hast es selbst gesagt. Unsere Gene werden immer stärker sein als wir selbst.«

Ich erinnerte mich an diese Worte. Aber das war in der Nacht des Clubbesuchs und ich betrunken und traurig und so erschöpft gewesen. Ich hatte nicht richtig darüber nachgedacht, geschweige denn es so gemeint. Und sowieso … »Was redest du denn da? Gewalt wird doch nicht vererbt.«

»Epigenetik, Avery.«

Ich hielt inne. Atmete. Suchte in meinem Kopf nach einer Erinnerung, die das erklärte. Fand keine. Und warum tat es dann trotzdem schon weh? »Was?«, hauchte ich.

»Die Epigenetik beschreibt die Verbindung zwischen den Genen und den Umwelteinflüssen. Sie untersucht, wie Erfahrungen und Lebensführung an die nächste Generation weitervererbt werden können. Die Genetik ist quasi unsere Hardware, die Epigenetik die Software. Forscher haben herausgefunden, dass Gewalterfahrungen unsere DNA modifizieren können. Es wurde so viel dazu geforscht. Männliche Gewalttäter haben ziemlich oft ein überschneidendes Merkmal: einen gewalttätigen Vater.« Die Worte flossen so zügig aus ihm heraus, als würden sie ihm nichts bedeuten. Dabei grub sich jedes einzelne Fältchen in sein Gesicht.

Beinahe hätte ich gelacht, weil das so absurd war. »Also denkst du, weil du so etwas Furchtbares erleben musstest, bist du dazu bestimmt, zu werden wie er?«

Eden schloss die Augen und schluckte. »Ich weiß es.«

»Das ist Unsinn!«

Er blinzelte und sah gequält zu mir. »Avery, ich …«

»Nein!« Ich funkelte ihn wütend an. »Es ist mir scheißegal, was irgendwelche Untersuchungen oder Wahrscheinlichkeiten sagen, Eden. Du bist mehr als deine Gene, okay? Du triffst deine eigenen Entscheidungen. Ich weiß, dass du niemandem etwas antun könntest. Du bist der sanfteste Mensch der Welt. Du könntest niemals jemandem wehtun. Niemals.«

Er schwieg. Sekundenlang saßen wir nur da, dann holte er tief Luft. »Warum bist du dann gerade dazwischengegangen?«

Ich runzelte die Stirn und legte die Erbsen auf die Matratze. »Weil ich nicht wollte, dass er dich verletzt.«

»Oder weil du Angst hattest, ich würde zurückschlagen?«

»Was?« Verwirrt erwiderte ich seinen bohrenden Blick. »Nein! Natürlich nicht. Ich sagte es doch gerade: Ich kenne dich, ich weiß, dass du das nicht tun würdest.«

»Aber ich hab's schon mal getan.«

Ich erstarrte. »Wovon sprichst du?«

Eden sah mich an, aber er sah nicht mich. Das hier war der Blick vom Anfang in der Villa, der, der durch mich hindurch ging, als wäre ich ein Hologramm. »Genau genommen hab ich was viel Schlimmeres getan. Ich hab nicht *zurückgeschlagen*. Ich hab einfach *zugeschlagen*.«

Mein Mund wurde trocken. Ich umklammerte die Erbsen, spürte nicht einmal mehr richtig die Kälte. Alles von mir war damit beschäftigt, ihn zu verstehen. »Was …«

»Der Tag vor dem Abschlussball, erinnerst du dich daran, dass du bei mir warst?«, unterbrach er mich unsanft. Es wirkte, als wäre etwas in ihm auf Autopilot gestellt worden. Ich war unsicher, wohin uns das führen sollte.

»Natürlich erinnere ich mich, aber …«

»Lass mich ausreden, okay? Lass mich dir erzählen, was danach passiert ist.«

Ich schluckte. Da war etwas Sperriges in meinem Hals, das jeden Atemzug schmerzhaft werden ließ. Eine Vorahnung. »Ich will das nicht hören«, flüsterte ich.

»Du musst das aber hören, Avery. Du hättest das vor zwei Jahren hören müssen. Und jetzt … jetzt musst du es endlich verstehen.«

»Eden«, wisperte ich.

Er schüttelte den Kopf.

Und dann fing er an zu sprechen.

31. Kapitel

EDEN

Damals

»Du gibst mir also gar nichts? Kein Detail? Weder Schnitt, Farbe noch Länge?« Meine Finger strichen behutsam über Averys nackten Arm, den sie um meinen Oberkörper geschlungen hatte.

Sie seufzte. »Vergiss es. Es bringt Unglück, wenn du es vorher siehst. Und du hast das beste visuelle Vorstellungsvermögen der Welt, du wandelnde Bibliothek.«

»Verwechselst du das nicht mit einem Brautkleid?«

»Ich glaube, die Regeln für Abschlussballkleider sind ganz ähnlich. Also gedulde dich. Du siehst es morgen.«

Sie drehte den Kopf, ihr Haar kitzelte meinen Hals. Ich vergrub mein Gesicht darin, um mich in ihr zu verlieren. Selbst direkt nach dem Sex konnte ich mich nicht ganz entspannen. Nicht, wenn wir bei mir waren. Ich lud Avery selten ein, genau so oft, dass sie nicht denken würde, ich wollte sie nicht hierhaben. Und nur dann, wenn ich mir absolut sicher war, dass er nicht zu Hause sein würde.

Avery hob den Arm und tastete über die Tapete über uns. Das Laken, das normalerweise darüber hing, war verrutscht, als das Bettgestell immer wieder gegen die Wand geprallt war. Ein paar eddingschwarze Worte kamen darunter zum Vorschein.

Avery liebte es, sich die Zitate anzusehen, die dunklen Buchstaben mit den Fingern nachzufahren und zu prüfen, welche neu dazugekommen waren. Ich verhängte sie trotzdem jedes Mal nach wenigen Minuten wieder.

»Wieso versteckst du diese Wand? Hast du Sorge, die Bedeutung der Worte könnte verblassen, wenn man sie zu oft liest?«, fragte sie leise.

Ich zögerte. Ich log Avery nicht gern an, also wählte ich winzige Bruchteile der Wahrheit, wenn wir auf dieses Thema zuglitten. »Meine Eltern wären nicht so begeistert davon, wenn sie wüssten, dass ich die Wände vollschreibe.«

»Meine Mutter würde mich umbringen, wenn ich so was tun würde.«

Ich lächelte unecht. Averys Mutter war der liebevollste Mensch, den ich kannte. Und ihr Vater war einer dieser Menschen gewesen, die ihren eigenen Einkauf fallen gelassen hätten, um jemand anderem den Schlüssel aufzuheben. Es waren gute Menschen, die ihre Töchter über alles liebten. Sie würden ihnen nie etwas antun.

Ehe ich etwas sagen konnte, war draußen ein Motorgeräusch zu hören. Als es erstarb und kurz darauf ein leiser Knall ertönte, verhärteten sich all meine Muskeln. *Nein. Das konnte nicht sein.* Ruckartig fuhr ich in die Höhe und zog Avery mit mir. Ich stand auf und war in zwei Schritten am Fenster, von dem aus man die Einfahrt sehen konnte.

»Was ist los?«, fragte Avery besorgt in meinem Rücken, aber ich drehte mich nicht um.

Mein Blick fixierte den Wagen, der in unserer Einfahrt geparkt hatte. Zwei Stunden zu früh. Viel zu früh. Hitze breitete sich in mir aus, mein Körper verfiel in einen Alarmmodus, den ich zu gut kannte. Meine Hand wanderte in meinen Nacken, ich drückte zwei Finger hinein, doch die Anspannung blieb.

Meine Gedanken rasten und suchten nach einer Lösung, die es nicht gab.

Noch knapp dreißig Sekunden, dann war er im Haus. Es war unmöglich, sie vorher rauszubringen. Ich musste es trotzdem versuchen. Mit einem falschen Lächeln drehte ich mich um. »Entschuldige, ich hab vergessen, dass ich für Mum einkaufen muss. Du solltest jetzt besser gehen.«

Sie runzelte die Stirn, nickte jedoch. Während sie sich anzog, zupfte ich das Laken an der Wand gerade und zerrte meine Jeans hoch. Ich kippte das Fenster, ehe ich die Tür öffnete und Avery an der Hand hinter mir her zog.

Wir hatten das Ende der Treppe erreicht, die Haustür war nur zehn Meter entfernt, als ich es hörte. Ein Räuspern, dicht hinter uns. »Wollt ihr mich nicht begrüßen?«

Ich erstarrte und ließ Averys Hand los. »Ich dachte, du kommst erst später.«

Mein Vater stand im Durchgang zur Küche, gegen den Türrahmen gelehnt, die Arme vor der Brust verschränkt. In solchen Momenten sah ich ihn manchmal kurz so, wie er auf andere wirken musste: ein athletisch gebauter Mann, Anfang vierzig, gut aussehend. Pechschwarze Haare und ein markanter Kiefer, Anzug mit gebügeltem Hemd, Krawatte in Schiefergrau, dieselbe Farbe wie seine Augen. Unsere Augen.

Auf Firmenfeiern drückten mir seine Kollegen fest die Hand und sagten Sachen wie: *Du bist deinem Vater wie aus dem Gesicht geschnitten, du Glückskind. Man kann nur hoffen, dass du auch sonst viel von ihm abbekommen hast.* Ich stand immer nur da, nickend und lächelnd und innerlich sterbend. Sie hatten recht, natürlich. Ich sah aus wie mein Vater. Aber ich war kein bisschen wie er. Und ich würde alles dafür geben, es niemals zu werden.

»Muss ich mich dafür entschuldigen, wenn ich früher in mein eigenes Haus zurückkehre?«, fragte er jetzt mit freundlicher Belustigung in der Stimme. Er wusste genau, was er tun musste, um sympathisch zu wirken. Der zuvorkommende Gastgeber, der nette Kerl von nebenan. Ein perfektes Trugbild.

Ich wagte es nicht, zu Avery hinüberzublicken. Mir war bewusst, dass sie meinen Vater schon ein paarmal aus der Ferne gesehen hatte, aber ich hatte es immer vermeiden können, sie einander vorstellen zu müssen. Bis jetzt.

Sein Blick wanderte an mir vorbei, er neigte den Kopf. Ich wusste, dass er es sofort verstand: mein verrutschtes Shirt, Averys zerzaustes Haar und unsere erhitzten Wangen. »Ich entschuldige mich für meinen Sohn. Manchmal habe ich Zweifel daran, ob er überhaupt erzogen wurde. Ich bin James.«

Er kam auf uns zu und streckte Avery die Hand entgegen, die sie zögerlich ergriff. Ich kannte seinen Händedruck: fest, aber nicht zu grob, die Haut weich und gepflegt. Bürohände. Ganz anders als meine.

»Avery. Freut mich«, erwiderte sie verlegen.

James lächelte. Wir hatten dasselbe Grübchen, ich würde mir meins deswegen am liebsten herausschneiden. »Hübscher Name, hübsches Mädchen.« Er sah zu mir. »Wann wolltest du uns von deiner Freundin erzählen? Oder weiß deine Mutter, dass du hier derartigen Besuch empfängst?«

»Mary hatte nie etwas dagegen, dass ich herkomme«, verteidigte Avery mich sofort.

Meine Schultern verkrampften sich, ich presste die Lippen aufeinander. Ich wagte nicht, sie anzusehen, weil ich ihr nicht das Gefühl geben wollte, etwas Falsches gesagt zu haben. Sie konnte nicht wissen, dass mein Vater davon nichts wusste. Dass meine Mutter jedes Mal das Haus lüftete und das benutzte Geschirr mit der Hand abwusch, wenn Avery zu Besuch gewesen war. Spuren vertuschen, Versionen des Tagesablaufs abgleichen, jedem Schlagloch ausweichen – wir waren seit Jahren geübt darin. Und das hier … das war ein tiefes Loch. Ein Graben, aus dem wir nicht heil herauskommen würden.

»Natürlich nicht. Warum sollte sie auch. Du bist hier jederzeit willkommen«, antwortete James freundlich, doch er sah sie nicht an. Er sah nur mich an. In seinem Blick lag kein Drohen, keine Wut, keine Anklage. Da lag rein gar nichts. Aber dieses Nichts war trotzdem gefährlich. Es war dunkel, drückend und aufgeladen. Wie eine Gewitterfront, die sich über uns zusammenzog. Jederzeit bereit, sich in Blitzen, Donner und Starkregen zu entladen.

»Avery muss jetzt gehen«, sagte ich tonlos. Ich drehte mich zur Tür und riss sie auf, ehe sie widersprechen konnte. Sie verabschiedete sich und trat nach draußen. Ich konnte ihr ansehen, dass sie etwas sagen wollte, doch ich kam ihr zuvor. »Bis morgen«, murmelte ich und schloss die Tür vor ihrer Nase.

Sekunden verstrichen, bis ich hörte, wie sich ihre Schritte vom Haus entfernten. Erleichtert atmete ich durch, obwohl das Gewittergefühl mir fest im Nacken saß. So wie der Blick meines Vaters.

Als ich mich zu ihm umdrehte, lehnte er nach wie vor in der Tür. Das falsche Lächeln war allerdings fort. »Du bringst also dieses Flittchen hierher, wenn ich nicht da bin?«

»Sie ist meine Freundin, nenn sie nicht so«, erwiderte ich, obwohl ich es eigentlich besser wusste.

Meine Mutter hatte mir das bereits im Kleinkindalter eingetrichtert: nicht diskutieren, nicht widersprechen, nicht rechtfertigen. Klein beigeben, Kopf einziehen, auf das Beste hoffen. Ich hatte mich daran gehalten – so lang. Mit elf hatte ich es das erste Mal nicht mehr ausgehalten und widersprochen, als er mir vorwarf, mein Glas mit Absicht umgeschmissen zu haben. Das war das erste Mal, dass er nicht meine Mutter, sondern mich schlug. Ein Schlag ins Gesicht – er war unvorsichtig, ich schwächer, als er bedacht hatte. Ich fiel vom Stuhl, direkt in die Scherben auf dem Küchenboden. Die winzige Narbe auf meinem Nasenrücken erinnerte mich bis heute daran. Sie pochte jedes Mal, wenn ich den Drang verspürte, mich gegen ihn zu stellen. Manchmal tat ich es trotzdem. Ich hatte aufgehört zu zählen, wie oft. Die Erinnerungen verblassten mit der Zeit zu einem diffusen Film aus Schmerz, Scham und Wut. Darüber legte sich in meinen Gedanken die helle Stimme meiner Mutter mit weiteren Mantras: Treppensturz, Fahrradunfall, offene Schranktüren.

»Und deine Mutter weiß davon?«

Ich zwang mich dazu, seinem Blick standzuhalten. »Mum weiß, dass Avery und ich zusammen zur Schule gehen, mehr nicht. Sie hatte nichts dagegen, dass wir hier lernen.«

»Also wusste sie nicht, dass du sie hier fickst? Und das soll ich dir glauben?«

»Es ist die Wahrheit.«

»Dann wird sie mir das bestimmt bestätigen, nicht wahr?«

Ich ballte die Hände zu Fäusten. »Lass sie in Ruhe.«

»Du sagst mir nicht, was ich zu tun habe.« Seine Stimme gewann an Schärfe, er zerrte an seiner Krawatte. Die Luft surrte, mein Herzschlag beschleunigte, mein Blick wanderte reflexartig zur Tür. Er bemerkte es und machte einen Schritt auf mich zu. »Du bleibst, verstanden?«

In dem Moment, in dem er näher auf mich zukam, riss ich die Tür auf und stürzte hinaus. Als ich meinen Wagen zurücksetzte, stand er in der Haustür. Lächelnd, den Nachbarn winkend, den Blick fest auf mir liegend.

Wir wussten beide, dass das hier ein Nachspiel haben würde. Denn vorm Nachhausekommen gab es kein Entkommen.

Ich parkte hinter dem Kaufhaus, in dem meine Mutter arbeitete, und wählte ihre Nummer. Sie nahm sofort ab, die Stimme leise und gepresst, was bedeutete, dass sie im Pausenzimmer war. »Liebling, alles in Ordnung?«

»James weiß von Avery«, sagte ich ohne Umschweife. Ich hatte aufgehört, ihn Dad zu nennen, als ich begriffen hatte, dass Blut keinen Vater ausmachte. »Sie war da, als er heimkam. Es tut mir leid, ich hab gedacht, er würde später kommen, ich war unvorsichtig, ich …«

»Oh, Schatz.« Sie stockte, ich hörte das Schließen einer Tür und das Rauschen von Wasser, als sie den Hahn aufdrehte. Sie war eine Meisterin des Vertuschens. Wasser für Streitgespräche, Kissen für Schmerzensschreie, Make-up für Blutergüsse. »Bist du noch zu Hause?«, hakte sie mit gesenkter Stimme nach.

»Nein. Ich bin abgehauen. Ich steh vorm Kaufhaus.«

»Okay, gut. Am besten, du gehst heute Abend aus. Unternimm etwas Schönes und schlaf bei Avery.«

»Was ist mit dir?«

»Ich rede mit ihm.«

Ich lehnte den Kopf gegen die Scheibe. Draußen waren es über zwanzig Grad, doch ich fröstelte. Hilflosigkeit war das kälteste Gefühl von allen. »Du weißt genau, was passiert, wenn du nach Hause gehst. Ich will das nicht. Bitte. Du hast doch gleich Schluss, oder? Ich warte hier, und wir verschwinden erst mal. Wir könnten …«

»Eden, Liebling«, unterbrach sie mich sanft. Wie jedes Mal, wenn ich damit anfing. Wenn ich nach Lösungen suchte für etwas, von dem sie sich weigerte, es ein Problem zu nennen. »Er ist mein Ehemann, dein Vater. Ich habe ein Leben mit ihm, und ich liebe ihn. Du weißt, dass das nicht so einfach ist.«

»Doch, ist es«, widersprach ich gepresst. »Geh einfach nicht zurück in dieses Haus. Geh einfach nicht zurück zu *ihm*.«

»Eden …«

Ich schüttelte den Kopf und kniff mir in die Nasenwurzel. Ich wollte mehr tun als das. Ich wollte zur Polizei gehen und ihn anzeigen. So wie ich es schon einmal getan hatte. Ich war sechzehn gewesen, James hatte meiner Mutter eine Rippe gebrochen, als er ihr mehrmals gegen den Brustkorb getreten hatte. Ich hatte sie auf dem Küchenboden gefunden, der weinende, winzige Rest von einem Menschen. Ich hatte sie ins Krankenhaus gebracht und die Polizei gerufen. Ich hatte zugehört, wie sie den Beamten versicherte, es handelte sich um ein Missverständnis, sie wäre nur ungünstig gestürzt. Ich hatte zugehört, wie mein Vater mit ihnen sprach und mich »einen schwierigen Fall von Rebellion in der Pubertät« nannte. Ich hatte zugesehen, wie er meine Mutter sanft auf die Stirn küsste, und eine Woche später, am Abend nach ihrer Entlassung, dabei zugehört, wie er sie in ihrem Schlafzimmer so heftig gegen die Wand stieß, dass mehrere Bilder in meinem Zimmer hinabfielen. Ich war dazwischengegangen, er hatte mir die Nase gebrochen. Seitdem war sie leicht schief, etwas in mir auch. Ich hätte damit noch einmal zur Polizei gehen können, aber ich hatte es nicht getan. Wer hätte mir geglaubt, wenn selbst meine Mutter mich einen »guten Jungen mit etwas zu viel Fantasie« nannte? Trotzdem gab ich nicht auf, sie zu bitten, es zu tun. Wenn ich damit aufhörte, wusste ich nicht, wie ich mit irgendetwas anderem weitermachen konnte.

»Bitte, geh nicht zurück. Lass mich dir helfen. Und … hilf mir, okay? Zwing mich nicht, dich morgen wieder mit irgendwelchen neuen blauen Flecken zu sehen. Tu dir das nicht an – und tu mir das nicht an.«

Lange Zeit war da nur ein Rauschen in der Leitung. Wasser und gebrochene Atemzüge. Der Hauch eines Zögerns, der nie stark genug sein würde. »Es wird nicht so schlimm werden. Ganz bestimmt nicht«, sagte sie leise.

Tränen brannten in meinen Augen, ich wehrte mich nicht dagegen. Hilflos, machtlos, hoffnungslos, sinnlos. Mehr war ich nicht. »Bitte, Mum.«

»Ich muss jetzt los, Schatz.«

»Irgendwann bringt er dich um.« Da war kein Ton mehr in meiner Stimme. Die Verzweiflung schlug in Resignation um, ich fühlte mich erschöpft, leer und ... weit weg von mir selbst.

»Grüß Avery lieb von mir«, sagte meine Mutter, als hätte sie mich nicht gehört. »Ich koche heute Abend Lasagne. Du kannst dir morgen vor dem Ball etwas davon aufwärmen.«

»Du weißt, dass ich recht habe.«

»Ich hab dich lieb. Hab einen schönen Abend, und pass auf dich auf, ja?« Sie legte auf, bevor ich antworten konnte.

Minutenlang saß ich im Wagen und weinte lautlos. Auch das war etwas, das ich früh gelernt hatte. Dann rief ich Connor an. Ich wollte nicht mehr denken, ich wollte nicht mehr fühlen, ich wollte, dass die Zeit verstrich, ohne dass mir bewusst war, was zu Hause geschah. Ich wollte meinem Leben entfliehen, und an diesem Abend waren meine Bücher dafür nicht genug. Diesmal brauchte es weit mehr als das.

»Alter, der wievielte war das?« Connor sah mir mit gerunzelter Stirn dabei zu, wie ich den nächsten Shot in einem Zug leerte.

Leere – das beschrieb ganz gut das Gefühl in meinem Kopf, und ich wollte mehr davon. Mehr von einem betäubenden Nichts. »Ich hab das mit Mathe aufgegeben. Die Klausuren sind durch, wir sind frei, richtig?«

Ich prostete ihm zu, ehe ich das nächste Glas austrank. Der Wodka war billig und bissig, doch er erfüllte seinen Zweck.

Die Kneipe, in der wir saßen, kam mir mittlerweile um einiges weniger heruntergekommen und stickig vor. Selbst die fröhliche Achtzigerjahre-Musik war erträglich geworden.

»Du bist eindeutig drüber.« Connor beäugte mich skeptisch. Er hatte zwar auch schon ein paar Bier geleert, seit wir hier waren, aber er wirkte um einiges nüchterner. Dabei war Connor derjenige aus unserem Freundeskreis, der dafür bekannt war, alle unter den Tisch zu trinken. Doch je schneller ich getrunken hatte, desto langsamer war er geworden.

»Und ich dachte, deswegen sind wir hier.« Ich griff nach dem halb vollen Bierkrug, der zwischen den leeren Shotgläsern stand. Connor kam mir zuvor und schob ihn außer Reichweite. In diesem Moment wünschte ich, er wäre ein weniger guter Freund.

»Schon. Aber normalerweise bist du nach dem zweiten Bier raus.« Er suchte meinen Blick. »Erzähl schon. Was ist los? Hast du Streit mit Avery?«

Ich lachte auf und fuhr mir mit den Händen über das glühende Gesicht. »Nein. Warum auch? Avery ist perfekt. Sie ist klug und stark und schön und so … gut, weißt du? Sie weiß immer, was richtig und was falsch ist. Sie ist mein Kompass.« Meine Stimme knickte weg, meine Sicht auch. Nur ganz verwaschen nahm ich Connors unruhigen Blick wahr.

»Vielleicht sollten wir deinen Kompass anrufen, damit er dich sicher nach Hause geleitet.«

Nach Hause. Die Worte zerrten an dem angenehmen Schleier aus Taubheit über meinen Gedanken. Ich schüttelte den Kopf, um ihn zurechtzuzurren. »Ich kann nicht nach Hause.«

»Wieso? Stress mit deinen Eltern?«

Ich lächelte unecht und nahm ihm das Bier ab, leerte es in zwei langen Zügen. »So was in der Art«, brachte ich hervor und wischte mir mit dem Handrücken über den Mund.

Connor runzelte erneut die Stirn, besorgter, als ich es von ihm kannte. »Okay. Dann komm jetzt mit zu mir. Du kannst auf der Couch pennen.«

Widerwillig ließ ich mich dazu überreden, aufzustehen und die Kneipe zu verlassen. Das Meer war in diesem Teil der Stadt ganz nah, sein rauer Atem fuhr mir über das Gesicht und klärte meine Gedanken so weit, dass ich halbwegs geradeaus laufen konnte.

Connor wich mir die ganze Zeit nicht von der Seite, bis wir den Rand der Innenstadt erreicht hatten. An einem Park hielt er inne und ließ mich versprechen, kurz zu warten, während er im Gebüsch verschwand.

Ich lehnte den Kopf gegen einen Baumstamm und atmete tief durch. Ich hätte alles dafür gegeben, jetzt bei Avery zu sein. Ich wusste, wenn ich sie anrief, würde sie mich sofort einladen, zu ihr zu kommen. Seit der Nacht, in der ihr Vater gestorben war, hatte sie ihr Handy durchgehend auf laut gestellt. Aber ich wusste auch, dass sie mich so nicht sehen durfte. Sie würde Fragen stellen, und ich würde ihr antworten. In diesem Zustand vermutlich mit viel größeren Bruchstücken Wahrheit, als ich es mir erlauben konnte. Egal, wie sehr ich sie liebte, es gab Dinge, die sie nie erfahren sollte. Dinge, über die ich nicht sprechen konnte, auch nicht mit ihr. *Vor allem* nicht mit ihr. Nach dem, was mit ihrem Vater passiert war, vertrug Avery nicht einmal mehr Gewaltszenen im Fernsehen. Wie hätte ich ihr von denen in meinem Leben erzählen sollen? Ich konnte ihr das nicht antun. Ich wollte es leichter für sie machen, nicht schwerer.

»Hey, Kane.«

Irritiert blinzelte ich und sah in ein Gesicht, das mir vage bekannt vorkam. Spencer, ein Kerl aus der Stufe über mir, der letztes Jahr seinen Abschluss gemacht hatte. Wir hatten zusammen Fußball gespielt und uns gut verstanden, bis ich mit dem Mädchen zusammengekommen war, in das er seit der Grundschule verliebt gewesen war. Was ich erst erfahren hatte, als er Avery kurz danach betrunken auf einer Party anflehte, mit mir Schluss zu machen, um mit ihm auszugehen. Ich nahm es ihm nicht übel. Liebe war ein viel zu kostbares Gefühl, um es jemand anderem anzulasten.

»Spencer«, meinte ich bemüht freundlich und nickte ihm zu. »Was machst du hier?«

»War grad was trinken. Und du auch, wie es aussieht.« Er musterte mich feixend und machte einen Schritt auf mich zu.

Ich sah mich unauffällig um, doch von Connor war weit und breit keine Spur. Auch sonst waren die Straßen rund um den Park verlassen. Etwas entfernt sah ich ein Tier über den Asphalt laufen, ein großer Hund oder ein Fuchs. Ansonsten waren wir allein.

Spencer schnippte mir gegen die Schulter. »Gut, dass ich dich treffe. Ich wollte eh mal mit dir reden.«

Genervt hob ich die Brauen. Ich war zu müde für so was, zu betrunken, zu wirr im Kopf und im Herzen. »Wirklich?«

»Hm.« Noch eine Bewegung auf mich zu, er stand viel zu dicht vor mir. Sein Atem roch nach Pfefferminzschnaps und Gras, seine Pupillen waren pennygroß. »Hab mich letztens im Supermarkt mit Avery unterhalten, und ihr Handgelenk war ganz blau und geschwollen. Habt ihr's im Bett übertrieben?«

Ich stieß mich vom Baum ab und stellte mich aufrecht hin, sodass ich mit ihm auf Augenhöhe war. »Sie ist im selben Volleyballkurs wie deine Schwester, Spence. Hat Meg nie irgendwelche blauen Flecken vom Training?«

»Hm. Dann war das also nur eine Sportverletzung, ja?«

Ich runzelte die Stirn. Meine Auffassungskraft war alkoholgedämpft, mein Körper reagierte schneller: Mein Herzschlag beschleunigte. »Was willst du damit andeuten?«

Er zuckte mit den Schultern. »Nichts. Es kam mir nur wie ein seltsamer Zufall vor.«

»Was für ein Zufall?«

»Na, dass Avery auf einmal so rumläuft wie deine Mutter.«

Ich erstarrte. Mein Gesicht glühte erst auf, dann sickerte alles an Wärme heraus. »Wie bitte?«

Spencer beobachtete jede meiner Regungen. »Meine Tante sagt, jedes Mal, wenn sich deine Mutter bei der Arbeit umzieht, sind da neue blaue Flecken. Immer nur in den Bereichen, die man unter der hübschen Kaufhausuniform nicht sieht, natürlich. Sehr clever. Scheint so, als müsstest du dir da noch ein paar Tipps von deinem Vater geben lassen.«

»Was willst du damit sagen?«, fragte ich ausdruckslos und hoffte, dass ich ebenso nichtssagend aussah. Avery sagte oft, mein Gesicht würde manchmal ins Schweigen verfallen, aber ging das auch noch, wenn alles in einem schrie?

Spencer beugte sich zu mir vor. »Ich will damit sagen, dass dein Vater ein verfickter Mistkerl ist, der seine Frau verprügelt. Und ich will damit sagen, dass du ihm ganz offensichtlich sogar noch ähnlicher bist, als man schon auf den ersten Blick sieht.«

Ich schüttelte entschieden den Kopf. Alles in mir schwirrte, die richtige Erwiderung verbarg sich unter losen Gedankenfetzen. »Ich würde Avery nie …«

»Spar dir das, Kane«, unterbrach er mich unsanft. »Egal, was du schon getan oder noch nicht getan hast, Psychopathen-Genen kannst du nicht entkommen.«

Meine Muskeln spannten sich allesamt an. Diese Worte waren mir nicht neu, ich hatte sie oft in meinem Kopf hin und her gewälzt. Doch ich hatte mich auch jedes Mal damit beruhigt, dass sie nicht stimmten. Ich war nicht mein Vater.

»Du solltest jetzt gehen«, sagte ich beherrscht.

»Ach, echt? Ist das eine Drohung?«

»Verpiss dich und lass mich in Ruhe.« Ich versuchte, an ihm vorbeizugehen, er stieß mich an der Brust zurück gegen den Stamm. In meinem Nacken sammelte sich Schweiß, meine Handinnenflächen prickelten. Ich fühlte mich eingesperrt, umzingelt, in der Falle sitzend. *Zu Hause*, dachte ich und hätte fast gelacht. *Ich fühle mich, als wäre ich zu Hause.*

»Avery findet es bestimmt interessant zu erfahren, dass du genauso ein Abschaum bist wie der Kerl, der ihren Vater getötet hat«, raunte Spencer mir zu.

Ich spannte den Kiefer an, so fest, dass er leise knackte. »Halt dich von meiner Freundin fern.«

»Sie ist nicht mehr lange deine Freundin, wenn ich ihr erzählt habe, was bei dir zu Hause so abgeht.«

»Ich bin *nicht* mein Vater.« Ich begriff erst, dass ich die Worte diesmal laut gesagt hatte, als Spencer den Mund zu einem höhnischen, triumphierenden Lächeln verzog.

»Du hast seine Gene. Und wenn du deine Mutter nicht vor ihm schützen kannst, wie sollst du dann Avery vor dir selbst schützen können?«

Die Worte zerplatzten wie Blasen an meinem Kopf, und das Gefühl, aus denen sie gemacht waren, ergoss sich darüber. Angst. Grelle, brennende Angst. Und das war der Moment, in dem es passierte. Alles setzte aus.

Ich nahm nichts von dem, was folgte, bewusst wahr, ich steuerte nichts davon. Ich handelte, ohne zu denken, weil meine Gedanken unter Gefühlslava verbrannten. Panik, Hilflosigkeit, Ohnmacht, Scham und Hass. Hass auf Spencer, Hass auf James, Hass auf mich. Hass auf jedes Nicht-Handeln, Hass auf jedes Falsch-Handeln. Hass, Hass, Hass.

Erst Minuten später, erst als mich zwei Hände an den Schultern hochzerrten, erst als Connor mich nach hinten stieß und auf mich einschrie, erst als ich auf meine Hände blickte und das Rot an den Fingerknöcheln sah, erst als ich Spencer fixieren konnte, der zusammengekauert auf der Seite auf dem Asphalt lag und sich die Nase hielt, erst als ich begriff, dass der dunkle See, der sich um seinen Kopf bildete, kein Regen, kein Bier, kein flüssiger Teer war – erst da verstand ich, was ich getan hatte.

Die Welt setzte sich nur langsam wieder zusammen. Da war der blütenschwere Duft der Mahonien, genau wie in der Nacht, in der ich mich auf dem Wasserturm das erste Mal mit Avery unterhalten hatte. Darunter Meersalz und das Eisen von dem Blut an meinen Händen. Spencers Blut. Seine unterdrückten Laute, die nach Schmerz und Angst klangen. Mein Atem, der stoßweise und viel zu heftig aus meinem Mund drang. Das wunde Pochen meiner Hände, meine schmerzenden Armmuskeln, meine aufgeschürften Knie. Connors fassungsloser Blick und sein wiederholtes, panisches: »Was hast du getan?« Das Rauschen in meinen Ohren. Dieser eine Gedanke, der Ping Pong in meinem Kopf spielte.

Ich bin nicht mein Vater.

Ich bin nicht mein Vater.

Ich bin nicht mein Vater.

In diesem Moment begriff ich, dass dieses Mantra nur eine weitere Lüge war.

Ich war genau wie er.

32. Kapitel

AVERY

Da war ein dumpfes Piepsen in meinem Ohr. Ein Tinnitus, wie ich ihn kurz nach dem Tod meines Vaters gehabt hatte. Wenn ich an die ersten Tage danach zurückdachte, war alles überlegt von diesem feinen, schrillen Ton. Vielleicht hörte sich so Verlust an. Ich hatte meinen Vater verloren. Und jetzt verlor ich das Bild, das ich mir über Jahre hinweg von Eden gemacht hatte. Eden zerbrach es selbst, indem er eine Geschichte erzählte, die nicht in unser Buch passte. Die nicht zu ihm passte.

Seine Stimme blieb die ganze Zeit ruhig und ausdruckslos. Er weinte nicht, er stockte nicht, er rang nicht um Worte. Irgendwann hielt er inne. Die Milch auf dem Boden zwischen uns dampfte nicht mehr, meine Finger pochten taub vor Kälte, und in meinem Kopf lag Spencer blutend auf der Straße.

Ich fühlte keine Panik, ich fühlte irgendwie gar nichts. Mein Herz war ganz still. Vielleicht war es nicht mehr da. Es war nicht immer romantisch, sein Herz wegen jemandem zu verlieren. Manchmal war es nur grausam.

»Connor hat mich weggeschickt und sich um Spencer gekümmert. Er hat es irgendwie hinbekommen, dass Spencer auf eine Anzeige verzichtet hat. Keine Ahnung, wie. Er hätte mich anzeigen müssen. *Ich* hätte mich anzeigen müssen. Aber ich war so scheißfeige und verzweifelt, ich …« Er brach ab und starrte aus dem Fenster, hinter dem der sternenbetupfte

Winterhimmel lag. »Ich hab Connor in dieser Nacht alles erzählt. Irgendwie war plötzlich alles egal. Das, was ich da getan habe, hat mir die Wahrheit über mich gezeigt. Und mit dieser Wahrheit konnte ich nicht weitermachen wie bisher. Ich wusste, dass ich weg von zu Hause musste. Weg von meinen Eltern und weg von … dir.«

»Von mir?« Meine Stimme klang hohl. Herzlos. Ich war froh, dass sie überhaupt funktionierte.

»Wie hätte ich noch mit dir zusammen sein sollen, Avery? Wie soll ich jetzt mit dir zusammen sein? *Wie?*« Zum ersten Mal hörte ich wieder einen Funken Emotion aus seiner Stimme heraus. Verzweiflung.

Sie half mir, mich zu konzentrieren und meine Gedanken zu ordnen. Mich dem zu stellen, was er mir gerade offenbart hatte. Eden hatte einen anderen Menschen zusammengeschlagen. *Mein Eden.* Eden, der sanfte Junge mit der Hörbuchstimme und den Kopfwelten. Eden, der mir versprochen hatte, jede Form von Gewalt zu meiden. Aber auch Eden, der jeden Tag zu Hause mit Gewalt konfrontiert worden war. Eden, der an diesem einen Abend die Kontrolle verlor und die Gewalt nicht mehr nur ertrug, sondern nach außen trug. Es war nicht einfach so passiert. Wahrscheinlich passierte nichts *einfach so.* Handlungen waren immer ein Glied einer Ereigniskette, es gab immer ein Davor und ein Danach. *Das ändert nichts an der Tat an sich*, flüsterte eine Stimme in mir, doch ich erstickte sie. Ich wollte das nicht hören, ich wollte das nicht denken. Ich wollte Eden verstehen, ich wollte eine Erklärung finden – für uns beide.

»Du … diese Situation war ein Zusammenspiel aus so vielen Faktoren. Die ganze Sache mit deinem Vater, was du jahrelang erlebt hast, was du an diesem Tag erlebt hast, das war schrecklich. Spencer hat dich provoziert, und du warst aufgewühlt und betrunken und …«

»Tu das nicht«, unterbrach er mich leise. »Benutz Alkohol nicht als Ausrede dafür, grausam zu sein. Und gib ihm nicht die Schuld an dem, was ich getan habe.«

»Tu ich nicht. Aber … das alles ist lang her.« Ich rieb mir über die Schläfe und zuckte zusammen, als ich meinen Wangenknochen streifte. Er wummerte, Übelkeit zog sich in meinem Magen zusammen, und Hitze stieg in meinen Nacken. Das hier war keine direkte Panik, eher extreme Überforderung. Ich konnte nicht nachdenken. Ich musste hier raus, aus diesem Zimmer, aus dieser Situation, aus dieser Wahrheit.

Aber Eden sprach weiter, schnell und drängend. Fast so, als spürte er, dass ich am Rande eines Abgrunds stand, und als wollte er mich direkt hinüberstoßen. »Das macht es nicht ungeschehen, und das weißt du. Es ist egal, wie viel Zeit vergangen ist, weil ich immer noch derselbe Mensch bin. Es ist immer noch in mir.« Er sah auf seine geballte Faust. »Gerade eben, mit Jacob. Hättest du mich nicht zurückgehalten, keine Ahnung, was ich getan hätte.«

»Selbst ich hätte ihm am liebsten eine verpasst, okay?«, erwiderte ich ungehalten. »So bist du nicht. Ich kenne dich.«

»Das dachtest du damals doch auch, oder nicht?«

»Ich … das ist …« Meine Stimme brach. Mein Kopf dröhnte, feine Schmerzfäden zogen sich durch mein Sichtfeld, das Zimmer verschwamm. *Gehirnerschütterung*, dachte ich. Oder nicht das Gehirn, sondern das Herz. Vielleicht war es gar nicht weg, nur heftig erschüttert. Vielleicht erlebte mein ganzes Ich gerade ein verdammtes Erdbeben, und ich hatte deswegen das Gefühl, den Halt zu verlieren, obwohl ich saß. Es war zu viel. Ich sehnte mich nach fünf Minuten Pause, frischer Luft, Gedankenklarheit, Stille.

Eden gab mir nichts davon. »Sieh mich an, Avery«, forderte er eindringlich. »Sieh mich an und sag mir, dass du mir das verzeihst. Dass es für dich keine Rolle spielt, was ich getan habe. Dass du hundertprozentig sicher bist, dass ich das nie wieder tun werde – obwohl du das damals auch gedacht hast und ich es trotzdem getan habe.«

Ich wollte es tun. Alles davon. Aber in diesem Moment war es mir nicht einmal möglich, meinen Blick zu ihm zu wenden. Obwohl ich den Fokus seiner Augen auf meiner gesunden Schläfe spürte, die plötzlich auch pochte. Obwohl ich einen Ton aus seiner Stimme heraushörte, der sich von der kühlen Entschlossenheit abhob. Flackerndes Flehen. Mit aller Kraft zwang ich mich dazu, den Kopf leicht zu drehen. Tränen drückten auf meine Augen und irgendetwas anderes, so viel Schwereres, auf meinen Brustkorb. »Eden, bitte«, flüsterte ich hilflos.

Aus dem Augenwinkel sah ich ihn langsam nicken. »Siehst du? Du kannst es nicht. Also, wie willst du mit mir zusammen sein, Avery? Wie willst du mit jemandem zusammen sein, der genauso ein Monster ist wie der Typ, der den Tod deines Vaters verschuldet hat?«

Ich schüttelte den Kopf. »Das … du bist nicht er. Du wärst nie so weit gegangen! Und überhaupt, das war damals. Du kennst dich jetzt besser, du würdest anders mit so was umgehen, das hast du doch vorhin bewiesen.«

»Das bedeutet nichts. Verstehst du das denn nicht? Ich kann auf Alkohol verzichten, um meine Impulskontrolle besser im Griff zu haben, ich kann regelmäßig zum Boxen gehen, um meine beschissenen Gefühle zu kontrollieren, ich kann Menschenansammlungen und mögliche Konfliktsituationen meiden, so gut es geht – das heißt nicht, dass es nicht wieder passieren könnte, wenn alles falsch zusammenkommt.«

Jedes Wort war ein kleiner Stein, der in mein Gesicht prallte. Winzige Stückchen Wahrheit, die Eden schon seit Monaten um sich herum ausgeworfen hatte und die ich nicht hatte deuten können. »Aber … nein. Nein, Menschen verändern sich«, beharrte ich, fast trotzig.

»Ach, echt? Und wieso denkst du dann, dass *er* das nicht auch könnte? Wenn Menschen sich verändern können, wieso bist du dann wütend auf deine Mutter und Lexi, weil sie ihm genau aus diesem Grund verzeihen und helfen wollen?« Seine Stimme klang hart, fast schon höhnisch. Sie passte nicht zu ihm. Und sie trieb mir endgültig die Tränen in die Augen.

»Lass das«, wisperte ich. »Verlang nicht von mir, ihn mit dir auf eine Stufe zu stellen. Er hat meinen Vater getötet. Du kannst nicht erwarten, dass ich das verzeihe.«

»Es geht nicht darum, dass ich erwarte, dass du ihm verzeihst. Es geht darum, dass du genauso wenig erwarten kannst, dass ich *mir* verzeihe.« Eden lächelte erschöpft. Als wäre er über eine Ziellinie gekommen. Mich beschlich das Gefühl, dass er das hier genau so gewollt hatte. Dass er mir diese ganze Wahrheit so heftig vor den Kopf knallen wollte, dass ich nicht mehr in der Lage dazu war, zu widersprechen.

Mit ganzer Kraft richtete ich den Blick auf ihn. »Das ist nicht fair. Du kannst mir das nicht aus dem Nichts erzählen und von mir erwarten, dass ich die richtigen Worte finde.«

Seine Augen schimmerten silbrig. »Ich erwarte gar nichts von dir, Avery«, flüsterte er. »Ich will nur, dass du begreifst, wieso das hier keine Zukunft hat.«

»Aber ich liebe dich.« Ich weinte jetzt, die Worte waren halbe Schluchzer, doch ich wusste, dass er sie verstand, weil wir sie beide im Grunde schon lang kannten. »Ich liebe dich seit fast vier Jahren, Eden. Ich weiß nur nicht, wie ich es dir abnehmen kann, dich selbst zu lieben.«

»Kannst du nicht. Und genau das ist der Punkt. Wie sollst du mir vertrauen, wenn ich mir selbst nicht vertraue?« Er stand auf. »Das hier. Das mit uns. Das ist zu viel. Es ist falsch und … ich kann das nicht. Und wenn du ehrlich zu dir bist, kannst du es auch nicht. Du wirst immer das in mir sehen, was ich nicht sein will.«

»Das ist nicht wahr.« Ich klang nicht halb so sicher, wie ich es meinte. Wie ich es meinen wollte.

Eden bemerkte es vermutlich ebenfalls und nickte. »Doch. Und ich werde es auch in mir sehen, verstehst du? Du wirst mich immer daran erinnern, was für ein Scheißmonster ich sein kann.«

Ich zuckte vor seinen Worten zurück. »Eden … bitte, hör auf«, wisperte ich. *Hör auf, so was zu sagen, hör auf, so was zu denken, hör auf, hör auf, hör auf.*

»Wieso? Es ist wahr. Wir sind nicht gut füreinander. Vielleicht kann ich es ja hinbekommen und ein Leben lang vermeiden, zu werden wie er, aber ein *Vielleicht* wird nie gut genug für dich sein.« Er zögerte, dann ging er vor mir in die Hocke und nahm mein Gesicht in seine Hände. »Du willst jemanden, der durchgehend gut ist. Der weiß, wer er ist und dass er immer das Richtige tun wird. Und es gibt niemanden, der das mehr verdient hat als du.«

Da waren Tränen, die sich aus seinen Augen stahlen, aber sein Blick wirkte seltsam entschlossen. Ein klammes Gefühl machte sich in mir breit.

»Ich liebe dich so sehr, Avery«, flüsterte er und lehnte seine Stirn gegen meine, »und ich würde alles dafür geben, dieser Mensch für dich zu sein. Ich würde … alles dafür tun, ein anderer zu sein. Aber ich kann nur sein, wer ich bin. Und das wird nie genug sein. Es tut mir leid.«

Erst als er sich von mir löste und aufstand, erkannte ich, wie sein Blick und mein Gefühl zusammenpassten: Das hier war ein Abschied. Panik durchströmte mich, und ich erhob mich.

Zittrig umfasste ich seine Schultern, ließ eine Hand zu seinem Hals rutschen, dorthin, wo sein Puls so unerträglich langsam schlug. »Eden, tu das nicht. Geh nicht wieder einfach so weg, okay?«

Er sah mich an, doch er sah nicht mich. Er sah nur den Bluterguss, der sich pochend unter meinem Auge bildete. »Es tut mir leid«, wiederholte er mit diesem schweigenden Blick, den ich so, so hasste. »Ich hätte nie zu uns zurückkommen dürfen. Aber ich verspreche dir, dass es diesmal endgültig ist. Für immer, Ever.«

Er machte das mit Absicht. Er brach den Namen entzwei, um mir auch noch das letzte bisschen von uns zu nehmen.

Ich weinte jetzt richtig, mein ganzer Körper schüttelte sich. *Sag etwas*, fuhr ich mich in Gedanken an, *sag irgendetwas, damit er bleibt.* Aber ich wusste nicht, was, und ich wusste nicht, wie, weil meine Stimme zu Schluchzern zerbröselte.

Also sah ich erneut dabei zu, wie Eden ging.

Er verließ mein Zimmer, er verließ mich.

Und alles, alles daran fühlte sich endgültig an.

33. Kapitel

AVERY

An der Tür hing ein großer Kranz aus Fichtengrün und roten Beeren. Der herbe Duft der Nadeln vermengte sich mit dem des Meeres, der durch die Straßen wehte.

Ich hatte mir Zeit auf dem Weg gelassen, war von der Bushaltestelle durch die Fußgängerzone gelaufen, hatte die blinkende Weihnachtsbeleuchtung angesehen, die geschmückten Schaufenster, die dick eingemummelten Einheimischen, die mit den letzten Besorgungen durch die Straßen liefen und einander freundlich grüßten. Der Küstenwind machte aus den dicken weißen Flocken, die es in Windsbury gegeben hatte, einen feinen Schneeregen, der mein Haar längst durchnässt hatte. Ich ließ den Schirm trotzdem in meinem Rucksack. Heute wollte ich auch keine Angst vor dem Regen haben, heute musste ich mutig sein, auf sehr viele Arten.

Es war der 24. Dezember, morgen war Weihnachten, und die anderen waren in den letzten Tagen nach und nach aufgebrochen, um heimzufahren. May war die Letzte gewesen, heute Morgen. Sie hatte mich an der Bushaltestelle abgesetzt und mich zum Abschied so lang umarmt, dass ich sicher war, dass sie mehr wusste, als Eden oder ich erzählt hatten.

Und jetzt war ich hier, an einem Ort, von dem ich mir geschworen hatte, ihn zu meiden. Vor allem heute. Es war keine wohlüberlegte Entscheidung gewesen, herzukommen, eher eine weitere Flucht. Denn wie hätte ich in der Mulberry Mansion bleiben sollen, wenn Eden der Einzige war, der die Feiertage dort verbrachte?

In den letzten Tagen hatte er sich zurückgezogen, nicht nur von mir, sondern von uns allen. Sein Stuhl blieb bei den gemeinsamen Essen leer, selbst wenn May oder Maxton versuchten, ihn zu holen, seinen Teil der Hausarbeit erledigte er, wenn wir anderen schon schliefen, tagsüber kam er kaum in die Villa, abends blieb er in seinem Zimmer oder in der Gartenbibliothek. Eden wurde zu einem blassen Schemen, den man aus den Augenwinkeln wahrnahm und der um die nächste Ecke verschwunden war, bevor man sich umdrehen konnte. Es war wie am Anfang, nur schlimmer. Eden war noch abweisender, noch verschlossener, noch schweigsamer in seinem Blick und allem, was er tat.

Ein paarmal sah ich Maxton auf unserem Flur, und ich wusste, dass er versuchte, mit Eden zu sprechen. Und ich wusste auch, dass er damit keinen Erfolg haben würde. Ich hatte mir damals meine Zähne an Eden ausgebissen, jede Abweisung hatte ein weiteres Stück meines Herzens herausgebissen, und gebracht hatte es nichts.

Diesmal versuchte ich nicht, mit ihm zu reden. Was hätte das genützt? Was hätte ich sagen können? Was dachte ich überhaupt? Seit Eden mir die Wahrheit gesagt und erneut mit mir gebrochen hatte, fühlte ich mich ausgebrannt. In den letzten Wochen mit ihm, da hatte ich alles gefühlt, alles, alles. Jetzt war ich leer und erschöpft.

Ich wollte nach Hause, auf eine sehr kindliche Art, und dieser Drang war stärker als alles andere. Stärker als meine Wut, stärker als meine Verletztheit, stärker als mein Trotz.

Ich klingelte nicht, obwohl ich es womöglich hätte tun sollen, weil ich mittlerweile nur noch ein Gast hier war. Meine

Finger zitterten, als ich den Schlüssel ins Schloss steckte und herumdrehte. Ich atmete tief durch, dann öffnete ich die Tür.

Ich war so lang nicht hier gewesen, aber der Geruch war ein Nadelstich ins Herz. Das und der Anblick der Frau, die am Flurende im Kücheneingang stand und mir entgegensah. Nicht überrascht, eher so, als hätte sie mit mir gerechnet. Wir hatten uns seit Monaten nicht gesehen oder miteinander gesprochen, seit Wochen hatte meine Mutter nicht einmal mehr versucht, Kontakt aufzunehmen. Doch in diesem Augenblick begriff ich, dass das nicht bedeutete, dass sie mich aufgegeben hatte. Sie hatte einfach gewartet, bis ich bereit war.

Ich verharrte schweigend auf der Stelle. Der murmelnde Winterwind in meinem Rücken, Mumford & Sons und Ofenrauschen aus der Küche, mein heftiger Herzschlag in meinen Ohren. Ich stand da, in der Eingangstür zu meinem alten Zuhause, in einer Duftblase aus Vanille, Tannengrün und Meer und sah meine Mutter an. Meine Mutter mit den goldbraunen Augen, dem dunklen Haar und dem hellen Lächeln. Schiefer und unsicherer als sonst, aber immer noch so warm. Immer noch so sehr zu Hause.

Auf dem Weg hierher hatte ich mir viel vorgenommen: Ich wollte ruhig bleiben, sachlich und rational. Doch je länger ich sie ansah, desto mehr bröckelten diese Vorsätze weg. All meine Mauern zerfielen zu Staub. Ich ließ meine Tasche fallen und irgendwie noch mehr. Irgendwie alles. Und dann weinte ich. Wie so oft in den letzten Tagen, doch ganz anders. Das hier war Trauer und Wut und Schmerz und Verzeihen und Entschuldigung und Liebe.

Meine Mutter brauchte keine zehn Sekunden, dann war sie bei mir und umarmte mich. Ihr Haar roch nach Plätzchen und Kamillentee. Zuhause, Zuhause, Zuhause. Ich klammerte mich an sie und hörte auf zu denken, stürzte mich kopfüber in Gefühle, die ich seit meiner Flucht von diesem Ort unterdrückt hatte. Nicht alles davon war gut, nicht alles war heilsam. Manches fühlte sich nach freiem Fall an, nach Magenziehen, Schwindel und Angst vor dem Boden, der auf mich wartete. Er würde kommen, aber vielleicht war das ja okay. Weil ich wusste, dass mich jemand auffangen würde. Eigentlich hatte ich das immer gewusst.

Wir setzten uns an den Wohnzimmertisch. Der Tannenbaum war nicht geschmückt, aber die Kisten standen schon daneben. Eine Girlande aus rotem Plüsch lugte aus einer hervor. »*Zuckerstange-trifft-Weihnachtsapfel*«, sagte Lexi jedes Jahr dazu. »*Hässlich*«, antwortete ich jedes Mal und ließ es trotzdem zu, dass sie sie über den Kamin legte, an dem die Weihnachtsstrümpfe hingen. Sie waren schon daran befestigt, von meinem Vater selbst genäht, von meinen Kinderkrakelbuchstaben beschriftet. *Lexi, Avery, Mum, Dad.* Sie hingen alle vier da, und irgendwie tat das auf eine Weise weh, die sich ein bisschen nach Heilen anfühlte.

»Ich will es verstehen. Wie kam es dazu?«, fragte ich heiser, nachdem wir uns eine Zeit lang schweigend angesehen hatten. Zwischen uns dampfte Bratapfeltee aus zwei Bechern, ich wärmte meine kühlen Finger daran.

Meine Mutter nickte langsam. »Es fing etwa anderthalb Jahre nach dem Prozess an. Unsere Anwältin hat mir gesagt, dass Graham gern Kontakt zu mir aufnehmen würde, und gefragt, ob ich damit einverstanden wäre, wenn sie mir Briefe von ihm weiterleiten würde.«

Ich zuckte zusammen, als sie seinen Namen aussprach. So ruhig, als wäre es nur ein Name und er nur … ein Mensch. Ich hatte mich lang gegen diesen Gedanken gewehrt. Es hieß, viele Täter entmenschlichten ihre Opfer, um jedes Mitgefühl von vornherein unterdrücken zu können. Vielleicht funktionierte das auch andersherum. Ich hatte Graham seinen Namen genommen und aus ihm ein gesichtsloses Personalpronomen gemacht, um ihn besser hassen zu können.

»Ich wollte erst nicht, aber dann war es mir irgendwie auch egal. Zu dieser Zeit war mir viel zu viel egal. Also habe ich zugesagt. Graham hat mir Briefe geschrieben. Jede Woche einen. Ich habe sie am Anfang ungelesen weggeworfen, aber irgendwann … war ich so erschöpft. Dieser Hass auf ihn und auf die ganze Welt hat mich müde gemacht. Also habe ich angefangen, sie zu lesen.« Ihre Finger zitterten leicht, als sie den Becher umschloss und am Tee nippte. »Ich wollte sie hassen, ich wollte *ihn* hassen, glaub mir, aber diese Briefe waren so echt. Die Reue, der Selbsthass, dieser unsagbare Schmerz über das, was er getan hat. Ich habe es ihm geglaubt. Natürlich macht das nichts ungeschehen, natürlich verstehe ich noch immer nicht, warum er das getan hat, natürlich wird kein Tag vergehen, an dem ich mir nicht wünschte, alles wäre anders gekommen. Aber mit diesen Briefen war alles ein bisschen … erträglicher. Zu lesen, dass diese Tat auch in ihm etwas verändert hat, dass er sein Leben und sein ganzes Ich umkrempeln wollte – das hat mir einen Funken Hoffnung gegeben. Hoffnung, dass in all der Sinnlosigkeit ein winziger Splitter Zukunft liegt.«

Sie sprach schnell, als rechnete sie damit, ich würde sie unterbrechen oder aufstehen und gehen. Und obwohl ein Teil von mir das wollte, blieb ich sitzen. Ich hörte zu, und ich versuchte, *wirklich* zuzuhören. Weil Eden recht gehabt hatte: Verständnis brauchte keine überzeugenden Rechtfertigungen. Verständnis brauchte nur die Bereitschaft, die Entscheidungen anderer von den eigenen Überzeugungen gelöst zu betrachten. Und ich war nicht gut darin, Gott, ich war furchtbar darin, aber ich wollte so gern besser werden. Also nickte ich nur sacht, damit sie fortfuhr.

»Ein paar Monate später habe ich mich dazu entschlossen, ihn zu besuchen. Erst nur sporadisch, irgendwann regelmäßig. Es hat uns beiden geholfen, denke ich.«

»Geholfen, damit abzuschließen?«, fragte ich leise.

Sie lächelte matt. »Ich werde nie damit abschließen, Avery. Aber ich musste einen Weg finden, damit *weiterzumachen*. Was passiert ist, hat Spuren in mir hinterlassen. Ich werde nie aufhören, deinen Vater zu vermissen. Niemals. Aber ich will nicht, dass durch diese Tragödie ein weiteres Leben zerstört wird. Nicht meins. Nicht einmal seins.« Sie zögerte und legte ihre Hand auf meine. Ich hatte nicht bemerkt, dass meine Finger am Becher zu beben begonnen hatten. Eine feine Spur Bratapfeltee rann am Rand hinab. Es erinnerte an Blut, doch es machte mir kaum Angst. Ein ganz leichter Schwindel, mehr nicht. Denn die Berührung meiner Mutter war warm und fest, so wie ihr Blick auf mir. »Und ganz bestimmt nicht deins oder das deiner Schwester«, fügte sie sanft hinzu.

Ich schluckte schwer und schloss die Augen. *Der mein Leben zerstört hat*, das hatte ich im Bistro zu Eden gesagt. Erst jetzt begriff ich, was für eine kapitulierende Aussage das war. Eine Prophezeiung, die sich selbst erfüllte, indem ich sie glaubte. Ich hatte den Tod meines Vaters als Anlass für so viele Entscheidungen in meinem Leben genommen. Meine Werte, meine Meinung über andere, meine beruflichen Ziele … alles hatte ich immer durch ein Glas betrachtet, in dem der Tod meines Vaters schwach reflektiert wurde. Drei Jahre lang hatte ich diesen Filter über alles gelegt, und ich war daran fast kaputtgegangen. Doch selbst wenn ich bereit war, das einzusehen: Wie sollte ich jetzt damit aufhören?

»Ich weiß nicht, wie ich das hinbekommen soll«, gestand ich kraftlos. »Ich hab das Gefühl, alles, was ich tue, muss mit ihm zusammenhängen. Dass ich es ihm schulde, mein Leben irgendwie ihm zu widmen. Und ich … ich weiß nicht, wie. Was ich tun muss, damit es endlich reicht. Damit es endlich weggeht. Dieses Gefühl, nicht genug für ihn zu tun. Ich will mich nicht mehr so schuldig fühlen.«

Was viele nicht verstanden, war, dass Schuld keinen Grund benötigte. Ich musste keinen dramatischen Streit mit meinem Vater gehabt haben, ehe er das Haus verließ. Ich musste auch nicht der Grund dafür gewesen sein, dass er das überhaupt tat, er musste nicht auf dem Weg gewesen sein, um mir meine Lieblingseiscreme zu kaufen oder mich von einer Party abzuholen. Die Schuld war da, weil ich es nicht gewesen war. Ich war nicht da gewesen, am Ende seines Lebens. Und jetzt war er nicht mehr da, und alles, was geblieben war, war diese drückende Leere, die mich jeden Tag begleitete.

»Er ist dein Vater. Du warst immer genug für ihn. Ich weiß, dass du das Gefühl hast, wütend sein zu müssen. Für ihn.« Sie strich mir die wirren Ponysträhnen hinter das Ohr. Ihre Stimme wurde leiser. »Aber dein Vater hätte nie gewollt, dass du wütend bist und so sehr hasst. Er hätte gewollt, dass du liebst. Und an das Gute glaubst. Dass du mutig bist. Kaum etwas kostet so viel Mut wie zu verzeihen. Aber es ist der einzige Weg, um die Vergangenheit gehen lassen zu können.«

»Ich will ihn nicht loslassen«, wisperte ich. Meine Sicht verschleierte, die Tränen liefen über meine Wangen.

Meine Mutter wischte sie fort. »Das musst du doch auch nicht. Du kannst das Gute festhalten und den Schmerz loslassen. Du musst nur mutig sein.«

»Vielleicht bin ich das nicht. Vielleicht bin ich nicht mutig genug. Vielleicht bin ich nicht gut genug.« Vielleicht war man ein schlechter Mensch, wenn man nicht aufhören konnte, in gute und schlechte Menschen zu unterteilen. Vielleicht war mein Schwarz-Weiß-Denken der Grund dafür, dass ich nie hell sein würde.

»Natürlich bist du das«, widersprach sie mir mit dieser Entschiedenheit und diesem unterschwelligen Stolz, mit dem sie mir früher bei Buchstabier- und Schwimmwettkämpfen zugeguckt hatte. Ich hatte nie gewonnen, dennoch hatte meine Mutter jedes Mal gejubelt, als wäre ich Olympiasiegerin geworden. »Du bist so gut. Du hast viel von deinem Vater, und dein Herz ist viel größer, als dein Verstand es ihm zugestehen will. Aber Vergeben ist keine Schwäche, es ist eine Stärke. Und du bist stark.« Sie streichelte mir ein letztes Mal über die Wange, dann ließ sie mich los und lächelte mir zu. »Du versuchst es einfach, okay? Jeden Tag. Und wenn du so weit bist, dann lässt du die Wut los. Und erinnerst dich daran, wie viel Glück wir hatten, ihn zu haben.«

Meine Sicht verschwamm noch mehr. Auf der Kommode im Rücken meiner Mutter standen ein halbes Dutzend gerahmter Familienfotos. Nach dem Tod meines Vaters hatte meine Mutter sich bewusst dagegen entschieden, ein Trauerfoto in Schwarz-Weiß aufzustellen. *»Ich werde mich in Farbe an ihn erinnern«*, hatte sie gesagt. Ich verstand jetzt, was sie damit gemeint hatte. Und auch, was ich *nicht* getan hatte. Ich hatte mich an den dunkelsten Erinnerungen von ihm festgehalten, an der Art, wie er uns genommen wurde, an den Lücken, die er hinterließ. Und vermutlich hätte ich seinem Andenken nie mehr schaden können. Ich wollte mich endlich wieder an das Gute erinnern, ohne das Schlechte als Gedankenschatten hinterherziehen zu lassen. Ich wollte mich nicht mehr schuldig für die neuen Glücksmomente fühlen, die in mein Glas wanderten, weil ich daran denken musste, dass er keine mehr sammeln konnte. Ich wollte mir bei jedem davon bewusst machen können, dass er sich für mich gefreut hätte. Ich wollte so viel und wusste nicht, wie ich irgendetwas davon erreichen konnte, aber der erste Schritt war immer der, überhaupt ans Gehen zu denken.

»Es tut mir leid. Ich hätte nicht abhauen dürfen«, brachte ich hervor. »Ich sollte hier sein. Bei euch.«

Es war falsch gewesen, so zu gehen. Womöglich war es sogar falsch gewesen, überhaupt zu gehen. Wäre ich nie nach Windsbury gezogen, hätte ich Eden nicht wiedergetroffen. Und trotzdem wusste ich insgeheim, dass ich es wieder gemacht hätte. Alles davon. Denn das, was ich mir bei meinem Vater wünschte, das funktionierte bei Eden von selbst. Das Dunkle, das er mit mir geteilt hatte, nahm dem Hellen mit ihm nichts von seiner Kraft. Ich wünschte mir nicht, ihn nicht wiedergesehen zu haben. Ich wünschte mir nur, ihn nicht wieder verloren zu haben.

Meine Mutter schüttelte den Kopf. »Ich glaube, dass es gut war, dass du gegangen bist. Ich habe dir viel zu lang das Gefühl gegeben, bleiben zu müssen. Ich hätte nie den Mut gefunden, dich wegzuschicken, dabei wusste ich längst, dass ich es tun sollte. Du musst dein eigenes Leben führen. Wir sind hier, wenn du uns brauchst. Und ich weiß, dass du das auch bist, wenn wir dich brauchen. Wir sind eine Familie.«

In diesem Moment begriff ich, wie viel Glück ich hatte. Eine Familie war nicht immer das hier: Zuhause, Sicherheit, Geborgenheit, Unterstützung und Liebe. Aber meine schon. Wir waren uns nicht immer einig. Wir hatten verschiedene Ansichten, wir gingen unterschiedlich mit Menschen und dem Leben um. Und genau deswegen hatten wir alle unsere eigene Art, mit dem Tod meines Vaters umzugehen. Zum ersten Mal verstand ich, dass das nicht bedeutete, dass wir nicht zusammengehörten. Wir waren eine Familie, aber jede einzelne musste für sich den richtigen Weg finden, um mit Trauer, Verlust und Schmerz umzugehen. Es war kein Verrat an anderen, für sich selbst da zu sein.

Ich strich mir mit beiden Händen die Tränen aus dem Gesicht. Meine Augen waren verquollen und pochten dumpf, ich war erschöpft und überfordert, aber ich war auch glücklich, hier zu sein. Zu Hause, bei meiner Familie, an Weihnachten.

Ich rang mir ein Lächeln ab. »Können wir jetzt den Baum schmücken?«

Mum erwiderte mein Lächeln und stand auf. »Ich hole Lexi. Sie wollte unbedingt damit warten. Ich glaube fast, sie hat gewusst, dass du doch noch kommst.«

Ein paar Stunden später saßen wir zu dritt auf dem Sofa gegenüber dem geschmückten Tannenbaum. Auf dem Tisch vor uns stand ein Teller mit Plätzchen, an meinen Fingern klebten Reste von den Butterkeksen, und auf meinen Lippen lag die herbe Süße von heißer Schokolade. Draußen war Redcar in dunkler Stille versunken, nur die Kerzenflammen auf dem Fensterbrett wurden in der Scheibe reflektiert. Wir zündeten sie dieses Jahr zum dritten Mal an. Drei Jahre Weihnachten ohne meinen Vater, aber auch drei Jahre mit meiner Mutter und meiner Schwester, mit Märchen in Dauerschleife, mit so vielen Keksen, dass das Abendessen überflüssig wurde, mit Punsch mit eingelegten Orangenscheiben, mit einem Gefühl von Wärme, das durch den ganzen Körper kroch. Ich versuchte dieses Mal ganz bewusst, das wahrzunehmen, was wir hatten, nicht das, was wir verloren hatten.

Meine Schwester saß neben mir in einem karierten Pyjama und knabberte an einem Sternenkeks, obwohl sie vor zwanzig Minuten verkündet hatte, nie wieder etwas essen zu können.

Lexi hatte mich so gelassen begrüßt, als wäre ganz klar gewesen, dass ich kommen würde. Keine Erleichterung, aber auch kein Triumph, nur ein Nicken und ein etwas zu fester Seitenknuff, als sie mich wegschob, um an die Kiste mit dem unsäglichen Kaminschmuck zu kommen. Beim Streiten war Lexi laut, beim Versöhnen leise, so war das schon immer gewesen.

Wir redeten nicht über unser letztes Gespräch, nur über das, was seitdem passiert war. Unsere Uni-Prüfungen, Lexis On-off-Beziehung mit ihrem Tutor, die Beförderung meiner Mutter zur Teamleiterin in ihrer Versicherungsagentur. Ich erzählte von Windsbury, von der Mulberry Mansion, von meinen Mitbewohnern und – als ich mit Lexi in der Küche stand, um die heiße Schokolade zuzubereiten, in jeder Hinsicht benebelt vom Milchduft – auch davon, dass Eden einer von ihnen war. Ich sagte nicht viel, nicht ansatzweise genug, doch ich wusste, dass Lexi auch das Ungesagte ahnte. Sie fragte nicht nach, aber sie lächelte, als sie die Milch umfüllte, und meinte: »Hab ihn vermisst.« Und ich nickte und sagte: »Ich auch«, und fühlte mich glücklich und traurig zugleich.

Ich wusste nicht, was schmerzhafter war: an das Haus seiner Eltern zu denken, das ein paar Gehminuten von hier entfernt lag und in dem seine Mutter vermutlich nur mit seinem Vater Weihnachten verbrachte, oder an die Mulberry Mansion, an diese große Villa, in der Eden allein die Feiertage verstreichen ließ. Beides tat auf unterschiedliche Weisen weh. Ich zwang mich, die Gedanken beiseitezuschieben. Die Zeit zwischen den Jahren war mir früher immer vorgekommen wie der Abschnitt zwischen einem Ortsschild und dem nächsten. Weder das eine noch das andere, weder alt noch neu, weder hier noch dort. Nur ein Leerraum aus Traditionen, Zusammensein und Wärme. Ich wollte wenigstens für ein paar Stunden in dieser Weihnachtsblase bleiben, bevor ich mich der Realität stellte.

Es war fast Mitternacht, als unsere Mutter mit einem Gähnen aufstand und sich verabschiedete. Sie küsste uns beide auf den Kopf, ehe sie summend das Wohnzimmer verließ und die Treppe hinaufging. Lexi und ich blieben zurück und blickten zum Tannenbaum. Seine silbernen Kugeln schimmerten im Schein der Lichterkette, die wir als Kerzenersatz herumgebunden hatten.

»Der Elf ist schief«, urteilte Lexi nach ein paar Minuten und deutete auf die Porzellanfigur, die auf der Spitze saß.

»Ich glaube eher, der Baum ist schief.«

»Hm.« Sie kniff die Augen hinter ihrer dunkel gerahmten Brille zusammen. »Hatte meine Brille nicht dabei, als ich ihn ausgesucht habe.«

Ich neigte den Kopf, bis Baum und Elf gerade waren. »Ich mag's irgendwie. Ist ja sowieso alles eine Frage der Perspektive.« Mein Lächeln verebbte etwas, als ich begriff, wie wahr das war. Ich wusste, dass ich nichts dazu sagen musste, aber ich wollte es trotzdem tun. Ich wollte nicht, dass ein Rest unseres Streits zwischen uns stand und uns bei der nächstbesten Gelegenheit ein Bein stellte. Unsicher suchte ich ihren Blick. »Lexi …«

Sie winkte ab, bevor ich die richtigen Worte finden konnte. »Ich weiß. Mir auch.« Sacht stieß sie mit der Fußspitze gegen meinen Oberschenkel, ohne mich direkt anzusehen. »Gut, dass du wieder da bist.«

Ich zwickte sie durch die Wollsocke in den großen Zeh. »Find ich auch. Schaust du noch einen Film mit mir?«

»Darf ich aussuchen?«

Ich stöhnte. »Du willst echt wieder *Casablanca* gucken?«

Sie grinste und schob beide Füße in meinen Schoß. »Komm schon. Lass es uns noch einmal spielen.«

Ich lächelte schief und warf ihr die Fernbedienung zu. »Na gut. Um der alten Zeiten willen.«

Meine Augen fielen zu, genau als Lexi das erste Mal ins Taschentuch schniefte. Ich lächelte träge und rollte mich auf dem Sofa zusammen. Das hier war tatsächlich wie in den alten Zeiten. Vielleicht musste man ja nicht alles hergeben, wenn man erwachsen wurde. Es würden immer Dinge und Menschen wegbrechen, aber eine kleine Insel blieb bestehen.

Ich wünschte mir nur so sehr, man dürfte sich selbst aussuchen, was und wer sich auf diese rettete. Denn meine Wahl, die wäre seit vier Jahren dieselbe.

34. Kapitel

EDEN

I am out with lanterns, looking for myself. Ich schob meinen Jackenärmel etwas höher, um die Worte an meinem Handgelenk lesen zu können. Schwarzer Edding, die Buchstaben schräg und von Hautfältchen durchbrochen. Ich hatte sie im Halbschlaf aufgeschrieben, das Gedichtbuch von Emily Dickinson neben meinem Kopfkissen, ihre Worte bleischwer in meinem Gedankenmeer. Als ich morgens aufgewacht war, hatte ich gewusst, was ich tun musste.

Die letzten Tage in der Villa waren seltsam gewesen. Die anderen waren über Weihnachten nach Hause gefahren, und obwohl ich mich in den vergangenen Jahren an das Alleinsein gewöhnt hatte, war mir die Stille dieses Mal fremdartig unter die Haut gegangen. An all den Ecken, an denen mir die anderen sonst gelegentlich auf die Nerven gingen, vermisste ich sie jetzt. Becketts und Siennas alberne Streitigkeiten, Helens endlose Gespräche mit Versailles, Willows laute Musik, Maxtons durchdringender Blick, Mays sorgenvolle Nachfragen, Averys bloße Anwesenheit, die alles besser und schlimmer zugleich machte. Ohne sie war die Mulberry Mansion zwar charismatisch und einzigartig, aber sie war auch … verlassen. Weihnachten als Einziger dort zu verbringen, nur mit meinen Büchern und einem Huhn, das unruhig durch den Salon taperte, fühlte sich nicht nach Alleinsein an. Sondern nach Einsamkeit.

Womöglich lag das auch daran, dass ich mir selbst fremd vorkam. Seitdem alles mit Avery geklärt und beendet war, fühlte ich mich weit weg von mir. Ich wusste, dass es richtig gewesen war, ihr endlich die Wahrheit zu sagen. Ich hatte mich lang davor gedrückt, weil ich nicht sehen wollte, wie sich ihr Blick auf mich veränderte. Und weil ich mich nicht meinem eigenen stellen wollte. Doch man konnte nicht die Augen vor etwas verschließen, das in einem lag. Ganz gleich, wie sehr ich mir wünschte, es wäre anders, ich konnte nicht leugnen, was ich getan hatte oder wer ich war.

Ich war der Sohn meines Vaters. Einem Mann, der von seinem eigenen Vater geschlagen worden war. Was ich von meiner Mutter wusste, die wiederum von meinem Vater verprügelt wurde, so wie ich früher auch. Man konnte das überall nachlesen: Gewalt war eine Spirale, ein Kreislauf, eine Dominokette. Egal, welche Metapher man wählte, die Aussage blieb dieselbe: Gewalt endete nicht einfach an einem Punkt. Sie wurde weitergereicht, sie grub sich von Leben zu Leben, bis alles schmerzdurchlöchert war.

Jahrelang hatte ich mir eingeredet, dass ich nicht so veranlagt war. *Ich bin nicht der Typ für Gewaltausbrüche*, das hatte ich mir wieder und wieder gesagt, nur um in einem schwachen Moment vom Gegenteil überzeugt zu werden. Und seitdem wusste ich: Man musste kein aggressiver Mensch sein, um jemand anderem so etwas antun zu können.

In den letzten Jahren hatte ich mich viel mit der Komplexität von Gewalt beschäftigt. Die Recherche hatte mich fast gebrochen, gleichzeitig hatte ich sie gebraucht. Ich hatte das, was zu Hause passiert war, abstrakter begutachten müssen. Also hatte ich mich mit den Erfahrungen anderer beschäftigt, als könnten ihre namenlosen Gesichter mir dabei helfen, mein eigenes zu ertragen. Ich hatte Foren durchforstet, Fachbücher,

Artikel und Statistiken gelesen. Ich hatte unpersönliche Fachbegriffe für etwas gefunden, das ich nie in Worte hatte fassen können, Erklärungen für etwas, das man nicht erklären konnte. Nichts davon machte es leichter, damit zu leben, aber immerhin wurde es erträglicher, darüber nachzudenken. Ich glaubte zu begreifen, dass es meinem Vater vor allem um Macht und Kontrolle ging. Er brauchte die permanente Gewissheit, dass die Dinge so liefen, wie er es wollte. Und wenn das nicht geschah, reagierte er mit Wut. Die Misshandlungen meiner Mutter waren sein Ventil, um sich besser zu fühlen. Wenn ihm etwas zu entgleiten drohte – ob im Büro oder zu Hause –, dann schlug er meine Mutter, um das Gefühl zu haben, irgendetwas zu beherrschen. Nichts davon ließ mich verstehen, wie man so etwas tun konnte, nichts davon rechtfertigte irgendetwas. Mein Vater war krank. Vielleicht hätte ihm geholfen werden können, vielleicht hätte er auch weggesperrt werden müssen. Und ich gleich mit dazu.

Ich war in vielen Dingen nicht wie er. Ich war nicht so dominant, ich hatte keine Freude daran, mich über andere zu stellen, mir war mein Ansehen nicht wichtig. Ich war generell kein sonderlich wütender Mensch. Aber das Ding war: Stress und Angst waren ebenso große Auslöser wie Wut. Und davon hatte ich viel. Viel zu viel. Angst vor meinem Vater, Angst um meine Mutter, Angst vor mir … Angst um mich?

Ich hatte oft gelesen, dass es Kinder zwangsläufig prägte, wenn sie zu Hause Gewalt miterlebten. Dass sie entweder später an gewaltbereite Partner gerieten oder selbst Gewalt ausübten. Und in dieser einen Nacht vor dem Abschlussball hatte ich eindeutig bewiesen, in welche Schublade ich gehörte. Ich war mir *so* sicher: Das, was in meinen Genen lag, war ein Geschwür. Es brauchte manchmal Zeit, bis es zu wuchern anfing, doch letztlich würde es das tun.

Und genau aus diesem Grund durfte ich nicht mit Avery zusammen sein. Womöglich eigentlich mit niemandem, aber ganz sicher nicht mit ihr. Sie hatte sich immer nach Frühling gesehnt, ich war ein verdammter Kälteeinbruch. Nicht alles von mir, klar, aber es war da. Die Veranlagung, innerhalb von kürzester Zeit alles zu zerstören.

Ich wusste all das, und trotzdem hatte ich in den vergangenen Tagen jede Minute dagegen ankämpfen müssen, zu ihr zu gehen. Mit ihr war es mir leichter gefallen, mich selbst zu erkennen, und jetzt halfen all die Laternen, die Emily Dickinson mir hätte geben können, nicht mehr, um mich zu finden. Also suchte ich blind an dem Ort weiter, an dem das Verlieren seinen Ursprung gehabt hatte.

Ich zerrte den Jackenärmel hinunter, verließ den Eingangsbereich des Kaufhauses und ging auf die Rolltreppe zu. Kaum dass ich die Kosmetikabteilung betrat, wurde ich von einer Wolke aus Parfumdüften umhüllt, die mich jedes Mal zum Niesen brachte.

Mein Blick glitt über die Gesichter der Kundinnen, die ihre Handgelenke aneinanderrieben und Papierstreifen durch die Luft fächelten. Riesige Prozentzeichen hingen zwischen Werbeplakaten, aus den Lautsprechern drangen die letzten Weihnachtslieder, die Säulen im ganzen Gebäude waren von Plastiktannenzweigen umschlungen. Es war der 27. Dezember und das Kaufhaus voll von jenen, die Geschenke umtauschen, Gutscheine einlösen oder schlichtweg der Familie entkommen wollten. Früher hatte ich mich manchmal gefragt, ob meine Mutter sich aus letzterem Grund jedes Jahr für diesen Tag einplanen ließ.

Ich entdeckte sie am Ende der Abteilung zwischen ein paar halbhohen Regalen mit Lippenstiften. Eine Weile stand ich nur da und beobachtete sie. Rosig schimmernde Wangen, makelloser Teint, dunkel geschminkte Lippen, zu einem nichtssagenden Lächeln verzogen, obwohl sie allein war. Ihr Kaufhausgesicht, eine perfekte Maske aus Make-up und Lügen.

Ich holte tief Luft und zwang mich, auf sie zuzugehen. »Hey, Mum«, sagte ich, als ich auf der anderen Seite des Regals angekommen war.

Sie zuckte schwach zusammen. Innerhalb von Sekunden glitt ihr Blick eingehend über mich. Vielleicht rechnete sie damit, dass ich sofort wieder verschwinden würde. Tat ich selbst auch. »Eden«, erwiderte sie atemlos. »Du bist hier?«

»Ja. Ich ... hast du kurz Zeit? Nicht lang, nur ...«

»Natürlich«, unterbrach sie mich und stellte die letzten Stifte in die Reihe.

Wir gingen in den Mittelgang des Kaufhauses. Von hier aus konnte man auf die obere und untere Ebene blicken. Über uns Girlanden aus Weihnachtssternen, unter uns ein riesiger Tannenbaum mit goldenen Kugeln. Ein paar Minuten lang standen wir nur da, während sich um uns herum Gespräche, Musik, Schritte und Tütenrascheln zu einer alles verschluckenden Geräuschkulisse vermengten.

Ich hatte keinen Plan, wusste selbst nicht, was ich mir hiervon erhoffte. Ich war es nur leid, wegzurennen. Und womöglich musste man zum Stehenbleiben erst dorthin zurückkehren, wo man mit dem Rennen angefangen hatte.

»Hast du es je bereut?«, fragte ich aus dem Bauch heraus. »Bei ihm geblieben zu sein, meine ich.«

Sie wich meinem Blick aus und sah auf die Ebene unter uns und das Meer aus Menschen. »Ja«, erwiderte sie nach einem Zögern leise. »Nicht wegen mir. Aber wegen dir schon. Jedes Mal, wenn er dich ... verletzt hat, da war ich kurz davor, zu gehen. Mit dir. Für dich. Ich wusste nur nicht ... wie.«

Ich lächelte bitter. *Kurz davor*, aber nie dicht genug dran, um es wirklich zu tun. »Er musste mich nie anfassen, um mich zu verletzen. Es hat mich auch verletzt, wenn er dich verletzt hat. Das tut es immer noch. Wird es immer.«

Ihre hellen Augen schimmerten vor Tränen, als sie mich ansah. »Es tut mir sehr leid, Eden. Ich wünschte, ich wäre besser gewesen.«

Ich nickte und legte den Kopf in den Nacken, atmete tief durch. »Ich wünschte, ich auch. Ich wünschte, ich hätte dich besser beschützen können. Uns beide. Es gab Zeiten, da hab ich mir gewünscht, ich wäre mehr wie er. So absurd das auch klingt, weil das gleichzeitig alles ist, was ich nicht sein will, aber ... ich wollte stärker sein und impulsiver und ... keine Ahnung, skrupelloser?« Keine Ahnung, wie oft ich mir vorgestellt hatte, meinen Vater umzubringen. Keine Ahnung, wie oft ich mich dafür gehasst hatte – dafür, dass ich solche Gedanken überhaupt gehabt hatte, und dafür, dass ich es nie gewagt hatte, sie in Taten fließen zu lassen.

»Ich bin froh, dass du es nicht warst. Es ist nicht deine Aufgabe, mich zu beschützen. Du bist das Kind.«

»Ich bin jetzt erwachsen.«

»Du bist trotzdem mein Kind. Und Kinder werden von ihren Eltern beschützt, nicht andersherum.« Ihre Lider senkten sich flattrig, ihre Stimme dämpfte sich. »Nur dass dein Vater und ich darin beide versagt haben. Und darunter leide ich jeden Tag. Dass ich dich verloren habe, weil ich so eine schlechte Mutter war.«

»Ich bin nicht deswegen gegangen.« Meine Mutter war der einzige Grund gewesen, warum ich so lang geblieben war. Wäre sie nicht gewesen, wäre ich zum Jugendamt gegangen oder einfach abgehauen.

»Ich weiß. Aber es hängt ja doch alles zusammen.«

Ja, vermutlich schon. Sie hatte nicht auf sich selbst aufpassen können und es deswegen auch bei mir nicht geschafft. Ich wusste nicht, ob ich ihr daraus einen Vorwurf machen konnte. Ich wusste nur, dass ich das nicht wollte. Sie war nicht fehlerlos, aber ich liebte sie trotzdem. Und wenn ich es schaffte, ihr zu verzeihen, dann schaffte ich es womöglich irgendwann, mir zu verzeihen.

»Wie ist es seitdem?«, fragte ich leise. Ich wollte nicht konkreter werden, aber sie verstand es auch so.

»Viel besser. Er hat mir die hier zu Weihnachten geschenkt.« Sie lächelte und nestelte an dem Anhänger ihrer Kette herum. Ein goldenes Herz mit feinen Diamantsplittern. Es war so absurd, dass ich fast gelacht hätte. »Und er hat mir versprochen, dass er weniger trinkt und das nicht wieder passieren wird. Er hat momentan sehr viel Stress auf der Arbeit, und mit mir ist es ja auch nicht immer leicht. Ich mache oft Überstunden, ich vernachlässige ihn in letzter Zeit ein wenig. Wir bekommen das wieder hin.«

Ich gab mir keine Mühe, etwas darauf zu erwidern. Ich kannte all seine Rechtfertigungen. Die weicheren, wenn er ihr versprach, dass es nie wieder vorkommen würde, ihr sagte, dass er sie liebte, dass sie zusammengehörten, dass er alles tun wollte, um ein besserer Mann für sie zu sein. Und auch die härteren, die aus Vorwürfen und Anklagen bestanden. Wenn ich mich konzentrierte, hörte ich noch sein heiseres *»Wieso zwingst du mich zu so was?«*, das ich mit sieben das erste Mal durch ihre Schlafzimmertür gehört und erst viel später wirklich begriffen hatte.

Das Absurde war: Ich glaubte ihm, dass er das glaubte. Es war alles krank und so falsch, natürlich, aber ich glaubte ihm, dass sein Gehirn ihm bereitwillig Entschuldigungen strickte, damit er keine Reue empfinden musste. Genau wie ich meiner Mutter glaubte, dass sie ihn trotz allem liebte. Sie hatte sich so darauf fixiert, in dieser Ehe zu überleben, sich anzupassen, es ihm so recht wie möglich zu machen, dass sie schlichtweg nicht daran dachte, nach einem anderen Weg zu suchen. Als würde er bewaffnet vor jedem erdenklichen Ausgang stehen. Also dachte sie nach all den Jahren weiterhin gefügig, er wollte sich ändern. Sie dachte, er *könnte* es.

Ich hätte alles dafür getan, ihr die Augen zu öffnen. Ich wollte ihr helfen, mehr als alles andere. Aber Avery hatte recht gehabt: Man konnte niemanden dazu zwingen, sich retten zu lassen. Ich konnte meine Mutter nicht dazu bringen, James zu verlassen. Ich schaffte es ja nicht einmal, sie davon zu überzeugen, sich beraten zu lassen oder zur Therapie zu gehen. Ich konnte nichts für sie tun, was sie nicht für sich selbst tun wollte.

Vielleicht war ich nicht hier, um ihr zu helfen, sondern mir selbst. Weil ich glauben wollte, dass Avery auch hiermit recht behalten würde und es noch möglich war.

Ich schüttelte den Kopf. »Ich weiß, ich habe gefragt, aber ich möchte das nicht hören. Wenn du deine Meinung dazu jemals änderst, dann … immer. Echt, ich bin immer da. Selbst wenn es nur der Funke von einem Zweifel ist, nur ein kurzer Augenblick, in dem du das Gefühl hast, dass du da raus willst. Ich gebe dir meine Nummer, und du rufst mich an. Jederzeit. Aber solange das nicht passiert, kann ich nicht darüber reden.«

»Wir müssen nicht über ihn reden. Wenn du das nicht willst, dann muss er keine Rolle spielen für uns. Ich will nur meinen Sohn zurück.«

»Er wird aber immer eine Rolle für uns spielen, oder? Ich bin auch *sein* Sohn. Ich bin so was wie ein beschissener Klon von ihm.«

»Das stimmt nicht.« Sie nahm meine unruhigen Hände in ihre. Ihre Finger waren schlank und sommersprossig. Faltiger, als ich sie in Erinnerung gehabt hatte, trotzdem vertraut. »Du hast meine Hände. Und du hast dein ganz eigenes Wesen. Du hast mich darin nie an ihn erinnert, Eden. Wirklich nie.«

Ich schloss die Augen und entzog ihr meine Hände. »Tatsächlich? Ich bin mir nicht mehr sicher.«

Ich hatte Mum nie erzählt, was in jener Nacht vor dem Ball passiert war, aber ich glaubte, dass sie es trotzdem wusste. Sie war unten gewesen, als ich früh am nächsten Morgen nach Hause gekommen war. Meine Fingerknöchel waren aufgeplatzt gewesen, auf meinem Shirt hatte Spencers Blut geklebt, und ich war blass gewesen, weil ich mich auf dem Heimweg von Connor mehrmals übergeben hatte. Meine Mutter war ebenfalls bleich geworden, als sie mich gesehen hatte, doch sie hatte nicht nachgefragt. Sie hatte mich nur ins Bett gebracht. Ich erinnerte mich an ihre streichelnde Hand auf meinem Kopf, als ich einschlief. Stunden später war ich aufgewacht, das T-Shirt war fort gewesen, und auf meinem Nachttisch hatte ausgekühlte Milch gestanden. Es war trotzdem nie wieder richtig besser geworden. Und ich wusste einfach nicht, ob es das jemals konnte.

»Ich hab Angst«, gab ich leise zu. »Ich will nicht so werden wie er.«

»Das wirst du auch nicht, Liebling«, erwiderte sie sanft, aber entschieden. Als wüsste sie, dass es so war. Als könnte man das jemals sicher wissen.

Ich schluckte schwer. »Ich will aber auch nicht werden wie du.«

Sie senkte den Blick. »Das will ich auch nicht. Ich will, dass du *du* bist. Dieser liebe, kluge, hilfsbereite, aufmerksame Junge, der du schon immer warst.«

»Vielleicht ist davon nichts mehr übrig.«

»Das stimmt nicht.« Sie zögerte, dann blinzelte sie wieder zu mir auf. »Bei diesem letzten Gespräch, das wir hatten, bevor du gegangen bist … da hast du mir vorgeworfen, dass ich ihn mein Leben definieren lasse, erinnerst du dich?« Ich nickte, und sie lächelte schwach. »Aber wenn du ganz ehrlich bist, dann tust du doch dasselbe, oder? Welche Entscheidung der vergangenen Jahre hast du getroffen, ohne ihn im Hinterkopf zu haben?«

Ich wünschte, ich hätte länger für die Antwort überlegen müssen. »Nicht viele.«

Sie nickte und legte eine Hand an mein Gesicht, streichelte behutsam über meine Wange. »Du bist so viel mehr als wir. So viel mehr, als du denkst.« In der Art, wie sie mich ansah, lag kein Funken Angst, Vorsicht oder Anspannung – was sich immer darin verbarg, wenn sie meinen Vater ansah. Da lagen nur Zuversicht und Zuneigung. Als wäre ich ganz und gar mein eigener Mensch.

Ich schloss die Augen und umarmte sie kurz und fest. »Ich ruf dich an. Ich weiß nur nicht, wann«, meinte ich heiser, als ich mich von ihr gelöst hatte.

Sie lächelte. Kein Kaufhauslächeln, sondern eines, das traurig und ehrlich wirkte. »Das ist in Ordnung. Ich warte.«

Ich nickte und wandte mich von ihr ab. Nach ein paar Schritten hielt ich inne und drehte mich zu ihr um. Sie stand am Geländer und blickte mir nach, lächelnd, obwohl sie mittlerweile weinte. »Ich weiß, es ist zu spät, aber … frohe Weihnachten.«

Mum wischte sich Make-up-Tränen aus dem Gesicht. »Es ist nie zu spät, Liebling. Dir auch frohe Weihnachten.«

Draußen empfing mich der Winterabend, orangene Schäfchenwolken am Himmel, dunkelblaue Schlieren dazwischen, eiskalte Luft. Es roch nach gebrannten Mandeln und Crêpes von den Buden vor dem Kaufhaus, nach dem Meer, das jenseits der Häuser lag, und nach dem Schnee, der innerhalb von Sekunden meinen ganzen Körper bedeckte.

Ich legte den Kopf in den Nacken und atmete tief durch. Ich dachte an meine Mutter, die bestimmt längst wieder ihr Kaufhauslächeln aufgesetzt hatte, an meinen Vater, der sicherlich zu Hause saß und irgendeine Sportsendung ansah, an Avery und ihre Familie, die ein paar Straßen weiter vermutlich gerade das Abendessen vorbereiteten.

Und ich dachte an mich.

An alles, was ich war, und an alles, was ich sein wollte.

Vielleicht war ich genau wie mein Vater.

Vielleicht war ich kein bisschen wie mein Vater.

Vielleicht war das ganze Leben nur eine Aneinanderreihung von *Vielleichts*, und man musste sich bewusst dafür entscheiden, aus welchem davon man ein *Ganz sicher* machen wollte. Und obwohl ich mir über so vieles nicht im Klaren war, wusste ich das immerhin mit Bestimmtheit.

Es würde nicht einfach werden. Doch was ich über meine Mutter gedacht und zu Avery gesagt hatte, galt auch für mich selbst: Es musste nicht einfach sein, um möglich zu sein.

35. Kapitel

AVERY

Es stimmte, man konnte sich an jede Art von Dunkelheit gewöhnen. Ich hatte die Wäschekammer im Keller so gut abgedichtet, dass kein einziger Lichtstrahl von außen hereindringen konnte. Lediglich das Rotlicht neben dem Waschbecken warf seine Farbe auf die Fotos, die ich an einer Wäscheschnur befestigt hatte, um sie nach dem Schwimmen in den Entwicklungsbädern trocknen zu lassen.

Mein Blick tastete über Momente der letzten Monate. Maxton auf der Gartenbank, mit nackten Füßen und Erdschleier an der Schläfe. Sienna auf einer Leiter mit einem Pinsel zwischen den Zähnen. Helen und May in der Küche beim Brotbacken, die Finger voller Teig, ihre Gesichter verwaschen wegen des dünnen Mehlfilms vor der Linse. Beckett auf dem Sofa mit seinem Beckett-Lächeln und einem halb bestickten Kissenbezug in den Händen. Willow, eine verschwommene Silhouette aus Lachen und Locken, weil sie nie lang genug still hielt. Eden in meinem Bett, die Augen zu, Kissenabdruck und Grübchen in der Wange. Und natürlich das Haus: die leeren Flure mit den flackernden Wandlampen, das Gemälde der Conteville-Frauen, die Samtmöbel vor dunkel gemusterter Tapete, der Garten, selbst in Grautönen bunt und lebendig, der Dachboden, am Anfang ein Chaos aus Kartons, Stoffen und Staub, am Ende ein freier Raum mit blanken Balken und körnigem Licht.

Ich sah all das an, und es fühlte sich wie ein Abschied an, obwohl ich erst vor ein paar Stunden zurückgekommen war. Es war der 30. Dezember, morgen war Silvester, und ich wurde das Gefühl nicht los, dass Neujahr tatsächlich einen Neuanfang bedeuten musste. Schon wieder, diesmal richtig.

Ich nahm die trockenen Fotos ab, löschte das Licht und machte mich auf den Weg nach oben. Die anderen waren ebenfalls schon zurück und mussten irgendwo im Haus sein. Ich hatte Sienna kurz gesehen, als ich angekommen war, und sie hatte erzählt, dass Eden beim Sport war, die anderen aber bereits mehr oder minder ambitioniert an der Villa herumwerkelten.

Da das Komitee in gut einer Woche zu Besuch kommen würde, um die Fortschritte in der Villa zu begutachten und den Wettbewerb auszuwerten, hatten wir noch einiges zu tun. Vor ein paar Tagen war ich deswegen aufgeregt gewesen, jetzt erschien es mir fast unwichtig. Als bräuchten wir eine Bewertung von fremden Menschen, um zu sehen, was wir geschafft hatten. Die Mulberry Mansion hatte sich in den letzten Monaten stark verändert, aber vor allem hatten wir uns mit ihr verändert. Wir hatten so viel Arbeit und Liebe in jeden Pinselstrich und jeden Dielenschiff gesteckt, dass wir längst ein Teil davon waren. Und trotzdem dachte ich darüber nach, von hier wegzugehen.

Mein Zimmer begrüßte mich mit angenehmer Wärme, was bedeuten musste, dass jemand heute Morgen hier gewesen war, um die Heizung aufzudrehen. Die Mistelzweige, die in einer braunen Flasche auf meinem Nachttisch standen, und die Tafel Weihnachtsschokolade auf meinem Kopfkissen bestätigten diesen Verdacht. May war selbst erst heute früh zurückgekommen, aber so war sie eben. Immer zuerst die anderen, dann sie selbst.

Ich rückte die provisorische Vase zurecht und stieß dabei mit den Fingern gegen das Glas mit meinen Glücksmomenten. Es war deutlich voller geworden, seit ich hier war. Ich hatte viel öfter einen Zettel hineingeworfen, als mein Schattenbuch aufzuschlagen.

Es war ein bisschen masochistisch, weil man sich nicht leicht von etwas verabschieden konnte, wenn man sich an dem Guten festklammerte, aber ich öffnete das Glas trotzdem und schüttete die Zettel auf der Decke neben dem Stapel Fotos aus. Ich setzte mich daneben und glättete einige der Papierstücke. Das hier waren weitere Bilder, weil ich jede dazugehörige Erinnerung szenisch vor Augen hatte.

Das erste Mal die WU sehen. Der Geruch von Mays Scones. Die Blütenstaubspur, die Maxton durch das Haus trägt. Tanzen im B-Club. Badewannengespräche. Becketts Lasagne. Die Schaukel am Gartentor finden. Julias Geburtstag im Epilogue *feiern. Spazieren durch den Wald im Schnee. Heißen Apfelsaft mit Zimt im Garten trinken und zusehen, wie Willow Lametta über die Tannen wirft. Das Haus am Meer besuchen, Salzgeruch und Lagerfeuerwärme. Versailles' Glucksen, wenn man ihr Futter bringt. Helens gestrickte Weihnachtssocken für jeden von uns. Sonntagmorgens ins Esszimmer kommen und die anderen sehen. Eden im* Ein Immernachtstraum *besuchen und seiner Hörbuchstimme zuhören. Edens Lächeln. Neben Eden einschlafen. Neben Eden aufwachen. Eden beim Lesen zusehen. Eden küssen. Wieder Ever sein.*

Mein Blick blieb an einem Zettel hängen, den ich ein paar Tage vor Weihnachten hineingeworfen hatte, kurz bevor alles auseinanderbrach: *In den Spiegel sehen und bemerken, dass ich lächle.*

Ich war glücklich gewesen in diesen Tagen. Nicht durchgehend, nicht immer, aber oft. Und das, obwohl ich lang das Gefühl gehabt hatte, das nicht mehr zu dürfen oder zu können. Erst nach der Aussprache mit meiner Mutter hatte ich verstanden, dass May bei unserem Badewannengespräch recht gehabt hatte: Was mit meinem Vater passiert war, prägte mich. Doch es musste weder mein Leben noch mein Wesen bestimmen. Und das war genau der Ansatz, den ich verfolgen konnte. Schritt für Schritt, bis ich irgendwann wieder bei mir selbst ankam. Meinem leicht beschädigten, aber keinesfalls kaputten Ich.

Ich war nur nicht sicher, ob ich das hier schaffen konnte. Ich liebte die Mulberry Mansion, ich liebte es, mit den anderen zusammenzuwohnen, mit diesem bunten, zusammengewürfelten und doch so verbundenen Haufen Menschen. Aber ich liebte auch Eden, und ich war nicht sicher, wie ich mit ihm unter einem Dach leben sollte, wenn wir nicht zusammen sein konnten.

»Da bist du ja.«

Ich sah auf und entdeckte May und Willow im Türrahmen. Die eine mit petrolblauem Haarband und einem Stapel Unterlagen im Arm, die andere in Schlafsachen und mit müden Augen.

»Ist alles in Ordnung?«, fragte May besorgt, genau als Willow sagte: »Warum weinst du?«

Ich tastete nach meinen Wangen und bemerkte erst da, dass es stimmte. Ich rieb die Tränen fort und grub die Finger dann in den Pullover, den ich trug. Keiner von meinem Vater, sondern mein eigener. Schritt für Schritt eben.

»Ist was zu Hause passiert?«, fragte May und setzte sich neben mich auf das Bett, während Willow sich mit einem unterdrückten Gähnen am Fußende ausstreckte.

Ich wollte es ihnen nicht sagen, aber früher oder später musste ich das eh. »Ja und nein. Also nichts Schlimmes. Es ist nur … ich denke, ich werde ausziehen.«

May sah mich erschüttert an, Willow runzelte die Stirn und hievte sich auf die Ellbogen. »Was? Ausgerechnet jetzt, wo hier endlich mal fast alles funktioniert?«

»Es hat nichts mit dem Haus zu tun. Oder mit euch. Es ist nur …« Ich brach ab und hob die Schultern.

»Eden«, schlussfolgerte May.

Ich lächelte schwach. »Ja.«

Willow schnaubte genervt. »Was hat Kane jetzt wieder angestellt? Ich dachte, ihr habt das endlich auf die Reihe bekommen.«

Ich zögerte. Ich hätte gern darüber gesprochen, aber diese Geschichte gehörte nicht mir allein. Und es war nicht mein Recht, seinen Teil davon zu erzählen. Das musste er selbst entscheiden, und ich hoffte, dass er das irgendwann tun würde. Denn er hatte recht gehabt, damals nach dem Rugbyspiel: Das hier waren gute Menschen. Nicht makellos, nicht fehlerfrei, aber trotzdem die besten, die ich in den letzten Jahren kennengelernt hatte.

»Er hat nichts angestellt.« Ich glättete die Ecken des Zettels, den ich in den Fingern hielt. »Es ist nicht seine Schuld. Das mit uns, das funktioniert nur nicht. Ich muss ihn loslassen, aber ich glaube nicht, dass ich das schaffe, während er mir ständig auf dem Weg ins Bad begegnet.«

»Wir könnten dir ein Klo ins Zimmer bauen«, witzelte May halbherzig.

Ich musste lachen, dann schniefen. »Ich hab euch gern. Wirklich, ich hab euch so unfassbar gern. Aber ich glaube, wenn ich bleibe, dann tue ich uns beiden weh.«

Willow rümpfte die Nase. »Wieso zieht er dann nicht aus?«

»Sei nicht so.« May stieß Willow mit dem Fuß gegen den Arm, diese verdrehte die Augen.

»Schon gut. Seit ich weiß, dass er mehr als drei Worte hintereinander sagen kann, fange ich sogar an, ihn ganz gernzuhaben. Aber verratet es ihm nicht.«

Ich lächelte noch immer schief, auch wenn erneut Tränen in meinen Augen kribbelten. »Ich will eh nicht, dass er hier weggeht. Er braucht ein Zuhause. Noch viel mehr als ich. Nicht einfach vier Wände, sondern einen Ort, an dem er sich geborgen, gewollt und verstanden fühlt. Ich wünsche mir so, dass er endlich bemerkt, dass er von anderen genau so gesehen wird, wie er ist. Und dass er dafür geschätzt wird. Und wenn ein Ort das schafft, dann dieser hier. Mit euch.«

Mays Hand streichelte über meinen Rücken. »Es tut fast weh, wie sehr du ihn liebst«, sagte sie mit einem weichen Lächeln.

Ich lachte, ein paar Tränen lösten sich. »Wem sagst du das?«

»Wieso kann das mit euch nicht funktionieren?«, hakte Willow weiter nach. Die sanften Gesprächsteile waren nicht ihre größte Stärke, dafür versuchte sie immer, die Dinge richtig zu verstehen und bestenfalls kleiner zu reden, als man sie selbst wahrnahm. Doch das war hierbei nicht möglich. Das, was zwischen Eden und mir stand, würde nie schrumpfen oder verschwinden. Eden selbst hatte es in Zement gegossen.

»Er sagt, wir sind nicht gut füreinander. Und vielleicht hat er recht. Vielleicht ist es besser so.«

Eden hatte seinen Punkt klargemacht, und nach allem, was er mir anvertraut hatte, verstand ich es. Rational betrachtet hatte er vermutlich recht. Ich liebte ihn, doch manchmal reichte das nicht aus. Manchmal war man nicht gut füreinander. Ich hatte gedacht, Eden wäre der liebste Teil meiner Vergangenheit. Aber womöglich wäre er auch das, was mich an das Dunkelste darin erinnern würde. Und möglicherweise würde das immer einen Schatten auf mein Jetzt werfen.

»Vielleicht haben wir zu viel Vergangenheit für eine Zukunft.« Entschieden schob ich die Zettel zusammen und warf sie zurück ins Gefäß.

Willow setzte sich auf und band sich die Locken zu einem Zopf. Ein Zeichen dafür, dass sie sich konzentrierte. »Was ist mit denen?«, fragte sie und deutete auf das Glas.

»Meinen Glücksmomenten?« Ich hatte den anderen irgendwann davon erzählt, obwohl es mir unangenehm war, darüber zu sprechen. Aber keiner von ihnen hatte gelacht oder Nachfragen gestellt. Willow war lediglich aufgestanden und hatte mir Wein nachgeschenkt. *»Ich möchte es unbedingt in dieses Glas schaffen«*, hatte sie dabei ernst verkündet, und ich hatte darüber so lächeln müssen, dass ich tatsächlich abends einen Zettel dafür geschrieben hatte.

Sie nickte. »Ich werde jetzt nicht so tun, als hätte ich sie mir gerade nicht durchgelesen. Und wenn du mich fragst, dann ist das ziemlich viel Eden für so kurze Zeit zwischen ›Ich möchte ihn auf dem Dachboden einsperren‹ und ›Ich knutsche mit ihm in jeder Ecke des Hauses rum, wenn ich denke, die anderen bemerken es nicht‹.«

Ich verzog peinlich berührt den Mund, aber May grinste schief. »Sie hat recht. Ich glaube auch nicht, dass du so viele Glücksmomente mit ihm eingefangen hättest, wenn ihr nicht gut füreinander wärt. Vielleicht solltet ihr euch noch mal aussprechen.«

Ich schüttelte den Kopf. »Selbst wenn ich das wollte, meine Meinung ist nicht die Einzige, die zählt. Eden will nicht. Er will mich nicht, er will uns nicht. Er will einen Schlussstrich, und ich habe nicht das Recht, das nicht zu akzeptieren, nur weil ich …«

Nur weil ich mir ein Leben ohne ihn nicht vorstellen kann. Nur weil mir alles wehtut, auf eine ganz unpoetische, brutale Art, wenn ich daran denke, wie er leidet. Nur weil ich noch immer alles will. Alles, alles, alles. Nur weil nichts mit Eden je ein Nur *ist.*

»Er weiß, was er will. Und er will nicht, dass ich um ihn kämpfe oder so was. Er will einfach ein Ende«, zwang ich mich zu sagen und schloss das Glas. Ich legte es neben den Stapel Fotos und tippte auf das oberste: eine Aufnahme der Villa im ersten Schnee. »Das ist wie mit diesen Bildern, wisst ihr? Es gibt keine zweiten Chancen. Wenn der Moment vorbei ist, ist er vorbei.«

May und Willow tauschten einen skeptischen Blick. Dann biss May auf ihre Unterlippe und betrachtete die Mappe, die sie neben sich abgelegt hatte. Zögerlich schob sie sie zu mir. »Ich glaube, du solltest das hier lesen.«

Stirnrunzelnd griff ich nach dem Leder. »Was ist das?«

»Unsere Gewinneressays. Ich bin beim Aufräumen darauf gestoßen und … du hast sie nicht gelesen, oder?«

»Wer außer dir hat das bitte, May?«, warf Willow belustigt ein.

May streckte ihr die Zunge raus und tippte auf die Mappe, ehe sie aufstand. »Vertrau mir, Avery. Lies Edens Essay. Und wir gehen so lang raus, bevor Willow anfängt, nach deinem Tagebuch zu suchen.«

Hellhörig sah sie zu mir hinüber. »Du führst echt Tagebuch?«

May lachte und hielt Willow eine Hand hin. »Komm schon. Ich hab deine Lieblingsmuffins gebacken. Rumtraube, mehr Alkohol als Frucht.«

Willow ignorierte ihre Hand wie immer, aber sie kletterte mit einem Seufzen aus dem Bett. »Für dich würde ich meine Abneigung gegenüber der Ehe vergessen, May. Ist dir das eigentlich bewusst?«

Ich horchte ihnen nach, bis ihre Schritte auf der Treppe verklungen waren. Kurz zögerte ich noch, aber immerhin hatte Eden wie alle anderen sein Einverständnis dafür gegeben, dass wir unsere Texte gegenseitig lesen durften. Also schlug ich die Mappe auf und blätterte mich durch, bis ich auf Edens Namen stieß. Keine Überschrift, keine Anrede, nur zwei Seiten Text.

Ich bin fast einundzwanzig Jahre alt, und ich weiß sehr wenig darüber, was ich bin. Früher dachte ich, je älter man wird, desto besser kennt man sich. Heute habe ich das Gefühl, mit jedem Tag, der vergeht, verliere ich ein bisschen mehr an Gewissheit darüber, was mich ausmacht.

Das äußert sich in den winzigsten Dingen: ein Gericht, das man früher gehasst hat und plötzlich gut findet. Ein Buch, das man noch einmal liest und zu dem man nicht mehr dieselbe Verbindung spürt wie beim ersten Mal. Ein Gespräch mit einem Freund, bei dem man sich schlagartig völlig allein fühlt. Ein Gedanke an zu Hause, bei dem man versteht, dass die Kindheit fort ist und mit ihr eine Sicherheit, die wahrscheinlich immer falsch, aber doch tröstlich war. Ein Blick in den Spiegel, aus dem ein völlig Fremder zurückschaut.

Ich hatte in den letzten Jahren viele solcher Momente. Ich habe mich in winzigen Augenblicken verloren, und wenn mich jetzt jemand darum bittet, etwas über mich zu erzählen, dann sind da keine Worte mehr, die sich richtig anfühlen. Nur noch leere Worthülsen und Floskeln, von denen ich weiß, dass sie gut ankommen würden.

Ich könnte darüber schreiben, dass ich gern lese. Ich könnte davon erzählen, wie mir fremde Welten lange Zeit geholfen haben, mit meiner eigenen klarzukommen. Ich könnte erklären, dass ich glaube, dass ich wirklich glaube, dass Literatur Macht hat. Dass Geschichten Magie sind, dass die richtigen Worte alles besser oder auch schlimmer machen können. Ich könnte auch darüber sprechen, dass ich verstehe, dass ein Haus nur dann ein Zuhause ist, wenn es sich nach Respekt und Vertrauen anfühlt. Ich könnte erzählen, dass ich handwerklich recht begabt bin, dass ich einen Verstellschlüssel von einem Zangenschlüssel unterscheiden kann, und dass ich das Gefühl mag, wenn alle Muskeln schmerzen und man etwas ansieht, das man selbst vollbracht hat.

Aber obwohl alles davon wahr wäre, habe ich nicht das Gefühl, dass das den Kern treffen würde. Denn Tatsache ist eben: Ich weiß wenig darüber, was ich bin. Also fange ich gerade damit an, darüber nachzudenken, was ich gern wäre. Wer ich gern wäre.

Ich möchte jemand sein, der sich darüber bewusst ist, wenn er etwas Kostbares sieht. Ich möchte jemand sein, der weiß, wann er loslassen muss – und auch, wann es sich lohnt, an etwas festzuhalten. Ich möchte jemand sein, der nicht geht, nur weil es schwierig wird. Ich möchte jemand sein, der einen Weg sucht, es leichter zu machen. Ich möchte dieser Jemand sein. Und ich möchte in der Mulberry Mansion damit anfangen, dieser Mensch zu werden.

Wir leben in einer Welt, in der neu immer besser ist. Aber ich glaube, dass wir uns damit etwas vormachen. Ich glaube, dass die besten Dinge und Beziehungen die sind, in die wir etwas investieren. Unsere Zeit, unsere Aufmerksamkeit, unsere Zuneigung. Es geht nicht darum, nichts mehr auszusortieren oder zu optimieren, oder darum, krampfhaft am Vergangenen festzuhalten. Es geht darum, zu wissen, wann es sich lohnt, um etwas zu kämpfen.

Nostalgie ist keine Schwäche, Rührseligkeit ist keine Schwäche, Liebe ist keine Schwäche. All das sind Eigenschaften, die uns menschlich machen. Und ein Ort wie die Mulberry Mansion braucht Menschen, die in ihr mehr sehen als ein Haus.

Die all das sehen, was sie durchgemacht hat, und die nicht versuchen, ihr diese Geschichte auszutreiben. Die sie akzeptieren, genau so, wie sie ist. So wie wir es mit den Menschen machen sollten, die wir lieben. Was ich damit sagen möchte, ist: Dieses Haus braucht eine Familie, so wie wir alle eine brauchen.

Emily Dickinson hat geschrieben: Forever is composed of Nows. *Und ich denke, sie hatte recht. Das* Für immer *dieses Hauses wird so viel größer sein als meines. Aber ich wäre gern ein Teil seines Jetzt.*

Minutenlang saß ich da und starrte den Text an. Meine Gedanken rauschten, auch dann noch, als ich zum Tisch ging und ein Stück Papier aus meinem Block riss. *Meine Familie*, schrieb ich mit zittrigen Fingern, *und meine andere Familie.*

Ich warf den Zettel in das Glas, ehe ich mich auf den Weg zum Dachboden machte. Eine gute Viertelstunde später suchte ich die anderen im Erdgeschoss.

Ich fand sie im Wohnzimmer, alle, bis auf Eden. Der Fernseher war an, *Der kleine Lord* lief, und auf dem Tisch standen eine Kanne Kaffee und Mays frisch gebackene Muffins.

Helen drehte leiser, als sie mich im Eingang entdeckte. Ich hatte das Plastikbündel eng an meine Brust gedrückt, aus Angst, die Klebestreifen könnten sich auf dem Weg nach unten lösen und seinen Inhalt im ganzen Haus verteilen.

May sah mich fragend an, und ich lächelte schief. »Meint ihr, ihr würdet mir bei etwas helfen? Ihr alle?«

»Immer«, sagte May mit einem sanften Grinsen, und die anderen räumten bereitwillig den Tisch frei, als ich das Bündel dort ablegte.

Und dieses Immer war eines, das ich keine Sekunde anzweifelte.

36. Kapitel

AVERY

Der Geruch von Gummimatten und abgestandenem Schweiß schlug mir in die Nase, als ich die Tür öffnete. Es war früher Abend, und auf dem Parkplatz der Uni hatten nur eine Handvoll Autos gestanden. Der Sportraum war nicht sonderlich groß. Eine Wand bestand aus Spiegeln, an der anderen hingen schwarze Boxsäcke an Ketten von der Decke, in der Mitte des Raums war ein Ring zu sehen. Aus den Lautsprechern über der Tür drang bassdominierte Musik, die vermutlich beim Rhythmushalten helfen sollte. Mein Herzschlag passte sich dem Dröhnen an, während ich die Halle durchquerte.

Eden stand an einem Boxsack und unterhielt sich mit einem Typen, der von außen gegen die Absperrung des Rings lehnte. Sie verabschiedeten sich, als ich ein paar Schritte von ihnen entfernt innehielt. Er nickte mir zu, während er an mir vorbeilief. Ich rang mir ein Lächeln ab, obwohl mir dieser Ort Kälte in den Nacken und die Gedanken trieb.

Ich hätte warten können, bis Eden in die Villa kam, aber ich hatte das Gefühl, das auf diese Weise tun zu müssen. Kurz schloss ich die Augen und atmete tief durch, auch wenn der Geruch tatsächlich nicht der beste war. Eigentlich war das sogar hilfreich. Je intensiver das Jetzt sich in mein Bewusstsein grub, desto weniger konnte die Angst meine Wahrnehmung steuern.

Als ich die Augen wieder öffnete, hatte Eden mich schon entdeckt. Er sah mich an, während er die Bandagen löste, die er unter den Handschuhen getragen hatte. Ich ließ den Blick über ihn wandern – über sein feuchtes graues Shirt, unter dem sich seine Brust schwer hob und senkte, hin zu seinem wirren Haar und dem feinen Schweißfilm auf seiner gerunzelten Stirn. Sorge, Irritation und Anspannung, von allem ein bisschen.

Schließlich war er es, der die Stille zwischen uns brach. »Du bist schon wieder zurück?«

Ich presste das Bündel fester gegen meine Brust. »Ja, ich bin vor ein paar Stunden angekommen. Irgendwie hat es sich falsch angefühlt, über Neujahr nicht hier zu sein.«

»In einer Sporthalle?« Sein Lächeln wirkte gezwungen, meins wahrscheinlich auch.

»In der Mulberry Mansion. Aber hier ist es auch ganz nett. Ihr solltet mal lüften, aber sonst …«

Sein Lächeln verebbte. »Wir können rausgehen.« Wir wussten beide, dass er das nicht wegen der Luftverhältnisse sagte.

Ich schüttelte trotzdem den Kopf. »Nein, ich wollte das gern hier machen. Du baust deine Schaukeln, ich meine.«

Edens Lächeln wurde echter, und ich war sicher, wir dachten dasselbe: *Eine große Geste für eine große Liebesgeschichte.* »Okay?«, fragte er.

»Die anderen und ich haben das hier fertig gemacht.« Ich schlug das Plastik des Bündels beiseite und befreite das reparierte Wappen. Wir hatten die Holzteile aneinandergeleimt und die darauf abgebildeten gewölbten Buchstaben neu lackiert. »MM« in blassblauer Farbe, fast dieselbe wie die der Eingangstür der Villa. *Unserer* Villa. Das Wappen sah nicht mehr aus wie das, das ich in den Büchern entdeckt hatte: Die Risse im Holz waren sichtbar geklebt, feine Splitter dazwischen fehlten, dafür war auch einiges neu dazugekommen.

Allen voran unsere Initialen, die wir um die des Hauses herum ins Holz geritzt hatten.

»Es ist perfekt.« Eden wog das Wappen vorsichtig in den Händen und betrachtete die neuen Buchstaben.

Ich lächelte. »Stimmt, weil es so unperfekt ist. Ein bisschen beschädigt, ein bisschen vernarbt, aber trotzdem schön.« Ich zögerte und machte einen Schritt auf ihn zu, deutete auf die untere Ecke des Wappens. »Deine Initialen fehlen noch. Ich kann dir die Entscheidung nicht abnehmen, ob du ein Teil davon sein willst. Ich kann dir nur sagen, dass wir extra Platz dafür gelassen haben.«

»Avery«, setzte er an, doch ich kam ihm zuvor.

»Gib mir kurz Zeit. Ich muss das hier loswerden. Bevor ich zurückgekommen bin, habe ich mit dem Gedanken gespielt, auszuziehen. Und wenn du mich am Ende dieses Gesprächs darum bittest, dann werde ich es tun.«

»Ich würde nie …«

»Warte«, unterbrach ich ihn erneut bittend. »Ich will noch ein paar Dinge sagen, okay?«

Er sah aus, als wollte er widersprechen, aber schließlich nickte er langsam. »Okay.«

So weit, so gut. Ich zögerte, weil ich nicht richtig wusste, wie ich anfangen sollte. Ich wollte Eden so viel sagen, doch ich hatte Angst, dass Worte dazu niemals ausreichen würden. Ich war nicht wie er, ich war nicht in Büchern zu Hause, ich hatte nicht unbedingt das Gefühl, dass Worte meine Freunde waren. Ich sagte oft zu wenig oder Dinge, die ich eigentlich nicht meinte, aus Selbstschutz oder Überforderung heraus, oder auch nur, weil ich nicht wusste, wie ich das, was ich fühlte, in Worte fassen konnte. Ich hatte schon so oft das Falsche von mir gegeben, aber diesmal wollte ich es richtig machen. Ich musste.

»Ich war bei meiner Familie«, begann ich schließlich. »Ich

habe gemacht, was du mir geraten hast: Ich habe nach ihren Gründen gefragt. Ich weiß nicht, ob ich sie je werde verstehen können, aber ich glaube, ich kann sie jetzt nachvollziehen. Es ist nicht mein Weg, aber das muss es auch nicht. Und was meine Mutter gesagt hat über ihn, über … Graham, das tat so weh, und gleichzeitig war es wichtig. Weil sie mir etwas bestätigt hat, das ich schon seit einer Weile im Kopf habe, auch wenn ich es nicht wahrhaben wollte.« Meine Unterlippe bebte, jedes Wort war schwer, und gleichzeitig konnte ich nicht mehr aufhören, zu sprechen. »Ich hab viel nachgedacht, seit du mir die Wahrheit gesagt hast. Nein, eigentlich hab ich schon viel nachgedacht, seit wir uns wiederbegegnet sind. Und vieles von dem, was du gesagt hast, stimmt wahrscheinlich. Ich meine, ich wünschte, diese Welt wäre schwarz-weiß. Ganz ehrlich. Grautöne machen mir ziemliche Angst. Weil ich nicht weiß, woran ich mich festhalten soll, wenn es so was wie Richtig oder Falsch, Gut oder Schlecht nicht wirklich gibt. Aber manche Dinge sind eben nicht nur das eine oder das andere. Und Menschen sind es auch nicht.«

Das Neonlicht der Röhren über uns flackerte und brachte Edens Silberaugen zum Schimmern. Der Ausdruck darin wirkte seltsam hin- und hergerissen. Als wollte er mir glauben, doch es spräche zu viel dagegen. »Du kannst dein Weltbild nicht verdrehen, nur um mich weiterhin lieben zu können, Avery«, sagte er nach ein paar Sekunden sanft.

Als hätte ich diesen Gedanken noch nicht gehabt. Ich fragte mich seit Tagen, ob ich meine Meinung nur deswegen so gern aufweichen wollte, damit ich meine Gefühle für Eden vor mir selbst rechtfertigen konnte. Doch ich war mir sicher, dass es darum nicht ging. Es ging nicht um Eden, es ging um mich. Darum, wer ich sein wollte.

»Stimmt. Ich kann aber wegen dir über mein Weltbild nachdenken. Und das hab ich getan und … ich glaube, dass einiges darin zu gerade ist. Das Leben ist so schief und so furchtbar verworren und … es ist meistens nicht fair. Manche Menschen entscheiden sich bewusst wieder und wieder dafür, Schreckliches zu tun, oder sie sind krank und tun es aus einem Zwang heraus. Aber manche Menschen machen auch einfach Fehler. Einige schlimmere als andere, schwerer zu vergeben oder auch gar nicht. Vielleicht sind manche Dinge ja echt unverzeihlich, wenn wir direkt davon betroffen sind, aber vielleicht sind sie auch nur schwerer zu verzeihen. Und du hast gesagt, schwer ist nicht unmöglich, und du … du hattest recht. Denn egal, wie schlimm Fehler sind, sie sind menschlich. Und nur weil jemand einen Fehler macht, bedeutet das nicht zwangsläufig, dass er keine zweite Chance verdient hat. Schlechte Tage machen keine schlechten Menschen, Eden. Ich verstehe jetzt, wie Dad das meinte. Und es stimmt.«

Eden hob die Augenbrauen. Nicht ungläubig, eher zweifelnd und … hoffnungsvoll. »Glaubst du das echt?«

»Ja«, erwiderte ich, ohne zu zögern. »Ich weiß, dass ich eine Weile brauchen werde, bis ich es auch immer fühle, aber das ist okay. Ich bekomme das hin. Du weißt, wie stur ich sein kann.«

Eden grinste schief. »Richtig.«

»Dann glaubst du mir, dass ich das glaube?«

Er zögerte und atmete laut aus. »Ja.«

Ich ging noch einen Schritt auf ihn zu. »Okay. Und glaubst du das bitte auch? Glaubst du bitte, dass es möglich ist, dass du einen Fehler gemacht hast, und dass das nicht bedeutet, dass du ein schlechter Mensch bist, dem etwas Dunkles in den Genen liegt?«

Seine Unterlippe bebte. Etwas sagte mir, dass er diese Gedanken seit Tagen schon mit sich selbst ausmachte. Sonst hätte er nie so schnell eine Antwort gefunden. »Ich möchte es versuchen.«

Erleichtert nickte ich. »Gut. Denn ich muss dir noch etwas sagen, etwas, das du unbedingt begreifen musst. Was auch immer passiert, egal, wie mies du dich fühlst oder wie schwer dir alles fällt: Du hast eine Familie, und du hast ein Zuhause. Du hast mich und die anderen. Und ich werde dich nicht hängen lassen, ganz gleich, was passiert.« Ich streifte einen der Boxsäcke und blinzelte nicht einmal. »Wenn du das hier nicht in einer Beziehung kannst, weil du dich auf dich selbst konzentrieren willst, ist das absolut in Ordnung. Dann machen wir das in einer Freundschaft. Aber wir machen das, okay? Wir stehen das zusammen durch. Denn wenn ich dich ansehe, sehe ich nichts Schlechtes. Ich sehe alles, was du bist. Auch das, was du selbst nicht sehen kannst. Und ich will es dir zeigen. Ich will dir zeigen, was ich in dir sehe. Bis du irgendwann in den Spiegel siehst und so verdammt stolz auf diesen Menschen bist. Weil du unglaublich bist, Eden. Du bist klug und liebevoll und herzensgut. Dein Musikgeschmack ist ein bisschen einschläfernd, du wirst sehr bald Karies von diesen ekligen Limonaden bekommen, und du bist manchmal so weit weg, dass ich dich vermisse, obwohl du neben mir stehst, und … nichts davon stört mich.«

Ich hob die Schultern und lächelte. Ich wusste, wie verletzlich ich mich gerade machte, aber ich hatte keine Angst mehr davor. Man wurde sowieso irgendwann verletzt, ich wollte wenigstens selbst entscheiden, wofür ich es riskierte.

»Das alles bist du, und das alles liebe ich an dir. Ich liebe dich. Und nichts, was du getan hast oder unter Umständen jemals tun könntest, ändert etwas daran. Es gibt keine Garantie dafür, dass wir nie wieder Fehler machen. Aber wenn ich sie mache, will ich sie mit dir machen.« Ich brach ab und atmete konzentriert durch. Meine Stimme war so schnell geworden, dass ich nicht sicher war, ob er alles verstanden hatte, doch er unterbrach mich nicht. Er stand nur da und sah mich mit seinem schweigenden Gesicht an. »Also, wenn du das mit uns wirklich nicht willst, dann bitte, weil du das Gefühl hast, es selbst nicht zu können. Nicht, weil du denkst, *ich* könnte es nicht. Denn diesen Unsinn von wegen, du wärst nicht gut für mich, den haken wir jetzt endgültig ab. Du bist kein Vampir oder Mafiaboss. Du bist nur ein Mensch. Und du bist der Mensch, mit dem ich zusammen sein möchte. Egal, wie schwierig das manchmal wird. Ich hab dir das schon mal gesagt: Du entscheidest nicht, was gut für mich ist, was ich will oder wen oder was ich liebe. Ich entscheide das. Und ich habe mich schon vor langer Zeit für dich entschieden.«

Meine Stimme verebbte. Das war alles, was ich hatte. Meine ganze Wahrheit. Mehr hatte ich nicht, mehr konnte ich ihm nicht geben. Nur alles, alles, alles.

Eden sah auf das Wappen in seinen Händen. Er strich ein letztes Mal darüber und legte es neben dem Sandsack ab. Als er mir wieder sein Gesicht zuwandte, war das Schweigen darin aufgebrochen. Der Ausdruck wirkte traurig und zärtlich zugleich. »Es wird aber echt manchmal schwierig werden. Ich meine … es gibt Tage, an denen ich nicht so tun kann, als ginge es mir gut. Ich werde nicht das für dich sein können, was du dann brauchst. Ich kann kein permanenter Frühling für dich sein, selbst wenn ich es gern wäre.«

»Ich weiß.« Ich war mir so lang wie ein Wintermädchen vorgekommen. Vor allem nach dem, was mit meinem Vater passiert war. Als das Gletscherblau in mir langsam schmolz, dachte ich, es läge allein an Eden. Meinem persönlichen Frühling. Was für ein Unsinn, was für eine extreme Bürde, die ich ihm damit aufgetragen hatte. Menschen waren keine bestimmte Jahreszeit. Niemand war nur Frühling, Sommer, Herbst oder Winter. Wir waren alle alles. Von manchem mehr, von manchem weniger, aber doch von allem etwas. Und das war auch gut so. Niemand musste immer Sommer sein, niemand musste den Frühling für einen anderen Menschen bedeuten. Den musste man letztlich doch in sich selbst finden. Eden hatte nicht der Frühling sein müssen, damit das Eis in mir taute. Er hatte mir dabei geholfen, meinen eigenen wiederzufinden. Und das war so viel besser.

»Musst du auch nicht. Es ist nicht länger deine Aufgabe, dich immer nur um mich zu kümmern. Das ist nicht länger deins zu leisten. Wir kümmern uns jetzt auch um dich. Und ich ... ich will alles von dir. Ich will deine Sommertage genauso wie dein Winterkalt. Ich will alles.«

Wir sahen einander an, sein Blick war schiefergrau und tief, tief, tief. Sein rechter Mundwinkel hob sich, und er machte einen Schritt auf mich zu. Ich holte Luft, und dann stand er vor mir, körperwärmenah, sein Shirt vom Sport durchgeschwitzt. Eden schloss die Augen und lehnte seine Stirn gegen meine, seine kaltfeucht, meine glühend. Edens Hände hingen kraftlos hinab, der Boxhandschuh, den er noch festhielt, pendelte gegen mein Knie. Meine Finger hingegen waren vor meinem Bauch verschränkt. Wir hatten einander sowieso nie anfassen müssen, um uns zu berühren.

»Ich könnte nie nur mit dir befreundet sein, Ever«, sagte er nach einer kleinen Ewigkeit leise. »Weniger als alles wäre für mich auch nie genug.«

Ich lächelte und fühlte, wie das letzte bisschen Enge von meinem Brustkorb abließ. »Ich hatte gehofft, dass du das sagst.«

Er küsste mich auf die Stirn, auf den Nasenrücken und kurz und sanft auf den Mund, ehe er ein paar Zentimeter zurückwich. »Ich war auch in Redcar«, erzählte er heiser. »Kurz nach Weihnachten. Ich hab meine Mutter bei der Arbeit besucht.«

Überrascht sah ich zu ihm auf. »Wieso das?«

Er zuckte mit den Schultern und ließ den Handschuh auf die Matte zu dem anderen fallen. »Ich hab nicht nachgedacht, ich hatte einfach das Gefühl, nicht noch ein Weihnachten zu ertragen, ohne sie zu sehen. Ich würde jetzt gern sagen, dass ihr letzter Krankenhausaufenthalt etwas in ihr bewegt hat, aber … es ist alles beim Alten. Sie ist bei ihm und so weit davon entfernt, ihn zu verlassen, wie in dem Moment, in dem ich gegangen bin. Das ist alles noch gleich, aber ich glaube, ich verstehe jetzt irgendwie, dass das nicht heißt, dass ich mich nicht trotzdem verändern kann.« Er legte den Kopf in den Nacken, ich hörte ihn tief einatmen, als müsste er für die nächsten Worte Kraft sammeln. »Meine Mutter hat was zu mir gesagt. Dass ich ihr nicht vorwerfen darf, dass sie sich ihr Leben von ihm definieren lässt, wenn ich selbst im Grunde nichts anderes tue. Und ich glaube … ich glaube, sie hat recht.«

»Vielleicht haben wir das beide gemacht. Ich wollte meinem Vater so unbedingt gerecht werden. Und ich wollte nicht sehen, dass ich daran kaputtgehe. Ich habe darüber nachgedacht, meinen Schwerpunkt zu verlegen, weg vom Strafrecht. Ich würde nie Strafrichterin sein, aber das wäre okay. Ich will das, was mir schwerfällt, nicht länger als Schwäche sehen. Ich will lernen, mich mehr zu akzeptieren und zu sehen, was ich wirklich machen möchte. Und ich will etwas tun, das richtig hilft. Ich will nicht dann aktiv werden, wenn die Tat längst passiert ist, sondern bevor sie passiert. Nichts verurteilen, sondern verhindern. Verbessern. Ich möchte dieser Jemand sein.«

Ich wusste, dass er bemerkte, dass ich seinen Essay zitierte. Er lächelte, aber seine Augen blieben ernst. »Das klingt ziemlich richtig. Ich hab jetzt zwei Jahre versucht, alles zu tun, um nicht zu werden, wer ich *nicht* sein will. Und irgendwie hab ich dabei völlig vergessen, wer ich eigentlich sein will.«

Ich nickte langsam. »Dann wird es Zeit, dass du anfängst, dich daran zu erinnern.«

Eden fuhr sich mit der Hand durch die feuchten Haare. »Ich hab so eine Scheißangst.«

»Hab ich auch«, erwiderte ich ernst. »Vor sehr, sehr vielem. Aber ganz sicher nicht vor dir. Oder vor uns.«

»Und was, wenn es doch passiert? Wenn diese ganzen Statistiken recht haben?« Da lag ein letzter Funken Verzweiflung in seiner Stimme.

Ich umfasste sein Gesicht mit beiden Händen, sah ihm fest in die Augen. Ich war in vielen Dingen selbst unsicher, doch hierbei hatte ich genug Entschiedenheit für uns beide. »Haben sie nicht. Ich hab meine Hausaufgaben auch gemacht, Eden. Die Epigenetik besagt in keiner Weise, dass das, was du geerbt hast, oder das, was dir passiert ist, definiert, wer du bist. Das, was du daraus machst, hast du in der Hand. Also vertrau nicht den schlimmstmöglichen Beispielen, vertrau lieber mir. Und vor allem, vertrau dir. Wir bekommen das zusammen hin. Schritt für Schritt. Okay?«

Wir sahen einander an, kein Blinzeln, kein unsicheres Lächeln, keine Ausflüchte, keine Mauern, kein Schweigen. Nur nackte, rohe Ehrlichkeit, die etwas wehtat. Vermutlich würde ein Teil von dem, was zwischen uns war, immer leicht wehtun. Aber das war es wert. Wir waren alles wert.

Ich sah, dass Eden mir nicht ganz glaubte, aber auch, dass er es versuchte. Und das allein war der Anfang, den wir brauchten. »Okay«, sagte er schließlich und nickte. »Und wie fangen wir an?«

»Mit dem Einfachsten.« Ich lächelte und nahm seine Hand in meine, tastete behutsam über seine aufgerauten Fingerknöchel. Ich zuckte kein bisschen zurück. Ich wollte überhaupt kein Zurück mehr, nur noch ein Vorwärts. »Wir gehen nach Hause.«

Epilog

AVERY

Vier Wochen später

Der Himmel bestand aus roten Wolken. Mein Herz irgendwie auch.

Es war früh am Morgen, der Wald noch nicht richtig wach. Jedes Geräusch klirrte in der Kälte des Spätjanuars. Der Schnee knirschte, und das poröse Laub darunter zerbrach mit jedem Schritt, den wir machten. Ein paar Raben saßen in dem kahlen Geäst über uns und beobachteten uns wachsam, seit wir an dem Bach angekommen waren. May und Sienna standen direkt am schmalen Graben, in dem das graublaue Wasser mit stetiger Strömung floss. Helen bibberte in einer Daunenjacke neben ein paar schneebedeckten Kiefern, Beckett hatte einen Arm um sie gelegt und gähnte in den Ellbogen des anderen.

Ich wandte lächelnd den Blick ab und drehte mein Papierboot in den taub prickelnden Händen. Es war schief, aber hoffentlich schwimmtauglich.

»So ein verdammter Dreck.« Willow hockte vor mir an einem großen Stein und versuchte zum fünften Mal, ihr Papier so zu falten, wie es der Typ in der Videoanleitung vorgemacht hatte. »Wessen furchtbar sadistische Idee war das noch mal?«, brummte sie genervt.

»Deine. Nach dem vierten Becher Glühwein letzte Woche«, erwiderte Eden neben mir trocken. Sein Boot war um einiges akkurater geformt als meines, und er hatte auch nur halb so lang dafür gebraucht. Ich biss mir auf die Unterlippe, um nicht zu lachen, während Willow erneut fluchte und das Papier wieder glättete.

Maxton löste sich mit einem Seufzen von dem Stamm, an dem er gelehnt hatte, und hockte sich neben sie. »Gib mal her, Catkin.« Sie schnaubte, überließ es ihm jedoch bereitwillig.

Es war tatsächlich Willows Idee gewesen, den Jahreswechsel nachzuholen, aber wir hatten alle sofort zugestimmt. Durch die Vorbereitungen auf die Prüfungen Anfang Januar und vor allem auf den Besuch des Komitees hatten wir weder Silvester noch Neujahr richtig genießen können. Wir waren alle zu nervös gewesen und hatten jede freie Minute ins Lernen oder die restlichen Nachbesserungen gesteckt. Letzteres mit eher mäßigem Erfolg. Der Besuch der Jury verlief zwar ereignislos, und die Mitglieder des Komitees schienen von der Entwicklung der Villa durchaus angetan, aber viel gebracht hatte uns das nicht.

Vor ein paar Tagen erfuhren wir, dass wir den Wettbewerb der Häuser nicht gewonnen hatten. Wir saßen beim Abendessen, als May die Post des Tages durchging und den Brief mit dem Wappen der Visionary Housing Foundation hochhielt. Gewonnen hatte eine Villa an der Grenze Schottlands. Es lagen ein paar Fotos bei: Das Haus wirkte zwar alt, aber sehr intakt und der Garten auffallend gepflegt. Es war ebenfalls wunderschön, nur anders.

Ich glaubte nicht, dass einer von uns wirklich gedacht hatte, wir würden gewinnen. Die Mulberry Mansion war immer noch makelhaft und ungezähmt, und wir hatten nicht einmal versucht, ihr das ganz zu nehmen. Doch Hoffnung hielt sich nicht an rationale Gedankengänge, und leicht enttäuscht waren wir doch. Ein paar Sekunden war es ganz still am Tisch gewesen. Dann war auf einen Schlag das Licht im gesamten Haus ausgefallen, und wir hatten alle lachen müssen. Kein Preisgeld, aber ein Zuhause. Insgesamt kam mir das wie ein ziemlich fairer Deal vor.

Und letztlich war ich schlichtweg froh, dass die Anspannung fort war. Es hatte sich tatsächlich fast wie Silvester angefühlt, als wir gestern nachgefeiert hatten. Mit Pfirsichbowle, Wunderkerzen, Fondue und einer viel zu kurzen Nacht, weil wir vor Sonnenaufgang in Richtung Wald losgegangen waren, um unsere Neujahrswünsche auf den Weg zu bringen. May hatte uns von dieser Tradition erzählt, die sie und ihr Bruder als Kinder ins Leben gerufen hatten, und uns hatte die Idee auf Anhieb gefallen. Zumindest, bis wir bei Minusgraden im Schnee standen und uns die Zehen abfroren.

Als ich Edens interessierten Blick auf meinem Boot bemerkte, drückte ich es hastig mit der beschrifteten Seite gegen die Kamera an meiner Brust. »Vergiss es. Das bringt Unglück.«

Eden hob belustigt die Augenbrauen. »Für Neujahrswünsche gilt also dasselbe wie für Abschlussballkleider?«

»Absolut«, erwiderte ich ungerührt. »Oder willst du mir deinen verraten?« Ich versuchte, einen Blick auf sein Boot zu werfen, doch er hielt es sofort außer Reichweite.

»Ich werde nichts riskieren.« Er lächelte und beugte sich zu mir herunter, um mich zu küssen. Die beste Art, die Kälte um mich herum kurz zu vergessen.

Ich hatte ein paar Theorien, was auf seinem Boot stehen könnte. Er könnte sich zum Beispiel wünschen, dass seine Mutter es schaffte, sich von seinem Vater zu trennen. In den vergangenen Tagen war Eden ein paarmal kurz davor gewesen, sie anzurufen. Ich hatte schweigend neben ihm gesessen, während er sein Handy angestarrt und schließlich doch jedes Mal unter sein Kopfkissen geschoben hatte. Danach hatte er oft lang schweigend dagelegen und die Wand über seinem Bett angestarrt. In einer dieser Nächte hatte ich ein paar weitere Worte von F. Scott Fitzgerald an Edens Zitathimmel geschrieben: *I wish I had done everything on earth with you.*

Ich hoffte, dass er verstand, wie wahr sie für mich waren. Was ich mit Eden wollte, war alles. Ich wollte keinen ewigen Sonnenschein, ich wollte nicht einmal einen Schirm, wenn es regnete. Ich wollte nur für ihn da sein, auch und gerade dann. Und ich war so dankbar, dass er mich da sein ließ und vor allem endlich anfing, für sich selbst da zu sein. In den vergangenen Wochen hatte er etliche Therapeuten abtelefoniert und eine Probesitzung bei einem in einem Monat vereinbart. Wir würden sehen, was dann passierte. Schritt für Schritt, mehr konnten wir beide nicht machen.

Eden verharrte mit der Stirn an meiner und lächelte. »Frohes neues Jahr, Ever«, flüsterte er.

Ich wippte auf die Zehenspitzen, um ihn noch einmal zu küssen. Kein Jahr konnte schlecht werden, wenn es so anfing.

»Hey, ihr Turteltäubchen«, riss uns Willows Stimme auseinander. »Bewegt ihr eure Hintern jetzt bitte hierher, damit ich meinen bald ins Bett verfrachten kann?«

Eden verdrehte die Augen, aber er legte mir einen Arm um die Schultern und zog mich enger an sich, als wir zum Ufer liefen.

Nacheinander setzten wir unsere kleinen Papierboote ins Wasser und sahen dabei zu, wie sie von der Strömung mitgerissen wurden. Ich hatte lang überlegt, was ich darauf schreiben wollte. Es gab einige Baustellen in meinem Leben, bei denen ich mir etwas kosmische Unterstützung gewünscht hätte. In einer Woche fing das neue Semester an, und mir standen ein paar Gespräche mit der Studienberatung und meinen Professoren bevor, um die Verlegung meines Schwerpunkts zu besprechen. Das würde mich in jedem Fall ein weiteres Semester kosten, aber mittlerweile glaubte ich, dass mehr Zeit zum Herausfinden, was ich wirklich wollte, gar nicht so verkehrt war. Meine Mutter hatte mich außerdem bei unserem letzten Telefonat sehr vorsichtig und umständlich gefragt, ob ich mir vorstellen könnte, sie einmal zu einem der Besuchstermine im Gefängnis zu begleiten. Ich hatte abgelehnt, doch ein Teil von mir knabberte seitdem an diesem Gedanken. Wir würden sehen, was mit der Zeit daraus wurde.

Ich wünsche mir, dass ich immer ein bisschen stärker bin als meine Angst, stand deshalb auf meinem Boot, und in diesem Moment war ich zuversichtlich, dass sich dieser Wunsch irgendwann erfüllen würde. Wahrscheinlich nicht immer, aber hoffentlich dann, wenn ich es am dringendsten brauchte.

»Ich hoffe, einer von euch hat sich einen Lottogewinn gewünscht«, murmelte May sorgenvoll, als die Boote fast außer Sichtweite waren. »Heute Nacht ist die Heizung im zweiten Stock ausgefallen, und Helen fürchtet, etwas stimmt mit dem System nicht. Wenn das echt kaputt ist, dann …«

»Hey, keine Negativität heute«, unterbrach Willow sie entschieden. »Es ist Neujahr.«

»Es ist Ende Januar«, grummelte Beckett und fing sich dafür einen Seitenknuff von Helen ein.

»Sei kein Spielverderber, Beck.«

»Schon gut, ich … Fuck.« Beckett knirschte mit den Zähnen. »Mein Wunsch geht gerade unter.« Damit eilte er auf den Bach zu, an dessen nächster Gabelung sein Schiff an einer Wurzel festhing und bedrohlich kippte.

Ich musste lachen und lehnte den Kopf gegen Eden, der hinter mir stand. Er strich mir das Haar nach hinten und sah auf mich hinab. Diesmal schwieg sein Blick nicht, er fragte: *Jetzt gerade ist alles gut, oder?*

Und ich nickte und lächelte und schloss die Augen.

Bei unserer Rückkehr zur Villa stand ein Lieferwagen mit einer Getränkelieferung in der Einfahrt, die wir allesamt vergessen hatten. Der Lieferant war durchgefroren und schlecht gelaunt, was sich halbwegs besserte, als May ihm einen frisch gebackenen Muffin anbot, während wir die Getränke hineintrugen. Als er gerade wieder einsteigen wollte, fiel mir meine Kamera ins Auge. Bei all den Bildern, die ich in den letzten Monaten gemacht hatte, gab es keins, auf dem wir alle zusammen drauf waren.

»Würdest du noch kurz ein Foto von uns machen?«, fragte ich ihn hastig.

Er verdrehte die Augen. »Aber nur, wenn ihr euch beeilt.«

Ich nickte und lief zurück ins Haus, um die anderen wieder rauszuholen. Maxton ging nach oben, um Willow Bescheid zu sagen, die schon auf dem Weg ins Bett war, während mir die anderen nach draußen folgten.

Kurz darauf standen wir genau auf den Eingangsstufen, auf denen die Contevilles damals ihre Familienfotos gemacht hatten. Unser Wappen hing über der blassblauen Tür, ein bisschen schief, ein bisschen unperfekt. Genau richtig.

»Habt ihr's?«, fragte der Lieferant genervt, nachdem ich ihm den Auslöser der Kamera erklärt und mich zwischen Eden und Sienna auf die unterste Stufe gestellt hatte.

Mein »Ja« ging in Mays »Wartet!« unter. Im nächsten Moment hatte sie auf dem Absatz kehrtgemacht und war zurück ins Haus gelaufen.

»Ich hatte übrigens schon meine Hose aus.« Willow deutete anklagend auf ihre nackten Beine. Ihr übergroßes Bandshirt reichte ihr bis knapp auf die Oberschenkel, und ihre Haut schimmerte bereits bläulich von der Morgenkälte. Maxton zog sich, ohne zu zögern, seinen Pullover aus und band ihn ihr um die Hüften.

»Ist ja nicht so, als hätten wir dich nicht schon mit deutlich weniger Kleidung gesehen«, sagte Eden über seine Schulter.

»Worüber ich mich für meinen Teil sicher nicht beschweren möchte.« Beckett grinste Willow breit von der Seite her an.

»Vorsicht«, warf Maxton nüchtern ein. »Ich werde nicht mal versuchen, sie davon abzuhalten, dir in den Hintern zu treten.«

Beckett lächelte verschmitzt. »Schöne Frauen dürfen sich meinem Hintern immer nähern.«

Willow schnaubte, aber in dem Moment tauchte May wieder im Türrahmen auf. In ihren Armen eine reichlich verschlafen wirkende Versailles. »Wir können kein Gruppenfoto ohne unser Maskottchen machen.« Mit einem liebevollen Lächeln streichelte sie dem Huhn über das aufgeplusterte Gefieder. »Wer nimmt sie?«

Ich musterte die beiden. Versailles orangebraune Augen passten perfekt zu Mays neustem Haarband. »Ich finde, sie steht dir sehr gut.«

May vergrub ihre Nase in den weichen Federn des Huhns, das sich zufrieden glucksend in ihre Arme geschmiegt hatte. »Hörst du das, meine Hübsche?«, raunte sie ihr zu. »Alle Augen auf uns.«

»Leute«, sagten der Lieferant und Willow synchron.

Maxton seufzte. »Okay, was sagen wir?«

»Mulberry?«, schlug Helen vor.

Sienna rümpfte die Nase und schob ihre Brille zurecht. »Klasse Idee. Wenn er zu früh abdrückt, sehen wir alle aus, als würden wir gähnen.«

»Das wäre wenigstens authentisch«, murrte Willow und zupfte an Maxtons Pullover herum.

Der Lieferant trat unruhig von einem Fuß auf den anderen. »Habt ihr's jetzt bald?«

»Wir haben es«, bestätigte ich, darum bemüht, mein Grinsen zu unterdrücken. Für den Bruchteil eines Moments sahen Eden und ich uns an und ich wusste, dass wir dasselbe dachten. Wir hatten es tatsächlich. Nicht nur einander, sondern auch diese sechs Menschen um uns herum, die innerhalb von Monaten zu Freunden und schließlich zu Familie geworden waren. Und natürlich dieses große, wundersame, verschrobene Haus. Wir hatten ein Zuhause. Wir hatten alles, was wir brauchten.

»Ich weiß«, meinte ich aus einem Impuls heraus. »Wir sagen: Wir waren hier.«

Sienna lachte. »Genauso unpraktisch wie Mulberry.«

»Sie hat recht«, stimmte Beckett zu.

»Oh. Mein. Gott.« Willow schnappte theatralisch nach Luft. »Leute, waren sich Sienna und Beckett gerade einig? Mein Neujahrswunsch wurde wahr!«

»Halt den Mund, Willow«, murmelten beide gleichzeitig.

Wir mussten alle lachen, der Lieferant stöhnte genervt. »Ernsthaft, in zwei Minuten bin ich hier weg.«

Es war offensichtlich, dass er es ernst meinte, also rissen wir uns zusammen und fokussierten uns auf die Kamera.

»Auf drei?«, fragte Eden neben mir.

»Auf drei«, bestätigte ich und griff nach seiner Hand, um meine Finger mit seinen zu verflechten.

Ganz gleich, was die Zukunft brachte, ich wollte mich immer daran erinnern, wie wir in diesem Moment gewesen waren. Und wir waren eben wirklich hier, genau so, wie wir waren. Vielleicht hatte Emily Dickinson recht und jedes Immer war nur ein Gefüge aus ganz vielen kleinen Jetzt. Vielleicht konnten wir uns kein *Für immer und ewig* versprechen, weil es keine Sicherheitsnetze oder Garantien gab, wenn man richtig lebte. Wenn man richtig liebte.

Vielleicht war unser Ever kein Immer.

Aber auf jeden Fall war es ein

Jetzt,

Jetzt,

Jetzt.

Danksagung

Auf viele Arten fühlt sich das hier wie mein erstes Buch an. Vielleicht passt es deswegen ziemlich gut, dass ich zum ersten Mal eine Danksagung schreibe.

Meiner weltbesten Agentur erzähl:perspektive, Micha und Klaus: Danke, dass ihr an etwas (und mich) geglaubt habt, bevor ich es konnte. Und Klaus: Danke, dass du denkst, ich wäre lässig und geduldig. Du liegst natürlich falsch, aber ich freue mich sehr darüber.

Dem gesamten wundervollen LYX-Team und vor allem Stephanie Bubley, die in einem Instagram-Pitch und in mir etwas gesehen hat: Danke für diese Chance, für das Vertrauen in mich, für die Liebe zu einer Geschichte, die mir alles bedeutet. Danke, dass ihr mich so herzlich bei euch aufgenommen habt, ich könnte mir kein schöneres Zuhause für die Mulberry Mansion vorstellen.

Meiner Lektorin Sarah Braun: Danke, dass du so toll bist, in dem, was du tust, und in dem, was du bist. Danke, dass du diese Geschichte gefühlt und dadurch viel besser gemacht hast. Meiner zweiten Lektorin Steffi Röder: Danke für dein (so!) wachsames Auge und dass du auf die respektvollste, schönste Weise mit meinem Text umgegangen bist.

Silja: Danke, dass das, was Eden über Avery denkt, sehr wahr sein kann. Danke, dass es Für-Immer-Menschen gibt und du meiner bist. Und, natürlich: Danke für dein Vertrauen.

Kevin mit K: Danke, dass du es mit mir aushältst, wenn ich

das selbst schwierig finde, mich nervig nennst und trotzdem immer zuhörst. Ich bin so froh, dich zu haben.

Meinen Freundinnen, meiner zweiten Familie: Hätte ich eine Villa wie die MM, ich würde euch sofort dorthin mitnehmen. Almedina, Marie, Theresa: Danke für alles klingt schwammig, es ist trotzdem wahr. Ich weiß wirklich nicht, wie ich ohne euch über Freundschaft schreiben sollte. Silja, Lilli, Lotte: Danke für die Etablierung und Zelebrierung des B-Clubs. Ich werde für immer hoffen, dass wir irgendwann wieder in der »A« wohnen.

Fam, Lena, Mounia, Rebekka, Sarah, Tess: Danke für jede Nachricht, jede Sprachmemo, jedes Schreib- und Zweifeldate. Ihr seid mein Bubble-Safe-Space. Und noch mal Lena: Danke, dass du mir den schönsten Blurb geschrieben hast, den ich mir vorstellen konnte. Du hast Avery, Eden und mich so verstanden, es gibt nichts Besseres.

Meinen großartigen Testleserinnen, Jule und Marie: Danke für eure Zeit und Liebe. Euer Feedback hat es (fast) leicht gemacht, dieses Manuskript loszulassen. Ich kann nicht in Worte fassen, wie glücklich ihr mich damit gemacht habt.

Meiner Familie: Danke für jedes Buch, das ihr mir geschenkt habt, und für jedes, das ihr jetzt von mir kauft, auch wenn ich euch anflehe, es zu lassen. Papa: Du hattest recht. Wir vier können es wirklich so viel besser.

Und natürlich allen, die das hier lesen: Danke. Danke in Großbuchstaben, Danke mit Ausrufezeichen, Danke mit tausend Unterstreichungen. Danke, dass ihr das hier real werden lasst. Denn Eden hat recht: Eine Geschichte ist mehr als die Worte, die die schreibende Person wählt, sie ist auch das, was aus ihr herausgelesen wird. So wie unsere eigene das ist, was wir aus ihr machen. Ich hoffe, ihr macht alle das Beste aus allem, und ich hoffe, wir lesen uns bald wieder.

Triggerwarnung

Dieses Buch enthält Elemente, die triggern können.

Diese sind:
Häusliche Gewalt, emotionaler Missbrauch,
Beschreibungen von Gewalt, Panikattacken,
Trauer und Trauerbewältigung